dtv

Der Vater: das ist Adolf Lorenz, weltberühmter Orthopäde, der als erster die angeborene Hüftgelenksluxation unblutig behandelt hat – wie sein Sohn meint, vorwiegend inspiriert von seiner Verehrung für weibliche Schönheit! Dieser Verehrung gab er bis in sein hohes Alter (er starb 1946 mit 92 Jahren) ebenso unbekümmert Ausdruck, wie er auch sonst Konventionen eher souverän ignorierte. – Der Sohn: das ist der Erstgeborene, der 18 Jahre ältere Bruder von Konrad, dem später berühmten Verhaltensforscher und Nobelpreisträger. Albert ist zunächst also allein der Sportbegeisterung des Vaters ausgesetzt, was einen Kollegen zu der Bemerkung veranlaßte: »Na, Lorenz, ham S' wieder amal probiert, Ihneren Bubn umbringen? Ersäufen diesmal?« Immerhin ist das dem Bubn recht gut bekommen, er wurde Assistent seines Vaters und teilte dessen arbeits- und erfolgreiches Leben jahrzehntelang. Auf Wunsch des »Alten« hat er dessen Leben erzählt, in Anekdoten meist, weltläufig, souverän, mit Wiener Charme.

Albert Lorenz wurde am 2. September 1885 in Wien geboren, studierte Medizin und wurde orthopädischer Chirug. Er war jahrelang Mitarbeiter seines Vaters und dessen Nachfolger an der Wiener Universitätsklinik. Albert Lorenz starb am 23. Juli 1970. Weitere Werke: ›Alte Autos – Junge Liebe‹, ›Schattenreiter‹.

Albert Lorenz

Wenn der Vater mit dem Sohne ...

Erinnerungen an Adolf Lorenz

Deutscher Taschenbuch Verlag

Ungekürzte Ausgabe
April 1978
17. Auflage August 2009
Deutscher Taschenbuch Verlag GmbH & Co. KG, München
www.dtv.de

Umschlagkonzept: Balk & Brumshagen
Umschlagbild: Felix Weinold
Satz: Druckerei C. H. Beck, Nördlingen
Druck und Bindung: buch bücher dd ag, Frensdorf
Gedruckt auf säurefreiem, chlorfrei gebleichtem Papier
Printed in Germany · ISBN 978-3-423-20227-5

Vorschau

Vermächtnis

Anfang Februar 1946 rief mich mein Vater nach unserem Landsitz in Altenberg an der Donau nächst Wien. Es war einer jener hoffnungslosen, bleigrauen Wintertage, in denen man an allem und jedem verzweifeln möchte.

Lorenz saß in seinem Lehnstuhl, wie in den letzten Wochen immer häufiger. Er stand damals kurz vor seinem 92. Geburtstag. Aber was war das für ein Zweiundneunziger! Schlank und groß, mit blitzblauen Augen, wehendem weißem Haupt- und Barthaar, mit einem Gebiß, aus dem nur zwei Zähne fehlten, ein Mann mit lebendigster Gebärdensprache, temperamentvoll, unerbittlich logisch im Denken und Reden – wahrhaftig nicht das, was man sich in bezug auf körperliche und geistige Verfassung im allgemeinen von einem Zweiundneunzigjährigen erwartet.

Er blitzte mich mit seinen klaren Augen an und sagte in ruhigem Gesprächston: »Albert, es ist soweit, ich werde jetzt sterben . . . bitte, gib dir keine Mühe mit lächerlichen Trostesphrasen, zwischen uns ist doch so etwas überflüssig, nicht wahr?«

Auf meine resignierte Gebärde setzte er fort: »Na also! Den Hunderter zu erreichen war eine Weile eine sportliche Idee von mir, aber schließlich habe ich lange genug gelebt, ich darf mich nicht beklagen. Alle meine Altersgenossen sind längst tot, mein Leben war erfolgreich und glücklich – aber jetzt ist es Schluß, und gut so. 92 Jahre – was will ich noch? Jetzt weiß ich auch schon, wo der alte Freund mit seiner Knochenhand mich anpacken wird: am Herzen! Aber um meine Familie und um die Welt habe ich mir's verdient: Versprich mir, daß du mich nicht lange wirst leiden lassen, mit all den armseligen Mitteln und Mittelchen, die das verlöschende Leben noch um ein paar Stunden oder Tage verlängern, ohne es retten zu können. Ich will mich nicht mit Krampfschlucken und Aufliegen quälen – wenn's soweit ist, weißt du meinen Wunsch.«

Aufrichtigen Herzens und tief erschüttert umarmte ich den Alten.

»Und noch etwas: Wir haben doch so viele Jahre, hier und in Amerika, ernste und heitere Zeiten miteinander durchlebt, Reisen und Sport miteinander genossen; schreibe trotz meiner Selbstbiographie auf, was dir über mich noch erwähnenswert erscheint. Schreiben fällt dir ja leicht, fülle die Lücken meiner Selbstbiographie aus, wo und wie du es für gut findest.«

Es ist schwer, solcher Rede eines geliebten Vaters zuzuhören, wenn er so ruhig, sachlich und klar von seinem bevorstehenden Tode spricht, stoisch und unwidersprechbar logisch. Diese Haltung gebot eine gleiche meinerseits, Unterdrückung nutzloser Gefühlsausbrüche. Ich blieb stumm und sah die ehrwürdige schöne Erscheinung des Greises nur mehr durch einen Tränenschleier.

Auch er schwieg, gedankenvoll in sich zusammengesunken. Aber nicht lange. Dann richtete er sich wieder auf in seinem Lehnstuhl und fuhr gleichmütig fort: »Aber lassen wir jetzt dieses unerfreuliche Thema, erzähle mir lieber, wie findest du dich in meiner alten, deiner neuen orthopädischen Abteilung zurecht?«

Mit tiefer Befriedigung hatte er noch meine Nachfolge in die von ihm geschaffene Stelle als Leiter der orthopädischen Station der Ersten Wiener Chirurgischen Klinik erlebt.

»Und dann, welche Erfahrungen hast du mit ...« Und nun zählte er einige neue Operationsverfahren auf und ereiferte sich über das, was dabei seinen Ideen zuwiderlief – ein Zuhörer hätte den Eindruck gehabt, er kanzle mich ab, so grimmig war dabei sein Gesicht; der schlohweiße Bart zitterte vor Erregung, das Gebärdenspiel war das eines Jünglings: Das war bis zum Ende der ewig junge Adolf Lorenz!

Der Tod mußte noch eine Weile bescheiden im Hintergrund warten, Lorenz war wieder einmal mitten drin in einer wissenschaftlichen Diskussion, als säßen wir bei einem Autoausflug auf einer Hotelterrasse bei Kaffee und Zigarren. Ich nahm Abschied, ich hatte ihn zum letztenmal lebend gesehen.

Eine Woche später ist er sanft verlöscht, im Tode noch der Glückliche, der er sein ganzes Leben lang war. Mein trauriges Versprechen zu halten blieb mir erspart, der Tod war gnädig mit ihm. Und als wir ihn in die Erde senkten, da hörte ich seine letzten Worte an mich: »Langes, erfolgreiches Leben –

92 Jahre – was willst du mehr?« So war der Verstand befriedigt, aber nicht das Gefühl, das eigennützige: Deinen besten, ältesten Freund hast du verloren, du selbst schon ein Alter; du glaubtest, er sei für die Ewigkeit der unerschöpfliche Brunnen weisen, wissenschaftlichen Rates; wem wirst du jetzt sagen, was dich menschlich und beruflich bewegt!

Das Versprechen aber, meine Erinnerungen an Adolf Lorenz zu schreiben, erfülle ich wehmütig-freudig. Schade, daß du diese Erinnerungen nicht noch selbst lesen kannst, lieber Alter, ich höre deine Zwischenrufe.

»Es ist unglaublich, das habe ich selbst gar nicht gemerkt.«

Du hast so vieles nicht gemerkt: nicht das Gemeine, Niedere; wie leicht war es, dich zu betrügen, dich, der jeden Menschen für so anständig hielt, wie du selbst es warst, du ewig Junger, du reiner Tor, du Idealist im besten Sinne des Wortes!

Der strenge Papa

Bis in welches Lebensjahr reicht das menschliche Gedächtnis zurück? Von mir weiß ich, daß ich mich an Ereignisse und Situationen bis in mein fünftes Lebensjahr zurück erinnere. Mein Vater hat die gleiche Beobachtung an sich selbst gemacht: Bis in sein fünftes Lebensjahr, so erzählt er in seiner Selbstbiographie, reichen seine Erinnerungen.

Bei mir sind es teils optische Erinnerungsbilder von geradezu stereoskopischer photographischer Klarheit, teils akustische, an das gesprochene Wort, an die Klangfarbe einer Stimme – Erinnerungen, wie sie so rein nur das unbelastete, junge Gedächtnis aufnehmen kann. Ich bewahre in meinem Gehirnarchiv eine ganze Anzahl solcher Platten, die in meinem fünften Lebensjahr belichtet oder besprochen wurden. Aber erst heute, nach einem halben Jahrhundert, da ich in diesem geisterhaften Album blättere, sehe ich die Aufnahmen in ihrem wahren Wert, ihrer richtigen Bedeutung, die ich nicht verstehen konnte, als mein kindliches Hirn sie machte.

Die frühesten Erinnerungen an meinen Vater sind keineswegs rosenrot und himmelblau, wie man es so oft von ersten kindlichen Eindrücken liest, sondern vorwiegend drohende, schreckhafte. Lorenz war kein Kinderpsychologe, der mit einem kleinen Buben umzugehen verstand. Als ich zum ersten Male die Deckenbilder in der Sixtinischen Kapelle sah, da wußte ich, so war mein frühester Eindruck von Adolf Lorenz: ein allmächtiger, wilder Gott-Vater, mit wehendem Kopf- und Barthaar, durch das All einherstürmend, mit zornig-herrischer Gebärde den Tag von der Nacht scheidend, eine furchtgebietende Erscheinung. Eine gewaltige, unbedingte Macht, deren Wille höchstes Gesetz war, ein gefährlicher und launischer Gott, den man durch Unterwürfigkeit vielleicht günstig stimmen konnte; aber am sichersten war es doch noch immer, sich vor der überwältigenden Erscheinung zu drücken, ihr ganz aus dem Wege zu gehen. Wie schön war es, wenn der Papa auf Kongressen oder auf einer seiner sonstigen Reisen abwesend war und den Buben mit der zärtlichen Mama allein daheim ließ, wenn sie dem von ihr verhätschelten Sohn beim Essen Märchen vorlesen durfte und ihn dabei wie eine Mastgans stopfte und selbst übrigens sichtlich aufatmete, von der anstrengenden Gegenwart des Eheherrn wenigstens auf eine kleine Weile befreit zu sein.

Der Papa war in meiner frühesten Erinnerung immer in stürmischer Bewegung, eben wie der Gottvater Michelangelos; herein in den Raum, senkrechte Unmutsfalten über der Nasenwurzel, mit den Händen fuchtelnd, brummend oder auch brüllend, und wieder davon, in eilender Hast. Aus einer Fülle solcher Bilder setzt sich meine früheste Erinnerung an ihn zusammen. Und die wilde Hast war die des kämpfenden, zum Ruhm aufsteigenden Bahnbrechers in einem neuen, von ihm erst begründeten chirurgischen Spezialfach: der Orthopädie.

Die wohltätige Bremsvorrichtung guter Manieren, die man in der sogenannten Kinderstube erwirbt, war ihm fremd, Selbstbeherrschung bis ins höchste Alter nur auf kurze Zeit möglich. Woher sollte er auch Manieren und Kinderstube haben, der vernachlässigte kleine Bub, um den sich kein Mensch kümmerte, der sich seit seinem 12. Lebensjahr, fern vom Elternhaus, allein durchs Leben kämpfte, ums tägliche Brot, ums Studieren sorgen mußte?

So kam es, daß er anfangs nie ein liebes Wort, eine freundliche Gebärde, einen zärtlichen Klang der Stimme für seinen kleinen Sohn hatte, sondern nur Ungeduld, Tadel, aufbrausenden Jähzorn, wenn der Bub wieder einmal eine an ihn gestellte Anforderung eben nicht erfüllen konnte und sich heulend in Mamas weiten Rockfalten verbarg. Lorenz mußte an seinem Erstgeborenen erst langsam lernen, wie man mit einem Kind umgeht, und bis er es erlernt hatte, war ich kein Kind mehr; und als er das Erlernte 18 Jahre später bei seinem zweiten Sohn gebraucht hätte, da hatte er es schon wieder vergessen.

Die Mama war sichtlich weniger beeindruckt von dem eheherrlichen Gepolter und dagegen abgestumpft. Ihr ständiger Protest: »Aber Adolf!« durchlief eine fein abgestufte chromatische Tonleiter von heller Empörung bis zum stichelnden Pianissimo-Hohn, und von ihr, vor deren standhaftem »Aber Adolf!« sich Papas fürchterlichste Zornesgewitter rasch verzogen, lernte ich, wie man sich nicht einschüchtern läßt.

Aber sonderbar: Trotz unwirschen Benehmens gegen seinen kleinen Sohn suchte der Papa ihn jede freie Minute auf, wollte ihn, wo immer er hinging oder -fuhr, um sich haben, bei ärztlichen Visiten, Konsilien usw., kurz bei vielen Dingen, wo ein kleiner Bub ganz sicher nicht hingehört. So sah ich frühzeitig und noch unverstehend den in seinem Fach arbeitenden Orthopäden Lorenz. Aber lange Zeit war ich zu dumm, um zu erkennen, wieviel Stolz auf den kleinen Sohn und wieviel Liebe er unter seinem Gepolter verbarg, Liebe, für die der emotionell ungelenke Mann keinen für das Kind faßbaren Ausdruck hatte.

War mein Vater streng und schroff gegen mich, so wurde das reichlich aufgewogen durch die Verwöhnung meiner Mutter und die, man muß schon sagen, Vergötterung durch meine zahlreichen Tanten, die als junge, unverheiratete Mädeln ihre Mutterinstinkte in einer Art Puppenspielen an mir ausließen. Da gab es ein fortwährendes: »Das Bubikatzi will dies, das Bubikatzi will das«, ein Herumschleppen auf den Armen, ein Gehudelt- und Geschmudeltwerden, das mir heute noch in der Erinnerung Grauen verursacht.

Da vor allem die Frage: Wo und was wird das Bubikatzi heute essen? Denn er war ein schlechter Esser, ein verwöhnter Fratz, dem das Zehnte nicht paßte. Dazu war ich ein romantisch-poetisch veranlagtes Kind, das zu seinen Mahlzeiten phantasievollen Hintergrund brauchte, um sie herzhaft zu genießen. Märchenvorlesen war noch das wenigste, war nur der Anfang meiner Erfordernisse. Und als ich keinen Widerstand fand, steigerte ich in kindlichem Egoismus meine Postulate. Warum denn, so dachte ich, sollte ich an einem poesielosen Tisch essen, in einem schlichten Zimmer, wenn es so romantische Plätze gab wie den malerischen Dorfbrunnen? Dorthin wurde ich von irgendeiner Tante zur Einnahme meines Mittagessens feierlich geleitet, während eine zweite Tante eifrig Eßgeräte und Speisen nachtrug. Daß die Ureinwohner von Altenberg uns staunend umstanden, genierte weder mich noch meine Tanten. Mein rastlos strebender Geist griff aber weiter um sich. Da kam, just zur Mittagszeit, der Milchwagen angefahren, um Milch zu holen oder zu bringen, ich weiß es nicht mehr. Auf dem Bock dieses Wagens, hinter den mächtigen großen Kruppen der zwei dicken Schimmel zu sitzen und dort meine Suppe oder mein Papperl eingelöffelt zu bekommen erschien mir der Gipfelpunkt kulinarischen Genusses – herausgefunden hatte ich es schon, daß alle meine Wünsche erfüllt wurden, wenn ich nur tüchtig aß –, so verlangte ich denn, auf dem Milchwagen zu essen, dessen Kutscher natürlich von der umsichtigen Mama fürstlich honoriert wurde. Die Altenberger staunten, aber man nahm kritiklos die Launen des verwöhnten Bubikatzi und kleinen Tyrannen hin.

Doch es nahte ein jähes Ende. Dorfbrunnen und Halteplatz des Milchwagens waren dort, wo sich in Altenberg die Wogen des Großstadtverkehrs brechen, an der Kreuzung der beiden einzigen Straßen. Eines Mittags kam der Vater Lorenz unerwartet aus Wien und erwischte mich auf dem Milchwagen essend. Ich begriff die Lage trotz meiner frühen Jugend blitzartig und begann prophylaktisch laut zu brüllen. Mein Vater dagegen war nicht so rasch imstande, die Situation zu erfassen, und blieb zuerst in sprachlosem Erstaunen festgebannt stehen. Sein Sohn auf dem Bock des Milchwagens, die Tanten mit Eßgeschirren ihn auf seinem Thron diensteifrig und geschäftig umstehend, wie einen König bei einem Prunkmahl . . . Endlich wurde ihm klar, was hier vorging, und das Donnerwetter brach los: »Es ist unglaublich, diese Affenverwöhnung! Jetzt braucht der Bub gar den Kutschbock eines Milchwagens, um zu essen; ich in seinem Alter war glücklich, wenn ich ein Stück trockenes Brot hatte, gleichgültig wo und wie. Sofort herunter vom Bock!«

Er griff mit starker Hand nach mir und setzte mich unsanft zur Erde. Mich Lautheulenden schleppten die verschüchterten und flüsternden Tanten in das nahegelegene Lecher-Haus. Meine Furcht vor dem höchst zornigen Gottvater-Papa wurde nicht kleiner.

Völlig unschuldig aber war mein Vater an folgendem Geschehen, das meine frühkindliche Angst vor ihm noch steigerte. Ich war ein phantasievolles und scheues Kind, Spukgestalten aus Märchen und Dienstbotenerzählungen wurden mir zur Wirklichkeit, namentlich im Finstern, vor dem Schlafengehen, und verfolgten mich in meine Träume. Ein stets wiederkehrender Traum war der von einer schwarzen Gespensterlokomotive (wohlgemerkt, es war die niedrige, alte Lokomotive der achtziger Jahre mit dünnem, hohem Rauchfang), die mich, an keine Geleise gebunden, mit drohendem Gekeuche verfolgte, um mich zu zermalmen. Erst war sie noch ferne, ein schwarzes Pünktchen am Horizont, aber ich wußte es mit Sicherheit: Sosehr ich mich auch duckte und unsichtbar machte, sie hatte mich schon gesehen und kam erbarmungslos näher. Wenn mich ihre Räder erreichten, schrie ich regelmäßig auf und erwachte. Als ich wieder einmal aus solchem Lokomotiv-Traum emporfuhr, erstarrte ich in noch tieferem Schreck. Was Träume waren, wußte ich schon, ihr Alp verblaßte mit dem erlösenden Erwachen. Diesmal jedoch war ich voll wach, saß horchend im Bette auf, aber das unheimliche Schnauben der Gespensterlokomotive hielt an, wurde noch stärker: Es war ein tiefes Brummen, zuweilen in rhythmisches Blasen, Fauchen, sägendes Kreischen übergehend, von so höhnisch-drohenden Klangnuancen, als wären alle Register einer Höllenorgel gezogen.

Plötzlich tönt in diese Satansymphonie ein wiederholtes sanftes Pfeifen in stets gleichbleibendem Ton. Es wirkt wie Wasser auf Flammen, wie der Pilgerchor auf die Venusbergmusik in der ›Tannhäuser‹-Ouvertüre: Der Lärm verlischt, geht in sanftes Schnauben über.

Auf meine Hilferufe kam die beruhigende, nachthemdweiße Gestalt der Mama aus dem angrenzenden ehelichen Schlafgemach in mein Kinderzimmer geschlichen und erklärte mir etwas verlegen: Das Höllengeräusch, das ist Papas Schnarchen (ja, aber was ist Schnarchen, das ist ja etwas Furchtbares, so was tun die Erwachsenen, wenn sie schlafen?). Und das Pfeifen, das ist Mamas famose Abwehr; der Schnarcher verstummt, ohne daß der Schläfer geweckt wird. Die Schnarchbehandlung durch Pfeifen habe ich mir gemerkt. Sie ist, unter Vertauschung der Geschlechter, in meinem ehelichen Schlafgemach eingeführt. Diese Pfeiftherapie ist wärmstens zu empfehlen. Aber der Schreck vor dem Papa war trotz aller rationalen Erklärungen bei mir Fünfjährigem doch noch größer geworden.

In meiner Kinderzeit gehörte neben Klavierspielen und Gesang auch noch das Malen zu den schönen Künsten, die ein wohlerzogenes weibliches Wesen schmückten und gleichzeitig seine Zugehörigkeit zu den sogenannten besseren gebildeten Klassen dokumentierten. Das geräuschlose Malen war entschieden dem geräuschvolleren Singen und Klavierspielen vorzuziehen. Die Frau Professor hatte kein malerisches Talent, sie füllte nur vorgezeichnete Formen mit Farbe aus, wozu gebrannte Tonteller mit eingeritzten, mannigfach verschlungenen Ornamenten sich vorzüglich eigneten. Solche bemalten Teller bekam man dann zu Weihnachten oder zu Geburts- und Namenstagen als holde Überraschung und nagelte sie als Schmuck an die Wände. Man darf daraus nicht schließen, daß die Frau Professor sich deshalb für eine Malerin gehalten oder daran besondere Freude gehabt hätte. Es war ihr, wie Handarbeiten oder Lesen von Romanen, eine Abreaktion nach ihrer anstrengenden beruflichen Tagesarbeit. Mich aber faszinierte es, wenn sie die vorgezeichneten Bänder mit ihren mäanderförmigen Verschlingungen in allen Farben des Regenbogens mit spitzem Pinsel ausfüllte. Das mußte ich nachmachen. Aber ungeschickt verschmierte ich die Umrisse.

»Mama, gib mir deinen Pinsel, der malt viel besser.«

Die gütige Mama tat es schweigend, der daneben sitzende Papa – das Ganze spielte sich auf dem Eßtisch nach dem Abendessen ab – brauste auf: »Ich habe ja *doch* einen Trottel zum Sohn, so etwas Blödes ist mir noch nicht vorgekommen.«

Ich begann, wie immer bei solchen Gelegenheiten, zu plärren.

Für meinen Vater war es zeitlebens schwer, freundliche Gefühle auszudrücken; er hatte eine bäuerliche Scheu davor, mit liebevoller Gebärde seinen Sohn zu sich zu nehmen, wie es die Mama tat. Aus seiner Selbstbiographie geht hervor, daß er derartige Zärtlichkeiten von seiten seiner Eltern nie gekannt hat. So etwas war einfach nicht üblich in damaliger Zeit bei einfachen Leuten.

Aber so brutal-egoistisch sind Kinder: Wäre damals mein Vater plötzlich aus meinem Leben verschwunden auf Nimmerwiedersehen, ich hätte ihm keine Träne nachgeweint, sondern nur erleichtert aufgeatmet. Wie viele Jahre mußte ich neben ihm leben, bis ich die grenzenlose Güte dieses Mannes und seine große Liebe zu mir erkannt hatte!

Das neue Vaterhaus

So ganz neu war es eigentlich gar nicht, vielmehr ursprünglich ein altes, typisch niederösterreichisches Bauernhaus, das in L-Form zwei Seiten eines rechteckigen Hofes begrenzte.

Adolf Lorenz' Schwiegervater, der alte Dr. Zacharias Konrad Lecher, Chefredakteur der ›Presse‹ und Präsident des Wiener Schriftstellervereines »Concordia«, hatte in Altenberg eine Villa, in der die bisher noch obdachlose Familie Adolf Lorenz Sommerunterkunft gefunden hatte. Gegenüber der Lecher-Villa stand besagtes Bauernhaus, das meinem Vater ins Auge stach. Er schildert in seiner Selbstbiographie, wie billig er dieses Anwesen infolge der hohen Verschuldung seines Besitzers erwerben konnte, wie diesem nach Abschluß des Kaufes kein Geld mehr in der Hand blieb und wie Lorenz ihm noch in nobler Weise etwas draufzahlte, obwohl seine finanziellen Verhältnisse damals solches Grandseigneurtum eigentlich nicht gestatteten. Aber die aufblühende orthopädische Praxis machte ihn optimistisch.

Und damit begann nun meines Vaters jahrzehntelange Bauherrnherrlichkeit. Seinem inneren Trieb nach war er ein geborener Bauherr, wie nur irgendeiner der deutschen Duodezfürsten des 17. und 18. Jahrhunderts. Die Bauwut war für ihn das Ventil seines künstlerischen Geltungstriebes, er *mußte* einfach bauen, wobei allerdings seine ästhetische Bildung und sein Geschmack nicht immer seinen hochgesteckten Zielen entsprachen. Vom Bauherrn Adolf Lorenz soll später ein ganzes Kapitel handeln.

Der Anfang dieser Bauunternehmungen war die Umgestaltung des Bauernhofes in ein behagliches bürgerliches Einfamilien-Wohnhaus. Es wäre einfacher gewesen, das ganze Gebäude zu rasieren und etwas Neues hinzustellen. Aber meinem Vater hatte es das Gewölbe des geräumigen alten Kuhstalles angetan; dieses Gewölbe wollte er nicht opfern, der Raum war zur Küche bestimmt, und so begann der Neubau auf den alten Fundamenten.

Dieses Gewölbe ist tatsächlich eine architektonische Sehenswürdigkeit. Vielleicht haben schon schwedische Kavallerie des Dreißigjährigen Krieges und türkische Reiterei ihre Pferde hier eingestellt.

An den Umbau selbst erinnere ich mich nur dunkel, die gefährlichen Schluchten und unheimlichen Bretterstege waren verbotenes Gebiet für mich. Aber da blitzt mir wieder ein photographisches Erinnerungsbild auf: Es ist Abend; schon Tage vorher hatten die Eltern erregte Geschäftigkeit gezeigt mit Kofferpacken und Leute-Herumschicken. Plötzlich hebt mein Vater mich zu sich auf einen Arm, in der anderen Hand hält er eine Petroleumlampe mit großer Milchglaskugel, ich sehe sie noch deutlich vor mir. Er drückt meinen Kopf an sein Gesicht und sagt mit ungewohnter Stimme: »Also komm, mein Bubikatzi, jetzt trage ich dich in unser neues Haus, dein Vaterhaus, in dem wir fortan wohnen werden.«

Noch heute sehe ich deutlich den Arm mit der Lampe, den Kopf des Vaters mit dem langen, seidenweichen blonden Bart, in den ich mein Gesicht in schüchternem Erstaunen und Stolz drückte, seinen freundlich-zärtlichen Ausdruck. Der unheimliche Papa ist wie umgewandelt! Er nennt mich Bubikatzi, er lacht, er trägt mich selbst ins neue Haus, obwohl ich ganz gut hätte gehen können. Ich war wie im Traum!

Im neuen Haus roch es nach Neubau, nach Kalk, frischer Ölfarbe, eben geweißten nassen Wänden. Jeder Eindruck aber sank in nichts zusammen gegenüber diesem überwältigenden Wunder: Der Papa ist gar nicht so böse, er trägt mich, küßt mich, er scheint mich lieb zu haben, wie die Mama! Damit war zum erstenmal das Eis gebrochen zwischen Vater und Sohn.

Was ich damals natürlich nicht wußte und erst später aus dem Munde der Eltern und aus meines Vaters Selbstbiographie erfuhr, war, daß die Kosten des Grundkaufes und Baues das damalige Budget von Adolf Lorenz gewaltig überstiegen hatten, zumal, wie es stets zu geschehen pflegt, die nachtröpfelnden Handwerkerrechnungen die Voranschläge bei weitem übertrafen. Lorenz sagt in seiner Selbstbiographie: »Es schien mir, als ob der Dachdecker das Dach mit Hundertgulden-Noten decken würde.« Aber ein Mann, der jung und im vollen Verdienen ist, kann so etwas aushalten.

Dieser Einzug ins neue Haus ermöglicht es mir, den Beginn meiner Erinnerungen zeitlich zu bestimmen: 1889 war das Jahr des feierlichen Einzuges.

Das war der Anfang von Lorenz' Bauwut, und rückschauend muß ich sagen: Dieser erste Bau war der stilistisch gelungenste aller seiner An- und Umbauten. Das Haus war zweckmäßig, obwohl nur von einem Baumeister, keinem Architekten geschaffen, und die Ausgeglichenheit seiner inneren Raumgestaltung spiegelte sich in den äußeren Umrissen wider: Gerade, ruhige Baulinien, ohne falschen, unorganischen Barock- oder Rokokoaufputz, wie er in den damaligen unschöpferischen und nur rückschauend kopierenden Zeiten der Architektur üblich war: Eine Kirche mußte im gotischen oder romanischen, ein Museum im Renaissancestil gebaut sein, das Privathaus eines reichen Industriellen oder Kaufherrn gab sich als Barock- oder Rokokobau. Lorenz aber, dessen damaligem Geschmack etwas Pompöseres, etwa im Stil der Kaltwasserheilanstalten oder Spielkasinos, weit mehr zugesagt hätte, mußte aus Geldmangel sparsam bauen, und so war das Haus ein kleines Kunstwerk geworden, das zu zerstören, neuer, größer, prächtiger zu gestalten, auf Jahre hinaus der Wunsch von Adolf Lorenz blieb, bis sein in Amerika verdientes Geld es ihm endlich erlaubte, diesen Traum zu verwirklichen. Leider fand er auch den richtigen Architekten dazu. Bald nach Vollendung des Prachtbaues starb der Künstler an Gehirnerweichung auf dem Steinhof.

Der Herr Hofrat

»Der Herr Hofrat«, das war in der Familie Lorenz kein Gattungsbegriff, kein österreichischer Titel, sondern eine Art Eigenname, gleichbedeutend mit dem Hofrat Professor Dr. Eduard Albert, dem damaligen Leiter der Wiener Ersten Chirurgischen Klinik. Albert war ein Mann, den man nicht vergaß, war man ihm einmal begegnet. Er war einer der letzten der großen klassischen Wiener Medizinschule – ein Polyhistor, ein humanistisch allgemein Gebildeter, wie es unter damaligen Medizinern nicht selten war: Die Schleichs waren mehr als nur nebenbei Maler und Schriftsteller, Billroth war ein bedeutender Pianist, mit dem vierhändig zu spielen Brahms nicht unter seiner Würde fand, und Eduard Albert war ein Astronom, dessen nächtlichen Vorlesungen unter dem Sternenhimmel und am Fernrohr zu lauschen für mich kleinen Buben atemberaubender war als Mamas schönste Märchen. Er hat des tschechischen Lyrikers Jaroslav Vrchlicky Gedichte nicht einfach ins Deutsche übersetzt, sondern in harmonisch dahingleitende deutsche Verse umgedichtet. Er war – so etwas gab es damals noch – ein begeisterter nationaler Tscheche und gleichzeitig ein überzeugter kaiserlicher Groß-Österreicher, lebhaft bestrebt, die aufblühende junge tschechische Literatur den Deutschen zugänglich zu machen, in deren Kulturkreis er aufgewachsen und gebildet worden war. Gute alte, kaum mehr vorstellbare Zeit unpolitischer harmonischer Bildung der Persönlichkeit.

Eduard Albert war ein Feuergeist, ein temperamentvoller Sanguiniker, kugelrund und springlebendig, mit ausdrucksvollen, funkelnden schwarzen Augen, einem graumelierten Hussiten-Knebelbart, der stets mitzitterte, wenn er sprach, wobei er ausgesprochen »böhmakelte«. Albert hatte es nicht leicht auf seinem Wiener Lehrstuhl, denn die zweite chirurgische Klinik hatte damals kein geringerer als der glänzende Billroth inne, der ihm als Operateur und Bahnbrecher überlegen war. Dafür, so versicherte mir mein Vater, war Albert der bessere Lehrer und dazu ein glänzender Redner.

An dem wunderbaren Phänomen des Herrn Hofrat erkannte ich staunend, daß die Macht meines Vaters doch nicht unbedingt und allgewaltig war. Es gab noch eine höhere Gewalt über ihm, vor der er sich beugte, und das war eben der Hofrat – so wie über Poseidon und Ares der Allvater Zeus waltet oder über Donar und Loge der einäugige Wotan.

Lorenz war in Gegenwart des Herrn Hofrat wie verwandelt, höflich, lächelnd, zuvorkommend – sogar gegen die eigene Frau. Kein Wunder, denn der Herr Hofrat war der Schutzpatron unserer Familie. Lorenz war von je sein Lieblingsschüler, auf den er sehr stolz war. Eduard Albert war es, der ihn auf das damals noch unbebaute Feld der Orthopädie verwies, als Lorenz wegen Karbolekzems die Chirurgie aufgeben mußte.

Der Herr Hofrat lebte einen Stock höher, im gleichen Haus wie wir, in der Frankgasse. Fast täglich kam er nach dem Abendessen auf ein Krügel Pilsner zu uns herunter. Er trank bewundernswert viel Bier. Charles Dickens würde sagen: »Auf der Flut von Bier, das er in seinem Leben getrunken, hätte man einen Dreimaster vom Stapel lassen können.«

Der Herr Hofrat trank nicht nur Bier wie ein großer Explosionsmotor das Benzin, er rauchte auch bös aussehende, lange schwarze Zigarren, die er, mir unbegreiflich, »Giftnudeln« nannte, und zwar rauchte er sie als Kettenraucher, mit einer seinem Temperament entsprechenden Hast und Eile, so daß er stets in blauen Rauch gehüllt war wie eine napoleonische Batterie in der Schlacht. In Intervallen stieß er zu meinem unbeschreiblichen Entzücken tadellose runde Rauchringe aus, wobei er ein Gesicht machte wie ein nach Luft schnappender Karpfen. Mit diesem wütenden Rauchen schwerer Zigarren legte er auch offenbar den Grund zur Koronarsklerose, der er schließlich erlag.

Zu mir war er ausnehmend lieb, mein Taufpate, von dem ich meinen Vornamen Albert erhielt, schaukelte mich auf den Knien und rieb seine stets stachligen Backen an meinen Kinderwangen, daß ich hätte aufschreien mögen. Er hatte für mich, wenn ich ihm derart nahe war, ein faszinierendes Bukett von Parfums, das sich aus verschiedenen Komponenten zusammensetzte: aus Zigarrenrauch, Bierhansl, Karbol und leicht abgeschwitzter Jägerwäsche. »Ich riech' ja wie a Schafstall«, sagte er über sich selbst. Er war ein glühender Anhänger dieser damals neuen Unterkleidung. Dann hatte er an den Handgelenken blaßgelbe Zelluloidröllchen, sogenannte Manschetten, die bei seiner lebhaften Gebärdensprache ihm beim Reden über die Hände herabrutschten, daß die Jägerhemdärmel hervorlugten. Diese Röllchen, so lernte ich später, wurden bei Operationen nicht getragen, sondern vorher auf ein Fensterbrett im Operationssaal gestellt.

Der Papa war auch viel freundlicher zu mir in Gegenwart des Herrn Hofrat, der meine Mutter stets zu meinem verständnislosen Erstaunen »Mei Töchterl« nannte. In späteren Jahren wurde meine reine Freude an der Gegenwart des Herrn Hofrat etwas getrübt durch seine störende Gewohnheit, mich jederzeit bei meinen nachmittägigen gymnasialen Hausarbeiten zu überfallen und zu prüfen. Er wußte schlechterdings alles und ich nichts, besonders in meinem Gegenstand des Schrekkens, in der Mathematik.

Aber ich hatte es bald heraußen: Meine zwei Götter, der Vater wie der Hofrat, hatten ihre Achillesfersen. Die Unfehlbarkeit des Herrn Hofrat brach einmal jählings vor meinen Augen zusammen, und das geschah so: Er war häufiger Gast bei uns in Altenberg. Einmal kam uns auf einem Abendspaziergang zur Donau hinunter die heimkehrende Kuhherde des Dorfes entgegen, unter lustigem Trompetengedudel des Halters, der die Tiere von der »Küahwoad« heimtrieb. Der Halter war dabei nur eine schmückende Beigabe, denn die klugen Kühe wußten auch allein den Weg zum heimatlichen Stall. Von kleinauf mischte ich mich fröhlich unter diese Kuhherde, und meine Verletzung, die ich dabei davontrug, war einmal eine blutig aufgerauhte Wange, als mir eine Kuh, die ich streichelte, mit ihrer schwarzblauen, riesigen Zunge liebkosend über das Gesicht strich.

Was aber tat zu meinem namenlosen Erstaunen der gottähnliche Herr Hofrat? Er machte blitzschnell kehrt und kletterte mit einer Behendigkeit, die niemand dem kugelrunden alten Mann zugetraut hätte, unter Benützung eines Fliederbaumes, der am Weg stand, über einen Vorgartenzaun und war in Sicherheit . . .

Ich aber war fassungslos. War es möglich? Der Herr Hofrat, diese hochverehrte Kondensation aller guten Eigenschaften, fürchtete sich vor unseren engelsfrommen Kühen! Und was tat mein Vater? Er vergaß so gänzlich seine Hochachtung vor dem verehrten Lehrer, daß er in ein unziemliches Hohngelächter ausbrach.

Eduard Albert blieb bis an sein gnädiges plötzliches Lebensende der treue Freund und Beschützer der Familie Adolf Lorenz. Er nahm meinen Vater zu jeder besseren Privatoperation als Assistenten mit. Wo es nur ging, schleppte mein Vater mich mit, unter sanftem »Aber Adolf!«-Protest meiner Mutter. Damals sah ich sonderbare chirurgische Dinge, schaurig-schöne, die ich erst später, als erfahrener Chirurg, richtig deuten lernte.

Mit Taschen voll von Instrumenten fuhren der Herr Hofrat, mein Vater, ein Narkotiseur und ich im hofrätlichen Privatlandauer zu irgendeinem Patienten, in dessen Wohnung dann das geeignetste Zimmer im Handumdrehen in einen antiseptischen Operationssaal verwandelt wurde. Ich durfte noch helfen, Vasen mit staubigen Makartbuketts, besetzt mit ausgestopften bunten Kolibris, und andere Schmuckgegenstände der Zeit, wie Nippestische und üppige Draperien, aus dem improvisierten Operationssaal zu entfernen – dann wartete ich im Vorzimmer oder unten beim Kutscher Josef auf das Ende der mir gänzlich unverständlichen Operation, deren Namen ich hinterher aus den Gesprächen der Heimfahrenden erfuhr. Diese Hausoperationen umfaßten nicht nur die gesamte sogenannte »kleine Chirurgie«; Albert wagte sich sogar an Hernien, also Bauchhöhlenöffnungen, in so verzweifelt unchirurgischer Umgebung. Heute würde man das geradezu als medizinischen Kunstfehler verfolgen. Aber es ist einmal so, auch in ärztlichen Dingen: Was heute Verdienst ist, wird morgen Vergehen, und umgekehrt. Etwas jedoch ist mir geblieben aus den damaligen Erlebnissen: ein gewisser Zweifel an der Unfehlbarkeit unserer obersten chirurgischen Göttin, der heiligen Asepsis. Sie kann nicht so heilig sein, wenn solche Dinge ungestraft durchgehen: Hernienoperationen, ohne Temperaturerhöhung, per primam ausgeheilt, in Räumen und unter technischen Umständen ausgeführt, die ein Hohn waren auf alles, was uns heute in der Chirurgie als unantastbar gilt!

Einmal gelang es mir, ich weiß nicht mehr wie, geduckt in eine der obersten Bänke des alten chirurgischen Hörsaales, einer Operation des Herrn Hofrat beizuwohnen, bei der mein Vater assistierte. Der Herr Hofrat schnitzelte aus einem Fußgelenk einen großen, annähernd würfelförmigen Knochen heraus, den er, sich vom Operationstisch abwendend, in einer Hand hielt, während die andere mit einem großen Resektionsmesser an dem Knochenstück herumschnitzte. »Wie unsere Resi zu Hause in der Küche, wenn sie einen Erdäpfel schält«, blitzte es mir durch den Kopf. Seinen Zwicker am schwarzen baumelnden Schnürl hatte der Chirurg dabei auf der Nase und betrachtete den Gegenstand seiner Bemühungen mit der typischen zurückgelegten Kopfhaltung des Weitsichtigen. Heute weiß ich, welcher Operation ich beiwohnte: Es war Alberts Erfindung der Arthrodese (künstliche Gelenkversteifung des Sprunggelenkes bei Kinderlähmung), und der Knochen in seiner Hand war der Talus, das Sprungbein, der größte sehnenlose Sesamknochen des menschlichen Körpers, den man nach Lösung seiner Bänderverbindungen herausnehmen kann und den Albert plastisch zur Arthrodese umformte.

Aber jeder Chirurg weiß: Es ist eine kitzlige Sache, dem Körper entnommene Gewebstücke, Knochen oder Muskelhäute, die man zu einer Verpflanzung benötigt, frei im Raum zu halten und mit Instrumenten zu bearbeiten. Sie haben eine teuflische Neigung, wie ein feuchter Kirschkern zwischen den Fingern dem haltenden Griff zu entschlüpfen und auf den Boden zu springen. Ade dann, heilige Asepsis!

Gerade das aber passierte dem Herrn Hofrat! Das Sprungbein hüpfte plötzlich aus seiner Hand, als hätte es Eigenbewegung, fiel auf den Boden und sprang dort elastisch in eleganten Parabeln fröhlich dahin. Also katastrophales Ende einer genial ausgedachten Operation, nicht wahr? Keineswegs! Dienstfertige Assistentenhände fingen den hüpfenden Knochen wie einen entfliehenden Frosch, bevor er noch zur Ruhe kam, wuschen ihn eilfertig in Sublimat ab und überreichten ihn mit ehrfürchtiger Gebärde dem Herrn Hofrat, der das fertig geschnitzte Knochenstück mit olympischer Ruhe wieder in die Knöchelgabel einsetzte, als wenn nichts geschehen wäre. Und es geschah auch nichts. Damals scheint die Asepsis unempfindlicher gewesen zu sein, oder die Menschen waren widerstandsfähiger. Wenn man heute so etwas macht, ist eine haushohe Blutvergiftung unvermeidlich.

Adolf Lorenz hat auch nie ganz herausgefunden aus seiner chirurgischen Jugendzeit mit ihrer, gelinde gesagt, »kleinen Asepsis«, zu dem, was man heute unter Asepsis versteht. Ich hatte als sein Assistent in Amerika manchmal noch qualvolle Augenblicke zu durchleben, wenn ich ihn, unter den wachsamen und keineswegs immer wohlgesinnten Blicken fachmännischer Zuschauer, im Operationssaal mit leise gezischten Ermahnungen dazu anhalten mußte, sich wirklich die Hände mit Bürste und Seife zehn Minuten lang zu waschen, beim Aufnehmen des sterilen Mantels, beim Anziehen der Handschuhe nicht überall anzustreifen – kurz, die notwendigen und selbstverständlichen aseptischen Gebote einzuhalten.

Aber das sind, nehmt alles nur in allem, doch nur Kleinigkeiten gegen das Große in der Wissenschaft, das die beiden, Eduard Albert und Adolf Lorenz, geleistet haben, und weil das Glück meist mit den Großen und Kühnen ist, so gingen ihre Vergehen gegen die heilige Asepsis im großen und ganzen ungestraft durch.

Mein Vater setzte seinem verehrten Lehrer im Park in Altenberg eine große steinerne Urne, die ein trauernder weiblicher Genius umfängt. Auf der Urne ist die Inschrift eingemeißelt: »Eduard Albert«. Eine kleine Trauerweide hinter dem Denkmal wuchs, wie es zu geschehen pflegt, in ein paar Jahrzehnten zu einem mächtigen Baum heran, der mit seinen hängenden Zweigen die Urne dem Blick beinahe entzog. Gewöhnlich ist das Überwuchern solcher Denkmäler eine gütige Geste der Natur, die so die üblichen und üblen plastischen Grabschändungen, wie man sie oft auf Friedhöfen sieht, freundlich überdeckt. Dieses Grabmal verdiente aber nicht, überwuchert zu werden. Ein Sturm im Frühjahr 1944, symbolischer Vorbote von ärgeren, die folgten, entwurzelte die Trauerweide, die Urne aber steht heute noch, obwohl nur mehr wenige wissen, wem die Inschrift gilt.

Der Rittmeister Pischl

Das geisterhafte Album photographischer Erinnerungsbilder aus früher Kindheit zeigt mir nur ein einziges Bild: den Platz »Am Hof«, mit der merkwürdigen Terrasse der Kirche »Zu den Neun Chören der Engel«, daneben das ehrwürdige, längst abgerissene Kriegsministerium, die ehemalige »Hof-Kriegskanzlei«. Auf dem Platz steht ein riesiges Reiterdenkmal auf hohem Sockel. Auf einem überlebensgroßen, ruhig dastehenden Pferd ein ebenfalls großer, alter, etwas vornübergesunkener Offizier mit dem Federhut des Generals, die eine Hand nachlässig nach vorne weisend, die Zügel in »Ruht«-Stellung auf dem Rist des Pferdes.

Die blitzblanke neue Bronze des Standbildes tat förmlich den Augen weh. Nun weiß ich nicht mehr: War es die Enthüllungsfeier des Radetzky-Denkmals oder ein späteres Fest? Jedenfalls war der Kaiser nicht dabei, aber die Bronze des Denkmals war noch keineswegs patiniert und seit der Enthüllungsfeier wohl erst kurze Zeit vergangen. Meine Erinnerungsphotographie zeigt mir weiter ein militärisches Biedermeiergemälde wie von Karl Schindler: vor dem Kriegsministerium die Wachkompanie, daneben eine Regimentskapelle mit Blasinstrumenten, deren Messing nicht weniger funkelt als die neue Bronze, eine bunte Farbensymphonie der glänzenden Metalle, der beflaggten alten Häuser und einer Menge von Galauniformen aller österreichischen Waffen. Für Zivilisten war ein kleiner Raum abgeplankt, in dem mein Vater und ich Platz fanden. Ich hätte mich in einer anderen Welt geglaubt, wenn mir nicht ein Umstand die Beruhigung gegeben hätte, auf dem guten alten »Hof« zu sein. Vor der Tür seines Geschäfts stand unser lieber bewährter Delikatessenhändler, der Herr Löwental, mit freundlichem und devotem Interesse das Schauspiel genießend, mit einem Rabbinerkapperl auf dem Kopf, einem österreichischen Kaiserbart – eine semitische Version der zahlreichen Generalsköpfe des Festes.

Ich hatte von kleinauf ein lebhaftes Interesse für Uniformen und habe mir mit der Zeit Fachkenntnisse über die meisten

Monturen aller europäischen Länder und Epochen angeeignet. Mir war aus der Schar der Offiziere sofort einer aufgefallen, der geradezu aus einem meiner Soldatenbilderbücher war: ein großer, hagerer, alter Mann mit eisgrauem, von Tabak etwas vergilbtem Schnauzbart. Er trug einen Helm, den man für den eines Dragoners hätte halten können, wäre sein Kamm nicht mit einem schwarzen Raupenstreif geschmückt gewesen. Weißer Waffenrock, mit kurzen, frackartigen Schößen, am Kragen blaue Vorstöße – nicht der ganze Kragen war blau –, weiße Stulpenhandschuhe, anstatt der Kavalleriepumphosen mit Stiefeln eine lange, weite, blaue Hose mit Strupfen, von den Knien abwärts mit schwarzem Leder besetzt. Am meisten aber imponierte mir der eiserne Küraß, den er über dem Waffenrock trug; dazu den geraden, schweren Reiterpallasch und eine schwarzgelbe Feldbinde, wie sie der Kürassieroffizier als einziger österreichischer Kavallerist trug. Und sofort war es mir klar: Das ist ein Kürassier, wie man ihn sonst nur mehr in Bilderbüchern sieht.

Aber jetzt kam das Wunderbare: Nach Schluß des Festes erblickte der Kürassier meinen Vater und lief, sporn- und pallaschklirrend, mit ausgebreiteten Armen auf ihn los mit dem Ruf: »Ja, Adolfla, servitore, amico, come stai? Laß dich umarmen!«

Und mein Vater sagte: »Ja, Pischl, lieber Onkel Rittmeister, daß ich dich hier wiedersehe!«

Die Szene fiel auf, wohl hauptsächlich des historischen Kürassiers wegen. Ich war tief beeindruckt und von neuer Ehrfurcht für meinen Vater erfüllt, der so freundschaftlich auf du und du mit einem so wunderbaren Wesen stand.

Freilich, gar so wunderbar war der Krieger, in der Nähe gesehen, nicht mehr. Es enttäuschte mich der prosaische Name Pischl und daß der alte Herr statt Kavalleriegeneral nur Rittmeister war. Auch war er zu dürr für seine ganze Adjustierung; der Helm fiel ihm bis an die Ohren herab und war zerkratzt und verbeult, wie der zu große Küraß, in dem er mit seinem langen, dürren Hals aussah wie eine Schildkröte im Gehäuse. Der weiße Waffenrock zeigte ehrwürdige, gelb-grüne Landkarten, der Lederbesatz an den Hosenbeinen war vom Alter zerknittert und geschrumpelt und in Dauerfalten gelegt, die an

Steifheit den bronzenen an den Hosen des gleichfalls bronzenen Vater Radetzky nichts nachgaben. Der ganze Mann sah aus wie eine jener lebensgroßen Uniformpuppen, die man in Heeresmuseen sieht.

Die sieben Regimenter der österreichischen Kürassierwaffe wurden nach den Sechsundsechziger-Feldzügen in Dragonerregimenter umgewandelt; der Rittmeister Pischl, nach Custoza ruhmreich pensioniert, lebte fortan mit seiner Gattin im Heimatstädtchen meines Vaters, in Weidenau in Schlesien, daher die alte Freundschaft. Aus den jahrelangen lombardisch-venezianischen Garnisonen hatte er die Gewohnheit der Radetzky-Veteranen angenommen, sein Gespräch fortwährend mit italienischen Brocken zu untermischen.

Hiemit verschwindet der Rittmeister Pischl aus meinem Gesichtskreis für immer. Als wir aber Jahrzehnte später einmal in einem unserer ersten Autos, stolzgeschwellt über die große sportliche Leistung, nach Weidenau kamen, konnte mein Vater sich nicht genugtun an lokalen Erinnerungen, und bei einem altväterlichen Giebelhaus rief er: »Hier hat der Rittmeister Pischl gewohnt.« Er klopfte an, und fast gleichzeitig ward ihm aufgetan von einer schlanken alten Frau mit schlohweißen, in der Mitte gescheitelten Haaren und funkelnden, kohlschwarzen Augen. Nur sekundenlang sah sie meinen Vater an, dann rief sie, die Arme theatralisch ausgebreitet, mit tiefer, melodischer Stimme: »Adolfo mio carissimo, viene qui!« und schloß ihn stürmisch an ihr Herz. Es war die Witwe Pischl aus Bergamo, die im weltvergessenen Krähenwinkelstädtchen Weidenau lebte. In bewegten Augenblicken fiel sie stets in ihre edle Muttersprache zurück.

Gabriele, die frohe Seele

Ihr Vater war Postbeamter in Währing. Sie war mein erstes Kinderfräulein, wie es jede bessere bürgerliche Familie damals hatte. Die »Mademoiselle« kam erst später, von der »Miß« wußte man noch lange nichts. Gabriele war ein leuchtender Markstein in meinem Leben, denn sie ließ mich zum ersten Male den verwirrenden Einfluß empfinden, den holde Weiblichkeit auf das männliche Wesen ausübt, auch wenn dieses erst fünf Jahre alt ist. Sie brachte, um sich gut bei mir einzuführen, einen großen hölzernen Spritzwagen mit zwei prallen, rot-weiß bemalten hölzernen Pferden mit. Das war ein betörend schönes Geschenk für mich, aber es verblaßte, verglichen mit der Spenderin, wie der Mond vor der Sonne. Als ich sie das erstemal sah, stand sie auf der höchsten Stufe einer hühnerleiterartigen Treppe des alten großväterlichen Hauses in Altenberg und lächelte auf mich Untenstehenden herab. Und ich empfand mit einem schmerzhaft freudigen Stich im Herzen, was »Weibeswonne und -wert« sei, wie Loge im ›Rheingold‹ behauptet. Sie war damals ungefähr zwanzig Jahre alt, trug auf einer hohen, schlanken Gestalt ein feines kleines Köpferl mit pikant geschwungenem Hakennäschen, hatte goldblonde, schwere glatte Haare und goldbraune, lustig lächelnde Augen. Ihre Gestalt war ein rhythmischer Wechsel von ausbuchtenden und wieder zurückflutenden Linien; das fünfjährige Männchen war hingerissen von den ästhetischen Wellenbergen und -tälern dieser Umrisse. Dazu noch der Name Gabriele, an sich schon Musik – ich war wie umgewandelt, gefügig, still: Das Kind hatte eine Gefährtin gewonnen, die seinen Schönheitssinn befriedigte. Sofort war ich wütend eifersüchtig auf jeden, mit dem Gabriele sprach oder den sie gar anlächelte, am eifersüchtigsten, wenn die Betreffenden Männer waren. Wohl sah ich auch andere Wesen weiblichen Geschlechts um mich, in Gestalt meiner zahlreichen Tanten mütterlicherseits, die gar nicht so übel waren, aber sie schienen mir gegen Gabriele doch nur wie Nebelkrähen neben einem Paradiesvogel.

Aber, wird man fragen, was hat Gabriele, der Paradiesvogel, mit Erinnerungen an Adolf Lorenz zu tun? Nun, mein Vater war auch wie umgewandelt in Gegenwart der Holden. Auch auf ihn, vermutlich etwas bewußter, wirkte dieser Zauber der sanften Wellenberge und -täler, der lustigen, goldbraunen Augen. Er besuchte jetzt viel öfter das Kinderzimmer, aufgeräumt und freundlich aber mehr gegen die »frohe Seele«, wie sie von den Tanten getauft wurde (offenbar nur um des Reimes willen), als gegen mich, der ich mich dabei des Gefühls nie erwehren konnte, daß einer von uns dreien, und zwar ich, zuviel im Zimmer sei. Meine Eifersucht richtete sich so auch gegen meinen Vater. Die kluge, aber von ihrer Freude an schönen Menschen diesmal irregeleitete Mama bereute bald ihren Mißgriff mit der anmutigen Gabriele, und ich hörte öfters in bezug auf sie Mamas eisig tadelndes »Aber Adolf!«.

Wie aber schon die schöne Helena nicht nur Menelaus und Paris bezauberte, sondern die gesamte Männlichkeit von Troja bis zu den ältesten Generalstäblern und Hofräten, so auch meine Gabriele: Lorenz Sohn und Vater waren keineswegs die einzigen von ihr Entzückten.

Den Herrn Hofrat traf es wie ein Blitz, als er die Gabriele zum ersten Male sah; auch seine Art änderte sich unter den geradezu hormonalen Einflüssen des schönen Mädchens. Seine Annäherungsversuche waren von grandioser klassischer Einfachheit. Wieder ein Bild aus meinem geisterhaften Photoalbum:

Ich sehe den Herrn Hofrat, auf den Zehenspitzen sich dahinwindend, mit zitterndem Bart und schwarz funkelnden Augen, auf dem Wege zu meinem Kinderzimmer, in dem Gabriele allein beschäftigt war. Er sah aus wie der große Pan, der in den Lorbeerhainen des Ida eine Quellnymphe anpirscht.

Auch meine beiden Onkel mütterlicherseits – der eine wurde ein bekannter österreichischer Reichstagsabgeordneter und parlamentarischer Dauerredner, der andere Professor der Physik in Wien – fühlten sich bezaubert von dem erotischen Fluidum, das um Gabriele herum nur so flimmerte, und zwar derart, daß man fürchtete, ihr mit einem brennenden Zündholz nahezukommen – aus Angst vor einer Explosion. Alle männlichen Familienmitglieder waren begeistert, und Gäste männlichen

Geschlechts, die man schon lange nicht gesehen hatte, kamen herbeigeflogen wie die Bienen, die den Honig riechen. Das machte mich jedesmal eifersüchtig, aber auch von Stolz geschwellt über den Besitz der Gabriele, die doch von Rechts wegen mein Eigentum war. Ich schwieg, auch in richtigem Instinkt und loyal gegen meine Angebetete, über die Tatsache, daß ein junger Mediziner namens Blütenstiel, unter offenbarer Vernachlässigung seiner vormittägigen Vorlesungen, uns täglich im Volksgarten bei unseren Spaziergängen zu treffen wußte. Der Herr Blütenstiel hatte einen aufgezwirbelten Schnurrbart, einen hohen, gelben steifen Kragen, der, wie er selbst rühmend hervorhob, aus Zelluloid und täglich im Nu abwaschbar war. Und überdies hatte er einen Zwicker an einem langen schwarzen Bandl. Gegen mich war er, aus Gründen, die mir erst später begreiflich wurden, streng und kurz angebunden, denn ich war ihm ja ein schweres Hindernis in seiner Bewerbung um Gabriele. Aber das war eine Ungerechtigkeit von ihm, denn ohne mich wäre sie wahrscheinlich nie aus Währing fort und in den Volksgarten gekommen, und er hätte sie nie getroffen.

Einige Male nahmen die beiden mich sogar mit in Blütenstiels Studentenwohnung im Hochparterre eines Hauses der damaligen Waisenhausgasse und sperrten mich dort ein, was höchst unheimlich war. Auch auf den Herrn Blütenstiel war ich natürlich eifersüchtig, mehr noch als auf andere und mit offenbar besserem Grund, aber ich hätte mir eher die Zunge abgebissen, als der Mama gesagt, daß ich, statt im Volksgarten die gute Luft zu genießen, in einem muffig riechenden unheimlichen Zimmer mit ein paar Spielsachen eingesperrt wurde, während sich das junge Paar in einem anderen Teil der Wohnung in einer mir unbekannten Art beschäftigte.

Ganz plötzlich aber verschwand die frohe Seele, und zwar so blitzartig wie die unglücklichen Opfer Ludwigs XV. von Frankreich in der Bastille. Anfragen wurden ausweichend-nichtssagend beantwortet. Ich weinte, tobte und wütete über meine verlorene Liebe wie nur irgendeiner der klassischen Liebhaber, dem von feindlichen Mächten seine Geliebte geraubt wird. Aber nach einiger Zeit begann ihr Bild zu verblassen.

Herr Blütenstiel scheint aber trotz oder eben wegen der holden Gabriele zur rechten Zeit seine Rigorosen gemacht zu haben; er wurde Doktor der Medizin und hatte die gute Nase, schon damals mit seiner jungen Frau Gabriele nach den Vereinigten Staaten auszuwandern, wo man in jenen Tagen von einwandernden Ärzten noch keine Prüfung verlangte, sondern glücklich und geehrt war, einen Doktor der Medizin der berühmten Universität Wien willkommen zu heißen. In einer aufstrebenden großen Stadt des Middle West wurde er ein bekannter, reichlich verdienender praktischer Arzt.

Lebt meine frohe Seele noch? Sie müßte jetzt schon gut über achtzig Jahre alt sein. Während meiner langen Jahre in Amerika bin ich ihr nie begegnet, habe ich nie etwas von ihr gehört.

Bukolisch-Dionysisches Zwischenspiel

Auf dem Lande sind die strengen Vorschriften der guten bürgerlichen Manieren meist etwas gelockert. Um sich von dem ewigen »G'hörtsich« zu erholen, gehen viele Leute auf Sommerfrische, wo man in jeder Hinsicht der Natur näher ist. Der Sukkus dieser Gedankenrichtung ist in dem Spruch enthalten: »Auf der Alm, da gibt's ka Sünd.«

Das Lorenzsche Landhaus in Altenberg war zwar von einer Alm weit entfernt, es steht dort, wo die letzten nordöstlichen Ausläufer des Wienerwaldes am Ostrand des Tullner Feldes sich zur Donau herabsenken, aber ländliche Gewohnheiten gab es in Altenberg doch. Waren schon in Wien die gesellschaftlichen Umgangsformen der Familie Lorenz und des Herrn Hofrat nicht gerade die der altenglischen Feudalaristokratie, so ging es in Altenberg draußen noch gemütlicher zu als in der Stadt. Und es ehrt meine Mutter, daß sie, meiner Erinnerung nach, stets bemüht war, mit häufigem »Aber Adolf!« – wenn auch erfolglos – das Niveau der Manieren in Kleidung, Tischsitten, Gesprächston zu heben.

Die ungezwungenen Familienzusammenkünfte spielten sich zum Teil im gegenüberliegenden alten Lecher-Haus ab, in dem auch die vier jungen Schwestern Lecher, meine Tanten, wohnten. Sie waren meiner Erinnerung nach recht fesche Mädeln, vor allem mit jenen Reizen ausgestattet, die das unweigerliche Recht jedes gesunden weiblichen Wesens zwischen fünfzehn und fünfundzwanzig Jahren sind. Aber bei weitem hatten sie nichts von jenem elektrisch-erotischen Fluidum, das meine Gabriele, die frohe Seele, verbreitete. Daher ist mir auch heute noch die Erklärung des photographischen Erinnerungsbildes recht schwer, das ich jetzt beschreiben will:

Vier meiner Tanten huschen in einem Zimmer des Lecher-Hauses geschäftig hin und her, offenbar mit ihrer Toilette beschäftigt. Sie sind nach den damaligen Begriffen in tiefstem Negligé. Gegen das heutige weibliche Badekostüm war dieses Negligé so streng wie die Büßerinnentracht eines Nonnenordens.

Es war ein Bild Weiß in Weiß, à la Renoir: Weiße Miederleiberln mit kargem puritanischem rechteckigem Halsausschnitt; durch die Leiberln hindurch und unter ihnen hervorlugend, sah man Blitze des mächtigen Korsettpanzers, von Wilhelm Busch merkwürdigerweise als »Apparat der Lüste« bezeichnet. Von den Hüften abwärts trugen meine Tanten teils weiße Unterhosen, teils ebensolche Unterröcke. Diese Unterhosen hatten nichts von der herausfordernden Schnittigkeit ihres heutigen Äquivalents, sondern waren weite, bauschige Angelegenheiten, die jede menschliche Form streng verhüllten und ihre bürgerliche Würdigkeit durch breite Spitzenbordüren am unteren Ende der Hosenröhren betonten. Die Unterröcke gar waren ehrbare, weite, bis an die Knöchel reichende Leinwandsäkke, Symbol und Ausdruck des viktorianischen Zeitalters, das bestrebt war, jeden Gedanken an weibliche Formschönheit, zumindest von den Hüften abwärts, im Keime zu ersticken. Denn: »Eine Dame *hat* keine Beine.«

Nun wird man fragen, wie ich anständigerweise zu diesen Erinnerungsbildern gekommen bin. Sehr einfach: Ich wurde schweigend geduldet im Zimmer, etwa wie ein Kanarienvogel oder Goldfisch. Ich war das geschlechtslose »Bubikatzi«, vor dem sich keine Tante genierte. Ich bewegte mich unter ihnen, als hätte ich eine Tarnkappe auf.

Aber jetzt kommt das Befremdliche: Die Tür des ebenerdigen Zimmers in den einsamen, schwer zugänglichen Garten hinaus stand weit offen, es war Hochsommer, ich sehe noch deutlich den Ausschnitt der Gartenszene im rechteckigen Türrahmen, wie ein Bild. Bald erscheint Staffage in der Landschaft in Gestalt zweier vorsichtig um die Türrahmen hereinlugender bärtiger Köpfe: Papa und der Herr Hofrat. Was konnten diese beiden von mir hochverehrten Wesen hier wollen?

Die laut schnatternden Tanten bemerkten nichts. Mein Vater übernahm die Führung, er schlich leise voraus und winkte dem noch etwas zögernden Herrn Hofrat mit lebhafter Gebärde Mut zu. Und nun kam der Herr Hofrat wie ein Gummiball herangesprungen, ein faunisches Grinsen im Gesicht, mit schrecklich funkelnden Augen – ein tschechischer Urgott auf Liebespfaden.

Mein Vater verschwindet jetzt aus meinem Erinnerungsbild,

er hatte offenbar seinem verehrten Lehrer als liebenswürdiger Gastgeber nur zu einer harmlosen ländlichen Augenweide verhelfen wollen. Daß das ballonförmige weiße Unterzeug meiner Tanten eine solche Augenweide darstellte, war mir damals ebenso unbegreiflich wie heute.

Das Auftauchen des feurigen Herrn Hofrat im verschwiegenen Frauengemach wirkte wie der Einbruch des Fuchses in einen Hühnerstall. In Bocksprüngen verfolgte er die blind herumhüpfenden und empört gackernden Tanten, einmal die eine, dann die andere, ohne je eine zu erwischen. Als Federwildjäger hätte er freilich wissen müssen, daß man nicht blindlings in eine Kitt Rebhühner hineinschießen darf, wenn man treffen will – und plötzlich war er verschwunden, so rasch wie er gekommen war.

Hier verblaßt meine Erinnerung. Ich aber war ratlos. Was hatte das alles zu bedeuten? Warum wollte der Herr Hofrat »Fangerl spielen« mit meinen im Anziehen begriffenen Tanten, und warum fürchteten sie sich so? Und warum machte Papa dabei den Führer?

Heute erkläre ich mir das so: Der Überfall war nicht als ernster Angriff gemeint, sondern nur ein ländlicher Scherz, etwa wie auf niederländischen Genrebildern eines Adrian Brouwer, Teniers oder Gerard Dou. Die Empörung der Tanten war auch so rasch verraucht wie erweckt, keine Erinnerung an den Vorfall trübte bei der nächsten gemeinsamen Mahlzeit die Stimmung. Sooft ich aber bei späteren Kunststudien der beliebten Darstellung ›Susanna und die beiden Alten‹ begegnete, erinnerte ich mich an die Szene aus meinen frühesten Kindheitstagen, obwohl die Analogie in bezug auf die Anzahl der mitwirkenden Personen und ihre Beziehung zueinander auf recht wackeliger Grundlage steht.

Sportbegeisterung

Wie oft kann man es als Lob hören: N. N. ist nur Wissenschaftler (gleichviel ob es sich um einen Sanskritisten, Geschichts- oder Naturwissenschaftler handelt); für den existiert nichts anderes als seine Wissenschaft: tagsüber Laboratorium, Seminar oder Klinik, nachts Studium der Fachliteratur. In Paris soll es für Orthopäden keinen Louvre, keine Impressionisten geben, sondern nur das Hôpital des enfants malades, in Bologna keine Pinakothek, keine alten Paläste, keine Caracci, sondern nur das orthopädische Istituto Rizzoli!

Das ist gewiß löblich für den Fachmann, aber doch trostlos für einen Akademiker, dessen Ziel harmonische Bildung sein sollte – es ist die zwangsläufige Folge der mit dem Ausbreiten des Wissens immer weiter fortschreitenden Spezialisierung. Ein New Yorker medizinischer Witz antwortet auf die Frage: »What is a specialist?«

»A specialist is a man who knows more and more about less and less, until he knows everything about nothing.«

Also minutiöseste Fachkenntnis über ein so spezialisiertes Gebiet, daß es dem absoluten Nichts gleichzusetzen ist – ein wahrhaft mephistophelischer Witz!

Mein Vater war weit entfernt von solcher Einseitigkeit. Er war genial und fleißig, rastete weder in Arbeit noch in Vergnügen. Seit ich mich erinnern kann, studierte er Sprachen: Italienisch, Englisch, Französisch, Spanisch, zuletzt auch Russisch. Er las, schrieb Aufsätze, alles neben seiner ausgedehnten wissenschaftlichen Tätigkeit, und jeden neuen Sport betrieb er sofort mit Feuereifer. Das wollte schon etwas heißen für einen Universitätsdozenten und späteren Professor in dem naturabgeneigten Zeitalter philiströser Sicherheit, wie es die achtziger Jahre des vorigen Jahrhunderts waren. Wie wenige wußten damals etwas von Tennis, Radsport, Ski, Donauschwimmen!

Seit dem denkwürdigen Einzug in das neue Haus galt ich, ein Bub im Volksschulalter, meinem Vater immer mehr. Wie er schon den Fünfjährigen zu den bemerkenswertesten Hausoperationen »kleiner Asepsis« mitgenommen hatte, so wollte er mich jetzt auch teilhaben lassen an den Wonnen und Aufregungen jedes neuen Sports. Noch in der Erinnerung rührt es mich, daß er, der Mann Ende der Dreißigerjahre, mich kleinen Knirps als gleichgestellten Genossen bei jedem neuen Sport, den er selbst noch nicht versucht hatte, mitlaufen ließ.

Lorenz war ein Mann von 186 cm Körpergröße, zum Sport körperlich weniger geschickt als ein Kleiner, und in allem Autodidakt, aber von zäher Ausdauer und unüberlegter Kühnheit; noch in recht hohem Alter war er berühmt für seine Schußfahrten auf Skiern steile Hänge hinunter, Schußfahrten, die meist mit geradezu atemberaubenden »Sternen« endeten. Und zur gerechtfertigten Verzweiflung meiner Mutter mußte ich bei jedem neuen Sport gleich bei den ersten Versuchen mithalten.

Meine Bewunderung für meinen Vater, seine eminent praktische Bedeutung für die Welt meiner Vergnügungen, wuchs in gleichem Maße wie mein Zutrauen und meine Liebe zu ihm, wenn auch seine gelegentlichen Zornesaufwallungen über meine armseligen Leistungen im Lernen den alten Schreck immer wieder aufleben ließen.

Für Lorenz war kein Sport ohne mich denkbar. Der Beobachter hätte meinen können, daß hier ein sportkundiger Vater sein Kind unterrichte. Aber nein, Adolf Lorenz verschaffte sich immer zuerst die für uns beide nötige sportliche Ausrüstung, und dann fingen wir ohne jede praktische oder theoretische Anleitung einfach an.

So startete ich immer mit dem Vater ohne Handikap, von der gleichen Linie aus, und weil ein Bub von 6 bis 8 Jahren geschickter und gelenkiger ist als ein Erwachsener, dazu kleiner und leichter – also nicht von so hoch hinfällt und so schwer –, hatte ich vor meinem Vater bald hier, bald dort etwas voraus, was von ihm neidlos anerkannt wurde und worauf ich unbändig stolz war. Mein Respekt wurde dadurch nicht erschüttert, daß ich einmal einen Stemmbogen sicherer zustande brachte als er, ein andermal, als er beim Nehmen eines Grabens kopfüber von seinem Pferd in den Schlamm fiel, während mich mein kurzbeiniges Doppelpony Bubi mit Hurra hinüberbrachte; er war nicht mehr nur der unberechenbare, launische Gott, sondern ein Sportgenosse, der es eben manchmal schlechter konnte als ich und der mir so menschlich näher kam.

So zogen Vater und Sohn aus zu ihren Forschungsfahrten durch den Urwald neuer Sportarten, unter steten ängstlichen »Aber-Adolf!«-Mahnungen der mit vollem Recht besorgten Mutter. Am wenigsten sträubte sie sich gegen den schönen und dabei ungefährlichen Tennissport, der aber den Nachteil der kostspieligen Platzanlage hatte. Und die Mama hatte schon von jeher als Finanzminister der Familie bei allen Ausgaben die Zügel in der Hand; ohne ihr Finanztalent wäre Adolf Lorenz auf Lebzeiten ein gut verdienender armer Schlucker geblieben, dem das Geld zwischen den Fingern zerrann. Man durfte es ihr nicht übelnehmen, wenn sie dem Ankauf neuer Rösser, Donauboote, Fahr- oder Motorräder nur lässige Unterstützung lieh, weil sie das Geld etwa beim Bau einer Waschküche besser angelegt glaubte, womit sie übrigens völlig recht hatte.

»Aber Adolf! Schon wieder neue Pferde; sind der Dawn und die Hullam nicht mehr schön und gut genug?«

Wie konnte man der sportfremden Hausfrau der neunziger Jahre des vorigen Jahrhunderts unsere heißen Wünsche und notwendigen Bedürfnisse erklären? Weil aber die Mama ihrem geliebten Bubikatzi nichts abschlagen konnte, so steckte sich der Papa bei solchen Anlässen gerne hinter den Sohn.

Und so wurde in Altenberg ein Tennisplatz gebaut, zwar ein recht primitiver nach heutigen Begriffen, aber damals noch eine aufsehenerregende Neuheit. Man kannte bloß den englischen Rasenplatz – nur daß der englische Rasen bei uns höchstens unter besonderer Pflege gedeiht. Das wußte man aber noch nicht. Unser neuer Tennisplatz war eine Wiese mit Gras, aber nicht ein Rasen, er sah aus wie das Modellrelief einer hügeligen Plateaulandschaft mit Höhenzügen und Talmulden, was freilich dem Spiel den hohen Reiz verlieh, daß nur ein genauer Kenner der geographischen Formation des Platzes und der mechanischen Gesetze von Stoß und Rückstoß halbwegs voraussehen konnte, nach welcher Richtung ein Ball abspringen würde. Auch wollten die Maulwürfe und Wühlmäuse als die Ureinwohner des Platzes ihre angestammte Heimat nicht zugunsten von uns Eindringlingen aufgeben. Sie unterminierten den Platz nach allen Richtungen, und ich erinnere mich der gräßlichen Flüche meines Vaters, wenn er in vollem Lauf plötzlich knöcheltief in den Boden einsank und hinfiel.

Niemand gab uns Anleitung, kaum wußten wir die einfachsten Spielregeln; es war anfangs ein erbärmliches Federballschupfen, ohne richtigen flachen Schlag oder sachgemäße Schlägerhaltung, bis die Nachricht von dem neuen Tennisplatz sportkundige Experten anlockte, an denen ich mich wieder rascher emporrankte als der Papa.

Eine merkwürdige Sitte auf dem Altenberger Tennisplatz war es, daß die männlichen Spielteilnehmer vor Beginn alle über das Netz springen mußten, offenbar um ihre körperliche Tüchtigkeit zu beweisen. Ich besitze noch viele lustige Photos, welche die verschiedenen Sporthelden mit angezogenen Hüften und Knien gerade über dem Netz schwebend darstellen.

Die Altenberger Tracht des neuen weißen Sports verdient wegen ihrer individuellen Note Erwähnung. Daß dafür eine besondere Art von Schuhen mit speziellen Sohlen empfehlenswert sei, wußte niemand. Papa trug seine berühmten Zugstiefeletten, meist sein Jackett, ein Festkleid, das jetzt fast nur mehr bei Hochzeiten zulässig ist. Wurde ihm zu heiß, so spielte er in Hemdärmeln und entfernte mit einem kühnen Griff die in feste Falten genähte Schmetterlingkrawatte und seinen steifen Kragen. Die Frauen hatten Röcke bis an die Zehenspitzen, hohe und beengende Stehkragen; über den hinaufgekämmten Haaren balancierten lächerlich kleine Strohhüte, die mit zwei gefährlichen langen Spießen, sogenannten Hutnadeln, befestigt waren. Was hätten meine Tanten gesagt, wenn plötzlich eine Tennisspielerin aus der Mitte des zwanzigsten Jahrhunderts unter ihnen aufgetaucht wäre, mit Shorts und nackten Beinen! Sie hätten wahrscheinlich nach der Polizei gerufen.

Unser Altenberger Dreß war sicher nicht die ideale Sportkleidung. Und obwohl kein einziger Schlag, keine Bewegung von Lorenz die Billigung eines heutigen Trainers gefunden hätte, spielte er wie ein Besessener, preßte zu den unmöglichsten Zeiten und in glühender Sonnenhitze jeden ihm nur erreichbaren Menschen zum Partner. Dabei bevorzugte er in unfairer Weise Leute, die irgendwie von ihm abhängig waren, etwas von ihm wollten, wie etwa junge amerikanische Ärzte, die auf seiner Abteilung studierten.

Dieses Tennisspiel war keine vorübergehende Sportepisode; der Platz blieb auf Jahrzehnte ein unzertrennlicher Bestandteil von Altenberg. Aus dem primitiven Grasplatz wurde ein Betonplatz, schließlich ein ganz moderner mit rotem Sand. Spezialisten kamen, um ihm den letzten Schliff zu geben, und mein Vater war empört, wenn wir ihm dann kategorisch verboten, mit seinen Zugstiefeletten und den scharfen Absätzen den roten Platz zu betreten. Da aber nichts ewig dauert, so zerbröckelte schließlich auch allmählich der Tennisplatz, er wurde zum Spielplatz der Enkelkinder, Turnierplatz für Radpolo, Eislaufplatz im Winter und schließlich zum Hundezwinger. Sic transit . . .

Velociped

Velociped – das kommt von velox = schnell, pes = Fuß – hieß in meiner Jugendzeit das Zweirad. Sein Vorläufer, ein neues einspuriges Transportmittel für ganz Geschickte und Unerschrockene, war das »Hochrad«, an das sich kein Mensch mittleren Lebensalters heute mehr erinnert und das nur mehr im Zirkus oder im Technischen Museum zu finden ist, ein Fahrzeug, ebenso schrecklich anzusehen wie tückisch für seinen Benützer. Ein großes Rad von gut 1½ m Durchmesser war in einer Gabel montiert, die an ihrem oberen Ende eine gerade Lenkstange trug. Dahinter war ein so winziger Ledersattel angebracht, daß man sich kopfschüttelnd fragte, welchem Teil der menschlichen Anatomie dieser Sattel zur Stütze dienen sollte. War er als Sitzfläche gemeint, so hätten höchstens Säuglinge unter sechs Monaten darauf Platz finden können. Hinter diesem Riesenrad führte ein gebogenes Eisenrohr zu einem winzigen Laufrad hinter dem hohen Rad. Die Achse des großen Rades trug die Tretpedale. Die Räder waren schmal wie Messerschneiden. Sie hatten auf engen Felgen eine dünne Vollgummibereifung, die sich tief in den Fahrweg eingrub. Man sieht: ganz das, was der Radfahrer liebt. Das Fahrzeug sah kopflastig aus und war es auch; im Bergfahren zeigte es die Neigung, bei geringster Veranlassung seinen hochthronenden Reiter kopfüber auf die Straße zu werfen wie ein bockender mexikanischer Bronco.

Dieses Teufelsfahrzeug mußte Lorenz sofort haben, kein »Aber Adolf!« konnte ihn zurückhalten. Bevor er aber damit noch jene Anzahl schwerer Stürze erlebt hatte, welche zu dauernder Invalidität führen, tauchte zu seinem Glück das Niederrad auf, das freilich dem heutigen Fahrrad ungefähr so ähnlich war wie der Pithecanthropus erectus dem Menschen des 20. Jahrhunderts oder der Markus-Wagen des Wiener Technischen Museums dem modernen Stromlinienauto. Das Vorderrad war merklich größer als das hintere, die Bereifung war die gleiche: hühnerdarmdünne Vollgummiwürste. Es gab noch keine Kugellager, sondern nur Ölachsen. Vor der Vorderradgabel war ein lächerlicher Eisenlöffel angebracht, den man durch Hebeldruck auf die Vollgummiwurst des Vorderrades preßte und so eine fragliche Bremswirkung erzeugte. Die Maschine hatte das Gewicht eines leichten Feldgeschützes, war aber doch nicht mehr so lebensgefährlich wie das Hochrad.

Lorenz stürzte sich begeistert auf das neue Velociped, und damit begann seine jahrelange Karriere als Radfahrer. Auf diesem immer noch qualvollen Velociped machte er allein ausgedehnte Reisen bis nach Italien, eine nicht zu unterschätzende Leistung mit den armseligen dünnen Vollreifen auf den mühseligen damaligen Straßen, von deren Zustand man sich heute keinen Begriff mehr macht. Das rosig-romantische Licht, in dem wir rückblickend die Poesie der Biedermeierkutschen sehen, muß in Wirklichkeit stark verdunkelt gewesen sein durch diese elendigen Wege!

Aber ohne Begleitung seines Sohnes freute Lorenz der Radsport nicht lange. Daher mußte unter schweren Bemühungen ein möglichst kleines Velociped für den Knirps aufgebracht werden, das aber immer noch so hoch war, daß er die Pedale nicht durchtreten konnte. Herausnehmen der ohnehin nicht sehr luxuriösen Sattelfeder erzeugte die angestrebte Verkürzung um den Preis völlig ungefederten Fahrens auf den Vollreifen. Ich litt Qualen auf diesem Fahrzeug, hätte mir aber eher die Zunge abgebissen, als das zugegeben.

Bevor ich auf dem neuen Rad von Stapel gelassen wurde, mußte ich erst in Curjels Fahrschule in der Operngasse fahren lernen. Lehrkraft an dem Institut war damals ein Herr Kurz, der spätere bekannte Autofachmann der Firma Laurin & Klement, ein damals noch jugendlicher Muskelmann von herkulischen Umrissen. Nun hätte ich rasch fahren gelernt, wenn nicht Gabriele, die frohe Seele, mich in die Schule begleitet hätte. Ihr Anblick wirkte auf Herrn Kurz wie auf alle Männer: Als er sie sah, traten seine porzellanblauen Augen noch weiter hervor, seine Muskelbäuche wölbten sich beängstigend, er vergaß seines Schülers und trachtete, Gabrielens Beachtung und Bewunderung durch Produktionen auf seinem »Einrad« zu gewinnen, einem ganz ausgefallenen Fahrzeug, das man nur mehr im Varieté sieht. Aber schließlich meisterte ich doch die Kunst des Radfahrens, und damit begann ohne geringstes vorheriges Training die Zeit der Tourenfahrten von Vater und Sohn.

Unter den beschwörenden Abschiedsrufen Mamas »Aber Adolf, sei vorsichtig!« ging es zuerst über das furchtbare Wiener Holperpflaster, von dem man auf einem modernen, pneumatikbereiften Fahrzeug vergleichsweise nichts spürt, zum Südbahnhof. Daß dieser beträchtlich höher liegt als die Ringstraße, wurde mir damals erst klar. Mit dem Schnellzug fuhren wir auf den Semmering, von da wollten wir nach Wien zurückradeln.

Wir kamen am späten Mittag oben an. Radfahrerkarten waren noch unbekannt, über Kilometerzahlen setzte sich Lorenz großzügig hinweg. Nach einem reichlichen Mittagessen, bei dem ich unbegreiflicherweise Bier zu trinken bekam, fuhren wir los, zurück nach Wien. Die Serpentinen der Semmeringstraße waren mir ein ungeahntes und noch nie erlebtes Wunder; allerdings war das Gefälle bei dem unheimlichen Gewicht meines Fahrzeuges mit dem lächerlichen Bremslöffel eine nicht geringe Gefahr, die nur durch verzweifeltes Gegentreten vermindert werden konnte. Dann ging's aber lustig über Schottwien-Gloggnitz-Neunkirchen weiter. Ich fand törichterweise, das Tourenfahren sei eine Spielerei, mein schwarzer Eisenbock rollte förmlich von selbst dahin. Daß es leicht bergab ging, bemerkte ich in meiner Straßenfremdheit nicht. Vor lauter Freude sang ich leise vor mich hin; mein Vater fuhr als Wegmacher immer ein paar Meter voraus.

Hinter Neunkirchen brach aber die frühe Herbstdämmerung herein, und vor uns dehnte sich drohend das Band der Unendlichkeit durch die Neunkirchner Allee, durch den großen Föhrenwald. Die Straße war erbärmlich: mehliger Staub und faustgroße Schottersteine. Wir pflügten mühsam dahin mit unseren dünnen Vollgummireifen, denn jetzt war es bretteleben, mein Blechesel wurde faul und war kaum mehr weiterzubringen. Ich ermüdete rasch und fühlte, wir mir Herz und Courage in die Bauchhöhle hinabsanken.

Ich war ein sehr emotionelles Kind, bewundernde oder aufmunternde Zurufe der Bevölkerung in den Dörfern, die wir durchfuhren, hätten meine sinkende Kraft gestärkt. Aber ich war tief erschreckt auf dieser meiner ersten Radpartie von der ausgesprochen feindseligen Haltung aller, denen wir begegneten. Die Pferde – heute kaum mehr glaublich – scheuten wie irrsinnig vor den unheimlich strampelnden Figuren; Rufe wie: »Daham bleibn mit dera Teufelskraxn« oder »Velocipee, Velocipee, fall aba und streck den Arsch in d' Höh« erschütterten mich schwer in meiner Kinderseele. Verzweifelt haxelte ich der langsam kleiner werdenden Gestalt des Vaters nach, links und rechts dehnte sich der schwarze Saum des Föhrenwaldes, der mir riesenhaft erschien. Kaum wagte ich hinzuschauen, jeden Augenblick konnte eines der fürchterlichen Gespenster meiner Märchen aus dem Wald hervorspringen. Und hinter mir, welche namenlosen Greuel schlichen hinter mir her? Umschauen wollte und konnte ich mich nicht, aber sie waren hinter mir, das spürte ich deutlich, und bald würden sie nach mir greifen, denn meine untrainierten Beine wurden bleischwer und immer müder.

Jetzt fing es auch noch in großen Tropfen zu regnen an, und die Nachtgespenster, die sich noch nicht zeigten, begannen ein unheimliches, melancholisches Säuseln in den Baumwipfeln. Verzweiflung erfaßte mich: »Papa, Papa!«

Er hielt an und hatte plötzlich einen langen Strick in der Hand, offenbar aus Vorsicht mitgenommen. Er befestigte meinen Blechesel an dem seinen und sagte: »Bei dieser Gelegenheit können wir unsere Laternen anzünden.«

Das tat er auch unter Fluchen und Verbrauch einer beträchtlichen Anzahl von Zündhölzern. Dann starteten wir wieder, aber es war gar nicht leicht, die beiden aneinandergefesselten Räder in Koordination zu bringen. Einige Male mußte der Versuch wiederholt werden, wobei ich immer unter schmerzhaften Berührungen mit dem schweren Rad hinfiel. Endlich kamen wir in Schwung. Bei dem weit hinstrahlenden, blendend weißen Licht unserer Petroleumfunseln ging es hinein in die endlose Nacht. Vor mir der wacker ziehende Papa, hinter mir die Nachtgespenster. Ich strampelte noch leise mit, aber die Hauptlast der Lokomotion fiel auf meinen Vater. Todmüde, naß, schläfrig, hungrig, von Angst gemartert, schien mir unsere Fahrt geradezu in die Ewigkeit der Hölle zu führen. Ich weinte in meiner Verzweiflung still vor mich hin.

Aber alle Qual endet einmal. Der drohende schwarze Wald hörte auf, Lichter, Häuser erschienen, das war Wiener Neustadt, und die Rettung winkte in Gestalt der braven alten Südbahn. Vor dem Bahnhof fielen wir mehr von den Rädern, als wir herunterstiegen.

»Bubikatzi, weinst du?« fragte der Papa.

»Nein, aber ich habe geweint.«

Der Heimreise per Bahn entsinne ich mich nicht mehr, wahrscheinlich schlief ich wie ein Toter. Nur an eine besorgte, empörte Mama erinnere ich mich, die mich in ein heißes Bad und dann ins warme Bett steckte – Essen verweigerte ich aus Übermüdung –, und an den zornigen Herrn Hofrat am nächsten Tag: »Na, Lorenz, san S' ganz verrückt, den klan Bubn so abhetzen? Was wär, wenn er plötzlich a Herzerweiterung bekommen hätt', Sie Rabenvater?«

Das Zugseil, an dem mein Vater mich in kritischer Stunde durch die Neunkirchner Allee zog, wurde mir ein Sinnbild für die fortan engeren Bande zwischen uns. Ich begann, ihn nicht nur zu bewundern, sondern auch heiß zu lieben, wie nicht anders zu erwarten, wenn der Vater mit dem Sohn so spät durch Nacht und Wind reitet und sie schließlich doch glücklich heimkommen.

Es ist schwer, in der Epoche sprunghaft fortschreitender Technik immer auf der Höhe der Zeit zu bleiben. Und gerade das war Lorenz' Besessenheit; vom Hochrad bis zum neuesten Zwölfzylinder. Kaum hatte ich mich halbwegs mit meinem Fahrrad abgefunden und konnte mit meines Vaters unstillbarem Drang ins Weite vermöge meiner allmählich erstarkenden Beinmuskeln einigermaßen Schritt halten – unter stets drohender Gefahr der vom Herrn Hofrat angekündigten Herzerweiterung und bis auf den heutigen Tag unheilbarer Verhärtung der Sitzfläche wegen des federlosen Sattels und der Vollgummireifen –, so kam ein neues Wunder in Gestalt einer ungeahnten Erfindung. Statt der Vollgummireifen montierte man jetzt auf die Radfelgen mit Luft aufgepumpte Gummiwürste, die das Radfahren zu einer muskelschonenden und sanft dahingleitenden Fortbewegung machten. Auch Kugellager gab es jetzt und neue Federn von unsagbarer Elastizität.

Sofort bestellte mein Vater für uns beide solche Wunderfahrzeuge – und nun erst ging's ordentlich vorwärts mit den Radausflügen. Auch für Frauen wurden solche Fahrzeuge gebaut, und eine Tante nach der anderen gesellte sich zu unseren Radpartien, nur die Mama weigerte sich empört, auf so etwas zu reiten.

Allerdings hatte die Sache eine Achillesferse: Diese »Pneumatiks«, wie sie hießen, waren zarter Natur, man brauchte nur das ruhigstehende Rad eine Weile konzentriert anzuschauen, und schon hauchte der Pneu mit einem gedehnten Seufzer seine Seele aus. Daher mußte man das Instrumentarium zum Picken und Wiederaufpumpen stets an Bord haben. Diese neuen Künste konnte ich bald besser als mein ungeduldiger Vater, der unter furchtbaren Flüchen und Anrufen der Hölle stets voller Nervosität den Gummifleck aufpickte, wenn die Paralösung noch nicht trocken genug war. Gar das Geheimnis des »Ventilschläucherls« lernte er nie meistern. Die neuen Maschinen kamen aus England und hießen Humber. Die Firma Curjel lieferte sie durch den schon erwähnten muskelstarken Herrn Kurz, der sofort nach Gabriele fragte. Die aber war schon verschwunden.

Skiologie

Papa reiste viel und weit, in unbekannte Länder, wie schon gesagt – zur Erleichterung von Mutter und Sohn. Einmal fuhr er bis nach Spitzbergen zur »Mitternachtssonne«, wie ich aus einem Reiseprospekt mühsam herausbuchstabierte. Das noch nie gehörte Wort »Mitternachtssonne« in Verbindung mit den spitzen Bergen fesselte meine Einbildungskraft; dort mußte etwas ganz Besonderes los sein.

Und richtig! Nach einigen Wochen brachte er von dieser Reise zwei Paar unglaublich lange, an den Enden aufgebogene schmale Bretteln mit, dazu zwei ebenso lange Lanzen mit eisernen Spitzen und beweglichen kreisrunden Tellern um diese. Es waren Sportgeräte, die laienhafterweise norwegische Schneeschuhe, unter Kennern Skier genannt wurden; aber damals gab es noch wenige solcher Kenner, man kannte Skier höchstens von Abbildungen her. In der Mitte hatten die Dinger eine pantoffelartige Vorrichtung aus Riemen, offenbar den Platz für die Füße, und auf diesen Apparaten, so wurde versichert, wäre der harte und kühne Norweger imstande, über die steilsten Gebirgshänge an gähnenden Abgründen und spitzen Felszakken vorüber pfeilschnell zu Tal zu fahren, dabei die Bretteln mit lässiger Grazie nach jeder beliebigen Seite zu lenken und – das Unglaublichste! – nach Belieben mit Gedankenschnelle aus vollem Schuß mittels eines graziösen seitlichen Schwunges stehen zu bleiben!

So weit meines Vaters im hohen Norden der Mitternachtssonne gesammelte mündliche Belehrung. Über die Frage des Bergangehens war er nebulos in seinen Vorschlägen.

Aber natürlich brachte er gleich zwei Paar der neuartigen Sportgeräte mit, für sich und den Sohn. Wir versuchten die rätselhafte und nach heutigen Begriffen geradezu lächerlich mangelhafte Bindung, und da es erst September war, blieb vorläufig nichts anderes übrig, als mit den angeschnallten Skiern unbeholfen auf dem Rasen zu tappen, unter Protesten Mamas im Zimmer Teppiche und Parkettböden damit zu zerkratzen oder, noch besser, uns einstweilen mit anderen Körperübungen zu beschäftigen, bis der richtige Schnee kam. Aber was war der richtige Skischnee? Davon hatte damals noch niemand eine Ahnung. Die Wissenschaft der Skiologie gab es noch nicht. Wir hätten gar nicht verstanden, was Pulverschnee, Neuschnee, Harsch, pickender Schnee usw. sind, auch nicht, was das richtige Skigelände ist.

In den neunziger Jahren des vorigen Jahrhunderts waren die Winter noch strenger als heute, um Weihnachten herum war der nördliche Wienerwald bei Hadersfeld, Hintersdorf und Kirchbach meist tief eingeschneit.

Nach höchst oberflächlichen Vorübungen auf einer Gartenwiese begaben wir uns nach unserem originellen Sportbrauch sofort auf die erste Skitour. Durch Neuschnee quälten wir uns von Altenberg den steilen Hang zur Hadersfelder Wiese empor. Jedes meiner extralangen Brettln maß ungefähr meine doppelte Körpergröße. Mit der langen Don-Quichote-Lanze wußte ich nichts anzufangen. Jeder zweite Schritt bedeutete ein Zurückrutschen um zwei Meter und dann Zusammenbruch. Es gibt kaum etwas Erschöpfenderes als solchen Bergaufmarsch auf Skiern. Mein Vater, weit entfernt von der stoischen Objektivität des großen Gelehrten, beseelte in seiner Phantasie alle Sportgeräte mit tückischem, menschenfeindlichem Koboldgeist, ob es nun ein Ruder, ein Tennisracket, ein Ski oder ein Radpneu war. Bei jedem Sturz gerieten wir aus der Bindung der Skier, aber nicht etwa ganz; wir traten durch die Fersenschlinge durch, die Skier als eine Art Beinschmuck ums Knie geschlungen. Papa apostrophierte Skier, Bindung, vor allem den unförmigen langen und gefährlichen Stock mit kernigen Flüchen und schüttelte sie strafweise, als wären sie seine persönlichen Feinde. Seine erhobene Stimme hallte schaurig durch den winterlich einsamen Wald.

Oben auf der sanftgewellten Hadersfelder Wiese ging es verhältnismäßig glatt dahin, wir rutschten geradeaus bergab. Vom Bogenfahren hatten wir nicht den blassesten Dunst, zur Richtungsänderung ließen wir uns einfach sanft zu Boden gleiten und begannen dann die Fahrt in der neuen gewünschten Richtung. Wenn man zu einer Besprechung oder der Aussicht wegen einen Augenblick anhielt, so war das keineswegs ein stabiler und ruhiger Stand. Plötzlich rutschten einem die heimtückischen Bretteln nach vorne oder hinten unter dem Körper davon, und man lag entweder auf dem Gesicht oder auf dem Rücken im Schnee. Mit verbissener Besessenheit strebte mein Vater vorwärts, wie immer ohne Plan für den Rückmarsch. Ich gewann bald ein gewisses Geschick und eine Überlegenheit über meinen Vater; der große Mann fiel jedesmal mit einem Krach hin wie eine gefällte Tanne, ich kleiner Bub wie ein Gummiball.

Ehe wir uns versahen, mahnte die hereinbrechende Dämmerung zur Umkehr. Durch dichten, steilen Wald ging es heimwärts. Mein Vater ließ seine Bretteln laufen, bis er entweder umfiel oder ihm die Geschwindigkeit unheimlich wurde, dann schmiß er den Stock in den Schnee und umarmte mit schmerzlichem Aufschrei den nächsten Baumstamm. Ich aber hatte es bald heraus, daß man sich auf den langen Stock recht gut aufstützen und ihn als eine Art Steuer benützen konnte. Endlich setzte ich mich ganz einfach auf die Bretteln und rodelte so verhältnismäßig sicher zu Tal. Der Vater folgte wortlos dem Beispiel des Sohnes.

Schließlich verfehlten wir mehrmals im Finstern den Weg, mußten aus engen Gräben mühsam bergan wieder zurück, was bekanntlich ebenso ermüdend wie entmutigend ist, und plötzlich saßen wir, ohne Verabredung, in der Dunkelheit einander erschöpft im Schnee gegenüber, ich nahe der Verzweiflung und der Aufgabe jedes sportlichen Stolzes und jeder männlichen Würde. Und weil ich ein musterhafter kleiner Katholik war, kam mir die Idee, uns aus der hoffnungslosen Lage durch ein Not- oder Stoßgebet zu retten. Ich wußte wohl, daß hier nicht ein leises inneres Flehen, sondern nur das offene Gebet des Bekenners helfen konnte: »Papa, darf ich beten?«

»Na ja, Bubikatzi, warum denn nicht?«, und so kniete ich mich neben meinen Bretteln in den Schnee und betete ein inbrünstiges, lautes ›Vater unser‹.

»Wenn wir aber verzagt hier hocken bleiben und nur beten, wird uns der liebe Gott nicht retten; wir müssen uns schon auch selbst bemühen.«

Eine alte Weisheit, die schon Prinz Eugen dem Kaiser Karl VI. vorgehalten hatte, als der Kaiser gegenüber den Rüstungsvorschlägen des Feldherrn auf Gottes Hilfe hinwies: »Das ist ja ganz schön, Majestät«, sagte Eugen, »aber starke Batterien und Bataillone sind auch nicht schlecht.«

So schnallten wir wieder an und glitten ängstlich weiter bergab in dem vom Widerschein des Schnees schwach erleuchteten Wald. Der Himmel hatte mein Gebet gehört! Nach kaum fünf Minuten jämmerlicher Fahrt war nicht nur der Wald zu Ende, sondern wir befanden uns auch auf einem uns gehörigen Grundstück, und die Lichter des Vaterhauses strahlten uns tröstend entgegen. Gerettet! Der Papa lachte etwas zynisch; er war offenbar schon am Ort meines Gebetes geographisch orientiert gewesen, ohne es mir zu sagen. Aber es ist keine Kunst, zuversichtlich zu sein, wenn man schon weiß, daß es gut ausgehen muß!

Die Mama erwartete uns mit berechtigter Angst und Vorwürfen.

Lorenz gab den Skisport ebensowenig auf, wie er ihn erlernte. Einen richtigen Schwung oder Stemmbogen meisterte er niemals. Er fuhr aber bis in sein siebentes Lebensjahrzehnt, ohne Geschick oder technisches Können, mit einer phantasielosen Tapferkeit und einer Tollkühnheit, die kein Mensch bei einem orthopädischen Chirurgen, der doch genug mit den schweren Folgen dieses herrlichen Sportes zu tun hat, für möglich halten würde.

Liebe böse Donau

Liebe böse Donau! Tückisch für den Unkundigen, der dich nicht versteht, sanft und freundlich für jeden, der deinen Eigenheiten zu begegnen weiß, du herrlicher, wildmajestätischer Strom! Wer deine Kaprizen und Launen kennt, deine Kraft und Stärke, der fühlt sich in deinem Wasser wie ein guter Reiter auf dem Rücken seines Gaules!

Um aber mit der Donau so auf du und du zu sein, muß man an, in und auf ihr aufgewachsen sein.

Daß ich ein solcher Donaukarpf geworden bin, verdanke ich neben der günstigen geographischen Lage Altenbergs der Sportwut meines Vaters. Beim Schwimmen begannen wir einmal ausnahmsweise nicht gemeinsam; ich kenne ihn seit dem Erwachen meiner Erinnerung als vollendeten Schwimmer, und ich bewunderte ihn deshalb auch glühend.

Wer jemals in Passau am Inn-Donau-Zusammenfluß gestanden ist, weiß, daß genau genommen nicht die Donau, sondern der Inn an Wien vorüberfließt. Zum reißenden, wirbelnden, brausenden, breiten Inn gesellt sich in Passau die sanfte, schmale Donau; noch ein bis zwei Kilometer stromabwärts kämpft sie um ihre Eigenart, dann gibt sie den Kampf gegen den wilden Gemahl Inn auf, sie verschwindet in ihm, aber ihren Namen hat sie merkwürdigerweise dem stürmischen Gatten aufgezwungen.

Diese Inn-Donau hat für Schwimmer wie Schiffer bis zur ungarischen Ebene hinab gefährliche Tücken. Der Strom ist ein gewaltiger Gebirgsbach mit Wirbeln, Walzen, Kehren, unerwartet stillen Tümpeln, die den unerfahrenen Schwimmer bis zum hilflosen Ertrinken erschrecken können. Gar der Sport der Donauüberquerung ist ein lebensgefährliches Wagnis ohne genaue Kenntnis des jeweiligen »schweren Wassers«, der »Naufahrt«, wie der Donauschiffer sagt, der Richtung der stärksten Strömung. Aber »gewußt zu haben wie«: körperliche Ausdauer und Stromvertrautheit machen die Donauüberquerung zum herrlichen Sport.

Vom Schwimmenlernen erinnere ich mich nur daran, daß ich

zuerst im seichten, dann allmählich im tieferen Wasser schlukkend und prustend herumstrampelte, Papa an einem, Mama am anderen Ende der Strecke, und auf einmal konnte ich es – aber, wohlgemerkt, nur im stillen Wasser eines Nebenarmes.

Sobald ich so weit war, nahm mich Papa in den fließenden Strom hinaus, unter »Aber Adolf«s der Mama und Protesten des Herrn Hofrats, der das Wasser ebenso haßte, wie er das Bier liebte. Bald hatte ich die instinktive Scheu verloren vor dem lebendig fließenden Wasser, das den Schwimmer mit sanft greifenden Fingern abtastet, wie um seine schwachen Stellen herauszufinden. Bald hatte ich keine Angst mehr vor den wild anpackenden Wirbeln, die rechte bramarbasierende Polterer und nur *dem* gefährlich sind, der sich von ihnen einschüchtern läßt. Nun durfte ich in »schwerem Wasser« stromab schwimmen, nicht allzu weit vom Ufer und unter den wachsamen Augen des Vaters.

Welch herrlicher Genuß, sich von der raschen Strömung talab tragen zu lassen! Jeder Schwimmstoß erhöht die Geschwindigkeit, so daß man überheblich glaubt, man bewege sich durch eigene Kraft so rasch dahin, wie der Autolenker unwillkürlich das Gefühl hat, die Kraft, die durch den Zehendruck auf das Beschleunigungspedal ausgelöst wird und den Wagen bergan stürmen läßt, sei seine eigene.

Wenn Lorenz sich durch die Wirbelwellen der Donau hinunterwälzte, so sah er mit seinem sonngebräunten Gesicht, den freudestrahlenden blauen Augen und dem triefenden, goldbraunen langen Vollbart, der von der Strömung hin- und hergefegt wurde, wie ein wahrhaftiger Flußgott aus.

»Leg dich auf den Rücken, Bubikatzi, dann hörst du das Wasser singen.«

Jeder Donauschwimmer kennt das akustische Phänomen des Singens des Stromes, das durch das Mahlen und Reiben des Schotters auf dem Flußgrund hervorgerufen wird. Mir aber genügte diese prosaische Erklärung nicht. Ich hörte in dem geheimnisvollen Raunen aus der Tiefe die Stimmen der Wassernixen und all der vielen Helden der Donau, von denen mir die Mama vorlas: der römischen Matrosen der norischen Donauflottille, der unheimlichen Nibelungen, die da hinab ins Hunnenland in ihr Verderben fuhren, der Kreuzfahrer, denen es kaum besser erging. Wenn ich aber einen Wirbel mit zu tief gehaltenen Beinen – statt möglichst flach – durchschwamm und eine unheimliche unsichtbare Kraft auch nur leise spielend mich an meinen Füßen nach unten zog, da erfaßte mich eine tierische Angst vor den noch von keinem menschlichen Auge gesehenen Ungeheuern der Tiefe, die da unten im Dunkel des Flußbodens hockten. Das ist die Angst, die der psychologische Grund so vieler Unglücksfälle selbst guter Schwimmer in den Donauwirbeln ist.

Sobald ich halbwegs stromfest war, ging mein Vater an den gefährlichen Sport der ersten Donauüberquerung. Denn diesem einzig gearteten Vater kam es gar nicht in den Sinn, so etwas erst einmal allein zu versuchen, sondern der Bubikatzi – ich war damals sieben bis acht Jahre alt – mußte selbstverständlich gleich mithalten. Aber ganz auf unsere eigene Kraft gestellt geschah das doch nicht.

Zu unserer Donauüberquerung gehörte eine Beihilfe in Gestalt des »Herrn Laber«, der uns in einer Zille begleiten sollte. Der Herr Laber, das war das Lorenzsche Familienfaktotum, seines Zeichens Tischler im benachbarten Pfarrhof St. Andrä vor dem Hagental, aber nebenbei ein Alleskönner: Gärtner, Kanalräumer, Feuerwehrmann, alter Zugführer des Kremser Hausregiments Nr. 84, ehemaliger »Naufahrer« der Steinzillen der Donauregulierung, daher gründlich stromvertraut und, als richtiger Donauschiffer, des Schwimmens ungefähr so kundig wie die schweren »G'schlacht«-Steine für die Regulierungsdämme, die er geführt hatte. Er war ein fettloser, sehniger, kleiner Kerl mit einem riesigen mausfarbigen Walroßschnurrbart und verfügte über meine bedingungslose Ergebenheit wegen der überwältigenden Fülle seiner Kenntnisse. Ein wahrer Tausendsassa, wenn er nicht gerade sternhagelvoll besoffen war, was aber nur für Samstag und Sonntag mit Regelmäßigkeit vorauszusehen war. Der Herr Laber konnte mit ein paar Bretteln und Nägeln in unglaublich kurzer Zeit schlechterdings alles machen, was ein Bubenherz entzückt. Unnötig zu sagen, daß der Herr Laber vermöge seiner seltenen Qualitäten allmählich eine gewisse rechthaberische Überlegenheit, wenn nicht Überheblichkeit, im Hause Lorenz entwickelte und keinen Widerspruch gegen seine Dogmen vertrug.

Wir drei Männer, mein Vater, der Herr Laber und ich, diskutierten zuerst nur gesprächsweise den Plan einer Donauüberquerung. So müssen die ersten Besprechungen zwischen dem Nordpolfahrer Nansen und seinen Mitarbeitern gewesen sein. Aber wir hielten unsere Konferenzen unauffällig in einem Gartenwinkel ab, außerhalb von Mamas Hörweite. Vater und Sohn verstanden sich auch ohne Worte: Auf eine Einwilligung war hier nicht zu hoffen. Der Herr Laber verschaffte Zille und Treidelleine zum Stromaufschleppen – auch eine Kunst, die gelernt sein will –, und so verließen wir eines warmen Sommermorgens mit gespielter Gleichgültigkeit das Haus, »um baden zu gehen«. Die Mama hatte Gott sei Dank keine Zeit. Der Herr Laber mit seiner Zille wartete wie ein Verschwörer unter einem Weidenbusch am Strom.

Die Donauüberquerung durch Schwimmen ist nur möglich in einer Linie, die eine Resultierende darstellt aus der Kraft der Strömung und der im Vergleich zu ihr lächerlich geringen Kraft des Schwimmers. Daher treibt man bei der Überquerung ab, je kräftiger der Schwimmer ist, desto weniger. Da man aber bei diesem Wagnis, bei dem man den Ertrinkungstod stets im Nacken hat, seine Kräfte schonen muß, so kämpft man lieber nicht zu sehr gegen die Strömung, sondern schwimmt unter weit geringerer Anstrengung ungefähr senkrecht auf die Stromrichtung, wenn man dabei auch weiter abgetrieben wird. Am anderen Ufer einen Kilometer stromab vom Ausgangspunkt zu landen ist der ungefähre Durchschnitt, außer für besondere Schwimmathleten.

Und so ging es los; hätte ich mich nicht geschämt, so wäre ich noch im letzten Augenblick ausgekniffen. Papa blieb anfangs knapp neben mir und ermahnte mich freundlich zu ruhigem Schwimmen. Immer weiter weg ging's vom Ufer, wenn ich zurücksah, schwindelte mir vor der Geschwindigkeit der Strömung. Der Herr Laber ruderte stehend seine Zille und blieb in der Nähe, aber doch nicht so ganz. In den wechselnden Strömungen eines Wildwassers sind drei, wenn auch dem gleichen Ziele sich zubewegende Punkte nicht leicht in Koordination zu halten. Auf einmal war Papas im Wasser strömender Bart recht klein geworden und weit weg, und der Herr Laber wußte nicht recht, auf welchen seiner beiden Schützlinge er sich einstellen sollte. Man kann ja in der Donau so wenig in einer Zille stromauf rudern wie schwimmen, höchstens das Tempo des Abtreibens etwas mäßigen. Deshalb hielt sich der Herr Laber auch stromauf von den Schwimmern. Aber der Strom ist breit und mächtig, besonders für einen kleinen Buben, der nur mit dem Kopf aus dem Wasser schaut, und so war mir bald der Vater nur mehr ein schwarzer Punkt auf weiter Fläche, und der Herr Laber mit seinem Fahrzeug sah aus wie ein transatlantischer Dampfer, der am Horizont verschwindet.

Die Angst packte mich: »Papa, Papa, Herr Laber, Herr Laber!«

Rückschauend muß ich zugeben, daß es wirklich über das Erlaubte hinausging, was dieser Vater seinem kleinen Sohn zumutete, und daß die kochende Wut der Mama nachher voll gerechtfertigt war. Aber – schließlich war doch sein Beweggrund Liebe zu diesem Sohn, Stolz auf das, was er schon konnte, und das habe ich, trotz aller Angst, stets instinktiv gespürt und gewürdigt.

Der Vater schrie über das Wasser: »Auf den Rücken, Bubikatzi, wie ich's dir gezeigt habe, und dich ruhig treiben lassen. Herr Laber, Herr Laber!« brüllte jetzt auch er in unverhohlener Angst. Ich verlor nicht den Kopf und tat, wie mir geheißen. Aber da sangen die Nixen und Nöcks vom Donaugrund herauf: »Haben wir dich jetzt, du frecher Knirps, über unser heiliges Bett willst du so ungestraft strampeln, warte, jetzt kommen wir!«

Aber der Herr Laber kam früher. Die Zille brauste unter seinen mächtigen Ruderschlägen stromab heran wie ein Torpedoboot: »Aufg'schaut, Herr Albert!«, und schon sauste von noch recht weit her ein Schwimmgürtel aus Kork, an eine Leine gebunden, in einem so vollendeten Bogen durch die Luft, wie es Ehrensache eines jeden Donauschiffers ist, und landete mit einem Platsch auf meinem Bauch – ich war gerettet!

Der Sportgeist verbot mir aber aufzugeben. Ich fühlte mich schon durch meine Hilferufe genug gedemütigt.

»Herr Laber, bleib nahe bei mir«, und so gewann ich im Schutz der rettenden Zille doch noch selbständig das Ufer. Die erste Donauüberquerung war schlecht und recht geglückt.

Vater und Sohn saßen keuchend und naß, frierend und erschöpft, aber stolz am Ufer. Der Herr Laber erging sich in selbsterlebten Geschichten über die verschiedenen Arten des Donautodes. Der Papa brauchte sie gar nicht, er hatte sichtlich auch Angst bekommen.

Zurück ging es wortlos zu dritt in der Zille. Und zu Hause, in kindlicher Art die Todesangst bald vergessend, wollte ich schier platzen vor Mitteilungsdrang über unsere Heldentat. Doch ich schwieg im Bewußtsein, daß ich zuerst von der Mama ein paar Ohrfeigen gefangen und Papa sicher eine böse Woche der Repressalien gehabt hätte. Aber – die Wahrheit will an die Sonne!

Die Mama hielt am großen Gesindetisch in der Küche gastfreundliche Tafel für jeden, der nur für ein paar Stunden des Tages im Hause Lorenz gearbeitet hatte; das war keine Kunst in den fabelhaften Zeiten des Überflusses der neunziger Jahre. Aber sie wußte, *wen* sie bewirtete und wer heute bei ihr gearbeitet hatte. »Ja, Herr Laber, was machen denn Sie heute hier?« Und so kam es heraus, obwohl Papa schon heimlich überreiches Schweigegeld gezahlt hatte.

Aber der Casus praecedens der Donauüberquerung war nun einmal etabliert. Über die bangen Episoden der Sache glitten wir in unseren Darstellungen elegant hinweg. Doch wurde in Zukunft jedem Schwimmer ein Boot mit einem erfahrenen Ruderer zugeteilt.

Wilder Eissport

Wer kennt überhaupt den Wildeislauf, das Dahinstürmen über unberührte spiegelblanke Eisflächen, den Eislauf als wegverschlingenden Bewegungssport, der einen über erstarrte Wasserarme oder Kanäle an ferne Orte bringt? Die Holländer genießen dieses herrliche Vergnügen, wenn einmal ein strenger Winter ihre Kanäle zufrieren läßt. An der Ostsee, in Norddeutschland, war der Sport auf den vielen Binnenseen von alters her populär. Der Städter aber versteht unter Eislaufen nur das stumpfsinnige Sich-im-Kreis-Herumbewegen auf einem größeren oder kleineren Rechteck von Spritzeis, das von Millionen Schlittschuhspuren zu einem weißen Pulver zermahlen ist. Und wer nicht Kunstläufer ist oder Tänzer, der erwählt sich einen Partner des anderen Geschlechts, verschränkt mit ihm die Hände und bewegt sich in öder Zwecklosigkeit, in einer Art gesundheitsfördernder Tretmühle, auf elliptischer Bahn umher. Eislauf auf einem Eislaufplatz oder auf der Naturbahn, das ist wie Reiten in der Reitschule oder hinter dem Fuchs.

Unser erhabener Klopstock kannte noch keine Kunstbahn, nur die der Flüsse und Seen Norddeutschlands. Er verherrlicht den Eislauf in einer pompös klingenden Ode geradezu dithyrambisch.

»Ach«, klagt er, »verging selbst der Ruhm dessen nicht, welcher dem Fuße Flügel erfand?«

Aber weder Klopstock noch ich kennen den Namen des Erfinders der Schlittschuhe. Nicht einmal in der Encyclopaedia Britannica, die sonst alles weiß, ist er zu finden.

Bot schon die sommerliche Donau für Vater und Sohn genug sportliche Möglichkeiten und Gefahren, so noch mehr die winterlich zugefrorene, das heißt ihre Nebenarme. Es ist leichter, einen Schwimmer in Wassernot aus dem Strom zu bergen, als einen eingebrochenen Eisläufer, dem der grauenhafte Tod droht, unter die Eisdecke gezogen zu werden. Auf den zugefrorenen Donauarmen lehrte mich mein Vater Eislaufen, wohlgemerkt, den raumbezwingenden Langlauf, nicht die zierlichen

Bogen, Achter und Herzerln, die eine Schar privilegierter und bekappelter Eislauflehrer auf dem Wiener Eislaufverein zum Erlernen feilboten und die selbst meine bequeme Mutter elegant beherrschte.

Ich erlebte Klopstocks Wonnen, als ich die Technik der Sache einigermaßen inne hatte und auf dem herrlichen, graugrünen Spiegeleis der Donau dahinflitzen konnte. Dazu mußte aber eine ganze Reihe günstiger Umstände zusammentreffen: andauernder, schneeloser Frost bei zumindest mittelhohem Wasserstand, sonst lagen die Nebenarme trocken, und gerade im Winter hat ja die Donau meist ihren niedrigsten Wasserstand. Zu hoher aber ist ebenso schlecht für den Eislauf; beim Sinken des Wassers zerkracht das Eis in allen Fugen, das Randeis liegt den trockenen Ufern hohl auf und bricht unter der Last des Läufers, der sich, wenn er unerfahren ist, gerade dort, recht nahe am Ufer, am sichersten wähnt. Fällt Schnee aufs Eis, taut er in der Sonne und friert nachts wieder an, so ist die Natureisbahn unwiderruflich verdorben. Es ist also schon ein recht seltener Glücksfall, daß man einmal bei gutem Wasserstand eine solche schneelose Spiegeleisbahn zur Verfügung hat.

Als eines schönen Jänners alle günstigen Umstände zusammenkamen, marschierten an einem eiskalten Nachmittag Vater und Sohn wieder einmal, wie sie's im Sommer zu tun pflegten, zur geliebten Donau hinunter. Die Sportschlittschuhe trug uns der bewährte Herr Laber nach, den wir schon von der dramatischen Donauüberquerung kennen.

Im Eislauf war mir mein Vater über, den konnte er schon vom Wörthersee her, aus den Jahren im Klagenfurter Gymnasium, wo die Burschen über den Lendkanal zum See und über diesen bis Velden fuhren, an die vierzig Kilometer hin und zurück, wozu schon ein erprobter und erpichter Wildeisläufer gehört.

Es war ein wolkenloser, stiller Winternachmittag, der Horizont von grauviolettem Dunstschleier des Frostes umzogen. Der Herr Laber blieb als Hüter unserer Mäntel und Schuhe am Startplatz zurück, das genierte ihn trotz der grimmigen Kälte keineswegs. Er lagerte auf unseren Mänteln, schmorte sich an einem lodernden Feuer, das er kunstgerecht und rasch entfacht hatte, und wartete, mit seiner Schnapsflasche in der Tasche, glücklich und zufrieden, mochte es bis zu unserer Heimkehr auch Stunden dauern. Denn nach Stunden wurde er gut bezahlt, und die verbrachte er lieber am Lagerfeuer, mit allfälligen Gedanken und seinem Schnaps beschäftigt als mit wirklicher Arbeit.

Unsere »Friesen«-Renneisen mit den langen, über die Schuhspitze hervorragenden Enden waren messerscharf geschliffen, sonst hätten sie auf dem unberührten Spiegeleis keinen Halt gefunden. Wir starteten am »Wördener-Arm«, auf dem man unter günstigen Umständen im Sommer zu Boot, im Winter auf Schlittschuhen über Nebenarme nahezu bis Tulln, volle fünfzehn Kilometer flußaufwärts, gelangen kann.

Das war eine Lust, über das singende, klingende, gurgelnde Eis dahinzufliegen; mein Vater mit seinen langen Beinen zischte nur so voran, ich hatte Mühe, mit meinen kürzeren Schritt zu halten, es war ungefähr dasselbe, wie wenn ich auf meinem kurzbeinigen Pony »Bubi« hinter der langbeinigen Rosinante des Vaters einhergaloppierte.

Der Papa lehrte mich allerhand lebensnotwendige Finessen des Wildeislaufs, wie man die Dicke der Eisdecke nach ihrem Klang beim Drüber-Hingleiten beurteilen könne, wie man immer auf der Hut sein müsse vor Löchern, welche die Fischer ins Eis gehackt haben, oder vor den warmen Bodenquellen, die vom Grund mancher Nebenarme aufsteigen und die Eisdecke in ihrem Bereich dünner machen.

Der alte Eisläufer Klopstock wußte das alles:

»Sonst späht dein Ohr ja alles; vernimm
wie der Todeston wehklagt auf der Flut!
Oh, wie tönt's anders! Wie hallt's, wenn der
Frost Meilen hinab spaltet den See!
Zurück! Laß nicht die schimmernde Bahn
dich verführen, weg vom Ufer zu gehn!
Denn wo dort Tiefen sie deckt, strömt's vielleicht,
sprudeln vielleicht Quellen empor!«

Über eine unheimliche Erscheinung beim Überqueren einer zu dünnen Eisdecke belehrte mich mein Vater: Sie senkt sich unter dem Gewicht des Läufers sicht- und fühlbar ein, ohne gleich zu brechen, so daß man, begleitet von bluterstarrendem Gurren und Heulen, sich immer in der Mitte und im tiefsten Punkt eines riesigen Suppentellers wähnt, der mit dem Läufer mitgeht, ihn stets im Zentrum haltend, bis er wieder auf dickeres Eis kommt.

»Weißt du, Bubikatzi, man muß über solche Stellen, wenn man einmal auf sie geraten ist, so rasch als möglich hinwegkommen; nur nicht langsam werden oder gar erschreckt anhalten, sonst bricht man ein.«

Goldene Worte, die für mich noch vor Ende des Ausflugs sehr aktuell werden sollten!

Wie bei allen bisher erzählten sportlichen Aventuren mit seinem Sohn, kannte Lorenz auch hier weder Maß noch Ziel. Erst angesichts der Tullner Zwillingstürme und der Donaubrücke, die sich auf dem blassen Himmel gespenstisch abzeichneten, waren wir am Ziel, ich schon todmüde. Man versuche es einmal, ohne vorheriges Training fünfzehn Kilometer zügig über das Eis dahinzulaufen! Das Ziel war der Steindamm, der unseren Nebenarm vom Hauptstrom trennte, auf dem mahlende und zischende Eisschollen stromab trieben.

Es wurde rasch dämmerig, höchste Zeit zur Umkehr, und schon griffen wieder einmal die Nachtgespenster mit langen Fingern nach mir, wie damals, als ich durch die nächtliche Neunkirchner Allee radeln mußte. Nur daß jetzt nicht allein die frostklirrenden nackten Zweige der Weiden und Pappeln an den Ufern des Donaustromes mir drohend winkten; auch der eingefrorene Nöck fuhr heulend unter meinen Füßen mit, derselbe, der sie im Sommer beim Stromüberqueren hatte pakken und mich an ihnen in die Tiefe ziehen wollen.

Wieder einmal war es zu spät geworden bei einer Sportveranstaltung von Adolf Lorenz. Die Sicht auf dem Eis war trügerisch, eine junge Mondsichel mehr verwirrend als Licht spendend. Wieder einmal dachte ich gegen Ende eines übermütigen Sportfestes: O wären wir weiter, o wär' ich zu Haus!

Wo waren jetzt die dünnen Eispartien? Wir liefen so rasch wir konnten dahin, aber die Strecke, im Hinlauf förmlich im Flug bewältigt, schien auf dem Rückweg endlos. Hin und wieder sah ich voll Unbehagen den vorauslaufenden Vater sichtlich in einen der beschriebenen tückischen Suppenteller des dünnen Eises leicht hineinsinken und wieder herausschweben, im schwachen Mondlicht unheimlich anzusehen. Er rief mir jedesmal dieselbe Warnung zu: »Schnell jetzt, Bubikatzi, nicht langsamer werden!«

Leicht gesagt – ich war schon todmüde und erst acht Jahre alt. Manchmal schlug ich einen Haken wie ein erschreckter Feldhase. Stoßgebete wie zur Zeit des ersten gefährlichen Skiausfluges waren bereits unter meiner männlichen Würde, und so lief ich hinter meinem vorauseilenden Vater verbissen her, endlos, zeitlos, ohne den Schimmer eines Vergnügens, nur von Angst gepeinigt, bis in der Ferne ein glutroter Punkt sichtbar wurde – das Lagerfeuer des Herrn Laber! Wie der Schiffer in Seenot dem rettenden Leuchtturm zustrebt, so nahm ich jetzt meine Direktion: Luftlinie auf das Feuer zu. Rasch kam ich näher, schon sah ich die tröstende Gestalt des Herrn Laber sich gegen den Feuerschein abzeichnen – da erreichte mich das Verhängnis noch angesichts des Hafens: Gerade vor unserem Ziel war eine Strecke dünnen Eises.

Mein Vater stand schon am Uferrand und rief mir zu: »Schnell drüber, nur schnell!«

Ich wußte schon, was die Lage erforderte, und peitschte meine müden Beine zum Endspurt auf. Das Eis senkte sich unheimlich unter mir, zugleich waren Ufer, Papa und Herr Laber schon zum Greifen nahe. Da stolperte ich über einen eingefrorenen, in der Dunkelheit schwer zu sehenden Zweig. Hinfallen und unter pfeifendem Krachen einbrechen war eins.

Alle lebensgefährlichen und glücklich überstandenen Sportunfälle sind eine schauerlich-freudige Erinnerung, eben weil man schadlos durch sie durchgekommen ist. Aber des Nachts im Donaueis einbrechen – diese Erfahrung möchte ich nicht noch einmal machen. Um mich gurgelte eiskaltes, schlammigschwarzes Wasser auf, schlammig, weil ich glücklicherweise in seichtem Wasser war, das mir höchstens bis zu den Hüften reichte; dafür aber sank ich immer tiefer in den weichen Grund, so daß ich mit meinen schweren Schlittschuhen wie eingemauert dastand und kein Bein heben konnte. Um mich aus der schlammigen Umklammerung zu befreien, hätte ich mich auf das Eis am Rand der Einbruchstelle aufstützen müssen, das aber, eben wegen seiner Dünnheit, unter meinen Händen immer weiter einbrach. Wieder einmal, wie schon so oft, schrie ich jämmerlich und schamlos um Hilfe, und die war auch rasch zur Stelle, in Gestalt des Herrn Laber, der im Sommer wie im Winter ein erprobter Donaukarpf und dazu ein grundgescheiter, geistesgegenwärtiger Naturmensch war. Neben seinem Feuer lag ein Stoß zum Abtransport geschichteter armdicker Erlenstangen. Wortlos ergriff er zwei Stangen, legte sich bäuchlings aufs Ufereis und schob mir die rettenden Hölzer unter die Achseln, mein Vater ahmte das Beispiel des Herrn Laber nach, und so war ich im Nu in ein Geflecht von Erlenstangen eingerüstet, wie eine reparaturbedürftige barocke Sandsteinstatue, aber, wohlgemerkt, noch nicht aus der Schlamm- und Eisumklammerung befreit. Ich lag schon bis zum Hals im Wasser; die Retter lösten mich zuerst aus meiner Grundverankerung los und schleiften mich dann durch das immer weiter einbrechende Eis wie ein Boot zum Ufer. Mein Vater riß mir rasch die zu Eis erstarrten Oberkleider vom Leib und wickelte mich in meinen Mantel, der noch warm war, teils vom Feuer, teils von Herrn Labers Sitzfläche, die so lange darauf geruht hatte. Die Hose auszuziehen war unmöglich, auch lästerliche Flüche meines Vaters halfen nichts, denn die schlammummauerten und bald einfrierenden Schuhe konnten nicht abgezogen werden. Der Herr Laber nahm mich auf seinen schmalen, aber wie aus Drahtseilen geflochtenen Rücken, der Papa die übrige Ausrüstung, und so ging es die Dorfstraße von Altenberg hinauf zum Vaterhaus. Ein schmählicher Ritt, wenn man bedenkt, wie ich sonst, bewundert von den Dorfbuben, auf dem Rücken meines feurigen Bubi (feurig, weil er schon in Stallnähe war) dahinpreschte. Aber es war dunkel, und niemand sah uns.

Zu Hause warteten auf meinen Vater die üblichen »Aber Adolf«s meiner Mutter, auf mich, wie stets nach solchen Beinahe-Katastrophen, ein heißes Bad und mütterliches Mitleid. Aber der Herr Hofrat war wieder einmal zu Gast und sparte nicht mit seinem Hohn und Tadel: »Na, Lorenz, ham S' wieder amal probiert, Ihneren Bubn umbringen? Ersäufen diesmal? Sie san a bahnbrechender Orthopäde, aber mit Ihrem Bubn, nehmen S' es mir net übel, san S' geradezu deppert! Wissen S', was ich Ihnen für die Zukunft rat'? Daham bleib'n!«

Das Paradies der Erde liegt auf dem Rücken der Pferde

Ich weiß nicht, ob die zünftige Zoologie mir zustimmt, aber ich neige zu der Ansicht, daß das Pferd gewissermaßen ein vorsintflutliches Wesen, auf einer relativ frühen Entwicklungsstufe stehengeblieben, ist oder – um einen heute leichter verständlichen Vergleich zu gebrauchen – ein altes Modell der Vierfüßler darstellt, das als unrentabel serienweise nicht mehr erzeugt wird.

Und doch, welche Poesie, welcher Mythos umgibt das Pferd, soweit sich Menschen zurückerinnern! Der Reiter, das ist das Symbol des Herrenmenschen, des Heerführers, Siegers, Herrschers. »Das Paradies der Erde liegt auf dem Rücken der Pferde!« Das Volksempfinden, das Gefühl der Kinder und besonders das der Frauen flog von jeher dem Reiter zu, der auf seinem stolzen Tier pfeilschnell über Ebenen und Hecken dahinfliegt, namentlich dem militärischen Reiter, dem Kavalleristen, der überdies noch das Plus der paradiesvogelbunten Uniform für sich hatte, und so wie der schillernde Fasanhahn die Hennen bezaubert, die Herzen der Mädchen höher schlagen ließ.

Adolf Lorenz erzählt in seiner Selbstbiographie, seine Mutter schon habe ihm eingeprägt: »Adolfla, a großa Herre mußte werden, a Doktor!« Und sooft man den kleinen Buben fragte: »Adolfla, was willste denn werden?«, war eben seine Antwort: »A großa Herre möcht i werden.«

Eine beinahe unheimliche Äußerung für ein Kind, wenn auch eine eingegebene, das niemals einen großen Herrn (damals gab es noch solche) gesehen hatte oder verstand, was das bedeutete.

Aber er scheint es doch geahnt zu haben. Denn mit verbissener Kraft verfolgte er seinen Weg zur Höhe, und statt sich dabei, wie viele von Haus aus arme Mediziner, von Karboldämpfen und Fachliteratur einnebeln zu lassen, zeigte er, sobald er sich finanziell nur einigermaßen rühren konnte, einen Hang zu ausgesprochenen Kavaliersvergnügungen. Seine Gattin erfand deshalb für ihn den Spitznamen »Der verarmte Edelmann«. Er war von monumentaler Bauwut besessen, Mäzen, Kunstsammler, Sportsmann. Kaum stand sein Haus in erster Fassung, so stellte sich bei ihm auch schon das Bedürfnis nach dem Pferd – wohlgemerkt, zuerst nach dem Reitpferd – ein, und dieser Hang erstarb erst mit der Vervollkommnung des Automobils.

Damals, im goldenen »Zeitalter der Sicherheit«, wie Stefan Zweig das letzte Jahrzehnt des vorigen Jahrhunderts in seiner Selbstbiographie nennt, war das Pferd noch uneingeschränkt im Besitz seiner jahrtausendealten wichtigen Stellung als Zugtier wie als Reitpferd. Für die Tradition des Reitpferdes sorgte vor allem die glänzende habsburgische Kavallerie mit ihren 58 Regimentern, ihrem pferdekundigen und pferdeliebenden Offizierskorps. Der Reitsport war beinahe eine Selbstverständlichkeit; von früh bis abend passierte ein nie abreißender Zug von Reitern und Reiterinnen die Prater Hauptallee nach beiden Richtungen. Im Kinderspielzeug hatte der hölzerne oder bleierne Reiter eine ebenso große Rolle wie das Pferdegeschirr, das die Kinder sich umschnallten, um von ihren Gespielen »kutschiert« zu werden. Das Reiten der kleinen Kinder auf dem Rücken des Papas, der auf allen vieren um den Speisezimmertisch herumkriecht, kommt immer mehr ab, denn die Kinder verlieren allmählich jede Beziehung zu dem Begriff Pferd. Wo sieht ein Kind noch ein richtiges Pferd? Die armseligen Vierbeiner, die man heute mitunter noch vor einem zerratterten Streifwagerl oder Brotwagen sieht, sind ja nur mehr unheimliche Gespenster gegen die Pferde der neunziger Jahre, von denen für Armeebedürfnisse allein stets über hunderttausend Stück bereitgestellt waren.

Daher wird heute – und nicht nur von den Kindern – ein wirklicher Reiter bestaunt wie ein Zentaur, der sich aus der Antike in die Jetztzeit verirrt hat, und von dem, was man einst ein fesches »Zeugl« genannt hat, und von all dem Schönen, das damit zusammenhing, hat kaum noch jemand eine Vorstellung.

Ganz ausgestorben ist der Pferdekult in Wien noch nicht; er lebt weiter im Trab- und Rennsport, in exklusiven Reiter- und Poloklubs. Aus dem Kulturleben des Alltags aber ist das Pferd heute wohl verschwunden.

Als Lorenz sein erstes Pferd nach Altenberg brachte, stand das Pferdewesen noch in einer Blüte, deren baldiges Ende vorauszusagen niemand Vernünftigem eingefallen wäre. Ich war schon als sechsjähriger Bub »pferdebewußt«. Daher war ich in heller Aufregung, als der Papa nach einigen kurzen und geheimnisvollen Reitstudien in Wien seinen ersten Gaul, die Bella – aus dem Besitz irgendeines Erzherzogs erworben –, in ein abgegrenztes Abteil des Kuhstalles unseres Nachbarbauern einstellte.

Allmählich, mit allerlei diplomatischen Kunstgriffen, erschlich sich mein Vater die Zustimmung der gegen jede sportliche Neuerung mißtrauischen Gattin; bei ihrer abgrundtiefen Unkenntnis alles Pferdemäßigen gelang es ihm auch weiterhin, ihr die kostspieligsten hippologischen Einrichtungen, eine nach der anderen, abzulisten.

Gleich die erste Behauptung war ganz offenkundig eine bewußte Verschleierung der Tatsachen: daß nämlich das edle Reitpferd dauernd im Kuhstall leben und vom Hausknecht des Bauern gegen ein kleines Trinkgeld gewartet werden könne. Billig war die Sache auch so nicht, denn das Stroh für das Pferd benützte der Bauer zu seinen Zwecken und von dem Hafer fraßen mehr die Hendln als der Gaul; das Heu, das verrechnet wurde, mußte aus lauter Edelkräutern bestanden haben, so teuer war es. Kurz, der edle Zelter schmachtete dahin unter pferdeunwürdigen Lebensbedingungen, in der Nähe der verächtlichen Kühe, deren Gegenwart für ein Pferd leiblich wie seelisch bedrückend ist.

Und so ging Lorenz an den Bau eines Pferdestalles auf seinem Grund. Eigentlich brauchte er gar nicht frisch zu bauen: Mamas langersehnte Waschküche, die damals gerade aus dem Boden wuchs, mußte einfach die Hälfte ihres Rauminhaltes für einen Pferdestall mit drei Ständen hergeben. Bei den unerfreulichen Unterhandlungen, an die ich mich noch genau erinnere, gab sich mein Vater einmal die Blöße zu sagen: »Na, dich wird es ja auch freuen, Emma, mich hoch zu Roß über die Wiesen galoppieren zu sehen.«

»Ja, damit du dir Hals und Beine brichst und deine Frau und deinen kleinen Buben unversorgt zurückläßt! Wäre der Stall wenigstens für ein Wagenpferd, das wir auf dem Lande so notwendig brauchten!«

Damit aber hatte Mama unwissentlich ein neues, bisher noch geschlossenes Schleusentor gesteigerter Ausgaben geöffnet; denn zum Zugpferd gehört auch Geschirr, Wagen, Wagenremise, Wagenwaschen, Geschirrputzen – weiß Gott was noch.

Das Pferd wurde – wie ein inthronisierter Bischof in seine Kathedrale – in den neuen Stall eingeführt, und schon war auch ein Pferdewärter da in der Gestalt des Wilhelm, des ersten Mannes unter dem Lorenzschen Gesinde, was einiges aufgeregtes Rascheln unter dem weiblichen Personal verursachte. Gesinde und Personal – das klingt hochherrschaftlich in den heutigen Elendstagen, zu großartig für einen jungen Professor der Orthopädie, war es aber damals, in der Zeit der allgemeinen Billigkeit, durchaus nicht.

Der Wilhelm war als Hüter des edlen Reitpferdes ganz von selbst turmhoch über Köchin, Stuben- und Extramädel gestellt und demoralisierte durch beschäftigungsloses Herumlungern in seinem offensichtlich eng begrenzten, aber vornehmen Arbeitsgebiet den ganzen Haushalt. Denn für ihn, den ausgedienten Zugsführer des Wiener Dragoner-Hausregimentes König Albert von Sachsen Nr. 3, wäre jeder nicht direkt mit dem Pferd zusammenhängende Handgriff eine Beschimpfung seiner k. u. k. Reiterehre gewesen.

Der Herr Laber, nicht festangestelltes Faktotum der Familie Lorenz, und der Pferdewärter Wilhelm benahmen sich gegeneinander wie zwei Hähne auf demselben Hühnerhof. Beide waren alte Unteroffiziere, aber Wilhelm war Dragoner und der Herr Laber nur 84er Infanterie-Zugsführer; das war ein schweres Handicap für den in Wahrheit im kleinen Finger wertvolleren und tüchtigeren Herrn Laber. Und der Wilhelm wußte, daß seine Stellung als kenntnisreicher Hüter des heiligen Pferdes unangreifbar war. Auch Mama war machtlos gegen ihn, da sie keinen Tau von den Verrichtungen hatte, für die Wilhelm fürstlich bezahlt wurde.

Der innere Friede der Familie, des Haushaltes, begann zu schwanken. Ich hielt mit Papa zum Pferd und zum Wilhelm, aber mein Herz blutete der heißgeliebten Mama wegen. Es war einer der ersten seelischen Zwiespälte meines jungen Lebens und um so größer, als mir der Wilhelm bei aller Bewunderung höchst unheimlich war. Er ist längst verstorben und de mortuis nil nisi bene, aber er war ein ausgepichter schwarzer Schuft, so schwarz wie der lange, glänzende Vollbart, den er, gegen die Gepflogenheit der Pferdemenschen, trug. Er stahl, was nicht niet- und nagelfest war, und verschwand plötzlich unter Mitnahme alles dessen, was ihm brauchbar erschienen war.

Ein neuer Pferdewärter wurde gesucht und gefunden, und Wilhelm taucht in meiner Erinnerung nur noch einmal auf: in der Rubrik »Gerichtssaal« der Zeitung, als er wegen eines Eigentumsdeliktes zu einer beträchtlichen Freiheitsstrafe verurteilt wurde.

Wie war's aber mit dem Reiter Lorenz? Der hatte wohl einige geheimnisvolle Reitstunden in Wien genommen, aber nicht viel dabei gelernt. Er war auch hier derselbe Autodidakt wie bei Tennis oder Skilauf. Unter herablassenden, oberflächlichen Anleitungen des schwarzen Wilhelm kletterte er auf den Gaul, und hinaus ging's ins Freie. Wir liefen alle mit wie zum herbstlichen Drachensteigenlassen – die Mama, der Herr Hofrat, die Tanten, der Wilhelm und ich sowie etwaige Gäste – hinunter auf die große Wiese.

Dort stellte mein Vater unter den kritischen Augen der Altenberger Bevölkerung seine ersten Reiterkunststücke zur Schau und bewies eine schöne Gelassenheit gegen alle öffentlichen Kritiken. Die brave Bella zeigte nur lässigen Eifer beim Ritt in der Richtung vom heimatlichen Stalle weg, sie hatschte dahin wie eine alte Kuh, ohne daß die Reiterkünste meines Vaters sie zu edlerer Haltung oder lebhafterem Tempo anspornen konnten; sobald es aber zurück in der Richtung *gegen* den Stall ging, nahm sie Haltung und Gehaben eines feurigen Renners an, tänzelte mit hochgehobenen Vorderfüßen und edelgeschwungenem Hals daher, und nicht immer konnte Lorenz ihren Heimatdrang erfolgreich hemmen. Dann fiel die Bella in Galopp, immer schneller und schneller, nahm das Gebiß zwischen die Zähne, und Roß und Reiter, dieser sich recht und schlecht im Sattel haltend, stürmten über Wiese und Dorfstraße nach Hause wie ein heimkommender Texas-Cowboy, daß alles in einer Staubwolke verschwand.

Hatte die Bella aber einmal keine Lust, im Kreis um eine Wiese herumzutraben, so blieb sie plötzlich störrisch stehen und reagierte auf Sporn- oder Stockhilfe, indem sie den Kopf zwischen die fest in den Boden gestemmten Vorderbeine nahm und mit den Hinterbeinen kräftig und hoch ausfetzte. Dann glitt der Reiter sanft und mühelos über die Vorderhand auf die grüne Wiese, und behielt er die Zügel, wie sich's bei solchem bedauerlichen Ereignis nach Reiterregel gehört, nicht in den Händen, so beutelte die Bella fohlenartig-neckisch den Kopf und stürmte unter Kapriolen und ununterbrochenem Ausfetzen mit fliegenden Zügeln und Bügeln dem Stall zu, verfolgt von den dröhnenden Flüchen des in der Reitkunst noch nicht sehr berühmten Adolf Lorenz. Mama und die Tanten kreischten angsterfüllt auf, der schwarze Wilhelm stürmte hinterdrein, die Dorfältesten und -jüngsten aber schüttelten ernst die Häupter beim Passieren des herrenlosen Pferdes und urteilten scharfsinnig: »Da Herr Professa is wieder amal abag'schmissen wurn.«

Die Reiterei zog wegen ihrer damaligen großen Verbreitung viel mehr beratende und zusehende Fachkenner an sich als das noch fremde Tennis oder das norwegische Brettlrutschen. Und so verbesserte Lorenz allmählich nicht nur seine Sattelfestigkeit, sondern auch Führung, Sitz, Zügel- und Beinhaltung, kurz das ganze edle Gebaren des ritterlichen Reiters, wenn er es auch nie bis zu jener Haltung brachte, die für jeden Ulanen oder Husaren Selbstverständlichkeit war.

Besonders gute Ratschläge gab ein schöner, vollschlanker Mann mit dröhnender Theaterstimme, die ich damals noch nicht als solche erkannte. Er war bartlos wie ein geistlicher Herr, was zur Zeit der männlichen Bartwälder höchst auffallend war. Es war der berühmte Schauspieler Georg Reimers vom Burgtheater. Das Pferd war ihm von vielen klassischen Ritterstücken her ein vertrautes Theaterrequisit, auf dem er acht bis zehn Meter weit als strahlender Sieger oder blutiger Tyrann mitunter auf die Bühne geritten kam. Von dort hatte er profunde Reitkenntnisse, und von diesen wollte er seinem Freund Lorenz einmal eine praktische Demonstration geben. Aber die lammfrommen trainierten k. u. k. Lipizzanerschimmel aus den Hofstallungen, wohlvertraut mit den Brettern, die die Welt bedeuten, waren leichter zu beherrschen als unsere Bella, die ihre Stallsehnsucht nie los wurde, und so fand Georg Reimers noch schneller als Lorenz zum Wiesenboden hinab, wobei sich überdies peinlicherweise seine taubengraue Modehose unter lautem Krachen in der hinteren Längsnaht weit auseinander tat und schneeweißen Untergrund preisgab. Eines der ersten Kodakbilder, die von den Lorenzen aufgenommen wurden, zeigt den berühmten Heldendarsteller hoch zu Roß, knapp vor dem Beinkleidriß, von dem im Bilde natürlich nichts zu sehen ist, denn damals kannte man den blitzschnellen Schnappschuß noch nicht, sonst hätten wir auch ein Bild der zweiten Phase. Reimers warf mit Heldengeste einen zufällig vorhandenen Mantel um seine Blöße; im Lorenz-Haus trug er dann eine Weile eine ihm viel zu lange Lorenz-Hose, während die beglückten Tanten errötend die geplatzte Naht des göttlichen Beinkleides flickten.

Aber der Besuch des kostümkundigen Künstlers brachte Früchte: Lorenz hatte bis dahin zum Reiten ein äußerst malerisches Kostüm getragen: eine Sherlock-Holmes-Kappe und dazu Gamaschen gleich dem Jäger im Struwwelpeter. Jetzt erschien auf Reimers' Anraten ein Spezialist für militärische Reithosen, der Herr Pospischil; der nahm feierlich Maß, was ich staunend zum ersten Male sah, und bald erschien er wieder mit dem Wunderwerk der neuen Reithose. Vom Knöchel bis zum Knie lag sie dem Bein prall an wie die Trikots der Pagen auf florentinischen Cinquecento-Fresken, um sich oberhalb des Knies zur bauschigen Weite orientalischer Haremshosen zu dehnen. War das Fluchen des Vaters beim Durchschliefen des Wadenengpasses der Hosen noch gemäßigt, so schwoll es zu fürchterlichem Fortissimo bei Anproben der neuen Reitstiefel, die ein anderer Fachmann lieferte. Er blieb trotz ingeniöser Eisenhaken zum Anziehen der Stiefel in extremster Spitzfußstellung in der Röhre stecken, bekam den Wadenkrampf und sprang schmerzbrüllend im Zimmer herum, bis er von dem erschreckten Gesinde befreit wurde. Schließlich beanstandete die Mama die ritterlich klirrenden Sporen an den Stiefeln, mit denen Lorenz wiederholt in den Teppichen hängenblieb und lange Risse machte.

Und wo blieb bei diesen zeitraubenden Reitersorgen und allen anderen bisher geschilderten Sportübungen die Orthopädie?

Zu Beginn der Pferdeära war die wissenschaftliche Tätigkeit wirklich zeitweise bedroht.

»Aber Adolf! Die letzten Korrekturbogen deiner Arbeit liegen schon drei Tage herum«, tadelte die Mama.

Und der Hauslehrer, der mich mühsam durch die Volksschulklassen durchdrückte – denn das Bubikatzi besuchte nicht die öffentliche Schule –, beklagte sich, daß sein Schüler mehr im Stall als hinter den Büchern und überdies völlig zerstreut und unaufmerksam sei. So schien das Pferd Vater und Sohn auf die schiefe Ebene zu bringen.

Ich aber war dennoch tief bedrückt; wo blieb jetzt, bei dem göttlichsten aller Sporte, die alte Gemeinschaft mit dem Papa? Ich war ausgeschlossen, ein unbeachteter, überflüssiger Zuschauer. Und da ich im Innern doch noch an die Kraft des Egoistengebetes glaubte, kniete ich abends im Finstern in meinem Bett und betete: »Lieber Gott, mach, daß der Papa mich auch reiten läßt!«

Und wieder wurde mein Gebet in geradezu überwältigender Weise erhört.

Bubi, die Bestie

Papa war jetzt in seiner freien Zeit oft rätselhaft lang abwesend. Die Bella verschwand plötzlich, im Stall wurde ein vierter Stand eingerichtet. Eines Nachmittags verbreitete sich in Altenberg das Gerücht, der Herr Professor sei mit neuen Pferden und neuem Wagen von Wien her im Anmarsch.

Ich krame wieder einmal in meinem gespenstischen Photoalbum und ziehe ein vergilbtes Bild heraus: Eine glänzende Kavalkade kommt die Dorfstraße herauf. Ein leichtes, braunes Wagerl, bespannt mit zwei feingliedrigen, rundkruppigen ungarischen Apfelschimmeln, die sich in Größe, Form und Gehaben völlig gleich sind – das Idealgespann für ein Zeugl. Die Geschirre blitzen und knarren vor Neuheit. Neben dem Kutscher sitzt der Papa, auf seinen Zügen das stolze Lächeln eines triumphierend einziehenden römischen Imperators.

Aber hinter dem Zeugl, ja was trabt denn da hinterdrein? Erst einmal ein Reitbursch auf einem herrlichen Fuchsen, Zaum- und Sattelzeug im Hellgelb völliger Neuheit erglänzend, und am Handzügel führt er etwas, was mein Bubenherz für Augenblicke still stehen läßt:

Ein ebenfalls neu gezäumtes und gesatteltes hellbraunes Doppelpony!

Die Mama hatte schon von der aufwühlenden Nachricht gehört. Sei es, daß die Zugpferde und der Wagen sie versöhnlich stimmten oder die anschwellenden orthopädischen Honorare für die epochale Lorenzsche unblutige Operation der angeborenen Hüftverrenkung: die Ankunft der Kavalkade nahm sie jedenfalls mit gnädigem Lächeln auf, zur sichtlichen Erleichterung des Herrn Professors, der auf einmal ungewöhnlich freundlich und gesprächig gegen sie war.

Aber das Pony, was war's mit dem Pony?

Die Pferdemenschen, mein Vater an ihrer Spitze, waren geschäftig um die vier Tiere und den Wagen. Für mich hatten sie keinen Blick. Ich war so verdonnert, daß ich nur verstohlene Blicke aus dem Winkel meiner Augen auf die Traumgestalt des Ponys zu werfen wagte. Aber der Papa fing einen der fragenden Blicke auf: »Ach so, das Pony? Das habe ich mir als Draufgabe genommen, ich mußte es kaufen, sonst hätten sie mir nicht die Schimmel und den Egmont« – so hieß der neue Fuchs – »gegeben; kostet übrigens nur 50 Gulden.«

Das hat er also für sich selbst gekauft, der Papa; aber wie wird er reiten auf dem kleinen Tier, mit seinen langen Beinen? Mit dem kleinen Sattel und den kurzen Bügeln?

»Übrigens, wenn du dich traust, kannst du auch einmal aufsitzen, vielleicht reiten wir jetzt zusammen spazieren.«

»I . i . . . ich d . . . das Po-Po-Pony?«

Vor Erregung konnte ich nur mehr stottern. Und ich durfte aufsitzen, die Bügel wurden auf meine Länge geschnallt, Zügel- und Beinhaltung hatte ich schon so ziemlich heraus – so machte ich meinen ersten Ritt rings um den Hof meines Vaterhauses, auf meinem Pony, das glücklicherweise von den zwanzig Kilometern Trab von Wien heraus etwas abgekämpft war.

Mit der Besitzergreifung dieses Ponys, das den wenig originellen Namen Bubi hatte, begann ein neuer Abschnitt meines Lebens; ich war innerlich überzeugt, von nun an ein Mann zu sein. Ich war in meinem siebenten Lebensjahr und in der zweiten Volksschulklasse.

Der Reitunterricht durch den neuen Stallburschen begann sofort, und nach einiger flüchtiger Arbeit an der Longe und im »Großen Viereck« unserer Wiesen nahm der ungeduldige Vater seinen Sohn auf den ersten Reitausflug.

Ich höre noch eine meiner Tanten zu meiner Mutter in den ersten Stock hinaufrufen: »Der Egmont mit dem Adolf und der Bubi mit dem Albert sind soeben ausgeritten.«

Egmont war eine ausgeglichene Pferd-Persönlichkeit in den besten Pferdejahren; er war keine Stute wie die Bella, er war etwas Neues, etwas noch nie Gehörtes. Daß ein Hengst, das Mandl vom Pferd, das Gegenstück zur Stute sei, verstand ich schon; aber man höre und staune, der Egmont war ein »Wallach«, wie mir der Anton, der neue Pferdewärter, mitteilte, weder Hengst noch Stute. Auf Jahre hinaus war ich der festen Meinung, daß alle Pferde, die man Wallachen nannte, in dem fernen Land der Walachei beheimatet seien.

Aber der Bubi, der war aus ganz anderem Stoff als die Bella oder der Egmont. Er war ein ganz verteufelter Bursch. Das

Gegenteil dessen, was man einem kleinen Buben als Reitpferd gibt; und gerade deshalb wurde ich ein sattelfester Reiter, weil ich es von klein auf nicht leicht hatte mit meinen Gäulen. Der Bubi war ein Jüngling von vier Jahren, als wir ihn bekamen, ein bärenstarkes Doppelpony etwa von Haflingergröße, voll Temperament und Lebenslust. Er war ein glattfelliger, hellbrauner Sohn der schwarzen Berge Bosniens, wahrscheinlich Mohammedaner von Geburt, von Kultur ziemlich unbeleckt und von einer körperlichen Geschmeidigkeit, die unseren gezähmten Pferden meistens abgeht.

Bubi konnte etwa mit leichter Grazie auf den Knien unter einem Seil oder einer Latte durchkriechen, wenn man durch solche Vorrichtungen seine Freiheit beschränken wollte, oder mit elegantem Schwung eine steinerne Stiege hinauf- und hinabsetzen. Im ganzen war er lammfromm und fröhlich. Wenn ihm aber jemand unsympathisch war, ging er entweder auf den Hinterbeinen hoch aufgerichtet mit schlagenden Vorderhufen auf den Betreffenden los, oder er wandte dem Unsympathischen seine kugelrunde Kruppe zu und lüftete zunächst wie spielerisch ein Hinterbein, gleichsam als Warnung vor dem, was er noch in Reserve habe. Und das mußte gerade dem Herrn Hofrat begegnen, als er das herzige neue Pony streicheln sollte, dem tierscheuen Chirurgen, der sich schon vor Kühen fürchtete!

Auch ein ungezogenes scheues Tier kann durch Liebe zutraulich gemacht werden, und ein Triumph der reinen Liebe war es, daß ich durch stundenlanges, durch Zucker und Karotten versüßtes Zwiegespräch die Gunst des Bubi bald so weit gewonnen hatte, daß er mir auf Ruf und Pfiff in Freiheit zuging, eine Sache, die man einem Pferd sonst gewöhnlich nur im Zirkus beibringt.

Der Sitz auf dem dicken Bubi war für mich mit meinen kurzen Beinen schon an und für sich eine höchst labile Angelegenheit. Sobald aber der temperamentvolle Bubi die Wiesen und Donauauen, »the wide open spaces«, wie man im Wilden Westen sagt, vor sich sah, ging ihm sein urwüchsiges Bosniakennaturell und er mit mir durch. Er war hartmäulig, ich noch schwach, hatte nur Trensen- und nicht Stangenzügel und konnte damit das Pferd nicht halten. Überdies war ich federleicht, verglichen mit dem dickbäuchigen Deutschmeister-Major, den er, wie ich später erfuhr, während seiner Dienstzeit für Kaiser und Vaterland in Bosnien tragen mußte, und so nahm er das Gebiß zwischen die Zähne und stürmte ins Grüne hinaus, unheimliche, aus einem Pferdemaul unerhörte Naturlaute reinster Wanderlust ausstoßend, die ein quiekendes Grunzen und kein Wiehern waren.

Ein erfahrener Reiter war aber auch der Papa nicht. Bis jetzt war er nur auf der einsamen, altjüngferlichen Bella herumgeritten, und jeder Reiter weiß, was für ein Herdentier das Pferd ist, wie freudig angeregt es durch gleichgesinnte Pferdegesellschaft wird. So wollte der hochbeinige Egmont nicht hinter dem bosnischen Stöpsel zurückbleiben – und da erfuhr der Herr Professor erst auf dem Umweg über Bubi, was richtiges Terrainreiten heißt. Über Gräben und Hecken ging es, durch Schlammpfützen und über Wasserläufe.

»Verflucht!« konnte er nur abgerissen stammeln, denn er hatte nach jedem Sprung Mühe, sich im Sattel wieder zurechtzufinden. Helles Metallklirren zeigte an, daß er die Bügel schon längst verloren hatte. So sausten die beiden Tiere mit ihren fragwürdigen Reitern nach eigenem Gefallen durch Feld und Au, die Mützen waren längst unwiederbringlich dahin –, ein unbeteiligter Zuschauer hätte meinen können, wir seien zwei englische Countrygentlemen, die hinter einem besonders schnellen Fuchs her sind.

Ohne Zwischenfall ging es natürlich nicht ab, bald purzelte der Vater, bald der Sohn. Einmal fiel ich hart auf den Rücken und erlitt eine momentane Zwerchfell-Lähmung, so daß ich voller Todesangst weder atmen noch schreien konnte.

Einmal mußte ich die Reitausflüge auf einige Zeit unterbrechen wegen eines Loches im Kopfe, dann der Herr Professor auf längere Zeit wegen eines Schlüsselbeinbruches mit umfangreichem Gipsverband. Die Mama konnte durch das fesche Schimmelgespann kaum versöhnt werden, und der Herr Hofrat behandelte meine Kopfwunde unter höhnisch-kritischen Bemerkungen.

»Na, was erwarten S' denn anders, Lorenz, Sie, an erwachsener Mann, und noch so bled; Sie wern den Bubn und sich selba noch umbringen, am Radl, in der Donau oder am Pferd; erschlagen S' noch vorher die Frau, dann ham S' die ganze Famili ausgerottet; na, mir is gleich.«

Aber es ging rasch besser, nicht nur mit meinem, sondern auch mit Papas Reiten, der Bubi wurde immer braver, er war, wenn ich mit meinen heutigen Reitkenntnissen an ihn zurückdenke, eines der besten Pferde, das je im Lorenz-Stall stand.

Die Härte dieses »Bosniaken« war fast unglaublich und spottete aller equestrischen »G'hörtsichs« und Reiterregeln, wie der, daß man auf harter Kunststraße nur im äußersten Notfall eine schärfere Gangart einschlagen oder daß man bergab nur im Schritt reiten darf.

Bei den Lorenzen bildete sich die Gepflogenheit aus, daß die Eltern Ausflüge im Wagen mit den Schimmeln machten und ich auf Bubi daneben herritt. Da war es aus mit den »G'hörtsichs«. Die Schimmel trabten flott dahin, bergauf und bergab, und der kurzbeinige Bubi hatte seine liebe Not, Schritt zu halten.

Einmal nachtmahlten wir im Stiftskeller von Klosterneuburg; im Dunkel ging es die zehn Kilometer nach Altenberg zurück. Nach Einbruch der Finsternis sind Pferde besonders dankbar und lebhaft, wenn's wieder zurück zum geliebten Stall geht, das merken sie sofort. Die Schimmel griffen scharf aus, Bubi kam im Trab nicht mehr mit, und da er um keinen Preis zurückbleiben wollte, begann er zu galoppieren, und im flotten Hundegalopp ging's auf der harten Straße nach Altenberg zurück, bergauf und bergab, ohne Unterbrechung. Staubtrocken war Bubis glänzendes Fell, als er im Stall ankam, seine strammen Vorderbeine hatten nicht gelitten. Wie struppiert wäre ein Pferd anderer Rasse nach solchem Hunnenritt gewesen!

Das Paradies der Erde lag für mich kleinen Buben, seitdem das Pony in mein Leben getreten war, wirklich auf seinem Rücken. Ich trug im ferienmäßigen Altenberger Leben von früh bis abends Reitkleidung, Bubi stand von morgens an mit gelockerten Gurten im Stall, bereit, jeden Augenblick von mir benützt zu werden, wie der Bronco eines Cowboys in Arizona. Ich ging überhaupt nicht mehr zu Fuß, jeden kleinen Auftrag erledigte ich zu Pferde – auf die Post, zum Greißler nach Greifenstein –, jeder Moment im Sattel war mir Hochgenuß. Unsere übliche Gangart war Galopp. Solche Behandlung hält nur ein von Kultur unverdorbenes hartes Pferd aus, wie es mein Bosniak war!

Nur *einen* Fehler konnte ich ihm nur schwer austreiben: seine tiefe Abscheu vor der Eisenbahn. Die Schimmel, der Egmont, die wackelten nicht einmal mit den Ohren, wenn ein Zug kam. Aber der Bubi, der hatte zu Hause in Bosnien so was noch nie gesehen und stürmte, wenn er von ferne einen Zug sah oder auch nur eine Lokomotive pusten hörte, mit Vollgas davon, daß man seine Beine nur mehr als Nebel sah. So ritt ich unfreiwillig die tollsten Langgaloppstrecken, aber mein Sitz wurde unter dem Zwang der Not immer fester. Einmal stellte der aus der Station Greifenstein-Altenberg ausfahrende Lokomotivführer seinen Regulator wieder ab, weil der Bubi in seiner Flucht den Zug glatt überholte, wofür der brave Mann von der Mama für die Rettung ihres Bubikatzi ein fürstliches Trinkgeld empfing.

Durch diese Bahnscheuheit erwarb sich Bubi zu meinem Entsetzen Antipathien in der Familie Lorenz, er erhielt den Namen »Bubi, die Bestie«, schließlich schlechtweg »Bestie«, und man sprach von Verkauf. Das wäre das Ende meines Lebensglückes gewesen. Mein Lehrer und die neu erschienene Mademoiselle erklärten überdies unisono: »Entweder gehen wir oder der Bubi«, denn ich hatte für nichts anderes mehr Sinn als für das Pony. Ich flehte Papa an.

Er sagte: »Einmal werde ich es noch selbst versuchen, ihm die Bahnscheu auszutreiben.«

»Nein, ich«, sagte der Primarius Dr. Frank, Lorenz' Schwager, in schönem Mannesmut. Und beide versuchten es.

Wieder ein Erinnerungsbild: Am Dorfende von Altenberg führt die Straße durch einen engen Durchlaß unter der Franz-Josefs-Bahn. Ich sehe das stämmige Muskelgigerl »Primar« Frank auf dem Bubi, dessen Kopf gegen den fahrplanmäßigen Zug gerichtet ist, vor dem Durchlaß stehen; Roß und Reiter sind sich des Kommenden voll bewußt, aber von divergierenden Entschlüssen erfüllt. Das Roß hat sein elegantes kleines Köpferl in Richtung des kommenden Zuges erhoben, Bubi, die Bestie, steht wie das Bronzepferd eines Reiterstandbildes, nur die Ohren wackeln nervös nach vorne und hinten; rings um ihn die erwartungsvolle Menge des Dorfes. Beim ersten Anblick der Lokomotive dreht sich Bubi um 180 Grad und prescht mit unerhörtem Beschleunigungsvermögen vom Platz weg. Aber das geschieht schneller, als man es denken kann, Wendung und Erreichung des vollen Fluchttempos sind so gedankengeschwind, daß man nicht gleich bemerkt hat: das davonstürmende Pferd ist reiterlos. Der Herr Primar ist ohne sichtliche Ortsveränderung einfach am Platz geblieben, im Staub liegend. Herunterfallen konnte man das kaum nennen, eher Transposition vom Pferd auf den Boden. Bubi, die Bestie, hatte gesiegt.

»Einfach lächerlich«, höhnte der Herr Professor; »Rudi, du Patzer!«

Der Bubi wurde vom Stall zurückgebracht, wohin er sich als kluges Pferdewesen begeben hatte, und jetzt bestieg ihn Lorenz. Ein anderer Zug rollte heran.

Ein Genie wie Bubi wiederholt sich nicht. Lange vor Erscheinen des Zuges und dem erwarteten Blitz-Kehrt-euch stützte der Bubi die Vorderbeine fest und fetzte hinten himmelhoch aus. Lorenzens Sturz war ärger als der des Herrn Primar, der Herr Professor flog in schöner Parabel auf die grüne Bahnböschung.

Ich aber rief unter strömenden Tränen: »Bubi, Bubi!« Er wußte ja nicht, der dumme Kerl, daß es um seine Existenz im Hause Lorenz ging. Meine Stimme beruhigte das Tier sofort, es trabte ein wenig weg, bis der böse Zug vorüber war, dann kam es lammfromm auf mich zu. Ich schwang mich rasch und rebellisch auf und ritt davon, unter den Protesten aller Anwesenden.

Aber jetzt nahm ich die Dressur selbst in die Hand. Heimlich, nur mit Wissen des Kutschers. Rückschauend muß ich sagen: Ich kleiner Bub ging damals wie ein längerdienender Dragonerwachtmeister, der Remonten zureitet, zu Werk. Ich ritt den Bubi unter freundlichem Zureden und Abklopfen zunächst einmal an Waggons heran, die auf dem Bahnhof abgestellt waren, ließ ihn die Dinger beschnauben, beschnuppern und betrachten. Schließlich wagten wir uns langsam auch an stehende, dampfzischende Lokomotiven heran –, und so habe ich mir durch eigene Anstrengung den geliebten Bubi bewahrt. Er verlor seine Bahnscheu völlig.

Die Jahre verflogen; mit zehn Jahren durfte ich mich auf ein großes Pferd setzen, der älter und würdiger gewordene Bubi wurde eingespannt und lebte noch an die zwanzig Jahre als Freund der Familie Lorenz in Altenberg. Als er unheilbar krank wurde, ließ man ihn erschießen; das beneidenswerte Ende des geliebten Pferdes. Mein Vater war auch ein wenig älter und bequemer geworden, ich aber war schon chronisch infiziert von dem Bazillus des Motorrades. Lebt wohl, ihr geliebten Pferde! Exit equus, versunken, wie so viel Schönes der Jugendtage.

Im Lecher-Kreis

Schon in meinem frühesten Erinnern teilen sich die vertrauten Menschen um mich in zwei ungleich große Gruppen; in die zahlreiche, eng miteinander verbundene, bunte und lärmende Lecher-Sippe und in die Lorenze. Aber die zweite bestand eigentlich nur aus meinem Vater, denn die Mama war eine Lecher, fortwährend im Kreis ihrer vielen Schwestern, und ich hielt mich auch lieber zum geschichtenreichen Großpapa Lecher, zu den lustigen Onkeln und Tanten, als zu dem anfangs nur gefürchteten Vater, mit dem ich erst langsam auf einen freundschaftlichen Fuß kam. Lorenz' Einsamkeit war begreiflich. Kam er doch als Einzelgänger, aus Weidenau in Schlesien, stockfremd nach Wien. Ein Sudetendeutscher, vom anderen Ufer des österreichischen Slawenmeeres, der einen fremdartigen Dialekt sprach. In seiner Selbstbiographie erzählt er:

»In Trofaiach, in Ober-Steiermark, fand ich zahlreiche Vettern und Basen vor, welche offenkundig in einer anderen Sprache redeten als ich selbst. Beide Seiten hatten Schwierigkeiten, einander zu verstehen, und der unbeholfene Gast wurde häufig ausgelacht.«

Im Lecher-Haus wird es nicht viel anders gewesen sein. Dazu war Lorenz schüchtern und nicht sehr bereit, sich anderen Menschen anzupassen. Zu den Lechers kam mein Vater in Gestalt eines Nachhilfelehrers bei einer Familie Hoffmann, über die ich nichts weiter weiß, als daß Hoffmann irgendwie durch das Zeitungswesen mit Konrad Zacharias Lecher verknüpft war. Das Einkommen als Hauslehrer war bis zu seinem Doktorat das einzige, über das mein Vater verfügte. Er verliebte sich in die hübsche älteste Tochter Emma Lecher. Dabei mußte es aber bei der Armut des jungen Mediziners bis auf weiteres bleiben.

Diese Lecher-Familie, in die Adolf Lorenz eintrat, verdient es, daß ich sie aus persönlicher Erinnerung wie aus mündlicher Überlieferung ein wenig rekonstruiere. Sie bot ein getreues Bild des damaligen geistigen Wien und hatte großen Einfluß auf Lorenz' weitere Entwicklung. In seiner Selbstbiographie ist das nur flüchtig behandelt.

Konrad Zacharias Lecher, ein Vorarlberger aus Dornbirn, hatte ursprünglich in Innsbruck Medizin studiert. Er war genialisch-schriftstellerisch veranlagt und, nach der Zeitmode, freiheitlich-revolutionär. Nach einem zum Glück nur schattenhaften Barrikadenzwischenspiel besann er sich bald eines Besseren, trat im Achtundvierziger Krieg in die Innsbrucker Studentenkompanie ein und kämpfte in Südtirol mit Auszeichnung. Weil er es aber als geborener Journalist mit der Wahrheit nicht ganz genau nahm, gefällig, interessant und belesen zu plauschen und zu renommieren wußte, glaubte ihm kein Mensch die von ihm oft erzählte Geschichte von einer italienischen Kanone, die er erobert haben wollte. Aber ich fand diese Kanone, mit seinem Namen auf dem Rohr eingraviert, Jahre später im Innsbrucker Landesmuseum und rehabilitierte ihn so glänzend. Lecher war jahrzehntelang Chefredakteur und Feuilletonist der alten ›Presse‹, einer Zeitung, die aus der Kulturgeschichte des Österreichs der zweiten Hälfte des 19. Jahrhunderts nicht wegzudenken ist. Ferner war er Präsident der Wiener Schriftstellervereinigung »Concordia«, die damals eine große Rolle im geistigen Wien spielte. Seine Stellung brachte Lecher mit allen künstlerischen, literarischen und politischen Zeitgrößen in Berührung, und so hatte das Haus Lecher etwas von einem Musenhof, an dem besonders aufstrebende, noch wenig bekannte Talente gefördert, wenn nicht gar entdeckt wurden. Unser berühmter österreichischer Dramatiker Karl Schönherr gehört zu ihnen.

Lechers Frau Luise, meine Großmama, war die Tochter eines Prager Patrizierkaufmannes namens Schwarzer, der im kurzlebigen Achtundvierziger-Ministerium Wessenberg ein ebenso kurzfristiges Ministerportefeuille innehatte und für seine offenbar kaisertreue Gesinnung vom guten Kaiser Ferdinand das Adelsprädikat »von Heldenstamm« verliehen bekam. Im großväterlichen Haus gab es ein lebensgroßes Porträt von ihm, und mir kleinem Buben machte das Prädikat »vom Heldenstamm« großen Eindruck. Seine Tochter Luise war eine große, noble Frau mit nicht schönen, aber respekteinflößenden Gesichtszügen. Sie war, was man in Wien »ein bißl g'schupft« nennt, und auch die vielen Lecher-Kinder hatten alle etwas von dieser »G'schupftheit«, die bekanntlich gegen Genialität schwer abzugrenzen ist.

Luise Lecher war ein Blaustrumpf, aber ein produktiver, sehr erfolgreicher. Sie schrieb in Peter Roseggers ›Heimgarten‹ larmoyante Romane in endlosen Fortsetzungen, nichts Originelles, sondern Geschichten nach Art der Heimburg, Werner oder Boy-Ed, die damals Furore machten. Literarischen Wert hatten diese Romane keinen, und daß der große Rosegger sie veröffentlichte, beweist nichts, denn der war damals noch nicht groß, vielmehr dem kritikgewaltigen Redakteur Lecher so untertan wie dieser seiner Frau Luise. Sie war überdies eine hartnäckige, ausdauernde und laute Klavierspielerin klassischer Musik zu zwei und – wenn sich ein gefügiger Genosse fand – auch zu vier Händen. Und schließlich war sie eine glühende Verehrerin des klassischen alten Wiener Burgtheaters, vor allem des damals in der Blüte seiner Jahre stehenden großen Darstellers Sonnenthal. Von ihm besaß sie eine ganze Sammlung autographierter Photos in allen seinen Rollen. Mit diesen schön gerahmten Bildern war die Zimmerwand hinter ihrem Schreibtisch tapeziert. Mir Buben wollte es nicht eingehen, daß diese vielen Photos alle denselben Mann in so vielen Verkleidungen und verschiedenen Barttrachten darstellen sollten. – Alles in allem eine gebildete, gescheite, aber eher furchteinflößende Frau, und in bezug auf das Furchteinflößende waren mein Vater und sein kleiner Sohn sich einig, er offenbar mit mehr Grund als ich.

Der alte Lecher sah genauso aus wie der Hieronymus Holzschuher auf Albrecht Dürers bekanntem Porträt. Er hatte blitzende Augen, einen wunderbaren Kopf mit schwarzem, später weißem Vollbart und war ein Obstgärtner von mehr als amateurmäßigen Kenntnissen. Seine Obstplantagen in Altenberg, in denen er jeden Baum eigenhändig veredelte, waren weithin bekannt. Er verdiente für die damalige anspruchslose Zeit gut, seine Frau, die Prager Patrizierstochter, hatte auch einiges Geld, und so hätte man Lorenz' Braut Emma für eine recht gute Partie halten können, wären nicht neun Kinder in dem Hause gewesen, und hätten Vater und Mutter Lecher das Geld nicht mit genialer Largesse zum Fenster hinausgeworfen.

So aber kam es, daß sich vielleicht gleichzeitig mit einem neuen kostbaren Bechstein-Flügel etwa ein mürrischer Greißler einstellte, der monatelang rückständige Rechnungen präsentierte. Meine Mama erzählte mir öfter, daß diese quälenden häuslichen Geldsorgen, über die ihre künstlerische Mutter souverän hinwegsah, sie schon als kleines Mädel bedrückten und daß sie ihr oft detaillierte finanzielle Sanierungspläne vorlegte. Aber Luise Lecher wurschtelte, nach alt-österreichischem Grundsatz, von Tag zu Tag weiter. Die finanziellen Fähigkeiten der Gattin Adolf Lorenz', die diesem später so zustatten kamen, reichen also in ihre frühen Mädchenjahre zurück und wurden ausgebildet durch die Geldnöte ihres Elternhauses.

Es muß absonderlich zugegangen sein in dieser Lecher-Familie. Ein Haufen von genial erzogenen Buben und Mädeln; die Mutter à la Maria Theresia stets mit dem Jüngsten an der Brust; von irgendeinem Lebens- oder Erziehungsplan kaum die Rede. Trotzdem war das geistige Niveau bemerkenswert. Bei den formlosen Mahlzeiten fehlten fast niemals junge Künstler, Literaten, Musiker, Maler oder Schauspieler. Die Literatur- und Kulturgeschichte des Wiens der siebziger und achtziger Jahre spiegelte sich in der Lecherschen Tafelrunde jeweils wider. Wenn knapp vor den Hauptmahlzeiten ein paar Musensöhne plötzlich uneingeladen auftauchten, so spielte das keine Rolle.

»Emma«, befahl dann die Frau Luise Lecher, »lauf geschwind hinunter und hol noch ...« dies oder das, was man eben brauchte, gewöhnlich natürlich auf Pump, solange der betreffende Lieferant der Familie Lecher noch Kredit gab.

Hier gingen Adolf Lorenz, dem Sohn der Wildnis, erst die Augen auf. Von Literatur hatte er bis dahin nur so viel gewußt, als man damals im humanistischen Gymnasium lernte, von Kunst noch weniger. Den rauhen Lecher-Buben flößte der blondbärtige, hochgewachsene junge Dr. med. und Assistent der Klinik Albert trotzdem den nötigen Respekt ein. Aber so recht vertraut wurde er nie mit ihnen, das kann ich noch aus persönlicher Erinnerung bezeugen.

An den schüchternen, kleinen Rosegger, der aussah wie der Dorfschulmeister, den er literarisch verewigte, erinnere ich mich noch recht gut. Sein Glückwunschbrief an meine Mutter anläßlich meiner Geburt wurde pietätvoll aufbewahrt, später ebenso pietätlos verloren.

Der Walzerkönig Johann Strauß sandte ihr zu diesem für mich äußerst wichtigen Anlaß sein Bild mit der Inschrift: »Glückwünsche und alles Liebe dem kleinen Bubikatzi«; darunter standen die Anfangstakte der ›Schönen blauen Donau‹. Von ihm also stammt mein Spitzname in der Familie, den ich bis in recht späte Jahre behielt: »Das Bubikatzi«.

Eisenmenger, der Schüler Rahls und spätere Direktor der Wiener Akademie der bildenden Künste, war meines Großvaters Lecher Freund und wurde auch der meines Vaters. Als ich ungefähr acht Jahre alt war, malte er mein lebensgroßes Porträt im Stil Van Dykscher Prinzenbilder.

Ich kann mich noch dunkel an diese lärmende, geniale Lechersche Tafelrunde erinnern, wobei mich nur die untergeordnete stille Rolle befremdete, die mein sonst so imponierender Vater darin spielte.

Ein Vorkommnis aus diesem Lecher-Kreis verdient erzählt zu werden, weil es eine kleine Pikanterie innerhalb der engeren Wiener Literaturgeschichte darstellt und überdies den schon öfters in diesem Buch genannten Ortsnamen Altenberg literarisch verewigt hat.

Die drei Lecher-Buben übten eine brutale Gewaltherrschaft über ihre jüngeren Schwestern aus; noch gewaltsamer, als sie sonst schon zwischen Brüdern und Schwestern in jungen Jahren herkömmlich ist. Sie hielten sie sich als Sklaven zur persönlichen Bedienung; oder doch nicht ganz als Sklaven, denn die armen Mädel bekamen wöchentlich von ihren Brüdern ein großes Kupfer-Vierkreuzerstück als Löhnung. Dafür mußten sie den Brüdern allerhand Dienste verrichten, ihnen die Schuhe ausziehen und putzen, die Betten machen, das Frühstück bringen und so weiter. Der einzige Dienstbote der elfköpfigen Familie hatte stets Wichtigeres zu tun.

Es ging aber gegen das Empfinden dieser drei altdeutschen Helden, *weibliche* Sklaven zu besitzen, daher wurden die Namen der Schwestern vermännlicht: Emma hieß Sklave Emmlinger, Hedwig – Hedlinger, Hilda – Hildinger, und Berta wurde in Peter verwandelt.

Die Mädel hätten natürlich aufmucken können, aber häusliche Arbeiten mußten sie ohne Lohn sowieso verrichten, und bei dem chronischen Geldmangel in der Familie waren die vier Kreuzer wöchentlich nicht zu verachten; so fronten sie weiter.

Bis ein gewisser Richard Engländer ins Haus kam. Er war der Sohn eines wohlhabenden Seidenindustriellen in Wien, Gymnasialkollege der Lecher-Buben, ein ungleicher Genosse der rauhen altdeutschen Brüder, zart, körperlicher Betätigung abhold und ungeschickt, aber schöngeistig, literarisch gebildet, hatte als Lyriker schon auf ein ganzes Bändchen Gedichte hinzuweisen und wurde daher Herzbinkerl der schöngeistigen blaustrumpfigen Luise Lecher, die für den jungen Dichter weißes Bettzeug (sonst war nur rotkariertes bei Lechers üblich), Weißbrot, Bier oder Wein und andere Auszeichnungen zur Hand hatte, sooft er im Lecher-Haus in Altenberg zu Gast war. Und das geschah immer öfter, trotz der etwas herablassenden Art der muskelstarken Lecher-Buben gegen ihn.

Nicht nur der literarischen Wertschätzung durch die Mutter Lecher wegen wurden seine Besuche immer häufiger, sondern auch, weil der junge Lyriker sich konzentriert in eine der Lecher-Töchter verliebt hatte, in die schöne Berta, vulgo Sklave Peter. Er empfand das Sklaventum seiner Angebeteten als tief entehrend, nicht nur für sie, sondern auch für sich selbst, der er ohnmächtig war, diese Sklavenketten zu zerreißen. Wäre er ein starker Recke gewesen wie die Lecher-Buben, so wäre er nun »im Kampf für eine Magd zu stehn«, wie Lohengrin so schön singt, gegen sie angetreten, aber ach, auch von ihm konnte es heißen: »Er hat der Leier zarte Saiten, doch nie des Bogens Kraft gespannt.« Es blieben ihm nur duldende, seufzende Liebe und schöne Gedichte gegen brutale Gewalt. Seine Hingabe an den gequälten Sklaven Peter bewies er dadurch, daß er schon in seinen nächsten lyrischen Veröffentlichungen sich statt Richard Engländer Peter Altenberg nannte, denn in unserem Dorf Altenberg diente der geliebte Sklave Peter-Berta. So ging das unansehnliche niederösterreichische Dorf Altenberg im Tullnerfeld durch meine schöne Tante Berta in die Literaturgeschichte ein.

Der älteste Lecher-Sohn, Ernst, der als Inhaber des Wiener Lehrstuhls für Physik gestorben ist, war als junger Mensch ein körperlicher und geistiger Alleskönner. Er war Kunstrechner, Zauberer von überdurchschnittlicher Geschicklichkeit, in Kartenkunststücken unübertrefflich und daher ein gefürchteter Gegner im Spiel. Er konnte beliebig lange Zeit mit lässiger Grazie auf seinen Händen herumschlendern, um so bemerkenswerter, als er ein kugelrunder kleiner Kerl war. Beim Marsch auf den Händen rutschten ihm die Hosenröhren nach oben, und die mehr oder minder weißen »Gatjehosen«, wie die langen Unterbeinkleider damals hießen, nebst den dazugehörigen im Wind flatternden Bändchen wurden sichtbar, ebenso wie die zeitgemäßen »Zugstiefeletten« mit seitlichen Gummistoffeinsätzen und baumelnden Strupfen. Das alles zeigt mir wieder einmal ein vergilbtes, aber scharfes Bild aus meinem gespenstischen Photoarchiv.

Ernst Lecher studierte nur ungern Philosophie. Seine glühende Liebe galt der Bühne, dem Burgtheater; das hatte er von seiner Mutter. Schon damals war er etwas, wofür die Bühnensprache erst viel später einen Namen fand, nämlich ein »Conférencier«. Stegreifwitze und -verse sprudelte er nur so hervor, und dazu konnte er noch Radschlagen und Voltigieren sowie allerlei Phantasietänze. Daß ich einen solchen Onkel lange Zeit fast ebenso tief verehrte wie meinen Vater, ist begreiflich.

Obwohl Ernst Lecher vor seinem strengen Vater – alle Väter waren damals streng, aber gerecht – das Geheimnis seiner Bühnenpläne ängstlich hütete, war doch etwas davon durchgesikkert. So erfuhr der alte Lecher, daß der in Innsbruck studierende Sohn oft und gerne nebenbei als Lückenbüßer – und zwar nicht nur in unbedeutenden Rollen – im Innsbrucker Stadttheater auftrat und namentlich bei Karnevals- und Wohltätigkeitsfesten durch seine Regie- und Conférenciertalente Aufsehen erregte. Endlich wollte er sich bei dem berühmten Burgtheaterschauspieler Baumeister in aller Form prüfen lassen. Der alte Lecher bekam Wind davon und nahm seinem Freund Baumeister das Versprechen ab, den Kandidaten zu entmutigen. Tags darauf sagte ihm Baumeister: »Ich habe deinen Sohn geprüft und dir zuliebe schweren Herzens gelogen. Er ist eines der größten Talente, die mir seit langem untergekommen sind.«

So entscheiden sich Lebenswege. Wer weiß, ob Ernst Lecher auf dem Theater nicht glücklicher geworden wäre. Aber sein Vater hatte trotz oder eben wegen seines engen Kontaktes mit der Bühne doch noch die tief-innere Abneigung des Vorarlberger Bauern gegen die »Komödianten«.

Der zweite Sohn, Otto Lecher, war Jurist und wurde später Politiker und berühmter Dauerredner in der Zeit des Ministeriums Badeni, daneben weit bekannter Alpinist und Erstbesteiger. Auch er eroberte (nebst vielen Dolomitengipfeln) eine reiche Frau aus einem mährischen Geschlecht von Schwerindustriellen. Diese meine angeheiratete Tante war ebenso gütig und fein wie häßlich. Als ich sie das erstemal sah, starrte ich sie wie gebannt an.

»Bubikatzi, warum schaust du mich immer so an?«

»Das sage ich nur draußen der Mama.«

Und dort gestand ich meiner Muter: »Weißt du, Mama, sie schaut aus wie die Hexe in Hänsel und Gretel, aber ich habe mir gedacht, das sage ich ihr lieber nicht.«

Der Sklave Emmlinger-Emma wurde, wie schon gesagt, meine Mutter. Hedlinger-Hedwig war später die platonische Liebe des österreichischen Dramatikers Karl Schönherr. Des Dichters Altenberg Peter-Berta heiratete ihren romantischen Liebhaber nicht, sondern einen bekannten Wiener Pädagogen und Schuldirektor und wurde selbst Pädagogin und Schuldirektorin. Und Hilda-Hildinger heiratete den Chirurgen Rudolf Frank.

So schließt sich der Lecher-Kreis, der mir erst im Rückblick, nach reichlichem Durchblättern meines geisterhaften Photoalbums und aus den Erzählungen meiner Eltern, Tanten und Onkel deutlicher wird. Sie war nicht in jeder Hinsicht einwandfrei, diese Lecher-Sippe, aus der sich mein Vater seine Frau holte. Aber wer ist schon durchaus einwandfrei von lebenden Menschen? Doch lebensvolle und warmblütige Menschen waren sie alle, mit einem guten Spritzer Genialität dazu.

Sie sind alle dahin. Zur Zeit, da ich dies niederschreibe, lebt nur eine einzige von ihnen noch: eine schöne Greisin von über achtzig Jahren mit schneeweißen Locken: Peter-Berta, unseres ebenfalls längst dahingegangenen Wiener Dichters Peter Altenberg Jugendliebe.

Die Lorenze

Soviel ich über meine Vorfahren mütterlicherseits, die Lecher, und ihren Kreis berichten konnte, so mager und dürftig ist das, was ich über die Eltern meines Vaters weiß.

Auch seine Selbstbiographie ist darüber, wie der kleine Adolfla zu seinen Eltern stand, recht wortkarg.

Von der Mutter hören wir nur, daß sie von Anfang an fest an die Zukunft ihres kleinen Sohnes glaubte, ja, sie ihm eigentlich aufgab: »A großa Herre mußte werden!«

Aber Liebe, Zärtlichkeit für seine Mutter schien Lorenz nie recht empfunden zu haben. Über ihren Tod geht er mit einem kurzen, berichtenden Satz hinweg, von seinen Erinnerungen an sie ist mir nichts bekannt, ihr Grab ist verschollen. Bei einem unserer Weidenauer Besuche fragte ich ihn einmal, als wir vor seinem Vaterhaus standen: »Und deine Mutter, Papa, was war's mit der? Warum erzählst du nie etwas von ihr?« Und da bekam ich eine gruselige Antwort von nur sechs Worten, die ich nie vergessen werde: »Meine Mutter war ein dummes Weib.« Wir sprachen nie wieder von ihr. Mag sein, daß ihr merkwürdiger prophetischer Glaube an ihren Adolfla mehr weibliche Intuition war als Intelligenz, aber das Urteil schien mir doch befremdend hart. Es wurde jedoch so apodiktisch, mit einer Art verbissener Wut ausgesprochen, die sonst durchaus nicht in Lorenz' Wesen lag, daß wohl bestimmende Erlebnisse ihm zugrunde lagen, die der Vater dem Sohn nicht enthüllen wollte.

Ich kann mir auch kaum eine Vorstellung machen, wie meine Großmutter ausgesehen hat. Eine steif-feierliche Familienphotographie, eine Daguerreotypie der damaligen Zeit, scheint nach Gesichts- und Augenausdruck Lorenz' hartes Urteil allerdings zu bestätigen, wobei aber wieder zu bedenken ist, daß es den damaligen Photographen meisterhaft gelang, selbst Leuchten von Kunst und Wissenschaft schwachsinnig aussehende Gesichter zu geben.

Seinen Vater hat Lorenz geliebt, obwohl er als kleiner Bub unzählige Hiebe und Kopfstücke von ihm bekommen hatte. Aber das war so der Stil der Zeit, als der Korporalstock noch in der kaiserlichen Armee herrschte, und dem kleinen Adolfla wäre es wohl eher unheimlich gewesen, hätte er keine Prügel bekommen.

Lorenz wurde nicht müde, die äußere Erscheinung seines Vaters zu beschreiben: »Er war ein stattlicher Mann mit einer Adlernase und einem langen Schnurrbart«, sagte er. Die Photos bestätigen dies. Als ich einmal, schon mitten in den Vierzigern, mir als Ferienspaß einen langen Schnurrbart wachsen ließ, war Lorenz ganz begeistert von meiner Ähnlichkeit mit seinem Vater.

»Nein, so was, der ganze Vater!« sagte er immer wieder, und es machte mich geradezu verlegen, wenn er mich bei jeder Gelegenheit stillprüfend von der Seite betrachtete, mit einem Hauch froher Erinnerung auf seinem Gesicht.

In Leoben in der Steiermark zeigte mir Lorenz wiederholt das Haus, in dem sein Vater zuletzt lebte und gestorben ist, und zu seinem Grab auf dem aufgelassenen alten St.-Jakobs-Friedhof pilgerten wir jedesmal, wenn wir im Auto durchfuhren. Der Friedhof liegt knapp an der Reichsstraße Bruck – Klagenfurt. Das alte Lorenz-Grab war das erste, auf das der Blick des Eintretenden fiel. Als ich nach dem Zweiten Weltkrieg die alte Stätte wieder aufsuchte, waren das Grab und der Grabstein mit dem altväterlichen Bildmedaillon spurlos verschwunden.

Von seinem Stammbaum wußte mein Vater so gut wie nichts. »Mit meinem Großvater endet meine Familienforschung«, schreibt er in der Selbstbiographie. Da waren die Vorarlberger Lechers meiner mütterlichen Linie anders. Die hatten Stammbaum und Familienwappen.

Nicht alle weiblichen Verwandten übergeht Lorenz in seiner Lebensbeschreibung so kalt wie seine Mutter. Über seine Großmutter oder über die »Paulinberger Tante« finden sich geradezu idyllische Abschnitte à la Voss. – Namentlich in der ursprünglichen englischen Ausgabe erreichen diese Erzählungen die Höhen echter Poesie.

Daß mein Vater auch eine Schwester hatte, erfährt man nicht. Sie hat aber jahrelang als eine Art Haushälterin in unserer Familie gewohnt. Die »Tante Minna« war abschreckend häßlich und sah ihrem Bruder nicht im geringsten ähnlich. Sie hatte eine rachitische Sattelnase, dazu ein blatternarbiges Gesicht – damals noch keine Seltenheit – und war eine farblose Persönlichkeit. Soweit ich mich erinnere, behandelte sie mein Vater wie Luft. Nie richtete er ein Wort an sie, sie wieder hatte einen panischen Schreck vor ihm. Wahrscheinlich erinnerte sie ihn an die ungeliebte Mutter –, und heucheln, sich verstellen, das konnte ja mein Vater nie. Schließlich heiratete sie einen steirischen Volksschullehrer, an dessen Schule die Grazer Straße knapp vorüberführt, noch dazu an einer gefährlichen Kurve, einer sogenannten »Straßenfalle«. Vielleicht ist es deshalb, daß ich jedesmals der längst toten Tante Minna gedenke, wenn ich dort im Auto vorbeikomme!

Als mein Vater die schier unglaubliche Nachricht von Tante Minnas Verehelichung erfuhr, tat er wieder eine mir unvergeßliche Äußerung: »Ha, ha! Jedes Heferl findet schließlich sein Deckerl.« Dann folgten absprechende Äußerungen über die wahrscheinlichen geistigen und körperlichen Qualitäten des Bräutigams, den er nie zu Gesicht bekam. Exit Tante Minna.

Seine beiden Onkel mütterlicherseits, Eduard und Johann Ehrlich, waren Lorenz sehr anhänglich. Von Johann, dem Kapitular Gregor des Stiftes St. Paul in Kärnten und späteren Abt und Benediktiner-General von Österreich, wird in diesem Buch noch die Rede sein.

Über seinen zweiten Onkel, den Eduard, sagt Lorenz kurz: »Er wurde Arzt.« Das ist nicht genug. Er war zuerst nur »Chirurgus«, Wundarzt, ein ausgestorbener Beruf, der sonderbarerweise in deutschen Landen seit dem Mittelalter einigermaßen in Verruf war, nach öffentlicher Einschätzung dem des Baders, Schröpfers, wenn nicht gar Henkers, nahestehend. Merkwürdig, daß die Chirurgie, heute die Krone und das angesehenste aller medizinischen Teilfächer, je in ein so übles Licht geraten konnte!

Nach jahrelanger Praxis im Markte Trofaiach bei Leoben wollte Eduard Ehrlich die Schmach der »Chirurgie« nicht länger tragen, begann als Mann in mittleren Jahren und Vater einer zahlreichen Familie Medizin zu büffeln und absolvierte seinen Doktor med. in Rekordzeit mit Auszeichnung. Und jetzt warf er sich mit Feuereifer auf das Gebiet der damals jungen und noch nicht verbreiteten Jennerschen Blatternimpfung. Er hielt einen medizinischen Kuhstall, aus dem er die ganze Steiermark mit Impfstoff versorgte, der nach wissenschaftlich aseptischen Grundsätzen gewonnen wurde. Namentlich die Asepsis dabei ist Eduard Ehrlich für die damalige Zeit recht hoch anzurechnen.

Merkwürdig, daß mein Vater seinen durchaus nicht unbedeutenden medizinischen Onkel so ganz vergessen hat.

Daß Lorenz noch zwei Brüder hatte – ich weiß nicht einmal mehr ihre Vornamen, noch, ob sie älter oder jünger waren als er –, erfährt man nur gelegentlich aus ein paar Zeilen in der zweiten Hälfte der Biographie. Von denen sollte man aber mehr erfahren, denn sie waren ganze Kerle, wie mein Vater.

Sie waren beide Maschinenschlosser, offenbar tüchtige, wie sich gleich zeigen wird, und unternehmungslustig. Sie wanderten zuerst nach Konstantinopel aus und gingen von da nach Australien, wo sie sich in Sydney niederließen.

Der eine wurde Leiter einer Maschinenfabrik, blieb Junggeselle und starb früh wegen übermäßiger Neigung zum Whisky und verschwindet damit im Dunkel.

Der andere heiratete eine Australierin und zeugte mit ihr eine selbst für damalige Zeiten ganz unglaubliche Zahl von Söhnen und Töchtern. Er brachte es zum Chefingenieur der australischen Eisenbahnwerke und war als solcher Kommandant des gesamten Lokomotivwesens. Diese kinderreichen australischen Lorenze zeigten eine rührende Anhänglichkeit an ihren europäischen Bruder und seine nie gesehene Familie. Von jeder neuen Geburt wurden wir benachrichtigt, die Kinder hießen Adolf, Emma, Albert, Eduard, Johann, nach den wienerischen, den steirischen, den schlesischen Verwandten, selbst den Familiennamen Lecher erhielt nach der Gepflogenheit englisch sprechender Länder einer als Vornamen.

Die Briefe dieses australischen Lorenz waren charakteristisch für den früh ausgewanderten Deutschen, der seine Muttersprache kaum je wiederhörte. Etwa: »Wir haben die Bilder von Emma und Albert sehr enjoyed und senden Euch unsere family portraits. Unsere Emma ist schon engaged to be married, und wir können mit Stolz sagen, unsere situation improved sich fortwährend.«

Schade, daß diese reizenden Briefe auch ein Opfer Lorenzscher Familienpietät geworden sind!

Papa, was ist eine Verlobung?

Wie ich schon sagte, verhielt sich Adolf Lorenz im Lecher-Kreis recht zurückhaltend. Bis auf eine einzige Ausnahme, die ich mit eigenen Augen gesehen und bei der ich Papas grimmige Energie bewundert habe. Das war die Verlobung der Tante Hilda mit dem »Herrn Primar« Rudi Frank.

Die Tante Hilda war ein gutgewachsenes, fesches Mädel. Blatternarben im Gesicht, wie sie sie hatte, störten damals niemand, das war man gewöhnt. Denn die wohltätigen Folgen der Blatternimpfungen waren noch nicht in Erscheinung getreten. Das Schönste an Tante Hilda waren ihre üppigen, naturgoldblonden Haare, die, geöffnet, sie wie ein Mantel umgaben, der bis zu den Knien reichte.

Der »Herr Primar« war ein junger Chirurg der Klinik Albert, Freund von Lorenz, der ihn nach Altenberg gebracht hatte. Dr. Rudolf Frank hatte eben das chirurgische Primariat im Neuen Franz-Josefs-Spital bekommen, das damals auf öder Fläche, weit draußen vor der Stadt, bei der Spinnerin am Kreuz gebaut worden war.

Er war so wenig ein vollendeter Weltmann wie der junge Lorenz – nur wenige Mediziner waren das damals überhaupt –, sondern ein oberösterreichischer Landbursche aus der Gegend von Schwanenstadt. Er war der geborene Chirurg, von geradezu stupender Fingerfertigkeit und präziser Geschwindigkeit in seiner operativen Technik, obwohl sein rechter Zeigefinger durch eine überstandene Zellgewebsentzündung völlig versteift und unbrauchbar war. Frank war eher klein und breit, aber doch fest, nicht verfettet, und bärenstark. Er konnte zu meiner tiefen Bewunderung einen schweren Lehnstuhl mit der linken Hand an einem Stuhlbein emporheben, lächelnd und mühelos. Bei uns in Altenberg trug er stets kurze Sporthosen und Sportstrümpfe, die unter dem Druck seiner bemerkenswert prallen Waden beinahe zu platzen drohten. Was Wunder, daß die Waden des Herrn Primar in Scherz und Ernst oft bestaunt wurden.

Meine Tante Hilda sehen und sie lieben war für den Herrn Primar eins. Da er aber, wie mein Vater, ein rauher Sohn der

Wildnis war, standen ihm die aalglatten Werbungskünste eines gewiegten Galans nicht zur Verfügung; die Liebe, die ihm förmlich aus allen Poren quoll, verlieh ihm jenes schüchterne und zugleich aggressive Benehmen, das dem Psychologen aus der erotischen Naturgeschichte des Männchens unserer Species wohlbekannt ist. Er lief der Tante Hilda mit leisem, liebevollem Brummen nach, nicht viel anders als der Rehbock der Geiß. Errötend folgte er ihren Spuren, oft bis zu wirklich unpassenden und geheimen Orten, an denen sie Zuflucht suchte.

Als kleiner Bub beobachtete ich ungerührt und verständnislos das merkwürdige Spiel der beiden. Daß Tante Hildas Flucht Schwindel war, erkannte ich mit meinem von Erotik nicht getrübten scharfen Bubenblick; aber warum der Herr Primar sich das alles antat und sich so komisch benahm, das war mir unbegreiflich.

Eines schönen Nachmittags flüsterte es in Altenberg: Heute ist Verlobung! Was das zu bedeuten hatte, wußte ich nicht. Ich merkte nur, es drehte sich dabei um die Tante Hilda und den Herrn Primar. Mit meinem Pony Bubi holte ich ihn im Kutschierwagen von der Bahn ab, dann wurde er in ein abgelegenes Zimmer des Lorenz-Hauses geführt, und dort blieb er zunächst – anscheinend vergessen oder interniert wie in einer Quarantäne –, statt wie sonst ungezwungen und froh hinter den flatternden Röcken seiner Hilda herzustürmen. Aha, dachte ich, so fängt also eine Verlobung an.

Ich stand als Beobachter in einem kleinen Vorraum vor dem Zimmer, in dem Herr Frank sozusagen gefangengehalten wurde. Das war ein strategisch richtig gewählter Punkt, denn das Geschehen, das die Erwachsenen Verlobung nannten, mußte sich, da der Herr Primar darin eine Rolle spielte, doch irgendwie hier an mir vorbei bewegen. Niemand beachtete mich. Aber das gestattete mir, im Zentrum der Ereignisse zu bleiben.

Im gegenüberliegenden Zimmer hörte ich auch bald Röckerascheln und unterdrücktes weibliches Schluchzen, vermischt mit freundlich-ernstem zuredendem Gemurmel Papas. Plötzlich schwollen die Geräusche zu lautem Getöse an, die Tür wurde aufgerissen, und die tränenüberströmte Tante Hilda stürzte heraus, hart verfolgt von meinem erzürnten Vater. Sie wollte die Stiege hinabfliehen, aber er erwischte sie gerade noch am Rock und riß sie zurück. Er kreuzte ihr die Hände über der Brust und hielt sie dort mit einem gewaltigen Griff fest, wobei er die überwältigte, schluchzende Hilda in eine Nische des Vorzimmers gegen die schöne, schmiedeeiserne Bodentür stieß, daß es laut schepperte. Dieses Bild der mit über der Brust gekreuzten Händen gegen die Tür gedrückten und vom brutalen Handgriff meines Vaters gefesselten Tante Hilda ist in meinem Erinnerungsalbum deutlich bewahrt.

Ich war sehr bestürzt. So also geht es bei einer Verlobung zu? Warum war mein Vater auf einmal so gewalttätig gegen die Tante Hilda, die er sonst kaum beachtete?

Da riß er auch schon, Tante Hilda hinter sich herziehend, die Tür auf zu dem von Frank eingenommenen Zimmer, stieß sie rauh hinein, haute die Tür zu und verschwand, ohne mich überhaupt gesehen zu haben.

Hinter der Tür war es zunächst totenstill. Ich horchte mit dem Ohr am Schlüsselloch, durch das ich auch hineinzusehen mich bemühte –, man erinnere sich, daß so etwas durchaus nicht gegen den an Old Shatterhands und Winnetous Sitten geschulten Ehrenkodex eines kleinen Buben verstößt. Nach geraumer Weile ertönten zuerst tiefe, zärtlich murmelnde männliche Laute aus dem Zimmer, denen sich aber bald weich schmelzende weibliche beigesellten. Da war auch mein Vater wieder, riß die Tür auf, und im Türrahmen standen eng umschlungen der über das ganze Gesicht strahlende Herr Primar und die völlig verheulte, aber ebenfalls selige Hilda, die nur immer wieder gurrend »Ruuudi, o mein Ruuudi!« schluchzte.

Im Triumph wurde das Paar in den schon versammelten Familienkreis geführt und mit lauten Glückwünschen überhäuft. Die noch nicht verlobten Tanten und Freundinnen gakkerten wie die Hennen: »Verlobt, verlobt, sie sind verlobt, nein so was!«

Ich hatte mir unter dem geheimnisvollen Wort etwas ganz anderes vorgestellt. Und auch heute noch muß ich sagen: Verlobungen verlaufen nach meiner Kenntnis der einschlägigen Roman- und dramatischen Literatur und persönlichen Erfahrung meist anders, weniger brutal; aber so wie eben geschildert, verlief die Sache mit der Tante Hilda und dem Herrn Primar.

Die bewegende und auslösende Kraft dabei aber war sicher die Energie meines Vaters.

Dem jungen Paar wurde ein gemeinsamer Spaziergang gestattet, aber, den strengen Sitten der Zeit entsprechend, nicht allein, sondern ich wurde dem Onkel Rudi, wie ich ihn jetzt nennen durfte, und der Tante Hilda als Chaperon beigegeben. Sie gingen, eng umschlungen, gegen die Donauauen hinunter durch die Altenberger Dorfstraße, dieselbe, in der einst der Herr Hofrat sein bedrohliches Erlebnis mit der Kuhherde hatte, und durch den Eisenbahndurchlaß hindurch, in dessen Staub der Herr Bräutigam sich nicht allzulange vorher gewälzt hatte, nach seinem Sturz von dem Pony Bubi. Mich behandelte das junge Paar, als ob ich Luft gewesen wäre.

Ich aber rief jedem zu, den ich kannte: »Verlobt, wir haben uns verlobt, der Onkel Rudi und die Tante Hilda sind verlobt.«

Rudolf Frank blieb der Busenfreund meines Vaters, er war ihm treu ergeben, und Lorenz liebte es, ihn manchmal etwas abzukanzeln. Er war ebenso geschickt als Chirurg, wie literarisch-wissenschaftlicher Arbeit abgeneigt. Ich erinnere mich, daß mein Vater ihn stets drängte: »Rudi, du mußt schreiben, arbeiten, du mußt Dozent, du mußt Professor werden.«

Und das ist er schließlich auch geworden.

Drei Klavierlehrer

»Unser Bubikatzi muß Klavier lernen«, sagte die Mama bei der Jause. »Um Gottes willen, ich danke!« schnaubte der Papa durch seinen wallenden, goldblonden Wotansbart, der ihn beinahe so berühmt gemacht hatte wie seine Wissenschaft, und zog sich, fernab donnernd, ins Heiligtum des Studierzimmers zurück.

»Klavier lernen«, seufzte ich bedrückt. Mich trieb es nicht geheimnisvoll zum Flügel wie das Wunderkind Mozart, denn ich war keines; ich war nur ein Durchschnittslausbub von sieben Jahren, der mit der Amoral eines intelligenten Hundes die Dinge kritiklos-opportunistisch hinnahm, wie sie kamen, Unangenehmes mied, wo er konnte, und es duldete, wo er mußte. Klavier lernen, ja, da half nichts; denn längst wußte ich, daß trotz dem majestätischen Protestschütteln des väterlichen Wotansbartes Fricka-Mamas Wort Befehl war.

Das war in jener Epoche, die man in England »Victorian age« nennt, was heute ein Sammelname ist für massive Vorurteile, unbegreifliche »G'hörtsichs« und lästige Tabus – eine Zeit, die man geringschätzig belächelt, wobei ein Unterton von Neid mitschwingt auf die so viel sorgenloseren damaligen Menschen. Zu den G'hörtsichs zählte auch obligater Klavierunterricht, ohne Rücksicht auf Begabung, Klavier und Französisch – das war wie gute Manieren, das mußte jedes Kind können. Ein teures Klavier wurde gekauft – in der amusikalischen Familie gab es noch keines. Geld spielte im Victorian age keine große Rolle. Und ein Klavierlehrer war auch auf einmal da.

Er war klein und dünn, um den Hals trug er eine hohe gelbe Zelluloidröhre, hatte einen an Buckel und Ellbogen glänzenden schwarzen Gehrock, und ebenso glänzte sein billardkugelglatter haarloser Schädel. Dafür wuchsen ihm aus Ohren und Nasenlöchern Büschel roter Haare. Das war Bubikatzis erster Eindruck. Der Lehrer hieß Herr Meier und war sehr unheimlich.

Er war kein Pädagoge, eher ein Kinderhasser. Verbissen watete er durch die Klavierschule Köhler und Diabelli und wie sonst die mißbrauchten Klassiker der Anfänger alle heißen – wie durch einen Sumpf und zerrte den widerstrebenden, unmusikalischen Schüler hinter sich her. Er glaubte an Strenge, und es regnete nur so Strafskalen und Straffingerübungen, mit denen die ganze Familie mitgestraft wurde. Ich heulte, und Papa fluchte bei seiner wissenschaftlichen Arbeit am anderen Ende der Dreizehnzimmerwohnung des glücklichen Victorian age. Denn selbst die Zimmerflucht von Versailles kann nicht vor den durchdringenden Martern der Straftonleiter schützen.

Der Herr Meier war auch ein Sadist. Mit einem langen Bleistift bewaffnet saß er da und wartete, lauerte, bis der unvermeidliche Gickser kam, und dann schlug er mir bösartig und zielsicher über die patzenden Finger. Zumindest war das dumm vom Herrn Meier, denn er wurde reichlich bezahlt für jede Stunde der Ohrenmarter, und wozu ist ein Klavierlehrer schließlich da? Für nichts ist nichts. Und so grub er sich seine eigene Grube.

Samstag-Sonntag fuhren wir stets nach Altenberg, auch im Winter. Weekend hieß das damals noch nicht, das war noch nicht erfunden. Für mich waren es Stunden unbeschreiblicher Seligkeit, die für den schrecklichen Herrn Meier reich entschädigten, die Verwirklichung kühnster Indianerträume. Schon beim Aufwachen am Samstag durchrieselten mich Wonneschauer: Heut' geht's hinaus zum Pony, zu den Hunden und Kaninchen!

Bei einer samstägigen Klavierstunde patzte ich wieder jämmerlich, ich war nicht mehr recht dabei. Da flüsterte der Versucher dem Herrn Meier ein, und er sprach: »Zur Strafe bleibst du heute in der Stadt.« Ich heulte auf wie ein getretener Hund, Papa tauchte grollend-bartschüttelnd aus dem Studierzimmer auf, Mama stürzte von der anderen Seite herein: »Was ist dem Bubikatzi geschehen?« Der Herr Meier hatte den Bogen überspannt, taktlos ins Leben und Weben des innersten Familienkreises hineingepatzt. Damit war seine Zeit um, er entschwand noch selbigen Tages und ward nicht mehr gesehen.

Nun kam der Herr Steinböck. Der Name schon war schön, und ebenso schön waren seine wallenden Blondlocken, die er mit unnachahmlichem Schütteln des Löwenhauptes nach hinten beutelte, daß die Schuppen nur so auf den Rockkragen regneten. Er trug ein wehendes, schwarzes, speckiges Tuch um den Hals geknüpft; man sah gleich auf den ersten Blick: Das ist ein Künstler!

Und man denke, wie bewundernswert der Herr Steinböck war: Er war nur so nebenbei Klavierlehrer, im Hauptberuf geigte er allabendlich im Zirkus Schumann, der damals auf wüster Fläche dort stand, wo Gürtel und Mariahilferstraße sich kreuzen. Als ich einmal im Zirkus war und andächtig zur Musik hinblickte, winkte der Herr Steinböck, allen sichtbar, lachend einen Gruß mit der Geige, und ich wurde rot vor Stolz und Genieren.

Der neue Lehrer war gut, jung und lustig, hatte den Schüler gern und bemühte sich redlich. Und der Schüler mühte sich dem Lehrer zuliebe. Es ist so leicht, einem Kinde Liebe und Begeisterung einzuflößen. Fade Etüden wurden unterbrochen zugunsten melodischer Stückchen, wie: ›Der fröhliche Landmann‹ oder ›Glückes genug‹, oder es wurde was gespielt aus einer merkwürdigen Sache: ›Fliegender Holländer‹ genannt. Es kam dahin, daß der Schüler zu Mamas Geburtstag, nachdem er den Wunsch: »Chère et bonne maman, que nous aimons tant« stockend aufgesagt hatte, auch noch am Klavier das ›Lied der Meermädchen‹ ebenso stockend zum besten gab. Der Herr Steinböck stand daneben wie der Impresario eines konzertierenden Virtuosen und schüttelte Schuppen auf den Kragen. Und der Chor der Tanten flüsterte ekstatisch: »Nein, der Herr Steinböck, so ein sympathischer und eleganter Mensch« – und die Schuppen wirbelten noch dichter.

Aber der Herr Steinböck beging eine Sünde wider den Heiligen Geist; er wurde seiner Muse abtrünnig und wandte sich etwas sehr Prosaischem, aber Einträglichem zu. Durch seine Kunst oder seine Locken hatte er Herz und Hand der einzigen Tochter des damals einzigen Fahrradfabrikanten Wiens erobert und heiratete in das aufblühende Geschäft ein. Im Laufe eines Jahres wurde er nudelfett und sprach von Luftpumpen, Klipps und Renngubernalen, als wäre er dabei aufgewachsen.

Der Klavierunterricht ruhte eine Weile, und die Familie atmete auf. Es gab jetzt auch andere Sorgen: Latein, Griechisch und Mathematik.

Aber als ich vierzehn Jahre alt war, geschah mir heranwachsendem Burschen etwas Wunderbares, etwas so Schönes, daß es beinahe weh tat: Ich erlebte den ›Lohengrin‹. Es überfiel mich ganz plötzlich und unerwartet. Die Sphärentöne der Gralsmusik rieselten mir wie eine Emanation des Überirdischen wohlig-weh durch den Körper und machten mich im Augenblick zu jenem kritiklosen Wagner-Fanatiker, der man als ganz Junger und Unmusikalischer so leicht wird.

Auch der Papa war jugendlich unverbraucht, trotz seiner Jahre. Er ließ sich willig mitreißen von der Wagner-Begeisterung seines Sohnes. Richtiger Musiker war auch er keiner, trotz seiner St. Pauler Sängerknabenkarriere. Während der Salzburger Festspiele unterbrach er einmal mitten in einer Bruckner-Symphonie die gesammelte Stille nach Schluß eines Satzes mit den lauten, unehrerbietigen Worten: »Warum macht er jetzt nicht Schluß, was hat er denn noch zu sagen?«

In jener goldenen Zeit lieferte ein Intendant-Freund der Familie Parkettsitze auf Wunsch. Ich kannte bald alle Wagner-Opern auswendig, denn ich fehlte in keiner. Die Stunden in der Oper waren die schönsten meines Lebens geworden, ihr Zauber unbeschreiblich: schon das spannungsvolle, unterdrückte Raunen und Singen der Instrumente vor Beginn; und dann, aus dem mystischen Halbdunkel heraus, das geheimnisvolle Gewoge des Rheins, die majestätischen Dur-Akkorde des Walhallmotivs, das glitzernde Geflimmer des Feuerzaubers! Und die germanische Heldenwelt; dieser Wotan, der in Gestalt und Beziehung zur Gattin so unabweislich an den Papa daheim gemahnte! Wie erschauerte ich, wenn er in einer seiner famosen Inkognitoszenen als geheimnisvoller Fremdling auftrat und von niemand erkannt wird, außer vom Publikum, dem er sich durch das Walhallmotiv schon von weitem angekündigt hat, aber die Mimes und Hundings sind anscheinend taub, sonst wüßten sie sofort: aha, wieder einmal der Wotan!

Mein Gymnasialkollege Kanitzer war auch ein Wagnerianer, aber der spielte auf dem Klavier fließend alle Auszüge. Wer das nur auch könnte! Klavierlernen hatte plötzlich einen Sinn bekommen.

»Nimm dir doch meinen Klavierprofessor«, meinte der Kanitzer. Der hieß Professor Schneider und war der Pauker und Trommler des Opernorchesters, ein undurchsichtiger, aalglatter Mensch, aber ein wirklicher Musiker, dem es Gott gegeben hatte, er konnte nichts dafür. In jugendlicher Ungeduld wollte ich nun alle technische Mühsal überspringen und sofort die Wagner-Auszüge spielen. Ein gewissenhafter Lehrer hätte mir gesagt, daß das unmöglich sei. Aber Schneider war ein Zyniker und gut bezahlt; er ließ den Schüler gewähren. Die getragenen Stellen, die gingen noch so halbwegs. Aber wo wabernde Lohe, neidige Zwerge oder reitende Walküren auftraten, da haperte es. Über mangelnde Technik kann selbst heißestes Wollen nicht siegen. Wenn es gar zu arg daneben ging, dann zuckte Schneider mit seinem knochenlosen Molluskenkörper, als wäre ihm ein Lastwagen über die Zehen gefahren, Schmerz huschte über sein Bonvivantgesicht; mit seinen unheimlich weichen, fetten Händen, deren kurzen Würstelfingern niemand Klavierspielen zugetraut hätte, legte er sich schützend über die Klaviatur: »Lieber Freund, ich hab' heut' so Kopfweh von der Prob', der Mahler war wieder unausstehlich; soll net g'scheiter *ich* Ihnen was vorspüln? Was S' nur wolln, Sie brauchen's nur b'stölln!« Und im Flug war die teuer bezahlte Stunde vorüber, Lehrer und Schüler zur Freude.

War aber der Mahler auf der Probe gar zu wild gewesen, dann hieß es: »Lieber Freund, heut' tut mir jeder Ton im Kopf weh, wozu spielen, soll ich Ihnen net g'scheiter was aus der Oper *erzählen*?«

Meisterhafter Schachzug des gemarterten Musikergehirns! Listig war er, der Schneider, wie Mime, der neidige Zwerg, oder Loge, der lügende Lästerer. Und wie er erzählte, der nicht klavierlehrende Klavierlehrer! Wie der Winkelmann bei der Romerzählung im Tannhäuser gegickst hat, daß dem Mahler das Staberl aus der Hand und dem Rosé auf die Nase gesprungen ist; wie die Muschel der Venus steckengeblieben ist und nicht zum Hinausbringen war bei der Verwandlung, so daß die Venus samt Muschel mitten im Wartburgtal gestanden ist und die Pilger erschreckt hat; wie die Gutheil Krach gehabt hat mit der Walker, und wie ein neuer junger Tenor – Slezak, glaub' ich, heißt er – auf offener Szene Witze macht, daß selbst die Erda lachen muß, und wie dem riesigen Tschechen nichts heilig ist, net amal der Lohengrin, den er singt.

Klavierspielen lernte ich zwar nicht, aber wenn ich jetzt in der Oper saß, war ich kein bloßer Zuschauer mehr, sondern ein Eingeweihter, einer, der dazugehörte und wußte, was hinter den Kulissen vorging.

Wenn das Parkett der alten kaiserlichen Oper sich mit strahlenden Toiletten und der diskreten Eleganz der alt-österreichischen Uniformen füllte, gab der Schneider seinen Pauken den letzten Schliff; leise klopfte er sie ab, wie der Jockei den Renner vor dem Start, zog eine Schraube nach und nickte aufmunternd zum Schüler herüber: »Losgehen kann's!«

Der Höhepunkt waren dann immer die großen Paukenpartien, an denen Wagner reicher ist als gut: Mit tyrannischem Aufwärtsruck der Hakennase winkte Mahler zur Pauke hinüber – der dicke Schneider streckte sich, wuchs an der Aufgabe ins Riesige, sein Auge blitzte zurück: die Geschütze sind fertig, o Meister –, und dann ging's los: Mächt'ger Müh müde nie . . . pump-ta, pump-ta, puuum-ta, puuuumb! Die Trommelfelle zitterten einem in den ersten Reihen; daß das Bassistenriesenpaar Grengg-Hesch dazu sang, sah man wohl an den angestrengten Gesichtern und den kreisrunden Munderln, aber hören konnte man sie nicht, der Schneider paukte gar zu mächtig. Und der Bub im Parkett hatte das beglückende Gefühl: der laute Mann dort, der die ganze Oper wackeln macht, das ist mein Lehrer und Freund!

Wo sind sie alle, die hehren Götter und Helden, Rheintöchter und Walküren? Verdorben, gestorben – nur wenige unverwüstliche Veteranen leben noch ins schale Heute herüber. Längst sind die drei ungleichen Klavierlehrer unter dem Rasen. Aber dem Schneider, dem unethischen Drückeberger um seine Lehrerpflicht, dem wahrt der unbegabte Schüler ein dankbares Andenken: hat er ihm doch Freude und Verständnis für die Musik zu danken, wenn er auch heute immer noch den Walkürengalopp nur im Schritt spielen kann.

Pädagogik

Zu nichts hatte der bahnbrechende Orthopäde geringeres Talent als zur Erziehung seines Sohnes, den er so sehr liebte. Wohl machte er ein paar gutgemeinte Anläufe, aber sein ungeduldiges, jähzorniges Temperament fuhr ihm immer wieder dazwischen. Selbstkontrolle, Beherrschung – die wichtigsten Gaben für den Lehrer – waren dem grundnaiven und natürlichen Lorenz fremd. Bei den Sportübungen, von denen die Rede war, hatte ich es leicht, denn da begannen wir gewöhnlich als Anfänger auf derselben untersten Stufe, und wo es sich um körperliche Geschicklichkeit handelte, war ich ihm bald über.

Sobald es aber bei mir ans Lernen ging, traten meines Vaters antipädagogische Eigenschaften deutlich zutage. Heute kann ich vieles davon begreifen und entschuldigen. In den sechziger Jahren des vorigen Jahrhunderts war die Wissenschaft der Pädagogik den damaligen Jugenderziehern trotz Pestalozzi noch so gut wie unbekannt. Die Lehrer waren streng, das war ihre hervorstechendste Eigenschaft. Oft waren sie auch noch Sadisten, das »Staberl« in einer raffinierten Stufenleiter von Verwendungsmöglichkeiten ihr wichtigstes Erziehungsinstrument. Man lese nur in Lorenz' Selbstbiographie die Stelle über das Stockregiment in der Weidenauer Schule nach! Wenn der Arm des Herrn Rektors von den vielen ausgeteilten Rutenstreichen erlahmte, dann mußte der Gemeindediener als Prügler aushelfen. Auch zu Hause setzte es alle Augenblicke Prügel. Prügel und Korporalston, das waren die Erziehungsmittel der Epoche.

Der kleine Adolfla lernte die Prügel nicht nur in Weidenau, sondern auch später als armer Freiplätzler im Unter-Gymnasium gründlich kennen.

Für den frühreifen, entschlossen auf sein Ziel losgehenden kleinen Adolfla war auch unter dem Staberl des Lehrers das Lernen eine Selbstverständlichkeit.

Da ist es wohl begreiflich, daß er als Erwachsener kein Verständnis für Kinderspiele hatte. Was er selbst von Kinderspielen erzählt, gehört meist in die Vorschulzeit, die frühesten Kinderjahre, wo er unbeaufsichtigt und gänzlich verwahrlost sich als bloßfüßiger Gassenbub mit seinen Altersgenossen in Weidenau umhertrieb. Auch muß, was der kleine Adolfla an Spielzeug von seinen armen Eltern bekam, recht bescheiden gewesen sein; ein kleines Holzpferd erwähnt er in seiner Selbstbiographie. Seine sorglose Kindheit war kurz.

Schon in der zweiten Gymnasialklasse mußte er als Korrepetitor Geld verdienen, da blieb nicht viel Zeit für Spiele. Drei Gulden monatlich verdiente er als Ministrant. »Leider war mein Mathematiklehrer Pater Richard« – so erzählt er – »ein Frühaufsteher. Sommers und Winters mußte ich um sechs Uhr vor dem Altar knien; ungekämmt und ungewaschen, sozusagen mit Asche auf dem Haupte, betete ich das Confiteor. Wenn der Pater zu Beginn der Messe die Worte sprach: ›Introibo ad altare dei‹ und ich zu antworten hatte: ›Ad deum qui laetificat iuventutem meam‹ (zu Gott, der meine Jugend erfreut), dachte ich nicht viel daran, daß es für eine glückliche Jugend angenehmer wäre, um sechs Uhr früh an einem Wintermorgen im Bett zu liegen, als auf den kalten Marmorstufen des Altars zu knien.«

Diesem Kind fehlte die Zeit, an Spielzeug zu denken, verspielt zu sein, es dachte nur an die Arbeit. Wo findet man sonst, außer in moralischen Erzählungen, ein Kind, das sich lernbegierig zu seinen Aufgaben drängt? Aber dieser immense, zielgerichtete Fleiß war eine Charaktereigenschaft von Lorenz, die ihm bis ins höchste Alter treu blieb. Daß sein Sohn in einer gänzlich anderen Umgebung aufwuchs, ist ihm erst recht spät klar geworden.

Ich war ein phantasievolles und schon darum verspieltes Kind. Aber Spielzeug brauchte ich wenig. Mir wurde *alles* zum Spiel, zum Spiel der Phantasie. Eigentlich war es so, daß selbst das schönste und teuerste Spielzeug nicht die ideale Vollkommenheit meiner Traumspielsachen erreichte. In diesen Traumspielen war ich restlos glücklich.

Ein derart phantastisch spielendes Kind wirkt leicht absonderlich, wenn nicht gar abnormal. Ich spielte zum Beispiel »Adler«, indem ich auf einer Wiese herumsprang und dabei mit den Armen die Bewegungen großer Vogelschwingen nachahmte. Stürzte ich mich als solcher Phantasieadler auf eine Beute, so konnte ich sie natürlich nicht mit den Händen anfassen, die ja meine Flügelspitzen waren, sondern ich mußte meinen Raub, etwa einen toten Ast, mit dem »Schnabel«, also meinem Mund, aufnehmen – zweifellos ein höchst närrischer Anblick, der meinen Vater in helle Wut versetzen konnte. Ein paar Worte von mir hätten ihn aufgeklärt und besänftigt, aber dazu fehlte mir der Mut.

Oder ich machte als »Lokomotive« mit abgebogenen Ellenbogen kreisende Armbewegungen und stieß dabei zischende und brummende Geräusche aus, die zwar zu einer Lokomotive gehören, aber meinen Vater maßlos ärgerten: »Der Bub ist ja einfach verrückt, ich habe einen Trottel zum Sohn; dabei lernt er schon Lesen und Schreiben und ist ein guter Reiter, der von Pferden fast mehr versteht als ich; es ist wirklich unglaublich.«

Ich mußte also meine Phantasiespiele vor meinem Vater verstecken, und das war sehr schwer, denn ich war eigentlich den ganzen Tag in irgendein solches versponnen.

Was aber meines Vaters Wut am heftigsten – auch gegen meine mitschuldige Mutter – entfachte, war folgendes: Die Pferdelust, das Reiten und Kutschieren, war für mich, dank unserem um Pferde herum aufgebauten Haushalt, nicht Phantasiespiel, sondern beseligende Wirklichkeit. Aber ich wollte nicht nur reiten und kutschieren, sondern auch Wagenpferd spielen, wie es alle Kinder taten. Also zog ich einen imaginären Wagen, den Mama, hinter mir dreinlaufend, darstellen mußte. Aber wo die Zügel an meinem Pferdekörper anbringen? An den Armen? Lächerlich! Das Pferd wird durch ein Gebiß gelenkt, das es im Maul trägt, ein Gebiß, wie ich es meinem Pony fast täglich selbst anlegte. Also mußte ich beim Pferderlspielen auch ein Gebiß im Munde tragen. Woher aber eines nehmen?

Wer erinnert sich noch an das altväterische Tischgerät, das »Messerrastel«? Bestenfalls in Versteigerungen alten Hausrats ist es noch gelegentlich zu finden. Es stammte aus jener genügsam-bürgerlichen Zeit, wo man doch nicht zu jedem Gang frisches Besteck verwendete, sondern es sauber ableckte und vorsichtig durch den Mund zog, es aber dann nicht auf das reine Tischtuch legte, sondern, um dieses zu schonen, eben auf besagtes Messerrastel. In unserer »Kredenz«, wie das hohe, altarförmige Möbelmonstrum der Epoche hieß, gab es Dutzende solcher silberner Messerrasteln.

Das war das gegebene Zaumzeug für mein Pferderlspielen. An beiden Enden wurden Bänder befestigt, und an diesen kutschierte mich die Mama eines finsteren Winterabends in der Nähe unserer Wohnung, am Votivplatz, im Kreis herum. Ein wenig schämte ich mich, selbst schon Reiter und Pferdelenker, dieses Spieles. Daher mußte es irgendwie camoufliert werden, und das geschah erfolgreich durch die Dunkelheit und einen hochgeschlagenen Mantelkragen.

Nun wohnte außer uns eine ganze Anzahl von Professoren der Medizin in der Gegend des Votivplatzes: der Pathologe Kundrath, der Gerichtsmediziner von Hofmann und unser Hofrat Albert. Sie alle bummelten des Abends gerne auf dem einsamen Platz und redeten dabei gescheit miteinander.

Als Mutter und Sohn mit ihrem Phantasiegespann eben wieder einmal das Querschiff der Kirche fesch umfuhren, tönte plötzlich meines Vaters Donnerstimme aus dem Dunkel: »Ja Emma, was soll denn das heißen, seid ihr beide verrückt geworden? Und der Bub! Was steckst du denn so blödsinnig den Schädel in den Kragen? Laß sehen! Es ist unglaublich, ein Messerrastel hat er im Maul, ja Emma, bist du ganz von Sinnen?«

Aber der gute, kinderverständige Herr Hofrat, der auch dabei war, erfaßte die Sache blitzschnell: »Na, sehn S' denn net, Lorenz, daß er ein Wagenpferd is? War'n Sie nie a Kind?« Und zu meinem Trost nahm der Herr Hofrat höchst eigenhändig meiner Mutter die Zügel ab und kutschierte das völlig verstörte Pferd in grandiosem Stil noch einmal um die ganze Kirche herum.

Wenn in meinem Vater aber dann doch einmal der in jedem Erwachsenen schlummernde Spieltrieb erwachte, wurde ihm das Spiel gleich zum Ernst. Daß er dabei Gesellschaft fand, dafür ein Beispiel:

Ich bekam einmal zum Christkindl eine Spielzeugeisenbahn auf Schienen mit einer wirklichen kleinen Dampflokomotive – also ungefähr das höchste, was sich ein Bub erträumen kann.

Schon Tage vor der Bescherung war das sogenannte »Christkindlzimmer« für mich versperrt. Aber aus dem Zimmer hörte ich des Abends die Stimmen von Papa, dem Herrn Hofrat, Großpapa Lecher und Onkel Rudi Frank, dem Chirurgie-Professor. Sie sprachen aufgeregt und alle gleichzeitig, und dazwischen hörte ich ein zartes, aber scharfes rhythmisches Zischen und Rollen, wie von einem wirklichen Zug. In zitternder Erregung spähte ich aus dem finsteren Nachbarzimmer durch eine recht breite Spalte unter der Tür hinein. Mein Gesichtsfeld war naturgemäß beschränkt; ich sah zunächst nur einen Haufen von Leibern, die sich auf dem Fußboden wälzten gleich einem Schlangenknäuel; meist waren bloß die Sitzpartien der Körper sichtbar, nur gelegentlich tauchten dazwischen die zugehörigen ernsten, bartumwucherten Gesichter auf. Und zwischendurch blitzte, bewegte sich etwas Dampfschnaubendes im Kreis – die kleine Lokomotive!

Als endlich die Weihnachtsglocke erklang und ich ins Zimmer stürzen durfte, hatte ich kein Auge für den Lichterbaum und für die anderen Geschenke, sondern nur für meine kleine Lokomotive, die, spiritusgeheizt und stinkend, vor verhaltener Kraft zischend, zur Fahrt bereitstand.

Aber ich konnte nicht an sie heran, denn um sie herum lagerten sich gleich wieder die mächtigen Leiber der Mitglieder der Wiener medizinischen Fakultät – mit tiefernsten Gesichtern, und mein Vater hielt mich zurück: »Warte noch, Bubikatzi, das ist ein sehr ernstes Spielzeug, wir müssen es erst für dich gründlich ausprobieren.«

Und er probierte mit tödlicher Verbissenheit, im Zentrum des Schienenkreises auf dem Boden hockend und sich nach dem Lauf der Lokomotive im Kreise drehend und dabei den Regulator bedienend.

»Mama, wann darf ich mit meiner neuen Lokomotive spielen?«

»Bis der Herr Hofrat Albert, der Großpapa, die Herren Professoren Frank und Lorenz fertiggespielt haben«, antwortete die Mama.

Seltsamerweise erlaubte mir mein Vater nicht den Besuch der öffentlichen Volksschule. Ein Privatlehrer, Herr Jordan vom Wiener Pädagogium, kutschierte mich geschickt durch die vier Volksschulklassen. Die Prüfungszeugnisse jedes Jahres wiesen lauter Einser auf, selbst im Singen und Rechnen, was zweifellos nicht meinen Leistungen entsprach. Denn bei der Aufnahmeprüfung ins Gymnasium wäre ich um ein Haar durchgefallen.

Dieser Herr Jordan wurde als Pädagoge durch seine Fachschriften berühmt und heiratete meine Tante Berta-Peter.

Adolf Lorenz hatte so jederzeit Gelegenheit, in meine Unterrichtsstunden einzubrechen. Seine bloße stumme Anwesenheit genügte schon, meine gesamten geringen Kenntnisse, namentlich die im Rechnen, aus meinem Gehirn entschwinden zu lassen.

Der gütige und geduldige Herr Jordan fragte mich sanft: »Wieviel ist 3 × 7?« Mein Vater blitzte mich mit seinen blauen Augen an, mir aber wurde schwarz vor den meinen.

»3 × 7 ist ... ist ... ist ...« Der Vater im Hintergrund begann zu schnauben und dann zu wüten: »Also habe ich *doch* einen Halbtrottel zum Sohn.«

Ich begann zu plärren, der Herr Jordan versuchte vergeblich zu beruhigen, Papa nahm die Strafe in eigene Hand: »Hundertmal abschreiben, wieviel 3 × 7 ist!« So habe ich dieses Resultat gelernt und weiß es heute noch. Aber in den zahlreichen anderen verschlungenen Pfaden des kleinen oder gar des großen Einmaleins bin ich noch immer nicht ganz sattelfest und werde es voraussichtlich auch nicht mehr werden.

In meinem geliebten Altenberg lebte ich meiner Überzeugung nach in der besten aller Welten: Mein Vater war ihr König und ich der Kronprinz. Wundervolle Ablenkungen gab es dort in Hülle und Fülle, und Lorenz merkte nicht, daß er mir diese frohen Ablenkungen in Form der verschiedenen Sportarten selbst verschaffte.

Einen Abstecher in den Stall oder auf den Tennisplatz, einen kurzen Ausflug auf dem Fahrrad, das verzieh er mir auch eher als meine Phantasiespiele.

Aber einmal erwischte er mich, wie ich, statt meine Aufgaben zu machen, mich mit militär-strategischen Problemen beschäftigte.

In den neunziger Jahren des vorigen Jahrhunderts blühte in Wien wie in ganz Europa der Handel mit Zinnsoldaten. In der alten, engen Naglergasse im 1. Bezirk gab es einen unheimlich kleinen Laden mit einem unheimlich kleinen, verwachsenen Männchen als Verkäufer; es war eine richtige Charles-Dickens-Atmosphäre. Dort kaufte mir meine Mutter Zinnsoldaten, aber diese Truppeneinheiten genügten meinen strategischen Bedürfnissen nicht, sie waren zu gering an Zahl. Daher erwarb ich viele Schachteln hölzerner Halmafiguren, durch ihre verschiedenen Farben in Regimenter gegliedert, wie die roten, gelben, blauen Regimenter Gustav Adolfs von Schweden. Diese kriegsstarken Einheiten ließ ich auf dem Fußboden aufmarschieren und beschoß sie aus kleinen Messingkanonen, die mittels Spiralfedern Erbsen schleuderten. Es war ein faszinierendes Kriegsspiel des Zerstörens, wie es kleinen Buben eben gefällt. Die Messingkanonen bekam man gleichfalls in jenem kleinen Laden in der Naglergasse. Meine Hefte und Bücher lagen auf dem Tisch, ich auf dem Boden hinter meinen Geschützen, den Gegner mit Trommelfeuer zermürbend, als plötzlich mein Vater vor mir stand: »So also lernst du, das ist dein Fleiß?« Und in aufbrausender Wut zertrat er meine Soldaten, aufrechte und gefallene; die Geschütze deckte ich mit meinem Körper vor seinen Fußtritten.

Im Gymnasium kam ich dann in ein besseres Verhältnis zu ihm, auch hatte uns der Sport einander schon näher gebracht. Aber mein Fleiß blieb bestenfalls immer nur ein schwacher Abglanz des Fleißes, den mein Vater als Gymnasiast entwickelt hatte. Doch gab es jetzt einen anderen Schreck für meine nachmittägigen Hausarbeiten, und das war der Herr Hofrat. Das Abc-Schützenwesen der Volksschule hatte für ihn nicht existiert, aber das humanistische Gymnasium, das war etwas anderes! Er war wie mein Vater noch ein Humanist alten Schlages und sprach fließend lateinisch; während ich mich um die Bedeutung von Sätzen wie: »rosa puellam ornat, puella rosam amat« mühte, kam er, gefolgt von meinem Vater, freundlich lächelnd in mein Zimmer, etwa mit dem Gruße: »Salutem tibi, amice, quomodo vadis hodie, quid discimus et quid faciemus?« Das war dann die Einleitung zu einer zwanglosen lateinischen Plauderei, wie sie sich etwa zwischen Cäsar und Pompejus vor Beginn einer der harmloseren Senatssitzungen entsponnen haben mochte, nur daß sie einseitig, ohne Antwort meinerseits verlief, in die aber mein Vater fließend einfiel, so daß ich etwas erleichtert im Hintergrund verschwinden konnte.

Niederschmetternd auf mich aber wirkte der Herr Hofrat, wenn es sich um die Mathematik handelte; da war mein Vater ein Waisenknabe gegen ihn. Er jonglierte nur so mit trigonometrischen und algebraischen Ausdrücken, deren Wortklang allein mir schon eine Gänsehaut erzeugte. Wenn der Herr Hofrat so meine mathematischen Aufgaben mühelos im Kopfe löste, nachdem ich lange Zahlenreihen aufs Papier geschmiert und dann erst ein unmögliches Resultat herausgebracht hatte, mußte mein Vater schweigend danebenstehen, denn eine gewisse mathematische Gehirnweichheit schien sich erblich vom Vater auf den Sohn übertragen zu haben.

Aber gegen Ende des Unter-Gymnasiums gelang es mir, meine Schwäche in der Mathematik zu kompensieren. Mir ging der Knopf für die klassischen Sprachen auf, bald konnte ich des Herrn Hofrats lateinische Anrede, wenn auch stockend, beantworten, und da ich von klein auf ein unersättlicher Leser war, fielen mir auch Geschichte, Literatur und deutscher Aufsatz leicht, ich konnte darin glänzen, meinen Vater sogar überglänzen, für den Geschichte und Literatur einfach nicht existierten. Aber der Literat Herr Hofrat schätzte diese Gaben an mir und glitt über meinen mathematischen Schwachsinn gütig hinweg.

Wirklich zufrieden war der Vater mit den Studienerfolgen seines Sohnes nie, doch fiel es ihm nicht ein, mit meinen Mittelschullehrern im Schotten-Gymnasium in Berührung zu treten; zu den bekannten »Auskunftstagen« mußte stets die Mama gehen. Von Grund auf anders wurde mein Verhältnis zum Vater erst, als das Medizinstudium begann und er selbst mein unmittelbarer Lehrer wurde.

Ich hatte eine Art Ziehbruder in Edi v. Hoffmann, dem Sohn jenes frühverstorbenen ersten Gerichtsmediziners der Wiener Fakultät, der in diesen Blättern schon einmal genannt wurde. Auch er hatte keine angeborene Neigung zu ernstem Studium, war wenn möglich noch fauler als ich. Wir wurden erst fleißig, wenn uns das Wasser in den Mund zu rinnen drohte. Edi war mehr in Altenberg als bei seiner Mutter in Wien, wurde wie ein Sohn des Hauses Lorenz gehalten, und mein Vater hatte absolute Gewalt über ihn. Wir studierten später zusammen Medizin, wobei sich unser Fleiß notgedrungen einigermaßen erhöhte, und traten zusammen in die zweite chirurgische Klinik – damals Hochenegg – ein; er wurde urologischer, ich orthopädischer Assistent. Edi war der geborene fingergewandte Chirurg und brachte es in Aachen zum weltbekannten und geschätzten urologischen Operateur. Als wir einmal zusammen im herrlichen Park des ehemaligen Kurhotels Aachen beim Nachtmahl saßen, sagte er über unsere Bubenjahre: »Weißt, mich wundert's, daß aus uns zwei überhaupt was g'wordn ist, bei der Erziehung.«

Es versteht sich von selbst, daß ein so gütiger Mensch, wie mein Vater es im Grunde war, körperliche Züchtigung als Erziehungsmittel nicht kannte, trotz seiner Jugenderfahrungen.

Aber einmal habe ich doch eine Ohrfeige von ihm bekommen – schon eher eine »Watschn« zu nennen –, nicht als Strafe, sondern in instinktiver Abreaktion eines plötzlichen Schreckaffektes, und ich muß gestehen: ich hatte diese »Watschn« so ehrlich verdient, daß ich sie meinem Vater nicht übelgenommen habe.

Das Ganze ereignete sich vor jener schmiedeeisernen Bodentüre, die in dieser Geschichte als Ort der Handlung schon bei der Verlobung meiner Tante Hilda Frank eine Rolle gespielt hat. Es war in der frühen Dämmerstunde eines grauen Novembertages; das Haus in Altenberg lag still da. Auf meinem Weg an besagter Bodentür vorüber höre ich plötzlich die schweren Tritte meines Vaters die alte Steinstiege heraufkommen. Da fasse ich den Entschluß, hier und jetzt meinen Vater zu »erschrecken«. Ich schmiege mich mit dem Rücken eng an die in eine Mauernische versenkte Eisentür und stehe so in guter Deckung für den die Stiege heraufkommenden Vater. Als er in meinem Gesichtsfeld erscheint, stürze ich mit Indianergeheul auf ihn los und packe ihn bei der Brust.

An dem, was nun geschah, hätte ein Neurologe die Schnelligkeit der muskulären Reflexreaktion studieren können. Lorenz wandte mir ein von Schreck verzerrtes Gesicht zu, und im gleichen Augenblick hatte ich auch schon meine »Watschn« sitzen, die – sicher nicht beabsichtigt – so wuchtig ausfiel, daß ich alle meine Halswirbel krachen hörte. Weitere schlimme Folgen für mich hatte die Sache nicht. Mein Vater war nicht böse, eher erschrocken über das Nasenbluten, das ich bekam, und über mein lautes Heulen, durch das die Mama herbeigelockt und zu ein paar recht strengen »Aber Adolf!« veranlaßt wurde.

War Lorenz ein schlechter Kindererzieher, so war er hingegen ein geradezu glänzender klinischer Lehrer. Viele profunde Gelehrte bieten ein beklagenswertes Bild, sobald sie auf dem Katheder stehen. Entweder fehlt ihnen die Gabe, ihre klar konzipierten Gedanken im Vortrag ebenso klar auszudrücken, oder es mangeln ihnen die unumgänglichen stimmlichen, rednerischen, ja schauspielerischen Gaben, ohne die jeder Vortrag tot und langweilig wird.

Lorenz hingegen war der geborene Lehrer und Redner. Was er wußte, konnte er seinen Hörern klar und eindringlich mitteilen; er sprach mit einem hohen, hellen, bis in die fernste Ecke klar verständlichen Tenor und mit eindrucksvollen Gebärden, die allein schon keine Langweile, kein Erlahmen des Interesses aufkommen ließen. Seine Vorlesungen waren – wie seine Schriften – reich an oft phantastischen und blumenreichen, aber immer treffenden Vergleichen und ausgezeichneten, dem Thema angepaßten Witzen. Die strenge Fachwissenschaft, die nur erhabene Langeweile und trockene Öde ihrer würdig findet, hat das an seinen Publikationen oft getadelt. Aber auch Hyrtl, dem Anatomen der klassischen Zeit der Wiener medizinischen Schule, hat man es vorgeworfen, daß sein Lehrbuch von Witzen strotzt, obwohl es durchwegs gute sind!

Adolf Lorenz hatte die ausgesprochene Gabe, durch Schematisieren ein verwickeltes Problem seinen Zuhörern klarer darstellen zu können. Dabei ist, um dem Anfänger den Kern des Problems klarzumachen, eine leichte Abweichung von der Wirklichkeit nicht immer zu vermeiden. In der Art, wie Lorenz Unwesentliches wegließ, Charakteristisches hervorhob, Ausnahmen an den Schluß des Vortrages setzte, lag die schwer zu beschreibende Genialität seiner wissenschaftlichen Lehrweise.

Und welch unvergleichlicher Redner war er! Wie hielt er Maß mit seiner Stimme, wie hob er sich sein Fortissimo für die rechten Stellen auf, sprach leicht und rasch über Nebensächliches hinweg und wurde eindringlicher und langsamer bei Wichtigem. Wie hing alles gespannt an seinen Lippen; die Faulsten und Indolentesten wurden von seinem Vortrag mitgerissen.

Selbst gewiegten Rednern passiert es mitunter, daß sie sich in einen allzu langen Satz verwickeln, wie die Fliege ins Spinnennetz, und an seinem Ende vor lauter eingeschachtelten Relativsätzen das erlösende Zeitwort nicht mehr finden. Anders bei meinem Vater: Wie oft hörte ich ihm aufmerksam zu, geradezu darauf wartend, daß er sich einmal verwickeln, versprechen, das Prädikat vergessen würde. Aber sein Vortrag war stets schriftreif.

Wiederholungen und Tautologien, wie sie Rednern desto häufiger unterlaufen, je temperamentvoller ihr Vortrag ist, vermied Lorenz gefühlsmäßig. Unvergeßlich in dieser Hinsicht ist mir da ein von mir hochverehrter chirurgischer Lehrer, dessen Vorlesungs-Suada stets ungehemmt von grammatikalischen Bedenken dahinplätscherte. Er leistete sich in Zusammenfassung eines demonstrierten chirurgischen Falles einmal den denkwürdigen Satz: »Meine Herren, wenn die Symptome ein Büld bülden, wie es in diesem Fall der Fall ist, so ist natürlich jede Therapie vollständig unvollständig.«

Eine schlechte, aber verzeihliche Eigenheit hatte Adolf Lorenz. Er spickte seinen Vortrag geradezu mit klassischen griechischen und lateinischen Zitaten, die von den jungen, humanistisch nicht mehr sattelfesten Studenten nicht verstanden und mit verlegenem Lächeln quittiert wurden.

Geburt der Orthopädie

Was bedeutet der Ausdruck Orthopädie? Er stammt aus dem Griechischen – orthos = gerade und paideuein = erziehen – und bedeutet also: zur Geradheit erziehen oder einfach: gerade machen. Vor hundert Jahren und noch später verstand man unter einem Orthopäden lediglich einen Apparate- und Prothesenbauer, meist aber nur einen Schuster für kranke Füße. Daher kann man selbst heute noch, wo die Orthopädie ein wichtiges Spezialfach der Chirurgie geworden ist, oft Äußerungen hören wie: »Wia die Absätz' von meiner klan' Maltschi ihre Schuach abgehatscht san, trag' i s' zum Orthopäden zum Richtn.« Ein solcher »Orthopäde« ist keine akademische Leuchte, kein Assistent, Facharzt, Dozent oder Professor, sondern nur ein Schuhmacher. Auch ein Firmenschild »Bohumil Pospischill, Orthopädische Klinik« zeigt nicht den Sitz einer regulären Klinik an, sondern nur die Arbeitsstätte eines Schusters.

Manche orthopädischen Leiden sind seit langem bekannt – schon der alte Hippokrates versuchte ihre Behandlung –, aber diese Kenntnisse waren im weiten Reich der Medizin verstreut, nicht zusammengefaßt, entbehrten einer einheitlichen, wissenschaftlichen Grundlage. Adolf Lorenz war es vorbehalten – wenigstens was das europäische Festland betrifft –, die orthopädischen Krankheiten auf einen gemeinsamen Nenner zu bringen und erfolgreiche Heilverfahren für Leiden zu erfinden, die bis dahin für unheilbar galten, wie die angeborene Hüftverrenkung.

Was ist das Gebiet der Orthopädie? Die klarste Definition dafür habe ich in einem amerikanischen Werk gelesen. Sie lautet auf deutsch: Orthopädie ist die Wissenschaft von der Erforschung, Vorbeugung und Heilung der angeborenen und erworbenen Mißbildungen des Haltungs- und Bewegungsapparates. Mit diesen Worten ist alles umschrieben, was zur Orthopädie gehört: Die angeborenen Mißbildungen, die sich schon im Mutterleib entwickeln, ebenso wie diejenigen, die als Folge von Krankheiten und Verletzungen im späteren Leben –

etwa nach Kinderlähmung, Knochenmarkeiterung, tuberkulöser Knochen- und Gelenkerkrankung oder Knochenbrüchen durch Unfall – auftreten.

Die Orthopädie ist kein streng abgeschlossenes Spezialfach, keine Organwissenschaft wie etwa die Augenheilkunde oder die Laryngologie, sondern greift vielfach in benachbarte Gebiete der Medizin über, besonders in die Kinderheilkunde, die Neurologie und in erster Linie natürlich in die Chirurgie, deren jüngstes Kind sie als »Orthopädische Chirurgie« ist. In der Orthopädie ist das »no man's land« oder besser »everybody's land« der Grenzgebiete besonders weit.

Adolf Lorenz, der stets ein Anhänger kurzer, prägnanter, allgemein faßlicher Begriffsbestimmungen war, fand eine solche schlagende Definition anläßlich einer Audienz beim alten Kaiser Franz Josef. Als ihm die an der Wiener medizinischen Fakultät neu geschaffene außerordentliche Professur für orthopädische Chirurgie verliehen wurde, hatte er sich, der Sitte der Zeit gemäß, in voller Beamtenuniform, mit Zweispitz und Degen (!), zur Audienz bei Kaiser Franz Josef einzufinden.

»Für welches Fach sind Sie ernannt, Herr Doktor?«

»Für orthopädische Chirurgie, Eure Majestät.«

»Orth – to – pädie –, ja was ist denn das?«

»Orthopädie, Eure Majestät, ist die Kunst, Krumme gerade und Lahme gehend zu machen.«

»Aha, das ist ja nacha sehr wichtig für einen Krieg?«

Der alte Herr ahnte damals nicht, wie wichtig die Orthopädie – unter dem unguten Namen »Kriegsorthopädie« – noch werden sollte.

So erzählt Lorenz in seiner Selbstbiographie. Ich erinnere mich noch sehr deutlich des aufregenden Tages, an dem mein Vater die nagelneue Uniform anlegte, welche der Schneider schon Tage vorher geliefert hatte und die unter knisterndem Seidenpapier auf einem Sofa wie aufgebahrt dalag. Unter dem dünnen Papier glänzte es von Goldkragen und Goldknöpfen, und in einer imposanten Pappschachtel war etwas Geheimnisvolles verpackt. Trotz des strengen Verbotes schlich ich mich doch heran und löste mit zitternden Fingern die Verschlußbänder. Drinnen lag eine noch nie gesehene Kopfbedeckung, die vorne und hinten in einer Spitze endete. Ich warf das Ding, als ob es glühend gewesen wäre, in die Schachtel zurück, stülpte den Deckel ungeschickt drüber, ohne die Bänder wieder zu knüpfen, und entfloh.

Zur vorgeschriebenen Zeit kam Lorenz abgehetzt von der Klinik, um sich in die Paradeuniform zu werfen. Bei der Übernahme hatte er sie nicht anprobiert; nun stand er da in seiner Unterkleidung, umgeben von der aufgeregten Familie samt Gesinde, und alle halfen ihm eifrig bei der Montage der ungewohnten Kleidung. Zuerst bockte und fluchte er wegen der beengenden Hosen, denn sie hatten die altehrwürdigen »Strupfen« unter dem Fußspann, jene Strupfen, deren Unbequemlichkeit, namentlich beim Sitzen, der Biedermeier-Gent wie der k. k. Offizier als gewohnt und gottgegeben hinnahm wie das Pferd den Zaum. Aber Lorenz benahm sich wie ein Mustang, der zum ersten Male eingespannt wird. Er sprang herum in der Strupfenhose und versuchte immer wieder das zu machen, was bei diesem Kleidungsstück das Schwerste und Unangenehmste ist, nämlich die Knie rechtwinkelig abzubeugen, und es bedurfte aller Überredungskunst der neugebackenen Frau Professor, um ihn halbwegs zu beruhigen.

»Schließlich *stehst* du ja vor dem Kaiser, da wirst du die Strupfen nicht so spüren.«

Jetzt kam der doppelreihige grüne Uniformrock; Lorenz war jede Beengung durch die Kleidung unerträglich.

»Ich platze ja, ich kann nicht atmen«, grollte er. Aber das Ärgste kam erst, als er den hohen, steifen goldenen Kragen schließen sollte. Im zivilen Leben bevorzugte Lorenz Kragen, die mindestens um zwei Nummern zu weit waren, so daß er bequem mit seinem Kinn in den Kragen hineintauchen konnte. Dieser Uniformkragen war ihm aber tatsächlich zu eng, und wenn man das Haftl schloß, traten ihm die Augen heraus wie einem Delinquenten in der Garotte der spanischen Inquisition; also wurde das Haftl offen gelassen, und der lange Vollbart mußte die klaffende Spalte in der Halsumzäunung decken. Den Degen wollte er über die Uniform schnallen. Ich aber wußte es schon besser.

»Verflucht, wozu brauche ich einen Degen!«

So gab es also ein neues Extraordinariat an der Wiener medizinischen Fakultät, und Lorenz war der erste Orthopädieprofessor. Wie aber war er zu diesem neuen chirurgischen Spezialfach gekommen?

Als junger Arzt wußte Lorenz kaum noch, was Orthopädie bedeutete, und nicht aus innerer Berufung kam er in das Fach, das er und das ihn berühmt machen sollte, sondern nur »aus Not«, wie er mir selbst wiederholt erzählte.

Es war der Höhepunkt des Karbol-Zeitalters der Chirurgie, man konnte es schon eine Karbol-Wut nennen. Operationssaal, Instrumente und Wäsche, Patient und Operateure wurden förmlich gebadet in Karbollösung, es fehlte nur, daß man sie auch noch getrunken hätte. Ich erinnere mich gut, als kleiner Bub einmal auf den höchsten Stufen des Hörsaals der damaligen Klinik Albert einer Operation unter Karbol beigewohnt zu haben. Ein Operationsgehilfe ging im Saal umher und verteilte mit einer Spritze über den ganzen Raum Karbolspray, der sich wie giftiger Meltau auf alles und jeden herabsenkte. Sooft ich seither im Kino in der Pause den Mann mit der Perolinspritze hantieren sehe, deren Spray den muffigen Duft ungelüfteter Kleider und ungewaschener Menschen paralysieren soll, muß ich an die Karbolspritze denken.

Nun war es mit dem Karbol leider so: Das Gift tötete wohl alle krankheitserregenden Keime, aber gleichzeitig auch das umliegende menschliche Körpergewebe. Karbol-Gangrän war an der Tagesordnung. Es war, als wollte man ein von Ungeziefer verseuchtes Haus an allen vier Ecken anzünden, um die Wanzen zu töten.

Operateure mit empfindlicher Haut litten besonders unter der Karbolwut. Lorenz war ein zarthäutiger blonder Typ und daher äußerst karbolanfällig.

»Meine Finger sahen bald aus wie gesottene Würstel«, erzählte er. Er war mit Recht verzweifelt. Schon Dozent der Chrirurgie, fuhr er mit vollen Segeln auf die Professur los und wurde jetzt durch das Karbolekzem völlig aus seiner Bahn geworfen. Albert gewährte ihm zunächst einen Studienurlaub. In diesem heilte nicht nur das Ekzem ab, sondern es entstand auch seine grundlegende Arbeit über den Plattfuß. Aber bei Wiederaufnahme der chirurgischen Arbeit flammte das Ekzem doppelt heftig auf. Adolf Lorenz stand vor dem Grab seiner akademischen Hoffnungen, seiner Karriere; er wollte Feld-und-Wiesen-Arzt werden.

Als das Karbolekzem schließlich unerträglich wurde, sagte Albert: »Na, Lorenz, wenn's mit der *nassen* Chirurgie net geht, versuchen S' es halt mit der *trockenen.*«

Dieser Rat war der schönste Liebesdienst, den Eduard Albert seinem Lieblingsschüler erwies. Es ist fraglich, ob Lorenz selbst auf die Idee gekommen wäre, und so hat sich Albert indirekte Verdienste um das Emporkommen der Orthopädie erworben. Unter trockener Chirurgie verstand er das, was man damals, noch recht verschwommen, unter Orthopädie begriff: Geraderichtung krummer Körperteile – des Rumpfes, der Beine, der Füße – ohne chirurgische Hauteröffnung, lediglich durch Manipulationen mit den Händen oder mittels eigens dazu erfundener Maschinen. Diese Heilverfahren waren über das ganze große Gebiet der Chirurgie verteilt, und der Chirurg hatte meist keine Zeit oder kein Interesse, sich mit solchen nebensächlichen Fragen eingehend zu beschäftigen.

Als Lorenz mit der Orthopädie begann, umfaßte der Kreis orthopädischer Tätigkeit nur einen kleinen Bruchteil ihres heutigen Gebietes. Von Sehnen- und Muskelchirurgie, von rekonstruktiver Knochenarbeit wußte man noch nichts. Die junge Orthopädie war tatsächlich noch eine unblutige Kunst, und den Namen des unblutigen Chirurgen wurde Lorenz auch sein Leben lang, namentlich später drüben in Amerika, nicht los. Seine ersten großen orthopädischen Taten geschahen tatsächlich alle auf dem Felde der unblutigen Orthopädie und waren bezeichnend für seinen Charakter. Es waren Ideen von großzügiger, klassischer Einfachheit, von der Art, daß man versucht ist, hinterher zu sagen: Wie einfach! Auf so was wäre ich schließlich auch gekommen –, aber meist sagt man das eben erst hinterher.

Waren diese ersten Errungenschaften auch so einfach, daß die moderne Orthopädie, mit viel komplexeren Fragen beschäftigt, auf vieles davon mit lächelnder Herablassung schaut, so bilden sie doch die Grundsteine des Fundamentes, auf denen der ganze Bau ruht und die man nicht herausnehmen könnte, ohne das Gebäude der Orthopädie zum Einsturz zu bringen.

Worauf beruhte nun der geradezu spektakuläre Erfolg, den Adolf Lorenz' erste orthopädische Entdeckung nicht nur unter den Fachgelehrten, sondern auch im großen Publikum errang?

Das ist leicht zu erklären: einfach auf den äußerlichen, weithin sichtbaren Resultaten seiner fachlichen Arbeit: Krummes gerade zu machen, Hinkenden zu normalem Gang zu verhelfen. Der Chirurg, der ein Krebsgeschwür des Magens, eine steingefüllte Gallenblase entfernt, hat ein größeres, weil lebensrettendes Verdienst, aber davon sieht man äußerlich nichts, sein Erfolg dokumentiert sich nur durch die Tatsache, daß der Patient weiter lebt, sich wieder erholt. Aber Lorenz' Arbeit wirkte in der Richtung des Spruches der Bibel: »Nimm dein Bett und wandle«, und erregte daher auch unter Laien Aufsehen.

Da war vor allem sein Gedanke der Ruhigstellung tuberkulös erkrankter Gelenke. Er führte den Konservatismus in die Gelenkbehandlung ein. Mit dem Aufkommen der Asepsis (nicht Antisepsis!) hatte sich begreiflicherweise die Operationsfreudigkeit gehoben, da durch sie die Infektionsgefahr verringert wurde. Es war die Zeit, in der man in der Krebsbehandlung damit begann, die bösartige Geschwulst radikal aus dem gesunden Gewebe herauszuschneiden. Es lag nahe, den gleichen Grundsatz auch auf die Gelenkchirurgie der Tuberkulose anzuwenden. Damit begann eine Zeit radikaler Gelenkausschneidungen. Im akuten Stadium der Erkrankung konnte sie aber ihren Zweck nicht erfüllen, denn zum Teil ließ man erkranktes Gewebe, das ja makroskopisch schwer vom gesunden zu unterscheiden ist, zurück, was zu verzögerter Wundheilung, Fistelbildung oder allgemeinem Aufflammen der Tuberkulose führte, zum Teil heilten die zurückgebliebenen Knochenteile nicht fest zusammen, und das führte wieder zu bösen »Resektionsdeformitäten«, gar nicht zu reden von den oft beträchtlichen, durch Resektion erzeugten Verkürzungen. Der Erfolg dieser für den Operateur sehr befriedigenden und »schönen« Operation war recht kläglich.

Lorenz behandelte nun tuberkulöse Gelenke einfach durch Ruhigstellung im Gipsverband, ohne Rücksicht auf die Lage. In dieser durch Monate festgehaltenen Ruhestellung heilt der tuberkulöse Prozeß aus. Die Geraderichtung war dann ein nachfolgender Operationsakt. So wurden tuberkulöse Hüft-,

Ellbogen-, Hand-, Knie- und Fußgelenke zunächst einmal in Gips ruhiggestellt; bestand kein Schmerz, so durfte der Patient seine Extremität benützen. Besonders aufsehenerregend und segensreich war diese Behandlung bei der tuberkulösen Zerstörung von Rückenwirbeln, der Spondylitis. Kinder, die sich kaum zu bewegen wagten und bei jeder Erschütterung vor Schmerz aufschrien, wurden auf einmal ruhig und vergnügt, verloren ihren ängstlich gespannten, schmerzlichen Gesichtsausdruck und gewannen ihren Appetit zurück, sobald sie im wohl anmodellierten und gepolsterten Gipsbett lagen wie eine Uhr im Etui.

Diese Methode der Ruhigstellung im Gipsverband war etwas, was die medizinische Welt aufhorchen ließ und die neue Orthopädie bekanntmachte.

Lorenz' nächste Idee war die unblutige Geraderichtung des Krummen: der O- und X-Beine, der Klump- und Plattfüße. Das geschah teils durch »Osteoklase« – das Einbrechen der langen Röhrenknochen an vorgewählter Stelle –, teils durch das sogenannte »Redressement« mit Handgriffen oder Maschinen, die er sich zu diesem Zweck erfand. Eine gewaltsame Geraderichtung des Krummen, »brisement forcé« genannt, war schon von den Franzosen angegeben worden, wurde aber von Lorenz wegen der Brutalität des Verfahrens und der unvermeidlichen Begleitschäden abgelehnt. Er nannte seine Geraderichtung »modellierendes Redressement«, womit schon das Wesen des Verfahrens umrissen ist. Nicht durch rohe Gewalt, sondern durch wiederholten elastischen Druck wird die Fehlstellung korrigiert; die elastischen Widerstände werden, wenn nötig, durch Sehnendurchtrennung mit einem nadelartigen Messerchen unter der Haut (subkutane Tenotomie) vernichtet.

Nach diesem Grundsatz des modellierenden Redressements gelang ihm die restlose unblutige Heilung des angeborenen Klumpfußes, eine aufsehenerregende Leistung.

Da alle diese Heilbehandlungen zur Festhaltung des korrigierten Gliedes und zu dessen Ruhigstellung des Gipsverbandes bedurften, erwarb sich Lorenz bald den etwas geringschätzig klingenden Namen »Gipsdoktor«.

»Gipsdoktor« wurde aber zu einem Ehrentitel seiner Abteilung. Ohne Gipsverband ist die Orthopädie undenkbar, trotz den anerkannten Nachteilen des Gipses. Die Gipstechnik wurde von Lorenz zu einer bis dahin unbekannten Virtuosität ausgebildet, und jeder seiner Schüler mußte sie beherrschen. Lorenz lehrte den richtig gepolsterten Gips, nicht zu stark, nicht zu wenig gepolstert. Er zeigte, wie seine Gefahren durch gute Technik und Umsicht zu vermeiden sind. Ein technisch zweckmäßiges Gebilde befriedigt aber durch seine Zweckmäßigkeit auch das Auge, und so sind die Gipsverbände der Lorenz-Schule auch äußerlich vollendete, ästhetisch-schöne Gebilde. Man kann diese plastische Schönheit des Gipsverbandes wohl auch vernachlässigen, ohne dem Patienten zu schaden, aber Lorenz' künstlerischer Sinn legte Wert auf solche Schönheit, und diese Tradition wird von den Orthopäden der von ihm gegründeten Station auch heute noch pietätvoll gepflegt.

Aber das Gipsen will erlernt sein, es ist das erste, was sich der orthopädische Lehrbub aneignen muß. So wurde ich schon als medizinischer Säugling zum Gipsen eingespannt, sorgfältig überwacht und getadelt, wenn ich patzte.

Ein wichtiger Teil der Gipstechnik ist das Beschneiden der Ränder des fertigen Verbandes. Dabei besteht für den Ungeübten die Gefahr, durch Gips und Wattierung hindurch auf die nackte Haut zu geraten und sie – seichter oder tiefer – zu verletzen. Das ist an sich kein großes Unglück und bedeutet gewöhnlich nur einen leichten Ritzer, und wer unter alten und jungen Orthopäden sich da frei von jeder Schuld weiß, der hebe den ersten Stein auf. Man muß nur durch eine genügende Zahl von Jahrzehnten Gipsverbände ausschneiden, dann passiert einem sicher einmal das kleine Malheur, das mehr schmählich als gefährlich ist. Sehr viel hängt dabei natürlich von der Schärfe des Gipsmessers ab. Es bewahrt beim Durchschneiden der mineralischen Masse und des zähen Gewebestoffes nicht lange seine volle Schärfe, und so war es auf der Lorenzschen Abteilung ein häufig zu sehendes Bild, daß die Ärzte vor dem Gipsausschneiden ihre Messer emsig auf einem Ölstein wetzten. Trotzdem waren diese klinischen Gipsmesser keine vollendeten Werkzeuge, und ich war gewohnt, mit einem gewissen Druck zu schneiden, um jenen eleganten und zugigen Schnitt zu erreichen, der, ohne zu verletzen, seinen Zweck erreicht.

Als Lorenz mich zum ersten Male zu einer Privatoperation im Sanatorium Löw als Assistent mitnahm, war ich sehr aufgeregt und zitterte vor Ehrgeiz, meine großartige Gipstechnik vor den anderen Ärzten zu demonstrieren. Es wurde ein Kind aus Kopenhagen am Bein operiert. Ich machte den Gipsverband mit geradezu praxitelischer Formvollendung.

Schließlich reichte mir ein Saaldiener das Gipsmesser. Ich setzte es an, um den unteren Rand des Verbandes um den Knöchel herum elegant auszuschneiden. Aber ach, ich war die stumpfen, in Ehren schartig gewordenen Urzeitmesser der Klinik gewöhnt, nicht das rasiermesserscharfe Instrument, das man mir tückisch in die Hand gedrückt hatte. Schon beim Ansetzen zum zugigen Rundschnitt spürte ich, wie mir das Herz in die Bauchhöhle hinabsank. Meine Reizleitung war zu kurz, um der geschäftigen Hand noch im Augenblick Halt gebieten zu können. Das Messer sank in den Gips wie in Butter – und schon quoll das rote Blut über den schneeweißen Gips. Ich hatte einen tüchtigen Schmiß knapp oberhalb der Ferse zustandegebracht. Das Kind spürte nichts davon, es war ja noch in Narkose.

Mein Ruhm war dahin, meine Schmach schien unaustilgbar. »Natürlich, der junge Mediziner, das neugebackene orthopädische Küchlein«, so glaubte ich rundum zu hören. Ich duckte mich unwillkürlich vor der Ohrfeige, die ich in meines Vaters mächtiger Hand zucken sah. Sie blieb aber aus, er sagte nur mit strengem Gesicht: »Jetzt leg gefälligst die Wunde ordentlich frei, wasche dich und nähe den Schaden wieder zu, den du angerichtet hast.« Ich tat es diensteifrig und zerknirscht.

Der Verband wurde nach Monaten von einem dänischen Kollegen in Kopenhagen abgenommen. Er schrieb einen begeisterten Brief über den schönen Erfolg und schloß: »Nur eines ist uns nicht klar, Herr Professor. Die Narben ums Knie rühren von der Bizepsverpflanzung her. Aber welchem Zweck diente die Achillessehnenoperation, deren Narbe sich über der Ferse befindet?«

»Lügen muß ich jetzt auch noch wegen deiner Ungeschicklichkeit«, brummte mein Vater und schrieb eine recht lahme und anfechtbare Erklärung der rätselhaften Fersennarbe.

Für das neuartige Verfahren unblutiger Geraderichtung konstruierte Lorenz eine ganze Anzahl von Spezialmaschinen, die heute zum Teil schon überholt sind. Aber sein Apparat für das unblutige Klumpfuß-Redressement ist immer noch unentbehrlich. Wenn heute auf einer orthopädischen Klinik eine Klumpfuß-Operation vorbereitet wird, ertönt einfach der Ruf nach dem »Lorenz«.

Ein weit verbreitetes orthopädisches Leiden, mit dem sich Lorenz zeit seines Lebens, man muß schon sagen »herumraufte«, und das er zu seinem Unmut letzten Endes doch nicht meistern konnte, ist die seitliche Wirbelsäulenverkrümmung, die Skoliose. Er wandte folgerichtig sein Verfahren des unblutigen modellierenden Redressements auch hier an. Aber aus nicht näher zu erörternden Gründen wirkte die Methode in diesem Falle nicht so durchgreifend wie bei anderen Fehlhaltungen. Lorenz richtete in seiner Privatpraxis ein ganzes Institut für Skoliosebehandlung ein, und wenn auch die völlige Heilung des Zustandes selbst heute noch nur in seinen Anfangsstadien gelingt, so bilden die von ihm erfundenen Behandlungsarten doch immer noch die Grundlage der Skoliosetherapie.

Ein besonderes Kapitel der Lorenzschen Orthopädie ist die unblutige Operation der angeborenen Hüftverrenkung, die ihn und das von ihm geschaffene Spezialfach eigentlich erst weltberühmt und Wien zum Ziel von Pilgerfahrten der Ärzte und Patienten aus allen Teilen der Erdkugel machte. Davon wird in einem besonderen Kapitel noch die Rede sein.

Die junge Orthopädie war, wie gesagt, vorerst noch ein unblutiges Spezialfach der Chirurgie, aber das Brechen verkrümmter Knochen durch Maschinen oder mit der Hand über einem Holzkeil war ein recht spartanisch-brutales Verfahren, an größeren Kindern oder Erwachsenen manchmal einfach nicht durchführbar.

So wurde Lorenz zwangsläufig auf die *blutige* orthopädische Operation hingeleitet. Zuerst handelte es sich um die einfache Querdurchtrennung verkrümmter Knochen auf dem Scheitelpunkt der Verkrümmung, etwa bei O- oder X-Beinen, mit Meißel und Hammer. In seiner Vorliebe für unblutige Operationen verwandelte Lorenz diese Knochendurchmeißlung bald in eine »subkutane«, das heißt eine »Unter-der-Haut-Operation«, wobei ein nur einen Zentimeter breiter Einstich gesetzt wurde, durch den man den Meißel einführen konnte. Die Knochendurchmeißlung erfolgt dann tatsächlich unter der Haut, der kleine Einstich ist mit einer Naht zu verschließen und die Narbe nach ein paar Monaten nicht mehr zu sehen. Diese Methode gehört – namentlich an der Hüfte – auf der ganzen Welt auch heute noch zu den täglichen orthopädischen Standardoperationen.

Im Laufe der Zeit kam an offenen Eingriffen noch das ganze weite Gebiet der plastisch-rekonstruktiven Knochenoperationen und der Sehnen- und Muskelverpflanzungen hinzu. Aber es dauerte eine ganze Weile, bis die Orthopädie die strittigen Grenzgebiete für sich erobert hatte. Zum Teil sind wir in diesem Eroberungsfeldzug noch mitten drin.

Mutter Chirurgie blickte anfangs etwas geringschätzig auf ihr jüngstes Kind, die Orthopädie, herab, aber das Kind entwickelte sich rasch und griff nach allen Seiten um sich – da wurde die Mama bald böse und klopfte es gelegentlich auf die nach ihrer Ansicht allzu geschäftigen Finger. Die Orthopädie, so dekretierten die Chirurgen, hat ein trockenes Geschäft zu bleiben; Knochen- und Weichteiloperationen, wenn auch zu orthopädischen Zwecken, sind ausschließlich Angelegenheit der Chirurgie.

Lorenz tat anfänglich wenig, um diese Ansicht zu widerlegen. Er hatte selbst eine gewisse Scheu vor offenen Operationen mit großen Wundflächen, auch hatte er bei der offenen Operation der angeborenen Hüftgelenksverrenkung einige traurige Erfahrungen gemacht. Die Abneigung gegen lange Hautschnitte und tiefe Wunden sowie zu lange dauernde offene Operationen wurde er auch sein Leben lang nicht los.

Seine besondere Begabung bildete das Kneten und Modellieren mit seinen starken und geschickten Händen, etwa bei der unblutigen Einrichtung der angeborenen Hüftverrenkung. Die Amerikaner hatten das bald heraus, und immer wieder bemühten sich Pressephotographen, »those wonderful hands« zu knipsen.

So wuchs allmählich das Gebäude der modernen Orthopädie empor.

Noch ein Wort über den Ausdruck »unblutige Orthopädie«, der von Lorenz' Lebenswerk ein etwas schiefes Bild gibt. Wohl lagen die Erfolge, die seinen Ruhm begründeten, auf unblutigem Gebiet. Aber seine Hauptaufgabe war und blieb die Geraderichtung von Verkrümmungen. War diese auf unblutigem Wege zu erreichen, um so besser, wenn nicht, schreckte er auch vor blutigen Eingriffen nicht zurück.

Die Orthopädie wuchs und wuchs, von überall her kamen die Orthopädiebeflissenen nach Wien, um von Lorenz unterrichtet zu werden. Aber offiziell existierte die Wissenschaft noch gar nicht. Lorenz hatte zwar den Titel eines außerordentlichen Professors der Orthopädie, aber keine Arbeitsstätte. Man weiß, wie zäh und langsam sich Neuerungen im alten Österreich durchsetzten. In einer alten Küche des Allgemeinen Krankenhauses wurden ein paar Wände gezogen, im muffigen Erdäpfelkeller eine primitive Röntgenwerkstätte eingerichtet – das war Lorenz' erster Arbeitsplatz; eine Klinik konnte man es nicht nennen, denn die orthopädische Station hatte kein einziges Bett!

Eingaben ans hohe Unterrichtsministerium fruchteten nichts. Lorenz bezahlte den Großteil der orthopädischen Ausrüstung der umgewandelten Spitalsküche aus eigener Tasche. Seine außerordentliche Professur war unbesoldet, das ganze also ein glänzendes Geschäft mit gesichertem Lebensunterhalt. Die an dieser primitiven Ambulanz operierten Kinder mußten nach der Operation einfach auf die Straße gesetzt werden, denn orthopädische Betten gab es ja keine. Größere Operationen, die nachherige Bettruhe verlangten, verboten sich damit von selbst.

Aber schließlich fand sich doch ein Ausweg. Auf der chirurgischen Abteilung seines Schwagers Professor Frank, den wir schon als ebenso erfolglosen Rossebändiger wie erfolgreichen Bändiger meiner Tante Hilda kennengelernt haben, erhielt Lorenz heimlich – unter der Hand sozusagen – fünf Betten für frisch Operierte, und Lorenz' unternehmender Assistent Aberle von Horstenegg kam auf die gloriose Idee, im ehrwürdigen alten »Braunen Hirsch« in der Skodagasse ein paar Zimmer als eine Art Spitalsdependance dazuzumieten. Da es sich bei den Patienten durchwegs um Unbemittelte handelte, zahlte Lorenz auch die Hotelrechnungen.

An so armseliger Stätte, unverstanden von Fakultät und Regierung, baute Lorenz seine Orthopädie auf, aber aus allen Teilen der Welt kamen – wie alte Gruppenbilder zeigen – die Ärzte zu Lorenz nach Wien, um an seinem mehr als bescheidenen Institut zu lernen; sein Geist, seine mächtige Persönlichkeit siegten über die unwürdigen Verhältnisse.

Lorenz reiste alljährlich zu den chirurgischen Kongressen in die verschiedenen Hauptstädte Europas – orthopädische gab es ja damals noch nicht –, um fast jedesmal eine neue epochale Entdeckung vorzustellen. Auch diese Expeditionen gingen alle aus seiner eigenen Tasche und verschlangen eine Menge Geld, denn stets fuhren fünf bis sechs geheilte Kinder zur Demonstration mit, unter der gut bezahlten Aufsicht meiner alten französischen Gouvernante, deren Zugriff und Lehrstunden ich so wenigstens während der Kongreßreisen entzogen war.

Der Gelehrte, der Forscher Adolf Lorenz war kein Bücherwurm, der nächtelang über der Fachliteratur brütete, schon aus dem Grunde, weil es damals noch fast keine orthopädische Fachliteratur gab. Er fing überall von Grund auf neu an.

Er war auch kein experimenteller Forscher. Versuchsoperationen an Hunden perhorreszierte er. Mit sichtlicher Genugtuung erzählt er in seiner Selbstbiographie die Geschichte von den Aushungerungsexperimenten an Hunden, die der Physiologe Brücke anstellte und die deshalb nie zum Abschluß kamen, weil sein Feind und Nachbar, der tierfreundliche Anatom Hyrtl, den Hundewärter bestochen hatte und die zum Hungertod Verurteilten nächtlicherweise heimlich fütterte.

Lorenz experimentierte nie an lebenden Tieren, höchstens an Leichenpräparaten, aber auch das nicht allzu häufig. Auch bakteriologische oder histologische Serienforschungen waren ihm zuwider. Dem Röntgenbild war er abhold, er verließ sich lieber auf seinen Blick und den Griff seiner Hände als auf das ihm unsympathische Schattenbild, das er nie recht lesen lernte. Allerdings stand die Röntgentechnik damals auch noch nicht auf ihrer heutigen Höhe.

Lorenz war, wie gesagt, kein Bücherwurm und Experimentator, er war ein genialer Erfinder, dem in einer schlaflosen Stunde einer Nacht mehr einfiel als einem anderen sein ganzes waches Leben lang. Er nannte diese nächtlichen Einfälle seine

»Königsgedanken«. »Königsgedanken«, pflegte er zu sagen, »kommen mir im Halbschlaf meist dann, wenn ich mich wieder einmal beim Nachtmahl überfressen habe.«

Lorenz hatte eine instinktive Abscheu vor jeder »Medizin«. Wenn er einmal krank wurde, war es schwer, ihm auch nur die harmlosesten Medikamente einzuflößen, die er samt und sonders als »Dreck« verachtete. Seine schöpferische Begabung lag auf dem Gebiet, das die Amerikaner heute mit dem Wort »reconstruction« bezeichnen. Schade, daß er die Blütezeit rekonstruktiver Knochenarbeit nicht mehr aktiv erlebt hat!

Glorreiche Hüftverrenkung

Soweit meine Erinnerung an medizinische Dinge zurückreicht – und das ist wegen der Umgebung, in der ich aufwuchs, recht weit –, entsinne ich mich keiner Entdeckung, die ein derart allgemeines, nicht nur wissenschaftliches Interesse erweckt hätte wie die Bekanntmachung der X-Strahlen durch Röntgen und Adolf Lorenz' Erfindung der unblutigen operativen Einrenkung der angeborenen Hüftluxation.

Es erscheint wie ein mystischer Zusammenhang, daß Röntgen und Lorenz fast gleichzeitig – im Jahre 1895 – mit ihren epochalen Veröffentlichungen hervortraten. Denn die Lorenzsche Neuerung bedurfte zu ihrem Ausbau notwendig des Röntgenbildes. Erst mit dessen allmählicher Vervollkommnung, der Verbesserung seiner Technik, wurden die anatomischen Details des normalen wie des mißgebildeten Hüftgelenks deutlich erkennbar, und damit war die Möglichkeit gegeben, die orthopädischen Indikationen und Heilprozesse zu kontrollieren.

Es lag in der Natur der Sache, daß dem Physiker Röntgen das neue Verfahren von den Ärzten aus den Händen genommen und zu einer wichtigen medizinischen Spezialwissenschaft geformt wurde.

Wie war Lorenz zu seiner Entdeckung gekommen? Hierüber kann ich genauer und wahrheitsgetreuer Auskunft geben als irgendein anderer heute noch Lebender, weil ich ihr Werden mit offenen Sinnen und noch unbelastetem Gedächtnis aus unmittelbarer Nähe miterlebt habe und weil mir bei meiner, wie ich glaube, genauen Kenntnis von Charakter und Denkart meines Vaters die psychologischen Motive jeder einzelnen Phase klar vor Augen stehen.

Die Erfindung war ein Kolumbusei, in ihrer klassischen Einfachheit so ganz ein Produkt des genial-einfachen, nicht durch zu viel Bücherwissen und Theorie vernebelten Denkens von Adolf Lorenz.

Es gibt kaum einen Entdecker und Pfadfinder in irgendeinem menschlichen Wissensgebiet, der ohne Vorgänger auftritt.

Schon seit Menschengedenken – seit Hippokrates – kennt man die merkwürdige Erscheinung, daß manche Kinder mit Hüftgelenken zur Welt kommen, bei denen die Hüftkugel auf einer oder beiden Seiten nicht in der Hüftpfanne, sondern außerhalb, neben oder ober ihr sitzt. Die noch immer geheimnisvollen Ursachen dieses Zustandes zu besprechen ist Sache der Fachliteratur. Nur so viel sei hier gesagt, daß es sich nicht um eine schon im Mutterleib erlittene oder bei einer schweren Geburt entstandene Verletzung, eine »Ausrenkung«, handelt, sondern um einen primären Keimfehler, der schon in den Keimzellen der Eltern enthalten ist, um eine Hemmungsmißbildung, welche die normale Entwicklung der Hüftgelenke verhindert und sie auf einem niederen Entwicklungsstadium festhält.

Das ist eine Wahrheit, die den Müttern und sonstigen Angehörigen selten eingehen will. Es ist begreiflich, daß man bei einem Zustand, der im Röntgenbild einer wirklichen Ausrenkung, einem gewaltsamen Herausdrängen des Hüftkopfes aus der Pfanne völlig gleichsieht, auch nach einer von außen kommenden gewaltsamen Ursache, einer Verletzung sucht. Was ist da näherliegend, als an einen Stoß gegen den Unterleib während der Schwangerschaft zu denken, sich einer schweren Geburt, eines Zuges an den Beinen zu erinnern oder der Fahrlässigkeit der Hebamme die Schuld zu geben? Deshalb ist der Ausdruck »angeborene Hüftverrenkung« eigentlich falsch und irreführend. Verrenkt, ausgekegelt kann ein Gelenk nur durch Gewalteinwirkung werden. Bei der sogenannten angeborenen Hüftverrenkung hat aber nie eine äußere Gewalt eingewirkt, sondern die Gelenkkörper, Hüftkopf und Hüftpfanne, waren überhaupt niemals miteinander in normaler Berührung; die angeborene Hemmungsmißbildung hat bewirkt, daß der Kopf außerhalb der Pfanne stehen geblieben ist, während er im Laufe der normalen Entwicklung nur für kurze Zeit außerhalb der Pfanne steht. Deshalb sprach Lorenz auch immer von der »*sogenannten* angeborenen Hüftverrenkung«.

Schon im 18. und 19. Jahrhundert bemühten sich große Mediziner um die Einrichtung der Hüftverrenkung. Aber sie wandten ihre Mühe an die untauglichsten Objekte, Halbwüchsige oder Erwachsene, denn die Erkenntnis des Zustandes im frühesten Kindesalter war in den Zeiten vor Röntgen selten möglich, und im Alter von fünf bis sechs Jahren schon ist auch die Lorenzsche unblutige Operation nur mehr in Ausnahmefällen erfolgreich. Die Heilbestrebungen um die Mitte des 19. Jahrhunderts erschöpften sich in vergeblichen Versuchen einer Streckbehandlung mit Gewichtzug. Erst nach Aufkommen der Antisepsis wurden offene Operationen weniger lebensgefährlich, und nun wagte man sich auch bei der angeborenen Hüftverrenkung an solche, aber ohne Erfolg, denn sie wurden durchwegs an zu alten Patienten ausgeführt.

1888 machte der Italiener Poggi die erste blutige Einrichtung, indem er den Kopf in die künstlich erweiterte Pfanne einsetzte. Der Deutsche Hoffa erhob das Verfahren zur Methode. Man sieht also, Adolf Lorenz stand mit seinen Versuchen schon auf den Schultern einiger Vorgänger; er verbesserte zunächst die Hoffasche Operation durch eine muskelschonende Schnittführung, hatte aber damit noch nichts wirklich Neuartiges geschaffen.

Lorenz erzählt in seiner Selbstbiographie von seiner Tätigkeit als »Vorlesungsassistent«, so heißt der Arzt, der das Krankenmaterial zur Vorlesung zusammenzubringen hat; oft nennt man ihn auch den »Schäferhund«. Sein Lehrer Eduard Albert, unser berühmter Hofrat, war ein glänzender Redner, der sich auch selbst gerne perorieren hörte. Eine besondere Gelegenheit dazu bot die Antrittsvorlesung des Semesters. Bei einer solchen Gelegenheit sprach Albert von der neuen Narkose und ihren Wohltaten: Zunächst pries er die Verdienste Esmarchs, des Erfinders der Blutleere. Aber das war nichts gegen die Erfindung der Antisepsis durch den großen Lister. Ist durch das Karbol die Quelle der Infektion verlegt, so kann das chirurgische Messer nunmehr ungestraft bis an die Wurzeln des Lebens vordringen. Er schloß mit den Worten: »Und nun, meine Herren, wollen wir uns der praktischen Arbeit zuwenden, die Ihnen alles bestätigen wird, was ich Ihnen gesagt habe.«

Lorenz hatte aus der Ambulanz ein kleines Mädchen von etwa fünf Jahren als den interessantesten Fall unter den Wartenden herausgesucht, ohne zu ahnen, daß gerade dieser für die Antrittsvorlesung Alberts wie die Faust aufs Auge paßte. Die Kleine wurde nackt auf den Tisch gestellt. Als Albert das Kind betrachtete, rötete sich sein Gesicht vor Zorn. Wären seine Augen Dolche gewesen, der junge Assistent hätte nicht einen Moment länger gelebt.

Was war nun mit der Kleinen? Sie zeigte eine merkwürdige Verunstaltung ihres ganzen Körpers. Ihr Gesäß ragte stark nach hinten, der Bauch ebenso stark nach vorne. Die Lende war hinten tief eingesattelt, Hüft- und Kniegelenke leicht gebeugt, während die Arme affenähnlich weit hinunterreichten. Der Gang der Kleinen war watschelnd.

Albert hatte die Diagnose schnell gestellt. Er sagte mit unsicherer, an ihm ganz ungewohnter Stimme: »Hochmut kommt vor dem Fall. Der Prahler verdient Nackenschläge. Soeben habe ich Ihnen die Fortschritte der modernen Chirurgie gerühmt. Und nun will es ein böser Zufall, daß der erste vorgestellte Patient Ihnen die Hilflosigkeit, die völlige Unfähigkeit der modernen Chirurgie zeigt. Schon Hippokrates kannte und beschrieb sogar solche Fälle; seit 2300 Jahren bemüht sich die medizinische Wissenschaft darum, alles vergeblich.« Zum Schluß erklärte er, daß die Hüftluxation nicht einmal gebessert, geschweige denn geheilt werden könne.

Ob Lorenz damals schon ahnte, daß es gerade ihm bestimmt sein sollte, hier die Lösung zu finden? Wie kam er überhaupt auf den Gedanken der unblutigen Einrenkung?

Lorenz hatte im Laufe weniger Jahre ungefähr 200 Luxationsfälle offen operiert. Dabei hatte er vier Todesfälle durch Wundinfektion zu beklagen, also eine Sterblichkeit von 2% – bei einer so schweren Operation, wie es die Hüftgelenkeröffnung für die damalige Zeit war, noch keine prohibitive Mortalität. Die heutige Chirurgie schreckt auch vor größeren Sterblichkeitsziffern, selbst bei rein korrektiven, nicht lebensrettenden Operationen, nicht zurück.

Nun eröffnen wir heute Hüftgelenke alltäglich ohne Bedenken. Wir sind uns der Schwere des Eingriffs, der Infektionsgefahr bewußt, wissen ihr aber mit unseren heutigen Mitteln erfolgreich zu begegnen. Bei besonderem Pech mag es trotzdem hin und wieder zu einer leichten örtlichen Wundinfektion kommen, einer kurz dauernden Eiterung und Verzögerung der Wundheilung oder einer sonstigen Komplikation, nie aber zur Katastrophe einer rasch tödlich verlaufenden Blutvergiftung. Und gerade dieser Art waren die vier Todesfälle von Lorenz.

Er war jedesmal wie vernichtet, verzweifelt, und seinem Temperament entsprechend äußerte sich diese Verzweiflung in Toben und Selbstbeschuldigungen: »Ich hau' die ganze verfluchte Orthopädie hin, ich geh' nach Altenberg und bau' dort meinen Kohl.«

Er saß da, das Gesicht in den Händen vergraben, ein Bild der Verzweiflung. Aber nicht lange. Dann sprang er auf und rannte gestikulierend auf und ab.

»Es *muß* noch einen anderen Weg geben, und den Weg muß ich finden!«

Und diese Prophezeiung hat er erfüllt.

In seinem Buche schreibt er: ». . . welch größere Tragödie im Leben eines Arztes kann es geben, als ein junges liebes Geschöpf, welches man für das Leben tauglicher machen wollte, durch eine nicht notwendige Operation eine Beute des Todes werden zu sehen.«

Nun muß man wissen: Die Kinder mit angeborener Hüftverrenkung sind überwiegend Mädchen, dazu besonders zarte und auffallend hübsche Kinder. Niemand weiß, wie die angeborene Hemmungsmißbildung der Hüftverrenkung dazukommt, sich gerade an hübsche Kinder zu hängen, aber für jeden erfahrenen Orthopäden ist die Tatsache unbestreitbar. Lorenz pflegte zu sagen: »Ich brauche die Kinder gar nicht zu untersuchen, ich sehe ihnen schon an ihren hübschen zarten Gesichtern die Hüftverrenkung an.«

Es ist eine interessante, aber unbeantwortbare Frage, wie die weitere Entwicklung der Behandlung der Hüftverrenkung verlaufen wäre, hätte die damalige Asepsis auf der Höhe der heutigen gestanden. Der Zwang, nach einer weniger gefährlichen Methode zu suchen, wäre jedenfalls weggefallen; wer weiß, wie lange es dann bis zur Erfindung der unblutigen Einrenkung gedauert hätte.

Lorenz nennt die blutige Einrenkung »eine nicht notwendige Operation«. Lebenserhaltend notwendig ist sie freilich nicht. Aber wie viele Operationen mit weit höherer Mortalität kennt die moderne Orthopädie als Standardverfahren! Es wäre gerechtfertigt, bei der Hüftverrenkung eine Sterblichkeit von 2% mit in Kauf zu nehmen. Denn diese von Natur aus hübschen Kinder werden, unbehandelt, zu mißgestalteten Krüppeln, die sich nur mühsam, unter Schmerzen häßlich watschelnd, dahinschleppen. Aber für Lorenz war jede nicht unmittelbar lebensrettende Operation verpönt, wenn sie nur die geringste Lebensgefahr oder auch nur die Möglichkeit einer Verschlechterung des Zustandes mit sich brachte. Diesem Grundsatz des »primum non nocere« – vor allem nicht schaden – ist er bis an sein Lebensende treu geblieben.

Nun setzte er zwar auch nach dem zweiten und dritten Todesfall seine blutigen Einrichtungen noch fort, aber doch nur zagend und mit halbem Eifer, denn da war er schon hinter seiner neuen Idee her. Er hatte sich – ich weiß nicht mehr wie – das Beckenbeinpräparat eines verstorbenen Luxationskindes verschafft und in einem großen Gefäß mit Formalin konserviert. Dieses Präparat – Becken, beide luxierten Hüftgelenke samt Bändern und Kapselapparat, sowie beide Oberschenkel umfassend – wurde im »oberen Haus« der erweiterten Lorenz-Besitzung in Altenberg aufbewahrt. Das große Glas mit dem gruseligen Inhalt in gelber Flüssigkeit beeindruckte mich zehnjährigen Buben tief, und wenn ich in Gönnerlaune war, zeigte ich es bewundernd-erschauernden Kollegen meiner ersten Gymnasialklasse.

Wann immer mein Vater Zeit hatte, zwischen Rad- und Schwimmtouren, zwischen Reitausflügen und Tennispartien, begab er sich ins obere Haus – ich hinter ihm drein – und begann eine unheimliche Tätigkeit. Auf einem alten Küchentisch lag eine große Wichsleinwand, auf der das formalintriefende Präparat ausgebreitet wurde. Und nun führte Lorenz allerlei mir damals unverständliche Bewegungen mit dem einen oder dem anderen oder beiden Oberschenkelknochen gegen das Becken aus, unter wiederholten Unmutsäußerungen und Flüchen. Das waren, wie mir erst viel später klar wurde, die ersten Versuche der unblutigen Einrenkung. Sie führten bald zum Erfolg, insoweit als ihm die Rückführung des Hüftkopfes in die Hüftpfanne gelang. Eine andere Frage war es, wie der Kopf in der Pfanne dauernd festgehalten werden konnte. Medizinisch gesprochen: Die Reposition war gelungen, die Retention noch ungewiß. Um diese Retention kämpfte Lorenz. Sie gelang ihm nur in einer bestimmten Stellung, nämlich bei äußerster Abspreizung der Oberschenkel. Aber vor dieser extremen und auf den ersten Blick grotesken Beinhaltung schreckte er anfangs selbst zurück. Es war auch später der erste fachärztliche Einwand gegen seine Methode, daß man ein Kind nicht monatelang im Gipsverband in so barbarischer Stellung festhalten könne.

Diese typische Stellung im Gipsverband für die eingerichtete Hüftverrenkung ist heute allgemein bekannt und erregt selbst bei empfindlichen Müttern kaum mehr Anstoß. Es ist die »Froschstellung« oder »Henckel-Zwillingstellung«, nach der Schutzmarke der bekannten Stahlfirma so genannt. Bei doppelseitigen Fällen sind dann beide Oberschenkel in rechtwinkeliger Stellung vom Rumpfe abgespreizt. In dieser Lage wird der Hüftkopf tief in die Hüftpfanne gepreßt, das Pfannendach ist entlastet und kann dadurch sein zurückgebliebenes Wachstum nachholen.

Der erste Versuch der unblutigen Einrichtung in Narkose mißlang, der zweite war erfolgreich, später wurden die Erfolge immer zahlreicher, je sorgfältiger Lorenz die aufeinanderfolgenden Phasen der Einrichtung und die dazu notwendigen Handgriffe ausgearbeitet hatte.

Aber noch hatte er die blutige Operation nicht endgültig verlassen. Das tat er erst nach der vierten Katastrophe. Das Opfer war ein reizendes türkisches Mädel, Tochter eines Paschas vom Hofe des unheimlichen letzten Sultans alttürkischen Schlages, Abdul Hamid. Das Kind starb wenige Tage nach der Operation an einer stürmischen Blutvergiftung. Der türkische Vater benahm sich wie ein antiker Held. Er sagte nur mit einer resignierten Handbewegung und einem Blick zum Himmel: »Inshallah«, Gott hat es gewollt, und hatte kein Wort des Vorwurfs für Lorenz. Der aber war nun wirklich gebrochen, weigerte sich, das Haus zu verlassen, und vernachlässigte Klinik wie Privatpraxis.

»Hätte ich sie nur unblutig operiert! Warum aus Beharrungsvermögen am Alten, Schlechten kleben, wenn man das Gute, Neue schon in den Händen hält!«

Dieser operative Unglücksfall wurde der Markstein in der Entwicklungsgeschichte der Luxationsbehandlung.

Lorenz wandte dem unblutigen Verfahren seine ganze Kraft zu und öffnete nie mehr ein Hüftgelenk.

Das soll nun aber nicht heißen, daß auch seine Schule eine blutige Einrichtung prinzipiell ablehnt. Wo sich irgendwelche Einrenkungshindernisse zeigen, etwa Einklemmung der Gelenkkapsel oder von Weichteilen zwischen Hüftpfanne und Hüftkopf, da scheuen wir vor der offenen Operation nicht zurück, die heute nicht mehr Gefahren hat als jede andere Gelenkeröffnung. Zur Festhaltung des Resultates ist allerdings ein sechs bis neun Monate dauernder Gipsverband nötig.

Nach zwei Jahren hatte Lorenz schon ein paar Dutzend unblutiger Einrenkungen hinter sich, die Nachricht davon verbreitete sich rasch unter Ärzten und Laien über die ganze Welt. Lorenz wollte bei seiner ersten wissenschaftlichen Mitteilung gleich mit einer überwältigenden Zahl von Operationserfolgen hervortreten, ein paar Dutzend waren ihm zu wenig, und daher noch warten. Die kluge Frau Professor aber sagte: »Adolf, es ist höchste Zeit! Patente gibt es keine in der Medizin, tummle dich, daß dir nicht irgendein geehrter ausländischer Gastarzt auf der Klinik das Ganze abschaut und als sein Geistesgewächs präsentiert.«

Das größte Forum für die Mitteilung einer derartigen Erfindung war damals die österliche Sitzung der deutschen chirurgischen Gesellschaft in Berlin. So zog Lorenz im Jahre 1897 mit einigen operierten und geheilten Kindern, durchwegs Mädchen, nach Berlin; die Mädchen reisten wieder unter dem Kommando meiner französischen »Mademoiselle«. Ich war schon zwölf Jahre alt, in der dritten Gymnasialklasse, durfte mitfahren und von der höchsten Bank eines Hörsaales im alten berühmten Langenbeckhaus in der Ziegelstraße zuhören.

Ich bewunderte meinen Vater, der es zuwege brachte, so viele gelehrte und ehrwürdige Urwaldvollbärte durch den Zauber seiner Rede für eine halbe Stunde in Spannung zu halten, ich bewunderte auch den Parademarsch der kleinen Mädchen, die ich alle von Wien her gut kannte. Aber ich war wie vom Donner gerührt, als ein alter Vollbart – erst später erfuhr ich, daß es der berühmte deutsche Chirurg König war – sich zur Diskussion erhob und also sprach: »Ich rate Lorenz, auf die Schulbank zurückzukehren, wenn er glaubt, durch seine groteske Stellung den Kopf in der Pfanne halten zu können. Lorenz' Gedankengänge erinnern an die eines Kindes. Ich beantrage, die Diskussion über die Lorenzsche Methode von der Versammlung wissenschaftlich arbeitender Chirurgen überhaupt auszuschließen.«

Lorenz entgegnete: »Es kann nicht hingenommen werden, daß der Diskussion einer Frage, um deren Lösung die Chirurgie sich seit Jahrhunderten vergebens bemüht hat, in einer Versammlung wissenschaftlich arbeitender Chirurgen mit einemmal kein Raum mehr gegönnt sein soll, weil jemand unwahrscheinlich scheinende Heilungen vorführt.«

Durch seine verständnislose Haltung förderte König ungewollt die Abspaltung der orthopädischen Chirurgie von der Mutterwissenschaft; der Kongreß wurde die Geburtsstunde der »Deutschen Gesellschaft für orthopädische Chirurgie«.

Nun begann die große Zeit der unblutigen Luxationsoperationen mit ihrer Nachbehandlung nach der Gipsverbandperiode. Der ganze weite Raum der Lorenzschen Praxis-Wohnung und alle Hände der Assistenten, Gymnastiker und Masseusen wurden für diese notwendige Nachbehandlung eingesetzt, unter der Leitung der dazu besonders geeigneten und tüchtigen Frau Professor. Lorenz propagierte seine neue Methode in allen ärztlichen Versammlungen und auf allen erreichbaren ausländischen Kongressen.

Scharenweise kamen die Eltern mit ihren Luxationskindern nach Wien. Im Lorenzschen Gymnastiksaal herrschte babylonisches Sprachengewirr. Alle Idiome der alten österreichisch-ungarischen Monarchie waren vertreten, daneben Englisch, Spanisch, Portugiesisch, alle Balkansprachen und überdies Arabisch, Syrisch und Indisch. Das Organisationstalent meiner Mutter sorgte für den reibungslosen Ablauf der Behandlung so vieler Kinder. Die Schwierigkeit war, da es sich ausnahmslos um Kinder handelte, doppelter Art: pädagogischer – sie ordentlich bei der Stange zu halten – und räumlicher – sie mit ihren Begleitpersonen unterzubringen. Denn nicht nur die Mütter kamen als Begleitung, sondern manchmal die ganze Verwandtschaft, um dem seltenen Schauspiel des Luxationsexerzierens beizuwohnen. Frau Lorenz erfand allerlei lustige Spiele, Lieder und kleine auf die Luxation bezüglich heitere Stegreifgedichte, die sie wie ein Varietékünstler förmlich aus dem Ärmel beutelte, um die junge Schar bei guter Laune zu erhalten.

Die Dankbarkeit der Patienten kannte fast keine Grenzen: nicht nur wurden die für die damaligen Zeiten recht ansehnlichen Honorare pünktlich bezahlt; die geheilten Kranken wollten immer noch ein übriges tun. So erhielt mein Vater einmal zu seinem Geburtstag einen silbergetriebenen Lorbeerkranz; auf jedem der ungefähr achtzig Blätter war der Name einer Luxationspatientin eingraviert. Der Kranz, in einer schwarzen Schachtel mit Glasdeckel, hängt heute noch als Prunkstück an der Wand meines orthopädischen Behandlungsraumes, und ich erkläre den Patienten ehrfürchtig seine Geschichte.

Weit berühmt waren die Nikolofeste, die meine Mutter alljährlich den Luxationskindern in den Privaträumen gab. Berge von Geschenken für jedes Kind waren im großen Ecksaal aufgetürmt. Der Raum war, wie bei einer Bühne, durch einen Vorhang abgeteilt. Tat er sich auseinander, so wurde ein weißbärtiger Nikolo in vollem Bischofsornat sichtbar und neben ihm stand ein schauerlicher, rotzüngiger, kettenklirrender Krampus. Der Nikolo war meine Tante Ernestine Lecher, vor deren uneinnehmendem Gesicht ich mich als kleiner Bub schreckte, wie in diesem Buch schon erzählt wurde. Warum gerade sie? Weil sie eine hochgebildete, polyglotte Frau war und so viele Sprachen kannte wie die Apostel des Herrn, nachdem die Flammen des Geistes sich auf ihnen niedergelassen hatten. Sie sprach nebeneinander Deutsch, Französisch, Englisch, Italienisch, Magyarisch und jenes Misch-Slawisch, das eine geborene Brünnerin mit der Muttermilch einsaugt.

Ihre vielsprachigen, salbungsvollen Nikoloanreden hielt meine Tante zu sanfter, melodramatischer Klavierbegleitung meines Klavierlehrers Professor Schneider, von dem auch schon die Rede war.

Diese Lorenzschen oder besser Frau Lorenzschen Nikolobescherungen erlangten ebensolche internationale Berühmtheit wie die Erfindung ihres Gatten. Schon längst geheilte Kinder wurden eigens dazu wieder nach Wien gebracht, unter dem Vorwand weiterer Nachbehandlung, tatsächlich aber nur, weil es der heißeste Wunsch der Kinder war, noch einmal daran teilzunehmen. Das Reisen in dem billigen und paßlosen Europa war eben damals noch eine Kleinigkeit und ein Vergnügen.

Möglich waren diese Feiern nur in der fürstlichen Großräumigkeit der damaligen Lebensverhältnisse. Die Lorenzsche Praxis-Wohnung umfaßte alle drei Gassenfronten des Hauses Garnisongasse 3 im IX. Bezirk Wiens. Es war eigentlich keine ärztliche Praxis-Wohnung mehr, sondern ein weiträumiges orthopädisches Privatinstitut.

Als sich immer mehr Ärzte aller Länder mit der Orthopädie zu beschäftigen begannen, nahm der Strom der Luxationspatienten natürlich langsam ab, ganz versiegt ist er aber bis an Lorenz' Lebensende nicht. Immer wieder gab es Eltern, die ihre Kinder nur den Händen des Altmeisters anvertrauen wollten. Die Krönung seines Weltrufes auf diesem Gebiet brachte der Tag, an dem Lorenz einen Brief vom Inhaber des größten Fleischverarbeitungsbetriebes Amerikas, Mr. Ogden Armour, erhielt: Ob er geneigt wäre, zur Operation seines einzigen, an angeborener Hüftverrenkung leidenden Töchterchens herüberzukommen? Das war der Anfang von Lorenz' amerikanischer Laufbahn, die ihre Höhe erst nach seinem 70. Lebensjahr erreichte, zu einer Zeit also, wo die meisten entweder schon tot sind oder sich von ihrer Lebensarbeit zurückgezogen haben.

Lorenz arbeitete an dem Ausbau seiner Methode unermüdlich weiter, er erfand Hilfsoperationen, sogenannte palliative Verfahren, für jene unglücklichen Kinder, bei denen aus Trägheit oder Unwissenheit von Eltern und Ärzten die kritische Zeit der Einrenkung verpaßt worden war. Das war ein Umstand, der Lorenz immer wieder zu Wutausbrüchen treiben konnte: Vor einem Jahr wäre die unblutige Einrichtung aller Voraussicht nach noch möglich gewesen, das hübsche Mädchen normal geworden, statt sich nun zu einem Krüppel auszuwachsen. Lorenz war merkwürdig konservativ. Kinder, die noch nicht laufen konnten, rührte er nicht an, am liebsten operierte er bei einem Alter von zwei bis vier Jahren, wenn zur Diagnose nicht mehr das ihm unsympathische Röntgenbild nötig war, sondern das Watscheln des Kindes das Leiden klinisch offensichtlich machte. Darum war er einmal auf mich sehr böse, weil ich ein sechs Monate altes Mäderl, die Tochter eines berühmten russischen Tänzers, operierte.

Die Radiologie des Säuglings-Hüftgelenkes war damals noch nicht ausgebildet. Um sich bei den noch knorpeligen, kalksalzlosen Gelenkteilen über die tatsächlichen Beziehungen zwischen Hüftkopf und Hüftpfanne im Röntgenbild klarzuwerden, mußte man erst ein System komplizierter Hilfslinien erfinden, deren keine völlig verläßlich ist. Aber es war nur die logische Weiterführung der Lorenzschen Idee, als man daranging, auch bei Neugeborenen vorsichtig die Abspreizung zu versuchen, ohne Schmerz für das Kind und daher auch ohne die Notwendigkeit einer Narkose. Und siehe da: es ergab sich, daß bis ungefähr zum zweiten Lebensmonat luxierte Hüftgelenke sich mühe- und schmerzlos ein- und wieder ausrenken ließen!

Das war der Beginn der Früh- und Sofortbehandlung der Hüftverrenkung – wohl der größte Fortschritt der modernen Orthopädie, weil hier die Vorbeugung an Stelle der, wenn auch unblutigen, Operation tritt. Wir haben inzwischen gelernt, auch aus dem Säuglingsröntgenbild die Hüftverrenkung zu erkennen, deren wichtigstes diagnostisches Symptom aber das »Einrenkungsphänomen« ist, das hör-, fühl- und sichtbare Einschnappen des Kopfes in die Pfanne. Wenn der krankhafte Zustand im frühesten Alter, womöglich gleich nach der Geburt, erkannt und durch Spreizlagerung des Kindes in einer »Gipslade« behandelt wird, noch bevor das Kind sich auf die Beine stellt und den Zustand durch Belastung des ungestützten Hüftkopfes mit jedem Schritt verschlechtert, kann nach wenigen Monaten in der Gipslade die Heilung erreicht werden.

Diese Verbesserung des Lorenzschen Einrenkungsverfahrens ist nicht fertig einem einzelnen Kopf entsprungen, wie die gewappnete Pallas Athene dem Haupt des Zeus, sondern durch schrittweises Zusammenarbeiten vieler Forscher zustande gekommen. Aber die Lorenzsche Idee der Retention in rechtwinkeliger Abspreizung ist dabei grundlegend geblieben. Er hat die Neuerung gerade noch erlebt und zur Kenntnis genommen, ohne ihre segensreichen Auswirkungen in den letzten Jahren mehr sehen zu können.

Lorenz verwies stets darauf, daß er die Luxationskinder der ganzen Welt, gleichgültig, wo und von wem sie operiert wurden, für sich in Anspruch nehme. Es war ihm, dem begeisterten Verehrer weiblicher Schönheit, eine besondere Genugtuung, durch seine Entdeckung die Verkrüppelung so vieler zur

Schönheit geborenen und nur durch einen teuflischen Scherz der Natur gehemmten Mädchen verhindert zu haben. Die Luxationsheilung war das Feuer, das ihn bis zu seinem Ende durchglühte. Als Neunziger noch verfaßte er für seine Geburtstagsfeier, von der noch die Rede sein wird, das nachstehende Gedicht, das diesen Abschnitt beschließen möge:

Mein Begräbnis

Wenn ich dereinst zu Grabe fahre,
in meinem x- und x-igsten Jahre,
so ist's mein hoffärtiger Wunsch:

Zwölf Jungfrauen müssen die Bahre tragen.
Nicht Kaiser, nicht Könige können sagen,
daß ihnen wurde gleiche Gunst.

Die Mädchen tragen ihre Last
mit festem Schritt und ohne Hast
und spenden *so* mir Trost.

Die Jungfrau'n sind besond'rer Art.
Choncita, Mary, Hildegard,
sie kamen zu danken aus fernstem Land.

Die Hüften, prall und rund geschwungen,
– dem Schöpfer ist's nicht besser gelungen –
verdanken diese Jungfrau'n *mir*.

Ganz ohne Leid war's nicht errungen;
ihr habt die Schmerzen leicht bezwungen.
Der Lohn des Lebens seid ihr mir.

Ich danke euch, ihr lieben Kinder.
Verzeihe Gott mir argem Sünder,
ob einer einzigen guten Tat.

Nur Heinrich von Meißen,
dem »frouwen-lob«,

nach seinem Tod
von Frauen getragen,
ward gleiche Huld
durch Frauenkult.
Er sang zur Leier. –
’s ist ungeheuer
leichter, Frauen zu charmieren
als ihre Hüften zu kurieren.

Lolita, die Dollarprinzessin

Lolita Armour, vergilbendes photographisches Erinnerungsbild!

Zweimal reiste mein Vater von Wien nach Chicago, zur Operation und, ein halbes Jahr später, zur Anlegung eines zweiten Gipsverbandes. Man bedenke: Einen Modearzt über den Ozean zu rufen, nur zur Anlegung eines in einer Viertelstunde beendeten Gipsverbandes! Jedenfalls ein millionärmäßig-kostspieliges Unternehmen.

Aber wie war es mit der so nötigen Nachbehandlung? Dazu sollte Lolita, so wurde beschlossen, zu uns nach Altenberg kommen und das Nützliche mit den Annehmlichkeiten eines schönen Landaufenthaltes verbinden.

Die »Dollarprinzessin« – eine wirkliche, nicht die aus der bekannten Operette, von der in diesem Buch auch noch die Rede sein wird – kam nach Altenberg, gefolgt von ihrem Stab und Troß.

Der bestand aus dem verantwortlichen Minister, Miss Piller, die mit ihrem scharfen Hakenprofil aussah wie der leibhaftige Feldmarschall Graf Moltke in Frauenkleidung, und aus Mrs. Flannegan, einer, wie schon der Name sagt, irischen alten Nurse, die für mehr untergeordnete Dienste bestimmt war. Dann war da der kohlschwarze Zwergbully Snobby – als Hofnarr gewissermaßen –, und zur Lokomotion und für Ausflüge wurde ein fesches Wiener Fiakerzeugl dauernd gemietet, dessen zwei spritzige Jucker-Schimmel im langsam verödenden Lorenz-Stall untergebracht wurden. Dazu gehörte ein echter Wiener Fiaker mit »Pepita«-Hose, einem hochgewichsten Schnurrbart und einem »Stesser«, den er auch bei Fahrten in unseren Wäldern unentwegt trug. Er hieß Herr Franz und war in einem Gastzimmer des »Oberen Hauses« untergebracht.

Man sieht, eine ganz stattliche Menage mit Mann und Roß und Wagen. Frau Flannegan wurde ein Teil der Lorenzschen Küche eingeräumt, zur Bereitung der spezifisch amerikanischen Papperln, die Lolita gewöhnt war. Mrs. Flannegan war als Vollblutirin eine fanatische Katholikin, die Lolita, obwohl sie ihr Herzbinkerl war, sonntags kaltblütig im Stich ließ, weil sie da vormittags ins Hochamt, nachmittags zum Segen ins Kirchdorf St. Andrä geführt werden mußte, und zwar, unter dem weitmäuligen Staunen der Eingeborenen, im Wiener Fiakerzeugl, gelenkt von Herrn Franz.

Miss Piller hingegen war eine Intellektuelle, ein High-brow-Typ, ein Mann-Weib nebenbei gesagt. Sie war die Oberaufseherin und nicht mit manuellen Dienstleistungen belastet. Stundenlang saß sie vergraben unter den amerikanischen Zeitungen, die alltäglich in Altenberg eintrafen. Aber in den Zeitungen interessierte sie nur die Welt der Börse. Sie war wie ein Wallstreetbankier auf Urlaub. Andauernd wurde das sonst so ruhige Post- und Telegraphenamt Greifenstein in Atem gehalten durch abgehende und eintreffende Börsentelegramme von und an Miss Piller. Sie war dem Spielteufel der Börse verfallen und muß sich, unter der experten Patronanz von Mr. Armour, ein beträchtliches Vermögen zusammenspekuliert haben.

Manchmal kam sie mit umwölkter Miene zur Mahlzeit, etwa wie ihr Doppelgänger Moltke vor der Schlacht bei Königgrätz. Sie hielt nicht hinter dem Berg mit ihren Börsennachrichten.

»Meine General-Electric-Papiere sind über Nacht stark gefallen, aber nicht nur halte ich sie fest, vielmehr habe ich Kaufauftrag gegeben, sie müssen bald wieder steigen.«

Mein Vater war sprachlos vor Bewunderung und Neid. Wer so was auch könnte!

Dann wieder erschien sie mit dem heiteren Lächeln eines Olympiers beim Essen.

»Anaconda-Copper sind fabelhaft gestiegen; hätte ich nur genug davon in meinem Besitz!«

Uns Altenbergern – es war noch vor der amerikanischen Zeit von Vater und Sohn – gingen die Augen über. Börsenspekulation, noch dazu von einer alten Jungfer!

Der Fiaker, der Herr Franz, war verhältnismäßig unauffällig. Als die fürsorgliche Hausfrau einmal abends sein Quartier besuchte, um nachzufragen, ob alles nach Wunsch wäre, war das Nest leer. Der Gast war aber nicht im Wirtshaus, wie sich durch einen Zufall herausstellte, sondern bei unserer schwarzhaarigen und glutäugigen ungarischen Köchin Margit, die den eminenten Vorteil eines abgelegenen eigenen Zimmers genoß.

Und was war mit der Hauptperson, der Dollarprinzessin Lolita? Die war ein reizendes neunjähriges Mäderl, mit eigenwilliger Stumpfnase, zwei steif wegstehenden dunklen »pigtails« (Zöpfchen) und lustigen, wie blank polierten schwarzen Augen. Von ihrem ehemaligen Hinken war dank der Lorenzschen Operation nichts mehr zu sehen. Anfangs etwas scheu, taute sie in der Atmosphäre von Altenberg bald auf und wurde übermütig-lustig wie ein junges Füllen.

Ihr Tag war von Miss Piller streng eingeteilt in Stunden der orthopädischen Nachbehandlung durch meinen Vater, Stunden der Erholung und des Spieles und Stunden des Unterrichts. Miss Piller bestand darauf, daß nicht nur der Elementar-Unterricht fortgesetzt, sondern auch die deutsche Sprache in den Lehrplan aufgenommen wurde. Ich hatte eben mit einem »Vorzüglich« in deutscher Sprache maturiert und wurde zum Deutschlehrer ausersehen, was mir großen Spaß machte. Mathematik und Physik überließ ich meinem zufällig über die Ferien anwesenden Vetter, Hans Lecher, dem Sohn des Physikers. Er wurde später Professor der Chemie in Freiburg im Breisgau und krümmte sich schon früh zu dem sprichwörtlichen Häkchen, dem Vorboten späterer Meisterschaft.

Miss Piller hatte noch einen Schützling: Snobby, den Zwergbully. Er war, so berichtete sie uns staunenden Dörflern, kein gewöhnlicher Bully, wie man auf den ersten Blick vielleicht hätte glauben können, sondern ein echter Millionärs-Hund. Vor zwei Jahren, auf der Chicagoer dog show, hatte er den schwindelerregenden Preis von 3000 Dollar gekostet!

»Es ist unglaublich, dreitausend Dollar für einen Kö . . .«

»Aber Adolf!«

Miss Piller verstand gottlob (!) nicht Deutsch.

Lolitas Diät überließ Miss Piller der verläßlichen Flannegan, Snobbys Mahlzeiten wurden von ihr persönlich überwacht. Es war eine recht komplizierte Diät.

»Wenn dem Hund in der ungewohnten Umgebung etwas passierte, ich könnte Mr. Armour nicht mehr unter die Augen treten.«

Um Lolita schien sie weniger besorgt.

Es kam die hochsommerliche Badesaison in Altenberg. Überraschend leichtherzig erlaubte die Piller Lolita das Donaubaden, natürlich nur im seichten Wasser und unter dem Schutz von Vater und Sohn Lorenz.

Als wir alle einmal in einer geräumigen Zille von unserer Badeinsel abstießen, blieb der leise quiekende Snobby auf den Ufersteinen ängstlich und ungeschickt herumstolpernd zurück. Die Piller forderte sofortige Umkehr zur Rettung des kostbaren Hundes. Mein Vater sagte: »Lächerlich; der Hund schwimmt einfach die kurze Strecke hinter dem Boot.«

Aber er hatte unrecht. Der Hund stürzte sich zwar in seiner Verzweiflung ins Wasser, aber schwimmen konnte der Arme nicht. Nach Art nervöser Nichtschwimmer, die sich von der Flut nicht tragen lassen wollen, stellte Snobby seinen kleinen Körper senkrecht im Wasser auf und platschte verzweifelt mit den Vorderbeinen, um seinen grotesken unförmigen Kopf über Wasser zu halten.

Bevor er noch langsam versank – unter Panikschreien von Miss Piller –, war ich schon wortlos vom Boot aus ins Wasser geglitten. Die Schwimmhose hatte ich sowieso an. In zwei Tempi war ich bei dem schnaufenden Bully und schwang ihn am Halsband über den Bootsrand. Nach Hundemanier besprühte er zunächst durch kräftiges Beuteln alle Passagiere, aber die Piller merkte nichts davon: »Oh my snobby, my precious little pet! Please nobody breathe a word to Mr. Armour, he would sack me right away.«

Es war natürlich nicht leicht, meinen Vater von laut geäußerter spöttischer Kritik zurückzuhalten.

Wenige Jahre später hatte ich an gleicher Stelle den des Schwimmens unkundigen Wolfshund unseres Freundes, des Dramatikers Karl Schönherr, aus der Donau zu retten, bei einem Wolfshund von der Größe eines Kalbes ein schwieriges Unterfangen. Seither bin ich von der Ansicht geheilt, daß jeder Hund von Natur aus schwimmen könne.

Der Armour-Troß lebte sich bald ein in Altenberg. Herrliche Wochen des Donaubadens, der Wienerwaldausflüge in zwei Zeugln – dem Fiaker Lolitas und dem Lorenzschen Gespann – vergingen im Fluge. Laut weinend nahm Lolita im Herbst Abschied. Viele Jahre später habe ich einmal ihre Photographie erhalten, die einer schlanken, eleganten jungen Dame mit dem Kindergesicht meiner einstigen Schülerin Lolita. Sie ist längst verheiratet; wiedergesehen habe ich sie nie, auch nicht während unserer langen Aufenthalte in Amerika.

Die Glutaugen unserer Köchin Margit waren tränennaß beim Abschied, aber nicht wegen Lolita, sondern des Herrn Franz wegen. Rasch nahm sie besorgniserregend an Umfang zu und verließ das Haus Lorenz überstürzt, um gerade noch zur rechten Zeit den Herrn Franz zu heiraten.

Souvenirs

Die heute geradezu traumhaft anmutende Herrlichkeit des entschwundenen »Zeitalters der Sicherheit« zeigte sich auch auf dem weihnachtlichen Gabentisch von Lorenz. Damals war es noch üblich, daß dankbare Patienten ihren Heiler beschenkten, ganz abgesehen vom Honorar, das sie mit Selbstverständlichkeit zahlten. So bog sich allweihnachtlich Papas Tisch unter den Gaben: Da standen in ausgerichteter Linie ganze Batterien von französischem Champagner, Bordeaux- und Rheinwein, erlesene Liköre, Fruchtkörbe voll exotischen Obstes – zu dem damals noch die Banane zählte –, lagen ganze Ketten von Fasanen und Rebhühnern, die während der Weihnachtswoche unsere tägliche Mahlzeit wurden und uns bald so zum Hals herausstanden, daß die Redensart »toujours perdrix« bei uns keine Phrase mehr war.

Aber wenn man sich auch einmal an einem alten Wild den Magen verdarb, so war das doch ein vorübergehender Jammer jenem gegenüber, den manche andere Geschenke, sogenannte »objets d'art«, auf Jahrzehnte hinaus dem Auge erregten; denn Lorenz' künstlerischer Geschmack war fragwürdig, und trennen wollte er sich von keinem Geschenk.

Man erinnere sich: es war die Zeit des Fin de siècle, eine Periode absoluter künstlerischer Sterilität. Die Wiener »Sezession«, die in bewußter Rebellion gegen das Verstaubte, Alte, neue Bahnen ging, begann sich damals erst zu regen.

Am schlimmsten, weil fühlbarsten, war es im Kunstgewerbe, dessen Greuelprodukte bald unsere Wiener Wohnung und das Altenberger Haus wie Parasiten zu durchsetzen begannen.

Ein großer Teil der Lorenz-Patienten kam damals aus Frankreich, Belgien, der französischen Schweiz. Dort trieb das Kunstgewerbe eben Schindluder mit den großen Plastikern Rodin und Meunier. So erhielt Lorenz eine Alabaster-Aschenschale, auf deren Rand ohne ersichtlichen Grund Meuniers plastische Gruppe ›Das Schlagwetter‹ aufgeschraubt war. In unerbittlich-rechtwinkeliger Kreuzung von Horizontaler und Vertikaler stand da eine bronzene Mutter vor der Leiche ihres ebenfalls bronzenen toten Bergarbeiter-Sohnes. Wollte man die Schale anfassen, so mußte man die trostlose Mutter mit würgendem Zugriff um den Hals fassen, so schwer war dieses objet d'art.

Oder: eine Löschwiege mit Rodins Gruppe ›Der Kuß‹. Die beiden aneinander pickenden und unentwirrbar verschlungenen Körper der Küssenden dienten als Griff, und ich hatte schon als Untergymnasiast stets Scheu davor, die in so diskreter Beziehung Versunkenen durch meinen rauhen Zugriff aufzuschrecken.

Besondere ästhetische Malignität besaßen die zahllosen Geschenke von Beleuchtungskörpern. Da saß z. B. in einer über und über verbronzten Rosenlaube, deren jede Ranke am Ende eine Glühbirne trug, ein skandalös-üppiges, nacktes bronzenes Mädchen von gut einem halben Meter Größe. Die Kunstgewerbler konnten sich nicht genugtun an bronzenen Damen mit zum Platzen prallen Brüsten und Hüften, und solche Damen lagen überall auf Lorenz' Luxusgeschenken motivlos über Uhrgehäuse und sonstige Zweckgegenstände drapiert. Manche dieser nackten Bronzedamen standen auch für sich allein auf Sockeln oder auf Uhren.

Frau Lorenz hatte einen natürlichen guten Geschmack, das war Lecher-Erbteil. Viel zu klug, dem auf seine Bronzeschätze stolzen Gatten offen zu widersprechen, ließ sie gelegentlich besonders hassenswerte objets d'art einfach zu Boden fallen; einmal erwischte ich sie sogar, wie sie einem solchen Gegenstand eine absichtliche Beschleunigung gegen den harten Boden in Gestalt einer unzweifelhaften Wurfbewegung erteilte.

Diese Bronzegestalten hatten die merkwürdige Eigenschaft, sich im Laufe der Jahrzehnte in Luft aufzulösen, zu verschwinden, wie so viele Dinge aus dem Lorenz-Haushalt. Schade! Der akkumulierte Metallwert dieser Geschenke wäre heute bedeutend.

Aber es gab noch einen anderen Abflußkanal für die kunstgewerblichen Weihnachtsgeschenke. Wir hatten seit undenklichen Zeiten einen dienstbaren Geist im Haus, die slowakische Fanni, klein, dürr, lehmfarben, blattersteppig, mit schwarzen, stechenden Stecknadelkopfaugen. Sie war mit Lorenz emporgekommen, still, fleißig, gelehrig, und stahl mit überlegter Auswahl und weiser Selbstbeherrschung. Ihrer Gelehrigkeit wegen stieg sie mit der anwachsenden Praxis zur Gipserin auf und machte als solche die Glanzzeiten der Hüftverrenkung mit. Damals waren die Patienten noch freigebig mit Trinkgeldern, damit verdiente die Fanni zu ihrem Lohn ein hübsches Stück Geld, und da sie sparsam war, hatte sie bald ein schönes Bankbüchel beisammen.

Frau Lorenz wußte um die kleinen Diebereien der tüchtigen Fanni. Wohlgemerkt: Aneignung von Lebensmitteln rechnete man in der Zeit des holden Überflusses nicht zum Diebstahl. Aber es verschwanden auch allerhand Kleidungsstücke, Wäsche und sonstige Gegenstände, und das konnte nur die Fanni gewesen sein. Wenn dabei auch einige bronzene Weihnachtsgreuel mitgingen, bedeutete das für die Hausfrau nur eine Erleichterung. Aber inoffiziell bekam die Fanni in der Familie Lorenz den Spitznamen »die Diebsfanni«.

Eines Tages überraschte die Diebsfanni durch ihre respektvoll vorgebrachte Demission. Sie fühle schon das Alter, sei der schweren Arbeit nicht mehr gewachsen. In aller Stille habe sie sich in der Nähe von Altenberg einen Grund gekauft und darauf ein Haus gebaut, in dem sie den Rest ihrer Tage in Ruhe von ihren Renten zu leben gedenke. Hoffentlich kämen die Herrschaften bald auf Besuch in die neue »Villa Fanni«.

Das taten die Herrschaften auch. Die Villa war voll zusammengestoppelten alten Möbelkrams, aber dazwischen – welch freudige Überraschung! – standen und lagen teils vermißte, teils vergessene Lorenzsche Weihnachtsgreuel in Bronze, Silber oder Textilarbeit; vor allem Bronze war in schwerer Menge da: Busen- und Hüftendamen, fette Amorln, röhrende Hirsche, versilberte Eisbären und schnappende Fische. Daneben Brandmalereien, scheußlich gestickte Tischläufer und eine nette kleine Gemäldegalerie: hauptsächlich nach der Photographie gemalte Dankbarkeitsporträts von Herrn und Frau Professor. Wieviel Lorenzsche Wäsche in Schränken und Spinden im Haus der Diebsfanni gelagert war, entzog sich der Beobachtung bei einem formellen Besuch, der keine polizeiliche Hausdurchsuchung war.

Der Besuch wurde nicht wiederholt. Die brave, fleißige Diebsfanni genoß nicht lange ihr Rentnerdasein in ihrer Villa; sie starb bald, Gott wird ihr die Diebstähle verziehen haben, wie es die Frau Professor getan hat. Der naive Lorenz aber, der alle Menschen für so anständig hielt, wie er selbst war, erinnerte sich wohl dunkel einiger Gegenstände, aber er sagte: »Natürlich, Emma, so bist du, von allen mußt du gleich das Schlechteste glauben; du wirst ihr die Sachen geschenkt und darauf vergessen haben.«

Die Gattin schwieg weise.

Barocker Bauherr

Das kleine Dorf Altenberg, am äußersten Ortsrand des Tullner Feldes, ist ein typisches Straßendorf. Es besteht eigentlich nur aus einer einzigen, vom Waldrand der Wienerwaldberge bis zum Waldrand der Donauauen hinabreichenden geraden ungepflasterten Gasse. Ungefähr in der Hälfte ihres Verlaufes wird sie senkrecht gekreuzt von der Bezirksstraße Kritzendorf – St. Andrä-Wördern, so daß der rohe Plan des Dorfes annähernd ein Kreuz darstellt, mit senkrecht aufeinandertreffenden Armen, die das Dorf in vier Viertel teilen. Der Südwestteil gelangte allmählich in Lorenz' Besitz, so daß ihm, grob gerechnet, ein Viertel von Altenberg gehörte.

Mein ursprüngliches »Vaterhaus«, das, wie schon erzählt, aus dem Umbau eines Bauernhofes hervorging, war ein anspruchsloser, bürgerlicher Wohnbau, dem Beruf und der Art seines Hausherrn angepaßt. Das ist auch das ästhetische Ziel heutiger Baukunst, war es aber noch nicht im Jahre 1889; damals baute jeder bürgerliche Bauherr so imposant, um nicht zu sagen protzig, wie seine Börse es erlaubte. Das künstlerisch erfreuliche Aussehen des ersten Lorenz-Hauses war ein aus der Not geborener Zufallstreffer, der Lorenz, den Bauherrn, nicht freute, sondern schmerzte. Das Haus hatte keine »Verzierungen«, keinen »Schmuck«, wie ihn die Kunstbarbarei der damaligen Architekten überall anbrachte. Keine Steinvasen, keine Engerln, die Früchte oder Girlanden hielten, keine Statuen und Schnörkel, nichts von dem Firlefanz, den man als »Barock« oder »Rokoko« aus den Kunstbüchern übernahm und bis zum Überdruß verwendete. Das war die Zeit des »Zuckerwerk- oder Gschnas-Barock«.

Es war ein Glück für das Lorenzsche Haus in seiner Urform, daß Lorenz sich damals keinen Architekten, sondern nur einen bescheidenen Landbaumeister aus St. Andrä leisten konnte. Das war ein einfacher Handwerker, wie auch der große Prandtauer, der Erbauer des Stiftes Melk, einer gewesen war, der sich nicht Bauingenieur oder Architekt, sondern nur »Stadtbaumeister von St. Pölten« nannte und die Benennung »Künstler«

erstaunt-bescheiden zurückgewiesen hätte. So schuf auch der kleine Dorfbaumeister aus dem Tullner Feld im Lorenz-Haus, ohne es zu wissen, ein kleines Kunstwerk.

Lorenz erzählt in seiner Selbstbiographie, daß die Aussicht das erste war, was ihm an dem Platz gefiel, und sie ist auch wirklich großartig und lieblich zugleich. Der Grund liegt in den letzten Ausläufern der Alpen, dort, wo sie sich zur Donau hinabsenken. Man übersieht von da die weite Ebene, halbkreisförmig von den Ausläufern des Wienerwaldes umsäumt, bis hinüber zum beherrschenden Kegel des Ötschers, der von Altenberg wie ein riesiger Heuschober aussieht. Im Norden zieht die nahe Donau vorbei mit ihrem breiten dunklen Saum von Auwäldern an beiden Ufern, dahinter die Hügelkette des Wagrams, und an klaren Tagen sieht man die Grenzgebirge gegen Mähren, die Wachauer Berge, den Jauerling und, als weißen Strich am Berghang, das Stift Göttweig. In der Richtung der Ötscher-Aussicht lag eine Glasveranda mit anschließender freier Terrasse. Das wurden rasch die Lieblingsräume der Familie. Die Veranda war licht und von der Sonne durchwärmt und bot freien Ausblick; in ihr oder auf der Terrasse an schönen Sommerabenden zu sitzen wurde schnell zur Gewohnheit.

Kaum aber stand das Wohnhaus, so wurde Lorenz der Raum zu eng. Er hatte immer einen Drang nach Platz, nach Weite um sich. Auf dem offenen Tullner Feld, in einem breiten Tal wie das der Lavant um St. Paul oder in Cortina d'Ampezzo, wo die Bergketten den Abschluß eines weiten Horizontes bilden, war ihm wohl. In einer engen Gebirgsschlucht, wie dem Gesäuse oder gar dem Grand Cañon in Amerika, machte ihn das Gefühl der Beengung unruhig und mürrisch. Auch im Theater, im Omnibus oder auf dem Autositz boxte er stets mit den Ellbogen nach beiden Seiten, um sich Platz zu verschaffen.

Das Südwestviertel Altenbergs, in dessen Mitte Lorenz mit seinem Neubau eingedrungen war, bestand aus vier verhältnismäßig schmalen, parallel gelegenen rechteckigen Grundstücken. Nach Maßgabe seines zunehmenden Wohlstandes, vielleicht sogar ein wenig darüber hinaus, kaufte er im Laufe weniger Jahre seine drei Nachbarn auf, so daß er uneingeschränkter Herr des Südwestens von Altenberg wurde. Die

Hofeigentümer wußten natürlich, wie heiß Lorenz ihre Gründe begehrte, und da so die Nachfrage größer war als das Angebot, waren die Preise entsprechend hoch.

Nun hub eine Orgie des »Zsammreißens« an, wie man niederösterreichisch sagt. Dort, wo die Wogen des öffentlichen Lebens von Altenberg branden, an der Kreuzung der beiden Straßen, stand ein altes Wirtshaus samt Kaufmannsladen. Es war noch ein Kaufmannsgeschäft alten Schlages, das die Begeisterung meiner Bubentage war und in dem man schlechterdings alles kaufen konnte, vom Schuhbandl und Hosenknopf bis zum Peitschenstiel und zur Sense; Petroleum wurde aus einem großen, hochrot gestrichenen Kessel verzapft und der Zucker von hohen Zuckerhüten abgeschlagen, deren Basis mit schwarzem Glanzpapier verpackt war. Schon der Geruch in diesem Laden faszinierte mich. Geheimes Eintreten war geschickt durch einen Haken verhindert, der, über der Tür angebracht, beim Öffnen an eine Bimmelglocke anschlug, welche ein erregtes Alarmsignal abgab.

Gegen das ursprüngliche Lorenz-Haus hin hatte das Wirtshaus eine mit alten Linden bestandene Wirtshausterrasse mit Aussicht auf die Donau. Diese Terrasse mußte Lorenz besitzen; er wollte damit gleichzeitig dem Lärmen fröhlicher Zecher ein Ende bereiten, die weit in die Nacht hinein unter den poetischen Linden feierten. Und so wurden Wirtshaus, Laden und alles, was drum und dran war, zu einem Apothekerpreis erstanden.

Das »Zsammreißen«, das Applanieren aller dem Lorenz-Sitz benachbarten häßlichen Mauern, die den Blick beleidigten, war eine hohe Freude für Lorenz, sie leuchtete ihm in jenen Tagen dauernd aus den Augen.

Aber was für ein Gaudium war es erst für uns Untergymnasiasten von den Schotten, für mich und meine Kollegen! Es ist eine traurige, aber unbestreitbare psychologische Tatsache: Die sadistische Freude am Zusammenreißen, Zerstören, überwiegt beim primitiven Menschen die Freude am Aufbauen. Man beobachte nur einmal das allgemeine Hallo bei der Jahrmarkt- oder Wurstelpraterbude, in der aufgestellte Puppen umzuschießen sind; oder den Jubel, wenn der Clown im Varieté mit kunstvollem Ungeschick recht viel Glas und Porzellan zerschlägt. Wenn schon primitive Erwachsene so sind, kann man von der Zerstörungswut der Kinder auch nichts Besseres erwarten. So bauten wir uns mitunter eine Stadt von kleinen Puppenhütten aus dürren Zweigen und Gras. Aber diese aufbauende Tätigkeit war nur die unerläßliche Vorarbeit für die Hetz des Zerstörens. Mit wohlgezielten Würfen legten wir dann die ganze mühsam aufgebaute Stadtanlage – und zwar, um es schwerer zu machen, aus recht beträchtlicher Weite – in Schutt und Trümmer. Oder wir warfen leere Flaschen in die strömende Donau und liefen johlend so lange am Ufer stromab nebenher, bis wir sie durch Steinwürfe versenkt hatten.

Mein Kurswert unter meinen Gymnasialkollegen stieg, als ich die Nachricht von den Demolierungen in Altenberg verbreitete. Samstag nachmittags kam eine Wochenendtruppe verdächtig aussehender Lausbuben anmarschiert, von meiner Mutter gastfreundlich und ahnungslos aufgenommen. Wie Indianer umlauerten wir die Demolierungsstätte, und kaum war der letzte Bauarbeiter am Samstagfeierabend – einen arbeitsfreien Samstag gab es damals noch nicht – verschwunden, so stürzten wir mit Geheul auf die dem Untergang bestimmten Gebäude.

Aber wozu waren wir humanistisch gebildete Knaben, durchtränkt mit antiker Kriegsgeschichte. Unser primitiver Vernichtungsdrang nahm selbstverständlich humanistisch angehauchte Formen an. Wozu hatten wir in Julius Cäsars ›De bello Gallico‹ davon gelesen, wie der große Römer den edlen Gallier Vercingetorix nach dessen unglücklichem Befreiungskampf in Alesia einschloß und mit allen Mitteln antiker Belagerungskunst, mit Wurfmaschinen und dem »aries«, dem Widder, die Mauern der Stadt umlegte?

Diese Erzählung verwandelten wir, die Gelegenheit ergreifend, mit Bubengenie in holde Wirklichkeit. Ein paar Widerwillige mußten sich zur Rolle der eingeschlossenen Gallier hergeben, ich als Julius Cäsar leitete die Belagerung mit der entschlossenen Tapferkeit und eiskalten Ruhe des antiken Feldherrn. Trame, Bretter, Seile lagen in Fülle umher. Rasch hatten wir einen langen Balken auf Querhölzer gebunden und stürmten nun, vier Legionäre auf jeder Seite die Querhölzer fassend, mit dem improvisierten Widder unter lautem Geheul gegen die Mauern von Alesia, während die erbitterten Verteidiger Schutt und Steine auf uns herabschmissen. Trotz des aus Brettern zusammengestellten Schutzdaches wurden einige meiner wackeren Legionäre an den Beinen verletzt und wir alle in Wolken gelben Staubes eingehüllt. Nach einigen dröhnenden Stößen unseres Widders begannen die Mauern von Alesia – es waren gerade die meiner lieben alten Greißlerei – zu wakkeln, was die Belagerer, angefeuert durch Cäsars hinreißende Schlachtrufe, zur höchsten Anstrengung anspornte, und endlich fiel die Mauer der Festung. Die Belagerer warfen ihr Rammwerkzeug in letzter Sekunde hin und flohen, die Mauer stürzte und mit ihr einige der tapferen Barbaren von ihren Zinnen. Die verstaubten und zerschundenen Gallier wurden sofort gefesselt, um auf dem nächsten günstigen Markt in die Sklaverei verkauft zu werden oder die plebs Romana im Zirkus durch Kampfspiele zu ergötzen.

Dazu kam es aber nicht mehr, hingegen kam, vom Kampfeslärm angelockt, mein Vater und machte dem harmlosen Kinderspiel ein jähes Ende. Eines ist sicher: Lausbuben unseres damaligen Alters haben nicht *einen* Schutzengel, sondern jeder eine ganze Kompanie. Die Verwundeten, Freund und Feind, wurden von meiner Mutter kunstgerecht verbunden und das Spiel der Belagerung von Alesia oder von anderen römerfeindlichen Städten für die Zukunft verboten.

Der Maurermeister aber, der den Abbruch leitete, erschien Montag morgens mit bitteren Vorwürfen: »Dö jungen Herrn ham ma do olls in a Trimmerföld verwandelt, net amal mit an Wogn kann ma heut einifahrn vor lauter Schutt. I muaß jetzt natürli mehr Extraarbeit aufrechnen.«

Neues Leben blüht aus den Ruinen, wie der Dichter so schön singt. Zur planvollen Vorbereitung dieses neuen Lebens brachte im kritischen Zeitpunkt Beelzebub in eigener Person meinen Vater mit einem Architekten zusammen, dessen Name mir entfallen ist, so daß ich ihn auch nicht nennen könnte, wenn ich wollte.

Dem Bauherrn schwebte etwas in der Art vor, wie man es in den Bühnenbildern der großen Mozart-Opern – etwa ›Figaros Hochzeit‹ oder ›Don Juan‹ – sieht oder auf den architektonischen Veduten der Maler des Cinquecento: weite Hallen mit prunkenden Säulenstellungen und schweren Architraven und Friesen, kühnen Bögen und majestätischen Durchblicken – also ganz das, was ein erfolgreicher Facharzt zum Ausdruck seiner Persönlichkeit in seinem trauten Heim braucht.

Dem famosen Architekten kam es nicht in den Sinn, daß das Haus eines Menschen auch etwas vom Geist, von der Art seines Besitzers widerspiegeln solle; es konnte ihm nicht in den Sinn kommen, weil er selbst wahrscheinlich in einer lieblosen uniformen Dreizimmerwohnung hauste, wie der Durchschnitts-Stadtbewohner. Um ein guter Architekt zu sein, muß man selber ein Herr sein, sich einfühlen können in die echten Bedürfnisse des Bauherrn, so wie nur *der* Kammerdiener alle Wünsche seines Herrn vorausfühlt und erfüllt, der sie selbst hat, daher auch selbstverständlich mitraucht von den Zigarren und mittrinkt von den Likören und Weinen seines Arbeitgebers.

Unser Architekt war kein solcher Mitraucher. Er zeichnete, was ihm Lorenz anschaffte, und zauberte einen Palast aufs Papier, dessen Hauptraum nach Lorenz' ausdrücklichem Wunsch eine acht Meter hohe, durch zwei Stockwerke gehende Halle war. Darum gruppierten sich: ein großer Speisesaal, Bibliothek und Sitzzimmer und einen Stock höher wie die Chorkapellen um das Schiff eines Domes kleine Wohnräume, in denen man sich kaum umdrehen konnte. Keinen Schaden, oder nur geringen, konnte unser Baukünstler den Formen des alten Hauses antun, an welches das neue angebaut wurde, nur daß er auch hier äußere Verschönerungen und Verzierungen aus Stuck vorsah, konform mit dem Neubau.

Flüchtig besehen, machte die Zeichnung einen imponierend-protzigen Eindruck mit all den barocken Zutaten, die nur erst leise von den Formen der damals eben aufkommenden Sezession angehaucht waren. Das Architekturstück, das vorerst auf dem Papier stand, mußte ich zu Papas Geburtstag in Brandmalerei auf einem riesigen Holzteller abbilden. Die Mama erschrak, als sie die Wucht und Größe der zukünftigen Walhall, braun eingebrannt auf weißes Holz, vor sich sah. Papa war damals eben zum ersten Male in Amerika, schwamm auf der höchsten Welle seines Ruhmes und telegraphierte nur kurz: »Mit Bau beginnen.«

Damit nahm das Unheil seinen Lauf. Das Haus mit vier Badezimmern, Speiselift aus der Küche bis zu den Mansarden hinauf, Heißluft-Zentralheizung und Azetylenbeleuchtung, von einem eigenen, weitab gelegenen Gasometer gespeist, wuchs rasch in die Höhe. Kaum standen die Wände, so begannen die Innenarchitekten; Wandmalerei, Plastiken und Möbel kamen an die Reihe.

Pompöse allegorische Gemälde – der Maler bleibe namenlos wie der Baukünstler – bedeckten Plafonds und Wände. Man vergesse nicht: Wer damals als akademischer Maler etwas auf sich hielt, hing der alten Wiener Schule, etwa eines Rahl, Schrotzberg oder Jetmar, an, die nur in Allegorien denken und malen konnte.

Auf dem Deckengemälde der Halle stritten Gerechtigkeit, Wissenschaft und Güte gegen Ungerechtigkeit, Unwissenheit und Schlechtigkeit, die alle durch mehr oder minder schöne Mädchen personifiziert wurden, bekleidet mit leicht herabwallenden Gewändern, von denen man bei der anstrengenden Tätigkeit ihrer Trägerinnen stets befürchten mußte, sie würden herabgleiten.

An den Wänden sah man Kindheit, Mannesstärke und Alter der Reihe nach aufgemalt – man sieht, der Maler strotzte von originellen Ideen –, und im riesigen Speisesaal schwebten der Herr Professor Lorenz als Herbst, die Frau Professor als Frühling und Großpapa Lecher als Winter in Lebensgröße an der Decke. Ich genierte mich immer, wenn ich zu der leichtbekleideten Mama emporsah.

Die Pilaster, in welche die Wandgemälde eingerahmt waren, hatten reich vergoldete korinthische Kapitäle, waren aber aus falschem Untersberger Marmor. Dafür hatte die riesige Feuerstelle, in die man ganze Eisenbahnschwellen legen konnte, ein scheußliches und teures Dach aus gehämmertem Kupfer und ebenso scheußliche kupferne Laternen links und rechts.

Nach meiner absprechenden Beschreibung sollte man meinen, daß diese protzige und überladene Kaltwasserheilanstalt, dieses Spielkasino oder Kurhaus, in die liebliche Altenberger Landschaft gesetzt, mir verhaßt gewesen wäre?

Das ist nun so eine Sache um liebe häßliche Häuser, in denen es einem lange wohlergangen ist. Sie sind wie liebe häßliche

Menschen, mit denen man so lange zusammen war, von denen man so viel Gutes und Liebes erfahren hat, daß man gar nicht mehr sieht, wie häßlich sie eigentlich sind. So hing ich an dem unschönen Kasten, weil er meine Jugend war. Wie er im Laufe der Jahrzehnte mit mir verwachsen ist, das merke ich erst jetzt, wo ich mich endgültig von ihm getrennt habe. Hielt das Haus auch ästhetischer Kritik nicht stand, so war es doch das liebe alte Vaterhaus, lebendig gemacht und durchwärmt von Elternliebe und belebt von frohen Kindheitserinnerungen, der sichere Hafen, von dem man ausfuhr, zu dem man dankbar zurückkehrte.

Von hier aus zog ich im Jahre 1914 mit einem prickelnden Gefühl in der Magengrube – denn ich war kein Held – in den Ersten Weltkrieg, während die Mama in Tränen aufgelöst war und der Vater, grimmig seinen Schnurrbart zwirbelnd und fluchend, auf und ab ging: »Es ist unglaublich, so etwas ist im Jahre 1914 noch möglich.«

Nach Altenberg ging's zurück im kotüberspritzten Auto und in atemloser Hast, wenn ich einmal Fronturlaub bekam. Ich sehe noch die letzten Kilometer von St. Andrä her das hell erleuchtete Haus – im ersten Krieg gab's noch keine Verdunkelung – aus den Bäumen glitzern, mit dem ruhigen Licht seiner zahllosen Azetylenbrenner. Rasch hinauf die tückische Kurve der »Skylla-Charybdis« – wie ich sie getauft hatte – mit ihrem drohenden Randstein, die nur jahrelange Übung meistern konnte und an der jeder automobilistische Neuling unweigerlich scheiterte –, und schon fühlte ich mich beim Eintritt ins Foyer vom warmen Hauch der unpraktischen, kostspieligen Luftheizung umfangen, geborgen, gerettet: du bist zu Hause! Der Wagen steht überkrustet von galizischem, slowakischem und ungarischem Kot, von der Parforcetour verschnaufend, vor der Tür. Die Mama sorgt für ein heißes Bad, mein kleiner Bruder bestürmt mich aufgeregt: »Wie viele Feinde hast du getötet?« Mein Vater strahlt mich glücklich an und spricht gestanzte Sätze aus der ›Neuen Freien Presse‹ über Durchhalten und Endsieg, während mir, der ich direkt aus all dem Elend herkomme, die Endkatastrophe schon vor Augen steht.

Und noch einmal Krieg, wieder einmal in anderer, neuer Uniform; nach zwanzig Jahren ist von Kriegsbegeisterung und

Abenteuerlust in mir aber schon kein Fünkchen mehr vorhanden. Keine betrübte Mama ist beim Abschied mehr zugegen, nur der alte, schlohweiße, unbezwingliche Vater zwirbelt wieder seinen Schnurrbart und spricht grimmig sein: »Es ist unglaublich, so etwas ist im Jahre 1939 noch möglich.«

Und wieder muß ich denken: Wie froh war stets die winterliche Heimkehr von unseren Sportveranstaltungen zu Pferd oder Auto, zurück in die »Wärmeburg«, wie mein Vater es nannte! Welch frohe Feste gab's da in dem großen Speisesaal mit seinen drei häßlichen Messinglustern, welch königlich gastfreie Tafel hielt da die Mama Lorenz, wie schön war es, trotz den geschmacklosen Allegorien von Papa, Mama und Großpapa, die notdürftig bekleidet auf uns herunterlächelten!

Die Zeit rauscht dahin. Fremde Menschen sind in dem vielfach unterteilten Haus einquartiert, sie wissen nichts von dem, was einst hier war. Nur das Haus steht stumm und geduldig da, beraubt seiner schönen und häßlichen Möbel; nur die Deckengemälde sind die alten. Im vermoderten Stall ist noch die Grube zu sehen, die mein Pony Bubi im Laufe der Jahre aus den Bohlen ausstampfte. Die große Garagenhalle ist voller Gerümpel. Die Eltern, die Tanten sind dahin, meinen Bruder, der so an Altenberg hängt, haben Berufsumstände weit weg verschlagen.

Ist es zu verwundern, wenn ich heimlich längst verschollene Stimmen aus allen Winkeln und Gängen zu hören glaube, wenn ich das Haus wieder einmal betrete?

Maecenas Atavis Edite Regibus ...

Wie kam mein Vater in den Ruf eines großartigen, an allen Kunstgebieten interessierten Mäzens? Hauptsächlich wohl dadurch, daß er sich im Laufe der Jahre zu einem wahren Auktionstiger entwickelte, der auf keiner Bilderversteigerung fehlte. Dieser Sammeleifer, der besser zu einem Gelehrten und Ästheten als zu dem in künstlerischen Dingen naiven Orthopäden und Allroundsportsman gepaßt hätte, hatte zwei Ursachen. Die erste liegt in frühen Jugenderinnerungen meines Vaters. Eine der frühesten war die an die Werkstätte und die Tätigkeit eines Herrn Bauch in Weidenau. Dieser Herr Bauch war ein »Staffierer«, wie man es damals nannte, ein Vergolder von Rahmen religiöser Bilder, von Tabernakeln und heiligen Figuren. Die vielen goldschimmernden Heiligen, die Engelköpfchen mit vergoldeten Flügeln, die von der Decke schwebten, die barocken Schnörkel und Rollen, verbunden mit dem behaglichen, von einem Bukett fremdartiger Düfte erfüllten Räume, übten eine Faszination auf Klein-Adolfla aus. Der Duft von Öl, Farbe, Leim, Alkohol, Terpentin verband sich mit dem Goldflimmern zu einem unauslöschlichen Erinnerungsbild. Lorenz' sonderbares Bestreben, in seinem Haus in Altenberg eine regelrechte Barock-Kapelle einzurichten, beruht eingestandenermaßen auf dieser Jugenderinnerung.

Die zweite Ursache für Lorenz' Mäzenatentum war seine angeborene, instinktmäßige Vorliebe für das flamboyante, rauschend-theatralische Barock. Diese Neigung zum Barock führte ihn zu den Versteigerungen, die sich in Wien damals besonders mit Barock-Kunstwerken befaßten. Die Teilnahme an Kunstauktionen ist ein Laster wie der Morphinismus. Die Welt der Kunsthändler hält mit tausend unsichtbaren Fäden zusammen, die Versteigerungshabitués werden bald bekannt, ihre Namen und Adressen rasch weitergegeben. So erhob sich auf jeder Auktion ein Raunen und Rascheln, sobald Lorenz eintrat. Alle Köpfe drehten sich nach ihm um. Sein Hauptinteresse galt dem Barockbild, obwohl er in Verlegenheit gekommen wäre, hätte er erklären sollen, worin das Wesen des

Barockbildes liegt. Aber er spürte es. Österreich ist nicht arm an Barockmalern, und da Kremser-Schmidt, Maulpertsch, Troger, Gran, Altomonte, Rottmayr, Strudel und wie sie alle heißen, ihrerseits wieder vielbeschäftigte Schulen und Werkstätten unterhielten, wurde das Land mit einer förmlich bakteriellen Aussaat von Barockbildern überzogen, die Jahrhunderte später in den Auktionen ans Tageslicht traten. So hatte Lorenz auch ohne kunstwissenschaftliche Kenntnisse eine recht hohe Chance, Wertvolles zu erwerben.

Die Barockschwarten kamen in ständigem Zustrom nach Altenberg. Dort gab es zwar viele große leere Wände, aber nach einiger Zeit wurde der Platz doch knapp, wollte man die Bilder nicht geradezu übereinanderhängen.

Immer hatte mein Vater natürlich nicht Glück mit seinen Ankäufen, oft erwischte er auch recht zweifelhafte und beschädigte Stücke, die erst unter der kundigen Hand eines tüchtigen Restaurators manchmal wieder Leben gewannen. Einmal traf Lorenz auf einer Bilderauktion einen Bekannten. Die Auktion interessierte ihn nicht so sehr wie die lebhafte Diskussion mit dem Kollegen, aber da Lorenz seine Äußerungen stets mit temperamtvollen Gebärden unterstrich, wurde sein erhobener Arm, absichtlich oder nicht, vom Auktionsleiter mißverständlich als Zeichen der Lizitation gedeutet, und plötzlich ertönte es: »700 Kronen zum ersten, zum zweiten, zum dritten Mal. Wir beglückwünschen Herrn Professor Lorenz zum Ankauf des zwar etwas beschädigten, aber sehr wertvollen Rottmayr.« Damit hatte er eine riesige, zerknitterte und farbenblinde Leinwand erworben, auf der nur ein undeutliches Gewirr von Köpfen und nackten Beinen auszunehmen war. Aber ein guter Restaurator verlieh dem angeblichen Rottmayr wiederum erstaunliche Farbenpracht und Frische.

Über die Malerei kam der Mäzen Lorenz auf die Plastik und begann »Steine zu sammeln«, wie er sich ausdrückte. Darin hatte er eine glücklichere Hand als mit Bildern. Zwar passierte es ihm gelegentlich, daß er ein paar kunstgewerbliche Greuelstücke miterwarb, aber die waren immer noch verhältnismäßig harmlos gegen die geschilderten Furchtbarkeiten der orthopädischen Weihnachtsgeschenke. Immerhin erinnere ich mich einer Napoleonstatue, die ohne ersichtlichen Anlaß auf einem pyramidenförmigen Stück Bergkristall montiert war – vermutlich sollte es den Felsen von St. Helena darstellen – und überdies auf der umgeschlagenen Hutkrempe »Napoleon Bonaparte« groß eingraviert hatte, offenbar um einer Verwechslung mit dem heiligen Franz von Assisi vorzubeugen.

Aber die barocken Steinplastiken, namentlich auf italienischen Reisen gesammelt, waren nicht schlecht und beleben noch heute den verwilderten Park des verfallenden Altenberg, soweit sie nicht vom wuchernden Gestrüpp überwachsen sind.

Schließlich entdeckte Lorenz auf den Auktionen die eingelegten Barockmöbel, die sich dann in Altenberg wie hochmütige Aristokraten neben den grellen Parvenus neuer Sezessionskästchen und -tischchen ausnahmen.

Noch ein paar Worte über die Porträtkrankheit im Hause Lorenz. Es ist unvermeidlich, daß ein berühmter Modearzt während seiner Tätigkeit mit einem bestimmten Prozentsatz von kranken Malerpinseln zusammentrifft, die ihn als Gegenleistung und zur Vermeidung der Honorarzahlung dankbar porträtieren wollen. Das ist dann stets eine kitzlige Situation. Soll man kalt ablehnen oder sich zum Sitzen hergeben? Das letztere war bei dem ungeduldigen Lorenz ganz ausgeschlossen. Daher mußten sich die Künstler auf ihr Gedächtnis und auf Photos verlassen. Lorenz spielte dabei eine völlig passive Rolle, mit Mäzenatentum hatte das nichts zu tun.

Und so ereignete es sich in ermüdender Wiederholung, daß Lorenz-Porträts – vom Medaillon übers Brustbild bis zu imponierender Lebensgröße, in Wasserfarben, Pastell oder gediegenem Öl – als unerwartete freudige Überraschung ins Haus geschneit kamen.

In einem Punkte waren sie alle dem Urbild überraschend ähnlich, nämlich dem Vollbart, sonst hätten sie die Darstellung eines beliebigen Individuums sein können.

Nun hätte man ja diese Kunstwerke wieder unauffällig verschwinden lassen können, wenn nur Lorenz sich freiwillig von irgend etwas Geschenktem getrennt hätte. Da handelte nun meine Mutter mit großer Umsicht. Die Greuelporträts wurden ganz langsam versetzt, von augenfälligen Plätzen in stillere Winkel und Winkelchen, und verschwanden schließlich unter irgendeinem Vorwand in das »obere Haus«, eines der alten

Bauerngehöfte der Domäne Lorenz, das als Gästehaus vor dem Abbruch bewahrt geblieben war. Das war dann schon sozusagen die Verbannung nach Sibirien. Wer dorthin verschwindet, der taucht selten wieder auf.

Aber ein paar dieser Kunstwerke taten es doch; bei der »Diebsfanni«, die in diesen Blättern schon vorkam, fanden sich drei Lorenz-Porträts wieder. Sie waren bestimmt Geschenke der Frau Professor, zum Unterschied von den vielen anderen Beutestücken, die aus dem Lorenz-Haus in ihre »Villa« hinübergefunden hatten.

Der einzige plastische Porträtgreuel in unserem Haus war eine anspruchsvolle Marmorbüste von Lorenz mit malerisch umgeworfenem Bronzemantel, die – vom Bart abgesehen – nicht die geringste Ähnlichkeit mit dem Original aufwies. Die Büste war gewissermaßen als Eckpfeiler in der Nische der Hallentreppe aufgestellt.

Eben als Eckpfeiler war sie aber besonders gefährdet, denn wozu ist ein Eckpfeiler schließlich da, als um Stöße gegen die Ecke aufzuhalten? Und so wurde dem unähnlichen Porträtkopf einmal eine der besonders kühn hervorstechenden marmornen Schnurrbartspitzen abgeschlagen. Das störte den Symmetriesinn meines Bruders, und mit Zange, Meißel und Hammer ging er daran, die andere Schnurrbartspitze entsprechend zu verkürzen. Er erwischte bei dieser Friseurarbeit in Marmor als ungelernter Coiffeur etwas zu viel und mußte nun dieselbe Technik auf die andere Seite anwenden. Resultat: Ein ungewöhnlich verkürzter Schnurrbart beiderseits, der dem Porträt die letzte Ähnlichkeit nahm.

Der Hort des Nibelungen

Mein Vater war, wie gesagt, Mäzen und sammelte Bilder, Möbel und Plastiken. Sein Sinn war aber auch auf den Erwerb eines Hortes aus schwerem oder leichterem Edelmetall gerichtet. So ein Hort gleißt und glänzt, das wissen wir aus den alten deutschen Epen, das ist uns neu eingetrommelt worden durch Richard Wagners posaunenreiche Musik, ein Hort erregt des Menschen Gier, jedoch – es lastet auch ein Fluch auf solchen Schätzen. Der Ring des Nibelungen hält keinen Segen.

»Wie durch Fluch er mir geriet, verflucht sei dieser Ring!« tobt Alberich in verständlicher Empörung über die Machtpolitik Wotans und seines geschäftstüchtigen Prokuristen Loge.

Lorenz hatte einen Silberhort gesammelt. Aber er verbarg ihn nicht in einer Höhle, noch schlief er darauf in Drachengestalt, sondern der Hort prangte, alle Blicke auf sich ziehend, auf zwei langen Anrichten, die im großen Speisesaal standen und extra für den Hort gebaut worden waren. Er wuchs und wuchs, teils durch weihnachtliche Greuelgeschenke, teils durch weniger greuliche Ankäufe meiner Mutter bei der längst verschwundenen Firma Rumwolff in der Josefstadt. Da gab es mancherlei Gerät, welches die Pracht jenes in den Schatten stellt, das die beiden Riesen Fafner und Fasolt am Schluß von ›Rheingold‹ vor dem Portal Walhalls einpacken. Da gab es riesige ovale Silberschüsseln, die Griffe Mädchenköpfe mit sezessionistischen Locken, langgestreckte Spargeltabletts, Terrinen von absonderlicher und schreckeinflößender Form, Saucieren, Punschbowlen und Eiskübel mit aufgepickten Silbernixen. Da gab es stachelige Fischbestecke, die niemand gefahrlos gebrauchen konnte, verzierte Salzfässer, gegen die sich das berühmte von Benvenuto Cellini einfach ärmlich ausnahm. Spargelfaßzangen, mit denen niemand einen Spargel fassen konnte, und – die Krone des Hortes – ein Gefrorenes-Service von kleinen Tellern und Löffeln, eine russische Arbeit, das Geschenk eines dankbaren sarmatischen Patienten. Die Teller waren von einem Mosaik bunter Steine überzogen, das tat niemandem weh. Was aber wirklich weh tat, waren die ebenso mit Steinen inkrustierten Löffel, die Zunge und Lippen im Nu zu einer flächigen blutenden Schürfwunde machten, wenn man sie nur einmal sanft ableckte; und dieses absonderliche Instrumentarium war das Mittel- und Prunkstück des Hortes. Betörend leuchtete es aus dem weißen Schimmer des Silbers.

Nun, ein Hort erregt den Neid der Welt, besonders, wenn er offen zur Schau gestellt ist, wozu er aber schließlich einzig taugt, denn wem fällt es ein, ihn durch Gebrauch zu erniedrigen!

Heimlich wuchs das Unheil in langer Inkubationszeit, und dann geschah es.

Ich wohnte damals im alten Trakt des Hauses, die Tür meines Zimmers ging auf den Vorraum hinaus, wo die Wendeltreppe des alten Hauses mündete und jene gußeiserne Bodentür war, vor der ich, wie erzählt, als kleiner Bub die einzige Ohrfeige von meinem Vater empfing und wo ich als Beobachter stand, als mein Vater die widerspenstige Tante Hilda ihrem harrenden Bräutigam, Rudolf Frank, zuführte.

Meine Schlafgenossin war die Bulldogge »Muschi«, anzusehen wie ein richtiger Höllenhund, aber von der Sanftmut eines Lammes. Die arme Muschi litt an dem Erbübel ihrer grausam verzüchteten Rasse, ihre Atmungsorgane waren verkümmert, insuffizient, wie der Mediziner sagt; selbst in Ruhelage konnte sie nur röchelnd atmen, bei Bewegung drohte sie zu ersticken. Solche Leute wie meine Muschi sind schlechte Schlafgenossen. Sie schnarchen nicht nur laut, sondern auch intermittierend. Alle Augenblicke wird man durch das Aufhören des gewohnten Schnarchgeräusches geweckt: plötzlicher Atemstillstand.

»Muschi, was ist dir?«

Aber schon erfolgt wieder die erlösende langgezogene Aspiration, und man schläft erleichtert weiter, bis zum nächsten Atemstillstand.

In einer stillen Nacht erwachte ich durch Muschis auf dem Parkett klappernde Krallen. Sie watschelte grollend zur Tür, legte sich dort lang auf den Boden und fauchte mit schiefgelegtem Kopf prüfend und sachgemäß unter der Türspalte hinaus ins Vorzimmer. Sie schnaubte wie eine überheizte Lokomotive, die Dampf abbläst.

»Muschi, was ist denn, sofort zurück aufs Platzerl!«

Muschi sah sich nach mir um, mit einem schmerzlich-mitleidigen Blick: »Das verstehst du nicht, Herrl, du hast ja keine Nase, aber ich rieche da draußen etwas, was mir nicht gefällt.«

Leider verstand ich sie wirklich im Moment nicht, das kam erst später, zu spät. Dann sprang sie temperamentvoll auf, alle Haare ihres schwarzbraun geströmten Felles gesträubt: »Hau, hau, hau, rhaaa!« Wütend sprang sie nach der Türschnalle und blieb in sie verbissen hängen. Sie handelte als tapferes und kluges Mädchen, sie wußte, daß man Türen an Schnallen öffnet, sie wollte hinaus, wo ihre Pflicht lag.

Man hat mir oft vorgeworfen, ich sei ein schlechter Frauenpsychologe, man führt darauf die Tatsache meiner zahlreichen mißglückten Eheschließungen zurück-, hier muß ich zugeben: Muschis Handlungsweise verstand ich damals wirklich nicht, ich hielt alles für weibliche Hysterie und verwies sie barsch auf ihr Platzerl. Die Nacht war unruhig, einige Male noch wiederholte Muschi ihr sonderbares Gehaben.

Am nächsten Morgen stürzte Tante Hedwig, die Haushalts-Adjutantin meiner Mutter, aufgeregt ins Zimmer, während ich noch im Bett lag.

»Albert, komm rasch, eingebrochen ist worden in unserem Haus, alles Silber ist fort aus dem Speisezimmer, die Gendarmerie ist schon verständigt, wird gleich da sein, schau dir die Bescherung an.«

Ich lief im Schlafrock hinunter. Herr und Frau Professor standen vor den leeren Anrichten. Rätselhafte mißfarbene Fußstapfen bedeckten den Boden. Der Herr Professor wiederholte immer nur kopfschüttelnd: »Es ist interessant, es ist interessant, und das schöne russische Service haben die Hunde auch geraubt, diese Bande!«

Er trat wie ein Sherlock Holmes ganz nahe an die Tische und beugte sich prüfend über sie. Dann, um den Gesamteindruck aus größerer Ferne wirken zu lassen, schritt er langsam nach hinten. »Achtung, Papa, hier liegt etwas, tritt nicht hinein ...« Was aber war es, in das er nicht hineintreten sollte? Ja, wie soll ich es nur sagen?

Berufseinbrecher sind als wahre Künstler abergläubisch. Über Aberglauben läßt sich nicht streiten, Glück ist Glück, und es ist eine aparte Einbrechersitte: Um Glück zu haben, muß man am Tatort den Beweis eines größeren menschlichen Bedürfnisses zurücklassen. Wie man so etwas auf Befehl gleich bei der Hand hat, weiß ich nicht. Aber vielleicht liegt darin eben die Kunst. Ein Einbrecher muß vielseitig sein.

»Verflucht, diese Schweine, nicht nur, daß sie mich ausrauben, hersch ... müssen sie auch noch!« sagte der Herr Professor, bestrebt, die naturgegebene Form des Unaussprechlichen nicht zu zerstören.

Sie hatten es wirklich sachgemäß und mutig gemacht. In das vollbewohnte Haus waren sie eingedrungen. Im Parterre liegt das selten benützte Sommerspeisezimmer mit schwervergitterten Fenstern und Türen auf die Lindenterrasse hinaus. Dort hatten die Wackeren mit ihren geräuschlosen (weil mit Fetzen umwickelten, wie sich später herausstellte) Brecheisen und Hebeln das kunstvoll geschmiedete Gitter zurückgebogen, als ob es aus dem Draht einer Mausefalle gemacht gewesen wäre, und waren durch die Kapelle über die alte Stiege, vorbei an meiner Tür, durch den Salon ins Speisezimmer geschlichen. Sie wußten offenbar genau, wo der neidliche Hort gehortet war.

Ich griff mir an den Kopf. »Muschi, du brave, gescheite Muschi, natürlich, an unserer Tür sind sie auf leisen Socken vorbeigeschlichen, zum Greifen nahe, aber ich mit meinen stumpfen Sinnen habe nichts gemerkt. Wie wären sie gerannt, wenn die schreckerregende Form der wütenden Muschi samt meiner Wenigkeit ihnen in die ungeschützte Flanke gefallen wäre! Treppenwitz, afterthought!«

Muschi wurde an den Tatort geführt. Für die Ausgeburt schmutzigen Aberglaubens hatte sie nur einen kurzen, oberflächlichen Schnüffler, gefolgt von einem herzhaften Nieser, hingegen vertiefte sie sich lange und sachgemäß in die Fußspuren, in denen sie ihre platte Nase noch platter drückte und herzzerreißend dazu stöhnte. Dann lief sie aufgeregt und ziellos im Zimmer herum, ließ die richtige Sammlung vermissen und wurde abgeführt.

»Jedoch die brave Polizei eilt wie gewöhnlich rasch herbei«, singt einer unserer deutschen Klassiker. So waren auch zwei uns wohlbekannte Gendarmen aus St. Andrä bald zur Stelle, in Begleitung der Polizeihündin Freia, die sachverständig und kritisch aussah und ein kühl-abweisendes, hochmütiges Benehmen bekundete. Sie wurde uns namentlich vorgestellt und beantwortete meine höflichen Begrüßungsworte nur mit einem unfreundlichen »Grr ...«, wobei sie eine Lippe graziös hob und mir ihre tadellos geputzten weißen Zähne zeigte.

Die aufgeregte, unzusammenhängend schwatzende Tante Hedwig wurde zur Ruhe verwiesen wie früher die Muschi, und ich gab eine kristallklare, kritische Anamnese des tragischen Geschehens, Muschis nächtliches Benehmen nicht vergessend.

Die beiden Fachmänner dankten und begannen untereinander ihr Konsilium.

»Waßt, Franzl, aufn erstn Blick schaut ma dös aus wia a Arbeit vom Zwischkocill, net? Besonders die Verunreinigung, das hat er gern.«

»Aba gar ka Idee«, erwiderte der zweite. »Wegn dem bißl hinsch ...? Dös macht do a jeda, und i wer dir was sagn, was d' wissen solltest: Der Zwischkocill, der hat ja seit der letzten Gefängnisstraf umgsattelt, der is ja jetzt beim Eisenbahndiebstahl in Nordböhmen tätig, waßt, auf dö Bäderzüge nach Karlsbad und so. Viel eher, nach dem Ausspionieren und Fensterbrechen schauts ma aus wia a Arbeit vom Banecka.«

»Aber wo, der sitzt do seit zwa Johr in Stein.«

»A so, wern ma halt segn. Freia, such Spur!«

»Freia, die Holde, Holda, die Freie«, die im ›Rheingold‹ von den beiden Riesen gegen den Nibelungenhort eingetauscht wird, stand unbeteiligt und hochmütig daneben wie ein Polizeiinspektor, der sich nicht einmischt, während seine untergebenen Agenten die Routinearbeit verrichten.

Mich erregte die geheime Beziehung zwischen dem Namen des Hundes Freia und dem Nibelungenhort. Wird die Holde die Verbrecher finden?

Der Anruf: »Freia, such Spur!« wirkte wie ein Zauberwort auf den gut geführten Hund. Und seine hündischen Detektivmethoden waren den menschlichen himmelhoch überlegen. Freia schnupperte oberflächlich, viel nachlässiger als eben vorher die gründliche Muschi, im Zimmer herum, rannte dann zur Tür und sprang an ihr hoch, mit funkelnd lachenden Augen uns die Aufforderung zublitzend: »Hinaus ins Freie, ich weiß schon alles, was ich wissen muß!«

Ich stürzte hastig in meine Kleider und der davoneilenden Freia nach, hinter der die beiden Hüter des Gesetzes trabten. Sie nahm ihren Weg ohne Zögern, mit der Nase am Boden, jene historische Altenberger Straße hinab, auf welcher der Herr Hofrat seinerzeit vor den Kühen geflohen war, durch den Durchlaß der Franz-Josefs-Bahn, wo mein Vater und sein Schwager Frank ihre vergeblichen Bändigungsversuche an Bubi, der Bestie, versucht hatten – hinein in die Donauauen, ins dichteste Dschungel, daß wir Mühe hatten, mit zerkratzten Gesichtern nachzukommen.

Der Hund suchte überhaupt nicht, er folgte schnurstracks und unbeirrt seiner Nase. Es war ja auch noch früh am Tage, die Spuren im stillen Altenberg und gar hier in der Au noch unverwischt. Vor einem verfilzten Brombeergebüsch hielt Freia. »Hau, hau, hau«, bellte sie stolz zu uns zurück, »da liegt ja der ganze Krempel!«

Und so war es auch. In drei riesige rupfene Säcke verpackt, nicht unähnlich denen des Fafner im ›Rheingold‹, lag die Diebsbeute unter Schlinggewächs verborgen, fertig zum Abtransport. Viele der Silberschüsseln waren roh zusammengebogen, um in den Säcken Platz zu haben. Den Hort zu berühren, verboten die Gendarmen wegen der Fingerabdrücke.

Es fehlte nur das sarmatische Service. Aber am selben Nachmittag wurden zehn Kilometer stromaufwärts, in Langenlebarn, drei verdächtige Gestalten in einem Wirtshaus von der alarmierten Gendarmerie zur Ausweisleistung angehalten, und siehe da: in einem mitgeführten Rucksack steckte das inkrustierte russische Service, von dem die Frau Professor schon heimlich gehofft hatte, es wäre für immer verschwunden. Von den drei verdächtigen Gestalten wurden im Arrest Fingerabdrücke gemacht, und – Wunder moderner Kriminologie! – sie stimmten überein mit den zahlreichen auf dem gestohlenen Silber. Es enttäuschte mich, daß die Herren Einbrecher die Verbesserung ihrer Situation durch Handschuhtragen bei der Arbeit noch nicht erfaßt hatten.

Bei der Gerichtsverhandlung sah es beinahe wie im ›Rheingold‹ aus. Auf dem Tisch lag der gehäufte Hort kunterbunt durcheinander, als Corpus delicti.

Die drei Herren waren gänzlich unbekannt in der Verbrecherwelt, keine berühmten Sterne, wie unsere Gendarmen vorschnell angenommen hatten, aber nach der Gediegenheit ihrer Arbeit vielversprechende Jünger der Profession. Sie bekamen ein paar Jahre Kerker und sind vermutlich schon längst wieder ihrem Beruf zurückgegeben. Leider hatte ich keine Möglichkeit, sie über ihren so sonderbar geäußerten Aberglauben zu befragen. Erwähnt wurde das Faktum bei der Verhandlung, schien aber auf den Vorsitzenden, als etwas Dazugehöriges, keinen Eindruck zu machen.

Wir Lorenze aber schwelgten in einem Gefühl vollzogener Gerechtigkeit. Es war wie in einem Detektivroman mit gutem Ausgang. Verbrechen und Strafe, Triumph der Gerechtigkeit, jede Schuld rächt sich auf Erden.

Muschi und Freia bekamen von der Frau Professor je eine Knackwurst.

Die Fenstergitter wurden erneuert und verstärkt.

Subtile Aprilscherze

Mama Lorenz war von durchaus heiterer Gemütsart – bei ihrer schweren Arbeitsüberlastung ein erstaunlicher Umstand. Sie hatte geradezu Instinkt für Humor, der auch vor sich selbst nicht haltmachte. Sie konnte sich selbst persiflieren und über komische Situationen, die ihrem eigenen Charakter entsprangen, herzlich lachen. Mit ihrem kleinen Sohne führte sie langdauernde Kindertalkereien auf. Die Mama war eine »witzige Person«. Wenn ich mich als kleiner Bub langweilte, brauchte ich nur zu rufen: »Mama, bitte komm und mach einen Witz«, dann kam sie und machte einen Witz, der sich nicht durch Raffinement auszuzeichnen brauchte, um mich doch restlos zu beglücken.

In fremden Sprachen war sie gänzlich unbewandert. Nicht so in deutscher Literatur, da wirkte die schöngeistige Atmosphäre ihrer Jugend im Lecher-Haus nach. Sie hatte ein phänomenales Gedächtnis, erinnerte sich nicht nur an jeden einzelnen der ausgedehnten Verwandtschaft, sondern auch an alle Patienten, konnte lange Schillersche Gedichte und ganze Seiten aus klassischen Dramen auswendig und war selbst eine fertige Stegreifdichterin in witzigen Knittelversen, eine gute Schauspielerin mit ausgesprochen grotesk-komischem Talent sowie eine gewiegte Bänkelsängerin. Das alles neben ihrer täglichen Beschäftigung als Masseuse, Gymnastiklehrerin, Sekretärin und Buchhalterin. Auch wenn sie noch so müde war, fand sie immer noch Zeit zu allerhand Scherzen, die oft mühsame Vorbereitungen und große Regie erforderten.

Es war Silvesterfeier im Hause Lorenz, in der Wiener Wohnung, ein feucht-fröhliches Silvester; um Mitternacht herum gab es reichlich Punsch und Champagner. Daß dabei einzelne Mitglieder der Gesellschaft hin und wieder unauffällig verschwanden, war Zeichen eines unabweislichen Bedürfnisses der Natur, das man in guter Gesellschaft diskret übersieht. Aber an diesem Abend war der Drang hinaus schon nicht mehr zu übersehen. Der Herr Hofrat, der Großpapa Lecher, mein Vater verschwanden in immer kürzer werdenden Pausen, kehrten aber mit umwölkter Miene und nicht mit den leise befriedigten Gesichtszügen, die in solcher Lage sonst üblich sind, sehr rasch wieder zurück. Die Frau Professor schien davon nichts zu merken, sie blieb die liebenswürdige Hausfrau.

Die Stimmung unter den männlichen Teilnehmern wurde immer unruhiger und gespannter, bis die Bombe endlich platzte. Der Großpapa Lecher, mit seinem finstersten Hieronymus-Holzschuher-Gesicht, sprach schließlich laut zu seiner Tochter: »Emma, es ist ein Skandal; draußen steht ein Kerl, der wird nicht fertig; ich war wiederholt in der letzten halben Stunde draußen, nicht einmal zugesperrt hat er.«

Sensation! Man blickte fragend im Kreis umher. Wer kann das sein? Es sind ja alle da. Auf zum Lokalaugenschein. Wir verzögern unsere Schritte, je näher wir der Tür der Lokalität kommen. Sie ist erleuchtet, das sieht man durch das Glasfenster oberhalb der Tür. Drinnen rührt sich nichts. Wir müssen ihn stören, so peinlich das ist. Schließlich steht er ja schon eine gute halbe Stunde drinnen. Der Großpapa Lecher, als alter Achtundvierziger-Revolutionär, öffnet schließlich die Tür. Der Unheimliche rührt sich nicht.

»Großpapa«, rufe ich, »schau, ihm steht ja Stroh beim Hals heraus!«

Ein Witz der Frau Professor! Sie hatte sich die Mühe genommen, einen Anzug des Gatten auszustopfen, sich den Kopf einer Frisierpuppe zu verschaffen und die Attrappe aufzurichten. Bei näherer Betrachtung erkannte man natürlich sofort, daß es eine Puppe war, aber wer besieht sich schon den Mitmenschen näher, den er in so peinlicher Situation bei unverschlossener Tür überrascht? Nur sekundenlang bleibt sie geöffnet, dann wird sie wortlos oder mit einem erschreckten »Pardon« wieder blitzschnell geschlossen. Damit hatte die Frau Professor gerechnet. Es war ein guter, wenn auch derber Neujahrsscherz, ein Barockscherz, wie ihn die selige Liselotte von der Pfalz gemacht haben könnte, mit der die Frau Professor übrigens auch äußerlich eine gewisse Ähnlichkeit hatte.

Der Hang zu »praktischen Scherzen«, wie das die Amerikaner nennen, wurde bei der Frau Professor noch durch den Umstand gefördert, daß ihr Gatte keinerlei Sinn für den Humor der eigenen Person hatte, was bei einer so markanten Persönlichkeit wie Adolf Lorenz an und für sich schon zu Versuchen reizte, ihn auf harmlose Weise zu frotzeln. Da bot sich denn meiner erfindungsreichen Mutter ein weites Feld der Tätigkeit, auf dem sie ihren Sinn für realistische Darstellung, ihre Meisterschaft der Regie bis ins kleinste Detail prachtvoll entfalten konnte.

Ein guter Scherz muß psychologisch so aufgebaut sein, daß ein Fünkchen von Möglichkeit in ihm enthalten ist, das im ersten Moment täuscht, aber strenger Prüfung nicht standhält. Solche Scherze waren ihre Spezialität.

Es war zur Zeit des Sturmes und Dranges der angeborenen Hüftverrenkung. Die Wogen des Streites für und wider die neue Methode gingen noch hoch und nahmen nach dem Gebrauch der Zeit oft recht persönliche Formen an. Besonders die Gegnerschaft zwischen Lorenz und Hoffa, dem großen Berliner Orthopäden, wurde immer heftiger, obwohl sie sich stets unter der Maske höflichen Lächelns und tadelloser Manieren verbarg. Lorenz, wie alle naiven Menschen, redete gerne und unbekümmert mit sich selbst. Und so ertappte ich ihn öfters, wie er, allein in seinem Studierzimmer sitzend, mit der Faust auf den Tisch schlug und finster murmelte: »Dieser Hoffa, dieser Kerl!« – das hatte die Frau Professor auch gemerkt.

Wie rührend und lieblich ist der Vorfrühling in Österreich! An einem Gründonnerstag, der auf den 1. April fiel – vom Eise befreit waren Strom und Bäche –, machte die Lorenz-Lecher-Familie samt dem unvermeidlichen Herrn Hofrat einen »Osterspaziergang vor dem Tor«, in die Donauauen vor Altenberg hinein, die vom ersten grün-gelben Hauch überzogen waren. Lorenz war ganz erfüllt vom Problem der Luxation und sprach auch auf dem Osterspaziergang von nichts anderem. Wir bummelten auf dem Hochwasserschutzdamm dahin. Plötzlich drehte sich die Frau Professor erstaunt um: »Der Herr Kettner auf seinem Rad, was will denn der von uns?«

Der Herr Kettner, das war der Altenberger Briefträger. In seiner vollen, damals noch prächtigen Briefträgeruniform kam er uns auf dem Damm nachgeradelt. Denn der Herr Kettner war ein fortschrittlicher Briefträger und wandte sich schon früh modernen Transportmitteln zu. Mit unbewegter Miene überreichte er meinem Vater ein Telegramm. Der gab es wortlos an seine Frau weiter. Aus Gewohnheit oder Bequemlichkeit öffnete und las er nie einen Brief oder ein Telegramm selbst. Meine Mutter las stumm die Botschaft, ihre Züge zeigten tiefste Bestürzung. Mit bewegter Stimme: »Da, lies selbst.«

Lorenz riß ihr den Fetzen Papier unhöflich aus der Hand und las laut: »Soeben erfahre Hoffa auf Luxation Patent genommen. Erwarte Verfügungen und Gegenmaßnahmen.« Gezeichnet: unser Familienadvokat.

Der Vergleich zwischen Lorenz und einem homerischen Helden lag nahe: himmelhoch jauchzend in Freude, zu jammerndem Elend zermalmt durch Schmerz, zur Wut eines rasenden Ajax entflammt durch empörendes Unrecht.

Er stieß jetzt nur unartikulierte Laute der Wut aus und stampfte mit seinem eisenspitzbewehrten Stock so heftig auf, daß die Spitze sich im weichen Boden in einem Mausloch fing und blitzschnell so tief in den Boden eindrang, daß Lorenz das Gleichgewicht verlor und taumelte.

Nichts ist für wahre Mannesehre empörender, als in einem feierlichen Augenblick ethisch gerechten Zornes unversehens das Gleichgewicht zu verlieren und zu taumeln oder gar hinzufallen, also ein Bild primitivster Komik zu bieten, deren einfachem Reiz niemand widerstehen kann. Der Mausloch-Zwischenfall steigerte Lorenz' Wut.

»Es ist einfach unglaublich, eine solche niederträchtige Gemeinheit, dieser ...« Nun folgten Kraftworte, deren Wiedergabe der Anstand verbietet.

»Ein Patent nehmen auf eine wissenschaftliche Neuerung, die der ganzen Welt gehört! Dazu noch diese Scheinheiligkeit; überall in der Öffentlichkeit bekämpft er mich wegen der Luxation, und jetzt nimmt er selbst ein Patent darauf – nein, mir fehlen die Worte.«

Auf dem Gesicht der Frau Professor spiegelten sich Bestürzung, Furcht, Mitleid. Mit Trostesworten war sie gleich zur Hand.

»Schau, Adolf, nimm's nicht so schwer, warte ab, was der Advokat rät, wir können sicher Berufung einlegen. Aber ein harter Schlag ist es schon!« Und mit einer Spur von Lächeln fügte sie betont hinzu: »Und das gerade am *1. April*!«

»Ach, zum Teufel mit dem 1. April! April oder Mai – die

Tatsache ist das Ungeheuerliche; was soll ich jetzt tun, ich bin sprachlos vor Wut und Verzweiflung.«

»Na ja, und doch, gerade am 1. April kommt die Nachricht!«

»Da sieht man wieder, wie ein Weib in seiner Unlogik nicht das Wesentliche vom Unwesentlichen unterscheiden kann. Das Datum ist Nebensache, die Tatsache ist das Ungeheuerliche.«

»Aber vielleicht hängt doch die Tatsache des Datums des Telegramms mit der Tatsache seines Inhaltes zusammen?«

Aber Lorenz war blind vor Wut und nahm den Ball der Lösung, den seine Frau ihm geschickt zuwarf, nicht auf.

Die Kohlenaugen des mephistophelischen Herrn Hofrat gingen schon von Anfang an verständnisvoll zwischen Lorenz' Gesicht und der unschuldigen Miene meiner Mutter hin und her.

»Lorenz, Sie san wirklich einzigartig, Sie verdienen gar net so a g'scheite Frau. San Sie ganz blind, merken S' noch immer nicht den guten Aprilscherz? Töchterl, das is wirklich a guata Aprilscherz.«

Man würdige die ausgezeichnete und kostspielige Regie der Frau Professor. Nicht zu Hause, auf dem Schreibtisch, fand mein Vater das Telegramm; der Herr Kettner wurde bestochen, an einem Feiertag in voller Uniform versteckt mit seinem Rad zu warten, bis die Prozession der Osterspaziergänger in der Au verschwunden war, um dann über Stock und Stein nachzusetzen. Eigentlich war es schon ein Amtsvergehen von ihm, sich zu einem solchen Scherz herzugeben, besonders bei der damaligen Würde einer prachtuniformierten Amtsperson, die den letzten Abglanz kaiserlicher Macht ausstrahlte. Dann: ihn zum Stibitzen eines »amtlichen Formblattes«, wie es ein Telegrammformular ist, zu veranlassen und ihm schließlich noch einzudrillen, nicht mit breitem bäuerlichen Grinsen, sondern mit steinerner Amtsmiene die Botschaft zu überreichen – Frau Lorenz wußte ihre Scherze zu inszenieren wie der Reinhardt in Person.

Ein anderer wäre gewitzigt und gewappnet gewesen gegen den nächsten 1. April. Aber Lorenz hatte bis dahin alles vergessen; der Pfeil kam auch von ganz anderer Seite.

Wir wissen, daß Lorenz ein »verarmter Edelmann« war, ein Barockbauherr, voll Stolz auf sein Gschnasbarockschloß, das er zur Verzweiflung meiner Mutter gerne herzeigte. Dazu lud er oft Patienten und Gastärzte von der Klinik samt ihren Damen ein. Wenn die Sehenswürdigkeiten von Haus und Garten, die Malereien und plastischen Monstra besichtigt waren, ging bald der Gesprächsstoff aus, und man stand oder saß in Haus und Garten herum, was aber den Hausherrn nicht störte, der sich einfach zu einer wichtigen Arbeit in sein Studierzimmer zurückzog, seiner sprachunkundigen Gattin die Sorge um die Gäste überlassend.

Einmal geschah es, daß Vater und Sohn Sonntag vormittags hoch zu Roß das Ahnenschloß verließen und in der Skyllakurve beinahe eine dichte Gruppe von ankommenden Besuchern überritten. Lorenz hatte ganz vergessen, daß er wieder einmal großzügig Einladungen ausgeteilt hatte – es war höchst peinlich; Ausrede gab es keine. Aber er winkte sie nur mit königlicher Gebärde weiter: »Sehr erfreut, meine Frau erwartet Sie schon.« Und wir gaben den Pferden die Sporen und stoben zum Tore hinaus, daß der Kies nur so spritzte. Aber so recht froh wurden wir des Rittes nicht, und wir kehrten bald heim, hinein in den Kreis froher Gäste, die um meine krampfhaft lächelnde Mutter versammelt waren.

Aber wie Kriemhild wußte sie ihre Rachepläne zu verbergen und wartete geduldig und lange. Umsichtig und ohne Kosten zu scheuen, bereitete sie alles vor.

Eines Tages – es war der 1. April – lag auf dem Frühstückstisch ein Kuvert mit überzeugendem Aufdruck: Geschäftsstelle der Wiener Kunst- und Naturwanderungen. Das war keine klagbare Fälschung, denn ein solches Institut existierte nicht. Wohl gab es als Neuheit damals die »Wiener Kunstwanderungen«, bei denen fachkundige Cicerones die Wißbegierigen allsonntäglich durch Kirchen und Paläste Wiens führten. Sie waren sehr populär, und Lorenz selbst marschierte da im Winter mit mir oft fleißig mit. Die Zugabe: »und Naturwanderungen« war eine Ausschmückung von Frau Lorenz, um an ihren Gatten mit ihrer Rache für die fremdsprachigen Gäste herankommen zu können. Der Aufdruck war solid, über jeden Zweifel erhaben, als Adresse war eine nicht existierende angegeben. Das Schreiben lautete ungefähr:

»Euer Hochwohlgeboren!
Die Kunstwanderungen und ihr Erfolg sind Ihnen bekannt. Wir wollen die Idee weiter ausbauen und Naturwanderungen mit Kunstwanderungen verquicken. Dazu empfiehlt sich der Besuch künstlerischer Bauwerke draußen, im Rahmen der Natur. Als eines der ersten Objekte dachten wir natürlich an Ihr herrliches Schloß und bitten Sie, im Zuge der Veranstaltung uns beifolgendes Formblatt ausgefüllt zurückzuschicken.«

Auf dem Formblatt standen, säuberlich liniert und mit schwarzen Leisten abgetrennt, erstaunliche Fragen. Verkehrsmittel: Stellen Sie, Herr Professor, einen Extrazug ab Franz-Josefs-Bahnhof zur Verfügung oder ein gechartertes Dampfschiff ab Weißgärberlände? Ab Bahnhof in Altenberg? Omnibusse oder Privatfahrzeuge? Wieviel? Steht ein kunstgeschichtlicher Führer zur Verfügung? Büffet: Kalt oder warm? Nachtmahl (Suppe, Vorspeise, Hauptgericht, Dessert, Bier und Wein)? Irgendein kleines Andenken pro Person? Belustigungen und Beleuchtung nach dem Essen? Musik? Orchestral oder Schrammeln? Heimfahrt?

»Ihrer geschätzten Rückäußerung mit Vergnügen entgegensehend, zeichnen wir schon im voraus bestens dankend

Die Direktion.«

»Ja, um Gottes willen, das kostet ja Tausende, der Transport, die Bewirtung; hast du überhaupt genug Geschirr und Besteck?«

Die Frau Professor hatte eine leichte Abfuhr erfahren. Die Freude am Zeigen seines Besitzes überwog bei Lorenz beinahe die Angst vor den Kosten und Mühen, die im schwärzesten Licht darzustellen meine Mutter nicht müde wurde. Diesmal ließ sie sich Zeit mit der Enthüllung. Lorenz mußte für seine Sünden ein paar Tage lang schwitzen; ich auch, denn ich war nicht eingeweiht.

Wieder kam ein 1. April heran. Kurz vorher hatte sich in Greifenstein-Altenberg ein Verschönerungsverein konstituiert, der die einsamen Pfade unserer umliegenden Wälder mit Bankerln und Ruheplätzen zu verschandeln begann. In diesem Verschönerungsverein erkannte meine Mutter sofort das gegebene Instrument für ihren nächsten Aprilscherz. Plötzlich, zum kritischen Datum, traf ein Brief ein:

»Euer Hochwohlgeboren!
Alle Vorübergehenden bewundern über den Zaun hinweg Ihre herrlichen Parkanlagen mit ihrem plastischen Sandsteinschmuck. Wie schön, denkt sich wohl manches vorübergehende Stadtkind, wäre es, wenn wir in schattigen Alleen, auf den weiten Rasenflächen uns erlustigen, aus den prachtvoll arrangierten Blumenbeeten einen Strauß für die Mutter pflücken könnten!

Euer Hochwohlgeboren! Ein demokratisches Zeitalter dämmert herauf, erinnern Sie sich selbst an Ihre dürftige Jugend! Seien Sie hochherzig und eröffnen Sie Ihren Park dem Sommerpublikum! Nur kleiner Umänderungen bedarf es: Verlegung der Auffahrt zum Haus, eine Anzahl von Ruhebänken, ein Planschbecken sowie ein kleiner Kiosk für Erfrischungen (Schokolade, Zuckerln, Kracherln), der von Ihnen zu betreiben wäre. Denken Sie an Seine Majestät Kaiser Josef, der den Augarten dem Publikum eröffnete! ›Will ich unter meinesgleichen sein, so gehe ich in die Kapuzinergruft‹, sagte der erlauchte Herrscher. Euer Hochwohlgeboren könnten, seinem Beispiel folgend, immerhin am Familiengrab in St. Andrä auf- und abwandeln. Auch könnten Euer Hochwohlgeboren sich hinter dem Haus einen kleinen Privatgarten abgrenzen, in dem Sie ganz ungestört wären.

Einer günstigen Erledigung mit Sicherheit entgegensehend, zeichnet in vorzüglicher Hochachtung

Der Verschönerungsverein Greifenstein-Altenberg.«

Abermals traf der Pfeil das ahnungslose Opfer ins Herz. Die Sache mußte nur vorzeitig abgebrochen werden, weil der mitteilsame Lorenz seinen Grimm und seine Wut jedem, der zuhören wollte, in saftigen Ausdrücken äußerte und Gefahr bestand, daß der Verschönerungsverein Wind bekam.

Mit diesen Aprilscherzen hat die folgende Geschichte nur das »Aufsitzen« gemeinsam, denn weder ereignete sie sich am 1. April, noch war sie als Scherz gemeint, sondern die – allerdings originelle – Rache eines anonymen Lumpen.

Vor dem Ersten Weltkrieg gab es in Wien auf medizinischem Gebiet die Erscheinung des sogenannten »Schleppertums«. Meist waren es Fremdenführer, die solche Schlepperdienste verrichteten, daß heißt, die zwischen ausländischen Patienten, die nicht wußten wohin, und den Spezialisten vermittelten. An sich wäre das nichts Anstößiges gewesen, hätten sie nicht vom Arzt Entlohnung für jeden gebrachten Fall, Prozente vom Operationshonorar verlangt, hätten sie nicht ihre Ansprüche unter Drohungen, dem betreffenden Arzt keine Patienten mehr zu bringen, erpresserisch gesteigert und nicht schließlich die Kollegen des gleichen Spezialfaches wie auf der Börse gegeneinander ausgespielt. Zu ihrer Entschuldigung sei gesagt, daß es auch Ärzte gab, die sich dieser Schlepper gerne bedienten und ihnen manchmal geradezu nachliefen. Es verstand sich aber von selbst, daß kein Arzt, der etwas auf sich hielt, sich mit diesen zweifelhaften Rittern einließ.

Mein Vater haßte die Zutreiber wie die Pest. Aber gerade an seine zahlreiche balkanesische und östliche Klientel hefteten sich die Fremdenführer wie die Zecken an das Wild. Es kam so weit, daß der sonst so milde und gütige Lorenz Patienten zurückwies, die mit Fremdenführern kamen. Einmal ereignete sich dabei ein erregter Auftritt, bei dem Lorenz voller Wut dem Zutreiber etwas derb die Tür wies und dieser sich unter versteckten Drohungen entfernte.

Nun hatte Lorenz eine ausgedehnte Konsiliarpraxis, nicht nur innerhalb der k. u. k. Monarchie, sondern in ganz Europa; eine Konsiliarreise, etwa nach Agram oder Czernowitz, war für ihn durchaus nichts Ungewöhnliches. Deshalb überraschte ihn auch, wenige Tage nach besagtem Auftritt mit dem Schlepper, ein telephonischer Anruf nicht:

»Herr Professor Lorenz? Hier Abteilung Kriegsmarine des k. u. k. Kriegsministeriums. Seine kaiserliche Hoheit Erzherzog Wilhelm, derzeit Korvettenkapitän in der Kriegsmarine, bittet Sie dringendst, zum Konsilium zu seiner kleinen Tochter nach Pola zu kommen. Bitte, Herr Professor, sobald als möglich abzureisen, es scheint sehr eilig zu sein, wenn möglich heute abend mit dem Nachtschnellzug.«

Lorenz war öfters schon zu kaiserlichen Hoheiten in entfernte Garnisonen gereist; warum nicht einmal nach Pola? Er packte also sein Bündel und fuhr im Nachtschnellzug los.

Unterwegs erst stiegen ihm Zweifel auf. In der Hast war er auf den bloßen telephonischen Anruf abgereist, er hatte kein

Dokument, keinen Brief, kein Telegramm in der Hand. Während der Fahrt kam er mit seinem einzigen Coupégenossen, einem Marineoffizier, ins Gespräch. Andere Menschen als Marineoffiziere oder deren Angehörige waren selten zu treffen im direkten Schnellzugswagen Wien-Pola.

»Ich fahre zu Erzherzog Wilhelm, Korvettenkapitän, nach Pola.«

»Erzherzog Wilhelm? Den gibt es nicht in der Marine. Ich muß es wissen, ich bin Personalreferent.«

In Lorenz' Gemüt erhoben sich Katzenjammer und Wut. Er hatte nur mehr geringe Hoffnung. Auf dem Bahnhof in Pola erkundigte er sich mehr der Form halber, als in der Zuversicht, ihn zu finden, nach seinem schattenhaften Erzherzog Wilhelm: Es gab ihn nicht. Er deponierte seine Handtasche und schlenderte planlos in Pola herum, nur *einen* bohrenden Gedanken im Hirn: Wer kann mir diesen niederträchtigen Streich gespielt haben?

Plötzlich zuckte ihm ein Licht auf. Der abgewiesene Fremdenführer! Natürlich, er murmelte ja Drohungen bei seinem Abgang; aber wie heißt er, wo wohnt er, was kann ich ihm denn beweisen? Damit war aber auch der Bann gebrochen: Sagen wir, es war ein netter Wochenendausflug, machen wir einen Abstecher nach Brioni hinüber und fahren abends in Gottes Namen wieder zurück nach Wien.

Nur eine Vorstellung machte ihm noch wochenlang Pein: wie der Fremdenführer hämisch am Portal des Südbahnhofes lauerte und schadenfroh seine Abreise nach Pola beobachtete.

Zweitgeborener

Ich war nicht mehr Knabe und noch nicht Mann, in dem dämmerigen Niemandsland zwischen Matura und Freiwilligenjahr – ein paar kurze, wonnevolle Ferienmonate lang. Keine Last drückte auf meine junge Seele, der Mittelschulfuchtel war ich entwachsen und der militärischen noch nicht untertan: Ich war frei im wahrsten Sinn des Wortes.

Eines schönen Julinachmittags sagte meine Mutter: »Albert, laß die Bräundln vors Kutschierwagerl spannen, wir fahren miteinander ins Tullner Feld hinaus.«

Mir wurde etwas ungemütlich, denn das war das erstemal, daß Mama einen solchen Wunsch äußerte. Entweder fuhren wir alle drei oder noch mehr hinaus, oder sie schrieb, rechnete zu Hause, schaltete in der Wirtschaft oder grub in ihrem Gemüsegarten. Was konnte sie wollen?

Wir fuhren schweigend im kurzen Trab ins goldgelbe, ährenschwere Tullner Feld. Ich war noch zu unfrei, zu jugendlich gehemmt, um sie geradeheraus zu fragen: Mama, was willst du von mir, was bedrückt dich? So saß ich in ganz ungewohntem, starrem, verlegenem Schweigen neben ihr und hielt die Zügel. Wir fuhren über St. Andrä, Wolfpassing, Königstetten, die kerzengerade Apfelbaumallee gegen Tulln. Da hub sie so unvermittelt an, daß ich zusammenfuhr: »Albert, was würdest du sagen, wenn du ein Geschwisterl bekämest?«

Ich hielt unwillkürlich die Pferde an. Ich war wie vom Donner gerührt, weder froh noch traurig, sondern einfach sprachlos. Gibt es so etwas überhaupt, nach vollen achtzehn Jahren? Ich genierte mich für meine Eltern. Sie sah mich mit tränenerfüllten Augen bangfragend an, ein erwartungsvolles, schmerzliches Lächeln um die Lippen. Und da wußte ich nicht mehr, ob ich mich über das kommende Geschwisterl freute oder nicht, ich wußte nur, daß ich meine Mutter, diese tapfere, humorvolle Frau, über alles liebte. Wir fielen uns wortlos in die Arme, ich ließ die Zügel fahren, die Bräundl knabberten an den Zweigen eines Apfelbaumes. Ein Zuseher hätte meinen können, eine junge Frau habe ihrem Gatten ein süßes Geheimnis anvertraut. Ich war ein bißl stolz, ein bißl verlegen, ich war vor meinem achtzehnten Geburtstag.

Mein Vater nahm es nicht tragisch. Er ging stolzgeschwellt herum, wie der Gockel im Hühnerhof. Seinen medizinischen Kollegen gegenüber ließ er es nicht an Anspielungen fehlen, daß er mit sich zufrieden sei, wenn auch natürlich nicht überrascht. Aber bald kamen die bösen Ahnungen des wissenden Mediziners.

Schon wie die Sache anfing, war unheimlich. Meine Mutter war über vierzig Jahre alt. Sie stand wegen eines Myoms unter der Beobachtung des berühmten alten Professors Chrobak, der aussah wie der leibhaftige Sokrates.

»Frau Professor«, sagte er, »Sie nähern sich dem Klimakterium, da gehen dann erfahrungsgemäß Myome von selbst zurück, sie schrumpfen; wir brauchen nicht an Operation zu denken.«

»Ich beobachte das Gegenteil, Herr Professor.«

»Sie täuschen sich, glauben Sie mir; übrigens kommen Sie in zwei Monaten wieder zur Kontrolle.«

»Herr Professor«, sagte Frau Emma nach zwei Monaten, »das Myom ist rapid gewachsen.«

Dem ernsten alten Chrobak entging der Schimmer ironischen Lächelns auf dem Gesicht der Patientin, die ihren Humor in keiner Lebenslage verlor.

»Rapid gewachsen? In der Tat, schau, schau, ei, ei!«

»Gibt's gar keine andere Möglichkeit als die des Myoms, Herr Professor?«

»Ich wüßte nichts anderes. Ein bösartiger Tumor? Ganz ausgeschlossen, ganz verrückt.« Und er schaute betrübt drein wie jeder Mediziner, der vor einer kitzligen Differentialdiagnose steht.

»Würde es Ihnen helfen, Herr Professor, wenn ich Ihnen sage, daß mein Myom ausgesprochene Eigenbewegungen zeigt?«

»Wie, was, das, das wäre ja ...« Meine Mutter nickte lächelnd.

»Ich bin a schöner Geburtshelfer«, rief er erbost und schlug sich mit der flachen Hand an die Stirne. »Aber wer hätte denn an so was denken können!«

»Ein Geburtshelfer vielleicht?« entgegnete Frau Lorenz maliziös.

Lorenz' Gemüt begann sich zu umwölken. Wer es hören wollte, zu dem sprach er über die Gefahren einer späten Schwangerschaft. Von seinen Kollegen wurde er allgemein bedauert.

»Meine Frau ist viel zu alt; wenn das Kind ein spastischer Trottel wird ...«

Spastische Trottel sind jene bedauernswerten Menschen, die man dahintorkeln sieht wie Hampelmänner, mit verdrehten Gliedern und krampfigem Rudern von Armen und Beinen, mit stierem Ausdruck im leeren Gesicht. Der Zustand ist ein angeboren nervenbedingter. Durch irgendein Hindernis, das die Geburt verzögert, entsteht infolge Sauerstoffmangels eine Gehirnblutung mit Ausfall der Nervenfunktion des betroffenen Gebietes. Eine Krampflähmung ist die Folge. Die geistigen Störungen sind dabei das allerschlimmste.

In der schönen Literatur steht zu lesen, wie fürsorglich der Gatte von der werdenden Mutter jeden unangenehmen Seeleneindruck, jeden trüben Gedanken fernhält. Lorenz aber klagte und jammerte laut über die Gefahren der Schwangerschaft, und meine Mutter hatte Mühe, *ihm* Trost zuzusprechen und ihn wieder einigermaßen aufzurichten. Warum die Männer das starke Geschlecht heißen, ist unerfindlich.

Man muß aber auch wieder verstehen: Einem Orthopäden stehen bei einem solchen Anlaß, wie es eine Geburt in späteren Jahren ist, alle schlimmen Möglichkeiten deutlich vor Augen. Die Angst meines Vaters war keine Hypochondrie, sondern stammte aus dem Wissen des Wissenden, das dem Laien natürlich fehlt, auf den sich das Wort des großen jüdischen Komikers Eisenbach anwenden läßt: »Sie hams gut, Sie san blöd.«

Die Geburt fand schließlich ohne Zwischenfall statt. Aber wohl selten ist ein Kind unter so bedenklichen Auspizien zur Welt gekommen. Alle beobachteten mit Mißtrauen und Antipathie das Ereignis. Was zum Vorschein kam, war ein 3½ kg schwerer fester Bub, der sofort nach der Geburt gründlichst auf alle angeborenen Fehler untersucht und von allen Seiten beschnuppert wurde.

Jetzt, als erwachsener Mann, beginnt mein Bruder seine Lebensbeschreibung stets mit den düsteren Worten: »Am Anfang hat man geglaubt, ich bin ein Myom.«

Für mich hatte die sensationelle Geburt meines Bruders noch ein kleines Nachspiel. Ich war Einjährig-Freiwilliger. Am kritischen Vormittag war ich im »Großen Viereck« der Reitschule, in besorgten Gedanken mehr bei meiner Mutter als bei der Sache, als plötzlich unser Stall-Korporal Krecke – merkwürdigerweise ein Weidenauer wie mein Vater – gänzlich unvorschriftsmäßig, einen weißen Zettel in der Hand, ins Viereck herein gelaufen kam und, die Botschaft hochhaltend, rief: »Ulan Lorenz, Se ham a gesunden kleen' Bruder kriecht; hier ist die Telephonnachricht.«

Ich fürchtete, des schweren Bruches militärischer Disziplin wegen, das Schlimmste für Korporal Krecke und Ulan Lorenz, denn in der Mitte des Vierecks stand der gefürchtete Oberleutnant Bernhard von den gelben Fünfer-Dragonern – Gott hab' ihn selig! Aber auch sein steinernes Herz wurde durch die frohe Botschaft patzweich: »Haaalt! Zum Gebet! Der Lorenz hat an klan Bruder kriegt« – und wir verhielten unsere Rösser und erhoben die Linke – wohlgemerkt, laut Reglement der alten k. u. k. Armee die Linke! – zum Gebet an unsere roten Kappen.

So wurde dem kleinen Konrad Lorenz wenige Stunden nach seiner Geburt von der k. u. k. Kavallerie die Ehrenbezeigung erwiesen!

Nachher, als unsere Pferde im Stall versorgt waren, brüllte der Oberleutnant Bernhard: »Alle zu miiir!« Dazu machte er die vorschriftsmäßige Gebärde: Er griff mit der linken Hand auf die rechte Schulter, mit der rechten auf die linke, die Armbewegung des Maronibraters, wenn ihn in den Händen friert, aber in der alten Armee das Zeichen für »Vergatterung«! Er sprach: »Der Lorenz hat an klan Bruder kriegt, zur Feier ladt' er uns heut am Abend alle in die Kantin auf ein Faßl Freibier.«

Ich eilte ans Wochenbett meiner Mutter. Für meinen kleinen Bruder hatte ich keinen Blick, ich war nur um sie besorgt. Meine Tante Hedwig, ihr Personaladjutant, war bei ihr. Mama lag lustig und frisch im Bett. Ich erzählte ihr, was sich auf der Reitschule begeben hatte.

»Hedwig«, sagte Maria Theresia-Mama, »das Bubikatzi (ich war für sie noch immer das Bubikatzi, trotz meiner Stiefel und Sporen und des schweren Pallasch), das Bubikatzi gibt ein Fest in der Kantine zu Ehren seines kleinen Bruders. Telephoniere sofort in die Kantine der Breitenseer Kavalleriekaserne; die Herren wollen doch auch was Warmes essen zum Bier, also freie Würstl mit Kren, zweihundert Paar, wird das genug sein?«

So was sah meiner Mutter gleich!

Als Mutter und Kind dann zu Hause waren, wurden sofort nicht sehr geschmackvolle, aber durch die Seltenheit der Situation entschuldbare Aufnahmen gemacht, auf denen ich in Paradeuniform zu sehen bin, das Steckkissen mit meinem Bruder haltend. Das Bild hieß: »Die beiden Einjährigen«.

Noch ein zweites Nachspiel hatte für mich die Geburt meines Bruders. Ein paar Wochen später war feierliche Taufe in Altenberg. Ich trat, in voller Wichs, zum Rapport an, der Oberleutnant Davidek, der Schulkommandant, nahm ihn ab.

»Sie winsch'n, Lorenz?«

»Herr Oberleutnant, ich bitte gehorsamst um dienstfrei morgen vormittag.«

»Warum?«

»Melde gehorsamst, mein Bruder wird getauft.«

»So, so, getauft, ich hab' gar nicht gewußt, daß Sie israelitischer Religion sind.«

»Nein, Herr Oberleutnant, aber ...« – Ich erklärte.

Er war aber gar nicht so dumm, der Oberleutnant Davidek, er kannte die Familie Lorenz schon lange. Hatte doch mein Vater seine Schwester erfolgreich – und ohne Honorar(!) – an angeborener Hüftgelenkverrenkung operiert. Das erfuhr ich aber erst viel später. Doch seine schützende Hand hielt Davidek von Anfang an, ohne mein Wissen, über mich. Und einen guten Witz konnte er sich nicht entgehen lassen. Er hatte ein goldenes Herz und einen goldenen Humor; als Oberst der Achter-Ulanen ist er gestorben.

Bei der Taufe hielt Lorenz die rosige weiche Wurst – mehr war der spätere berühmte Biologe noch nicht – im Steckkissen gerührt in seinen Armen und sprach erschüttert: »Du armes Kind, wenn du einmal ins Gymnasium eintrittst, deckt mich schon lange der grüne Rasen.«

Der Vater sah ihn nicht nur maturieren, sondern zwei Doktordiplome und Kants ehrwürdigen Lehrstuhl in Königsberg erreichen; spastisch war das Kind also bestimmt nicht.

Unsere Mutter änderte beim Erscheinen des kleinen Prinzen schlagartig ihre ganze Lebensweise. Unsere Altenberger Kaltwasser-Heilanstalt war eben fertig geworden; Mama gab ihre Tätigkeit in der Wiener Praxis auf und übersiedelte nach Altenberg, um sich ganz Konrads Pflege zu widmen, unterstützt von einem Kometenschweif von Kinderfrauen, Windelwascherinnen und Erzieherinnen. Der Bub hat eine prächtige Kindheit gehabt, prächtiger als ich, der ich noch als verhältnismäßig armer Leute Kind geboren wurde. Aber weniger glücklich war ich deshalb bestimmt nicht.

Mein Bruder entwickelte früh eine erstaunliche Zeichenwut, die aber vorwiegend Wassergeflügel – Enten und Gänse – zum Gegenstand hatte. Es ist selten, daß ein Kind so früh die Richtung seiner späteren Tätigkeit kundgibt. Auf Autoreisen, bei denen der Bub, noch viel zu klein, mitgeschleift wurde, hatte die Frau Professor stets eine Mappe mit Zeichenutensilien mit, und wenn wir im Wirtshaus aufs Essen warteten, entfaltete der kleine Konrad eine lebhafte Zeichentätigkeit. Er mußte alle Enten und Gänse porträtieren, die uns im Laufe der Fahrt untergekommen waren, und das war, auf einer Reise durch Mähren und Böhmen etwa, eine ganz schöne Aufgabe.

Ein Tropfen Wermut in dem Freudenbecher eines sommerlichen Altenberger Sonntags war für die ganze Familie Lorenz während der Gymnasialzeit stets mein sonntäglicher Gottesdienst gewesen. Ich war von der Messe bei den Schotten nur dispensiert, wenn ich in unserem Pfarrdorf St. Andrä vor dem Hagentale dem Gottesdienst beiwohnte. Mein Erscheinen oder Fehlen wurde genau kontrolliert, wir hatten einen in der ganzen Kirche sichtbaren Ehrenstuhl. Außerdem war mein Religionsprofessor mit dem Pfarrer eng befreundet. Es war wirklich schwer für mich: Wollte ich in die Frühmesse um sechs Uhr gehen, dann war der einzige Morgenschlaf, den ich in der ganzen Woche hatte, dahin – ich fuhr ja in die Schule nach Wien hin und her –, wollte ich um zehn Uhr ins Hochamt gehen, dann war das ganze Sonntagsvergnügen des Ausrittes mit meinem Vater verpatzt. Ich versuchte einmal den Ausweg, nach St. Andrä zu reiten und das Pferd während des Gottesdienstes im

Wirtshaus abzustellen. Aber mein gestiefeltes und gesporntes Erscheinen in der Kirche wurde als Entheiligung des Gotteshauses betrachtet und gerügt.

Lorenz war wütend und verschwor sich: »Wenn ich je noch ein Kind kriegen sollte, dann lasse ich es nicht katholisch erziehen.«

Das war lange vor Konrads Erscheinen, es war nur eine Redensart, etwa als ob er gesagt hätte: Wenn mir ein Kornfeld in der flachen Hand wachsen wird. Aber – der Lorenz hat's gerufen, der Himmel hat's gehört. Jetzt hatte er den zweiten Sohn.

Und er blieb seinem Schwur treu, verwunderlich bei seiner katholischen Klostererziehung. Er beschloß, mit seinem unmündigen Sohn Konrad Protestant zu werden; dazu begab er sich in ein Gebäude in der Dorotheergasse im 1. Bezirk Wiens. Dort leben protestantische Konfessionen verschiedenster Schattierungen in friedlicher Symbiose nebeneinander, anscheinend ohne in die aus der Geschichte bekannten dogmatischen Streitigkeiten verwickelt zu werden. Lorenz ging unvorsichtigerweise ohne den Schutz seiner Gattin in besagtes Gebäude. Wie in einer Bienenwabe sind dort längs der Gänge die Behausungen der einzelnen Konfessionen aufgereiht. Der eilfertige Lorenz ging, ohne der Aufschrift zu achten, in die nächstbeste Kanzlei, wo er natürlich mit offenen Armen aufgenommen wurde. Der Zufall wollte es, daß er gerade dem Vertreter des unduldsamsten und strengsten evangelischen Bekenntnisses, dem Calvinisten, in die Arme lief. Der war hocherfreut über den unvorhergesehenen Zuwachs seiner verhältnismäßig kleinen Herde, noch dazu einen so berühmten und zahlungsfähigen Zuwachs.

Damit war mein Bruder während seiner Gymnasialzeit der sonntäglichen Messe enthoben. Aber, zu seiner Ehre muß es gesagt werden, er nahm nie das hochfahrende, unduldsame Gebaren der richtigen Calvinisten an, die heute noch stolz sind auf die von ihrem Religionsgründer auf dem Scheiterhaufen dargebrachten Brandopfer; in den New-England-Staaten Nordamerikas kann man heute noch solchen Fanatikern begegnen.

Einen dauernden Vorteil hatte sein Bekenntnis für ihn. Er wurde in einer Weise bibelfest, wie man es heute in katholischen Ländern kaum mehr findet. Und welch herrlicheres Werk der Weltliteratur gibt es als die Bibel?

Daß Adolf Lorenz kein vorbildlicher Pädagoge war, ist dem Leser aus den vorhergehenden Seiten schon hinlänglich klargeworden. Zunehmendes Alter machte ihn zwar etwas milder in der Behandlung seines zweitgeborenen Sohnes, aber ganz ohne Mühsal für Konrad blieben seine erzieherischen Versuche nicht. Als grundfleißiger Mann hatte er einen Abscheu vor Müßiggang. Das Kind sollte immer mit irgend etwas, vorwiegend mit etwas Nützlichem, beschäftigt werden. Wir Lorenz-Buben hatten aber beide einen Hang zum Träumen und Spintisieren, namentlich in den Ferien, und lagen des Sommers gerne auf dem Rücken im Gras, ließen uns vom Getier des Rasens Geschichten ins Ohr zirpen und starrten in den blauen Himmel hinauf.

»Konrad, du Faulenzer, tu etwas Nützliches! Du könntest die Schlinggewächse am Zaun aufbinden oder das Holz schlichten, das im oberen Hof abgeladen wurde«; solche und ähnliche ernüchternde Ermahnungen trafen Konrad, wenn er sich in einem Augenblick der Muße erwischen ließ. Daher verlegte er seine Ruheplätze, wie der Rehbock sein Lager, lieber in versteckte Stellen des Parkes.

Ich war damals schon ein großer Herr, ein Reserveleutnant, und solchen Ermahnungen billigerweise entwachsen. Zugleich aber war ich junger Arzt und so doch Papas mißbilligender Kritik ausgesetzt, wenn er mich im Schatten eines Baumes im Lehnstuhl mit einem englischen Roman statt einem anatomischen oder physiologischen Wälzer in den Händen erwischte. Sein unvermutetes Erscheinen war immer noch mit einem leisen Gefühl der Unlust und des Schreckens verbunden, bedeutete eine Störung; das war schon in den Zeiten des »Bubikatzi« so und blieb es. Daher pflegte ich mich auf alle Fälle der klugen Handlungsweise meines kleinen Bruders anzuschließen und zog mich mit ihm gemeinsam in eines seiner versteckten Ruhelager zurück, hinter dessen verbergendem Buschwerk wir oft unseres Vaters gemessenen Schritt über die Kieswege ganz nahe an uns vorüberknirschen hörten.

Einmal lag ich – kurz nach meiner Promotion, also vollberechtigt – in einem Liegestuhl unter dem riesigen Flügelnußbaum vor unserem Haus in Altenberg, gerade unter den Fenstern des vorspringenden Erkers von Konrads Zimmer. Es war ein brütender Julinachmittag, die Luft flimmerte in der Sonnenhitze, Mensch und Tier ruhten. Durch die offenen Fenster des zweiten Stockwerkes hörte ich meinen Bruder in seinem Zimmer hantieren, wahrscheinlich mit Aquarien oder Vogelbauern. Der Bursch wußte schon früh, was er wollte.

Da tönten, allmählich näherkommend, schwere Schritte aus dem Innern des Hauses die Hallentreppe herauf – die mir so wohlbekannten Schritte meines Vaters – und zugleich Crescendo-Rufe: »Konrad, Konrad, wo steckst du denn?«

Kein Zweifel, er suchte Konrad für irgendeine nutzbringende Nachmittagsbeschäftigung.

Nun ist mein Bruder ein körperlich äußerst gewandter Mensch, ein kühner, schwindelfreier Fassadenkletterer, wozu die überladene Barockarchitektur des Altenberger Hauses mit ihren Vasen, Fruchtgirlanden, Tritonen, vorspringenden Hinterteilen von Putten und schwellenden Brüsten allegorischer Damen ein weites Übungsfeld bot, vorausgesetzt, daß man Vertrauen in die Materialfestigkeit dieser Plastiken hatte. Aber Konrad hatte es einmal zuwege gebracht, als er spät nachts ohne Hausschlüssel in Altenberg eintraf und niemand mehr zu wecken war, über die ganze hohe Fassade des Hauses bis zum obersten offenstehenden Mansardenfenster hinaufzuklettern!

Was tun bei dem drohenden Näherkommen der Stimme seines Vaters? Entschlüpfen in ein Nachbarzimmer war ausgeschlossen. Und so sah ich ihn von unten mit raschen und doch überlegt-abgewogenen Bewegungen aus dem Fenster steigen und ohne einen Augenblick des Zweifelns oder Suchens weitausgreifend mit einer Hand den Hals einer aus der Mauer herausragenden Barockgöttin umschlingen, mit der anderen das Bein eines Puttos umgreifen, während seine Füße auf der strotzenden Büste einer etwas tiefer angebrachten Dame ruhten. So schwebte er frei über dem Abgrund, eng an die Mauer gedrückt, mit ausgebreiteten Armen.

Jetzt war unser Vater im Zimmer. Er trat ans Fenster, stützte sich mit den Händen auf den Rahmen, durch den Konrad Sekunden früher entschlüpft war: »Es ist unglaublich, ich hätte geschworen, der Bub war eben noch im Zimmer; wo steckt er denn jetzt?« Zu mir hinunter: »Hast du ihn gesehen, Albert?«

»Nein, Papa«, dabei hätte er ihn leicht mit der Hand berühren können, so nahe stand er neben ihm. Aber wer kommt schon auf die Idee, jemanden, den man im Zimmer nicht findet, außen an der Hauswand pickend zu vermuten? Es war wie in einem Detektivroman. Ich hatte Mühe, mein Gesicht in arglosen Falten zu halten. Das Bild, das sich mir bot, war zu schaurig-schön und ungewöhnlich. Der ahnungslose Vater im Rahmen des Fensters und zum Greifen nahe daneben sein zweitgeborener Sohn Konrad, in schwindelnder Höhe an die Hausmauer gekreuzigt. Lorenz zog sich brummend zurück, und als seine Schritte in der Ferne verhallt waren, kletterte Konrad mit behutsamen, geschickten Katzenbewegungen wieder ins Fenster zurück.

Diese bemerkenswerte Begebenheit tritt hier zum erstenmal an die Öffentlichkeit, ich habe sie bis jetzt niemandem erzählt. Die Mama wäre mit Recht in Ohnmacht gefallen über Konrads Kühnheit, der lieber zerschmetterte Glieder riskierte, als an einem heißen Julitag die erniedrigenden Sklavendienste zu leisten, die unser Vater ihm zweifelsohne zugedacht hatte.

In dem Maße, als mein Bruder heranwuchs und seine ornithologischen Interessen sich ausbreiteten, nahm er immer mehr von unserem Altenberger Park für seine Teiche und Tiergehege in Anspruch, bis das Ganze aussah wie ein zoologischer Garten. Da er an dem Prinzip der Dressur im Freien festhielt und in Freiheit gezähmte Tiere zwar die Angst, aber damit zugleich meist auch den Respekt vor den Menschen verlieren, konnte es dem im Altenberger Garten Lustwandelnden leicht passieren, daß eine Zibetkatze unversehens aus einem Busch heraus seine Waden attackierte, ein Kakadu sich ihm im Nacken festkrallte oder, wenn er seine Jause im Freien einnehmen wollte, zwei große Kolkraben, die Vögel Wotans, sich aus den Lüften auf das glitzernde Silberbesteck stürzten und einen Löffel oder eine Zuckerzange auf Nimmerwiedersehen entführten.

Konrad Lorenz absolvierte die Doktorate der Philosophie und der Medizin, habilitierte sich als Biologe und wurde erst durch die Weltereignisse vom Königsberger Lehrstuhl vertrieben. Er hatte das Pech, noch am Ende des Krieges – zur Zeit des beginnenden Chaos – einrücken zu müssen und prompt gefangen zu werden. Er wurde seiner Frau offiziell tot gemeldet, aber nach Jahr und Tag kehrte der Totgesagte in Begleitung eines gezähmten armenischen Stars wohlbehalten nach Altenberg zurück. Unser Vater erfuhr noch die Nachricht, daß es ihm gut gehe, aber seine Heimkehr hat er nicht mehr erlebt.

Mein Bruder wird, wie unvermeidlich, allmählich älter, und da ich selbst schon jenseits des Alters bin, wo man sich noch merklich verändert, und wir beide graue Haare haben, werden wir einander immer ähnlicher, trotz des Unterschiedes von achtzehn Jahren.

Freuden und Leiden der Rigorosen

Professor Ernest Fuchs war in der Augenheilkunde so weltberühmt wie Lorenz in der Orthopädie; beide Familien waren eng befreundet. Fuchs junior und ich besuchten gemeinsam das Schottengymnasium und studierten später ebenso gemeinsam Medizin. Wir folgten beide unseren Vätern, er wurde Augenarzt, ich Orthopäde. Ernest Fuchs war bekannt in der ganzen Welt, hatte sie auch bis in die fernsten Winkel bereist. Er wurde in Mexiko wie in der syrischen Wüste von Banditen gefangen, ausgeraubt und wieder freigelassen und war oft wochenlang verschollen, wurde aber immer wieder glücklich gefunden.

Mit seinem fächerartigen, riesigen graumelierten Vollbart sah er wie ein richtiger Rübezahl aus. Er war groß und schlank, wenn nicht dürr; seine Kleider schlotterten an ihm. Nach der Art großer Leute, die viel sitzen und studieren, hielt er sich miserabel. Dazu hatte er eine merkwürdige Art des Ganges. Er schlürfte stolpernd dahin, bei jedem Schritt warf er den Körper scheinbar hilflos nach vorne, und man hatte den Eindruck, daß er nur durch rasches Vorschieben des Fußes sich vor dem Hinfallen schützen konnte. Sein Gang machte den Eindruck der Langsamkeit, aber er war von seinen Reisen her seiner Gewaltmärsche wegen berühmt, bei denen er mit seinem kuriosen Gang alle konkurrierenden Mitläufer hinter sich ließ.

Die Fuchse besitzen in Kritzendorf, etwa fünfzehn Kilometer von Altenberg stromabwärts, ein uraltes Patrizierhaus, in dem sie die Sommermonate zubrachten. An schönen Abenden kam Fuchs öfter, die Hosen vom Knie abwärts mit Staub einpaniert, unversehens nach Altenberg. Der kleine Marsch von fünfzehn Kilometern bedeutete ihm gar nichts. Die Frau Hofrat behielt ihn stets zum Nachtmahl bei uns. Seine Gesellschaft war geistreich und anregend; gegen Damen war er der vollendete Kavalier alten Schlages. Bis spät in die Nacht hinein wurde gezecht.

Dann wäre es wohl selbstverständlich gewesen, daß ich oder der Chauffeur ihn im Wagen nach Hause gebracht hätten. Dazu kam es aber niemals, das wies Fuchs stets energisch zurück.

Aber nicht, daß er etwa die relativ bequeme Bezirksstraße zum Heimweg benützt hätte. Die Straße macht gerade um Altenberg und Greifenstein herum ein Knie, einen Bogen, dessen Sehne in der Luftlinie über die Berge führt, und diesen Rückweg wählte sich Fuchs jedesmal als besondere Pikanterie. In rabenschwarzer Nacht geleitete ich ihn noch zum obersten Gartentürl, wo er im Nu von den finsteren Wäldern verschlungen wurde. Der Mann war damals über siebzig Jahre alt.

Als Prüfer war Fuchs von den Studenten gefürchtet wie ein alt-assyrischer König von den unterworfenen Völkerschaften. Denn er war »streng, aber gerecht«, wie es so schön heißt. Er setzte von den armen Kandidaten voraus, daß sie so viel von der Augenheilkunde verstünden wie er selbst.

Man muß nur wissen, in welch derouter Geistesverfassung sich ein Prüfling befindet. Äußerlich sieht er aus wie ein normaler Mensch, ist aber meist im Seelenzustand eines von Panik ergriffenen Schafes. Dazu blickte Fuchs den stammelnden und schwitzenden Delinquenten mit seinen kalten Basiliskenaugen fast ohne Lidschlag unverwandt an und verzog keine Miene, solange der Erbarmungswürdige sprach, beziehungsweise lallte und stotterte. Andere Prüfer, die ein Herz statt eines Steines im Busen tragen, verraten durch unmerkliches Kopfneigen und -schütteln, durch irgendeine Änderung des Gesichtsausdrukkes, ob der Prüfling auf dem rechten oder einem Holzweg sei – nicht so Ernest Fuchs. Ebensogut hätte man von einer Marmorstatue ein Lebenszeichen erwarten können. Am Schluß erst bewegte sich die Marmorbüste und verkündete mit knappen Worten Verdammnis oder Freispruch, sehr oft, allzu oft, ersteres.

Lorenz, der mildeste aller Prüfer, griff am Familientisch Fuchs seiner Strenge wegen oft in temperamentvoller Weise scharf an: »Du siehst mit Scheuklappen nur auf dein Fach, in dem du jahrzehntelang arbeitest. Aber der arme Prüfling absolviert heute seine Chirurgie, morgen vielleicht Geburtshilfe und Hautkrankheiten und tritt übermorgen bei dir an. Möchte wissen, wie *du* da bestehen würdest, du berühmter Fachmann.«

Wahre Worte! Aber furchtbar peinlich und ungemütlich für mich, dabeisitzen zu müssen, wenn sie geäußert wurden. Wie leicht könnte der strenge Fuchs die Schale seines Unmuts bei meinem Augenrigorosum über meinem Haupt entleeren und so am Sohn seine Unlustgefühle über des Vaters Tadel abreagieren?

Ich zitterte vor ihm wie das Vöglein vor der Kobra. Ich muß zu meiner Schande sagen: Ich ließ es ihm gegenüber an jener bescheidenen stolzen Würde des heranwachsenden Jünglings gänzlich fehlen, die ihn so schmückt; obwohl ich schon Reserveleutnant des 3. Ulanen-Regimentes war, benahm ich mich ihm gegenüber mit altorientalischer bedingungsloser Unterwürfigkeit. Denn ich hatte durch die Familienfreundschaft nichts gewonnen, im Gegenteil; einer, der streng und gerecht ist, wird durch so etwas nicht erweicht. Ein alter katonischer Römer läßt seinen eigenen Sohn vor seinen Augen enthaupten, wenn er schuldig ist.

Einmal, es war vor meinem Augenrigorosum, assistierte ich meinem Vater auf der Klinik bei einer Sehnenverpflanzung an einer gelähmten Hand. Das Fach der Beugesehnen war ober dem Handgelenk geöffnet, die seidenglänzenden gelbweißen Sehnen lagen – ein wirklich schöner Anblick – offen da, ich saß auf einem Stockerl und hielt die Wundränder mit Haken auseinander.

Plötzlich stand die hagere Gestalt des Herrn Hofrat Fuchs mit seinem langen Bart hinter mir, im Straßenanzug; bei den damals herrschenden aseptischen Gebräuchen war es noch möglich, im Straßenanzug den Operationssaal zu betreten. Mein Vater, in die Operation vertieft, hatte ihn noch nicht bemerkt. Ich konnte seine ehrfurchtgebietende Anwesenheit nur durch symbolisches Lüften meiner Sitzfläche vom Stockerl quittieren. Endlich machte sich Fuchs bemerkbar: »Ich hätt' nur eine kleine Frage, Lorenz. Ich wart', bis du fertig bist, darf ich zuschaun?«

So milde konnte der Gefürchtete sprechen, wenn er wollte. Als er auf das Paket der vielen übereinandergeschichteten Sehnen der Fingerbeuger blickte, sagte er (er hätte lieber schweigen sollen!):

»Jetzt könnt' ich wirklich nicht gleich sagen, wie jede von diesen Sehnen heißt.«

Das war das richtige Stichwort für Lorenz. Er schien seine Operation vergessen zu haben, richtete sich zu voller Höhe auf und begann, mit dem Skalpell in der Rechten, gegen Fuchs in die Luft zu stechen, als wollte er nach seiner Brust zielen: »Siehst du, Fuchs, du weißt nicht, was das für Sehnen sind. Jeder Mediziner im zweiten Semester der Anatomie fällt beim Kolloquium durch, wenn er diese einfachste der Fragen nicht beantworten kann. Aber du? Du schmeißt jeden unbarmherzig, der bei der Aufzählung der Schichten der Netzhaut sich um eine Nummer irrt.«

»Na ja, aber bitte«, entgegnete Fuchs, in die Defensive getrieben, »die Reihenfolge der Netzhautschichten ist ja von größter Wichtigkeit, das muß jeder wissen.«

»Und die Beugesehnen des Handgelenkes, die sind vielleicht weniger wichtig? Was wäre es, wenn die deinen in Unordnung gerieten?«

»Na, und die Netzhautschichten? Ich weiß net, was da wichtiger ist.«

Ich hockte blutschwitzend auf meinem Stockerl, die offene Wunde hatte ich geistesgegenwärtig mit steriler Gaze ausgefüllt, um sie vor den wallenden Vollbärten der beiden Streitenden zu schützen, dann duckte ich mich möglichst tief, wie das Häschen in der Grube, um dem Fuchs nicht aufzufallen. Welches Unglück für mich, dieser Szene beiwohnen zu müssen! Schöne Aussichten für mein Rigorosum, wenn dann schon mein bloßer Anblick dem Prüfenden unangenehme Erinnerungen an diesen Auftritt erweckte!

Wenn schon von Prüfern und Prüflingen die Rede ist: Lorenz, als Extraordinarius, hatte als solcher keine Rigorosen abzuhalten. Einmal aber mußte er am Schluß eines Sommersemesters für keinen Geringeren als den großen Billroth bei den chirurgischen Rigorosen einspringen. Nun ist heutzutage bei einem Rigorosum zwar nicht der arme Prüfling, wohl aber der Prüfer gegen fachliche Schnitzer und Entgleisungen ziemlich gefeit. Er braucht nur das zu fragen, was er sicher weiß. Damals bestand aber eine teuflische Einrichtung in der Rigorosenordnung: Der Prüfling zog seine drei Fragen nacheinander aus einer großen Schachtel, in der sie, auf gefaltete Zettel geschrieben, kunterbunt durcheinander lagen. Prüfer und Prüfling waren gleich ahnungslos, welche Fragen der Zettel enthalten werde, denn der Prüfer hatte sie nicht verfaßt. Es war ein grandioses akademisches Lotteriespiel, eine chirurgische Tombola.

Ganz gewiß war ein Billroth in allen chirurgischen Fragen, die überhaupt theoretisch denkbar waren, wohlbewandert, er war unstreitig jedem Kandidaten überlegen. Wie kitzlig aber war die Aufgabe für Lorenz, der, schon jahrelang von der eigentlichen Chirurgie getrennt, in seinem Spezialfach arbeitete und nun kurzfristig die Nachricht erhielt, er müsse die chirurgischen Rigorosen abhalten. Es ist ja kaum glaublich, in wie kurzer Zeit man in den Tagen fortschreitender Spezialisierung den festen Griff über ein Teilfach der Medizin verliert, wenn man nicht in täglicher Berührung mit ihm ist, seien die Fächer auch so nah verwandt wie Chirurgie und orthopädische Chirurgie.

Da Lorenz weder ein Indianer von stoischer Ruhe noch ein undurchsichtiger Ostasiate war, sondern, gleich den homerischen Helden, jubelte, wenn er sich freute, fluchte, wenn er sich ärgerte, und jammerte, wenn ihm etwas weh tat, so überschattete dieses kommende Rigorosum das Lorenzsche Familienleben wie eine dunkle Wolke. Lorenz zog sich von Praxis und Klinik zurück und begann Chirurgie zu büffeln wie nur ein fleißiger Medizinstudent. Gelegentlich tönte lautes Fluchen aus seinem Studierzimmer. Grimm und Groll verließen auch während der Mahlzeiten seine Brauen nicht.

Die stets hilfreiche Frau Professor schrieb aus den dicken chirurgischen Wälzern, die sich auf ihres Gatten Schreibtisch auftürmten, möglichst kitzlige chirurgische Fragen auf Zettel, die sie in einem Nähkorb sammelte, aus dem ihr Mann dann eine Frage ziehen mußte – es war ein regelrechtes Kriegsspiel, theoretische Gefechtsübung unter kriegsmäßigen Bedingungen.

Endlich kam der Tag, an dem Lorenz, vor Nervosität viel zu früh, sich auf die Klinik begab, innerlich zitternd wie seine ebenfalls schon wartenden Kandidaten. Beim Rigorosum war er selbstverständlich die Milde selbst, von Anfang an entschlossen, niemanden fallen zu lassen. Zuletzt aber passierte ihm folgendes:

Ein Kandidat wußte schlechterdings nichts, weniger als nichts. Er war von jener schwarzen Wolke völliger geistiger

Umnachtung umschlungen, die dem akademischen Prüfer ein wohlbekanntes Symptom ist: dementia rigorosa praecox. Der Patient leidet dabei unter plötzlicher cerebraler und motorischer Aphasie, er kann weder denken noch sprechen, lallt nur unverständliche Laute und bewegt ataktisch Arme und Hände in hilfloser Weise. Aber der wohlwollende Prüfer schloß diesem Gaurisankar von Unkenntnis gegenüber beide Augen und sah überdies noch durch die Finger. »Genügend«, entschied er, völlig unwahr.

Nach der Prüfung sprach der begnadigte Student seinen milden Prüfer auf dem Gang an: »Herr Professor, ich finde keine Worte (jetzt, nach der Prüfung, fand er sie auf einmal und wußte sie wohl zu setzen), Ihnen für Ihr Wohlwollen zu danken. Aber es war vergeblich. Ich bin nämlich schon vorher in zwei anderen Gegenständen durchgefallen.«

Noch eine andere Prüfungstragödie. Es wurden in diesem Buch schon wiederholt die Beziehungen Lorenz' zur Familie Rosthorn berührt. Die Rosthorns stammten aus England, waren aber in Siebenbürgen begütert. Von dem Einfluß, den Frau Rosthorn auf die Entwicklung meines Vaters nahm, wird noch die Rede sein. Lorenz kam als Schüler der 8. Gymnasialklasse auf das Gut, um einen der Söhne, der ungefähr gleichaltrig mit ihm war, zur Matura einzupauken. Das war der spätere bekannte österreichische Botschafter in China und Sinologe Arthur von Rosthorn. Sein Bruder Alfons hatte es in Heidelberg schon bis zum Dozenten der Gynäkologie gebracht und wollte, aus mir nicht näher bekannten Gründen, in Österreich immatrikulieren. Er mußte dazu, außer in einigen anderen klinischen Fächern, auch bei Albert in Chirurgie steigen. Hilfeflehend kam er zu seinem alten Freund Lorenz.

»Adolf, du bist ja sicher gut befreundet mit Professor Albert, ich steige nächstens bei ihm in Chirurgie, leg ein gutes Wort für mich ein. Ich bin ja schließlich schon recht lange weg von der eigentlichen Chirurgie (immer wieder die Spezialisierung!). Meine Dozentenarbeit handelt vom Bindegewebe des Beckenbodens. Wenn er darauf die Sprache bringt, ist mir geholfen.«

Lorenz versprach. Den nächsten Abend, als der Herr Hofrat zum gewohnten Krügel Pilsner zu uns herunterkam, brachte mein Vater den Fall Rosthorn zur Sprache.

»Von Rosthorn? Dozent aus Heidelberg? Jeschus Márria, Lorenz, Sie Tolpatsch, warum ham S' ma das net früher g'sagt? Is schon gflogn, heut' vormittag, gflogn mit Bombn und Granatn! Jeschus Márria, Jeschus Márria, hätt i's nur früher gwußt, aber da san Sie schuld dran, Lorenz, nur Sie!«

Aber Rosthorn brachte es trotz dieses Durchfalls schließlich zum Leiter einer der gynäkologischen Kliniken Wiens und zum klinischen Lehrer. Man sieht daraus: Ein einmaliger Durchfall beweist noch gar nichts.

Nach so vielen Unglücksberichten über medizinische Prüfungen sei hier auch ein Lichtblick eingefügt, der noch dazu mich selbst betraf.

Die drei Professoren-Söhne Frühwald, Hofmann und Lorenz, ungefähr gleich alt und alle drei Zöglinge des Schottengymnasiums, hatten eine Art medizinischen Studenten-Triumvirats geschlossen. Sie büffelten gemeinsam und stiegen auch gemeinsam in die Rigorosen.

Da sich, als es soweit war, die Möglichkeit ergab, Augenheilkunde nicht bei dem von uns allen gefürchteten Fuchs, sondern beim milden alten Hofrat Schnabel zu inskribieren, hatten wir mit tausend Freuden nach diesem Rettungsanker gegriffen und besuchten seine Vorlesungen pünktlichst. Wer beschreibt unser Entsetzen, als uns der klinische Diener eines Morgens mit den Worten begrüßte: »Ja was mach'n denn de Herrn hier? Is ja ka Vorlesung heut'.«

»Warum?«

»Wissen S' net, daß unser Herr Hofrat heut nacht vom Schlag is troff'n word'n und tot is?«

Das war eine erschütternde Nachricht. Gestern noch gescheit und klar in der Vorlesung und heute – tot!

Wir gingen trotzdem in den Hörsaal. Die wenigen Hörer – wenige im Vergleich zur Konkurrenzvorlesung des Professor Fuchs – standen verstört in Gruppen herum, wie die Schafe ohne Hirten, und begannen sich langsam zu verlaufen.

Der junge Assistent Dozent Lauber – ein Balte – erschien und stammelte verlegen etwas von Fortsetzung der Vorlesung. Es waren nur mehr drei Hörer geblieben, eben das medizinische Triumvirat Frühwald-Hofmann-Lorenz.

»Tres faciunt collegium«, sagte Frühwald mundgewandt und

schlagfertig, nach alter akademischer Regel. Lauber stimmte begeistert zu, es war ihm aus Karrieregründen wichtig, die Vorlesungen fortzuführen.

Was unser jetzt wartete, war so ziemlich das Ideal akademischen Unterrichts. Wir drei Burschen hatten den eminenten Fachmann Lauber – er wurde später Professor in Warschau – gewissermaßen zum Hauslehrer, zum Privateinpauker in Augenheilkunde, mit dem unerschöpflichen Lehrmaterial der Augenklinik im Hintergrund. Das waren keine Vorlesungen mehr, sondern wissenschaftliche Symposien. Ein Hin und Her von Fragen und Antworten. Mühelos und spielend sogen wir die Augenheilkunde ein. In den Vorlesungssaal zogen wir uns nur mehr zu theoretischen Gesprächen zurück, sonst lehrte Lauber peripatetisch, von Bett zu Bett, in der Ambulanz von Patient zu Patient gehend.

Ein Lehrer – drei Schüler! Wie anders war das als bei den Vorlesungen in anderen klinischen Fächern, mit 150 bis 200 Hörern, wo man den Kranken nur von ferne, über die Buckel der Vordermänner, sah. Alle technischen Verfahren, von denen man sonst nur theoretisch hört, zu denen man höchstens einmal praktisch zugelassen wird, wurden uns zur Selbstverständlichkeit. So beherrschten wir auch den Gebrauch des Augenspiegels, dieses vom ungeübten Studenten so gefürchteten Instruments.

Was an neuen Fällen kam, ging durch unsere Hände, unter belehrenden Erklärungen unseres munteren Lehrers. Die Patienten der Klinik kannten wir alle persönlich, wir machten die Morgenvisite mit, durften bei Operationen assistieren, kurz, wir waren die verwöhnten Kinder der Augenklinik, auf die alle stolz waren, vom Dozenten Lauber bis zur letzten Bedienerin.

Das Rigorosum rückte heran. Wer wird prüfen? Professor Bergmeister, ein jovialer, weltgewandter alter Herr, ein Gentleman-Mediziner, der überdies im Haus Lorenz verkehrte und jeden einzelnen von uns Triumvirn persönlich kannte. Ein rechtes Protektions-Rigorosum, würde der Übelgesinnte sagen, eine interne Familienangelegenheit. Aber es wurde zu einem Triumph von Laubers wissenschaftlicher Lehrmethode.

Es begann schon ungewöhnlich. Der rosige alte Bergmeister trat mit verbindlichem Lächeln ein und begrüßte uns: »Oh, guten Morgen, Herr Lorenz, Herr Frühwald, Herr Hofmann!« und reichte jedem der sich tief verbeugenden Prüflinge die Hand, als träfen wir uns in einem Salon. Dann hub er an: »Meine Herren, ich weiß, welch schwerer Schlag für den akademischen Lehrbetrieb der plötzliche Tod des Chefs mitten im Semester ist. Ihre Kenntnisse können naturnotwendig nur lückenhaft sein . . .«

Wir erhoben unsere devot vorgebeugten Gestalten zu höflichem, aber bescheiden-männlichem Protest. »Oho!« drückten unsere Mienen in aller Ehrfurcht aus; »Oho!« widersprach Laubers Gesichtsausdruck, »niemand ist unersetzlich, ich kann auch Augenheilkunde lehren.« Lauber stand wie ein Impresario hinter seinen drei Schülern.

Bergmeister fuhr fort: »Unter diesen Umständen werde ich natürlich sehr milde prüfen, nur das Nötigste verlangen . . .«

Wir waren enttäuscht. Wozu hatten wir uns so viel Mühe gegeben, wenn wir jetzt unsere Kenntnisse nicht zeigen konnten? Wozu hatten wir tagelang vor dem Rigorosum alle klinischen und ambulanten Fälle hingebend studiert, gespiegelt? Natürlich hatten wir den sonst so verpönten Vorteil für uns, alle Fälle, die möglicherweise zum Rigorosum aufmarschieren konnten, genau zu kennen, das war bei unserem Lernbetrieb selbstverständlich. Möchte wissen, dachte ich mir, ob unser Prüfer bei diesem oder jenem Falle alle möglichen Differentialdiagnosen so am Schnürl hat wie wir?

»Oho!« drückten wieder die Mienen von Lauber und seinen drei Schülern aus.

Und Bergmeister schloß seine Einleitungsrede: »Selbstverständlich prüfe ich nicht die komplizierten Untersuchungsmethoden, wie Augenspiegeln . . .«

»Oho!« tönte es jetzt unisono aus vier Mündern. Wir konnten uns in unserem Widerspruch gegen Bergmeisters Worte nicht mehr auf stummes Mienenspiel beschränken.

Der Prüfer war verblüfft, eingeschüchtert durch die Sicherheit seiner Kandidaten. »Meine Schüler beherrschen den Augenspiegel souverän, Herr Professor«, sagte Lauber.

Wir bestätigten die Worte unseres Lehrers. Jeder von uns dreien entpuppte sich vor dem geradezu überwältigten Prüfer als wahres Monstrum ophthalmologischer Gelehrsamkeit.

Professor Bergmeister sagte zum Schluß: »Meine Herren, Sie haben mir eine große Freude bereitet. Es tut mir leid, daß mir für Sie alle keine bessere Note zur Verfügung steht als Auszeichnung. Ich danke Ihnen recht herzlich!«

Wer unter Medizinern, frage ich, kann über ein ähnlich glorioses Augenrigorosum berichten?

X-beiniger Fidelio

Mein Vater war, seinem sprudelnden Temperament entsprechend, als Arzt in seiner operativen Indikationsstellung – wenigstens was seine mittleren Lebensjahre anlangt – etwas stürmisch und rasch. Später, in Amerika, hat er sich das dann aus Angst vor Schadenersatzprozessen gründlich abgewöhnt. Erfahrene ärztliche Politik hat ja nicht nur den medizinischen Fall allein zu berücksichtigen, sondern noch mancherlei anderes: Alter, allgemeinen Gesundheitszustand des Patienten, Lebensstellung und vor allem: seine seelische Einstellung zur Operation, seinen energischen Willen zum Gesundwerden oder seine pessimistische Verzagtheit.

Das lernt sich mit der Zeit. Aber Adolf Lorenz war noch jung und – nicht zu vergessen – gehoben von der Woge seiner Erfolge in neuen Operationsverfahren, daher optimistisch und von dem Bewußtsein erfüllt, ihm könne nichts schiefgehen.

Kam da eines Tages eine sehr bekannte Sängerin der kaiserlichen Oper, von seinem Ruhm angelockt, und klagte: »Herr Professor, jetzt ist es März; im nächsten Herbst muß ich den ›Fidelio‹ singen, eine Hosenrolle, aber leider ... meine Beine sind nicht ganz gerade. Sie *müssen* mich operieren.«

Diese verflixten Hosenrollen! Eine Walküre, eine Fricka in ihren langen, wallenden Gewändern, muß keine geraden Beine haben, noch weniger Erda, die von der Taille abwärts im Straßenrock dasitzen kann, eine Dame ohne Unterleib sozusagen, sogar bei der Venus im Tannhäuser sind sie entbehrlich – aber beim Fidelio, da tritt das physiologische X-Bein der Frau in Erscheinung, vom pathologischen gar nicht zu reden.

Diese Künstlerin besaß unstreitig pathologische X-Beine höheren Grades, und Lorenz hatte eine typische Operation zur Korrektur solcher Beine erfunden: Der Knochen des Oberschenkels wird oberhalb des Knies von einem kleinen, knopflochartigen Einschnitt aus mit Meißel und Hammer quer durchgetrennt, die Fehlstellung in der Bruchlinie gerade gerichtet und dann auf drei Monate ein Gipsverband angelegt, der die Bruchstelle unverrückbar festhält, so daß die erzeugte Bruchlinie Ruhe und Zeit zur festen Ausheilung hat.

Ein Nachteil des Verfahrens ist die unvermeidliche lange Ruhigstellung der Kniegelenke im Gipsverband. Bei Kindern stellt sich die volle Beweglichkeit in wenigen Tagen nach Abnahme des Verbandes wieder ein. Nicht so bei Erwachsenen, da dauert es eine ganze Weile. Und wird dann die berühmte Sängerin auch fähig sein, leicht und graziös ins Knie zu fallen und sich ebenso wieder zu erheben, schon wenige Wochen nach Verbandabnahme? Soll man überhaupt Bühnenleute, Akrobaten, Seiltänzer und Sportgrößen orthopädisch operieren, die doch eine hundertprozentige Leistung nach der Operation verlangen und mit einem Erfolg unzufrieden sind, der einen Bezirkshauptmann oder Ministerialrat selig machen würde?

Aber Lorenz war jedenfalls geschmeichelt, eine so berühmte Patientin zu haben, und der Tag der Operation brach an.

Im Narkosekammerl, auf der einen Seite des Operationssaales im Sanatorium Löw, fing man schon an, die Künstlerin zu narkotisieren, während mein Vater und ich uns auf der anderen Seite im Waschraum aseptisch vorbereiteten.

Nicht daß es ohne Bedenken und Hin- und Widerreden zwischen Herr und Frau Professor und mir so weit gekommen wäre. Aber schließlich hatte er es versprochen, die Künstlerin sich ganz in seine Hände gegeben, und gegen die schmachtenden Bühnenblicke war er machtlos. Mit nagenden Zweifeln in der Brust und finsterer Miene ließ er, am Waschbecken stehend, seine Wut über eine zweifelhafte Sache, in die er jetzt verstrickt war, an seinen armen Händen aus, die er ausnahmsweise einmal tüchtig und lange schrubbte.

Aber wie immer, wenn Lorenz in Nöten war, trat auch schon der Schutzengel hinter ihn. Diesmal hatte er die Verkleidung des guten, lieben und grundweisen alten Direktors des Sanatoriums Löw, Dr. Czinner, angenommen. Mit seinem Rabbinerkapperl – er trug es, weil er keine Haare auf dem Kopfe hatte – und seinem langen weißen Patriarchenbart sah er aus wie der Rabbi Ben Akiba. Er war die personifizierte Ruhe, die aus Weisheit entspringt. Nichts überraschte ihn. Deshalb horchte ich auf, als er diesmal in eindringlichstem Flüstertone dem sich waschenden Lorenz über die Schulter sprach: »Bist du völlig wahnsinnig geworden? *Die* willst du operieren wegen der X-Beine? Wo bleibt denn deine Weisheit, deine Voraussicht? Was is, wenn ...«, und nun zählte er alle Bedenken gegen den Fall auf, die sich Lorenz schon hundertmal in schlaflosen Stunden der Nacht vorgerechnet hatte.

»Ja, ja, verflucht noch einmal, das weiß ich alles selbst, aber jetzt ist es zu spät, sie ist schon in der Narkose!«

»Wieso zu spät? Du laßt sie einfach wieder aufwachen und sagst, du hast dir's überlegt ...«

»Das kann ich nicht, dazu bin ich einfach nicht imstande, wer hat das schon je gemacht, einen narkotisierten Patienten wieder aufwachen zu lassen und ihm zu sagen: 's war nix.«

»Na, da werd', ich dir was sagen: Laß das halt mir über, ich kann so was schon; vom alten Rabbi Ben Akiba laßt man sich manches sagen, was man von anderen nicht hinnimmt. Aber« – mit einer auskehrenden Handbewegung – »fahrts beide ab, aber rasch, verschwindts.«

Es bestand damals im altehrwürdigen Sanatorium Löw die Sitte, den jeweiligen Operateuren in die Garderobe ein Tablett mit einer gebutterten Schinkensemmel und einem Gläschen Portwein hinzustellen. Die Lorenze zogen sich also zurück, aber geistesgegenwärtig stürzte ich noch die beiden Glaserln Portwein hinunter und dann meinem Vater nach. Lorenz vergaß seinen neuen Schal, und wir fuhren hinaus aus dem Sanatorium Löw, als ob die Furien hinter uns her wären. Der selbstlose Freund Czinner aber hielt den berechtigten Wutausbrüchen der empörten Sängerin stand wie ein rocher de bronce.

Es folgten einige Wochen unheilschwangerer Ruhe. Kein Lebenszeichen vom x-beinigen Fidelio. Die Frau Professor sagte: »Glaub nicht, daß die Sache damit zu Ende ist; der Pferdehuf wird schon noch herauskommen.«

»Aber auf Schadenersatz kann sie mich wenigstens nicht klagen, wenn ich sie noch nicht angerührt habe.«

»Das nicht, aber auf Ersatz der Kosten; na, und die üble Nachrede ...«

Es war wie mit der Inkubationszeit mancher Infektionskrankheiten: zwischen Ansteckung und akutem Ausbruch vergehen ominöse Wochen völliger Beschwerdefreiheit. Und richtig, nach einiger Zeit der Stille kam der Brief des Advokaten:

»Meiner Klientin, der Sie die Operation zugesagt und dann in beispielloser und unbegreiflicher Weise verweigert haben, ist durch Ihr unqualifiziertes Verhalten und Ihren Wankelmut eine Reihe überflüssiger Kosten erwachsen. Gar nicht zu reden von den Ausgaben im Sanatorium, von dem psychischen Schock der im letzten Moment abgesagten Operation, hat meine Klientin sich in Altenberg in Ihrer Nähe eine Villa über den Sommer gemietet, um die Zeit des Gipsverbandes dort zu verbringen und um Sie im Falle einer kleinen Störung jederzeit, bei Tag und bei Nacht, in unmittelbarer Nähe zu haben. Unter den gegenwärtigen Umständen hat sie kein Interesse mehr an der Villa und fordert Sie nachdrücklich auf, die Miete des Objektes zu übernehmen. Hochachtungsvoll X. Y.«

Mein Vater, der bekanntlich mit nichts hinter dem Berge hielt, sorgte für die Verbreitung der Geschichte. Rabbi Ben Akiba sprach voll Weisheit: »Schau, Lorenz, zahl die Villa und sei froh, daß du so billig davongekommen bist. Stell dir vor: sie lebt in Altenberg, zwei Schritt von deinem Haus, sie langweilt sich und laßt dich alle Augenblick, bei Tag und bei Nacht, rufen! Glaub mir altem Sanatoriumstiger: solang der Arzt gleich bei der Hand ist und nix kostet, laßt der Patient ihn fortwährend rufen. Einmal hätte sie der Gipsverband gedruckt, dann gejuckt, ein anderesmal hätt' sie nicht schlafen können, zu viel oder zu wenig Verdauung gehabt – na, ich hätt' dich nicht beneidet um deine Ferien unter solchen Umständen. Wie gesagt, sei froh!«, und er klopfte Lorenz mit wohlwollendem Lächeln auf die Schulter. Sie konnten einander nämlich sehr gut leiden, die beiden Alten.

Viele Jahre noch hat der X-beinige Fidelio mit seiner wundervollen Stimme und seinem großen dramatischen Talent Tausende erfreut. Nur nicht in Hosenrollen.

Patienten

Als Leiter seiner anfangs so primitiven und erst im Laufe der Zeit aus eigener Tasche verbesserten, wenn auch nicht verschönerten orthopädischen Station war Lorenz von einer Engelsgüte und Milde, die dem klinischen Betrieb nicht immer zum Vorteil gereichte. Er wollte es allen bei ihm arbeitenden Ärzten recht machen, ihre Wünsche nach Möglichkeit erfüllen. Dabei passierte es ihm nur zu oft, daß von zwei oder mehreren Bittstellern um dieselbe Sache der letzte triumphierend das Chefzimmer verließ und die anderen Lorenz dann mit Recht der Doppelzüngigkeit ziehen, während sein Fehler nur eine an Schwäche grenzende Gutmütigkeit war. Wie oft sagte meine Mutter: »Adolf, es ist eine Schande, du kannst einfach nicht nein sagen.«

Von Führergaben fehlte Lorenz Organisationstalent am meisten. Wenn er stolz war auf den Aufbau seiner enormen Privatpraxis, so war das eine Selbsttäuschung; nicht er, sondern die Frau Professor, seine unermüdliche Mitarbeiterin, sein Haus- und Finanzminister, hatte es so eingefädelt, daß alles wie am Schnürchen ging, auf den Wink ihrer Augen funktionierte, wobei sie den Takt und das Geschick entwickelte, als Frau und Nicht-Arzt niemals etwas Ärztliches aus eigener Machtvollkommenheit anzuordnen oder durchzuführen, sondern immer zuerst die Zustimmung ihres Gatten einzuholen. In den orthopädischen Turn- und Massagesälen, wo sie Herrscherin war, wurde sie mit ärztlichen Fragen bestürmt, auf die sie ihrer langen Praxis wegen natürlich im Schlaf hätte antworten können. Aber immer verließ sie auf eine solche Frage demonstrativ den Saal, um zuerst den Herrn Professor zu fragen.

Wenn klinische Verwaltungssorgen oder persönliche Eifersüchteleien Lorenz unmutig machten, sagte sie: »Könnte ich nur auf ein paar Wochen dort mitarbeiten! Du würdest sehen, wie gut sich alles einfädelt.«

Damit hatte sie recht, aber das war natürlich nur ein Wunschtraum. Auf der Klinik waren seine Assistenten Reiner, Werndorff und Aberle von Horstenegg ausgezeichnete Organisatoren. Nur daß der Herr Chef ihnen zu ihrer Verzweiflung alle Augenblicke mit impulsiven Handlungen in die Quere kam und ihr mühsam errichtetes Gebäude zum Einsturz oder zumindest zum Wackeln brachte.

Der pedantische Aberle hatte in musterhafter Weise die Ambulanz mit ihren numerierten Karten, den Dienst auf den Krankenzimmern, im Gips- und chirurgischen Operationssaal organisiert.

Dann brach plötzlich der Chef herein, von irgendeiner neuen orthopädischen Idee besessen. Er rief alle zusammen, oder sie kamen schon von selbst gelaufen, und er zeigte und erklärte an einem Patienten seinen neuen Behandlungsplan.

Namentlich die heute schon längst veraltete Skoliosebehandlung nach der Methode des Amerikaners Abbot hatte es ihm eine Zeitlang angetan. Dann standen alle Herren hilfsbereit und devot zwei Stunden um den unförmigen Abbotschen Stahlrohrrahmen herum, in dem der Kranke eingeschnallt war und an dem Lorenz mit gipsbeschmiertem Haupt- und Barthaar unter eifrigen Erklärungen hantierte.

Aber der ganze klinische Betrieb war damit in eine Art Starrkrampf verfallen. Die Patienten warteten zitternd in den Operationssälen, lagen auf den Gipstischen herum oder wimmelten im Warteraum in drangvoll-fürchterlicher Enge wie die Fische in den Auslagebehältern einer Fischhandlung.

Lorenz verschwand plötzlich, wie er gekommen war, und dann versuchte Aberle aufatmend das klinische Werkel der täglichen Routine wieder anzukurbeln und weiterzudrehen.

Manchmal tat sich Lorenz »einen Rand an«, wie man in Wien sagt, und öffnete ohne vorherige Warnung das Schleusentor des Warteraumes, aus dem sich dann wirbelnde Massen wartender Patienten in den Raum ergossen. Die wohldurchdachte Einteilung der Nummern, die Unterscheidung alter und neuer Patienten war jäh durchbrochen und am gleichen Vormittag auch nicht wieder herzustellen. Wurde es Lorenz zu arg, so kniff er dann einfach aus, verschwand spurlos, und die Assistenten mußten sehen, wie sie mit dem Chaos zurechtkamen.

Gegen Patienten war Lorenz von unendlicher Geduld, gegen einfältige, oft wiederholte Fragen von unbesieglicher Langmut, gegen Kindergeplärr war der unnervöse Mann überhaupt völlig immun – eine nicht zu unterschätzende Gabe für einen Orthopäden.

Aber mitunter riß ihm doch die Geduld. Als sein Privatassistent beendete ich einmal den nutzlos im Kreis sich bewegenden Frageschwall einer Patientenmutter, einer galizischen Jüdin, mit ein paar kurzen Worten. Lorenz hörte den Schluß der Unterredung und nahm mich beiseite: »Du bist ein schlechter Arzt; Geduld mit dem Kranken ist das oberste Gesetz, jetzt werde ich einmal mit ihr reden.«

Ich wartete vor dem Untersuchungszimmer. Drinnen wurde Lorenz' Stimme immer lauter und ärgerlicher. Nach wenigen Minuten stürzte er aus dem Zimmer, grollend und mit Unmutsgebärden: »Rede du mit dem Weib weiter, ich habe es satt. Es ist ja unglaublich.«

Ich ging nochmals hinein und beantwortete zum x-ten Male geduldig die Fragen. Am Schluß sagte die Frau: »Sie, Herr Doktor, Sie sennen ä gütiger Arzt. Sie sennen von der Geduld wie ä Engel, aber der gnädige Herr Papa – no, man muß ihm verzeihen, er ist ä groißer Professor, aber Geduld mit ünsereinen hat er nicht wie Sie.«

Mißerfolge oder bloße Teilerfolge einer Operation oder Behandlung wurden von den Patienten hingenommen, wenn nur seine gesegneten Hände dabei im Spiel gewesen waren. Manchmal begegnen mir jetzt noch in meiner Praxis alte Frauen mit schwer arthritisch versteiften Hüften, Frauen, die sich kaum an Stöcken fortbewegen können, mir aber doch mit verklärtem Lächeln mitteilen: »Ich bin ja noch von Ihrem Herrn Vater operiert und geheilt worden.« Die inzwischen eingetretene Verkrüppelung wird von dem beglückenden Bewußtsein überdeckt, seinerzeit persönliche Patientin des großen Lorenz gewesen zu sein.

Einmal erschien in der Ambulanz ein exotisch aussehendes Mädchen mit rabenschwarzen Locken, orientalischen Mandelaugen und großen glänzenden Metallreifen in den Ohrläppchen. Wenn sie auch eine Ungarin war, so sah sie doch aus wie eine veritable Carmen. Von ihren wohlgeformten Beinen war eines im Kniegelenk in Streckstellung versteift.

Wenn der Orthopäde so etwas sieht und Tuberkulose ausgeschlossen ist, blitzt in seinem Hirn die Diagnose auf: Gonorrhoische Knieversteifung! Solche in gerader Haltung versteifte Kniegelenke sind ein typischer Befund bei Gonorrhöe. Die schöne Zigeunerin befand sich in einer Untersuchungskoje, die Ärzte der Abteilung berichteten Lorenz über ihre naheliegende Vermutung.

»Ihr zynischen jungen Leute, immer müßt ihr gleich das Schlechteste von einem unschuldigen hübschen jungen Mädchen annehmen; ich werde sie selbst untersuchen.«

Damit verschwand er in der Koje und verblieb da eine ganze Weile, während wir, ehrfürchtig flüsternd, wartend draußen standen. Triumphierend kam er heraus: »Na also, ich habe es mir ja gleich gedacht, es ist natürlich kein Wort wahr, was ihr Ehrabschneider sagt, sie hat keine Gonorrhöe.«

»???« Allgemein erstaunte Gesichter.

»Ich habe sie gefragt, sie hat es mir selbst gesagt, sie ist noch Jungfrau.«

Jeder Kliniker weiß, mit welch rührender Selbstverständlichkeit Eltern annehmen, daß der Arzt sich auf Jahre hinaus haargenau an jede einzelne Kleinigkeit des Falles ihres Kindes erinnert. Manchmal ist es ja wirklich so, wenn der Kliniker ein besonderes Gedächtnis hat und es sich um einen ungewöhnlichen Fall handelt. Aber die Regel ist es nicht. Deshalb sind Anreden wie folgende recht sinnlos: »I bin die Muatta von da Maltschi, die Sie vor zwölf Jahren operiert ham, erinnern S' Ihna eh guat an sie, Sie warn allaweil so freundli mit dem Madl.« Nein, man erinnert sich nicht sofort, sondern erst, wenn man die hervorgesuchte Krankengeschichte in der Hand hat.

Einst verließen Vater und Sohn eines schönen Samstagmittags im Frühling frohgemut die Klinik, vor der ein neuer Itala-Sportwagen, ohne Dach, Kotflügel oder Windschutzscheibe – man sieht die Höhe des Komforts – zu einem Wochenendausflug startbereit stand. Ein Ehepaar versperrte uns den Weg. Nichts haßte Lorenz mehr als Fortsetzung der Konsultation auf das Stiegenhaus oder auf die Straße hinaus. Er machte einen rührend-fruchtlosen Versuch, durch Hakenschlagen den Angreifern zu entgehen und den rettenden Wagen zu erreichen, dann gab er es auf und hielt stand. Ich erinnerte mich zufällig an das Ehepaar des seltenen Umstandes wegen, daß der Mann aus Larissa in Griechenland, die Frau aus dem oberösterreichischen Mühlviertel war. Wir hatten ihr Mäderl operiert, so viel erinnerte ich mich, aber auch nicht mehr. Lorenz begann in seiner Ungeduld unklugerweise zu raten und zu flunkern. Er tastete nach der Hüfte der Dame: »Ja, natürlich erinnere ich mich, gnädige Frau, es ist hoffentlich schon besser mit der Hüfte, nicht wahr?«

»Nein, Papa, der Patient ist ja ...«

»Natürlich, verzeihen Sie«, er wandte sich an den edlen Hellenen: »Die Wirbelsäule macht Ihnen keine Beschwerden mehr?«

»Nein, Papa, es handelt sich um das Kind der Herrschaften.«

»Natürlich, zu dumm von mir, na, wo ist denn der Bub?«

»Nein, Herr Hofrat, es ist ein Mäderl ...«

»Freilich, natürlich, ich habe es ja an Hüftverrenkung operiert.«

Da blitzte ein Licht der Erinnerung in meinem Hirn auf.

»Nein, Papa, du erinnerst dich doch an das Mäderl ...«

»Freilich, mit den O-Beinen, die wir operiert haben.«

»Nein, Herr Hofrat, es war wegen einer Verkrümmung des kleinen Fingers.«

»Ah, richtig, natürlich, also auf Wiedersehen!«

Lorenz trug sein Lebtag das Herz auf der Zunge. Ob ihn Gutes oder Böses bewegte, es mußte der Umgebung kundgemacht werden, zur Verzweiflung der Frau Professor, die ihm deshalb lange Strafpredigten hielt: »Glaub doch nicht, daß die Leute dich bemitleiden, sie lachen sich nur ins Fäustchen vor Schadenfreude, wenn du ihnen zum Beispiel über Steuern vorjammerst.«

Über Steuern; das waren die empfindlichsten Punkte in Lorenz' Nervensystem: Steuern und Magenverstimmung. Jede neue Vorschreibung war ein Familienunglück. Lorenz lehnte in diesem Fall jedes andere Gesprächsthema ab. Empört war er, wenn ihm jemand auf seine Klagen entgegnete: »Ich wollte, ich müßte so viel Steuern zahlen wie Sie, dann verdiente ich auch entsprechend.«

Der bevorzugte Ort des Klagens über Steuern war der Operationssaal im Sanatorium Löw, sozusagen die klinische Klagemauer. Dort klagte Lorenz laut dem Assistenten, dem Narkotisarius, dem Operationssaaldiener und der Instrumentaria. Dort legte er sich keinerlei Beschränkung auf, die Untergebenen mußten ihm ehrfürchtig und scheinbar voll Sympathie lauschen. Bis auf einen; das war der gütige alte »Rabbi Ben Akiba«, Dr. Czinner, der Direktor der Anstalt, der fand den richtigen Ton für meinen Vater.

»Lorenz«, sagte er, »du tust mir nicht leid, niemandem tust du leid, die tun nur alle so aus Respekt, höchstens denken sie: Recht geschieht ihm, dem alten Geizhals; wenn er so viel verdient, soll er auch tüchtig Steuern zahlen.« Das waren bittere Wahrheiten aus dem Munde eines unerschrockenen alten Freundes.

Gerade im Operationssaal hatte Lorenz Zeit, sich auszusprechen, denn er operierte kaum mehr selbst, er heiligte die Operationen nur durch seine Anwesenheit, durch seinen Rat und seine Überwachung. Die Ausführung blieb mir und einem Assistenten überlassen und wurde nur gelegentlich erschwert durch langatmige Steuerjeremiaden meines Vaters.

So hatten wir einmal eine junge polnische Jüdin zu operieren. Sie lag schon auf dem Operationstisch, im Begriff, in die Narkose hinüberzuschlummern. Man weiß, wie trügerisch dieses Anfangsstadium hinsichtlich der Bewußtlosigkeit ist. Der anscheinend schlafende Patient hört mit geschärften, nicht mit abgestumpften Sinnen alles, was in seiner Umgebung gesprochen wird. Mein Vater war an diesem Morgen besonders gereizt durch eine neue saftige Steuervorschreibung. Er jammerte laut: »Es ist zum Verzweifeln, vollkommen hoffnungslos, hier gibt es keine Hilfe.«

Die Operation verlief programmgemäß und glatt, ich war längst schon nicht mehr durch die Klagen meines Vaters abzulenken.

Als ich zur Nachmittagsvisite das Krankenzimmer betrat, wollte mir das Herz in die Bauchhöhle hinabrutschen. Um Gottes willen, was ist geschehen? Plötzlicher exitus, Embolie, tödliche Nachblutung? schoß es mir in Aufzählung aller theoretisch möglichen postoperativen Teufeleien blitzschnell durch den Kopf. Denn das kleine Zimmer war schwarz von Menschen, die teils laut schluchzten, teils leise vor sich hinwimmerten, teils nur in stummer Verzweiflung mit dem Kopfe wackelten. Es war das bekannte jüdische »Schiwesitzen«, die Familientrauer um einen Abgeschiedenen. Nur daß hier niemand abgeschieden war, denn – Gott sei Dank! – durch einen Knäuel trauernder Anverwandter, die das Bett umstanden, sah ich endlich meine Patientin, dick und gesund, mit roten Backen, aber ebensolchen verweinten Augen im Bett liegen.

»Ja, was ist denn los, wie geht es ihr, warum hat man mich nicht antelephoniert, warum heult sie, vor Schmerzen?«

Der patriarchalische Vater ergriff das Wort: »Wie haißt vor Schmerzen, Herr Doktor, wenn das arme Kind aus dem eigenen Mund von dem gnädigen Herrn Professor – Gott soll ihn schützen und langes Leben geben – persönlich gehört hat, wie schlacht es um sie steht.«

»???«

»Der gnädige Herr Professor hat geglobt, sie schlaft schon und heert nix mehr. Aber und ob se geheert hat! Geheert hat se, wie er sagt mit lauter Stimme: Es ist zum Verzweifeln, jede Hoffnung ist dahin, hinschmeißen möchte er alles, da gibt es keine Hilfe. Da soll mei armes Kind nicht verzweifeln!«

Da gab es wirklich keine Hilfe. Ich versuchte erst gar nicht eine Erklärung, die mir ja doch kein Mensch geglaubt hätte. Unter dem bekümmerten Starren der Mischpoche versicherte ich mich, daß der Patientin nichts fehle, und verließ das Zimmer. Ich erzählte den Fall meinem Vater: »Geh morgen selbst hin, das wird das beste sein.«

»Ach was, ich kann das nicht; das beste ist, der alte Rabbi Czinner spricht mit ihnen.«

Und der gute alte weise Rabbi, der Lorenz innig liebte, tat es natürlich auch.

Die polnischen Juden der alten Monarchie standen in ärztlichen Kreisen, gelinde gesagt, nicht gerade in dem Ruf pünktlicher und williger Zahler von Honoraren. Mit ihren Drehs und Listen, um diese herumzukommen, ließe sich ein lustiger Band füllen. Um so hervorstechender sind die rühmlichen Ausnahmen. Die hier folgende steht allerdings so hoch, daß sie schon ins Gebiet wirklicher ethischer Höhe gehört.

Es gibt bedingt und unbedingt anständige Menschen. Der Großteil der Menschen ist anerkanntermaßen unanständig; über ihnen liegt eine dünne Schicht moralischer Aristokraten, die bedingt Anständigen; aus ihnen ragen wieder als leuchtende und seltene Ausnahme die wenigen unbedingt Anständigen empor.

Bedingt Anständige sind jene, die sich an den moralischen Ehrenkodex halten, solange ihre Handlungsweise vor der Öffentlichkeit zutage liegt. Der unbedingt anständige Mensch aber fragt nicht nach der Welt, er ist anständig einzig und allein um der Anständigkeit willen.

Ein solch seltener unbedingt anständiger Mensch, ein Moralaristokrat reinsten Wassers, war der jüdische australische Schafzüchter und Wollgroßhändler Mr. Zimmerkiesl. Adolf Lorenz operierte und heilte seine einzige Tochter, die angeborene Hüftluxation hatte. Sie heiratete später einen italienischen Aristokraten in der »Cavalleria pesante«, den Kürassieren des italienischen Königreiches. Die Zimmerkiesls waren rührend dankbar und anhänglich an die Familie Lorenz, sie wurden unsere wirklichen Freunde. Niemals verfehlten sie, uns zu besuchen, sooft sie nach Europa kamen. In den bangen und düsteren Jahren des Ersten Weltkrieges vergaßen wir sie gänzlich.

Es war in der Katzenjammerzeit knapp nach dem Ersten Weltkrieg. Mein Vater hatte seinen letzten Heller in Kriegsanleihen verloren, er war buchstäblich ein Bettler und besaß nichts als seine unverwüstliche Arbeitskraft, eine tüchtige Frau und einen auf ihn abgestimmten Sohn als Assistenten.

Plötzlich ein Telephonanruf: »Ist dort Lorenz? Sie werden sich meiner nicht mehr erinnern. Ich bin Mr. Zimmerkiesl aus Sydney« (und ob ich mich erinnerte). »Ihr Herr Vater hat seinerzeit meine Tochter operiert. Wir sind jetzt alle in Wien, auch meine Tochter, und wir bitten Sie beide, Ihren Herrn Vater und Sie, Herr Doktor, zu einer Konsultation ins Hotel Bristol.«

»Ist Ihre Frau Tochter nicht gehfähig? Der Herr Hofrat Lorenz verlangt selbstverständlich mehr für eine auswärtige Visite als für eine Ordination in seiner Wohnung; es kommt Ihnen billiger, wenn Sie zu uns in die Ordination kommen.«

»Nein, ich weiß das, ich möchte Sie schon um Ihren werten Besuch bitten.«

»Aber warum auch mich, Mr. Zimmerkiesl, ich habe doch nichts dabei zu tun?«

»Ich lege speziellen Wert auf Ihre Anwesenheit.«

Ich war leicht verbittert über den reichen Sieger, der in unsere Armut, unseren Mangel hereingeschneit kam. Wollte er etwa uns arme Hungerleider durch eine üppige Jause mit Hummersandwiches, Gerstner-Bäckereien und Schlagobers trösten? Das hatten wir denn doch noch nicht nötig.

Nach Tisch kramte die Frau Hofrat in ihren alten Büchern.

»Schau her, Adolf; es ist interessant, was die Zimmerkiesls vor fünfzehn Jahren für die Operation gezahlt haben: Fünfhundert Kronen! Was waren für den Pfundmillionär lumpige fünfhundert Kronen? Für die tadellose Heilung seines einzigen Kindes, das sonst ein Krüppel geworden wäre!«

»Na ja, daran ist heute nichts mehr zu ändern; oder willst du, daß ich ihm eine nachträgliche Rechnung präsentiere?«

Unsere Autos waren schon längst den allgemeinen Weg der Verschrottung gegangen. Ich hatte ein altes Harley-Davidson-Motorrad mit Beiwagen auf irgendeinem Ramschverkauf erstanden, und auf ihm fuhren Vater und Sohn unter Gedonner durch die verödeten und des Nachts finsteren Straßen Wiens.

Ich zog also meine alte Beiwagenkraxn hervor, und wir donnerten los, unten nobel angezogen, drüber als Beiwagenmechaniker kostümiert. Der Türlsteher vom Bristol sah in unserem unstandesgemäßen Vehikel durchaus nichts Anstößiges und half Lorenz aus dem Beiwagensarg heraus, was langsam und nur unter lauten Flüchen vor sich ging. Ein kleiner Kreis neugieriger Gaffer, die in Wien überall gleich zur Stelle sind, hatte sich angesammelt. Wir entledigten uns schamhaft-hastig unserer schäbigen Motorradhüllen, versteckten sie im hintersten Winkel der Garderobe und standen als Elegants da.

Es war, wie ich erwartet hatte: ein wohlig-warmer eleganter Salon; ein tadelloser Zimmerkellner hantierte im Hintergrund diskret mit Teewerkzeugen, üppigen Sandwiches- und Gerstnerplatten; diverse Liköre in allen Färbungen standen bereit. Die Familie war freudig erregt versammelt, auch der aristokratische italienische Kavallerie-Schwiegersohn – eben noch mein Feind – in Uniform, mit dem Kopfe eines römischen Cäsaren und der zarten Zwerggestalt des italienischen Kavallerieoffiziers. Seine Gattin bewegte sich leicht und elegant zwischen den Tischen und Sesseln, wahrlich, von ihrer Luxation war nichts mehr zu merken.

Ich aber vergaß nicht, daß wir auf einer ärztlichen Visite waren. Ich war störrisch und widerspenstig. Warum der ganze noble Sieger-Klimbim? Ich wurde vorstellig bei Herrn Zimmerkiesl.

»Untersuchen wollen Sie meine Tochter von Ihrem lieben Herrn Vater lassen? Was wollen Sie da untersuchen? Sehen Sie denn nicht von weitem, daß sie ideal geheilt ist? Ich bin hier auf der Durchreise nach London, um den verhungerten europäischen Markt mit frischem Rohstoff an Schafwolle zu versorgen.«

Ein schönes Geschäft. Ich wollte, wir könnten so was auch.

»Doktor Lorenz, darf ich Sie einen Augenblick ins Nebenzimmer bitten?«

Aha, dachte ich, jetzt kommt das Honorar. Schön, ich bin nur neugierig auf die Höhe des Almosens, das er dem alten Herrn Hofrat Lorenz gibt.

»Ich fühle es, Herr Doktor, wir sind tief in Ihrer Schuld . . .«

»In der meines Vaters, nicht in meiner.«

»Nein, nein, ich weiß schon, was wir dabei auch Ihnen schulden. Aber glauben Sie mir, wir schämen uns tief, schon die ganzen Kriegsjahre hindurch, in denen Sie so viel mitmachen mußten, daß wir seinerzeit ein so lächerliches Honorar bezahlt haben. Wollen Sie diesen Scheck als unzulängliche Gutmachung entgegennehmen ?«

Und er zog einen blauen Zettel aus der Tasche. Darauf stand: Payable to bearer 500 Pd engl. Currency. Ich war wie vom Donner gerührt und muß nicht sehr intelligent ausgesehen haben.

»Ich habe Sie ebenfalls hergebeten, weil ich ja weiß, wie der Herr Hofrat ist; so einen kleinen Zettel verliert er leicht.«

Ich habe Herrn Zimmerkiesl nie mehr wiedergesehen. Wahrscheinlich ist er längst tot. Vergessen werde ich ihn nicht. Nicht wegen der fünfhundert Pfund, die ihm sicher nicht weh taten, sondern wegen der noblen Geste. Das war einmal ein unbedingt anständiger Mensch.

Mein Vater küßte seine hübsche ehemalige Patientin lange und umständlich zum Abschied, unter süß-saurem Lächeln des daneben stehenden leichten schweren Reiters von Gatten, wir schüttelten allen die Hände und verschwanden.

Ich hatte meinem Vater noch nicht die frohe Botschaft des Schecks vermelden können. Das hätte eine langatmige Erklärung gebraucht. Im Foyer schlüpften wir wieder in unsere kompromittierend-schäbige Überkleidung, der Beiwagenfahrer Adolf Lorenz wurde sozusagen mit dem Schuhlöffel einwaggoniert, und wir brausten davon. Noch in Sicht des Hotels blieb ich stehen und erzählte von dem verblüffenden Visitenhonorar. Lorenz wollte es schnell in Kronen umrechnen. Das überstieg aber in der damaligen Inflation die Fähigkeiten Lorenzschen Kopfrechnens, noch dazu bei dem tosenden Gesang des Motors. Schließlich sagte er etwas Überraschendes: »Weißt du, Albert, was wir jetzt tun? Jetzt bestellen wir uns gleich ein neues Auto.«

Das war nicht schwer, wenn man Pfund hatte. Gegenüber, im selben Block wie das Grand Hotel, war die Steyr-Niederlage. Der Sechszylinder-Fünfer-Steyrwagen war damals die erste österreichische Automobilproduktion und der letzte Schrei in Wien. Er war froschgrün, steif wie ein Geißbock, bei jedem kleinen Hupferl drohten die Passagiere aus dem Wagen zu fliegen, außer mir, der ich mich am Lenkrad festklammerte. Aber es war wieder ein wirklicher Wagen, der nach vorne und rückwärts lief und recht schnell war.

Das liebe Geld

In finanziellen Dingen war Lorenz zeitlebens ein Kind. Jeder Begriff von Geld und Geldeswert fehlte ihm völlig, und sein Leben lang schwankte er zwischen Über- und Unterschätzung dieses notwendigen Übels. Bei kleinen Beträgen war er sparsam bis zur Knickerei. Er war ein berühmt schäbiger Trinkgeldgeber, während seine Frau als gute Psychologin damit königlich freigebig war. Ging bei irgendeiner Gelegenheit ein Sammelteller herum, so war sicher sein Beitrag der allerdürftigste. In einer fremden Stadt lief er sich lieber nach dem Plan die Füße wund, als sich ein Taxi zu spendieren.

Dagegen rannen ihm bei Betätigung seiner Bauwut, seines Mäzenatentums und seiner Leidenschaft des Bildersammelns, für Reitpferde und Autos große Summen, denen er nicht mit einem Wort nachtrauerte, durch die Finger.

Daß man dem Staat eine gewisse Berechtigung zur Einhebung von Steuern zubilligen müsse, ging ihm niemals ein. Er betrachtete Steuern als veritablen Raub seines ehrlich und schwer verdienten Geldes: »Der Räuberstaat« war sein stehender Ausdruck. Allerdings gab er diesem Staat wieder vertrauensvoll zur Aufbewahrung, was er ihm von seinem Verdienst übriggelassen hatte.

Daß es noch andere Anlagewerte für sein Geld gab als k. u. k. österreichische Staatspapiere, wäre ihm nie eingefallen. An dem Bestand der Monarchie zu zweifeln wäre einfach Geistesgestörtheit gewesen. Er kaufte durch Jahrzehnte nichts als österreichische Staatspapiere mit 3½ Prozent Verzinsung, das, was man in Amerika »gilt edged securities« nennt, Aktien mit Goldschnitt sozusagen. Jeden Zweifel an ihrer Sicherheit hätte er als Sakrileg betrachtet. Leute, die Güter- oder Juwelenkauf als Kapitalanlage betrachteten, hielt er für Narren. Spekulanten in Handels- oder Industriepapieren waren für ihn ausgesprochene Schwindler, womit er da und dort vielleicht nicht einmal so unrecht hatte.

Bei Ausbruch des Ersten Weltkrieges war er so felsenfest überzeugt vom Sieg der Mittelmächte, daß er sein ganzes Vermögen, bis auf den letzten Heller, in Kriegsanleihe investierte. Meine Mutter war nicht so gläubig! Als die ersten Truppentransporte singend und johlend auf der Franz-Josefs-Bahn an Altenberg vorüberrollten, trat sie in der Halle vor ihren Mann hin, ich weiß es noch wie heute, ein Bündel Dokumente in der Hand.

»Adolf, ich habe von dir Vollmacht zur Behebung unserer österreichischen Staatspapiere, das hat momentan noch keine Schwierigkeit, niemand wird mich daran hindern. Hier ist auch die Einreisebewilligung nach der Schweiz. Es ist der letzte Moment. Noch sind die Grenzen nicht gesperrt, noch gibt es keine Valutenbeschränkungen, man zahlt ungefähr 95 Rappen für die Krone. Gib mir deine Einwilligung, unser ganzes Vermögen in Franken zu deponieren.«

Ich war verblüfft von der Großartigkeit des Planes und der Tatsache, daß meine Mutter schon alle Details der technischen Durchführung generalstabsmäßig ausgearbeitet hatte. Nur Lorenz' Jawort fehlte. Und das gab er nicht.

»Was fällt dir ein, wie unpatriotisch, der Staat braucht im Krieg jeden Heller, wer bin ich denn, daß ich in solchem Moment mit meinem Geld ins Ausland flüchten sollte? Übrigens ist uns der Sieg gewiß. Höre nur: von der Bahn heraus tönen die kriegerischen Gesänge der Soldaten.«

»Die du nicht verstehst, weil es tschechische Revolutionslieder sind. Ich vertraue nicht auf den Bestand der Monarchie.«

»Und ich verbiete kategorisch deine Reise, das Geld bleibt in Wien!«

Hätte ich nur meine Mutter unterstützt, wie anders wären wir nach dem Krieg dagestanden!

Nichts blieb Adolf Lorenz von seinem Geld nach dem Krieg übrig, er mußte mit siebzig Jahren von vorne anfangen. Daß er es überhaupt konnte, mit überraschendem Erfolg konnte, zeugt wieder von der Spannkraft dieses unverwüstlichen Jünglings.

In Amerika verdiente er in kurzen Jahren, besser gesagt in kurzen Wintermonaten, ein Vielfaches dessen, was er früher in Europa in Jahrzehnten zusammengelegt hatte. Diesmal aber vertraute er sich zur Führung seiner Geldgeschäfte, nach erschöpfenden Kämpfen zwischen mir und ihm, einem amerikanischen erfahrenen Bankier an. Der führte die Angelegenheit meisterhaft und vermehrte unser Kapital durch experte Spekulation. Daß der ganze Bau im Krach des Jahres 1929 in Staub und Rauch aufging, war nicht seine Schuld, sondern die der gesamtamerikanischen Finanzkatastrophe.

»Wir haben alles verloren, Mr. Fischl!« klagte Lorenz dem Bankier.

»No, nicht alles«, antwortete der; »sagen wir, wir sind alle um fünfzig Jahre jünger geworden.«

Lorenz fluchte und jammerte – nur daß er bei dem allgemeinen Finanzelend in Amerika wenig Mitleid fand – und fing unverdrossen wieder von vorne an.

Er erlebte so viele Geldabwertungen und Inflationen, daß sein ohnehin nebuloser Begriff von Geldeswert völlig zusammenbrach. Er klammerte sich krampfhaft an die Ziffer und nicht an ihren Wert. Eine Million Kronen aus den Zeiten der Einführung der neuen Kronenwährung. Daß er jetzt für eine Operation mehrere Millionen Kronen Honorar erhielt, war ihm unheimlich, da mußte etwas faul sein im Staate Österreich – und war es ja leider auch.

Man sieht jedenfalls aus alledem: mit Geld umzugehen verstand er nicht und hat es nie verstanden. Deshalb teilte er auch auf Reisen, wenn er nicht allein fuhr, mit gekrönten Häuptern das Privileg, keinen Pfennig in der Tasche zu haben. Das war schön und gut, solange die Begleitperson – gewöhnlich war das ich – in seiner Nähe blieb. Aber wehe, wenn wir im Menschentrubel getrennt wurden! In Amerika erregte es oft geradezu staunende Bewunderung, wenn sich bei irgendeiner Gelegenheit herausstellte, daß der gepflegte, gut angezogene, schöne alte Herr keinen luckerten Heller an seiner Person hatte. Aber, so sagte wiederum die neidische Ärzteschaft: das ist ja wieder nur ein Trick unlauterer Propaganda von ihm.

Beamte und Funktionäre glaubten ihm stets auf sein Wort und seine ehrwürdige Erscheinung hin, und so hätte er es tatsächlich wagen können, ohne Geld quer durch den amerikanischen Kontinent zu fahren. Einmal mußte ihn auf der Fahrt Wien – Innsbruck im Speisewagen eine plötzlich auftauchende dankbare Patientin retten und freihalten, einmal durchquerte er die Schweiz ohne Reisepaß. Ernstliche Schwierigkeiten hatte er nie.

Das ist alles Sache des Glücks, aber eines Glücks, das an bestimmte Persönlichkeiten gebunden ist, und Lorenz hatte eben das Glück, eine solche zu sein.

Triumph der Maschine

Die ganze Poesie meiner Altenberger Jugend war innig verflochten mit dem Pferd, mit allem, wofür das Pferd damals Symbol war. Auch meine Dienstzeit in der österreichischen Kavallerie hätte meine Liebe zum Pferd aufrechterhalten sollen. Daß ich ihr doch die Treue brach, dafür habe ich als Entschuldigung nur meine Jugend, die sich bedenken- und pietätlos der neuen Leidenschaft – dem Motor – in die Arme warf. Meinen Vater zog ich dabei mit.

So kam es, daß Wagenpark, Sattelkammer und Ställe, die alte Reiterherrlichkeit von Altenberg, im Laufe weniger Jahre verlassen, geleert, zu Garagen umgebaut wurden, ohne daß ein Fünkchen von Reue sich in meiner Brust geregt hätte.

Der Motorbazillus siedelte sich schon im Gymnasium in meinem System an. Infiziert wurde ich durch meinen langjährigen Nachbarn auf der Schulbank, Walter von Doblhoff. Der wußte mit der starren Einseitigkeit der Begabung schon mit sechzehn Jahren genau, was er wollte: Techniker, Autokonstrukteur werden, und verwirklichte diesen Plan in seinem späteren Leben auch aufs glänzendste. Stets hatte er sträfliche Konterbande unter seiner Schulbank: die alte österreichische Automobilzeitung, Konstruktionszeichnungen, Pläne.

Nun muß man wissen, wie es damals um die Jahrhundertwende war. Die wenigen Autofahrer in Wien und Österreich waren berühmte Pioniere. Die Straßen der inneren Stadt von Wien durften noch nicht von selbstbeweglichen Wagen durchfahren werden. Menschen und Rösser stürmten entsetzt nach allen Richtungen der Windrose auseinander, sobald sich solch ein fauchendes, rauchendes, stinkendes und häßliches Fahrzeug nur von weitem zeigte. Doblhoffs Abonnement der Autozeitung, verbunden mit seiner fanatischen Liebe zum Automobilismus, schufen im Schottengymnasium eine stille Autogemeinde, die sich auf mehrere Klassen erstreckte. In den Pausen pflegte sich das kleine Häuflein Autobesessener unauffällig zu treffen.

»Was hast du heute am Schulweg g'sehn?« Eine stereotype

Frage. Jeder hatte genau zu berichten, was er an selbstbeweglichen Fahrzeugen auf dem Schulweg gesehen hatte.

»Den Porsche hab' ich über den Ring fahren g'sehn, in dem neuen benzin-elektrischen Lohner-Porsche.«

»Und der Baron Liebig ist, ohne steckenzubleiben, in einem Tag von Wien nach Salzburg gefahren in einem Benz; um Mitternacht ist er von Wien weg und um 11 Uhr nachts am selben Tag war er schon in Salzburg; wirklich nicht aufgeschnitten!«

Solche begeisternde Nachrichten beschäftigten uns jedesmal lange. Daß wir daneben den Lehrplan des Obergymnasiums auch noch bewältigen konnten, spricht für unsere Begabung und Vielseitigkeit.

Der nächste Schritt brachte mich von theoretischer Anbetung zu beglückender praktischer Berührung mit dem neuen Zauberfahrzeug. Der Vater eines meiner Klassenkollegen war der Geldgeber in der Wiener Vertretung der einst berühmten französischen Firma De Dion-Bouton, und so wurde ich mitgenommen zum Fahr- und Übungsplatz der Vertretung auf den weiten Exerzierplätzen um die längst verschwundene rote Stubentor-Kaserne, dort, wo heute das Gebäude der Postsparkasse steht. Es war eine jener festungsartigen Kasernen, die der junge Kaiser Franz Josef zur Niederhaltung des aufrührerischen Wien gebaut hatte, in schreckhafter Erinnerung an die Ereignisse des Jahres 1848. Heute sind von diesen Kasernen nur mehr das Arsenal und die Rossauerkaserne übriggeblieben.

Ich weiß nicht, wie es kam: auf einmal saß ich auf einem jener teuflischen Dion-Dreiräder, von denen heute noch ein Exemplar im Wiener Technischen Museum bewundert werden kann – vielleicht ist es dasselbe, auf dem ich damals ritt. Unter rückenmark-erschütternden Stößen bewegte sich das unglaublich rohe und unstabile Fahrzeug mit mir im weiten Kasernenhof herum. Das Geknatter des Motors, den ich nach Belieben mit meinem Finger regulieren konnte, war Musik in meinen Ohren. Ich konnte vor Glück und Stolz kaum sprechen.

Bald gab es bei Curjel, derselben Firma, wo ich vor langen Jahren radfahren gelernt hatte, richtige Motorräder zu kaufen. Funkelnd lackiert standen sie, bestaunt von den Passanten, in der Auslage. Die Glut des Motorismus sprang von mir auf meinen jeder Neuigkeit holden Vater über, und im Nu waren zwei Maschinen bestellt. Ihre Lieferzeit fiel in eine kritische Zeit, in meine mündliche Matura hinein. Man hatte sich das Motorrad als königliches Geschenk für mich nach glücklich bestandener Prüfung gedacht. Aber unglücklicherweise kam es zu früh, gerade zu Beginn jener freien Woche knapp vor der Prüfung, die den Kandidaten humanerweise zum stillen häuslichen Studium zugestanden wird. Derselbe Herr Kurz, der, wie so viele andere männliche Wesen, dem unwiderstehlichen Reiz meiner Gabriele, der frohen Seele, zur Zeit meiner Radfahrlehrstunden zum Opfer gefallen war, kam jetzt, sichtlich dicker und älter geworden, die himmelblauen Porzellanaugen noch etwas mehr hervorstehend, auf einem vor Neuheit blitzenden und den wonnigen Geruch frischen Lacks und heißen Eisens ausströmenden Motorrad der Firma Laurin und Klement überraschend die große, falsch überhöhte und mit verräterischen kugelrunden Donaukieseln bestreute Auffahrt in Altenberg heraufgestürmt und riß in besagter Kurve einen eleganten Stern, ohne daß Roß und Reiter dabei aber Schaden nahmen.

Den Schaden nahm ich. Denn eben noch ins intensive Studium der unvergeßlichen mittelhochdeutschen Minnesänger und ebenso unvergeßlichen Dichter des Göttinger Hainbundes vergraben, wurde ich jetzt durch die neue Maschine in die modernste, ungleich spannendere Wirklichkeit hinübergerissen. Vergessen war das Studium der deutschen Literatur und der Mathematik, ich lebte nur mehr für das neue Motorrad. Herr Kurz verschwand sofort, ohne daß ich es überhaupt merkte, fuhr mit der Bahn nach Wien und erschien in verblüffend kurzer Zeit mit dem zweiten Motorrad wieder, das dem ersten so ähnlich sah wie ein Ei dem anderen.

Meine Eltern waren in Wien, ich war ganz allein. Eine Weile saß ich stumm vor den Maschinen, sog ihr Bild, ihren heißen Lack-Metallgeruch wie Weihrauch ein, tastete scheu-liebkosend ihre Konturen ab. Dann aber fiel mir ein, daß Motorfahrzeuge nicht nur Gegenstände stiller Anbetung seien. Nach kurzer Wahl, welche der beiden die meine werden sollte, schwang ich mich auf eine der Maschinen und fuhr hinaus ins Tullner Feld.

Die Laurin und Klement lief wie ein Glöckerl, und das

war verwunderlich bei der geradezu unsagbaren Primitivität ihrer Bauart. Auch von diesem Modell ist eines im Technischen Museum zu sehen. Aber wer würde heute noch auf so was fahren! Die Maschine hatte einen Oberflächenvergaser, das heißt einfach ein Reservoir, aus dem Benzin in ein Ansaugrohr hinein verdampfte, in dem wieder ein Jalousieverschluß die Luftzufuhr regelte. Je stärker es beutelte, desto besser war die Vergasung. Daher fuhr man als Fachmann an einem kalten Morgen beim Start gerne auf holprigem Pflaster herum, bis die Maschine angewärmt war. Bei starker Kälte schüttete man einfach kochendes Wasser ins Benzin – zur Anwärmung. Eine oszillierende mechanische Abreißzündung mit wuchtigem, laut klapperndem Gestänge, gespeist von einem ebenfalls oszillierenden – nicht rotierenden – Niederspannungsmagneten! Als Kraftübertragung ein flacher Lederriemen, keine Kupplung, keine Übersetzung. Man schob die Maschine mit Temperament und Schwung an, lief nebenher, und wenn der Motor das erste Lebenszeichen von sich gab, schwang man sich beherzt in den Sattel, aber hurtig, sonst landete man mit dem Bauch auf der Maschine und strampelte ohnmächtig mit den Beinen in der Luft. War man glücklich in Fahrt, hieß es: nur nicht stehenbleiben, weiter um jeden Preis! Denn Stehenbleiben bedeutete neuerliches Anschieben mit allen seinen Qualen und Gefahren. Und erst bergauf! Wenn ihr es auch nicht glauben wollt, ihr verweichlichten heutigen Motorradfahrer: damals hatte man weder Kupplung noch Getriebe. Daher wirkte der Anblick einer vor ihm sich bergauf schlängelnden Straße auf den damaligen Motorfahrer wie das rote Tuch auf den Stier: Vollgas – Vorzündung und hinauf!

Man begreift nach dieser Schilderung: An den schon mittelalterlich gewordenen Adolf Lorenz stellte dieser neue Sport recht bedenkliche Anforderungen der Geschicklichkeit und des Mutes. Und an mich keine geringeren bei unseren gemeinsamen Fahrten. Das Aufspringen lernte mein Vater nicht mehr, ich mußte ihn immer zuerst anschieben und dann auf meiner Maschine nachfahren. Aber wohin ging die Fahrt? Selten dorthin, wohin sie geplant war. Man wollte etwa nach St. Pölten, mein stets vorausfahrender Vater verfehlte den Weg – Stehenbleiben war ja verboten –, und auf einmal hatte man die

Silhouette von Krems vor sich. Aber die Fortbewegung an sich war ja das holde Wunder, gleichgültig, wohin man kam.

Ist es verwunderlich, daß ich die freie Woche nicht zum Maturastudium verwendete? Ist es verwunderlich, daß mein mit dem Motorbazillus gleich schwer infizierter Vater mich nicht dazu anhielt, trotz der klagenden Rufe, die Mama Lorenz uns bei unseren stürmischen Ausfahrten nachrief, wobei das ganze Dorf Altenberg Spalier stand? Ja, ich war sogar so verblendet, in meiner schönen Maturaadjustierung von Altenberg nach Wien ins Schottengymnasium zur Prüfung mit dem Motorrad zu fahren, hinein in den Schottenhof, wo die verängstigten Maturanten wie die Schafe vor dem Stall viel zu früh schon vor der verschlossenen Türe warteten.

»Der Lorenz is da mit an Motorradl, der Lorenz hat a neix Motorradl«, ertönte es vielstimmig. Mein motorbesessener Freund Doblhoff war wie versteinert vor Entzücken.

»Darf ich's einmal probieren?«

»Natürlich«; er war ja theoretisch besser ausgebildet als ich. So fuhr er, knapp vor der Matura, im Schottenhof seine Kreise und schob dabei um ein Haar den schrecklichen Herrn Landesschulinspektor um, der sich soeben dräuend und bauchwackelnd heranwälzte. Die Gymnasiumtür war schon für Maturanten geöffnet, aber, o Schmach! alle hatten nur Augen für den seine Kreise ziehenden Doblhoff und hatten ganz das vergessen, was ihrer wartete. Daß wir die Matura doch bestanden – ich mit großen Öllandkarten auf dem Anzug, staubig, mit zerschundenen Schuhen und Händen –, war ein wahres Wunder.

Nun war ich frei und unbeschwert, angehender stud. med., respektive k. u. k. Einjährig-Freiwilliger, hatte ein neues Motorrad zwischen den Beinen – – –, die Welt gehörte mir!

Rückschläge ließen nicht auf sich warten. Die Straßen von damals waren unvorstellbar schlecht, eng, voller Wasserrasten, mit tückischen, überflüssigen Kurven; das Scheuen der Pferdefuhrwerke war eine ernste Gefahr, zerbrochene Deichseln, im Straßengraben liegende Wagen, Kinderwimmern unter Trümmern waren alltägliche Vorkommnisse, ebenso wie ständige gerichtliche Vorladungen und Strafen.

Der größte Feind des einspurigen Motorrades war der Regen, der die Naturstraßen in schlitzig-lehmige Ackerfelder verwandelte. Einmal kleschte mein Vater in voller Fahrt aus und bremste seinen Schwung auf der Straße mit der Nase ab. Die Haut war völlig von ihr abgezogen, die Blutung so beträchtlich, daß er in einem nahen Kleeacker die Pflanzen büschelweise ausraufte und damit die Blutung zu stillen versuchte. Bei der Heimfahrt scheuten nicht nur die Pferde, sondern auch die Menschen vor ihm, begreiflicherweise: nach dem Komment der Zeit von Kopf bis Fuß in schwarzes Leder gehüllt, voll Staub und Ölspritzer, eine schwarze Kappe auf dem Kopfe, mit riesigen schwarzen Brillen, fliegendem, verstaubtem und veröltem Wotansbart und einem blutigen Notverband über der Nase – er sah aus wie eine polynesische Teufelsfratze.

Die Nachricht von Lorenz' neuem Sport verbreitete sich rasch im Wiener Allgemeinen Krankenhaus, dafür sorgte mein Vater selbst durch glutvolle Schilderungen seiner Erlebnisse. Am Morgen nach dem Unfall begegneten wir im 9. Hof dem Dermatologen Neumann. Mit spitzem Finger wies er auf meines Vaters Nase und krächzte höhnisch: »Aha, das Motorrad! Das kommt davon!« und ging seines Weges. Gleich darauf trafen wir den gestrengen Professor Ernest Fuchs.

»Bist du am Ende mit dem Motorrad gestürzt?«

Bald hieß es überall in Wiener akademischen Kreisen: Haben Sie den Lorenz schon gesehen mit seiner zerschundenen Nase? Unglaublich! Motorradfahren! Ein Universitätsprofessor!

Aber mein Vater gab nicht auf. Es war für einen Chirurgen wirklich unverantwortlich, seinen Körper, vor allem seine kostbaren Hände, ständig so bedenkenlos zu gefährden. Die Frau Professor protestierte wohl, aber wir hörten nicht auf sie. Alle Tischgespräche drehten sich ausschließlich um den Motorsport. Unsere schönen Reitpferde wurden nur mehr nachlässig geritten, zu unser beider Schande hatten wir einfach keine Zeit mehr für sie. Es ging uns auch zu langsam; all unser Sinnen und Trachten gehörte dem Motorrad. Ein Glück, daß der Hofrat Albert diese Zeit nicht mehr erlebte. Ich hörte im Geiste seine Stimme:

»Na, Lorenz, ham S' wieder was Neues, das hat Ihna noch gfehlt. Chirurg, und mit so ana Teufelskraxn fahrn, ham S' ka Angst um Ihre Händ', ka Angst vor aner offenen Fraktur? Und der Bub? Wolln S' ihn jetzt schnell noch zum Krüppel machn, nachdem er alle Ihre Versuche dazu bisher glücklich überstanden hat?«

Beinahe wäre das jugendliche Ungestüm meines Vaters einmal schwer gestraft worden, als wir auf einer größeren Ausfahrt nach Westen bei Kemmelbach an der Linzerstraße von einem Schnürlregen erwischt wurden. Lorenz stürzte auf dem erweichten Weg so unglücklich, daß er eine penetrierende Schürfwunde am zweiten Gelenk des Mittelfingers erlitt. Ich erinnere mich noch, wie der Anblick des glänzend blauweißen zutage liegenden Gelenkknorpels mich erschreckte. Das bedeutete im günstigen Falle Ausheilung mit einem versteiften krummen Finger, also gerade das, was ein orthopädischer Chirurg an seinen Händen brauchen konnte!

Lorenz bestieg im glücklicherweise nahen Ybbs den eben fälligen Donaudampfer, ich fuhr allein und bedrückt nach Altenberg zurück. Was würde aus der häßlichen Handverletzung werden?

Natürlich wurde gar nichts daraus, wie bei Lorenz nicht anders zu erwarten, die verschmutzte Wunde heilte nicht nur per primam, sondern die Bewegung des Gelenkes stellte sich völlig wieder ein – Lorenz und sein Glück! In gewohnter Art antwortete er auf meine Bemerkung, daß so eine Heilung unerhört selten sei, ruhig: »Na, gar so was Großartiges kann ich daran nicht finden, es ist eben geheilt und damit basta.«

Aber die Sache hatte noch ein chirurgisches Nachspiel: Einige Wochen später begann das Gelenk plötzlich zu schwellen und sich zu röten, schmerzhaft zu werden, Symptome der akuten Entzündung zu zeigen. Offenbar ein Spätabszeß. Nicht zu verwundern bei der verschmutzten Wunde! Penicillin gab es damals noch nicht. Bevor ich aber incidieren konnte, brach das Gelenk von selbst auf und spuckte ein seltsames Gebilde aus: einen ungefähr einen Zentimeter langen Stein, der geformt war wie ein veritabler Sargdeckel. Ihn trug Lorenz fortan als Talisman im Geldbörsel. Das Gelenk wurde auch nach diesem Zwischenfall wieder normal.

Jahrelang waren wir von nun an auf der Jagd nach dem idealen Motorrad wie früher nach dem idealen Pferd.

Alle Typen und Größen der Laurin und Klement-Fabrik, später auch Maschinen ausländischer Provenienz, gingen durch unsere Hände. Alljährlicher Maschinenwechsel war damals kein Luxus, sondern kostete jedesmal nur ein paar hundert Kronen Aufzahlung.

Mit dem Aufkommen des Automobils zog sich Lorenz allmählich von den harten und gefährlichen Freuden des Motorrades zurück. Ich trennte mich aber nur zögernd von ihm. Wer tut das auch gerne, der einmal die Wonne gekostet hat, auf einem starken Motorrad dahinzubrausen? Leicht wird man da überheblich und übermütig, wenn man erkennt: man ist der Herr der Landstraße; jeder Wagen vor einem wird rasch größer, rückt im Fluge näher, wenn man nur will. Bergan gar könnte man glauben, alle Fahrzeuge kröchen nur dahin im Vergleich zur eigenen himmelsstürmenden Maschine.

Allmählich eroberte das Auto den Platz des Motorrades in der Familie Lorenz, vor allem weil die Frau Professor ein Interesse an bequemer Lokomotion hatte. Automobile erreichten um das Jahr 1905 schon eine beachtliche Höhe der Betriebssicherheit, und der Verkauf bestimmter Marken begann sich zu organisieren. Händler umschwärmten und lockten den bekannten Sportsmann Adolf Lorenz mit harmlosen, zu nichts verpflichtenden Probefahrten, deren jede aber doch einen Stachel des Begehrens in seinem Busen zurückließ, und merkten bald, daß der Weg zur Automobilisierung der Familie Lorenz über mich führte. So wurde ich geschätzter und geachteter Habitué in den Wiener Autovertretungen. Ordentlich Autofahren gelernt habe ich eigentlich nie. Autoschulen oder einen Zwang, solche zu besuchen, gab es noch nicht. Die Theorie kannte ich von klein auf, und so war es nicht erstaunlich, daß ich perfekt fuhr, als ich mich zum erstenmal hinter ein Lenkrad setzte, um so weniger, als ich ja ein gewiegter Motorradfahrer war. Der große Schrei waren damals Mercedes und Fiat; nach qualvollem Schwanken und erbitterten häuslichen Debatten fiel unsere, das heißt meine Wahl auf Fiat.

Nun war es aber damals nicht so leicht wie später, wo einen Wagen kaufen hieß: ins Geschäft gehen, zahlen, einsteigen und wegfahren. Da kam zunächst die Bestellung in der fernen Fabrik; dann banges, schweigendes Warten. Wiederholte Anfragen in der Niederlage: Ist das Chassis schon da? Nein, noch nicht.

Plötzlich die elektrisierende telephonische Nachricht: Das Fiat-Chassis ist da! Das bekam zunächst eine Notkarosserie aus morschen Heurigenbänken oder alten zerfallenden, weidengeflochtenen Gartenstühlen, die mit Stricken und Klammern befestigt wurden. So begannen die Probefahrten, denn daß das Chassis betriebsfähig sei, wenn es die Fabrik verließ, war gar nicht so sicher und wurde auch nicht angenommen. Es war eine harte Strapaze, denn noch fehlten ja auch die Kotflügel, und bei nassem Wetter bekam man in den Kurven eine volle weiche Woge von Schlamm aufs Gesicht aufgelegt, wie die Damen in einem beauty-parlour. Unter einem Freund von mir brach einmal der morsche Stuhl, und er mußte stehend, wie ein römischer Quadriga-Lenker, nach Hause fahren. Dann kam die Qual der Wahl bezüglich des Karosseriebauers. Armbruster, Lohner oder Keibl, das war die Frage. Einem von den dreien wurde schließlich der Bau übertragen, ganz aus Holz natürlich, bei dem der Erbauer mit der Andacht, Gründlichkeit und Langsamkeit eines gotischen Dombaumeisters vorging.

Schließlich war das stolze Gebäude fertig, es fehlte nur noch die Lackierung. Vorher mußte das Holz aber noch austrocknen. Dann wurde grundiert, gestrichen, gekittet, geschliffen, lackiert – alles mit Hand und Pinsel –, wer hätte an Spritzlakkierung gedacht! Der Besitzer des Wagens besuchte fleißig die Bauhütte und war erfreut und gerührt auch über die geringsten Fortschritte.

Schließlich, nach Wochen, kam der große Tag des Stapellaufes. Da zeigte sich dann, daß der Anstreicher die Luftklappe des Vergasers mit Farbe zugepappt hatte oder daß die Kotflügel so niedrig angebracht waren, daß sie bei belastetem Wagen auf den Pneus streiften und ähnliches mehr. Man sieht, so ein Wagen mußte schwer verdient werden.

Wir hatten eben alle diese peinlichen Stadien mit einem 16-HP-Fiat-Chassis durchgemacht, als zweierlei geschah:

Erstens kam Mr. Ogden Armour, der Vater der Chikagoer Fleischprinzessin, die Lorenz in Amerika operiert hatte, mit Frau und Kind in einem pompösen roten 40-HP-Mercedes angefahren, und zweitens fand gerade im Gartenbaugebäude auf der Ringstraße eine Autoausstellung statt, auf der ein glänzend ausgestatteter 40-HP-Fiatwagen fix und fertig als Glanzstück prangte. Den Wagen sehen und kaufen, war für Lorenz eins, so stark war er infiziert. Und so erlebte er den Triumph, gleichzeitig mit Mr. Armours Mercedes im funkelnd-neuen 40-HP-Fiat in Altenberg einzufahren. Die letzten zwei Reitpferde wurden eben durchs Hintertürl abgeführt. Das war der endgültige Sieg der Motorisierung im Hause Lorenz.

Nun begann ein neues motorisches Leben mit bequemen Familienreisen in fernste Länder. Man versah sich mit Empfehlungsbriefen an benzinverschleißende Drogisten und Apotheker – denn Benzinstationen gab es noch keine –, und dann ging's hinaus ins Weite.

Wie unsicher, wird man einwenden, mit einem Wagen von 1905! Wie sah er aus im Vergleich zu einem heutigen? Er hatte eine Menge unbegreiflicher Komplikationen, aber was die Betriebssicherheit anlangt, Raum und Bequemlichkeit, war er, so grotesk das klingen mag, eher verläßlicher und wohnlicher als ein moderner. Komplikationen: vorn schmale, hinten breite Reifen; man mußte also zweierlei Reserven mithaben. Dann hatte er einen lärmenden, ölspritzenden Kettenantrieb, keinen geräuschlosen direkten Gang, man saß auf den Vordersitzen schutzlos gegen Wind und Wetter, hatte keine Türen, keine Scheiben. Schließlich war der Wagen hoch wie ein Turm; man kletterte zum Lenkersitz hinauf wie der Maschinist auf den Führerstand der Lokomotive. Dafür saß man frei und königlich droben und blickte wie von einer Aussichtswarte aus über Land.

Und an Betriebssicherheit stand er heutigen Wagen kaum nach: Er hatte weniger Defektmöglichkeiten, vor allem, weil die Maschine noch nicht restlos dem Teufel der Elektrizität untertan war. Es gab noch kein Zittern vor den Launen der Batterie. Man hatte keine, man kurbelte mit einer bequemen, ehrlichen Kurbel an; gegen Rückschlag sicherte ein Dekompressor. Man hatte keine elektrische, sondern Azetylenbeleuchtung, keine elektrische, sondern eine gute Gummiballonhupe – wenn der Ballon einriß, hielt man den Defekt einfach mit der Fingerkuppe zu –, keinen Scheibenwischer, weil keine Scheibe. Kabelleitungen, diese tückischen Fehlerquellen, hatte der alte Wagen nicht, nur eine Drahtstange vom Niederspannungsmagnet zur Abreißzündung. Der Motor war schwer und groß, fraß viel Benzin, dafür war er verläßlich wie eine Schiffsmaschine. Da gab es keinen geheimnisvollen Kurzschluß, zu dessen Behebung ein Spezialist notwendig ist, keine mystischen Induktionsströme, nur die ehrliche, einfach zu handhabende Abreißzündung. Die Azetylenbeleuchtung stank mitunter ein wenig, aber solange Karbid und Wasser da waren, brannte sie mit strahlend weißem Licht. Das hintere Karosserieende ragte hoch gen Himmel wie das Heck eines alten Kauffahrteischiffes. Dafür war dort der gegebene Platz für einen riesigen Überkoffer, in dem kleinere und größere Koffer Platz fanden. Es lebe der Rückschritt! Hoch das verläßliche, geräumige, bequeme Auto von 1905!

Und wie poetisch war damals das Autoreisen: stundenlang fuhr man allein dahin auf weiter Landstraße. Plötzlich taucht eine mächtige Staubwolke am Horizont auf: ein Wagen! Erregung bemächtigt sich der Besatzung. Es ist wie auf hoher See. Wer wird es sein? Man kommt näher, verlangsamt, bleibt stehen. Siehe da, ein Fremdling! Wir kennen ihn nicht, er gehört nicht zum Wiener Automobilistenkreis. Wer kann es sein? Man steigt aus, grüßt, fragt nach dem Wohin und dem Woher, schließlich nach Name und Art des Reisenden, gibt Auskunft, lobt, preist den eigenen Wagen und fährt unter Segenswünschen wieder weiter. Das war einst der »bon ton« des Automobilismus. In der Wüste einander begegnende Karawanen befolgen, glaube ich, heute noch diesen Ritus.

In Mittagsstationen setzten sich die eintreffenden Motoristen selbstverständlich zusammen, sprachen ausschließlich von Motoren und überboten einander in Aufschneidereien, etwa, daß man den Semmering ohne Stehenbleiben und Auskühlen in *einem* Zug hinaufgefahren sei oder daß man das Mariahilferbergl mit der Vierten bewältigt habe. Man renommierte auch hinsichtlich der Bereifung: »2000 Kilometer habe ich auf dieser Garnitur ohne Defekt zurückgelegt!« Das war viel für damals, denn die Pneus waren heikel, dünne Gummiwülste, die, ob neu oder alt, jeden Moment platzen konnten. Man mußte sie deshalb vor Überhitzung schützen und begoß sie alle paar Kilometer mit Wasser. Dafür hatte ich außen am Wagen eine Gießkanne hängen, auf die ich sehr stolz war. Wo ein Brünnlein am Wege stand – und das ist in unseren Bergen recht häufig –, wurde angehalten, um die Pneus zu begießen. Man wußte auch noch nicht, daß ein gut profilierter Gummireifen ein sicherer Gleitschutz sei. Deshalb wurde auf dem Gummireifen ein nägelstarrender Ledermantel montiert, der »Antiderapant Samson«. Der Name Samson war jedoch irreführend: Er war schwach wie ein Kind, der Pneu hielt deshalb nicht um einen Kilometer länger, im Gegenteil, Sand kroch unter das Leder und machte das Rad unrund, so daß man nur holpernd fahren konnte.

Die Lorenzsche »Jagd nach dem Glück« – diesmal nach dem vollkommenen Auto – ging natürlich weiter. Fast alljährlich drohte die Aufregung über einen neuen Wagenwechsel die Grundlagen des Familienlebens zu erschüttern.

Die Jahre vergingen, die beiden Lorenze wurden immer älter, die Wagen immer jünger, eleganter, moderner, der Platz zum Sitzen immer enger, die Kopfhöhe geschlossener Wagen, die jetzt aufkamen, immer geringer, so daß mein Vater sich immer wieder fluchend den Kopf an der Decke anstieß. Dafür hatten wir Stromlinienkarosserien, in denen man hinten kaum ein kleines Handtascherl unterbringen konnte, statt der geräumigen Koffer meiner Jugendtage, und nur ein Reserverad, statt des handgreiflichen Vorteils von zweien.

Ich heiratete und begann mit meiner Frau unserem speziellen Wagenideal nachzujagen – und so verwandelten sich die guten alten Ställe in Altenberg in eine Großgarage. Aber manchmal gab es mir doch einen leisen Stich, wenn der Kühler meines Talbot-Sport an der verlassenen Steinkrippe meines längst im Pferdehimmel weilenden Bubi schnupperte.

Es begann die amerikanische Periode unseres Lebens, auch des motorischen, und die Sitte bürgerte sich bei uns ein, alljährlich einen amerikanischen Wagen anzuschaffen, mit ihm eine schöne Reise durch Westeuropa zu machen, ihn über Sommer zu Hause zu benützen und ihn im Herbst wieder nach Amerika mitzunehmen. Für ein paar hundert Dollar Aufzahlung bekamen wir dann jedesmal das nächste neue Modell. Das hatte den Vorteil ewiger Jugend unserer Wagen, ließ mich aber allmählich alle meine in Jugendtagen erworbenen Kenntnisse über Vergaser- und Zündungsreparaturen vergessen, so wie die Fertigkeit des Radauswechselns, denn unsere Pneus hielten stets die ganze Saison über.

Eines »feurigen« amerikanischen Autoerlebnisses sei noch gedacht:

Mein Vater war Kettenraucher von Pfeifen. Das ist, von der Belästigung der Geruchsnerven der in der Nähe Befindlichen abgesehen, ein relativ harmloses Vergnügen, wenn man ihm allein in stiller Stube oder unter einem Apfelbaum sitzend huldigt. Nicht so im Auto und gar im offenen. Mein Vater saß stets neben mir im Frontsitz, die arme Mama hinten – und so wurde sie ständig vom Funkenflug aus der Pfeife des Gemahls gefährdet. Da half kein »Aber Adolf!«. Größere oder kleinere Brandlöcher in der Kleidung und dem damals üblichen Autoschleier, bei Aufenthalten vorwurfsvoll zur Schau gestellt, machten keinen Eindruck auf den Gatten.

So gewöhnte sich die Frau Professor schließlich an den Funkenflug als unvermeidliche Beigabe des Autofahrens in Gesellschaft des Gatten.

Der geschlossene Wagen brachte Vor- und Nachteile für das Auto-Pfeifenrauchen meines Vaters: Ein Vorteil für ihn lag in der Möglichkeit, unbegrenzt Pfeifen zu stopfen und anzuzünden, was im offenen Wagen ohne anzuhalten glücklicherweise unmöglich war. Ein Nachteil für den Wagen war das Wegwerfen des gebrauchten Zündholzes. Wo ist es hingeflogen? Beim Fenster hinaus oder in die Polsterung? Ist es verlöscht, oder glimmt es noch? –

Wir hatten in New York wieder einmal einen neuen Wagen gekauft, diesmal ein ganz ausgefallenes Modell, das in Europa überhaupt nie bekannt wurde, einen Essex-Achtzylinder, eine Fehlkonstruktion, wie sich herausstellte, die rasch wieder von der Bildfläche verschwand.

Vater und Sohn machten eine Probefahrt, das Hudsontal hinauf. Ich war verstimmt über die sich dabei enthüllenden schlechten Qualitäten des Wagens, als wir nach New York zurückstrebten.

Ein neuer Wagen muß bekanntlich mit Glacéhandschuhen angefaßt werden. Man darf den Motor nicht überanstrengen, muß auf alle Gefahrenzeichen von seiten der Kühlung, der Zündung, der Kabelleitungen achten. Der Geruchsinn muß auf der Hut sein. Riecht es nach heißem Eisen, ist das ebenso ein Gefahrenzeichen wie der Geruch von heißem Gummi. Da ich ein nervöser und pessimistischer Einfahrer bin, fuhr ich in latentem Lauerzustand heimwärts.

Mein Vater qualmte, seelisch völlig unbeschwert, neben mir seine Pfeife. Da hob ich meine Nase schnuppernd in die Luft: »Papa, riechst du nichts? Es brandelt ja.«

»Einfach lächerlich, das ist mein Tabak.«

Aber zur Warnung durch den Geruchsinn gesellte sich die der Augen: Ich glaubte deutlich dünnen Rauch zu meinen Füßen zu sehen. Oder täuschte ich mich in beginnender Nervosität? Also anhalten und die Motorhaube aufmachen. Sicher ein Kurzschluß! Aber da vorne ist alles in Ordnung, der Motor läuft wie eine Nähmaschine.

»Du bist nervös, junger Mann«, spottet mein Vater.

Noch mehrmals halte ich an, beschnuppere den Wagen vorne und hinten, oben und unten – nichts!

Weiter nach New York hinein. Schon sind wir über die Washington-Bridge, fahren durch eine der breiten Querstraßen gegen den Central Park.

Aber jetzt sind Rauch und Gestank sicher keine Halluzinationen mehr! Es stinkt und raucht in unserem Teufelswagen wie bei einem mittelalterlichen Autodafé. Ich muß doch einmal bei den freien Hintersitzen nachschauen! Auf der sonntäglich leeren Straße halte ich und hebe die Polsterbank der Hintersitze. Helle Flammen und Rauch schlagen mir entgegen. Gerade daß ich die Polsterbank noch rasch auf den Asphalt werfen kann, ohne selbst Feuer zu fangen. Wie löschen? Woher rasch Wasser nehmen?

Aber mein Autoschutzengel war schon zur Hand gewesen: In New York besteht die sonderbare, aber für meine Situation segensreiche Einrichtung, daß die Blumenläden auch sonntags geöffnet sind. Und gerade vor einem solchen hieß mich mein Schutzengel anhalten!

Ich stürze in den Laden: »Wasser, rasch Wasser!«

Vor mir steht eine gefüllte Gießkanne, mit der ich hinausstürze. Man muß mich für verrückt gehalten haben. Jetzt war der Brand im Nu gelöscht, ich trug die Kanne mit verbindlichen Erklärungen zurück und kaufte als Dank zwei Gardenien, die New Yorker fashionable Knopflochblume des Herrn für die Abendkleidung. Wir mußten nämlich am selben Abend noch ausgehen.

Mein Vater war unbeweglich, seine Pfeife paffend, im Wagen sitzen geblieben.

»Wo bleibst du denn, Albert, was machst du denn?«

Das war wirklich die Höhe Lorenzscher Unnervosität.

»Blumen gießen bin ich gegangen. Merkst du denn noch immer nichts?«

»Na, wegen dem bissel Feuer! Du übertreibst ja immer wahnsinnig.«

Er hatte beim Pfeifenanzünden ein Zündholz zum Vorderfenster hinausgeworfen, das beim Rückfenster wieder den Weg ins Wageninnere gefunden und sich in der Polsterung verfangen hatte. Dort hatte das Feuer unter Luftabschluß stundenlang geglost; die plötzliche Luftzufuhr durch das Hochheben der Polsterbank hatte den Brand zu hellen Flammen entfacht.

Ein »feuriges« Abenteuer, wenn man bedenkt, daß, bloß durch eine dünne Blechwand getrennt, unter dem Feuerherd siebzig Liter Benzin nur darauf warteten, zu explodieren.

Klostergeschichten

Merkwürdig, wie fest Jugendeindrücke sich dem noch unbelasteten Gedächtnis einprägen. Lorenz war doch kurze vier Jahre, vom 11. bis 14. Lebensjahr, im Kloster St. Paul. Aber trotzdem haftete alles, was er dort gesehen und erlebt hatte, mit photographischer Treue in seinem Hirn; und obwohl er als armer Freiplätzler allerlei Demütigungen über sich hatte ergehen lassen müssen, war der Gesamteindruck seiner Erinnerungen doch ein positiver, ein froher. Er wurde nicht müde, immer wieder davon zu erzählen. Und es blieb nicht beim bloßen Erzählen; stets zog es ihn hin zur Stätte seiner Kindheit, stets nahm er temperamentvoll Anteil an allem Klostergeschehen.

Er pflegte zu sagen: »Wenn es damals schon ein Obergymnasium in St. Paul gegeben hätte, nie wäre es mir eingefallen, den sicheren Hafen des Klosters zu verlassen und hinaus in die rauhe Welt zu gehen. Wer sich an die Klostertür anlehnt, fällt nicht um. Ich wäre Kapitular in St. Paul geworden und mit der Zeit auch Abt.«

Auch so fühlte er sich als ungekrönter weltlicher Abt und mitverantwortlich für die Schicksale des Klosters.

In der Zeit nach dem Ersten Weltkrieg war – wie bei allen Stiften – die Hauptsorge der Patres von St. Paul die Wiederherstellung des schadhaften Daches. Mit dem Dachschaden beginnt der Verfall eines Gebäudes, und bei einem sich weit erstreckenden Klosterbau gibt es viele hundert Quadratmeter reparaturbedürftigen Daches. Die Reparaturen kosten aber viel Geld; woher es nehmen? Abt Gregor fragte seinen Neffen um Rat.

»Verkauft eure Gutenberg-Bibel«, war die Antwort.

Die Stiftsbibliothek besaß unter anderen Schätzen diese allen Bibliotheken bekannte Kostbarkeit. Lorenz gelang es durch seine amerikanischen Verbindungen, in New York einen reichen Liebhaber zu finden, der eine fette Summe bot, die die Dachreparatur reichlich deckte.

Vor allem verband Lorenz eine tiefe, nie verlöschende Dankbarkeit mit dem Abt Onkel Gregor, der als junger Kapitular ihm durch einen Sängerknaben-Freiplatz das Studium ermöglicht hatte. Lorenz war ein schlechter Vergesser, zeit seines Lebens blieb er dankbar für Wohltaten und eingedenk erlittener Unbilden.

Dieses St. Paul ist aber auch ein Platz, den ein für Schönheit empfänglicher Mensch nicht so leicht vergißt. In einem breiten Tal, das sich von Norden nach Süden erstreckt und östlich und westlich von den mächtigen geraden Rücken der Sau- und Koralpe begrenzt ist, erhebt sich ein steiler Felsen, auf dem Stift und Kirche stehen, während sich unten im Tal weitläufige Wirtschaftsgebäude an die Hänge des Stiftsberges schmiegen. Diese Erhebung ist ein strategischer Punkt des südlichen Lavanttales, er trug eine mittelalterliche Burg und wahrscheinlich schon einen Wachtturm des römischen Noricum.

Von den Fenstern der Stiftsäle sieht man wie aus einem niedrig fliegenden Flugzeug ins Land hinab: auf die bebuschten Ufer der sich schlängelnden Lavant, nach der zweitürmigen weißen Jesuitenkirche St. Andrä; man sieht auf unzählige Kirchlein und Kapellen, die weiß und rot aus dem Wald hervorlugen, man sieht auf die fruchtbare, obstbaumübersäte Talsohle, durch die sich das weiße Band der alten Bezirksstraße in unzähligen Kurven schlängelt, schön anzuschauen von hier oben, aber für den Autofahrer tückisch und ermüdend. Es ist ein erfreuendes Bild, bei dessen Anblick einem warm ums Herz wird. Und wenn man es gesehen hat, begreift man auch Adolf Lorenz' lebenslange Vorliebe für breite, übersichtliche Täler, die erst in der Ferne von Bergzügen umsäumt sind. Der Jugendeindruck war auch da für sein ganzes Leben nachhaltig.

In die Klosterpoesie alter Zeit wird man beim Betreten des Klosterhofes versetzt. Heilige Stille herrscht dort oben, eine mächtige, uralte Linde überschattet den Platz zwischen dem Hauptgebäude und der Kirche. Weithin hallen die Schritte der Brüder auf den Fliesen der breiten, romanisch gewölbten Kreuzgänge, von deren Wänden endlose Reihen branstig gewordener Abtporträts mürrisch herabschauen. Aus der Ferne dringen gedämpfte Laute vom Weltleben draußen ins Kloster herein, ein paarmal am Tag auch der hysterische Pfiff der Feld- und Wiesenbahn, die, wie ein Spielereizug anzusehen, am Fuße des Klosterberges vorüberzieht und bei jedem sie kreuzenden ungesicherten Fußpfad lange und klagend pfeift.

Das Kloster hat eine herrliche Bibliothek voll kostbarer Miniaturen, Handschriften und Inkunabeln; in den Gastzimmern hängen riesige Kremser-Schmidt-Gemälde, und die Zimmer der Brüder sind keine kahlen Klosterzellen, sondern behagliche Wohnräume, ausgestattet mit alten eingelegten Barockmöbeln; ab und zu ist auch ein eingebautes Privatbad dabei – also ein recht fortschrittliches Kloster.

Aber die Benediktiner von St. Paul führen kein beschaulich-zurückgezogenes Leben, sie stehen in engem Verkehr mit der Welt – durch ihr Gymnasium. Das Stift hat keine Kosten gescheut und unten im Tal ein Konvikt gebaut, das den modernsten Anforderungen entspricht und mit seinem weiten, hell gekachelten Winterschwimmbad einem englischen oder amerikanischen College nichts nachgibt. St. Paul ist kein Kloster, in dem man geistlichen Meditationen still nachhängen kann; alle Kapitulare müssen emsig tätig sein. Doktoren der Philosophie gibt es unter ihnen eine Menge, und alle Gegenstände des humanistischen Gymnasiums werden von Geistlichen gelehrt. Wer nicht im Gymnasium beschäftigt ist, hat einen verantwortungsvollen Posten im Betrieb der ausgedehnten Güter und Wälder des Stiftes. Wer sich also, mit der Welt zerfallen, vor ihr in stille Klostermauern zurückziehen will, ist in St. Paul fehl am Platze, so beschaulich es auch auf den ersten Blick aussehen mag.

Als ich in der fünften Gymnasialklasse war, nahm mich mein Vater zum erstenmal auf Besuch nach St. Paul mit, um mich dem Onkel Gregor, dem Beschützer seiner Jugend, vorzustellen. Der war eine imposante Erscheinung, wie geschaffen dafür, die Inful bei einer feierlichen Messe zu tragen. Er war gute zwei Meter groß, schlank und kerzengerade. Auf dem Körper saß ein vierschrötiger, aber edel geschnitzter schlesischer Bauernkopf mit hohen Backenknochen, ein Modell für eine Heiligenfigur in der Art Michael Pachers. Er liebte – im Gegensatz zum Geist des Stiftes – das eigenbrötlerische, einsame Leben und verbrachte daher viele Jahre als Leiter der ausgedehnten südsteirischen Weingüter des Klosters in einem herrlichen Barockpalast in Marburg. Er war kein Weltmann und ausgesprochen schüchtern, was mir erst viel später klar wurde.

Lorenz war wie ausgewechselt, sobald er den Boden von St. Paul betrat. Er sonnte sich in seinem Weltruhm gerade an der Stelle, wo er armer Freiplätzler gewesen war. Und seine alten Professoren, soweit sie noch lebten, führten ihn im Triumph den Gymnasiasten vor, um ihnen an einem lebenden Beispiel vor Augen zu führen, wie weit man es als Schüler des Stiftes bringen könne.

Nur *einen* alten geistlichen Herrn schnitt er mit einer betonten Schärfe und Nachdrücklichkeit, die dem offenen, undiplomatischen und freundlichen Lorenz sonst ganz fremd war. Das war der alte Pater Eberhard Katz. Lorenz übersah die ihm entgegengestreckte Hand, überhörte die Anreden von Katz, als sei er taub, und behandelte ihn überhaupt, als ob er Luft gewesen wäre. Denn er vergaß eine ihm als Kind von Pater Katz angetane Unbill nicht:

Als die Buben, so erzählte er mir oft, einmal paarweise im Klassenzimmer zu einem Ausgang antraten, setzte der kleine Adolfla, schon halb in der Türe, seinen Hut zu früh auf. Das versetzte den Pater Eberhard in hellauflodernde Wut, er wollte dem Buben mit seinem eisenspitzbewehrten Stock den Hut herunterschlagen, traf daneben und fügte ihm eine klaffende Rißwunde über der Schläfe zu, deren Narbe mir mein Vater immer wieder zeigte.

Jahrzehnte später kam eines Tages mein Vater ganz aufgeregt zum Mittagstisch, einen offenen Brief in der Hand: »Da schreibt mir Onkel Gregor, bei der kommenden Abtwahl stünden die Chancen ungefähr gleich zwischen ihm und dem Pater Katz. Aber er glaubt, bei seinem Alter sei er schon zu müde für die hohe Würde, er möchte sie am liebsten dem Katz überlassen.«

Lorenz kam in Hitze: »Warum teilt er mir das überhaupt mit? Zu faul und bequem ist er einfach. Er war schon immer so, besonders in seinem Schloß in Marburg. Aber ein schlechtes Gewissen hat er doch. Er braucht meinen Rat. Ich muß sofort nach St. Paul hinunter; Albert, wir fahren im Fiat.«

»Morgen früh?«

»Nein, sofort! Der Kerl, der Katz! Das wäre noch schöner, wenn der jetzt gar Abt würde!«

Ausnahmsweise durfte ich einmal den 40-HP-Fiat, ohne Papas Mahnungen zur Vorsicht und zum Langsamfahren, nach meiner Lust nach Süden sausen lassen, über die damals noch unvorstellbar vernachlässigte Straße durchs Mürztal, über den Obdachersattel ins Lavanttal – und in der Abenddämmerung des gleichen Tages, an dem Lorenz zu Mittag den Brief erhalten hatte, fuhren wir überraschend in St. Paul ein.

Das sonst so ruhige Stift war wie ein aufgerührter Ameisenhaufen. Mit gesammelten Mienen eilten die Fratres in ungewöhnlicher Schnelle über die Gänge, oder sie standen in Haufen beisammen und flüsterten aufgeregt – man sah gleich: Hier ist etwas los! Unser unerwartetes Hereinplatzen wurde gleich richtig gedeutet. Lorenz stürzte sofort zum Pater Gregor, der ihn verlegen empfing. Lange blieben die beiden in der Klausur. Als sie wieder erschienen, hatte der Onkel Gregor ein gequältes, verlegenes Gesicht und stammelte sein gewohntes: »I nu na, na ja ...«, während Lorenz mit lebhaft ausgreifenden Gebärden, laut und ohne der Umgebung zu achten, auf ihn einsprach: »Du mußt einfach, Onkel Gregor, sei froh, daß ich nicht Kapitular bin, dann hättest du heute mich zum Gegenkandidaten, und gegen mich, das versichere ich dir, hättest du einen schweren Stand.«

An der abendlichen Klostertafel, der wir als Gäste beiwohnten, war die Stimmung gedrückt, das Gespräch über weit hergeholte Gegenstände floß zäh dahin.

Nächsten Morgen saßen die Geistlichen lange im geheimen Konklave, während die beiden Lorenze in der Umgebung des Stiftes herumschlenderten. Mein Vater war Feuer und Flamme für die Wahl seines Onkels.

»Dieser Katz, dieser Kinderschinder, da schau her, fürs Leben trage ich sein Zeichen, wenn der Prälat werden sollte, das wäre doch unglaublich! Nur wegen der Bequemlichkeit des Gregor; so ein fauler Kerl, jetzt möchte er sich gar sträuben, Abt zu werden. Aber ich hab's ihm hineingesagt, darauf kannst du dich verlassen.«

»Na, und ... ?«

Lorenz machte Gregors Redeweise nach: »Na ja, nu ebn, aber doch ... Schließlich aber gab er nach und versprach, die Wahl anzunehmen.«

So wurde Pater Gregor Abt des Stiftes St. Paul und ein paar Jahre später Benediktiner-General von Österreich. Keinen imposanteren Anblick konnte man sich vorstellen, als wenn der zwei Meter lange Abt Gregor in kirchlichem Pomp, die hohe, glitzernde Inful auf dem Kopfe, den Krummstab in der behandschuhten, ringgeschmückten Hand, aus der kleinen Sakristei, unter deren Tür er sich bücken mußte, zum Pontifikalamt schritt, umgeben von seinem geistlichen Gefolge, umwallt von blauem Weihrauch, umbraust von Orgelakkorden.

Die Jahre fliegen im Sturm dahin. Fast jeden Sommer besuchten Vater und Sohn das liebe vertraute St. Paul. Alle werden merklich jedes Jahr älter, das sieht man erst, wenn man sie eine Weile nicht gesehen hat, nur Lorenz bleibt unverwüstlich. Merkwürdig, das aufregungslose Klosterleben scheint den Menschen nicht so frisch zu erhalten, wie wenn er sich draußen in der Welt täglich an ihren harten Kanten reiben muß.

Der Pater Katz ist schon uralt und verrunzelt, nur seine scharfen Augen blicken immer noch mißtrauisch und bitter. Bis eines Sommers auch er weg ist; drüben ruht er, im lauschigen Klosterfriedhof, zu Füßen des Stiftsberges. Die alte Garde der Patres, die Lorenz noch von Jugend auf kannten, lichtet sich stark, die Überlebenden werden immer grauer und gebückter.

Endlich hat auch der alte Onkel Gregor zum letztenmal geatmet. Es ist ein trüber Novembertag, an dem wir zum Leichenbegängnis nach St. Paul fahren. Auf dem Obdachersattel liegt schon eine leichte Schneedecke, die im Nebel grau aussieht wie der Himmel.

Ein Sarg für den zwei Meter langen Onkel Gregor mußte nach Maß gemacht werden. »Du bist die Auferstehung und das Leben, wer an Dich glaubt, wird leben, auch wenn er gestorben ist.« Die Äbte folgen einander so rasch wie die Päpste. Es ist ihnen nicht mehr allzuviel Zeit gegeben, wenn sie ans Ruder kommen.

Noch einmal besucht die Familie Lorenz, diesmal auch meine Mutter, St. Paul. Ein neuer, sehr lustiger Abt, verhältnismäßig jung, regiert. Es war Lorenz' letzter Besuch, aber nicht seine letzte Sorge um »sein« Stift. Als der junge Abt plötzlich stirbt und der neue wegen eines Magenleidens zur Operation nach Wien kommen muß, ist Lorenz um ihn besorgt wie um einen Sohn. Der Abt kehrt wieder heim nach St. Paul, ein hinsiechender Mann; gegen die unheilbare Geschwulst war die ärztliche Kunst machtlos.

Knapp vor Ausbruch des Zweiten Weltkrieges besuchten meine junge Frau und ich ihn auf unserer Hochzeitsreise. War das noch das alte, gemütliche St. Paul? Schien es nur so, oder lag wirklich ein Schleier leichten Nebels über dem Tal? Oder war das eine düstere Vorahnung, die über unseren eigenen Seelen lag?

Noch einmal kamen wir nach St. Paul, zur Enthüllung der Gedenktafel für Adolf Lorenz. Sie ist im Kreuzgang eingemauert, neben der Hugo Wolfs, auch eines berühmten St. Paulers. Davon soll am Schlusse dieses Buches noch die Rede sein. Aber merkwürdig: Ich habe doch keine so sinnfälligen Beziehungen zu dem Kloster wie mein Vater, aber es ist mir stets, als ob ich heimkommen würde, sooft auf der Fahrt das Lavanttal hinunter die vertrauten Türme der St. Pauler Kirche vor mir auftauchen ...

Siebzigster Geburtstag

Bei uns muß der akademische Lehrer mit siebzig Jahren von seinem Amt zurücktreten. Man nimmt an, daß gerade im siebenten Lebensjahrzehnt die graue Gehirnsubstanz sich zu desintegrieren beginnt, obwohl dieser Prozeß bei manchem schon um fünfzig oder früher anfängt, während er sich bei anderen auch mit neunzig noch nicht eingestellt hat; siehe Lorenz.

Auf der Klinik gab es zum siebzigsten Geburtstag eine rauschende Feier, an der die Orthopäden aus nah und fern teilnahmen. Erhebende Reden wurden gehalten, vom Rektor, vom Dekan, von Eiselsberg, von Gocht aus Berlin, von Haglund aus Stockholm. Auch die Wiener amerikanische Ärzte-Association war vertreten. Kronfeld überreichte die Lorenz gewidmete Festnummer der Wiener medizinischen Wochenschrift. Der Dekan sprach die Hoffnung aus, Lorenz werde, wie alle anderen, auch noch während seines Ehrenjahres weiter im Amt bleiben. Lorenz ließ alle offiziellen Lobreden über sich ergehen und hielt zum Schluß eine seiner formvollendeten, humorvollen und erfrischenden Ansprachen. Er sagte:

»Ich müßte schamrot werden angesichts der vielen, unverdienten Lobesworte, die mir heute zuteil werden, hätte ich es nicht schon vor mehr als fünfzig Jahren verlernt, rot zu werden. Wenn Sie glauben, mir heute eine besondere Herzensfreude bereitet zu haben, so täuschen Sie sich. Was ist denn eigentlich ein siebzigster Geburtstag? Nichts anderes als ein präliminares Leichenbegängnis, mit der Verschärfung, daß sich der zu Begrabende dabei aktiv beteiligen muß. Den vierzigsten, fünfzigsten, ja sogar den sechzigsten Geburtstag kann man übersehen, beim siebzigsten ist das nicht mehr möglich. Ich war zeitlebens ein Freund des Genusses und der Freude und bin zuweilen sogar vor einem Exzeß nicht zurückgeschreckt, aber ich war immer bestrebt, das Leben als ein Weiser und nicht als ein Narr zu genießen. Meine Herren! Wenn ich Ihnen mit einundsiebzig Jahren nicht mehr gut genug bin, so wird's mit siebzig nicht besser sein; ich danke für das Ehrenjahr und verschwinde aus der Reihe der Wiener Akademiker.«

Damit begann seine amerikanische Laufbahn, in der er sich lange Jahre hindurch mehr plagen mußte, als er es je in Wien getan hat. Es fiel mir nicht ein, und ich konnte mich nie dazu bringen, ihn als siebzigjährigen Greis zu sehen und zu behandeln; für mich war er noch auf lange hinaus mein ewig junger Vater.

Am Abend gab's ein feierlich-fades Bankett im Kursalon, und tags darauf waren die Honoratioren des Festes zum Nachtmahl nach Altenberg geladen. Dieser Abend wäre zweifellos ebenso erhaben-langweilig verlaufen wie der nachts zuvor im Kursalon, hätte nicht ein Mitglied aus meines Bruders Menagerie für Kurzweil und Abwechslung gesorgt.

Das kam so: Ich erzählte schon, daß Konrads Tiere Busch und Wiese in Altenberg in schöner Freiheit belebten und daß der Lustwandelnde jederzeit gewärtig sein mußte, von einem lieben gezähmten Tierchen angegriffen zu werden, das mit der Scheu vor dem Menschen auch den Respekt vor dem Herrn aller Kreaturen verloren hatte und seiner Animosität nach Laune und Kraft Luft machte.

Der Star der Menagerie war auf Jahre hinaus Maxi, ein Madagaskar-Halbaffe weiblichen Geschlechts aus der Familie der Makis oder Mongusen. Der zoologische Laie wäre dem Anblick nach eher versucht, das Tier in die Marderfamilie einzureihen, wegen seiner zarten schwarzen Hundeschnauze und seines geschmeidigen, wohlbepelzten Körpers; den Affen verrieten nur die kleinen Händchen mit Greifdaumen und ein mächtiger langer Schweif, der zum Steuern beim Springen diente und stets in elegantem Bogen nach oben getragen wurde. Die großen, honiggelben Augen zeigten das Nachttier an. Maxis wahrer Wert aber lag für jeden tiefer empfindenden Menschen nicht in ihrem gewinnenden Äußeren, nicht in ihrem seidenen, glatten, braunen Fell, sondern in Gaben der Seele und des Gemütes. In ihrem Gemüt glich sie insofern Adolf Lorenz, als sie ein scharfes Gedächtnis hatte für erwiesene Wohltaten und nachträgerisch war gegen unfreundliche Behandlung. Sie hatte einen für alle Errungenschaften menschlichen Geistes offenen Forschersinn, eine unstillbare Wißbegier, was Menschen, die ihre Art verkannten, als Frechheit und Neugier des Affen anprangerten. Auf leisen Sohlen huschte sie durch Haus und Küche, kostete von allem, besonders gerne von einem Glas Wein, in das sie mit graziös-flüchtiger Gebärde ihr Händchen eintauchte und es dann mit schmaler blutroter Zunge abschleckte.

Richtig zu Hause aber war sie im Reich der Lüfte, sie schien unsichtbare Flügel zu haben. Es war großartig zu beobachten, wie sie, etwa von einem Hund verfolgt, scheinbar schon verloren, sich im letzten Moment, wie an einem Schnürl gezogen, vom Boden erhob und im Laubwerk eines Baumes verschwand, in dessen Ästen sie sich, wie dem Verfolger zum Hohn, lustig hutschte und dabei ihr siegreiches langgezogenes Triumphgeschrei »ao-hi-hiiii« ausstieß. Dann erfaßte sie ein Rausch der Bewegung, eine tolle Freude an Mißachtung der Schwerkraft, sie flog in eleganten Bögen, mit dem Schwanze graziös steuernd, von Baum zu Baum, über Distanzen, die schier unglaublich waren, zur wütenden Fassungslosigkeit der mit Recht empörten Hunde, die an die Erde gebunden waren.

Da aber Maxis ungebundene Freiheit öfters mit den Interessen des Haushaltes kollidierte, hatten die Dienstboten die unangenehme Aufgabe, sie zu fangen und in ihr offizielles Gemach im oberen Haus einzusperren, wenn feierliche Gäste drohten. Sie wehrte sich, so gut sie konnte, sie zwickte mit den Händchen und biß auch. Was Wunder, daß sie mich heiß verehrte, der ich sie nie einfing, sondern nur als Befreier in ihr Gemach kam, um sie auszulassen. Von weitem schon ließ ich mein ermunterndes »Maxi, Maxi, Maxi« ertönen, und sie antwortete mir mit einem Jubelschrei, schmiegte ihre Ärmchen um meinen Hals, küßte mich herzlich und flüsterte zärtlich: »mun, mun, mun«.

Gesellschaften waren das höchste Vergnügen für Maxi. Da war sie in freudigster Erregung, an allen Orten des Hauses zugleich, um alles zu überwachen und zu kontrollieren. Das war meinem Vater wohlbekannt, und vor dem Eintreffen der Festgäste befahl er daher streng: »Daß mir dieses Höllenvieh, die Maxi, gut eingesperrt wird! Konrad, du bist mir persönlich verantwortlich dafür!«

So wurde denn Maxi hoch oben in einer Mansarde des Hauses deponiert. Nur schwach drang ihr Klagegeschrei in die Halle hinab.

Die Gäste kamen, steif und feierlich, das Festmahl begann. Man sprach von den erstaunlichen Fortschritten der Orthopädie. Ein Gast machte überraschend und scharfsichtig darauf aufmerksam, daß Adolf Lorenz gewichtigen Anteil an diesem Fortschritt hatte. Man sprach vom Wetter; wie häßlich die Nässe bei langem Regen, wie wohltuend die Strahlen der Sonne seien und anderes mehr von allgemeinem Interesse. Die Zeit schien stille zu stehen über dieser langweiligen Tafel.

Der Schwede Haglund, der Doyen der fremden Gäste, sprach und verstand fließend Deutsch, wenn ihm auch manchmal Viennismen Schwierigkeiten machten. Er hatte einen halbwüchsigen Sohn mit sich, der, von Natur aus verlegen, durch seine Sprachunkenntnis völlig mundtot gemacht, jeden Versuch, der Unterhaltung zu folgen, längst aufgegeben hatte. Er saß als stummer Gast seinem Vater gegenüber, mit dem Gesicht gegen die breite Schiebetür, welche das Speisezimmer von der Halle trennte, die heute weit offen stand und der Vater Haglund den Rücken zugewendet hatte. Nach Tisch, beim Champagner, begannen die offiziellen Reden. Mein Vater spritzig und witzig wie immer, die Gäste feierlich und schwer. Haglund erhob sich. Er begann seine Ansprache mit dem Hinweis, daß hier, den Donaustrom hinunter, einst schon die Nibelungen nach Ungarn gezogen seien, was die Frau Professor zu lebhaftem Nicken und strahlendem Lächeln veranlaßte, als höre sie die frohe Botschaft zum erstenmal. »Hier, die Donau hinunter«, sprach Haglund in seinem schwedischen Singsang und wandte sich dem Donaufenster zu. Wir alle taten höflich das gleiche, als würden wir erst durch ihn auf die merkwürdige geographische Tatsache aufmerksam, daß die Donau durch das Fenster zu sehen war.

»Hier die Donau – äh, äh, hinunter hja.« Ich war neugierig, wie er von den Nibelungen auf Adolf Lorenz' Geburtstag zurückfinden würde. Er hatte sich schon zu tief in die Nibelungen verrannt und in der fremden Sprache den Faden verloren. Ein paar Sekunden verlegener Stille folgten.

Aber in sie hinein drang ein mir wohlbekannter Ton, der meinen Gedanken eine ganz andere Richtung gab. Aus dem Schummer der Halle heraus hörte ich Maxis rasch näherkommendes Marschlied, das sie stets anstimmte, wenn sie auf dem

Weg zu irgend etwas Interessantem war. Oi-pumps, oi-pumps, kam es rasch näher. Aus dem Pumps ihrer Händchen auf der Unterlage merkte ich, daß sie zu ihrem Anmarsch den bequemen Gang um die Halle verschmähte und auf dem schmalen Hallengeländer entlangsprang. Maxis findiges Hirn hatte den richtigen Weg zum Entkommen aus ihrem Gefängnis gefunden, indem sie einfach mit wuchtigem Schwung aus entsprechender Entfernung auf die Türschnalle sprang und so öffnete. Jetzt eilte sie frohgemut und beflügelt zum langersehnten Fest.

Es hieß rasch sein. »Die Maxi«, rief ich. Ein Serviermädchen, die weißbehandschuhten großen Hände ausgebreitet, warf sich wie Arnold von Winkelried in die Bresche der finsteren Türe, oder wie ein Tormann beim Fußballspiel, aber vergeblich. Denn mit höhnischem Quieken kam Maxi hoch über ihren Kopf in das helle Speisezimmer hereingeflogen und landete mit meisterhaftem Gleichgewichtssinn und einem lauten Klatsch auf Haglunds Schädel. Wie um sich zu entschuldigen, umschlang sie sein Haupt graziös mit den Händen und küßte ihn unter trautem Liebesgeflüster lange und innig auf die Stirne.

Haglund war wie vom Donner gerührt. Begreiflich. Er verschüttete sein Champagnerglas auf den Tisch und blieb wie angefroren stehen. Gleich der Helmzier eines mittelalterlichen Turnierritters saß Maxis exotische Gestalt auf seinem Kopf, den langen Schwanz in graziöser S-Schleife nach oben.

»Hier äh, die Donau hinunter, die Nibelungen ...«, stotterte er. Schweden sind zäh.

Aber auf Haglunds Sohn wirkte Maxis Erscheinen wie eine Erlösung. Er krümmte sich vor Freude, sein Gesicht verzerrte sich zu einem Grinsen, und schließlich schlug er sich unter brüllendem Gelächter laut klatschend auf die Schenkel. Die Komik der Situation hatte er als erster aus der Gesellschaft erfaßt.

Mein Vater war wütend. Mit der Serviette schlug er nach Maxi, die aber ihren Standpunkt den Bruchteil einer Sekunde früher leichtfüßig verlassen hatte und graziös über die Köpfe der Tafelrunde hinwegflog. So traf Lorenz mit der Serviette nur das edle Haupt Haglunds, welches eine Weile ganz verhüllt war. Dieser hatte endlich in seiner Rede innegehalten. Maxi kostete noch mit leichter Grazie aus ein paar Champagnergläsern, dann schwang sie sich in einen der pompösen Messinglüster, um höheren Absprung für ihren Start zu finden, und entschwand wieder in hohem Bogen in die finstere Halle, deren Türen rasch hinter ihr geschlossen wurden. Das Ganze dauerte kaum eine Minute.

»Na, Lorenz, sagen Se mal, hab ich nu schon zu viel Sekt, hat mir det Janze geträumt oder war es Wirklichkeit?« fragte betroffen Professor Gocht aus Halle. Lorenz, der keinen Sinn für Situationskomik hatte, schäumte weiter, mein Bruder und ich hatten Mühe, unsere Gesichter in ernsten Falten zu halten. Aber Maxi war es meisterhaft gelungen, die fade Stimmung der Gesellschaft zu brechen. Aufgeweckt und munter lachten alle durcheinander, Maxis Tun und Treiben im Hause Lorenz wurde erörtert, Haglunds Sohn, der stumme Gast, fand auch einige Worte, und mein Bruder gab ein kurzes zoologisches Resümee über das Verhalten der Mongusen-Affen im allgemeinen und über die Gewohnheiten Maxis im besonderen.

Der zähe Haglund aber begann nochmals: »Als die Nibelungen, ah, ah, eh . . .«

»Ach quatschen Se doch man bloß nich mehr von de ollen Nibelungen, Haglund, trinken Se lieber von dem herrlichen Sekt!« rief Professor Gocht.

Maxis muntere Sprünge hatten das Eis der konventionellen Gesellschaft gebrochen, der Champagner tat ein übriges. Die steifen Nordländer wurden weich, die Südländer sprühend. Sogar die Frau Professor vergaß auf den üblichen letzten Zug, die Gäste mußten im Dämmergrau des nahenden Morgens in Altenberger Gastzimmern untergebracht werden.

United States

Wie kam es, daß Adolf Lorenz nach Abschluß seiner akademischen Laufbahn, nachdem er im siebenten Jahrzehnt cum otio et dignitate ins Greisenalter eingetreten war, noch eine aufregende und ereignisreiche Odyssee in Amerika begann, welche die ganze Spannkraft eines jungen Mannes erforderte? Wie kam es, daß er im Winter in Amerika, im Sommer in Wien arbeitete, wie ein Badearzt etwa, der im Sommer in Gastein und im Winter in Wien praktiziert?

Das kam meiner Erinnerung nach so: Es war knapp nach dem Ersten Weltkrieg. Das Elend in der Wiener Alma mater und unter den Studenten war groß. Da erschien bei Lorenz ein Herr Anton Wedl, Urwiener und zugleich steinreicher amerikanischer Staatsbürger, Importeur nordmährischer Leinenwaren in New York, und schlug ihm vor, als »Ambassador of mercy« drüben Propagandavorträge zugunsten der Wiener Studentenschaft zu halten. Im Laufe dieser Vorträge würden sich bei der Gebefreudigkeit und der Begeisterung der Amerikaner für die Wissenschaft substantielle Sammlungen zugunsten der Wiener ergeben. Er, Wedl, und ein anderer Gönner, Generalkonsul Semmler – auch eingewandert, ein ebenfalls steinreicher Potsdamer –, würden die Reise finanzieren.

Wie wird das ausfallen? In Amerika loderte noch frischer, durch Propaganda maßlos gesteigerter Haß gegen die Zentralmächte, gegen alles, was deutsch sprach. Lorenz' Englisch trug den unverkennbaren deutsch-wienerischen Akzent, er selbst sah mit seinem wallenden weißen Vollbart aus wie der pensionierte Wotan in Person, d. h. wie er ausschauen würde im letzten Akt der ›Götterdämmerung‹, hätte Wagner nicht vergessen, den Wotan in der ›Götterdämmerung‹ auftreten zu lassen. Wie wollte man unter solchen Auspizien die Amerikaner überhaupt zum Zuhören bewegen, geschweige denn dazu, die Schnüre ihrer Börsen für österreichische Professoren und Studenten zu lösen, »to untie their purse-strings«, wie man drüben sagt?

Nun, die beiden erfahrenen New Yorker Geschäftsleute

wußten das offenbar recht gut, wie sich bald zeigte, und so fuhr der zähe, über siebzig Jahre alte Lorenz mit Herrn Wedl hinüber. Ich blieb zur Sicherung der Wiener Praxis zu Hause.

Nach kurzer Pause kamen mit jeder Post Stöße von Zeitungen mit geradezu unbegreiflichen Erfolgsmeldungen von New York nach Wien. Keine politische Persönlichkeit, kein europäischer Herrscher, kein Bühnenkünstler oder Virtuose hatte eine so umfangreiche und andauernde Presse wie Lorenz in New York. Es gab bald keine führende Zeitung mehr, die nicht eine ständige Lorenz-Rubrik führte. Oft waren unbedeutende Begebenheiten in Lorenz' täglichem Leben der Inhalt von »splashed head-lines«, dicker und großgedruckter Überschriften.

Wir in Wien waren sprachlos. Wie konnte man sich für einen »zug'reisten« Arzt so brennend interessieren? Gab es drüben denn keine Orthopäden? Wohl, aber nemo propheta in patria, der Fremde gilt mehr!

Und so wurde Lorenz' Ankunft ohne sein geringstes Dazutun zu einem Ereignis, das selbst das blasierte New York in Atem hielt. Freilich, unterstützt und gefördert von einer hochentwickelten, raffiniert organisierten Presse, die mit richtigem Instinkt hier sofort »good copy«, guten Lesestoff, witterte und Lorenz keinen Moment aus dem Auge ließ.

Die »news hounds«, die Neuigkeitsspürhunde, gruben bald die Geschichte seiner zwei Jahrzehnte zurückliegenden Amerikareisen aus: wie ein Multimillionär, Inhaber einer Chicagoer Fleischfirma, ein »meat packer«, Lorenz zur Operation seiner einzigen Tochter gerufen hatte. Also war er nicht bloß »Ambassador of mercy« aus Österreich, sondern auch ein Arzt, dem ein amerikanischer Millionär seine einzige Tochter anvertraute. Bei der unbedingten Ehrfurcht der Amerikaner vor dem Geld gab diese längst vergessene Berufung nach Chicago Lorenz' Erscheinen einen gewaltigen Nachdruck, um so mehr, als das damals gezahlte, nicht unerhebliche Honorar von der Fama maßlos übertrieben wurde.

Nicht nur waren seine Vorträge über Österreich von Anfang an überfüllt und floß das Geld in Strömen in die Sammlung: in der Halle des alten bescheidenen Murrayhill-Hotels, in dem er abgestiegen war, stauten sich von früh an Scharen von Patienten. Polizei mußte oft für Ordnung sorgen, der Verkehr auf der 4th Avenue drohte zu stocken. Das Management des Hotels legte Lorenz höflich nahe, lieber in ein größeres Haus zu übersiedeln. Der tägliche Posteinlauf wäre nicht mehr zu bewältigen.

Da erhob sich die ganz neue, unvorhergesehene Frage: Durfte Lorenz als Ausländer überhaupt tätig sein in New York? Die durch den Zeitungsrummel aufgeschreckte Kollegenschaft erhob ihre Stimme und schrie nach der »licence«, nach dem Dokument, das zur Ausübung der Praxis berechtigte. Nun hatte Lorenz von seinem Besuch in Chicago her eine veraltete licence des Staates Illinois. Der Health Commissioner of New York, Senator Copeland, griff helfend ein, und binnen kurzem lag die erneuerte licence für den Staat New York auf dem Tisch.

Jetzt teilte sich die Ärzteschaft in zwei ungleiche Gruppen. Die größere schrie weiter Zeter und Mordio über den unethischen, mit niederen Reklame- und Zeitungstricks arbeitenden hunnischen Scharlatan (»the Hun-doctor«), die kleinere schloß sich ihm direkt oder indirekt an, in der Hoffnung und Voraussicht, daß damit auch ihr Brot von Lorenz gebuttert würde. Die Wut der Gegner war nicht unbegreiflich, denn keine Berufskaste – und schon gar nicht die ärztliche – nimmt es schweigend hin, wenn plötzlich ein Außenseiter in ihr Gehege bricht. Und ebenso begreiflicherweise denunzierten sie Lorenz' angebliche Propagandamittel.

Propagandamittel? Wir sahen ja, wie unschuldig Lorenz an der ganzen Reklame für seine Person war. Aber für den Durchschnittsamerikaner war es eben ganz unbegreiflich, daß einem schlichten, nicht einmal fließend Englisch sprechenden Spezialisten aus Wien die Herzen aller so zufliegen konnten. Was hat er da gezahlt, mit welchen Zeitungsmagnaten, mit welchen mächtigen Konzernen steht er in Verbindung? Leicht konnte Lorenz auf solche Anwürfe lächelnd erwidern: »Diese erstaunliche Reklame hätte ja die Fonds eines Multimillionärs erschöpft; woher hätte ich armer Schlucker aus einem besiegten Lande, dessen Geld damals in der Welt nicht das Papier wert war, auf dem es gedruckt wurde, diese Dollarschätze nehmen sollen?«

Lorenz hatte damals tatsächlich eine »publicity« über das ganze Land, die mit Geld gar nicht zu erkaufen gewesen wäre.

Wie ist also dieses ganze amerikanische Lorenz-Phänomen zu erklären? Die Leser dieses Buches können sich die Frage selbst beantworten. Es kam einfach aus der außergewöhnlichen Persönlichkeit von Adolf Lorenz, aus der magnetischen Suggestivkraft, die wie ein Fluidum von ihm ausging und das aufnahmebereite amerikanische Volk wie ein infektiöses Virus ergriff. Dazu seine körperliche Erscheinung! Er hatte in seinem ganz unamerikanischen Äußeren etwas von einem fremden Propheten. Seine hohe Gestalt, sein Alter, sein langer Bart – es war nur begreiflich, wenn Intellektuelle, die auf solche Dinge nicht hereinfallen, einen Reklameschwindel hinter dem ganzen Lorenz-Rummel witterten.

Man bedenke auch, was alles an Völkerschaften und Rassen in New York zusammenströmt. Die frisch Eingewanderten hatten noch Heimweh nach Europa, trauten den amerikanischen Ärzten nicht, und jetzt führte ihnen der Zufall einen berühmten Fachmann aus Europa zu!

Aber diese Äußerlichkeiten waren natürlich nicht alles. Die Art, wie und was er sprach, seine blitzschnellen guten Einfälle taten ein übriges. So kam es, daß Lorenz, weit über seine Fachtätigkeit hinaus, dem amerikanischen Publikum interessant wurde, wo er ging, stand oder saß. In der amerikanischen Presse ist das Photo, das Bild, anders als bei uns, eine selbstverständliche Beigabe der Berichterstattung. Lorenz' charakteristisches Bild war ein paar Stunden nach seiner Landung über den ganzen Kontinent verbreitet. Man kann ihm schwer vorwerfen, daß sein Bart ein planvolles Propagandamittel gewesen wäre; er war nicht angepickt, er trug ihn schon seit seinen Jünglingsjahren, aber er war die Ursache, daß jeder noch so berühmte Potentat oder Künstler sein Inkognito in New York leichter wahren konnte als Lorenz. Im Restaurant, in öffentlichen Verkehrsmitteln waren sofort alle Blicke auf ihn gerichtet, und immer fand sich auch jemand, der ihn ansprach.

Im Zug ereignete es sich einmal, daß der Lokomotivführer Lorenz höflich zur Fahrt auf der Maschine einladen ließ, damit er bessere Aussicht habe. Taxichauffeure rissen sich um ihn als Fahrgast. Wollte er die Straße überqueren, so stoppte der diensthabende Polizist den Verkehr und geleitete ihn in eigener Person stolz-zeremoniell über die Straße. Einmal zwang ihm ein Wildfremder auf der Straße eine kostbare goldene Uhr mit Schlagwerk auf und wäre sicher tödlich beleidigt gewesen, hätte Lorenz die Gabe zurückgewiesen.

Der weltfremde Mann stand diesem unerwarteten Ansturm naiv und schutzlos gegenüber. Amerika ist ein gefährlicher Boden. Sind schon die Geschäftsleute drüben kühn und unerbittlich, um wie viel mehr noch das Gewimmel der mountebanks, wie sie in Amerika heißen, der Glücksritter, wenn nicht gar Betrüger. Ihrer aller Ziel war es, das einzigartige Phänomen Adolf Lorenz auszubeuten, ihn geschickt vor ihren Wagen zu spannen und dabei selbst im Hintergrund zu bleiben. Lorenz sollte kommerzialisiert werden – gerade das, was ein hochstehender Arzt drüben unbedingt vermeiden muß.

Mit jeder Post regnete es Angebote zur Gründung von Sanatorien; Agenten kamen in Scharen, die von ihm schriftliche Gutachten über Salben und Lotionen, Büsten- und Bauchhalter verlangten und dem mittellosen Lorenz hohe Summen dafür boten. Daß mein Vater darauf nicht hereinfiel, daß er sich nur aufrechte, hochstehende Mitarbeiter aussuchte, daß er den Bruchbanderzeugern und Erfindern von Zaubermitteln zur Hebung sinkender Manneskraft immer wieder sein »Apage, Satanas!« zurief, ist ein Zeugnis seiner angeborenen Klugheit.

Und noch etwas zeigt seine kühle Überlegung. Es kamen natürlich Fälle aus dem ganzen weiten Gebiet der Medizin zu ihm. Er widerstand der Versuchung, wahllos zu behandeln, zu operieren, selbst auf seinem eigensten Feld – der Orthopädie. In späteren Jahren hatte ich oft heftige Auseinandersetzungen mit ihm darüber, denn als der Jüngere war ich natürlich kühner in meinen operativen Methoden und Zielen.

»Ich werde doch nicht so dumm sein, meinen Ruf hier durch eine fragliche Operation, durch einen möglichen Mißerfolg aufs Spiel zu setzen; hier muß uns jede Operation gelingen, auf Zweifelhaftes dürfen wir uns gar nicht einlassen.«

Nun, es ist uns nicht alles gelungen, wie jeder Fachmann sofort wissen wird – wer könnte bei Tausenden von Operationen, über sechzehn Jahre verteilt, das von sich behaupten!? Aber daß manches Unheil durch Lorenz' weise Zurückhaltung vermieden wurde, ist mir heute klar. Lorenz wählte klug spektakuläre Fälle aus, die durch ungefährliche Eingriffe derart gebessert werden konnten, daß der Unterschied der Zustände vor und nach der Operation auch für den Laien sofort erkennbar war. Dazu boten die Folgezustände der in Amerika so verbreiteten Kinderlähmung reichlich Stoff.

Lorenz' größter Schlager war ein armer news boy, ein Zeitungsverkäufer, der ein sogenannter »Kriecher« war: Auf behandschuhten Händen und mit Lederflecken auf den Knien bewegte er sich kriechend fort, die zusammengezogene Haltung von Hüften und Knien machte dem Buben den aufrechten Stand unmöglich. In drei nahezu unblutigen operativen Sitzungen gelang es uns, den Patienten so weit gerade zu machen, daß er sich fortan mit orthopädischen Apparaten und zwei Stöcken aufrecht fortbewegen konnte. Dieser Fall wurde von den stets wachen »news hounds« aufgeschnappt, in Wort und Bild verbreitet, und erregte einen geradezu rasenden Sturm von Beifall. »The Austrian bloodless wizzard« – der österreichische unblutige Zauberer, diesen und andere ehrende Beinamen bekam Lorenz für einen Eingriff, der durchaus keine Zauberei, sondern Allgemeingut der Orthopädie ist, den sonst ein schlichter Hilfsarzt – in Amerika wie bei uns –, unbekannt, ruhmlos und kaum bedankt, ausführt. Wann hat das Schicksal einem Arzt einen so leicht errungenen Triumph gegönnt? Lorenz war eben ein Liebling der Götter.

Aber allen Schaden konnten sie bei seinem ersten einsamen Zug nach Amerika von ihm nicht abwenden. Das Geld strömte ihm reichlich zu, es fand aber begreiflicherweise zahlreiche unterirdische Abflüsse. Daß trotzdem von dieser ersten Reise noch genug übrigblieb, scheint ein Wunder und zeugt von der Großartigkeit seiner damaligen amerikanischen Privatpraxis. Für den empfindlichsten dieser unterirdischen Dollarabflüsse sorgte ein diabolischer Sekretär, von dem im nächsten Kapitel die Rede sein soll.

Fürst aus Samarkand

Rückschauend kann ich mich nicht genug tadeln, daß ich meinen alten Vater in seinem achten Lebensjahrzehnt allein über den Ozean reisen ließ. Allein – denn die Wedls waren ja doch nur Reisebegleiter und konnten ihm drüben nicht auf Schritt und Tritt zur Seite stehen. Aber mir mangelten eben die Kenntnisse der besonderen New Yorker Verhältnisse, und hätte ich die auch gehabt, niemand hätte die Größe des Aufsehens vorhersehen können, das Lorenz' Erscheinen drüben hervorrief.

Nun hat die Gilde der amerikanischen »crooks« einen hohen Standard. Sie sind nicht mit unseren armseligen Taschlziehern und Bauernfängern zu vergleichen; sie sind Anhänger fortschrittlicher Methoden; schaurig-elegante, pomadisierte Herren mit einer Blume im Knopfloch des tadellos geschnittenen Sakkos, Leute, die Wert auf ihr Äußeres legen und auf Manieren halten.

Lorenz stand einer Aufgabe gegenüber, die von einem einzelnen nicht zu bewältigen war; dazu brauchte er einen ganzen Stab, wie ich ihn auch in den folgenden Jahren aufbaute. Aber das psychologische Moment für den crook war eben der damalige, allein dastehende Lorenz. Daß dabei nicht mehr passiert ist als folgendes, ist wieder einmal Lorenz' unermüdlichem Schutzengel zuzuschreiben.

Mein Vater erzählte mir: »Als die Wogen der Geschäfte über meinem Kopf zusammenzuschlagen drohten, trat plötzlich ein Retter neben mich. So muß dem Kaiser Maximilian zumute gewesen sein, als er in der Martinswand den Engel erblickte.«

Mr. Lionel de Percy, so hieß er, war Tüchtigkeit und Ruhe in Person. Er sprach zu Lorenz: »Doktor, Sie sind nicht mehr jung, machen Sie sich's doch leichter und überarbeiten Sie sich nicht; ich werde für Sie tun, was in meinen Kräften steht.« Und das tat Mr. de Percy wirklich, um ein bescheidenes Gehalt noch dazu. Vor allem nahm er Lorenz' sich stets ausbreitende Praxis in feste Hand und organisierte sie mit Geschick. Aber er erledigte auch alle die kleinen lästigen Geschäfte des Lebens, er zahlte Hotel- und Wäscherechnungen, Taxis, kurz: er war der ideale Privatsekretär, Lorenz' unermüdlicher Begleiter und Schatten. Schließlich griff er auch mit der ruhigen Hand des Starken in das heikle Gebiet der Honorare ein, ein Feld, auf dem Lorenz wie ein neugeborenes Baby war, denn daheim gehörte das von je in die nicht minder starke, aber einwandfreie Hand der Frau Professor. Die war aber jetzt weit. Lorenz begnügte sich damit, daß Mr. de Percy ihm von Fall zu Fall eine Rolle blaugrüner Hundert-Dollarnoten, mit einem Gummischnürl zusammengehalten, zusteckte. Das war die ganze Abrechnung. Kaum glaublich, diese souveräne Naivität von Lorenz, niemals exakte Rechnungslegung zu verlangen! Aber ein guter amerikanischer Gangster muß auch ein guter Psychologe sein, und der Erfolg rechtfertigte Mr. de Percy glänzend.

Selbst dem unschuldigen Lorenz stiegen manchmal trübe Zweifel auf.

»Unheimlich war er schon«, erzählte er, »wenn er mit bläulichrasiertem Raubtierkiefer im Taxi neben mir saß, die Hakennase beinahe das Hakenkinn berührend, mit seinen kleinen, stechenden, nahe nebeneinanderliegenden schwarzen Augen – ein Verbrecher, wie er im Buche steht, dachte ich mir.«

Er dachte es sich nur und ließ Mr. de Percy weiter gewähren. Nach meinen amerikanischen Erfahrungen hätte man noch hinzufügen können: auch der Name war zu unheimlich schön. Hier hatte Mr. de Percy einen kleinen taktischen Fehler begangen. Schon das »de« war unheimlich. So schön heißt man nicht in New York. Mr. Kudera, Nathanmeyer, Draxlgstettner oder Ramini, das ja, aber nicht Malcolm, Percy oder Bolingbroke. Solch Shakespearesche Namen darf man sich höchstens in Old England erlauben.

Nach einer befremdlich langen Pause in den Geldablieferungen richtete Lorenz doch einmal die bescheidene Frage nach dem schnöden Mammon an Mr. de Percy. Der vertröstete hoheitsvoll auf genaue Rechnungslegung für morgen, die aber nie kam, denn am nächsten Morgen war der famose de Percy einfach lautlos und ohne feierlichen Abschied verduftet, aufgesogen von dem brodelnden Häuser- und Straßengewirr New Yorks. Es brauchte eine ganze Weile, bis Lorenz Lunte roch und sich einmal die Zeit nahm, seinen finanziellen Status zu revidieren. Und da ergab sich dann die überraschende Entdekkung, daß Mr. de Percy mit der runden Summe von etwa 10.000 Dollar untergetaucht war. Aber Lorenz war damals so im Verdienen, daß ihm das weiter keinen Kummer machte. Er zeigte den sauberen Herrn nicht an, sondern arbeitete brav weiter.

Als uns Lorenz das Ganze in Wien erzählte – es uns zu schreiben, hatte er nicht der Mühe wert gefunden –, erfaßte uns berechtigte Wut über den frechen Räuberparasiten.

Im nächsten Herbst betraten wir gemeinsam amerikanischen Boden. Ich war etwas gewitzigt durch meines Vaters Erzählungen, aber doch noch ein völliges Greenhorn. Der heiße Hauch des New Yorker Lebens verschlug mir einigermaßen den Atem.

Hier schien ja der Nabel der Welt zu sein, das Höchste und Niederste gab sich hier Rendezvous, Potentaten, Zauberer, Künstler, Gauner, Gelehrte, Religionsgründer und Großbetrüger. Schiffe nach allen erdenklichen Häfen der weiten Welt liefen täglich aus und ein. Die Zeitungen enthielten Geschichten, die wie Märchen aus 1001 Nacht klangen. Es ist auch leicht für die Journalisten, Berichte zu bringen, die niemand kontrolliert, etwa, daß der wackere Prinz von Schroffenburg-Pumbenberg sein uraltes Väterschloß in den Wäldern von Ruritanien (wo ist Ruritanien?) verlassen habe, um den kostbaren Brillantschmuck seiner Urgroßtante, die eine Tochter eines unehelichen Sohnes Napoleons I. war, in New York gut zu verkaufen. Beweis: Bild des edlen Prinzen mit lang herabhängendem Schnurrbart, Jackett und »Flohdackerln«, Bild seines Schlosses und des Schmuckes (der sich als falsch herausstellte; das Original war wahrscheinlich schon von der Urgroßtante versetzt worden). Oder: Der Sohn Johann Orths hat sich, aus Südamerika kommend, als Pelzhändler in Brooklyn etabliert.

Und die allerneueste Sensation: Die letzte Zarentochter, Großfürstin Natalja von Romanow, ist nicht in den Kellern von Jekaterinoslaw ermordet worden, sie ist auf abenteuerliche Weise glücklich entkommen und gestern hier eingetroffen, schön, geheimnisvoll wie ein orientalisches Märchen, unter dem Schutz und in Begleitung von Ali Hussein Abbas, Prinz von Samarkand; es scheinen auch zarte Beziehungen zwischen der letzten Romanow-Tochter und dem edlen Prinzen aus dem Morgenlande zu bestehen – ein erfreuliches Match.

Lorenz schaute grantig und lange auf das Bild des Prinzen von Samarkand in der Zeitung: »Es ist unglaublich, es ist interessant; wenn ich den Turban mit dem Reiherbusch abdecke und mir das orientalische Kostüm wegdenke, möchte ich schwören, es ist mein Mr. de Percy vom vorigen Winter.«

Ich schenkte der Bemerkung weiter keine Aufmerksamkeit. In den Zeitungen las ich von dem exotischen Paar: wie die Prinzessin Natalja nach einigen Verwandtenbesuchen bei russischen Großfürsten, die Kellner oder Türlsteher in New Yorker Nightclubs waren, nach Hollywood weiterzureisen gedenke, in Begleitung des Prinzen von Samarkand, der nach tapferem Verzweiflungskampf durch die Bolschewiken von seinem väterlichen Thron vertrieben worden sei.

Dann kam plötzlich eines Morgens wie eine Bombe die überraschende Zeitungsüberschrift: »Grand Duchess of Romanow and Prince of Samarkand arrested on charge of larceny and misrepresentation«, als Diebe und Schwindler verhaftet. Nachforschungen der Polizei ergaben: Prinzessin Natalja von Romanow recte Rachel Katzenstein aus Odessa, Prinz von Samarkand recte Samuel Reubenkopf, ebenfalls aus Odessa, hatten den grandiosen Schwindel inszeniert. Ihr gebrochenes Englisch und ihr fließendes Russisch hatten ihnen dabei geholfen. Die Sache wäre bald eingeschlafen, wie jede Sensation in New York, die morgen von einer neuen überholt wird, aber nach einiger Zeit neue Headlines: Prince of Samarkand, alias Samuel Reubenkopf, behauptet, Dr. Lorenz' Sekretär gewesen zu sein. Da hatten wir es. Der Prinz war zusammengebrochen, hatte alles gestanden.

Mein Vater triumphierte: »Also habe ich ihn doch erkannt.«

»Er wird dich vors Gericht bringen.« Und so war es. Sami verlangte Lorenz als Zeugen. Ich fürchtete Schlimmstes von der Publicity, von den Headlines der Zeitungen. Der Prince of Samarkand, Sami Reubenkopf aus Odessa und der »famous Austrian bloodless surgeon«!

Es war ein Monsterprozeß. Denn Samuel von Samarkand hatte sich für ein ganzes Register von Delikten zu verantworten. Er hatte eine nette Summe durch Betrug zusammengebracht.

»Doktor Lorenz«, fragte der Richter, »schließen Sie sich der Klage an?«

Da produzierte mein Vater wieder einmal einen Schlager. Er erhob sich, schritt auf den Angeklagten zu, reichte ihm die Hand und sagte: »Ich hege keinen Groll mehr gegen Sie; was Sie mir Böses angetan haben, ist aufgewogen durch Ihre treue Sorge um mich. Ich habe das Ganze schon längst vergessen.«

Ein Raunen höchsten Staunens ging durch das Auditorium. Geistesgegenwärtige Pressephotographen hatten ihre Geschütze schon gerichtet, und es blitzte jetzt der Reihe nach auf um die handschüttelnde malerische Gruppe von Lorenz und dem orientalischen Prinzen. Den nächsten Morgen gab es Bilder in allen Zeitungen: »Lorense, ambassador of mercy, verzeiht geständigem Verbrecher.«

Die Ärzteschaft platzte vor Wut über die unanständige Reklame. Aber ich frage den Leser: Wie hätte sich Lorenz sonst aus der Situation ziehen sollen? Sami von Samarkand aber fiel, offenbar aus Erregung, in ein Deutsch, das mir aus galizischen Ulanentagen her noch vertraut im Ohr klang: »Herr Doktor, ich gebroche Ihnen auszedricken meinen tiefsten Dank, Masl sollen se haben und ä langes Lebn.«

Beides traf ein.

Damit verschwindet Sami aus der Chronik menschlichen Geschehens hinter die grauen und stummen Mauern von Sing-Sing an den Ufern des Hudson, wenigstens für eine Weile. Wer weiß, in welch neuer Verwandlung er wieder überraschend auftaucht, wenn Gras über seine Sache gewachsen ist? Ein genialer Bursche, dieser falsche Prinz von Samarkand!

Reisen zu Land

Mein Vater war von Jugend auf ein nimmermüder, wißbegieriger und spartanisch genügsamer Reisender. Er hatte also alle die Eigenschaften, die einem beschaulicher und bequemer veranlagten Menschen an einem Reisegenossen auf die Dauer unerträglich sind. Deshalb reiste er auch zur Zeit meiner Kindheit meist allein, denn das sprach sich herum; keiner gesellte sich ihm so bald zum zweitenmal als Gefährte, der das Abenteuer einmal, ohne allzu großen Schaden an Leib und Seele, glücklich überstanden hatte.

Sobald ich herangewachsen war, mußte ich mithalten; aber wegen meiner genauen Kenntnis seines Charakters von früher Kindheit an und einer darauf beruhenden gewissen muliartigen Resistenz und Dickfelligkeit konnte ich meine Eigenart recht gut behaupten. Als wir gar, in Europa wie in Amerika, das Auto immer häufiger zu Reisen benützten, gewann ich als Kapitän des Automobils, als Lenker und Autoingenieur, eine nicht mehr zu erschütternde Überlegenheit.

Nimmermüde war mein Vater auf Reisen. Gab es in irgendeinem gottverlassenen Nest, einer gottvergessenen Gegend, in Gopher Prairy, Nuwamba-Katomba, Gramatneusiedl, eine halbstündige Fahrtunterbrechung, so wurde die Zeit bis zur letzten Minute für Besichtigungen verwendet.

Wißbegierig war er. Er handelte nach dem amerikanischen Grundsatz: to do a place, einen Ort zu »erledigen«, wie man sagt, ihn gänzlich von Sehenswürdigkeiten auszupressen wie eine Zitrone. Vor schon geschlossenen Kirchen oder Museen ruhte er nicht, bis er einen mürrischen Mesner oder Portier herausgeklopft hatte. Auch einbrechende Dunkelheit kümmerte ihn wenig.

Und spartanisch genügsam war er. Da ihm körperliche Ermüdung fremd war, verschmähte er jede Reisebequemlichkeit. Dem Luxus des Schlafwagens fügte er sich nur brummend, dort, wo es nicht anders ging. Volle Eisenbahnabteile mit plärrenden Kindern und geruchbehafteten Mitreisenden störten ihn durchaus nicht. Die sybaritische Wonne eines Taxis verschmähte er und unterzog sich mit Selbstverständlichkeit der qualvollen Aufgabe, in einer fremden Stadt mit fremder Sprache per Tram fremde Sehenswürdigkeiten zu erreichen, deren Namen die Eingeborenen kaum kannten. Wo öffentliche Verkehrsmittel fehlten, eilte er durch Staub und Schlamm, in Sonnenglut oder Regen, den Baedekerplan in der Hand, in unglaublich flinkem Wolfstrott – man könnte weidmännisch sagen: er schnürte – seinem Ziel entgegen, das er selten auf den ersten Versuch erreichte, denn er besaß einen geradezu klassischen Mangel an Orientierungssinn und kehrte fluchend erst dann um, wenn sein Irrtum unwiderleglich offenbar wurde.

Kam er in einem Hotel nach langer Autofahrt an, so interessierte ihn sein Zimmer durchaus nicht; nie hatte er das Bedürfnis, sich abzubürsten, die Hände zu waschen oder gar sich umzukleiden, er eilte davon, um die Sehenswürdigkeiten zu betrachten.

»Laß mich wenigstens nachsehen, ob du ein anständiges Zimmer, ein gutes Bett hast!«

»Ach, was geht mich das Zimmer an, ich wohne ja nicht hier, ich schlafe hier nur.«

Lorenz war ein recht anstrengender Reisegefährte. Der Neurologe Professor von Frankl-Hochwart, ein Sohn des bekannten Wiener Dichters, ließ sich aus aufrichtiger Liebe zu seinem Freund Lorenz einmal zu einer gemeinsamen Indienreise verleiten. Aber sie blieben nicht beisammen, der beschauliche Frankl konnte das Lorenz-Tempo nicht durchhalten. In einem verlassenen Nest im tiefsten Dschungel entstand ein irreparabler Bruch. Lorenz sagte: »Gut, ich fahre allein weiter.« Er sprach's und schlug sich seitwärts in die Büsche des Dschungels, der ihn verschlang, wie uns das aus indischen Romanen bekannt ist. Lorenz verschmähte es überdies, irgendein Lebenszeichen nach Hause zu schicken; das tat er nur, wenn er notwendig etwas brauchte.

Frankl stellte sich trostlos und schuldbeladen bei meiner Mutter in Wien ein, wie ein heimkehrender Krieger, der einen treuen Kameraden auf dem Schlachtfeld zurückgelassen hat. Meine Mutter war besorgt, ich nicht, ich kannte meinen Vater in solchen Dingen besser – und plötzlich kam Nachricht: In besagtem Dschungel, dort, wo er am dichtesten und unheimlichsten war, hatte Lorenz einen Dschungelfürsten, einen Maharadscha dritter oder vierter Größe, getroffen und sich mit ihm innig angefreundet; in dessen Residenz lebte er vergnügt und unbekümmert. Aber diese tröstliche Nachricht kam nicht etwa direkt von Lorenz, sie stammte aus irgendeinem kleinen englischen Dschungelblatt, das man Frankl geschickt hatte.

Diese Geschichte ist in Lorenz' Selbstbiographie glatt übergangen, die indische Reise, auch die Trennung von Frankl nur kurz, tatsachenmäßig festgehalten.

Lorenz hatte ein traditionelles Reiseglück, einen Reiseschutzengel, möchte man sagen. Das konnte einen weniger Glücklichen zu ohnmächtigem Neid treiben, zum Beispiel mich. Jede Reisenachlässigkeit, die einen anderen sicher in schwerste Unannehmlichkeiten gestürzt hätte, ging ihm wider jede menschliche Voraussicht, wider jede Gerechtigkeit, ungestraft durch. Was Julius Cäsar einmal bei einer stürmischen Überfahrt dem schon verzagenden Schiffer zurief: »Keine Angst, du trägst den Cäsar und sein Glück«, das hätte auch Lorenz zu jedem Lokomotivführer oder Schiffskapitän sprechen können. Zu wichtigen Zügen kam er zu spät, sie hätten schon längst weg sein sollen, wenn er eintraf. Aber aus irgendeinem Grunde hatte sich die Abfahrt verzögert, und er kam doch noch mit. Statt aber dann Gott für den unverdienten glücklichen Zufall zu danken, sagte er bei solchen Anlässen in geradezu empörend ruhiger und gänzlich unlogischer Weise: »Na also, ich habe es ja gewußt, daß wir den Zug noch erreichen.«

Einmal, auf einer unserer Frühjahrs-Heimfahrten von New York nach Wien, trennten wir uns in Paris. Meine Frau und ich fuhren im Auto über die Riviera und Italien heim, mein Vater bestieg unter dem Schutze unserer New Yorker Haushälterin den Orientexpreß. An meiner ersten Nächtigungsstation in Avignon angekommen, finde ich zu meinem Entsetzen meines Vaters Reisepaß in meinem Handkoffer. Nur er selbst konnte ihn versehentlich hineingesteckt haben.

Zu machen war nichts mehr. Mir war die ganze schöne Frühjahrsfahrt über die Côte d'Azur verpatzt. Ich sah im nächtlichen Traum immer wieder meinen Vater in irgendeinem französischen oder schweizerischen Arrest. In Gewaltetappen erreichten wir Wien. Man kann sich denken, was meine erste Frage war. Aber Lorenz hatte die Sache schon halb vergessen.

Seine Begleiterin erzählte: Zuerst hieß es in Basel: Heraus aus dem Zug! Dann aber sagte der Herr Hofrat, wer er sei, woher er komme und wohin er fahre; da kam der Stationschef von Basel persönlich und erklärte: »Die Kleinigkeit werde mer scho arrangiere, es freut mich sehr, die Bekanntschaft von so a große Gelehrte zu mache. Grüatsi au recht schö' und bong voyage.«

Wieder einmal Heimkehr von Amerika im April, wieder Trennung in Paris. Lorenz fährt mit dem Gotthardexpreß, meine Frau und ich im Auto nach dem Rendezvousplatz Brissago, dem letzten Schweizer Ort am Westufer des Lago Maggiore, etwa 16 Kilometer südlich von Locarno. Wir hatten diesmal einen offenen Zweisitzer mit »rumble-seats«, das Wetter war für den alten Herrn noch zu rauh, namentlich über den Gotthardpaß. Wir brauchten zwei Tage zur Autoreise; der Gotthard war noch tief verschneit, wir waren gezwungen, uns von Göschenen bis Airolo samt Automobil der Eisenbahn anzuvertrauen.

In sinkender Frühlingsnacht kamen wir nach Locarno, einem Ort, der frohe Sommererinnerungen für uns hatte. Im April aber war er wie ausgestorben, die großen Hotels geschlossen. Die Straße über Ascona nach Brissago, das jetzt kaum mehr zwanzig Minuten entfernt war, führt mitten durch die Stadt. Ich aber wollte bei der Durchfahrt den Platz am Hafen sehen und machte den kleinen Umweg. Das hat mir der Reiseschutzengel meines Vaters eingegeben. Denn wie ich den abendlich verödeten Hafen des winterschlafenden Provinzstädtchens entlangfahre, sehe ich – ich traue meinen Augen nicht – vor mir die unverkennbare, hohe, leicht vornübergebeugte, leicht O-beinige Gestalt meines Vaters in seinen unvermeidlichen Innsbrucker Lodenkragen gewickelt, den ebenso unvermeidlichen Stock in der Hand.

Nun muß man wissen: von Locarno nach Brissago gibt es keine Bahn, im Winter nur spärlichen Motorbootverkehr. Es war ½ 7 Uhr abends, kaum mehr Gelegenheit für Lorenz, Brissago noch am selben Tag zu erreichen.

»Ja, Papa, um Gottes willen, was machst denn du hier? Wie willst du heim nach Brissago kommen?«

»Dumme Frage, natürlich mit euch, im Auto. Ich warte schon zwei Stunden, wo steckt ihr denn so lange?«

Es war, als wenn wir in einer kleinen Stadt uns von einem Geschäftsladen zum anderen Rendezvous gegeben hätten.

»Ja, aber das ist doch Wahnsinn, bei einer so langen Reise sich auf die Stunde unserer Ankunft zu verlassen.«

»Na, ihr seid doch gestern früh von Paris weg, also habe ich mir ausgerechnet, müßt ihr gegen Abend hier durchkommen, da bin ich euch mit dem letzten Boot entgegengefahren.«

»Aber wenn wir nicht gekommen wären, woanders übernachtet, einen Defekt gehabt hätten, ja auch nur den direkten Weg nach Brissago durch Locarno durchgefahren wären, was dann?«

»Na, ihr seid aber jetzt da; erledigt, schaun wir, daß wir vor der Dunkelheit nach Brissago kommen, ich hasse die Fahrt bei Scheinwerferlicht. Und dann ist mir auch schon kalt in dem dünnen Kragen.«

Natürlich; aber nicht nur das, ich mußte das Lenkrad meiner Frau übergeben, mein Vater setzte sich in meinem dicken Flauschmantel neben sie unter das aufgestellte Dach, und ich saß hinten im rumble-seat und fror in meines Vaters lüftigem Regenmantel bis Brissago wie ein Pintsch.

Abermals Heimkehr von New York. Mein Vater und ich, diesmal mit einem glitzernden Cadillac-Wagen, waren des Morgens in Cherbourg gelandet. Unser nächstes Ziel war das schöne Rouen, berühmt durch den Martertod der Jeanne d'Arc. Durch ein enges Gewirr alter Gasserln strebten wir der Stadtmitte zu. Da ertönte ein scharfer Trillerpfiff, der mir vom Ohr durch das ganze Rückenmark hinabrieselte, denn ich spürte, daß es ein offizieller, ein staatsgewaltiger Pfiff war. Und schon standen zwei elegante Sergeants de Police neben der Wagentür: »Wissen Sie nicht, Monsieur, daß es verboten ist, eine Einbahnstraße in der verkehrten Richtung zu benützen?«

Er hatte recht. Ich hatte im Wirrwarr des Verkehrs das Einbahnzeichen übersehen, ein entschuldbarer Irrtum. Dafür hatte ich nun in Frankreich immer die gleiche billige Entschuldigung: »O Pardon, wir sind aus Amerika und erst diesen Morgen in Cherbourg angekommen ... unsere Papiere sind aus New York.«

Neben mir thronte mein Vater in einer phantastischen Automobilausrüstung: in seinem Lodenkragerl aus Innsbruck, auf dem Kopf einen Steirerhut mit grünem Band und mächtigem Gamsbartpinsel; die Hand stützte er unbeweglich auf seinen Stock – er sah mit seinem weißen Vollbart und der älplerisch-österreichischen Adjustierung einem Forstdirektor aus Tamsweg oder von der Turracherhöhe zum Verwechseln ähnlich. Der höfliche Sergeant verbeugte sich vor ihm salutierend-entschuldigend und sagte lächelnd, sich halb zu seinem Zwillingsgendarm wendend: »Aus Amerika, aus New York? Ah, das merkt man gleich, wenn man den Herrn ansieht. Amerikaner! Also fahren Sie, aber geben Sie das nächstemal besser acht!«

Er hatte mit dem bekannten Scharfblick, den der Franzose für Tracht und Gehaben anderer Nationen hat, das typisch Amerikanische an Lorenz im Nu herausgefunden, trotz des Tamsweger Kostüms. Ich allein hätte sicher schwer Strafe blechen müssen. »Du trägst den Lorenz und sein Glück«, dachte ich nach antikem Vorbild wieder einmal und fuhr erleichtert davon.

Man wäre manchmal versucht gewesen, den Reiseschutzengel von Adolf Lorenz nicht unter die guten, sondern unter die bösen Exekutivorgane der überirdischen Mächte einzureihen. Denn dieser Schutzengel half seinem Günstling zum Gelingen von Unternehmungen, die jeder Gerechtigkeit, jeder vernünftigen, logischen Voraussicht ein Schlag ins Gesicht waren. Dieser Schutzengel erinnerte in seinen Taten manchmal an Mephisto, der nach seinem Pakt mit Dr. Faust diesem zu wunderbaren, unmöglichen Dingen verhilft.

Es war zur Zeit von Lorenz' ersten Triumphen in der Mitte der neunziger Jahre des vorigen Jahrhunderts. Die unblutige Operation der angeborenen Hüftverrenkung begann bekannt zu werden. Lorenz reiste mit drei oder vier erfolgreich operierten kleinen Mädchen, die wie immer von meiner französischen Gouvernante eskortiert wurden, zum Chirurgen-Kongreß nach Rom, der ganze Zirkus in eigener Regie.

Zur Erklärung dessen, was sich ereignete, ist ein kleiner

Rückblick auf die Art der damaligen Fernreisen nötig. Schon tauchte bei ganz eleganten Fernzügen, etwa dem Orientexpreß oder dem Expreß Petersburg – Wien – Nizza, die wunderbare Neuerung des Schlaf- und Speisewagens auf, aber im allgemeinen war, zumindest in Österreich, ein Speisewagen noch unbekannt.

Für die Atzung der Fahrgäste gab es zwei Varianten, die für mich als Kind beide gleich faszinierend waren. Entweder man bekam in einer mit Restaurant ausgestatteten Station ein »Tablett« auf das Knie gestellt, auf dem in Blechrahmen Suppennapf, Schüsseln und Teller eingebaut waren. Ein Menü von drei Gängen; nur daß alles schon etwas lau und mit einer dünnen Schichte erstarrten Fettes überzogen war. Die Kunst des Balancierens des Tablettes oder »Tablé«, wie es bei uns genannt wurde, auf den Knien mußte gelernt werden.

Die zweite Variante der Reisemahlzeit war entschieden die noblere. Im Fahrplan der Fernzüge waren bestimmte Stationen mit längerem Aufenthalt vorgesehen, 20 bis 50 Minuten. Die Reisenden strömten aus den Waggons ins Restaurant, wo schon alles auf sie wartete. Der verlassene Zug, draußen auf dem Perron, schnaufte sich aus wie ein Roß, dessen Reiter für einige Zeit zur Rast abgesessen ist.

So erinnere ich mich deutlich der Mittagsstation des Tagesschnellzuges Wien – Triest, wo das Mittagmahl in Graz eingenommen wurde. »Graz, 50 Minuten Aufenthalt, die Fahrgäste in die Restauration, bittee!«

Hast du Eisenbahnfieber? Nur keine Angst, die k. k. priv. Südbahn-Gesellschaft läßt ihr väterliches Auge keinen Moment von dir. Ein Bahnbediensteter, in der prächtigen Uniform der damals noch prächtigen Zeiten, in himmelblauem, mit einer doppelten Reihe silberner Knöpfe versehenem Rock und himmelblauer hoher Offizierskappe, ein Pfeiferl mit Fangschnüren an der Achsel, geht durch die Tischreihen und schwingt ein silberhell klingendes Glöcklein in der Rechten.

»Erstes Läuten bitteeee, zum Schnellzug nach ...« Zehn Minuten später kam das zweite Läuten und damit Unruhe unter die Schmausenden, aber die Zahlkellner standen begreiflicherweise schon zur Hand. Dann gab es noch ein feierliches drittes Läuten, aber das war eigentlich überflüssig, denn es war nur mehr das Todesurteil für die verlorenen Zurückgebliebenen. Denn nach dem dritten Läuten konnte der Zug jeden Augenblick abdampfen. Ich erinnere mich, daß mein Vater einmal die eiserne Stirn hatte, gerade beim dritten Läuten einen »Schwarzen« zu bestellen, es klang wie eine Herausforderung an die läutende, prächtig uniformierte Amtsperson. Ich »fipperte« vor Eisenbahnfieber und stand halbwegs zwischen Zug und Restaurant. Aber mein Vater sagte: »Ach was, ich komme immer noch zurecht«, und so war es auch unbegreiflicherweise; die Abfahrt verzögerte sich aus irgendeinem geheimnisvollen Grund.

Auf besagter Romfahrt zum Kongreß hielt der Zug um 7 Uhr früh zu 20 Minuten Frühstückspause in Villach. Da fiel Lorenz ein, daß dem Bahnhof gegenüber ein befreundeter medizinischer Kollege wohnte. Den mußte er zu so früher Stunde überraschen! Ohne Mantel – es war im Vorfrühling –, nur mit dem seidenen, schirmlosen Rabbinerkapperl ausgerüstet, das die gar nicht unpraktische damalige Reisekopfbedekkung war, eilt er zum Freund – zum Entsetzen der zurückgelassenen Mademoiselle und ihrer Schar piepsender Küchlein. Er ist außerhalb des Bahnhofsgeheges, kein warnendes erstes und zweites Läuten erreicht ihn, er ist verschwunden, und der Zug fährt aus. Der Zug gewinnt Tempo, schon ist der letzte Wagen über den Perron hinaus – da erscheint Lorenz, wird von dem fürsorglichen Beamten tätlich am Versuch des Nachlaufens gehindert, und nun, sollte man glauben, hat es ihn einmal richtig erwischt!

Aber nein! Der Zug wird langsamer, steht. Aufgeregtes Bahnpersonal strömt herbei und hockt sich um eine Radachse, der bekannte Mann mit dem langen Hammer ist auch schon zur Stelle, der Achsstummel gibt statt hellen Klanges das Geräusch einer gesprungenen Suppenschüssel von sich. Pfeiferln schrillen, Arme und Fahnen winken – und schon schiebt sich der Zug langsam in die Station zurück. Eine Radachse ist gesprungen; einem braven Schaffner ist ein pathologisches Geräusch bei der Ausfahrt aufgefallen, der Waggon muß ausrangiert, durch einen anderen ersetzt werden. Mademoiselle und die Küchlein hängen unter Tränen an dem wiedergewonnenen Lorenz.

»Na also, was ist denn, ich habe es ja gewußt«, sagte er, und damit war der Zwischenfall für ihn erledigt. Der guten Mademoiselle traten noch die Tränen erneut in die Augen, als sie mir das Ganze nach ihrer Heimkehr erzählte.

Reisen zu Wasser

Da unser Globus bekanntlich ungefähr zu zwei Dritteln mit Wasser bedeckt ist, muß ein so unermüdlich Reisender, wie Adolf Lorenz einer war, notwendig zum Meerfahrer werden. Und so hat er viele Tausende von Seemeilen auf allen großen und kleinen Meeren der Welt in Dutzenden von Schiffen aller Größen und aller Stufengrade des Komforts zurückgelegt. Wenn er sich ein Hotelzimmer erst ansah, wenn er es zum Schlafengehen betrat, so mochte das bei ein oder zwei Übernachtungen hingehen. Anders bei einer langen Seefahrt von ein bis zwei Wochen. Da wohnt man doch schließlich in seiner Kabine, seinem state room, er ist für die Reisezeit das Zuhause, das buon retiro. Lorenz würdigte jedoch bei der Abreise, von New York etwa, seinen Wohnraum auf dem Schiff keines Blikkes, erst nach 1 ½ Stunden und mehr, wenn das Boot auf hoher See war, ging er unter Deck. Die Skyline von New York interessierte ihn zu sehr.

Wer kennt nicht die schöne Einrichtung der »cruises«, der Kreuzfahrten über weitere und kürzere Strecken, mit wiederholten Landungen und Ausflügen im Auto nach sehenswerten Punkten? Von allen großen transatlantischen Dampferlinien werden solche Lustreisen unternommen. Die längste dauert zirka ein halbes Jahr und führt um die Welt herum – Start und Ziel New York City. Die Italiener veranstalten wunderbare Erholungsreisen nach allen interessanten Mittelmeerhäfen, deren es wahrlich genug gibt. Wir wählten im Frühjahr öfters eastbound cruises, die uns auf angenehmen Umwegen nach irgendeinem Hafen brachten, von wo es dann mit unserem Auto heim nach Wien ging.

Der Hauptvorteil dieser cruises ist, daß man nach heißem, ermüdendem Tagesausflug über Land des Abends wieder in das behagliche schwimmende Grandhotel zurückgebracht wird und sich um nichts zu kümmern braucht. Alles ist vorgesehen, alles im gar nicht niedrigen Gesamtpreis der Reise inbegriffen. Nur was man sich an grausigen Erinnerungen und Schnickschnack auf den Landausflügen kauft, dafür muß man Geld in der Tasche haben.

Aus dem bisher Mitgeteilten ist leicht zu sehen, daß mein Vater auf solcher Kreuzfahrt ein recht ungebärdiger Reisender war, den man eigentlich nie aus dem Auge lassen durfte. Wenn er in irgendeinem Schloß von der Herde ausbrach und selbständig wurde, stand schließlich sein Auto stets vor der Tür. Aber in fernen fremden Ländern, weit von der Küste weg, zu der man zu rechter Zeit zum Schiff zurückkehren mußte, da war es anders, da schwitzte ich manchmal Blut.

So trat er einmal in den Dom von Santiago de Compostela im nordspanischen Galizien an meiner Seite ein, hinter uns die Herde. Ich verlor ihn aus dem Blick, und er ward nicht mehr gesehen, er war einfach verschluckt vom alten schwarzen Gemäuer. Beim Lunch, der im Hotel nebenan serviert wurde, blieben die beiden Lorenz-Plätze leer, ich suchte alle dunkeln Winkel des Domes ab, den ich schon verwünschte und dessen außerordentliche architektonische und plastische Schönheiten ich erst zu Hause an Reproduktionen genoß. Ich eilte zum Reiseleiter und klagte ihm meine Not. Er erklärte aber entschieden, daß er nicht länger warten könne; Personen, die auf Extraausflüge gingen, die sollten allein reisen und nicht in einer cruise, bemerkte er ätzend und richtig.

»Die ›Saturnia‹ kann nicht warten, die Hafengebühren reichen nur bis 10 Uhr abends.« Ich war der Verzweiflung nahe, ohne ein Stück Gepäck standen wir da, nur mit dem, was wir auf dem Leibe trugen, das heißt ich stand da, vorderhand mutterseelenallein; ob mein Vater sich nicht bereits in einer vergessenen Katakombe zu Tode gefallen hatte, wußte ich noch nicht. Auf einmal erschien er wieder am Haupttor der Kirche: »Ach was, da habe ich eine geradezu wundervolle Krypta gefunden, die man uns nicht gezeigt hat, aber die Gittertür hinter mir ist zugefallen, und ich arbeitete über eine Stunde, bis ich heraus konnte, verflucht noch einmal!«

»Zum Kuckuck mit deiner Krypta! Hier stehen wir jetzt, ohne spanisches Geld und Gepäck; wir können uns vom nächsten österreichischen Konsulat per Schub nach Hause schicken lassen.«

»Ach was, es wird nicht so schlimm sein.«

Der bekannte Lorenz-Schutzengel war auch schon da: »Jessas, de Herrn san gar aus Österreich! I aa! I bin a Monteur von die Austro-Daimler in Wiener Neustadt, i hab' für die hiesige Firma glei jetzt an Daimler nach Vigo hinunter zu fahren, wann die Herrn mitfahren wolln, dö alten Taxikraxn putzen ma noch dreimal auf dö 120 Kilometer.«

Ich hatte keine Worte mehr, um so viel mehr unser Fahrer, der glücklich war, hier im äußersten Nordwestwinkel Spaniens Landsleute getroffen zu haben.

»Die Herrn san aus Wien? Dort hat a berühmter Professa, Lorenz heißt er, mei' Tochter an Hüftluxation operiert. Zuerst hats g'hinkt, jetzt is grad wia a Statue.«

Tief gerührt, mit Tränen der Erleichterung in den Augen, klärte ich ihn auf.

»Jessas, na so was!«

Er wollte zur feierlichen Begrüßung anhalten. Ich verwies auf die ungeduldig wartende »Saturnia« in Vigo. Und schon hatten wir die in Autos verstaute Herde eingeholt. Trotz mächtiger Staubwolken »holte« der wackere Neustädter einen Wagen nach dem anderen. Meinem Freund, dem strengen, aber gerechten Reiseleiter, winkte ich beim Überholen noch höhnisch zu, dann verschlang ihn dicker, gelber, spanischer Staub, den er fressen mußte wie die berühmte Schlange. Als Fahrtentlohnung nahm unser Chauffeur nur Lorenz' Autogramm. Eine Karte mit Grüßen an die Familie mußten wir selbst nach Wien bringen. Als die Herde ankam, schaute ich schon mit hochmütiger Gelassenheit, gebadet, rasiert und im abendlichen Dinnerjacket vom Promenadendeck hinunter auf die Ankunft der zerzausten, verstaubten Santiago-Pilger.

Aber dadurch wurde mein Vater nicht klüger. Im Winkelwerk arabischer Gäßchen von Tunis verirrte er sich einen Tag später, knapp vor der Abfahrt. Ich hatte ihn unglücklicherweise allein gelassen, und nur unsere Freundschaft mit dem wakkeren Commodore der »Saturnia« rettete ihn – und schließlich auch mich – vor dem Zurückbleiben. Dieser Commodore war aus Lussinpiccolo, woher so viele tüchtige und tapfere Seeleute des alten österreichischen Lloyd und der glorreichen Kriegsflotte Tegetthoffs stammten. Wir hatten schon eine halbe Stunde Verspätung, ich stand auf Nadeln, aber der wackere Kapitän erklärte: »Und wenn wir erst morgen abend nach Palermo kommen, ohne meinen Freund Lorenz fahre ich nicht los.«

Finstere, vorwurfsvolle Blicke von Piloten, Steuerleuten und Offizieren nützten nichts. Schließlich kam Lorenz mit seinem schlürfenden, wiegenden Gang doch noch daher, und kaum hatte er den Laufsteg betreten, heulte auch schon die majestätische Schiffssirene.

Jeder Überseefahrer hat in allen Ländern und Sprachen der Frage stand zu halten: Werden Sie seekrank? Eine begreifliche Frage. Die »spiegelglatte See« ist meiner Meinung nach eine romantische Erfindung. Man rudere einmal, oder besser noch, treibe eine Weile auf weitem Ozean bei spiegelglatter See. Da wird man's merken, daß sie gar nicht so spiegelglatt ist und das Boot immer noch genug schupft und schaukelt. Oder noch tückischer: Sie sieht zwar ganz glatt aus, aber lange Dünung, die »atlantic rollers«, wie sie drüben heißen, hebt einen sanft und gewaltig hoch empor, wie auf die Spitze eines Berges, um das Boot bei ihrem nächsten Atemzug abgrundtief im Wellental versinken zu lassen, daß man meinen könnte, die Kämme der Wogen, die den Horizont begrenzen, würden im nächsten Augenblick über einem zusammenschlagen. Je größer das Schiff, desto schwächer sind natürlich die Bewegungen zu spüren. Aber schaukelfest ist kein Schiff der Welt, wenn es auch noch so groß ist. Keine »Paris«, keine »Queen Mary«. Wenn die langen Roller kommen, so kommt auch die Schiffsbewegung, und es ist die Frage, ob nicht das harte, kurze Stoßen und Kippen kleiner Boote auf die Dauer erträglicher ist als das majestätische Heben und Senken, Neigen und Wiegen der großen.

Nun war Lorenz kein Gesundheitsprotz, trotz seiner eisernen Gesundheit, sondern ein Neurastheniker, der jedes körperliche Unbehagen, jeden kleinen Schmerz maßlos übertrieb. Gerne ließ er sich um sein Befinden befragen, ebenso gerne und lange klagte er darüber. Dabei war er, von einer milden Lungenentzündung und einer Fingerphlegmone, die er als junger Mann überstanden hatte, abgesehen, niemals krank.

Fragte man ihn nach der Seekrankheit, so nahm sein Gesicht einen leidenden Zug an, und er begann zu klagen: »Ah, die Seereise ist mir stets eine Qual, von Anfang bis zum Ende; ich leide unsäglich unter der Seekrankheit.«

Ich aber weiß, wie es wirklich war. Bei schlimmstem Seegang, wenn der Speisesaal nur von wenigen Unentwegten besetzt und die ominösen Metallrahmen auf den Tischrändern festgeschraubt waren, wankte Lorenz, sich von Tisch zu Tisch tastend, fluchend herein und ließ sich auftischen, was es nur gab. Er machte eine bitterböse Miene dazu und schimpfte die ganze Zeit über die schlimme See.

Er war, wie man sieht, schwer seekrank, aber nach *seinem* Begriff von Seekrankheit. Er verstand darunter nur den Unwillen, den ihm die unaufhörlichen Störungen des Gleichgewichts erregten, nur den Unmut darüber, daß einem die Stufen treppab unter den Füßen davonlaufen und man sich treppauf die Beine in den Leib stößt; daß man ohne Hilfe der Hände nicht geradeaus gehen, beim Hosen-An- und Ausziehen nicht auf einem Bein stehen kann. Unter Seekrankheit verstand er das Grauen vor dem Phänomen, daß senkrecht an der Wand hängende Gegenstände sich plötzlich mit gespenstiger Steife von der Wand abheben. Besonders ungebärdig wurde er im Schiffslift, der sich natürlich der Schiffsbewegung nicht entziehen konnte.

Wenn aber alle Passagiere entweder in den Deckstühlen oder in ihren Kabinen vergraben wie grüne Wasserleichen dalagen, wenn das schlüpfrige, widerliche Gespenst der Seekrankheit über die Decks patschte, dann begegnete es außer gelegentlich einem Seemann nur dem alten Lorenz, der brummend und finster seine Runden ums Promenadendeck machte. Neptun hat er, soviel ich weiß, niemals geopfert, niemals sah er rosiger aus, war besser bei Appetit als auf stürmischer See.

Auf den Transatlantic liners gibt es ungeschriebene Bekleidungsregeln für Mahlzeiten. Zum Frühstück und zum Lunch ist alles erlaubt, vom Bademantel bis zum Straßenanzug. Abends zum Dinner tragen die Herren ihr Dinnerjacket, den Smoking, wie er bei uns komischerweise heißt, für festliche Ballgelegenheiten auch den »swallow-tail and white tie«, den Frack, und die Damen Abendkleider. Eine Ausnahme ist jedoch praktischerweise die »first night on board«. Wenn man zu Mittag aufs Schiff kommt, ist man – so wird angenommen – abends noch nicht ganz zu Hause in seiner Schiffswohnung, noch nicht mit dem Auspacken fertig und darf in Reisekleidung zu Tisch kommen.

Nun ist aber diese first night, besonders für die Damen an Bord, brennend interessant. Die Passagierliste haben sie schon in ihrer Kabine vorgefunden. Und jetzt erhebt sich bei Tisch das spannende Raten: Who is who? Jeder Eintretende wird gemustert wie ein Rekrut bei der Assentierung – nur mit kleinem Unterschied des Kostüms.

Es war am Abend eines Auslaufens aus New York. Ich hatte mein Quartier meist weit weg von dem meines Vaters, oft sogar auf einem anderen Deck, wir trafen uns erst bei Tisch. Ich war zuerst zur Stelle und freute mich auf die sympathische Erscheinung des alten Herrn in dem neuen braunen herringbone Reiseanzug, den ich ihm unter Protesten, Brummen und selbst körperlichem Widerstand in New York förmlich aufgezwungen hatte. Jetzt trat er in den Speisesaal, und die Augen blieben mir wieder einmal stecken; aber auch allen holden Frauen im Raum. Wohl hatte er die hellbraune Hose und Weste des Reiseanzuges an, mit roter Krawatte, und dazu braune scotch-grain-Halbschuhe, aber statt des Sakkos hatte er sein – Dinnerjacket angezogen.

Ich zischte ihn an: »Ja, aber Papa? Wir haben doch davon gesprochen, daß wir uns heute abend noch nicht in Gala zu werfen brauchen, und die Idee des Dinnerjackets zu braunem Anzug und roter Krawatte – du sagst oft, Papa, es ist unglaublich, jetzt sage ich einmal, es ist wirklich unglaublich.« Und schon tat er mir wieder leid, er schaute mich halb empört, halb enttäuscht an: »Na, ich habe gedacht, ich werde mich wenigstens ein bisserl schöner machen.«

Alle Blicke und Lorgnons waren auf Lorenz gerichtet, ich fühlte mich wie am Pranger, denn ich besaß nicht die schöne Nichtachtung der öffentlichen Meinung, wie mein Vater sie hatte. Ich hörte Gezischel: »Ist das nicht Dr. Lorenz aus Wien? Aber natürlich ist er's, wie reizend!«

Nach dem Essen zwang ich ihn sofort zum Kleiderwechsel. Bei Kaffee und Zigarre in der Bar wurde er schon von Frauen angegangen: »Dr. Lorenz, warum haben Sie Ihr entzückendes Kostüm nicht anbehalten! Es war eine so wundervolle neue Kombination!«

Alltag in Amerika

Unsere ersten Besuche in Amerika hatten noch den Charakter des Abenteuers. Wenn wir aber nach sechs Monaten der Arbeit zur Heimkehr rüsteten, waren schon so viele Patienten für die nächste Saison vorgemerkt, hatten wir so viele operierte Fälle in ihrem weiteren Verlauf zu verfolgen, daß unsere Rückkehr im Herbst Selbstverständlichkeit war; so entwickelte sich eine Gepflogenheit, die sich durch etwa sechzehn Jahre, bis zum Beginn des Zweiten Weltkrieges und bis zum Eintritt Lorenz' in sein neuntes Lebensjahrzehnt fortsetzte. Das Abenteuerliche verlor sich aus den Amerikafahrten, sie waren in den Turnus unseres Lebens eingebaut. Gar kein schlechter Turnus: der Winter im reichlich geheizten, luxuriösen Babel des Überflusses, und wenn die Blätter grünen und der heiße, feuchte New Yorker Sommer kommt, zurück in unsere lieben österreichischen Berge. Winterpraxis in der Großstadt, Sommerpraxis sozusagen auf dem Lande, nämlich in Wien.

Die ersten zwei Winter drüben litt Lorenz unter dem ständigen Gasthausessen, mehr aus Neurasthenie als aus Magenschwäche, an der zu leiden er sich einbildete. Da kam mir eine Idee. Meine erste, jung verstorbene Frau hatte mir eine Hausgehilfin hinterlassen. Zu ihr war sie ein Mittelding zwischen Zofe und Freundin gewesen. Ich behielt sie nach dem Tode meiner Frau. Einmal hörte ich in einem Hinterzimmer meiner vereinsamten, zu groß gewordenen Wiener Wohnung rätselhaftes, eintöniges Stimmengewirr, und diesem nachgehend, fand ich meine Christine mit einer Freundin im eifrigsten Englischstudium. Mein Gott, dachte ich, wozu plagen sich die armen Mädel, Englisch zu lernen, wann und wo werden sie in die Lage kommen, es zu brauchen?

Als mein Vater über das amerikanische Essen zu klagen begann, fiel mir sofort Christine ein und die Tatsache, daß sie eine vorzügliche Köchin war. Ich schrieb ihr, einen Paß hatte sie bald, für Affidavit und Reisegeld sorgten wir, und so kam Christine per Eilgut nach New York, wo sie die ersten praktischen Sprachproben in ihrem selbstgelernten Englisch ablegen konnte, früher als sie geglaubt hatte.

Mit dem Einzug eines weiblichen Wesens in unser liebloses Junggesellen- und Wirtshausdasein begann sich unser New Yorker Horizont merklich aufzuhellen. Aus den verschiedenen Riesenkarawansereien, in denen wir uns bis dahin herumgetrieben hatten, zogen wir ins urbehagliche Croydon Hotel, 12 East 86th Street. Dieses Croydon ist ein typisches Appartement-Hotel. Dort gibt es Wohnungen von ein bis zehn Zimmern, mit ein, zwei oder drei Bädern, auf einen Tag oder fürs ganze Jahr. Bei den Appartements ist nicht nur eine herzige, blitzblanke Küche dabei, sondern auch ein Frigidaire und eine komplette Ausrüstung mit Geschirr, Besteck und Tischwäsche für beliebig viel Personen. Tischwäsche, Bettwäsche und Handtücher werden jeden zweiten Tag gewechselt. Man frage nur nicht, was es kostet. Das Einkaufen wird von der Hausfrau telephonisch besorgt, die verlangten Waren – etwa der schon zum Fertigmachen gespickte Braten – werden vor der Türe deponiert; der Bote läutet, legt sein Paket hin und wartet nicht das Öffnen der Türe ab. Niemand denkt daran, ein solches Paket zu stehlen – ganz wie bei uns! Will man sich nicht die Mühe des Kochens machen, so steht im Hotel ein glänzend geführtes Restaurant zur Verfügung; will man in der Wohnung speisen, so braucht man nur das room service anzurufen, und trainierte Kellner servieren das Essen privat. Will man ein hausgekochtes Mahl mit irgendwelchen Leckerbissen aufputzen, sorgt ebenfalls das room service dafür.

Wir fühlten uns wie im Himmel. Eine österreichische Köchin kann ja mit den Delikatessen und der Reichhaltigkeit des New Yorker Marktes zu jeder Zeit des Jahres kulinarische Wunderwerke herstellen. Wohlgemerkt, eine österreichische Köchin; denn die amerikanischen selbstkochenden Hausfrauen haben keine Zeit für individualisierenden Einkauf und ziehen es vor, aus der »tin-can«, aus der Konservenbüchse, zu leben. Das war jetzt ein anderes Dasein als das Herumkugeln in den Restaurants, und wir hatten wirklich diese häusliche Entspannung zum Durchhalten in unserer aufregenden schweren Arbeit nötig.

Die tägliche Routine war ungefähr folgende: Um 8 Uhr zogen wir aus, zu den Operationen in den verschiedensten Spitälern. Da orthopädische Operationen vielerlei, meist recht umfangreiche und schwer transportable Spezialapparate und Maschinen erfordern, war das Operieren in entlegenen Spitälern eine mühsame Angelegenheit; unsere Apparate mußten immer im Auto herbeigeschafft werden, beschädigten Polsterung und Überzüge unserer jeweiligen Fahrzeuge recht beträchtlich und erforderten außerdem reichlich Muskelkraft zum Ein- und Ausladen. Nach den Operationen ging's in unser Office, das wir mit dem zwei Jahre nach uns eingewanderten früheren Assistenten meines Vaters, Dr. Wiesenthal, teilten. Er ist ein Vetter des berühmten Tänzerinnentrios. Nun begann im Office die anstrengende Ordination. Anstrengend, weil im amerikanischen Publikum der Begriff der orthopädischen Leiden noch nicht klar fixiert war und weil man vom Wunderdoktor Lorenz eben auch Wunder verlangte.

Zum Beispiel wünschte eine Mutter: »Doktor Lorenz, wir haben Zwillingstöchter, die eine hat zwei reizende Grübchen oberhalb ihrer Sitzfläche – dimples –, die andere nicht. Dr. Lorenz, Sie sind doch ein Zauberer, machen Sie der zweiten auch solche Grübchen.«

Eine verzwickte Aufgabe, selbst für einen Meister plastisch-kosmetischer Chirurgie. Daß man die Form einer Nase, eines Kinns, eines Busens ändert, ist ja relativ eine Kleinigkeit gegenüber der Aufgabe, ein dimple zu machen. Wehe, wenn es nicht naturgetreu ausfällt und eher einer eingezogenen Narbe ähnelt!

Da von einer vorschnellen Presse ganze Organtransplantationen als eine gelöste Frage hingestellt wurden, hatte ich stets Mühe, Leute abzuweisen, die bereit waren, für einen Verwandten, die Eltern für die Kinder und umgekehrt, sich Augen, Beine, Mägen herausschneiden und transplantieren zu lassen.

Eine andere Schwierigkeit unserer Ordinationen war das babylonische Sprachengewirr. »New York is the melting pot of the nations«, heißt es drüben, New York ist der Schmelztiegel der Nationen. Die Frage lautet hier nicht: Was für Rassen und Nationen gibt es in New York, sondern vielmehr: welche trifft man hier nicht an, und da wird es schwer sein, eine fehlende zu finden. Englisch ist zwar die alles beherrschende Umgangssprache, ja, aber was für ein grausam verballhorntes Englisch! Da geben sich Deutsche, Franzosen, Spanier, alle Nord- und Südslawen, Ungarn, Rumänen, Italiener, Griechen, Armenier, Syrier und Ägypter Rendezvous, nicht zu vergessen der mannigfaltigen Schattierungen von Juden, vom hochzivilisierten englischen bis zum primitiven ukrainischen und südrussischen. Und dieses ganze Völkergemisch vermeint, Englisch zu sprechen. Die Jungen mühen sich wenigstens erfolgreich darum, während die eingewanderten Alten aus ihrem jüdischen oder armenischen Viertel nie herauskommen, im Fleischerladen, beim Grünzeughändler und im Papiergeschäft wieder Landsleute treffen, mit diesen natürlich in ihrer Muttersprache reden und so niemals Gelegenheit haben, richtig Englisch zu lernen.

Im Vorzimmer hatte ich meine liebe Mühe mit dem Sortieren der Patienten und dem Michverständlichmachen.

Da entspinnt sich etwa folgendes Gespräch:

Ich: »Do you speak English or which other language?«

Patientin: »Jach, speak de Englisch, aber de Daitsch just as well.«

Ich: »What's the matter with your baby?«

Patientin: »Hörn se mich oos, Herr Doktor: De boy, wie ich ihn habe geboren, er was straight and scheen. All of a sudden, wie er is gegrown to seinem fifth year, der bone is ihm herosgewachsen bei die ankle, das flesh is ihm wild geworden und er hat begonnen ze limpen, und jetzt hab ich ihm genommen zu a Doktor, rüft sach Professor, who claims ze sein gekümmen aus Wien. Der hat gesagt he must performen a Operation what costs 400 Dollar. But my husband is only a poor workman und wir haben schon gespendet den letzten Dollar. So we are gekümmen zu dem famous Doktor Lorense, may be he will do it noch amal and this time for nothing.«

Und so ging es, mit nationalen Variationen, weiter, in allen erdenklichen Sprachen mit Englisch gemischt.

Nachmittags ruhte Lorenz; oft aber wurde diese Ruhe durch die Arbeit in den dispensaries – den orthopädischen Ambulatorien, wie man bei uns sagt – unterbrochen, in denen er die arme Bevölkerung kostenlos beriet. Das war im Grunde die gleiche Tätigkeit wie die des Vormittags, nur in jeder Hinsicht verschärft.

Da bekam man tatsächlich einen Querschnitt durch jenes New York zu sehen, von dem die Gentlemen und Ladies in Park- und Madison Avenue keine blasse Ahnung haben. Ein Kaleidoskop aller Völker, Rassen und Religionen, allen Elends und aller Häßlichkeit der ganzen Welt. Da erblickte man sonst nie gesehene, aus Syrien oder Armenien importierte Deformitäten, monströse Mißbildungen, wie sie nur mehr in wilden östlichen Ländern zur Entwicklung kommen. Da traf man auf rührende Tragödien ehemaliger k. u. k. Offiziere, die zerlumpt und schäbig neben zerlumpten und schäbigen zaristischen Gardeoffizieren saßen, da war wirklich oft guter Rat teuer, welche Sprache man sprechen sollte, es sei denn die allgemein verständliche mitleidigen Erbarmens und der Menschenliebe.

Nach solch harter Tagesarbeit kehrten wir ermattet in unser behagliches Croydon zurück, um zu verschnaufen, nicht um zu feiern. Denn nun begann erst die New Yorker Nachtarbeit, die für Kaufmann, Rechtsanwalt, Ingenieur und Arzt ermüdender ist als die Berufstätigkeit des Tages: society! Für uns bedeutete Geselligkeit, es sei denn, daß wir liebe Freunde im gemütlichen Kreis bei uns sahen, stets society bei einer richtigen »lionhuntress« von Hausfrau, bei einer Dame der Gesellschaft, die stolz darauf war, ihren »Löwen«, Doktor Lorenz, ganz zahm vorzuführen.

Was waren das für schauerlich-schöne Dinners! Feinste Speisen und langweilige Gespräche über selbstverständliche Platitüden, bis irgendein Vorsprecher nach Tisch das Wort ergriff zu einem inoffiziellen Vortrag. Nur zu oft war Lorenz zu diesem Zweck ausersehen, und nun wurde mir heiß vor Nervosität, aus Angst vor dem, was er sagen würde, wie ich bei Tisch geschwitzt hatte wegen seiner allzu originellen table manners. Ein typisches Gesprächsthema, das die Damen der Gesellschaft uns gegenüber anzuschlagen beliebten, waren detaillierte Schilderungen ihrer verschiedenen Entbindungen und was sich alles dabei ereignet hatte. Eingeleitet wurden solche Vorträge stets durch die Phrase: »Doktor Lorenz, Sie sind ein Arzt, vor Ihnen brauche ich mich nicht zu genieren.« Das war richtig, aber der Appetit wurde mir oft durch die Schilderungen verdorben.

Nach dem Essen wurden einer den Engländern nachgeahmten Sitte gemäß die Herren rauchend um den abgespeisten

Tisch belassen, wo sie sich nach Herzenslust saftige Geschichten erzählen konnten, während die Damen zur Auffrischung ihres Make-up im Nebenraum verschwanden. Sichtlich aufgefärbelt zogen sie nach einer Weile wieder ein, und nun begab man sich in den Salon, um die langweiligen Gespräche fortzusetzen, es sei denn, daß der liebe Alkohol die Menschen freier und gelöster machte. Wenn man nichts zu sagen hat, sind Gesellschaftsspiele und vor allem Bridge eine ausgezeichnete Abhilfe. Bridge konnten wir beide nicht, aber bei den Spielen mußten wir wohl oder übel mittun. Adolf Lorenz beim Gesellschaftsspiel war ein unheimlicher Anblick – wie wenn man einen Löwen Kleeblüten abweiden sieht!

Einmal waren wir bei einer uns noch unbekannten Gönnerin, einer reichen Industriellenwitwe, geladen. Wir verfehlten das Stockwerk, der Liftboy brachte uns statt in den 16. in den 14. Stock, wo auch eine große Party im Gange war. Am Eingang des Empfangsraumes steht bei einer noblen Gesellschaft in solchem Fall ein makelloser »usher« oder »announcer«. Er fragt die Ankömmlinge höflich nach ihrem Namen, dann schreitet er würdig und gemessen ins Zimmer vor.

»Doctor Adolf and Albert Lorense of Vienna«, kündigte er dröhnend an. Es war ein Schlager. Die Hausfrau, deren Namen wir nicht einmal ahnten, faßte sich schnell und empfing uns mit strahlender Miene. Desgleichen alle anderen Anwesenden. Darunter ein Mann, den ich auf den ersten Blick als Einstein erkannte. Da ich in der Mathematik stets schwach war, mied ich ihn instinktiv. Dafür lief ich einem englischen Sozialpolitiker in die Arme, der schon etwas zu viele Cocktails intus hatte und mit dem zähen Beharrungsvermögen des angesäuselten Intellektuellen mir seine staatmännischen Ideen breit auseinandersetzte und jeden höflichen Fluchtversuch meinerseits durch Festhalten meines Armes verhinderte. Ich kann mich nicht erinnern, mich in New York je so gut unterhalten zu haben. Mich amüsierte das zufällige Hineinschneien in diese Gesellschaft. In vorgerückter Stunde legte ich der Hausfrau ein umfassendes Geständnis ab und fragte sie mit gewinnender Naivität nach Nam' und Art. Sie wollte sich beinahe totlachen und blieb seit diesem Abend unsere treue Freundin.

Nun haben die New Yorker Abendfestlichkeiten die Eigenschaft, leicht bis 2 und 3 Uhr früh zu dauern. Während dieser Zeit ist man der Versuchung des Alkohols und Nikotins ungebührlich lange ausgesetzt, noch dazu des Alkohols in der konzentriertesten Form des Whiskys. Einen süffigen leichten Wein kennt man ja drüben nicht. Solange es dauert, ist's gut, aber den nächsten Morgen spürt man dann Stiche durch das Hirn wie mit der dünnen Spitze einer glühenden Nadel und eine leichte Schwäche in den Knien. Fängt vielleicht dieser schmerzlichen Folgen wegen die Arbeit in New York im allgemeinen erst um 9 Uhr an? Vor dieser Stunde liegen die weiten Avenues verlassen da, die nach 9 Uhr schwarz sind von kriechenden, immer wieder stockenden Autokolonnen. Aber wir Lorenze zogen unentwegt, wenn auch oft etwas abgekämpft, um 8 Uhr zur Arbeit.

Noch anstrengender waren die orthopädischen Expeditionen über Land, teils im Auto, teils im Zug, meist aber im Auto, um unser umfangreiches orthopädisches Gepäck bequem transportieren zu können. Solche Expeditionen nannten wir: »Rundfahrten des Zirkus Lorenz«. Diese Fahrten zehrten sehr an meiner Nervensubstanz. An fremdem Ort, mit fremder Assistenz, fremdem Verband- und Gipsmaterial zu arbeiten, Patienten zu operieren, die man vorher noch nie gesehen hatte, Demonstrationsoperationen, noch dazu mit vielen kritischen professionellen Zuschauern, gerade weg vom Lenkrad nach mehrstündiger Fahrt oder direkt aus dem Pullmancar – es war ungefähr die Grenze der Leistungsfähigkeit.

Mir war oft zumute wie einem Stierkämpfer vor der Corrida. Wird's diesmal klappen? Wird die angeborene Hüftverrenkung einrenkbar, der Klumpfuß redressierbar sein?

Es wurde hier schon gesagt, wie wacklig Lorenz' Asepsis immer blieb. Schon angesichts der Arena – Verzeihung, des Operationssaales – hämmerte ich ihm meine letzten Ermahnungen ein: »Papa, gib acht auf die Asepsis, man beobachtet jede unserer Bewegungen mit Argusaugen, schau auf mich, ich werde dir schon ein Zeichen geben. Wedel nicht herum mit dem sterilen Mantel, greif nichts mehr an, wenn du gewasch ...«

»Ich danke; ich habe es nachgerade satt, fortwährend gehofmeistert zu werden!«

Aber während des Waschens sah er mich dann aus seinen offenen blauen Augen manchmal fragend an: »Ist's schon genug?«

Als ich wieder einmal nach einem solchen orthopädischen Sportfest spätnachts aus einem fernen Vorort über leere Boulevards in etwas fescherem Tempo nach Hause strebte, donnerte mir plötzlich ein Trafficcop – ein motorisierter Verkehrspolizist – auf seiner mächtigen Indian vor und winkte gebieterisch mit der Hand: »To the curb« – zum Gehsteig und anhalten. Das bedeutet meist eine empfindliche Geldstrafe nach endlosem Warten und Parlamentieren vor irgendeinem Friedensrichter. Der in schwarzes Leder gekleidete Riese riß den Wagenschlag auf.

»Sind Sie verrückt«, brüllte er, »so zu rasen? Zeigen Sie mir Ihren Ausweis ...« Da fiel sein Blick auf die ehrwürdige Nikologestalt meines Vaters neben mir.

»O ... wen haben wir denn da? Ist das nicht der berühmte Dr. Lorenz aus Vienna? Was für eine Ehre! Wie gefällt Ihnen Amerika? Darf ich Sie vielleicht um ein Autogramm bitten? Und dann, meine Frau hat solche Gelenkschmerzen, kann sie einmal zu Ihnen kommen?«

Mein erleichterter Seufzer verhauchte ungehört. Mein Vater gab sein Autogramm, ich, etwas unterwürfig, die Ordinationsadresse mit der Versicherung kostenloser Behandlung der werten Gattin, und weiter ging's. Zum Abschied rief der Wakkere noch: »Von mir aus fahren Sie so schnell Sie wollen, ha, ha, aber lassen Sie sich nicht wieder erwischen! Auf Wiederseh'n.« – Ich fuhr den Lorenz und sein Glück! –

Es waren die Jahre des schwindelerregenden amerikanischen Geschäftsbooms, als jedes Stubenmädel zwischen Auskehren und Staubabwischen rasch einmal zum Telephon eilte, um ihren stock broker (Börsenagent) zu fragen, wie ihre Aktien heute stünden, ob er neue Anaconda-Copper-shares oder General-American-Electric gekauft habe.

Unser Mitarbeiter Wiesenthal wurde einmal mitten in einem Gipsverband dringend ans Telephon gerufen. Nach wenigen Minuten kam er strahlend zurück: »Ich bin wieder um 800 Dollar reicher geworden!«

Auch die Lorenze wurden stets reicher, sprunghaft reicher,

wenigstens auf dem Papier. Geld bekamen wir während des Booms keines auf die Hand.

In einer solchen Zeit der Luftgeschäfte blüht auch die zarte, leicht verletzliche Pflanze des Kredits. Wenn Geld so mühelos gemacht wird, ist es nur billig, seinem Mitmenschen günstige Zahlungsbedingungen zu gewähren. Alles auf Abzahlung: Das Haus, dessen Einrichtung, das Auto, die Diamanten und der Nerzmantel für die Frau – alles wird in mäßigen Monatsraten »abgestessen«, wie man in Wien sagt – solange das magische Band gegenseitigen Vertrauens hält.

Aber wehe, wenn in dem kopfschweren Turm des Vertrauens nur ein Grundstein gelockert wird – dann stürzt das luftige Gebäude zusammen! Dann muß man – im Bankenviertel – auf der Straße stets achtsam nach oben schauen, damit einem nicht ein selbstmörderischer bankrotter Bankier auf den Kopf fällt.

Es war an einem jener wenigen New Yorker Frühlingstage, die man wegen ihrer Seltenheit nicht vergißt. Der Frühling ist kurz in New York. Nach winterlichem März und manchmal ebensolchem April bricht meist die Sommerhitze samt Moskitos über Nacht herein. Mein Vater und ich waren bei unserem Freund Semmler eingeladen. Wir sollten die Familie in Semmlers Office abholen. Semmler war Prokurist des großen Warenhauses »Borgfeld Brothers«, wo man alles bekam, vom Perlmutterknopf bis zum modernen Ölgemälde. Er war ein Deutscher aus Potsdam, seit seiner Jugend in Amerika naturalisiert und Konsul von Nikaragua. Das Ehepaar erwartete uns schon. Der blanke Lincoln stand vor der Türe. Semmler sagte: »Kinder, so ein schöner Frühlingsabend kommt nicht bald wieder in New York, schicken wir den Wagen fort und bummeln wir über die 5th Avenue heim, schauen wir uns die schönen Auslagen an.«

Die Auslagen auf der 5th Avenue, das ist schon etwas Sehenswertes. Alle Luxusgüter der Welt sind da zur Schau gestellt. Die »5th Avenue Cooperation« unterhält eine eigene Polizei zum Schutz ihrer Geschäfte. Wir schlendern langsam dahin, den Überzieher über dem Arm, Mrs. Semmler voll Interesse, mein Vater etwas mürrisch und ungebärdig. Er war zu spartanisch, um für diese Luxus-Schnickschnacks Sinn zu haben.

Wir kamen zum Geschäft der berühmten Pariser Juwelenfirma Cartier. Die Auslage war mit honiggelbem Parkett ausgelegt, drüber war mit absichtlich lässiger Zufälligkeit ein weinroter Brokatstoff geworfen. Und in der Mitte seiner Falten stand ein Etui, in dem ein riesiger, rechteckig geschnittener, sparsam in Platin gefaßter Smaragd im märchenhaften Feuer indirekten Lichtes funkelte. Sonst war die Auslage leer, damit nichts von dem erlesenen Objekt ablenke. Mrs. Semmler war begeistert. Ihr Mann sagte: »Gehen wir hinein, fragen wir, was der Ring kostet.«

Drinnen waren die tagsüber zur Schau gestellten Schätze schon in Kasten und Kassetten verstaut. Zwei Diplomaten in Jackett und gestreiften Hosen empfingen uns stoisch-freundlich. Im Dunkel des Hintergrundes fiel mein Blick auf zwei athletische Gestalten, junge Männer mit blaurasierten Kiefern und eingetepschten Nasen. Ihre Sakkotaschen zeigten leichte identisch-eckige Vorwölbungen, über deren Herkunft kein Zweifel walten konnte: es waren Schießeisen. Mein geübtes Auge erkannte zwei Mitglieder der erwähnten 5th Avenue private police. Für alle Fälle. Ohne die Anwesenheit der Wakkeren hätten sich die zwei Diplomaten nicht mit so lässiger Grazie benommen. Denn ein New Yorker Juwelenladen, noch dazu der von Cartier, ist ein gefährlicher Boden.

»Ich möchte fragen, was der Ring in der Auslage kostet«, sagte Semmler.

»Der Ring? Bitte sehen Sie sich ihn doch zuerst einmal an, es ist ein besonderes Stück.« Der eine der beiden Diplomaten brachte mit gelassener Bewegung, eine gewisse Ehrfurcht in seiner Miene, als trüge er den heiligen Gral, das Etui mit dem Ring, und Mrs. Semmler steckte ihn voll Entzücken an.

»O George!« war alles, was sie herausbrachte.

»Und was kostet er?«

»Dieser Ring kostet 5000 Dollar.«

Lorenz stieß ein höhnisches, geringschätziges Brummen aus: »Es ist unglaublich; für mich tut es auch ein gutgeschliffenes Glas um 5 Dollar.«

Niemand beachtete ihn. Seine Einstellung zu Edelsteinen war mir nichts Neues.

Semmler aber sagte – ich weiß die Worte noch genau:

»Schön, Liebe, er gehört dir! Wir haben heute an der Börse ganz nett verdient.«

Es war die Zeit des unbegrenzten Kredits, das Geld saß ihm locker in der Tasche. Er fuhr, zum Verkäufer gewendet, fort: »Ich habe aber weder genügend Bargeld noch mein Scheckbuch bei mir, ich erwartete natürlich nicht, einen solchen Einkauf zu machen. Ich bin Konsul George Semmler von Borgfeld Brothers, hier ist meine Karte, schicken Sie morgen den Ring in mein Office, ich zahle dann sofort.«

Wohlgemerkt: hätte er ein checkbook bei sich gehabt, so wäre ihm diese Art der Zahlung glatt bewilligt worden. Ich zweifle, ob in Wien das bei einer solchen Summe möglich wäre. Jedenfalls nicht ohne Anrufung der Bank. Aber in Amerika ist der Respekt groß vor dem heiligen check, und eine Versündigung gegen ihn wird fast einem Mord gleichgehalten.

Frau Semmler hatte den Ring noch am Finger, drehte ihn nach allen Seiten und ließ das Licht im Stein funkeln. Der Verkäufer lächelte sein diplomatisches Lächeln und sagte: »Der Dame scheint der Ring sehr zu gefallen, vielleicht wünscht sie ihn gleich heute abend zu tragen.«

»Natürlich, aber da ich augenblicklich nicht bezahlen kann, kommt das nicht in Frage.«

»Aber das ist doch kein Hindernis, mein Herr!« lächelte der Verkäufer süß, »Sie sind Konsul Semmler, nehmen Sie den Ring, Sie werden schon bezahlen, wann und wie es Ihnen beliebt.«

Und so kaufte Semmler den 5000-Dollar-Ring wie eine warme Semmel, im Vorübergehen; das heißt, nicht wie eine Semmel, denn für die muß man bar bezahlen. Wir waren alle fast zu Tränen gerührt über solch vornehme Großzügigkeit. Frau Semmler setzte ihre Füße auf den Asphalt der 5th Avenue, als wandle sie auf Wolken. Ein kostbares Geschenk aus heiterem Himmel hat ein Vielfaches seines wirklichen Wertes.

Ob die beiden athletischen blaurasierten Gestalten aus dem Hintergrund des Geschäftes uns nicht vielleicht doch unauffällig folgten, weiß ich nicht. Auch nicht, ob die beiden Diplomaten nicht sofort nach unserem Verlassen des Geschäftes den weitverzweigten Informationsdienst der New Yorker Polizei in Bewegung gesetzt hatten. Tatsache war, daß nicht nur die beiden Lorenze, die von Geschäften keinen blauen Dunst verstanden, sondern auch der erfahrene Großgeschäftsmann Semmler tief beeindruckt waren.

Jedenfalls hatte dieser Verkauf eine ungeheure Reklamewirkung für die Firma Cartier. Der auffallende, kostbare Ring wurde überall bestaunt, seine Geschichte überall erzählt, von Semmler in Amerika, von mir in Wien. So auch hier nochmals. Das nennt man in Amerika psychologische oder scientific salesmanship. Dazu gehört Verantwortungsgefühl und Menschenkenntnis.

Sonntags ist in Amerika nach der atemberaubenden Hast der Woche völliger Rasttag. Die Menschen schlafen meist bis Mittag; Zeitungen und Milchflaschen vor der Tür legen Zeugnis davon ab. Aber mein Vater und ich, samt der treuen Christine, benutzten den ganzen Winter hindurch die Sonntage zu weiten Autoausflügen in die Umgegend. Am frühen Morgen ging's los durch die ausgestorbenen New Yorker Straßen, hinaus ins Freie. War das ein Vergnügen, auf der 200 Kilometer langen Insel Long Island am Rand des Meeres dahinzufahren, im wohlgeheizten Wagen, während die langen Wogen des grüngrauen Atlantik mit weißen Kämmen hintereinander wie Sturmbataillone in entwickelter Linie mit dumpfem Dröhnen den Strand heraufrollten, wenn die Schneedriften über die Straße fegten und das dürre Strandgras und die paar sturmverkrüppelten Bäume sich im Winde bogen! Mutterseelenallein waren wir da in unserem warmen Wagen, ein einsamer, dahinfahrender Punkt in der unendlichen weißen Öde, kein Amerikaner dachte daran, an einem eiskalten Wintersonntag eine gleiche Verrücktheit zu begehen. Gnade uns Gott, wenn wir in dem eisigen Sturm auch nur einen Pneudefekt gehabt hätten!

Weil wir schon beim Sinnbild des modernen Amerika, beim Automobil sind, noch ein paar Worte über die großzügige Art der amerikanischen Autoleute:

Eines Winters fuhren wir einen Essex-Achtzylinder, ein Modell, das sich nicht bewährte und in Europa so gut wie unbekannt blieb. Knapp vor unserer frühjährlichen Abreise tauschten wir ihn gegen einen neuen Hudson-Achtzylinder um. Aber der Wagen hatte nicht die gewohnte samtene Weichheit seines Modells. Er bockte und riß und benahm sich ungebärdig. Nach einer Vergaser- und Zündungsüberprüfung in der Service-Station dasselbe Reißen und Zupfen. Und morgen, um 12 Uhr mittags, sollen wir samt Wagen auf der »Saturnia« nach Neapel abreisen. Ich komme am späten Nachmittag aufgeregt zum Leiter der Service-Station.

»Keine Angst, Herr Doktor, ich garantiere Ihnen für Ihre glatte Abreise.«

»Wie lange wird die Reparatur dauern? Die Zeit drängt!«

Er sah auf die Uhr. »In zwei Stunden holen Sie den Wagen.«

Ich war schon früher dort und sah, wie auf einer Laufkatze soeben ein funkelnagelneuer Hudson-Achtzylinder-Motor herangerollt und im Nu in mein Chassis eingebaut wurde.

»Keine Kosten natürlich, und gute Reise, Doktor Lorenz!«

Kehren wir im Frühjahr nach Wien heim oder im Herbst nach New York? Es war immer schwerer, das zu entscheiden. In dem Maß, als wir uns drüben eingewöhnten, verlor New York für uns den Schrecken, die abweisende Haltung, die es dem europäischen Neuangekommenen meist zeigt. Ich kannte schon alle Wirtshäuser und Beisln in der Stadt und ihrer Umgebung, alle Theater und Vergnügungsstätten. Immer mehr liebe Freunde warteten allherbstlich auf unsere Rückkunft – wir kamen tatsächlich nicht mehr in ein fremdes Amerika, sondern nach Hause, nach New York, nach der großartigsten, lärmendsten, schillerndsten und faszinierendsten Stadt der Welt. Wenn man sich wohl und daheim fühlt in New York, so handelt es sich dabei nicht um die Frage, ob man ein geborener New Yorker ist. Denn die Stadt gehört fast ausschließlich Leuten, die von allen Punkten des Globus dorthin gekommen sind.

Wenn auf der Fahrt nach einer Woche wässeriger Einsamkeit das Leuchtschiff »Nantuckett« passiert ist, das erste Wahrzeichen Amerikas nach langer Seereise, drängen sich die Neuankömmlinge gegen die Reling, mit starren Augen nach der noch unsichtbaren fernen Küste ausschauend. Fast alle stehen am Wendepunkt ihres Lebens, haben die Brücken hinter sich abgebrochen, sind voll banger und unbestimmter Hoffnungen und Pläne. Beginn einer neuen Existenz, Wechsel des Berufes, Auswertung einer Erfindung, Versuch eines geschickten Betruges, Auslöschung unangenehmer europäischer Erinnerungen – all das malt sich jetzt in ihren gespannten Mienen.

Nicht so wir Lorenze. Ungeduldig schauen wir auf unsere Uhren. Wie lange noch? Kommen wir noch zu Christines gutem Mittagessen zurecht, das sie für uns vorbereitet hat? Denn Christine ist über Sommer drüben geblieben, bei ihrer Familie, die sie rasch aus Bayern herbeigerufen hat. Nach der öden Küste von Long Island schauen wir nicht aus: ein schwarzer Strich, unterbrochen von ein paar riesigen Gasometerkuppeln und einigen hohen Schornsteinen. Aber dort am Horizont taucht auch schon das Lotsenschiff auf, wir sind beinahe da. Dann kommt noch die langweilige Quarantäne. Aber jetzt rüttelt das große Boot wieder leise, wir fahren ein in den weiten Hafen von New York.

Da ist auch schon die Statue of Liberty, und im goldenen Dunst hinter ihr stechen die grotesken frechen Wolkenkratzer ihre unwahrscheinlichen Spargelspitzen durch das Nebelmeer des Flusses – noch ein Stück den breiten Hudson hinauf, schon mitten in der Stadt, und jetzt dreht sich das Schiff langsam nach Steuerbord, geschäftig pustende und qualmende »tugboats« mit wattiertem Bug warten auf uns und stoßen das jetzt auf einmal unbehilflich gewordene große Schiff in seine Kulisse im Dock. Hunderte von schreienden, winkenden Menschen stehen auf dem freien Plateau am Ende des Docks. Endlich liegt das Schiff fest. Wir suchen die Gesichter, die von tief unten herauf voll Spannung auf das Promenadendeck blicken. Da steht sie, dort! »Christine, hallo!«

»Hallo, Herr Hofrat, Herr Doktor, rasch, es ist schon spät, das Essen ist fertig und wird sonst schlecht, und im Office warten schon die Patienten!«

Daheim im Croydon kommt der grüßend lächelnde Hotelstab uns entgegen, in der Wohnung reiße ich die Kästen auf. Hier ist mein Frack, mein amerikanisches Dinnerjacket, mein Zylinder, den ich in Europa nicht brauche; schon halb vergessene Winteranzüge baumeln mir freudig grüßend entgegen, wie Schipsln, wenn das Herrl zurückkommt. Es ist eben das Heimkommen aus der Sommerfrische.

Warum, wird man fragen, sind wir nicht dauernd drüben geblieben, amerikanische Staatsbürger geworden? Weil wir beide schon recht alte Knaben waren, als wir das erstemal hinüberkamen, mein Vater über siebzig, ich über vierzig Jahre alt.

Und weil es ja so schön war – damals vor der Hitlerzeit – bei uns in Wien und auf der Donau, im Wienerwald und in unserem Altenberg. Und weil wir törichterweise glaubten, es müsse immer so weitergehen, dieses angenehme und abwechslungsreiche Schaukeln zwischen den beiden Erdteilen.

Von drüben zurückkommend, die Taschen voll raschelnder Dollarscheine, neu bekleidet, beschuht und ausgerüstet, im neuen Auto; und im Herbst wieder zurück, um neue Dollarscheine zu raffen – aber es kam anders, entgegen meinen salbungsvollen Voraussagungen in amerikanischen Gesellschaften.

»Glauben Sie nicht, daß Mussolini mit seinem abessinischen Abenteuer, Hitler mit seiner Rheinlandbesetzung und seinen fürchterlichen Reden die Welt in Brand setzen werden?«

»Keine Angst«, sagte ich, denn ich wußte es ja, »der letzte Krieg steckt uns Europäern noch zu tief in den Knochen, wir fangen so bald keinen neuen an.«

Dankbar wurden meine politischen Orakelsprüche als die eines Kenners der Situation entgegengenommen.

Ihr Fiasko erlebte ich nicht mehr drüben. Als es soweit war, stolzierte ich schon als Hitlers Sanitätsoffizier in Uniform herum.

Als wir anno 1937 im Frühjahr langsam den Hudson hinabglitten, vorbei an den Wolkenkratzern, überkam mich plötzlich ein wehmütiges Gefühl, als sähe ich das alles zum letztenmal im Leben. Und das wird es wahrscheinlich auch bleiben.

Sir Robert Jones

Von einem Gentleman aus Old England soll die folgende Geschichte erzählen, einem Peer of the realm alter Schule. Er hieß Sir Robert Jones of Liverpool, late of London. Wegen seiner Verdienste um die Orthopädie wurde er geadelt, aber der Adel muß den Jones schon seit Jahrhunderten in den Knochen gelegen haben. Als führender englischer Orthopäde kam Jones mit Adolf Lorenz in Beziehung, der ihn öfter auf der Rückfahrt von Amerika in Liverpool besuchte.

Einmal trafen wir uns auf dem Heimweg von drüben bei einem orthopädischen Kongreß in Amsterdam. Lorenz hatte für diese Gelegenheit schon im Herbst vorher seinen ersten wissenschaftlichen Film über eine Hüftoperation vorbereitet.

Solche Filme waren damals noch ein Ereignis, alle Ärzte der Klinik wirkten daher voll Interesse und Feuereifer bei seiner Herstellung mit. Ziel der Filmdarstellung war es, einen harmlosen Wiener Bürger, einen gewissen Herrn Nesplatschil, vor und nach der erfolgreichen Operation eines Hüftleidens zu zeigen. Wären wir erfahrene Filmleute gewesen, so hätten wir erstens gewußt, daß der Gang des durchschnittlichen Europäers, wie Herr Nesplatschil einer war, gehemmt und befangen wirkt, wenn er splitternackt gehend gefilmt wird, und zweitens, daß harter Kieselschotter auf dem flachen Dach des Allgemeinen Krankenhauses dem Gehen auf bloßen Sohlen nicht förderlich ist.

So haftete dem Gang des Herrn Nesplatschil *vor* der Operation ein doppeltes Gebrechen an: das seines Hüftleidens und das der Befangenheit durch sein adamitisches Kostüm und die schmerzhaften Kieselsteine.

Und *nach* der Operation konnte man zwar mit gutem Willen eine Besserung bemerken, aber die leichte Freiheit eines schreitenden griechischen Gottes fehlte dem Gang des Herrn Nesplatschil aus oben geschilderten Gründen noch immer.

Der Herr Nesplatschil bleibt mir unvergeßlich wegen seiner seltsamen Physiognomie, die ihm in Hollywood ein Fixengagement eingebracht hätte. Auf seinem mächtigen Körper saß ein winziges Köpfchen, wie eine Kokosnuß oder wie die geschrumpfte Trophäe eines papuanischen Kopfjägers. In seinem kleinen Gesicht trug er einen mächtigen rotblonden Eichkatzl-Schnurrbart; der ganze Mann war überhaupt nur ein überdimensionierter Schnurrbart, dessen breite seitliche Ausladungen durch Anleihen bei den Barthaaren der Wangen erzielt wurden.

Herr Nesplatschil und sein Schnurrbart wurden auf einer großen Filmrolle von mir nach Amerika transportiert, dort sorglich gehütet und im Mai nächsten Jahres nach Amsterdam zurückgebracht, zum Kampf der Wagen und Gesänge. Ich war schon ein gehauter Kongreßtiger und wußte um die Tücke, die über den zu zeigenden Diapositiven und Filmen waltet: Verwechslungen mit dem Vorder- oder Hintermann, kopfstehende Bilder, links und rechts vertauscht, letzte Nummer als erste gebracht. Daher sprach ich vor Adolf Lorenz' Vortrag flehend und eindringlich zu dem Mann in der Projektionskabine, die Filmrolle beschwörend in der Hand schwingend: »Professor Lorenz, aus Wien, gleich nach Sir Robert Jones.«

»Jawohl, Mynheer, Sir Robert Jones.«

»Nein, um Gottes willen, ist schon schlecht, *Lorenz,* Adolf Lorenz, der nächste *nach* Sir Robert Jones.«

»Jawohl, Mynheer, ganz gewiß.«

Sir Robert betrat das Podium – ein englischer Aristokrat vom Scheitel bis zur Sohle: schneeweißes, an den Schläfen zurückgebürstetes Haar; schneeweißer, den Mund verdeckender Walroß-Schnurrbart; rotes Gesicht; tadelloser Cutaway mit taubengrauer Weste und gestreifter Hose, eine schwarze Four-in-hand-Krawatte mit großer Perlnadel – nicht wie ein Mediziner, wie ein Diplomat der alten Schule anzusehen. Aber englische Ärzte sehen gerne wie Diplomaten aus, während östliche Diplomaten äußerlich wieder gerne Ärzten ähneln.

Er begann auf Englisch: »Meine Damen und Herren, statt vieler Worte gleich ein Film.« Er sah nicht auf die Leinwand. Auf seinen Demonstrationsstab gestützt, blickte er ins Dämmerlicht des Auditoriums.

»Sehen Sie nach der Muskelverpflanzung die leichte, sichere Grazie der zweckmäßigen Bewegung ...« Aber ich sah nichts davon. Ich sah nur die fragliche Grazie der mir altbekannten Bewegungen des Herrn Nesplatschil. Er kam aus der Ecke der

Bildfläche diagonal dahergewatschelt, man hätte glauben können, er würde wegen des Eichkatzl-Schnurrbartes vorgestellt, derart beherrschte dieser das ganze Bild, zuletzt ins Gigantische vergrößert durch die Nahaufnahme. Unruhe bemächtigte sich des Publikums, aber nicht Sir Roberts, der, an sein Pult gelehnt, nicht müde wurde, in wohlgewählten englischen Worten die Grazie der gesehenen Bewegung zu schildern.

Unbegreiflicherweise blieb auch Lorenz ganz ruhig, dem doch die Erscheinung des Herrn Nesplatschil so vertraut und wert war wie mir selbst. Ich aber erhob mich und streckte meine beiden Arme abwehrend gegen den Projektor aus, in einer Bewegung, die in ihrer Zwecklosigkeit sicher rührend gewesen sein muß. Zwecklos, weil sie den hellen Lichtkegel, der vom Projektor auf die Leinwand strahlte, nicht erreichte, sondern sich im schummerigen Dunkel des Raumes verlor.

»Halt, stop it, arrêtez!« rief ich in den mir im Augenblick zur Verfügung stehenden Sprachen – und nun wandte auch Sir Robert seine blauen Augen der Leinwand zu, auf der jetzt das mikrokephale Gesicht des Herrn Nesplatschil mit riesengroßem Schnurrbart starr feststand, denn der Operateur hatte auf die Unruhe im Auditorium hin nicht etwa das Licht abgedreht, sondern nur in der Bewegung eingehalten.

»Oh, ah, oh«, äußerte sich Sir Robert jetzt in konziliantesten Tönen, »a most, eh, regrettable mistake, an error, I might say, of identity, ah, oh, most extraordinary circumstance, if you understand what I mean to say, what?«

Und nun rollte der Film Sir Roberts ungestört ab. Aber der folgende Film von Adolf Lorenz mit Herrn Nesplatschil in der Hauptrolle war gewissermaßen in seiner Blüte geknickt, die taufrische Überraschung des Erstmaligen war von ihm abgestreift, und ein wohlmeinendes, brummendes Lachen ging beim Wiedererscheinen des Wiener Filmstars durchs Auditorium.

Die Lorenze kamen nochmals in enge Berührung mit Sir Robert, in einer Lage, in der er voll Gelegenheit hatte, seine englischen good manners auch in Widerwärtigkeiten zu beweisen.

Bei Lorenzens war die Sitte aufgekommen, werte Fremdlinge aus den USA, Great Britain, La France und woher sie immer kommen mochten, zum Besuch in Altenberg von ihren jeweiligen Wiener Wohnorten feierlich per Auto einzuholen.

Dabei hatte sich allmählich eine feststehende Liturgie ausgebildet. Die Besucher sollten nicht direkt nach Altenberg gebracht werden, sondern auf Umwegen dahin noch einige leicht erreichbare Sehenswürdigkeiten oder landschaftliche Schönheiten gezeigt bekommen. Als zweckmäßigste Strecke hatte ich die folgende ausprobiert: von Wien über den Exelberg, vorbei an der Sofienalpe, über den Steinriegel zur Warte auf dem Tulbingerkogel. Das ist eine verschwiegene poetische Waldstraße, die keine hundert Meter in einem Stück gerade geht und wirklich zu den schönsten in der unmittelbaren Nähe der Großstadt gehört. Von der Warte des Tulbingerkogels, des höchsten Berges der nördlichen Wienerwald-Ausläufer, der wie eine Bastion ins Tullner Feld hineinragt, hat man eine königliche Rundsicht über die Ebene und den Saum der Berge, die sie begrenzen. Im Westen das Tor zwischen Jauerling und Dunkelsteiner Wald, durch das die Donau in die Ebene vorbricht, daneben der hohe steile Zuckerhut des Ötscher. Gegen Norden die terrassenförmigen Ausläufer des böhmischen Gebirgsmassivs, dessen letzte Kulissen im fernen Blau verschwimmen. Durch die ganze west-östliche Ausdehnung der Ebene zieht die Donau, deren Spiegel hie und da durch das Dunkelgrün der endlosen Auwälder durchblitzt; am Ostende der Ebene steht die Burg Greifenstein, und wenn man es zu sehen weiß, sieht man auch das Lorenz-Haus. Nach genossenem Rundblick ging es wieder zum Wagen zurück, und in einer halben Stunde war man in Altenberg.

Der Ritus dieser Fahrten hatte, wie jeder Ritus, seinen tieferen Sinn und war auf das weise Planen der Frau Professor zurückzuführen. Die arbeitete schwer in der Praxis und führte daneben einen doppelten Haushalt, in Wien und in Altenberg. Gesellschaftliche Ambitionen – man muß schon sagen: leider! – hatte sie keine, sie wollte nach anstrengender Tagesarbeit Ruhe, Ruhe nach eigenem Geschmack. Die bestand für sie im Umgraben des Gemüsegartens, im Stricken und Lesen von Gartenlaube-Romanen. Da die Romane in der Gartenlaube fortsetzungsweise erschienen, saß meine Mutter bei ihrer Lektüre zwischen dicken Wälzern vergraben, wie der heilige Hieronymus im Gehäuse. Dazu kam noch, daß sie ein Sprachenantitalent war, kein Wort Englisch verstand oder sprach. Diese ausländischen Ehrengäste bedeuteten also eine besondere Anstrengung für sie, und die wollte sie auf möglichst kurze Zeit zusammendrücken. Daher heckte sie mit mir den schlauen Plan des geschilderten Anmarsches von Wien nach Altenberg aus, den beliebig abzukürzen oder in die Länge zu ziehen ganz in der Macht des Cicerone stand, der die Party führte.

Hatte ich einen besonders interessanten Vogel von Fremdling gefangen, so fuhr ich schneller, erklärte die Pikanterien des Ausblicks vom Tulbingerkogel oberflächlicher und kürzer. Hatte ich dagegen eine Fuhr besonders schaudererregender, frisch aufgefärbelter und neugetakelter Fregatten, so ging ich bei meinen Ausführungen mehr liebevoll ins Detail und bummelte gemächlich dahin. Damit war Zeit gewonnen, denn nach dem Nachtmahl hieß es: zum Zug!

Und da gab es kein Zögern, im Gegenteil: die Frau Professor setzte mit falschem, gefrorenem Borgia-Lächeln die Abfahrtszeit immer etwas vor, um die anstrengende Gesellschaft früher loszuwerden. Sie wurde dann noch per Auto auf den Bahnhof gebracht, dort mochte sie warten, der Zug kam ja schließlich doch – und man sah sie kaum je wieder.

Auch Sir Robert Jones kam eines Tages nach Wien. Da galt's, sich besonders anzustrengen. Nicht ich holte ihn vom Hotel ab, das tat mein Vater selbst, den Wagen führte der Chauffeur. Es war ein funkelnagelneuer Itala, auf den mein Vater sehr stolz war. Ich fuhr ihnen von Altenberg mit dem Motorrad auf der Waldstraße entgegen und wartete an einem vereinbarten Punkt.

Es war ein strahlender Frühsommer-Nachmittag, der Wienerwald stand im frischen Grün. Die Wiesen, noch vor der ersten Mahd, prangten im bunten Blumenschmuck. »Fronleichnamswiesen« nannte sie mein Vater. Ich lag im Gras neben der Straße, rauchte eine Pfeife und lauschte dem Waldzauber.

Diesmal dauerte es aber! Die Schatten wurden länger, die Sonne neigte sich gegen Westen. Sollten sie eine Panne haben? Ich fahr' ihnen noch ein Stück entgegen! Aber wie weit? Auf einmal werde ich in Wien sein! Auf einer der wenigen übersichtlichen Geradstrecken halte ich wieder an. Tiefer Fronleichnamszauber des Waldes, nur ein verärgerter Kuckuck schreit hysterisch.

Doch da! Was sind das für zwei sich bewegende Punkte, die auf der einsamen Straße näher kommen? Ich beschatte meine Augen: Natürlich, diese lange, dahinschlurfende Gestalt ist mein Vater, und die sonderbare Silhouette neben ihm – ich kann es auf die Entfernung hin noch nicht sagen, worin ihre Sonderbarkeit besteht –, ja, das muß Sir Robert sein! Aber, um Gottes willen, zu Fuß, wo ist der schöne Wagen? Ich werfe mich auf meine Maschine und brause den beiden entgegen.

Ein jämmerlicher Anblick in der Nähe. Meines Vaters Bart und Kopfhaare sind wirr zerzaust, Hut hat er keinen. Seinen unvermeidlichen Tiroler Wetterkragen schleift er wie eine schwere Jagdbeute hinter sich her. Hose und Rock sind voll größerer und kleinerer Flecken, ja Löcher, die ich noch nicht deuten kann; ich möchte sagen: sie sehen wie Brandlöcher aus.

Und Sir Robert? Jetzt wird mir klar, warum er so befremdlich aussah in der Entfernung. Auf dem Kopfe hat er einen grauen Halbzylinder, wie man ihn zum Rennen in Ascot trägt. Wer erwartet einen Zylinderhut mitten im Wienerwald? Dazu ein grauer Cutaway, weiße Weste und einst schneeweiße, aber durch offenbar längeren Fußmarsch auf staubiger Landstraße grau gewordene Sommer-Spats. Und sein Gesicht, was ist nur mit seinem Gesicht? Ja natürlich: die eine Hälfte seines majestätisch herabhängenden weißen Schnurrbartes, der mir aus Amsterdamer Kongreßtagen noch so gut in Erinnerung ist – ja, was ist's mit dem nur? Halbseitig abgeschnitten, der Stummel bräunlich verfärbt – verbr . . .? Aber der Anblick der beiden berühmten Orthopäden erregt nicht nur das Auge, auch den Geruchsinn. Sie riechen – ja traue nur deinem gesunden Sinn! – sie riechen nach Brand, nach Feuer. Sie brandeln beide.

»Ja, Papa . . . der Wagen?«

»Der Wagen? Ha, ha!«

Ein diabolisches Hohngelächter, das der Wald in Echos zurückgibt; und doch, eine Note des Schmerzes ist beigemischt.

»Dieses Luder, diese verfluchte Bestie . . .«

»Ja gut, aber warum kommt ihr zu Fuß?«

»*Verbrannt* ist die niederträchtige Kraxn, lichterloh verbrannt, mit Mühe konnten wir uns herausretten, so verbrannt, daß man ihn nicht einmal mehr schieben kann; wie ein krepiertes Rhinozeros liegt er mitten auf der Straße.«

»Aber wir sind ja hier beinahe in Dornbach, warum seid ihr nicht zurück nach Wien?«

»Weil wir nach Altenberg wollen natürlich, dumme Frage!«

»Es sind gute 30 Kilometer dorthin. Wie wollt ihr das bei sinkender Sonne heute noch bewältigen?«

»Na, durch dich natürlich; du bist ja da mit deinem Motorrad.«

Sir Robert hatte ich unhöflicher-, aber verzeihlicherweise in meiner Aufregung vergessen. Er stand kerzengerade da während meines ersten erregten Wortwechsels mit meinem Vater, den Blick seiner blauen Augen in unbestimmte Ferne gerichtet. Er stand da wie das Flaggschiff Nelsons nach der Schlacht von Trafalgar: ramponiert, aber unbesiegt. Never acknowledge defeat; jeder Zoll ein Engländer.

»How do you do Dr. Lorense, fine weather we are having, what?«

»Exceptionally fine – but how did it happen ...?«

»Ah, oh, most extraordinary circumstance. I dare say, all of a sudden, the whole bus flared up like a torch don't you know, we had to jump it for our dear lives, if you know what I mean to say, what? Half of my mustache burnt up too, a close shave, one might say, what?«

Wie die beiden großen Gelehrten nach Altenberg bringen? Mein Vater wußte schon, warum er so kindliches Vertrauen in meine Hilfe hatte. Hier gab's nur eines, was er bei Zusammenbrüchen seines Motorrades auch schon oft getan hatte: auf der Pupperlhutsch'n reiten, wie es in Wien heißt, pillion-riding im Englischen. Unter meinem Werkzeug hatte ich einen großen Fetzen und natürlich Riemen und Stricke. Der Fetzen wurde gefaltet, mit ausgerauftem Gras gefüllt und auf dem Gepäckträger festgeschnallt – ein Sitzpolster recht und schlecht. Sir Robert als Gast hatte den Vortritt, besser den Vorritt, oder noch besser: den Hinterritt hinter mir.

»Sir Robert, if you don't mind ...?« Eine einladende Handbewegung.

»Ah, oh, I dare say, old chap, what a most extraordinary coincidence, never did pillion-riding in my life, as a matter of fact, must try once, what?«

Er hatte wirklich keine Übung auf der Pupperlhutsch'n, er

umschlang mich mit beiden Armen krampfhaft und drückte die meinen mit eisernem Griff gegen meinen Rumpf. Es war eine kitzlige Fahrt. Meinen Vater überließ ich einstweilen seinem Schicksal im einsamen dämmernden Wald, ich würde ihn später holen.

In den Orten, die wir durchfuhren, erregten wir dank der bezylinderten Erscheinung hinter mir, den weißen, starr weggestreckten Gamaschen und den fliegenden Jackettschösseln berechtigtes Erstaunen. Auch bei der wartenden Frau Professor in Altenberg.

Jeder Wiener hätte sich jetzt wegen seiner äußeren Erscheinung, die durch den Ritt auf dem Motorrad nicht gewonnen hatte, wortreich entschuldigt. Nicht so Sir Robert. Mit einer Grazie, als stünde er auf dem Parkett von Windsor-Palace, begrüßte er meine Mutter. Ich überließ die beiden sich selbst und eilte zurück, in die Dämmerung hinein, zur Rettung meines armen Vaters. Bemerkenswert, dachte ich, als ich ihm überraschend bald begegnete, wie wirkungsvoll die natürliche menschliche Fortbewegung auf den beiden Hinterbeinen ist, wenn man sich ihr nur mit Hingebung widmet.

Mein Vater war ein gefinkelter alter Pupperlhutsch'nfahrer, der machte keine Balanceschwierigkeiten, höchstens daß er, freihändig oben sitzend, mich aus dem Gleichgewicht brachte durch die weitausfahrenden, temperamentvollen Gebärden, mit denen er nochmals den Hergang der Brandkatastrophe schilderte.

Sir Robert war inzwischen geputzt worden, so gut es ging. Die Brandlöcher im grauen Saville-Row-Cutaway waren unheilbar. Er und meine Mutter saßen sich bis zu meiner Wiederkehr stumm gegenüber wie Totem-Pfähle in Alaska.

»Most extraordinary happenings, alltogether, if you understand, what I mean to say, old chap, what?«

Das ewig Weibliche

Was gäbe es da für reizende kleine Episoden zu erzählen, liebliche wie komische! Solche, deren ich mich aus eigener Beobachtung entsinne, andere wieder, die mir mein Vater erzählte. Aus eigener Beobachtung: denn Lorenz war kein Leisetreter, kein Versteller. Wohlgefallen an einem weiblichen Wesen war aus seinem strahlenden Gesicht wie aus einem offenen Buch zu lesen. Auch für seine Frau, und dann hatte er eine unangenehme Zeit leiser Repressalien vor sich. Und erzählen hörte ich aus meines Vaters Mund das Lob verschiedener von ihm verehrter Frauen, denn er besaß in hohem Maße jene Kavalierseigenschaft, die Frauen so sehr am Mann schätzen: nämlich alle Erlebnisse in schöner Offenheit zu erzählen, ohne Namensnennung zwar, aber doch so, daß über die betreffende Identität wenig Zweifel obwalten konnte.

Aber bei Lorenz ist das erklärlich und verzeihlich. Seine Parzival-Naivität war ebenso Grund seiner Aufrichtigkeit wie der Umstand, daß sich Lorenz' Beziehungen zur Weiblichkeit auf einer – so wollen wir wenigstens für spätere Jahre vorwiegend annehmen – rein platonischen Basis der bewundernden Huldigung und Lobpreisung bewegten, beinahe nach Art der mittelalterlichen Minnesänger. Gerade in seiner Einstellung zu den Frauen zeigte er die liebenswerteste Seite seines Wesens.

Aber hier wird der Biograph von allen Seiten durch Schranken gesellschaftlicher Tabus gehemmt. Reden ist Silber, Schweigen ist Gold. Ich wähle einen Mittelweg und überkleide das Silber der Rede mit einer wohlgefälligen, wenn auch nur dünnen Vergoldung und beginne dieses lebensvolle Kapitel wie ein Demosthenes, der zu einer Glanzrede über ein ihm wohlvertrautes Thema mit verbundenem Mund antritt.

Lorenz war seiner Veranlagung nach ein unentwegter Frauenverehrer und ein nicht sehr wählerischer. Es gefiel ihm bald eine, wenn sie nicht gerade einen Buckel oder krumme Beine, kurz, etwas hatte, das in sein orthopädisches Fach fiel. Dürr und klein durfte sie auch nicht sein, die kleine dämonische Tigerkatze oder die scharfsinnige Intellektuelle mit raschem, witzigem Gegenschlag in der Rede waren ihm unheimlich. Sein Typ war die stattliche und volle Frau – es war der Makart-Typ seiner Jugendjahre –, und sie mußte hingebend und bewundernd die imponierende Überlegenheit des Mannes anerkennen. Er war aber auch für Detailschönheit empfänglich. Für ein hübsches, rundes Gesichterl mit funkelnden Augen übersah er auch eine plumpe Gestalt. Dafür sind die betreffenden Frauen bekanntlich dankbar.

Aber liebte Lorenz die Frauen, so hatte er seinerseits körperliche und seelische Eigenschaften, die wieder ihn zum Liebling der Frauen prädestinierten. Er war groß, wohlproportioniert und bis zu seinem Tod schlank wie ein Jüngling. Sein offenes, regelmäßiges Gesicht war vom »seidenweich-wallenden blonden Bart« (siehe Marlitt-Roman!) umrahmt – das war damals hoch geschätzt –, und vor allem: Er hatte blitzblaue, gütige Augen, in denen alles zu lesen war, was ihn gerade bewegte, und wenn ihm eine gefiel, so war sie rasch dahingeschmolzen vor seinem geradezu bestrickenden Blick. Das habe ich oft genug als erwachsener Mann noch beobachtet. Die Frauen flogen auf Lorenz wie die Fliegen auf den Honig, und wenn er kein Held des Widerstandes gegen weibliche Bewunderung war, wer wollte ihm das übelnehmen?

Früh krümmt sich, was ein Häkchen werden will. Kaum den Klostermauern von St. Paul entronnen, bemerkte er wohlgefällig, »daß es in Klagenfurt hübsche junge Mädchen gebe, nicht übel für einen angehenden jungen Mönch«, so sagte er in seiner Selbstbiographie. Besonders eine Josefine hatte es ihm angetan, der zuliebe er ein Provinzelegant wurde, mit »Rüscherln« an der Hemdbrust – ein Überbleibsel aus Biedermeiertagen – und, man höre und staune, einem Fensterglaszwicker am schwarzen Band, wie er neuerdings bei würdigen amerikanischen businessmen üblich ist, allerdings ohne Fensterglas. Ein Gigerl Mitte der siebziger Jahre mußte so einen Zwicker tragen, das erhöhte seinen erotischen Wert in den Augen der Frauen.

Aber die holde Josefine war nicht das einzige vom jungen Dandy Lorenz verehrte weibliche Wesen in Klagenfurt. Als ich schon Medizin studierte, führte er mich durch Klagenfurts Gassen und Gäßchen, zu alten Häusern oder Geschäftsläden, wo seine diversen Angebeteten gelebt und seine altväterischen

Ständchen, Huldigungen oder Besuche entgegengenommen hatten. Man bedenke: Als er nach Klagenfurt kam, war er fünfzehn Jahre alt und blieb bis zu seinem zwanzigsten dort.

Als Obergymnasiast kam Lorenz zur Familie von Rosthorn als Matura-Einpauker eines Sohnes. Beide bereiteten sich zur gemeinsamen Prüfung in Klagenfurt vor. Die Rosthorns lebten damals auf einem verfallenden Gut im hintersten Siebenbürgen. Die Schloßfrau wollte dem noch ungehobelten jungen Lorenz etwas gesellschaftlichen Schliff geben und war sehr ungehalten, so schreibt Lorenz selbst, als er einmal auf einem Gaul des Rosthorn-Stalles in ein benachbartes Dorf zu einer ihrer Ansicht nach zweifelhaften Tanzunterhaltung ritt, wo es ihm ein rumänisches Mädchen angetan hatte, dessen nachtschwarze Locken und Augen ihn bezauberten, so daß er die ganze Nacht mit ihr durchtanzte. Wahrscheinlich war sie eine rumänische Zigeunerin. Der liebeskranke Gymnasiast wurde durch die sanfte Strenge der Frau Rosthorn wieder zu normalem Seelenzustand zurückgeführt.

Ein undurchsichtiger Abschnitt im Leben meines Vaters ist die Entwicklung seiner Beziehungen zu seiner späteren Frau. In seiner Selbstbiographie widmet er der ersten Liebe zu seiner Emma, dem Werben, seiner Brautzeit, nicht ganz eine Seite mit nüchternen, Tatsachen feststellenden Sätzen. Die Charakterisierung der jungen Dame ist schon mehr als objektiv: »Sie war gesund und lebensfrisch, über Schönheit kann man verschiedener Ansicht sein ... Sie hatte ein etwas vorstehendes Gebiß ...«

Wo sind hier Töne zu hören von erster Liebe eines jungen Mannes zu seiner zukünftigen Frau? Ein junger Verliebter ist blind gegen ärgere Fehler als ein wenig vorstehende Zähne, selbst der Scharfblick des Naturforschers läßt da meist aus! Daß Lorenz die literarische Fähigkeit zur Beschreibung poetischer Situationen besaß, beweist er übergenug in der Schilderung seiner Bubenzeit; warum fehlt sie hier?

Der Brautstand dauerte für Lorenz volle sieben Jahre! Wo gibt es heute noch so was? Entweder läßt man das Mädchen in solchen Fällen sitzen, oder – viel besser – man fängt, wenn man sie wirklich liebt, ein gesundes natürliches Verhältnis mit ihr an, ohne daß das Paar dadurch dem Bann verfällt. Aber so war das heuchlerische viktorianische Zeitalter auch bei uns: Das Mädchen wurde streng behütet, und wenn ein junger Mann Seitensprünge machte, so störte das niemanden, falls es nur recht heimlich geschah.

Es wurde schon bei Schilderung der Lecher-Sippe erwähnt, daß Lorenz einmal »ausbrechen« wollte. Das verhinderte die gescheite, energische Emma sofort, sie erstickte die Meuterei im Keim. Sie wußte von Jugend an, was sie wollte, und setzte ihr Ziel nie über das Erreichbare hinaus, sie war die geborene Politikerin – »Maria Theresia« wurde sie mit Recht in späteren Jahren von ihren Freunden genannt. Und welch vielversprechenden Vogel sie an ihrem Bräutigam in der Hand hatte, das war ihr wohl von Anfang an klar. Den ließ sie natürlich nicht mehr aus, mochte er noch so flattern und piepsen.

Meiner Ansicht nach überwand Lorenz während des endlosen Brautstandes nie so ganz seine Schüchternheit gegenüber der Tochter des angesehenen Redakteurs Dr. Lecher. Und Emma war, wie ich sie zurückschauend beurteile, keine dem Mann gegenüber temperamentvolle Frau: hübsch, grundgescheit, aber kühl. Ich erinnere mich nicht, jemals auch nur die geringste Andeutung eines Blickes, eines Lächelns oder ein paar Worte der Liebe zwischen Papa und Mama, irgendeine gedankenkurze, hauchartige Andeutung zarter Beziehung zwischen den beiden wahrgenommen zu haben. Er war, so weit ich mich zurückerinnern kann, unhöflich und ungebärdig gegen seine Frau. Also, möchte man glauben, eine typisch unglückliche Ehe?

Keine Spur! Es war die glücklichste, harmonischste Ehe, die man sich denken kann. Meine Mutter war ihrem Mann eine unentbehrliche Stütze, eine treue Helferin durch dick und dünn. Sie ergriff mit starker Hand und mit anpassungsfähigem Sinn nicht nur die Zügel des finanziellen Teiles der aufblühenden Praxis, sondern sie arbeitete sich auch rasch in das ihr fremde Gebiet der Orthopädie ein und präsidierte über die ausgedehnte Abteilung für Nachbehandlung von Operationen und orthopädisches Turnen.

Aber auch für die leiblichen Bedürfnisse ihres Mannes sorgte Emma gewissenhaft. Er war ein »Magenkrüppel«, wie er sich selbst nannte. Wohl eher ein Magen-Neurastheniker, psychisch überlagert, wie das heute so schön genannt wird. Da fand sie neben Buchhaltung, Korrespondenz und Arbeit im orthopädischen Turnsaal noch Zeit für die Küche, um ihrem Mann jene besonderen Papperln zu kochen, die er wortlos und ohne Dank entgegennahm.

Seine wissenschaftlichen Publikationen und Bücher diktierte er ihr durch Jahrzehnte in die Feder, ebenso wie mit achtzig Jahren seine Selbstbiographie. »Dieses Buch ist meiner Frau gewidmet, die länger als ein halbes Jahrhundert meine treue Assistentin war«, so lautet seine Widmung.

»Tinte, Feder, Papier!« war Lorenz' allabendlich wiederholter stereotyper Befehl nach dem Nachtmahl. Über dem weißen Tischtuch schrieb meine Mutter mit violetter Tinte – ich sehe sie noch in dieser Situation vor mir – mit ihrer großen, lesbaren Kurrent-Kinderschrift alles nieder, was ihren Mann in der Wissenschaft berühmt machte.

Und wie sie in blitzschnellem Erfassen, oft nur intuitivem Ahnen eine Situation, die Lorenz durch zu große Aufrichtigkeit und Parzival-Ungeschicklichkeit verfahren hatte, im Handumdrehen zum Guten wendete, darüber könnte man viel erzählen. Was ist werktätige weibliche Liebe, wenn nicht das, was meine Mutter ihr Leben lang meinem Vater bewies?

Ihre ständige Sorge war: »Was geschieht mit dir, armes Bubikatzi, wenn ich plötzlich sterbe? Nach zwei Wochen hast du eine Stiefmutter, wahrscheinlich eine achtzehnjährige; sie muß nur sagen, wie schön und gescheit der Papa ist!«, und sie zerfloß in ehrlichen Tränen. Und da ich aus meinen Märchen viel wußte von bösen Stiefmüttern und vom Schicksal herumgestoßener Stiefkinder, so weinte ich immer mit, aus Mitleid mit mir selbst. Es war eine sich periodisch wiederholende Szene, bei der mir schon die Tränen kamen, wenn die Mama die ersten Worte sprach.

Liebte Lorenz seine Frau wie sie ihn? Zu merken war schwer etwas davon. Er tat es eben auf besondere Weise. Ich erinnere mich, daß sie einmal gefährlich krank lag und ein Konsilium flüsternder Internisten um ihr Bett stand. Mein Vater und ich saßen im Nebenzimmer, er barg sein tränenüberströmtes Gesicht in den Händen und jammerte einmal über das andere: »Mein Gott, was tue ich, wenn diese Frau stirbt?« Das mag egoistisch klingen, aber Emma war so in sein Leben hineingewachsen, daß er es sich ohne sie nicht mehr vorstellen konnte.

In den letzten Monaten ihres Lebens umnachtete sich der kristallklare Geist meiner Mutter. In ihren Wahnideen verfolgte sie ihren Mann wegen eingebildeter Liebesaffären. Er ertrug es mit Engelsgeduld. Ob dabei lange unterdrückte Erinnerungen aus längst vergangenen Jugendtagen mitspielten – wer weiß es?

Und als sie dann aufgebahrt dalag, im großen Arbeitszimmer meines Vaters in Altenberg, da standen wir drei Männer, der Vater und seine beiden Söhne, lange stumm vor der Toten und nahmen Abschied von ihr. Schließlich wendete sich unser Vater zum Gehen: »Ach, wie habe ich diese Frau geliebt!« – Des Menschen Seele ist ein weites Land.

Zärtliche Gefühle wußte Lorenz sein ganzes Leben lang zu verbergen. Ich glaube: nicht, weil er keine hatte, sondern weil er sich schämte, eine Gemütsbewegung zu zeigen; es fehlte ihm die Freiheit dazu.

Als er älter wurde, verschmähte er es, den Jugendlichen zu spielen, im Gegenteil: Er verfehlte nie, auf das allmähliche Ergrauen seines Bartes, das Abnehmen seiner Kräfte hinzuweisen; vielleicht auch aus Koketterie, denn niemand merkte etwas von seinem Kräfteverfall, nahezu bis zu seinem Tod. Aber es war ihm bequem, alle Dienste in Anspruch zu nehmen, die man dem ehrwürdigen Alter zollt. So überhörte er bei Tisch hartnäckig Bemerkungen und Fragen seiner Frau, deren Beantwortung ihm lästig war; da schützte er Schwerhörigkeit vor. Und wollte er etwas nicht sehen, nicht lesen, hieß es: »Meine Augen werden immer schwächer; Emma, lies mir's vor!«

Erschien jedoch ein hübsches weibliches Wesen, so war er plötzlich wie ausgewechselt. Da hörte er geflüsterte Worte, sah Details von Kleid und Schmuck, konnte Kleingedrucktes lesen – begreiflich, daß seine Frau darüber in helle Empörung geriet.

»Wenn *ich* auf dich einrede, dir was Wichtiges zeige, hörst und siehst du nichts – aber ein neues Frauenzimmer, sie braucht nicht einmal hübsch zu sein, wenn sie dich nur anglurt und dir sagt, wie fesch du bist, da siehst und hörst du auf einmal.«

Und sie hatte recht. Kaum war die Schöne verschwunden, sank er in seinen scheinbar senilen Zustand zurück.

Lorenz und die amerikanischen Frauen: ein Kapitel für sich! Um das zu verstehen, muß man die gesellschaftliche Stellung der amerikanischen Frau in Betracht ziehen, ihre souveräne Freiheit und die allgemeine Anbetung, die sie genießt.

Das war die richtige Atmosphäre für Adolf Lorenz und seinen auf schöner Erscheinung und gewinnender Naivität beruhenden Sex-Appeal! Amerika ist das Land der allgemeinen Standardisierung, auch der Männer und Frauen. Diesen werden auf die Dauer die standardisierten Männer fade, da ist es mehr als begreiflich, daß Lorenz, das Gegenteil jeglicher Standardisierung, ihnen ausnehmend gefiel!

Nun blühen im Vereins- und Frauenland Amerika die Frauenvereine in ungeahnter Üppigkeit, Vereine für alles und jedes. Diese weiblichen Vereine liegen ständig auf der Lauer nach »lions«, nach Berühmtheiten, und als Lorenz in Amerika zu Ruhm gelangte, wurde er automatisch der lion, wie man sich ihn nur wünschen konnte. Häufig wurde er von irgendeinem Frauenverein aufgefordert, einen speech zu halten, über irgend etwas, mochte er auch noch so wenig davon verstehen. Diese faden Ansprachen ließ er klugerweise stets in eine geschickte Huldigung für die amerikanischen Frauen im allgemeinen, die Mitglieder des betreffenden Klubs im besonderen, ausklingen, wofür ihm mit strahlenden Gesichtern und endlosem Applaus gedankt wurde. Seine englische Aussprache hatte nicht deutsche, sondern ausgesprochen wienerische Färbung, und das erhöhte in den Augen seiner Zuhörerinnen noch den Reiz seiner Persönlichkeit, die Würze seiner Rede.

Am Ende einer solchen Lorenz-Rede stürzten meist alle Damen gleichzeitig aufs Podium, blickten ihn entzückt an und bemühten sich um seine persönliche Begrüßung.

»Dr. Lorenz, ich bin soo froh, Sie endlich kennenzulernen, ich bewundere Sie ...« Und der schöne alte Mann – so ganz anders als die landesüblichen Standard-Amerikaner – verbeugte sich tief vor jeder einzelnen und – küßte ihr die Hand.

Die Umstehenden, Wartenden sparten nicht mit entzückten Kommentaren: »Ist er nicht entzückend? Ich war auf den ersten Blick in ihn verliebt!« Dann begann die Autogrammverteilung, und kam eine junge Fesche, so war Lorenz rasch mit einem Kuß bei der Hand. Das hätte er nicht tun sollen, denn jetzt wollten alle drankommen. Und während ich machtlos zur Seite stand, wurde mein Vater von den begeisterten Frauen beinahe zerrissen, wie weiland Orpheus von den Bacchantinnen.

Ich daneben blieb unbeachtet. Höchstens, daß eine aus Mitleid fragte: »Sie sind der Assistent von Dr. Lorenz, nicht wahr? Sie sind Amerikaner?« Da hatte ich's! Ich trug amerikanische Anzüge, mein Vater wienerische, ich war glatt rasiert, mein Vater hatte einen exotischen Vollbart, da konnte ich nicht konkurrieren! Als scheinbarer Standard-Amerikaner war ich vollkommen uninteressant.

Noch aus einem anderen Grunde ist die Gunst verständlich, die Lorenz bei den amerikanischen Frauen genoß. Er war der ideale reine Tor in bezug auf Toilettekünste und kleine Schwindeleien, so gläubig, wie Frauen ihn sich nur immer wünschen konnten. Als wir nach dem Ersten Weltkrieg unsere Amerikafahrten aufnahmen, war die Technik des amerikanischen »beauty parlour«, des »make up« – bei uns in Wien kaum noch dem Namen nach bekannt – drüben schon in voller Blüte.

Lorenz fiel auf jeden Trick prompt herein: »Nein, diese schöne Frau, dieser Pfirsichteint, diese Kirschenlippen, dieser herrliche Schleier langer schwarzer Wimpern!« Er merkte weder face-powder noch lip-stick, nicht das, was als Wimpernnachhilfe unter dem Fachausdruck »mascara« jedem New Yorker Ladenmädel wohl bekannt war.

Er war einfach bezaubert von der amerikanischen Frauenschönheit. Einem solchen bewundernden Anbeter wenden sich die Frauen dankbar zu. Und so kam es einmal, daß mein Vater nach einem Vortrag buchstäblich zerküßt wurde; der Mann Mitte der Siebziger, von Lippenstift und Schminke in Gesicht und Bart verschmiert, sah aus wie ein Siouxhäuptling in voller Kriegsbemalung. Als ich vor dem Verlassen des Saales ihm mit meinem Taschentuch das Gesicht reinigen wollte, wehrte er unwillig ab.

»Du schaust ja aus wie ein Clown im Vaudeville, Papa, so lasse ich dich nicht auf die Straße, jetzt siehst du einmal, wo der Pfirsichteint, die Kirschenlippen her sind!«

»Du ewiger Nörgler du«, antwortete er nur.

In seiner Selbstbiographie äußert er sich ja recht geschmeidig-vorsichtig über seinen amerikanischen Frauendienst. Einmal erwähnt er, daß er eine amerikanische Schauspielerin »auf die Stirne geküßt« habe. Das war offenbar in dem einen Jahr, wo er allein drüben war; sooft ich dabei war, ging es viel stürmischer zu.

Eines sonderbaren Vorfalls habe ich noch zu gedenken, über dem ein Schleier ewigen Geheimnisses liegt. Nachdem wir schon viele amerikanische Wagen herübergebracht hatten, wollte Lorenz wieder einmal patriotisch sein und einen österreichischen Wagen besitzen. Ich verschaffte ihm den Siebener Steyr, ein mächtiges, robustes Fahrzeug, ein richtiges Kind österreichischen Gebirgslandes, zwar langatmig und kühl auf Bergen, aber etwas älplerisch urwüchsig für unseren durch Amerika verwöhnten Geschmack. Auch für meines Vaters Knappen und Chauffeur Robert, der zu mir absprechend bemerkte: »I waß net, was der Herr Hofrat für an Narrn g'fressen hat an dem Boch von an Wag'n, statt die g'schmackigen Amerikaner.«

Mit diesem Steyr zog mein Vater, nur vom Knappen Robert begleitet, eines schönen Tages nach Süden, nach St. Paul, wie er sagte. Aber so ganz nebenbei hatte er sich noch von mir ein italienisches Triptyk besorgen lassen. Nach ein paar Tagen kam eine offizielle Karte aus St. Paul, und dann entschwanden Lorenz und Knappe spurlos auf etwa zwei Wochen. Die Mama schien etwas zu ahnen und äußerte Pointiertes über die Reise.

Eines schönen Tages aber waren sie plötzlich wieder da, froh und sonnverbrannt, mein Vater war ungewöhnlich wortreich und liebevoll gegen seine Frau, und der Chauffeur Robert hatte eine steinerne Maske vor dem Gesicht. Sie kamen aus Bologna, Padua, Venedig – es war prachtvoll gewesen! Und der Papa hatte auch Geschenke mitgebracht für die Gattin und für mich, in zwei riesigen Pappkoffern, aus denen, in Wolken von Holzwolle verpackt, Tafelgläser hervorgezogen wurden, Wein-, Likör-, Bier- und Champagnergläser, von ungewöhnlicher und scheußlicher Gestalt und noch scheußlicheren Farben. Diese Gläser waren mit teuflischer List so geschliffen, daß sie von messerscharfen Kanten und Spitzen starrten wie ein ängstlicher Igel von Stacheln. Sie anzufassen war nicht leicht. Die Mama machte beim Anblick dieses Geschenkes sarkastische Bemerkungen, die noch spitzer waren als die Spitzen der Gläser.

Lorenz hatte noch monatelang unter dem Kirchenbann seiner rachedurstigen Gattin zu leiden. Robert und ich aber bezeigten ihm erhöhten Respekt.

Eine der letzten Lieben von Adolf Lorenz war meine jetzige Frau. Es war knapp vor dem Zweiten Weltkrieg, ich selbst schon ein Fünfziger, sie Mitte der zwanzig, als wir zu heiraten beschlossen. Mein Vater war den Neunzigern nahe. Ich stellte sie ihm in Altenberg vor, mich gewissermaßen entschuldigend: er hatte mich schon Schiffbruch erleiden sehen in meinen früheren Ehen. Ich betonte, daß sie über ihr Alter gereift und klug sei, es würde schon gehen diesmal, trotz des Unterschiedes der Jahre. Mein Vater, etwas schwachsichtig nach einer Staroperation, drehte sich mit todernstem Gesicht zu der neben ihm Sitzenden, faßte ihren Kopf wortlos in beide Hände, eine am Hinterkopf, eine am Kinn, drehte ihn kritisch nach allen Seiten und besah das Objekt, das er in Händen hielt, aus nächster Nähe. Dann ließ er sie plötzlich los und sagte, sich abwendend, trocken: »Na, die Jüngste ist sie ja auch nicht mehr.«

Aber es entwickelte sich bald eine innige Zuneigung zwischen den beiden. Mein Vater wachte sichtlich auf, wenn meine Frau kam, wurde ritterlich und witzig-galant. Er verfehlte nie, scherzhaft Kleider und Hüte meiner Frau zu kritisieren.

»Schon wieder so ein verrücktes neues Hütchen«, bemerkte er jedesmal schmunzelnd – und mit Recht. Denn meine Frau hat nun einmal eine Neigung zu neuen Hütchen und recht verrückten dazu. Aber sie sind fesch und stehen ihr gut.

Gloria

Es wurde zu einer durch die Jahre geheiligten Gepflogenheit: jeden Donnerstag fuhren mein Vater und ich hinüber nach Newark, im Staate New Jersey, um dort vormittags Ambulanz für Unbemittelte zu halten, nach Tisch zu ordinieren und nachher in einem Spital zu operieren. Diese Expeditionen wurden von einem Newarker Orthopäden namens Dr. Rumler, einem eingewanderten Schweizer, inszeniert. Das Mittagessen in seinem Hause war verschönt durch die Anwesenheit von Mrs. und Miss Rumler, Frau und Tochter des Orthopäden, zwei ausgesprochene Schönheiten, beauties auf irische Art: schwarzhaarig, blauäugig, lang bewimpert (echt, nicht mascara) und von natürlichem, rosigem Teint – schwarz-rot-blau, das Vorrecht der irischen Frauen; Mrs. Rumler war eine typisch irische Frau, und die Schweizer Kreuzung hatte der Tochter nicht geschadet.

Diese Fahrten nach Newark waren immer ein umständliches und zermürbendes Unternehmen. Zuerst mit der subway hinunter ins letzte Spitzerl der Insel Manhattan. Dann Umsteigen auf eine elektrische Schnellbahn, die zuerst unter dem Hudson-Fluß und dann über das breite Delta von Passaic- und Hackensack-River hinüberführt auf das Newarker Ufer; dort durchzieht diese Bahn ein gottverlassenes Land von Marschen mit struppigem, dürrem, braunem Gras, von Tümpeln, Flußarmen und Flußmündungen, von riesigen Schlammbänken, die stets naß sind vom ewigen Wechsel der Gezeiten. Darauf unheimliche Autoruinen und das Ganze übersät mit Millionen weggeworfener Konservenbüchsen; wirklich ein deprimierendes Bild, besonders an einem trüben Novembermorgen, wie geschaffen, einen noch schwankenden Selbstmordkandidaten zur Ausführung seiner Absicht zu veranlassen. Man hat oft darüber gestritten, wo der Eingang zu Dantes Hölle zu finden ist. Manche behaupten, im Etschtal, südlich von Rovereto. Das ist aber falsch. Ich war dort und habe mir die Gegend angeschaut. Dort liegen ein paar malerisch bemooste Felsen zwischen ebenso malerischen Feigenbäumen herum, das ist eher romantisch, nicht so, wie man sich den Eingang zur Hölle vorstellt.

Ich weiß vielmehr von meinen zahllosen donnerstäglichen Überquerungen des Newarker Marschenlandes, daß dort, in irgendeinem irisierenden Tümpel, der wirkliche Hölleneingang liegt, nur konnte Dante das nicht wissen, denn zu seiner Zeit war Amerika noch nicht entdeckt. Man glaube mir: In nebeligen Winternächten kann man an einem solchen Tümpel im unsicheren grünlichen Licht des Teufels Großmutter in Person Bridge spielen sehen mit gespenstischen indianischen medicine-squaws.

Im Auto war die Strecke damals noch kaum passierbar. Heute führt der »Puladsky-highway« über das sechzehn Kilometer breite Ödland, eine der grandiosesten technischen Schöpfungen des modernen Amerika. Es ist eine gigantische Stahlbrücke, die sich drei Stockwerke hoch über die Marschen in gebieterischem Bogen hinüberwirft, sechs Fahrbahnen breit. Tief unter dem kontinuierlich nach beiden Richtungen dahinbrausenden Autostrom liegen die Millionen glitzernder Zinnbüchsen und die schwarzen häßlichen Autowracks.

Steigt man am Jerseyufer aus der Bahn, so empfängt einen kein erfreulicheres Bild als in den Marschen: Sand und dürres Riedgras, dazwischen zerstreute häßliche Fabrikgebäude. Eine wie von zitternder Hand trassierte Straße führt nach Newark hinein. Man sieht ihr an, daß sie sich bemüht, gerade über die Schlammbänke dahinzuführen, aber es geht nicht, sie kann die Richtung nicht halten, sie zittert wie ein Patient mit Schüttellähmung, der gradaus gehen will. An ihrem Rand stehen windschiefe, roh behauene Holzpfosten für elektrische Leitungen, deren matt herabhängende Kabel sich vor Müdigkeit auf die Erde senken wollen.

Gegenüber der Endstation der Schnellbahn steht einsam und verlassen ein schaurig-schöner Holzschuppen, ein Kino, auf Pylonen in den grauen Schlamm gebaut; das dürre Schilf raschelt im Wind gegen die buntbemalten Holzplanken. Wie diese nachts mit vielfarbigen Girlanden und Glühlampen behängte architektonische Monstrosität an dieser einsamen Stelle, weit draußen in den Marschen, bestehen kann, ist rätselhaft.

Wir kommen auf dieses Kino noch zurück, aber vorläufig setzen Vater und Sohn sich in das einzige, wackelige, vor der Station stehende »gelbe Taxi« und humpeln über die zittrige Straße nach dem noch fernen Newark, unserem harten Tagespensum entgegen, schon etwas abgekämpft von dem häufigen strapaziösen Umsteigen.

Diesmal geht's besonders scharf her: In der Vormittagsambulanz sind sechzig Patienten genau zu untersuchen. Man würde uns auch hundert aufhalsen, wenn ich nicht erfahrungsgemäß festgestellt hätte, daß sechzig das Maximum sind, das man an einem Vormittag noch gewissenhaft erledigen kann, ohne böse Schnitzer in der Diagnose zu machen. Reden, reden und wieder reden, englisch, deutsch und jiddisch. Trösten, erklären, beschwichtigen.

Das anmutige Gehaben, die aufmunternden Blicke der Rumler-Damen zum Mittagstisch, die der Mutter für meinen Vater, die der Tochter für mich, sind heute an uns verloren. Mein Vater schien mir bei dieser Mittagsmahlzeit zum erstenmal alt, verfallen und müde. Aber nur weiter; abdienen den schweren Tag und dann rasch zurück ins wohlige, leider so weit entfernte Hotel Croydon in New York. Als Siesta-Unterhaltung Privatordination in Rumlers Office. Mein Vater wird immer müder, stützt den Kopf in die Hände und ergeht sich zwischen den Ordinationen in homerischen Klagen: »Das ist zu viel, das halte ich nicht mehr aus.« Diese Ausrufe stechen mich ins Gewissen. Fühle ich mich doch verantwortlich für sein Wohlergehen. Wozu bin ich schließlich sonst da? Habe ich ihm wirklich zu viel zugemutet, vergesse ich, daß er fünfundsiebzig Jahre alt ist?

Nach der wortreichen Ordination kommt als Endspurt das Schwerste: die Operationen im Spital. Vier bis fünf an der Zahl, an deren jede sich ein langwieriger Gipsverband anschließt. Das ist schon einmal so bei orthopädischen Operationen. Ich entlaste meinen Vater soweit als möglich. Er hat bei den Operationen nur ein paar liturgische Gesten auszuführen, das andere mache ich. Dafür hat er wieder zu reden, zu dozieren, den anwesenden Ärzten Art und Ziel orthopädischer Operationen im allgemeinen, dieser vorliegenden im besonderen zu erklären. Das englische Kauderwelsch, das sich schon den ganzen

Vormittag über ihn ergossen hat, beginnt zu wirken: er würzt seine Rede immer häufiger mit eingestreuten Germanismen, ja Austriazismen, wie es die vormittägigen Patienten mit Italianismen und Judaismen getan hatten. Amerikanische Operationssäle sind gewöhnlich so überheizt, daß man im Kesselraum eines Dampfers zu stehen glaubt. Dazu ist orthopädische Arbeit meist nicht nur zartes Präparieren, sondern schwere Zimmermannsarbeit am Knochen, mit Meißel, Hammer und Säge. Die Konzentration in der Hitze verursacht mir Kopfweh. Ich habe keinen trockenen Faden mehr am Leib, und meine Arme und Beine sind wie die eines übermüdeten Schwerarbeiters. Zum Glück ist das Bad neben dem Operationssaal, im Gegensatz zu uns, in Amerika eine Selbstverständlichkeit. Mein Vater will kein Bad, braucht auch keines, weil er sich nicht körperlich angestrengt hat, und hält meine Sehnsucht nach einem Bad für sträflichen Luxus.

Todmüde werfen wir uns wieder in ein »gelbes Taxi«, nachdem Dr. Rumler mir den Tageserlös in Form der üblichen Banknotenrolle, vom Gummischnürl zusammengehalten, zugesteckt hat, als ob es Diebsbeute wäre. Kein Nachrechnen. Ich bin ganz abgekämpft, ich zähle das Geld nicht einmal, schätze den Betrag im Dunkeln nach der Dicke der Rolle und sinke in halbliegender Stellung ins Taxi. Auch mein Vater schweigt, in der anderen Ecke hingestreckt.

Wir humpeln wieder die zittrige Straße zur Station hinaus. Ich habe Skotomflimmern in den Augen, ein sicheres Zeichen der Übermüdung.

Auf einmal unterbricht ein Seufzer, eher ein gequälter Aufschrei, die Stille zwischen uns. »Ohhh ... es ist zu viel, ich kann einfach nicht weiter, ich alter, alter Mann.« Er stützt sein ehrwürdiges Haupt tief vorgebeugt in die Hände, was er nicht hätte tun sollen, denn ein Loch in der Zitterstraße wird von unserem Wagen mit einem derben Sprung übersetzt, und Lorenz' Kopf schlägt mit dumpfem Knall an die Vorderwand: »Verflucht!«

Er sinkt wieder zurück, das Gesicht mit den Händen bedekkend. Mich aber überkommt plötzlich Panikstimmung, das ganze Gefühl der Verantwortung legt sich zentnerschwer auf mich. Was tust du, wenn der alte Mann jetzt plötzlich stirbt, hier in der Nacht und im Taxi, in der trostlosen Einsamkeit des Newarker Infernos? Wird es nicht heißen, du hast ihn in unersättlicher Geldgier zu Tode gehetzt, entgegen allen gutgemeinten Warnungen? O wären wir weiter, o wär' ich zu Haus!

Die trüben Straßenlampen, die in großen Abständen von ihren traurigen rohen Holzmasten hängen, erleuchten intermittierend das dunkle Taxi und werfen sekundenlang ihren Schein auf die zusammengesunkene Greisengestalt neben mir. Wenn das nur gut endet; ich schwöre mir, das war die letzte Höllenexpedition nach Newark! Ich bin selbst beinahe am Umfallen; im Westentaschl fühle ich nach unseren Returntickets, dem Talisman für sichere Heimkehr.

Da umstrahlt uns plötzlich bunte Helligkeit, rote, grüne, blaue Lichter, der Wagen fährt langsamer, wir sind an der Station. Der grelle Schein kommt von dem einsamen Kinoschloß und weckt den sterbenden Vater. Er richtet sich interessiert auf, sein Blick fällt auf die riesige Neon-Flammenschrift über dem scheußlichen gotischen Kinoportal. Sein Gesicht verklärt sich: »Gloria Swanson, dieses göttliche Weib, so süß und anmutig, so vollschlank, so tragisch und dabei doch so schalkhaft! Und der Titel: ›Wenn Herzen brechen‹; Albert, komm, das müssen wir sehen!«

Ich war wie vom Schlag gerührt von dem plötzlichen Umschwung von Verzweiflung zu Begeisterung, aber zugleich empört.

»Weißt du, Papa, das ist mir jetzt zu dumm. Eben noch stirbst du beinahe, erschöpft und verzweifelt, ich habe die größte Angst um dich, und hier, vor dem Stationsgebäude, um ½ 10 Uhr abends, ohne einen Bissen im Leib seit Mittag, vergißt du mit einem Schlag alle Erschöpfung und deinen heiklen Magen und willst auf Gaudee gehen, die Gloria Swanson sehen. Alles zu seiner Zeit. Aber jetzt kann mir deine göttliche Gloria gestohlen werden, samt ihren vollschlanken Kurven, ich selbst bin todmüde, und deine Sterbestimmung war offenbar nur Theater. Ich sag' dir was: Hier hast du dein Retourbillett, verlier es nicht, bitte. Da gegenüber ist die Station, du hast keine Ausrede, wenn du dich verirrst. In New York drüben nimm dir ein Taxi ins Croydon – hast du Geld? Natürlich nicht – hier sind fünf Dollar für Taxi und Kinokarte, und unterhalt dich gut mit deiner Göttlichen, ich fahre nach Hause zu Christine und ihrem guten Dinner.«

»Ja, ja, ja, du müder Mann, so gehe ich halt allein.«

Und er verschwand im gotischen Tor, zum Erstaunen des Taxichauffeurs, der stumm zugehört hatte und jetzt, als ich zahle, mich im reinsten Berlinerisch anredet: »Der olle Herr is woll nich janz richtig im Oberstübchen, was? Ha, ha.« – So was kommt vor in Amerika.

Ich fahre heim, allein, über öde Marschen und durch lange Tunnels, nur in Begleitung von ein paar Nachtarbeitern, die in die Arbeit fahren, und einigen unheimlichen Gestalten. Mit jedem Kilometer bereue ich mehr meinen plötzlichen Entschluß. Wenn er sich doch noch verirrt nach dem anstrengenden Tag?

Zu Hause empfängt mich Christine mit emporgezogenen Brauen: »Wo ist der Herr Hofrat?« Ich erkläre und setze mich zum Nachtmahl. Aber es schmeckt mir nicht. Ich muß immer an den einsamen alten Vater denken im unheimlichen Kino am Rand der dunklen Lagunentümpel. Zur Ablenkung werfe ich mich mit einer guten Zigarre im Mund in ein heißes Bad und lese eine amerikanische Detektivgeschichte.

Endlich Schweigen und Ruhe. In den fünfzehnten Stock dringt nur gedämpfter Straßenlärm herauf, wie das Schlagen auf schwarz verhängte Pauken bei einem Kondukt. Schon kommt auch mein lieber alter scheuer »cockroach« – »Schwab« nennt man bei uns diesen Käfer, nur ist er drüben viel größer – aus irgendeiner Ritze der Verkachelung auf den Rand der Badewanne geturnt und zwinkert mich mit langen Fühlern fragend an. Cockroaches sind der Schreck zimperlicher Hausfrauen, aber nicht der eines Tierliebhabers. Der Cockroach kommt nur, wenn es ganz still ist, ich kenne und schätze ihn seit langem.

»Ja, Fiffi«, sage ich zu ihm – er hieß Fiffi –, »du fragst, wo der Herr Hofrat heute ist? In Newark, denke dir, bei der Gloria Swanson.« Er schaut mich verständnisvoll an, und plötzlich ist er blitzschnell weg – sie sind nämlich sehr scheu, diese amerikanischen Cockroaches, man versuche nur einmal, einen mit der Hand zu fangen! –, denn Christine klopft an die Badezimmertür. »Herr Doktor, es ist zwölf Uhr vorbei, wo bleibt der Herr Hofrat, was sollen wir tun?«

»Ja, was sollen wir tun, außer geduldig zu warten?« Ich erhebe mich aus meinem Bad und setze mich in Pyjama und Dressinggown zu Christine, voll schlechten Gewissens. Ich trinke in meiner Nervosität einen straight whisky nach dem anderen.

Soll ich zurückfahren? Blödsinn, wir würden uns sicher verfehlen. Die Polizei anrufen, meint Christine.

»Ja, daß morgen in allen Zeitungen in dicken Headlines zu lesen ist: ›Dr. Lorenz, berühmter Orthopäde aus Wien, verirrt in Wildnis von New Jersey; aufgefunden von Inspektor O'Hara.‹ Nein, Christine, dann heißt es wieder, er macht unethical propaganda.« Es bleibt nichts übrig, als tatenlos zu warten.

Um $1/2$ 1 Uhr hört man das leise Wimmern des Aufzugs. Mein Vater stürmt herein wie der junge Frühlingsgott Baldur.

»Nein, diese Gloria, so ein hinreißendes Weib, ich bin ganz verliebt in sie; weißt du, die Art, wie sie ihre langen schwarzen Wimpern hebt . . .«

»Ja, Papa, wo bleibst du denn, weißt du, daß Mitternacht lange vorüber ist, wir ängstigen uns hier zu Tode, so lange kann es gar nicht gedauert haben, in einem Restaurant kannst du nicht gewesen sein, ich habe dir ja nicht genug Geld gegeben zu so was; also wo warst du?«

Er schaut auf die Uhr. »Jessus, schon halber eins! Ja weißt du, das ist diese amerikanische Unsitte des Vaudevilles, des Varietés, gekuppelt mit der Filmvorführung. Ich bin mitten hineingekommen, und um den Anfang zu sehen, habe ich diese blöden Bänkelsänger, Bärenbändiger und Jongleure über mich ergehen lassen müssen, und dann die Pause, und dann habe ich mir das Ganze noch einmal von vorne angesehen. Nein, ich bin ganz begeistert von dieser süßen Frau . . .«

Das ist die Geschichte von der göttlichen Gloria und dem sechsundsiebzigjährigen Adolf Lorenz. Ob Mrs. Swanson je dieses Buch in die Hände bekommen wird? Ich glaube, die Geschichte müßte eine passionierte Schauspielerin freuen.

Table Manners und auch sonst

Die Manieren des Gatten waren für die Frau Professor eine ständige Quelle der Betrübnis und des Tadels.

Was sind eigentlich gute Manieren? Jedenfalls ein ausgezeichnetes Schmiermittel zur Verminderung der Reibung der Menschen aneinander. Aber der Hochstapler, der Bankräuber, der Mörder können bestechend gute Manieren haben, während ein ethisch hochstehender Mensch ihrer gänzlich ermangeln mag. Man darf sie nicht überschätzen. Jedenfalls: Je aufrichtiger einer ist, desto mehr Mühe und Aufmerksamkeit kostet es ihn, immer und überall gute gesellschaftliche Manieren zu zeigen. Und meines Vaters hervorragendste Eigenschaft war ja eine mitunter geradezu brutale Aufrichtigkeit. Wenn ihn in Gesellschaft jemand interessierte, konnte er hinreißend liebenswürdig, ein Vorbild guter Manieren sein. Im gegenteiligen Fall sah er durch Tischnachbarn einfach durch, als wären sie Glas, und blieb stumm. Bei Männern war er noch duldsamer, aber gerade Adolf Lorenz, der Frauenverehrer, konnte gegen eine ihm unsympathische Dame unhöflich, ja beinahe manierlos werden, besonders wenn sie ein Blaustrumpf war.

Nun gibt es eine Unterabteilung der guten Manieren, die Tischmanieren genannt wird: die Kunst, gesittet und schön die Nahrung in die dazu vorgesehene Öffnung zu befördern. Namentlich in Amerika wird aus den »table manners« ein Kult gemacht, es ist weniger schlimm, eine Bank zu beschwindeln, als das Eßbesteck in einer regelwidrigen Weise zu benützen.

Aber es ist so eine Sache um die guten Tischmanieren: Sie verdammen geflissentlich alles, was die Nahrungsaufnahme bequem, einfach und genußreich macht. Etwa: sich eine Serviette um den Hals zu binden, um seine Vorderfront zu schützen; oder herrlichen Gulaschsaft mit einem aufgespießten Stück Semmel vom Teller aufzukehren; oder bei der Suppe genußreich zu schlürfen, wenn sie gut ist; oder rasch einzuhauen, wenn man beinahe vor Hunger stirbt. Das alles tut der von der Kultur unbeleckte Naturmensch, aber nicht der kultivierte.

Vor allem aber ist, namentlich bei amerikanischen table manners, der Gebrauch des Messers bereits so eingeschränkt, daß man füglich darauf überhaupt verzichten sollte. Das Messer liegt auf dem Teller, und der manierliche Esser zerdrückt heroisch nicht nur die weichen Erdäpfel, sondern – wer was auf sich hält – auch zähe Fleischarten mit der Gabel. Das ist gar nicht so leicht, denn es muß aussehen, als wäre es eine mühelose Handlung, die man lächelnd, ohne das Tischgespräch zu unterbrechen, ausführt, während man in Wirklichkeit mit solcher Gewalt auf die Gabel drücken muß, daß einem dabei leicht das zu zerdrückende Stück Fleisch davonflitzt wie ein nasser Kirschenkern, den man aus den Fingern schnellt. Ist man aber bei einem besonders zähen Geflügel doch einmal genötigt, anatomische Zerteilungen vorzunehmen, die ohne Messer schlechterdings undurchführbar sind, so muß man es nachher sofort wieder niederlegen und den zerteilten Bissen mit der Gabel in der rechten Hand zum Munde führen. Das kostet alles Zeit, und man vermeidet dadurch den Eindruck plebejischen Hungers.

Mein Vater war ein Mann der Natur und der Zweckmäßigkeit; den Kodex der guten table manners kannte er nur lückenhaft und nahm ihn nur widerspenstig zur Kenntnis. Er empörte sich zielbewußt gegen hirnrissige Verschrobenheiten, sehr zum Schmerz seiner ständig mahnenden Gattin: »Aber Adolf!« Sein Gebrauch des Messers war auch nach vorurteilsfreien Begriffen anfechtbar, weil gefährlich. »Nachbohrend bis ans Heft den Stahl« schob er es in den Mund, in steter Gefahr, ihn bis zum Ohr zu schlitzen. Außerdem hatte er eine originelle, bisher noch nie beschriebene Art, Saucen vom Teller in den Mund zu befördern, und zwar durch rasches, kurzhübiges Schaben des Messers auf dem Teller mit abwechselnden, blitzschnellen Schleuderbewegungen in den Mund. Man versuche das einmal, bevor man kritisiert.

Noch eine andere illegale Verwendung des Messers trug meinem Vater zahlreiche »Aber Adolf!« ein. Er schnitt Tischgebäck, das neben dem Gedeck lag, noch einmal feierlich mit dem Besteckmesser durch, statt es mit der Hand zu brechen; eine tiefverächtliche Gepflogenheit! Denn erstens scheint dem Kodex der table manners zufolge die Messerschneide eine vergiftende Wirkung auf alles zu haben, was sie berührt, und zweitens ist diese Art, Brot zu behandeln, das Vorrecht des Bauern- und des Arbeiterstandes. Auch das Schneiden von Nahrungsmitteln weicher Konsistenz, wie etwa Knödel, konnte Lorenz nicht lassen.

Manieren lernt man in der Kinderstube. Die hatte Lorenz nicht gehabt. Die Manieren, die im Kloster St. Paul verzapft wurden, beinhalteten hauptsächlich Ehrfurchtsbezeigungen gegen die geistlichen Lehrer. Und die Tischmanieren waren auf Sparsamkeit und Ehrfurcht vor der Gottesgabe abgestellt. Auf den Tellern durfte nichts übrigbleiben als etwa abgenagte Knochen. Lorenz lernte dort, den Teller technisch richtig mit Brot so reinzuschmieren, daß ein flüchtiges Überwischen mit dem Tuch jedes Tellerwaschen überflüssig macht.

Es braucht nicht betont zu werden, daß Lorenz auf der Höhe seines Ruhms und im Alter ein manierlicher Mann war. Aber die richtige innere Freiheit, die Ungezwungenheit, die von wirklich guten Umgangsformen unzertrennlich ist, erreichte er nie. Eine oft aufreizende, an Schüchternheit grenzende Bescheidenheit des Auftretens konnte er sein Leben lang nicht überwinden. Und da ihm in Amerika, dem Lande des Selbstbewußtseins, niemand diese Bescheidenheit zutraute, wurde sie als besonders planvoller Zug seines Verhaltens gewertet.

Manchmal hatte auch die Frau Professor unter der pathologischen Schüchternheit ihres Mannes zu leiden. Wir pflegten im eigenen Zeugl, später im Auto ins Theater zu fahren. Lorenz bestand darauf, daß wir nicht grandios unter der gedeckten Wagenauffahrt aussteigen durften, sondern Kutscher oder Chauffeur mußten so weit vom Theatereingang halten, daß niemand unter den Zuschauern uns als wagenbesitzende Theaterbesucher erkennen konnte. Das war im Sommer, bei gutem Wetter, eine kleine Unbequemlichkeit, aber bei Regen oder Schnee war meine Mutter mit Recht über eine so sinnlose Erschwerung des Theaterbesuches ungehalten. Aber alle Proteste halfen ihr nichts. Sie mußte in Festkleidung und dünnen Abendschuhen durch Kot und Schneeschlamm zum Eingang marschieren und ebenso zurück. »Ich hasse es, wenn mir diese uniformierten Laffen die Wagentür aufreißen, das kann ich selbst.« Und dabei blieb es.

In bezug auf den engeren und weiteren Raum, der ihn umgab, war mein Vater zeitlebens wie ein frisch eingefangener Berghirsch. In Amerika, wo so viel Wert auf äußere Erscheinung, auf Kleidung gelegt wird, hatte ich beim Anprobieren seiner neuen Anzüge und Mäntel, das ich als Personaladjutant genau überwachte, meine liebe Not mit ihm. Alles wollte er, zu meiner und des Anprobierers Verzweiflung, immer noch weiter, noch schlotternder haben. Da gab es oft Kämpfe bis ans Messer. Lorenz auf der einen, der Schneider, Herr Lions, und ich auf der anderen Seite. Schließlich siegte immer mein Hinweis darauf, wie lächerlich er sich vor schönen, eleganten Frauen in solch schlotternden und obendrein sündteuren Kleidern präsentieren würde.

Mit den Schuhen war es dasselbe. Bequeme, breite Schuhe in Ehren, selbst das erpichteste Gigerl läßt sich nicht gerne von zu engen Schuhen zwicken, im Gegensatz zu den Modedamen. Aber was Lorenz verlangte, war eine Zehenfreiheit, die geradezu das Klavierspielen mit den Zehen innerhalb der Schuhe erlaubte. Dabei hatte er ungewöhnlich große Füße, für die ihm sein Wiener Schuster seine berühmten »Zugstiefeletten« nach Maß anfertigte. In New York brachte er einmal das größte Schuhhaus in brodelnde Erregung, weil für seine Fußgröße, oder besser für seine Idee von Fußkomfort, in dem großen Etablissement nichts Brauchbares zu finden war. Der Manager, der Direktor erschienen persönlich und waren verzweifelt, daß der große Wiener Fußspezialist bei ihrer Firma enttäuscht werden mußte. Diese übergroßen Schuhe waren auch der Grund, weshalb aus einer Armee von Zugstiefeletten niemals ein armer Bedürftiger unterstützt werden konnte, denn allen waren diese Riesenschinakel zu groß.

Lorenz bemühte sich lebhaft, das Autolenken zu erlernen, machte auch schlecht und recht seine Fahrprüfung, bei der man ihn mehr aus Respekt vor seinem Namen als wegen seiner Lenkerkunst durchschlüpfen ließ. Aber wirklich Autofahren lernte er nie, wußte es auch und begnügte sich deshalb mit dem symbolischen Besitz des Führerscheins. Aber nur ich weiß: Der Hauptgrund seiner Scheu, einen Wagen zu lenken, waren seine riesigen Füße und Schuhe, mit denen er unter kräftigem Fluchen jeweils zwei disparate Pedale erwischte: einmal Kupplungspedal und Bremse, dann wieder Bremse und Gaspedal – ein Manöver, das, wie jeder Autolenker weiß, nicht zu dem gewünschten Erfolg führen kann.

Aber nicht nur bezüglich seiner Körperhüllen, auch im Raum wollte Lorenz frei sein, sich bewegen können, Ausblick haben.

Beim Ankauf des Bauernhauses, aus dem sich im Laufe der Zeit seine »Lorenzhall« entwickelte, war die freie, weite Aussicht auf Voralpen und Ötscher ein mitbestimmender Grund. Hohe, schattige Bäume duldete er, zum Schmerz der Mutter, nicht in der Nähe des Hauses. Das gab oft Anlaß zu Konflikten. Wenn mein Vater schöne Parkbäume, die sich üppig entfaltet hatten, umhauen wollte, begründete er dies stets mit dem Satz: »Ich muß Platz haben ums Haus.«

Lorenz fühlte sich nur wohl, wenn Raum um ihn war, wenn er seine langen Beine ausstrecken konnte. Ein gebeugtes Kniegelenk ertrug er auf längere Zeit nur mit Unwillen, und das war die Ursache seines ungebärdigen Benehmens auf einem amerikanischen Theater-, Kino- oder Omnibussitz. Stets kämpfte er um Raum für seine Beine, zum Mißvergnügen seiner Nachbarn. Daß dies zu weittragenden Folgen führen konnte, wird ein späteres Kapitel zeigen.

Keine Autokarosserie war lang und breit genug für ihn. Deshalb hat er im Laufe der Jahre eine stattliche Anzahl enorm langer und breiter Kästen von Autos besessen, die dann wegen ihres Benzin- und Reifenhungers wieder der Reihe nach verkauft wurden. Die Frau Professor weigerte sich, auf Tourenfahrten neben ihm zu sitzen, weil er sie fortwährend durch Ellbogenstöße belästigte.

Um wieder auf die Tischmanieren zurückzukommen: Mein Vater war vernünftigerweise ein fanatischer Anhänger der fest um den Hals gebundenen Serviette. Das hatte seinen besonderen Grund in seinem üppigen Voll- und Schnurrbart. Wie der bebartete Ideal-Gentleman des Vollbartzeitalters einwandfrei und sauber gegessen hat, entzieht sich meiner Beurteilung. Ich habe mir selbst einmal versuchsweise einen Vollbart wachsen lassen und weiß daher: Sauber essen kann man damit nicht.

Nun wäre die umgebundene Serviette im trauten Familienkreis noch erträglich gewesen. Anders aber war's in der Öffentlichkeit, im Restaurant, Speisewagen oder Schiffsspeisesaal, wo aller Augen sofort auf den großen, schlanken Herrn mit seinem gebräunten schönen Gesicht und schlohweißen Haupt- und Barthaar geheftet waren, den überdies schon jeder aus der Zeitung kannte.

Es war im weltberühmten Delmonico-Restaurant in New York, das seinerzeit all die großen Dollarfürsten, die Vanderbilts, Goulds, Rockefellers oft in seinen Räumen gesehen hatte. Kaum hatten Lorenz Vater und Sohn das geheiligte Lokal betreten, so trat uns schon ein Manager entgegen, verbeugte sich tief und sprach in gewählten Worten den Dank des Etablissements aus für die Ehre des illustren Besuches. Kellner versammelten sich mit ernster Freundlichkeit um unseren Tisch, um die Aufträge entgegenzunehmen. Und als die Suppe unter feierlichen Zeremonien serviert wurde, was meinen Vater schon verlegen und unfrei machte, ergriff er mit gerunzelter Stirne die schöne, weiße, kunstvoll gefaltete Damastserviette, beutelte sie aus wie ein Leintuch und band sie sich mit energischen Bewegungen um den Hals. Allgemeines Staunen; ein Raunen ging durch die hehren Hallen. Energisch geflüsterte Mahnungen, die noch dazu mit freundlicher Konversationsmiene gegeben werden mußten, um keinen Konflikt zwischen Vater und Sohn öffentlich zu demonstrieren, halfen nichts.

Aber wenn zwei dasselbe tun, so ist es nicht dasselbe. Hätte sich ein Mr. Irgendwer die Serviette so umgebunden, so wäre er vom Manager wohl höflich und leise gebeten worden, rasch zu zahlen und zu verschwinden, aber der große Gelehrte Lorenz, der tat doch nichts ohne Plan und Absicht? Da muß doch ein wissenschaftlicher Zweck hinter dem Serviettenmanöver stekken? Und schon hat sich auch ein Reporter aus dem Nichts materialisiert: »Dr. Lorenz, was hat das zu bedeuten, daß Sie Ihre Serviette umbinden?«

Das Schicksal hatte uns ein Rettungsseil zugeworfen. Ich stieß meinen Vater unter dem Tisch heftig mit dem Fuß. Und er reagierte erfreulich und gab eine gewunden-hygienische, recht wackelige Erklärung.

Den nächsten Tag stand die ganze Sache in der Zeitung. So etwas ist nur in Amerika möglich. Daß die neidische New Yorker Ärzteschaft Lorenz die Sache als unethische Propaganda auslegte, ist begreiflich, aber nach obiger wahrheitsgetreuer Schilderung war er wirklich unschuldig.

Man kann table manners konventionell oder praktisch betrachten. Eine praktisch-hygienische Ansicht meines Vaters, die er gegen alle Proteste seiner Frau hartnäckig verteidigte, war die, daß Alkohol das beste Munddesinfiziens sei, am wirksamsten gleich nach der Mahlzeit. Daher nahm er sofort nach dem letzten Bissen einen Schluck Wein und spülte sich damit unter lautem Geplätscher, das wie das Plauschen eines Bächleins klang, den Mund aus. Dabei blies er die Backen auf und sträubte rhythmisch seine Schnurrbarthaare. Das ist nun vom Standpunkt des guten Benehmens aus gewiß unverzeihlich, aber, ganz unter uns gesagt, man versuche es einmal: Mein Vater hat ganz recht, das Gefühl der prickelnden Kohlensäure, des Alkohols auf Mundschleimhaut und Zahnfleisch, gibt ein größeres Wohlgefühl als das beste Mundwasser. Aber schließlich putzt man sich ja die Zähne so wenig bei Tisch, wie man sich kämmt oder Maniküre betreibt, und so gab es unzählige scharfe Renkontres beim häuslichen Nachtisch. Wenn ich auf Reisen mit ihm allein war, gab mein Vater sich freimütig seiner originellen Mundpflege hin.

Es war auf einer unserer zahlreichen Überquerungen des Atlantischen Ozeans. Wir saßen im feierlichen Speisesaal der unvergeßlichen »Europa« und tranken eine ebenso unvergeßliche Flasche Liebfrauenmilch. Alle Augen, vor allem die der amerikanischen Damen, waren immer wieder, mit oder ohne Lorgnon, auf die bekannte Gestalt des berühmten »Dr. Lorense« gerichtet und auf jede seiner Bewegungen. Das war ihm so gleichgültig wie dem Löwen in der Menagerie die Blicke der Menge. Und obwohl ich auf alles getreulich achtgab, begann er nach dem Dessert, noch bevor ich es verhindern konnte, das bewußte Mundausspülen.

Ich stieß ihn mit gewohnter Kniebewegung unter dem Tisch: »Papa, aufhören! Alle schauen auf dich.«

»Ich habe es satt, immer von dir gehofmeistert zu werden«, antwortete er mit grimmiger Miene, fügte sich aber unwillig. Ich blickte eine Weile nicht auf ihn; plötzlich bemerkte ich ungläubiges, halb entsetztes Aufreißen der Augen ringsumher. Und mit Recht. Denn mein Vater hatte blitzschnell einen zweiten Schluck Wein genommen und dann die ausgebreitete Serviette über Kopf und Schultern gestülpt. Er hielt sein verhülltes Gesicht mit beiden Händen und spülte so energisch und laut drauflos, daß es das dumpfe Summen der Maschinen und das Vorbeistreifen der Wogen an den Bordwänden übertönte. Was Wunder, daß der Anblick des weißmaskierten Hauptes an der Festtafel berechtigtes Aufsehen erregte. Älteren Damen und Herren aus den Südstaaten mögen gruselige Erinnerungen an die Zeit des Ku-Klux-Klan aufgestiegen sein, und ich wollte wieder einmal, ein Deck tiefer, in den Boden hinein verschwinden.

In der Halle oben rückte dann ein Schwarm von Damen an meinen Vater heran und fragte naiv nach der Ursache seines sonderbaren Benehmens. Er hielt aus dem Stegreif eine Rede über Mundhygiene, die tiefen Eindruck machte.

Neurasthenie

Das griechische Wort setzt sich zusammen aus neuron – Nerv und asthenia – Kraftlosigkeit, heißt also auf deutsch: Nervenschwäche. Neurasthenie ist eigentlich keine Krankheit, sondern ein Zustand an der Grenze zwischen Gesundheit und Krankheit, eine krankhafte Reizbarkeit, gesteigerte Sensibilität, die mit Disposition und Konstitution zusammenhängt. Populär gesagt: Der Neurastheniker ist ein gesunder, nervöser Mensch, der seinen Zustand gerne übertreibt und, weil ihm eigentlich nichts fehlt, sich um die Sympathie seiner Mitmenschen bringt, wie es bei den Grenzfällen psychiatrischer Zustände stets geschieht. Die Abgrenzung gegen Hysterie ist eine verschwommene – aber das führt zu weit ab ins Gebiet der Seelenheilkunde.

Der Neurastheniker sucht sich als Sitz seiner Leiden die verschiedensten Organe aus. Einmal leidet er an Migräne, dann an Magenkrämpfen, dann wieder an Fußbeschwerden. Berühmt sind die eingebildeten oder zumindest neurasthenisch übertriebenen Beschwerden nach geringfügigen Verletzungen der Wirbelsäule. Besonders hartnäckig und schwer bekämpfbar ist der Zustand, wenn er das Residuum einer wirklichen Krankheit ist, die der Patient längst überstanden hat und von der er sich nicht trennen will. Gerade hochintelligente, sensible Menschen mit labilem Gemütszustand, etwa Künstler und Wissenschaftler, sind oft Neurastheniker.

Adolf Lorenz war in mittleren Jahren der Neurastheniker, wie er im Büchl steht. Mitte der Dreißiger litt er an einer recht ernsten Magenverstimmung. Röntgenuntersuchung gab es damals noch keine. Man munkelte schon von Magengeschwüren oder gar bösartiger Neubildung. Lorenz sah auch darnach aus: Blaß und abgespannt war er, ich erinnere mich noch deutlich daran.

Die umsichtige Frau Lorenz änderte die ganze Lebensführung ihres Mannes. Klinische Arbeit wie Privatpraxis wurden auf den Vormittag verlegt. Um 2 Uhr war Schluß, nachmittags Ruhe, Spaziergang, literarische Arbeit. Diese Tageseinteilung behielt Lorenz in Wien bis an sein Lebensende bei. Ich erinnere mich noch, daß mein Vater allabendlich zu seinem Bett einen Teller Biskotten und einen Eiskübel mit einer Champagnerflasche hingestellt bekam. In der Stille der Nacht konnte er Biskotten knabbern und Champagner dazu piperln, welch letzteres ihm nicht schwerfiel. Sein Speisezettel wurde ganz auf Diät eingestellt. Lange Zeit bekam er allmittäglich ein gebratenes Huhn mit Rotwein. Das war im akuten Stadium des nervösen Magenkatarrhs, aber der Zustand fixierte sich in seiner Seele. Die »Magenstimmung« wurde bei uns zum geflügelten Wort, das den ganzen Haushalt beherrschte, auch als mein Vater schon längst gesund war. Die Frau Professor überwachte in hingebender andauernder Sorgfalt die Küche aufs strengste.

»Adolf, wie ist heute die Magenstimmung?«

»Die Magenstimmung ...«, und nun folgte eine so liebevolle Darstellung, mit kleinsten Details über Aufstoßen, Darmgurgeln und alles mögliche andere, daß einem jede Eßlust verging. Er forderte aber strengste Aufmerksamkeit für seinen Krankheitsbericht. Die Schilderung des Zustandes erfolgte mit so viel Gefühl und künstlerischer Vollendung, daß man sich der Ansicht kaum verschließen konnte, er selbst habe auch seine Freude daran. Nicht nur im engsten Familienkreis wurde die Magenstimmung diskutiert, auch zufällige Gäste und Fremde mußten seiner genauen Schilderung lauschen. Mir war das als Buben zur alltäglichen Selbstverständlichkeit geworden. Ich hörte gar nicht mehr hin.

Nun ist der echte Magenkrüppel mit einem Magen- oder Dünndarmgeschwür wirklich ein bedauernswerter Mensch, dem das ganze Leben vergällt ist, der über nichts mehr Freude empfindet, der vor allem aber auch gegen andere wortkarg wird über seinen Zustand.

Nicht so Lorenz. Nach dramatischen Klagen und farbenprächtigen Darstellungen seiner Qualen war er imstande, sich auf ein neues Motorrad oder Pferd zu schwingen und mit mir hinauszustürmen. Vergessen war dann die Magenstimmung.

Die Frau Professor erboste natürlich solch plötzlicher Stimmungswechsel. Sie nahm die Sache mit dem Magen – wenigstens am Anfang – bitter ernst. Ihre Tagebücher aus der Zeit um das Ende des vorigen Jahrhunderts spiegeln das getreulich.

Immer wieder, mit ermüdender Eintönigkeit, erscheinen darin Berichte im Telegrammstil, wie: »Adolfs Magenstimmung gut – gebessert – schlechter. – Grantiger Morgen wegen schlechter Magenstimmung.«

Als Arzt von ziemlicher Erfahrung kann ich jetzt zurückblickend die Diagnose über meines Vaters Magenkrüppeltum zusammenfassen in die Worte: Ursprünglich nervöse Gastritis, nach ihrer Ausheilung dauernd überlagert von einem unausrottbaren Komplex von Krankheitsbeharren.

Das zeitigte im Laufe der Jahre manchmal komische Situationen, zum Beispiel auf Reisen, im Wirtshaus. Lorenz hatte aus einem Inferioritätskomplex heraus eine Antipathie gegen noble Gaststätten mit geschulten Kellnern. Weil sie ihm unheimlich waren, ihn bedrückten, war ihm auch ihre gute Küche antipathisch, und er wartete nur darauf, seiner Frau triumphierend mitteilen zu können, er habe sich an irgendeinem »noblen Dreck«, wie er sich ausdrückte, wieder einmal gründlich den Magen verdorben. Französische Speisebenennungen wirkten auf ihn wie das rote Tuch auf den Stier. Auf den Genuß einer derartigen »noblen« Speise reagierte er mit absichtlich lautem, demonstrativem und vorwurfsvollem Aufstoßen.

Wenn wir auf einem Autoausflug in irgendeinem niederösterreichischen Nest, im Kastanienwirtshausgarten sitzend, schlecht und recht zu essen bekamen, von einer schmierigen Kellnerin bedient, die ihren Daumen in dem schlenkernden Suppenteller badete, dann war alles schön und gut. Einmal bekamen wir bei solcher Gelegenheit einen fetten Schweinsbraten vorgesetzt, der schon von weitem verdächtig roch. Meine Mutter fürchtete sich, irgend etwas zu sagen, und stocherte der Form halber in dem dubiosen Präparat herum, mein Vater aber verschlang das Gericht wie ein hungriger Wolf. Pfeffer und Knoblauch verhüllten ihm die Beschaffenheit der Speise.

Jeder Versuch, einen Neurastheniker aufzuklären, ist fehl am Platz. Er fühlt nur eines dabei heraus, daß ihm ein ungeheures Unrecht geschieht, wenn man ihm seine Beschwerden nicht glaubt. Als erfahrene Psychologin hat die Frau Professor daher auch ruhig zugesehen, wenn Lorenz mindere Beiselnahrung mit Appetit verzehrte, nur weil es eben Beiselnahrung war.

Bei kleineren Schmerzen oder körperlichem Unbehagen tobte Lorenz laut. Bei den einzigen zwei ernsten Operationen seines Lebens aber benahm er sich musterhaft. So bei seiner Prostataoperation. Der Operateur bestand, ich weiß heute noch nicht warum, starr-doktrinär auf Lokalanästhesie. Ich widersprach lebhaft, denn ich kannte die Seelenstruktur meines Vaters. Ob örtliche oder allgemeine Betäubung angezeigt ist, hängt ja vorwiegend von dem Seelenzustand des Patienten ab. Lorenz bat: »Ich will die Operation, deren jede einzelne Phase ich kenne, nicht am lebendigen Leib miterleben, nicht jedes Rasseln des Skalpells, der Scheren und Haken, nicht jeden Befehl an die Instrumentaria hören« – wobei er völlig im Recht war.

Wäre der Gang der Entwicklung umgekehrt gewesen, hätte man zuerst die örtliche und dann die allgemeine Betäubung erfunden, so wäre diese als die größere Errungenschaft, als die Erlösung des Patienten von der raffinierten Qual des Operationserlebnisses gepriesen worden.

Ich saß als »Tröster« zu Häupten des Patienten. Ich werde den gequälten und hilfeflehenden Ausdruck der blauen Augen meines Vaters nicht vergessen.

»Bitte, gib mir Narkose, ich flehe dich an.« Wortlos, ohne den Operateur um Erlaubnis zu fragen, griff ich zum Narkosegerät.

»Ah, ah, welche Wohltat, welche Wohltat ...«, waren seine letzten Worte vor dem Einschlafen.

Vierzehn Tage später stand Lorenz wieder im Operationssaal, zwar noch nicht selbst tätig, aber mir mit Rat zur Seite stehend und uns alle mit detaillierten, farbenreichen Schilderungen seiner überstandenen Schmerzen unterhaltend. Wenn später Professor Blum, sein Operateur, eine Prostataoperation vorhatte und wir gerade im Sanatorium waren, verfehlte Lorenz nie, den Patienten vorher zu trösten.

»Schaun Sie mich an, vor zwei, drei Wochen habe ich dasselbe überstanden, ich bin wieder ganz gesund.«

Mit achtzig Jahren wurde er an Star operiert, durch Professor Adalbert Fuchs, den Sohn des berühmten Ernest Fuchs, der in diesem Buch schon als strenger Prüfer vorgekommen ist. Beim Star geht es nicht ohne Lokalanästhesie. Lorenz hielt sich während der ganzen Operation wie ein alter Römer, er blieb stumm, ohne einen Laut des Schmerzes auszustoßen, ohne sich zu rühren. In der Woche nach der Staroperation war es allerdings schwer mit ihm. Bekanntlich muß sich der Patient nach diesem Eingriff acht Tage lang unbedingt ruhig verhalten, jede kleinste körperliche Bewegung vermeiden. Das war für den lebhaften alten Herrn eine größere Qual als die Operation selbst.

Wollte jemand Lorenz gegenüber gesprächsweise über körperliche Leiden klagen, so kam er dabei an den Unrechten. Kaum hatte er mit der Aufzählung seiner Leiden begonnen – wobei Mediziner bekanntlich besonders detailliert und plastisch in der Darstellung sind –, so unterbrach ihn Lorenz sofort: »Das ist noch gar nichts! Wenn *meine* Magenstimmung verdorben ist ...«, und nun hatte er das Gespräch dort, wo er es haben wollte.

Betrug er sich bei seinen Operationen wie ein Held, so war er auch ein Held – aber ein homerischer –, wenn es sich um kleinere Unglücksfälle handelte. Anstoßen des Schienbeines an einen harten Gegenstand löste ein Wutgeheul aus, das das ganze Haus durchdröhnte und das verängstigte Gesinde zusammenströmen ließ.

Einmal brach sich Lorenz bei einem Sturz mit dem Pferd ein Schlüsselbein. Sein Jammern und Schreien beim Anlegen des Gipsverbandes machte auf mich Buben einen unvergeßlichen Eindruck.

Sein famosestes Stückl als klagender homerischer Held führte Lorenz eines kalten Jännerabends in Altenberg auf. Die Türen seines Studiersaales gegen die Halle waren weit geöffnet, ebenso die Türen des kleinen Zimmers der Frau Professor einen Stock höher. Ich saß zufällig gerade bei meiner Mutter. Auf einmal kam aus meines Vaters Studierzimmer ein markerschütternder Aufschrei. Wir fuhren empor, das Schlimmste befürchtend.

»Adolf, um Gottes willen, was ist geschehen?« Schon stürmen wir die Hallenstiege hinunter. Was würden wir finden? Wir finden Lorenz ruhig am Schreibtisch sitzend und schreibend!

»Adolf, was ist?!«

»Was soll denn sein, gar nichts ist, laßt mich in Ruhe.«

»Ja warum hast du denn so entsetzlich aufgeschrien?«

»Ach was, ich habe Kopfweh von dem verfluchten Wein gestern abend, so ein gepantschter Fusel, es sticht mich manchmal wie mit einer scharfen Nadel durch den Kopf, ganz fürchterlich.«

Apropos Wein: Lorenz war ein begeisterter Verehrer des Alkohols. Ein kleines Fläschchen Kognak zur Magenstärkung hatte er auf Land- und Seereisen stets in der Rocktasche. In Bieren war er ein Feinschmecker, und den Wein liebte er über alles, aber mit Maß und Ziel. Er wurde nicht müde, auf den Vorteil, aber auch auf die Schwierigkeit kluger Mäßigung hinzuweisen. Nur bei besonders gutem Wein konnte er seinem Mäßigkeitsgrundsatz untreu werden. Wenn ich mit ihm allein zechte, hatte ich manchmal am nächsten Morgen einen Kürbisschädel – mein Vater war frisch wie eine junge Schwalbe. Er wurde weder euphorisch noch melancholisch noch cholerisch durch Alkoholgenuß, er blieb stets sein heiteres Selbst.

Als wir das erstemal gemeinsam nach Amerika fuhren, besuchten wir vor der Einschiffung den Bremer Ratskeller. Wir bekamen in grünen Römern ausgezeichneten Rheinwein. Mein erlaubtes Maß ist ungefähr ¾ Liter, darüber hinaus sind für den nächsten Morgen unangenehme Nachwirkungen zu befürchten. Wir waren allmählich in die Hauffsche Stimmung der ›Phantasien aus dem Bremer Ratskeller‹ geraten, so sehr, daß ich gar nicht merkte, wie Lorenz eine dritte Runde von Römern bestellte. Er begann aus seinen Erinnerungen zu erzählen. Schließlich sagte er: »Ach was, heut ist alles Wurscht; Kellner, noch zwei Viertel.«

Damit hatte jeder von uns seinen vollen Liter im Leib. Wir erhoben uns etwas umständlich zum Heimweg. In der schummerigen Wärme des alten Gewölbes war alles noch gut. Wir traten etwas unsicher ins Freie, aber draußen fiel mich die kalte Nachtluft wie ein Raubtier an und zeigte Neigung, mich aufs Pflaster zu werfen. Ich brauchte alle meine Willenskraft, um mich auf einer geraden Linie zu halten. Selbstverständlich war meine Gleichgewichtsstörung nur dem raschen Luft- und Temperaturwechsel zuzuschreiben, aber es war doch ein Glück, daß die Bremer Straßen bereits völlig ausgestorben waren. Meinem Vater aber war nicht das geringste anzumerken: Er schnürte in gewohnter Weise knieweich dahin, aber in untadeliger, kerzengerader Richtung.

Auf hoher See war Adolf Lorenz ein besonders scharfer Selbstbeobachter seiner Magenstimmung. Stets wartete er gespannt auf ein Unwohlsein, das sich aber nie einstellte.

Es war wieder einmal auf einer Heimreise von New York. Nach herrlichen drei Stunden an Land in Gibraltar, wo wir uns an der unwahrscheinlichen exotischen Blütenpracht des südlichen Vorfrühlings im Almeïdapark ergötzten, ging es durch die Säulen des Herkules wieder hinaus in den Atlantik, nach Norden, nach Cherbourg. Die See war ziemlich rauh. Am nächsten Morgen fehlte Lorenz beim Frühstück. Ich finde ihn stöhnend und mit leidender Miene im Bett.

»Mein Herz, mein Gefäßsystem, arteriosklerotische Gleichgewichtsstörung, es ist aus mit mir, Albert!«

»Ja, was fühlst du denn, was tut dir weh?«

»Weh? Gar nichts, aber der Länge nach bin ich hingefallen beim Versuch, meine Hose anzuziehen.«

»Na, das ist noch keine Krankheit, bei dem Seegang ...«

»Nein, nein, ich fühle es, das war nicht der Seegang, ans Herz hat er mir gegriffen, der unheimliche Mann mit der Knochenhand.«

Er liebte solche pathetischen Ausdrücke. Aber ich war doch wieder einmal ernstlich besorgt, wußte nicht, wie ich daran war. Am nächsten Tag Ausschiffung von Wagen und Lorenzen in Cherbourg. Wir wollten auf dem Umweg über die Bretagne heimfahren. Aber bei diesen Zuständen des alten Herrn? Ich äußerte meine Bedenken.

»Ach was, wir fahren wie geplant.«

Wo die beiden Zungen der normannischen und der bretonischen Halbinsel vom Körper Frankreichs ins Meer hinausragen, liegt die phantastische Felsenburg St. Michel. Einst Abtei, dann Gefängnis – auch Napoleon III. saß eine Weile hier –, jetzt Fremdenattraktion. Zur Burg hinauf führt eine schier endlose Treppe mit Stufen von einer Höhe, die zügiges Hinaufschreiten unmöglich machen. Man turnt von Stufe zu Stufe, wie auf der Pyramide des Cheops.

»Papa, hier kannst du nicht hinauf, nach deiner Herzattacke!«

»Aber lächerlich, das ist schon längst vorüber; warte noch einen Augenblick, ich muß mir noch eine Pfeife stopfen.«

»Aber doch nicht zu dieser Anstrengung!«

»Ach was ...«

Ich ging hinterdrein, um nicht durch mein schnelleres Tempo meinen Vater anzuspornen. Das war aber falsch, denn bald pustete und schnaubte ich hinter ihm die steilen Stufen hinauf, und er gewann, mit seinen langen Beinen kräftig ausholend, sichtlich Raum. Dabei qualmte er aus seiner Pfeife wie ein überöltes, bergfahrendes Automobil. Aber nicht genug damit, er hielt im Bergansteigen einen polemischen Vortrag gegen ein neues operatives Verfahren der Kniegelenkversteifung.

»Diese Zimmermannstendenz in der modernen Orthopädie ist ein Unsinn; wir sind keine Zimmerleute, wir arbeiten nicht in Holz, sondern am Lebenden ... ja Albert, wo bleibst du denn?«

»Hier, Papa, ja, gleich, gleich.«

Ich keuchte und konnte nicht reden. Die Zahl der gewaltigen hohen Stufen zwischen uns vergrößerte sich. Ich sprach nicht, ich rauchte nicht, ich kämpfte nur mit meiner bergsteigerischen Aufgabe. Endlich waren wir oben. Lorenz paffte an seiner Pfeife und atmete so ruhig, als ob er im Deckstuhl auf der »France« läge. Ich war wütend. Denn er höhnte mich noch obendrein: »Na, du alter junger Mann, du bist ja ganz außer Atem!«

»Ja, und du bist ein beispielloser Neurastheniker! Gestern warst du voll Todesahnungen, hast mich in die größte Angst versetzt, und heute vollbringst du Körperleistungen wie bei den Olympischen Spielen; ich habe es satt, mich immer wegen dir zu ängstigen!«

»Und ich habe es satt, von dir immer abgekanzelt und gehofmeistert zu werden!«

Wir waren wieder einmal böse aufeinander, aber nicht lange. Dazu war es zu schön auf dem Mont St. Michel.

Nachtflug nach Florida

Wieder haben wir einen arbeits- und gefahrenreichen amerikanischen Winter hinter uns. Die Tage werden schon länger, die Winterverzweiflung beginnt leiser Frühlingshoffnung Platz zu machen. Wozu uns immer nur plagen im brutalen, halbarktischen New Yorker Winter, wozu immer nur roboten in den abgrundtiefen Cañons der New Yorker Straßen, ohne etwas von den holden Frühlingswundern des amerikanischen Südens zu sehen?

»Papa, weißt du was: packen wir uns zusammen und fliegen wir nach Florida, nach Miami Beach. Du bist ja ein Frühlings- und Sonnenanbeter, dort unten hast du üppigen heißen Frühling schon Ende März.«

Der Entschluß war rasch gefaßt, die Flugkarten hatte ich bald in der Tasche, ebenso wie die ewig unvergeßliche, klassische telegraphische Antwort des berühmten Nautilus-Hotels auf meine Anfrage wegen Zimmerreservierung: »Party welcome, provided Christian« – die Gesellschaft ist willkommen, falls sie christlich ist.

»Papa, wir brauchen leichte Ausrüstung, wir sind nur für den Winter ausgestattet.«

»Lächerlich, im März! Saukalt wird es da unten sein, wie immer im Süden im Frühling, verlaß dich drauf!«

Kein Zureden half, er wollte sich nicht von seinen Winteranzügen und -mänteln trennen. Ich besorgte mir einen Fresko-Anzug, einen leichten Überzieher sowie ein weißes Dinnerjakket. Als wir den Omnibus zum Flugplatz bestiegen, herrschte dichtes Schneegestöber, ich fror in meiner Tropenkleidung, verhöhnt von meinem Vater, der sogar seinen schweren Pelz anhatte. Qui vivra, konnte man in Anbetracht der bevorstehenden Flugreise mit Recht sagen.

Das deprimierendste Stück New Yorker Vorstadt ist jenes Sumpfland hinter dem Hudson-Fluß, dort wo der Kinopalast auf einsamer Schlammbank steht, in dem Gloria Swanson meinen Vater in später Nachtstunde bezauberte. Über die meilenweiten stygischen Sümpfe spannt sich in unheimlichem Kontrast ein Wunderwerk moderner Technik: ein »skyway«, eine Himmelstraße, die in gigantischem Bogen turmhoch über dem Moor dahinführt.

Diese Wunderstraße über das Dantesche Inferno ist der Weg zum New Yorker Flughafen, der in Verkennung der Menschenseele dort steht, wo es am trostlosesten ist. Der Sensitive, der sich den Launen des wankelmütigen Explosionsmotors anvertraut, sollte vor dem Verlassen des Bodens eher aufgeheitert als durch eine Höllenlandschaft à la Hieronymus Bosch auf düstere Gedanken gebracht werden.

Wie riesige Aluminiumheuschrecken hocken die Maschinen der »Silberflotte« auf dem Boden, die plumpen Köpfe frech gegen den Himmel gehoben. Die breiten, niederen Fenster der Pilotenkabine geben dem Flugzeug das Aussehen eines Fisches mit hämisch grinsendem Maul. Merkwürdig, wie unbehilflich die technisch richtige Formgebung hier wirkt: Die bauchigen Leiber scheinen hilflos-schwer auf den schmalen Flügeln zu wuchten. Die Flugzeuge sehen nicht aus wie schlanke Libellen, sondern eher wie schwere Fluginsekten, wie Maikäfer, aus deren plumpen Körpern zarte Flügel von unbegreiflicher Leistungsfähigkeit herauswachsen.

Alles ist fertig; jetzt erst – wie die Diva im Theater – erscheinen die Piloten: zwei bildhübsche Iren in schmucker Uniform. Wie der Hirt die Herde mustern sie mit insolenter Herrschermiene die Reisenden, kennermäßig tasten ihre Blicke die Passagiere ab.

»Sagen Sie, Pilot, fliegen wir bei dem Wetter?«

»Wegen des bißchen Sturms? Da wird's erst lustig, wenn wir in den Böen springen, hahaha!«

»Natürlich, habe ich mir auch gedacht, danke sehr, hahaha!«

Also bushido! Fassung bewahren! Noch ein kurzes, probeweises Aufbrüllen der Motoren – dann ziehen sie unter majestätischem Getöse mit Vollgas los, man spürt den mächtigen Rückenschub in den Sitzlehnen, hart humpelt der große Käfer über den Boden; wie soll er sich je erheben?

Aber schon schwebt man über Straßen, Bahnlinien und Fabrikschornsteinen – und mit einemmal hat uns die gestalt- und richtungslose Welt des dichten Schneegestöbers in homogenem Grau verschlungen. Die Maschine wackelt im Sturm wie ein

Auto auf holpriger Straße. Nicht die Hand vor den Augen sieht man. Nur Höhenmesser, Kompaß und Radio leiten den Piloten.

Er aber singt in der Öde des Weltraumes den neuesten Schlager vor sich hin: »The music goes round and rou... ound, ho-hahohaho-ho...!« Ist das nur amerikanische Temperamentsache oder steht's im Reglement – zur Beruhigung der Passagiere bei Sturm? Das wäre so echt amerikanisch!

Uns kümmert's nicht, wir sitzen behaglich im langen Aluminiumfischleib wie Jonathan im Bauch des Wales. Temperierte Heizung, glänzende Beleuchtung, raffiniert bequeme Lehnstühle, die mit einem Handgriff in ebenso luxuriöse Betten zu verwandeln sind, eine Schallabdichtung, die das Dröhnen der Motoren zu angenehm-fernem Brausen abschwächt, eine tadellose Ventilation – alles zielt darauf ab, einen die Tatsache vergessen zu lassen: daß man Hals und Beine der ununterbrochenen Verläßlichkeit von achtzehn luftgekühlten Zylindern, sechsunddreißig rasend hämmernden Ventilen, feinen Unterbrecherfedern, der Durchgängigkeit dünner Öl- und Benzinleitungen und der freundlichen Abwesenheit all der unberechenbaren Tücken der Gasmaschine anvertraut hat. Der Eingeweihte weiß: Der Benzinteufel schläft nicht ewig; es kommt letzten Endes aufs Glück an. In der wievielten Betriebsstunde der Motoren hat der Zufall unser Schicksal an sie gekettet? Sind sie eben frisch überholt – wohlgemerkt, nicht zu frisch, sondern eben gut eingelaufen –, oder sind sie schon an der Grenze ihrer Leistungsfähigkeit, der Materialermüdung bei der wahnwitzigen Dauerbeanspruchung nahe?

Da draußen sind die Maschinen, verschraubt über den Flügeln, für den Piloten fern und unzugänglich wie die Landschaft 2000 Meter unter uns. Ein kleines Aussetzen der Zündung, ein merklicher Kraftabfall, und schon wird das Flugzeug zur Erde niedergezwungen, auf der es weniger natürliche Landungsplätze gibt, als der Laie glaubt.

In der Pilotenkabine sitzt der Führer hinter blitzenden Hebeln; Kontrollichter umleuchten ihn, die Muscheln des Radiotelephons an den Ohren, spricht er fortwährend mit den Flugstationen: »Bin südöstlich von Philadelphia, Sicht Null, Riesensturm. Wie? Aufklärung von Süden? Fein! Bin in dreißig

Minuten in Washington. Is that you Freddie? Fine! Was? Hat sie das wirklich gesagt? Na wart, wenn ich übermorgen heimkomm' – dank dir recht schön, Servus !«

Wie beruhigend für den erstaunt aufhorchenden Passagier: Der Luftchauffeur plaudert mit seinem Freund Freddie, dem Radiomann, über seine Angebetete; 2000 Meter über der Erde, mit zweihundert Kilometern Geschwindigkeit durch Wolken stürmend, die so dicht wie Watte sind.

Trostlose Öde, nichts, was dem Auge Ruhe und Maßstab geben könnte; doch dort, im Westen, ein heller Fleck; die Abendsonne bricht glühend rot durch die graue Unermeßlichkeit; die Dunstmassen stauen sich zu Barockwolken, die an Rubens' Altarstücke erinnern. Immer größere Löcher reißt der Sturm in die Wolkendecke, und da unten liegt, von der Abendsonne vergoldet, der edle Bau des Lincoln Memorials. Der Luftdruck in den Ohren zeigt, daß wir rasch fallen: Washington, zehn Minuten!

Es ist Dinnerzeit; jeder Passagier bekommt ein kleines Tischchen vor seinen Sitz gesteckt, auf dem ein vorzügliches Menü serviert wird. Bleiern streckt sich die Welt dort unten in der Finsternis; aber die Bleifarbe nimmt einen Silberton an: Der Vollmond steigt auf. Silbern glänzen die Flügel, silberne, zitternde Zauberkreise wirbeln die Propeller. Als Schachbretter, in punktierten Lichtlinien ausgezogen, ziehen die Städte unter uns vorüber. Tröstlich winken die mächtigen Blinklichter rot-weiß-grün in unsere nächtliche Einsamkeit herauf; zehn bis zwanzig Kilometer sind sie voneinander, drei bis vier gewöhnlich gleich zu sehen – verläßliche Wegweiser auf nächtlichem Flug. Ein schwarzes Rechteck, von Rot-Grün umgrenzt, zeigt den Flugplatz.

Wieder senkt sich der Vogel in majestätischen Spiralen zur Erde. Das Blinklicht in der Mitte weist den Weg; unheimlich nah streichen wir über dunkle Föhrenwipfel, über gleißende Telegraphenleitungen; Savannah, Georgia. Heiße Nacht des Südens. Hier hört man zum erstenmal den weichen, sympathischen Akzent des Südens, des vielbesungenen »Dixielandes«.

Als mein Vater den wohltemperierten Innenraum des Luftkreuzers verläßt, fällt ihn mit tausend weichen Armen die heiße Badezimmerluft des Südens an. Er trägt seinen schweren

Pelz über die Schulter geworfen. Aber auch so ist es ihm natürlich zu heiß. Er gebärdet sich, als trüge er das Gewand des alten Nessus. Das fröhliche schwarze Volk des Südens ist gefesselt von der seltenen Erscheinung eines weißbärtigen Nikolo im Pelz. So etwas haben sie noch nie gesehen: »Look at Santa Claus!« Lorenz war sofort das Zentrum freundlichster Aufmerksamkeit.

»Da hast du den verfluchten Pelz, ah, ich halte es nicht mehr aus!«

Wortlos trage ich das schwere braune Vlies ins Flugzeug zurück. Aber mein Vater reißt und zupft auch an seinem wollenen Sakko.

»Mir ist zu heiß, es ist ja unerträglich hier! Wer hätte das geglaubt; vor ein paar Stunden noch Schneegestöber in New York und jetzt diese Hitze, was hast denn *du* an?«, und er fingert prüfend am Kragenumschlag meines Fresko-Anzuges.

»Ja, wenn ich so was hätte!«

»Du tust mir nur mäßig leid, Papa, denn ich habe es dir ja genau so vorausgesagt.«

Weiter, hinaus, hinauf in die Nacht. Es ist unheimlich, aus dem grellen Schein des Flugfeldes mit hundert Kilometern ins Pechschwarze zu stürmen; erst im ruhigen Mondschein, weitab vom Flugfeld, findet man sich wieder zurecht.

Von Jacksonville, der nächsten Station, fliegen wir die Ostküste der Halbinsel Florida entlang gegen Süden. Hier beginnt der eigentliche Märchenflug. Über weite verästelte Lagunen geht es, über mäandernde Wasserläufe, mächtige Strommündungen. Ein blauer, stiller Mond blickt mit gemessener Neugier auf die zielbewußt schnurrende, silberweiße Hornet herab; sein Spiegelbild zieht mit uns über das ölglatte Wasser da unten. Blendend weiß leuchtet der Korallensand draußen an der Meeresküste; in weißen Parallelzügen wälzt sich der ruhig atmende Atlantische Ozean gegen den Strand. Lichter von Orten leuchten auf, sinken hinter uns zurück; St. Augustin, die älteste spanische Siedlung der Neuen Welt; Daytona Beach, die klassische Autorennbahn auf dem Sand des Strandes; das berühmte Palm Beach, ein Karneval von bunten Lichtern.

Allmählich überkommt uns eine göttliche Beruhigung, ein halb traumhafter Zustand weltferner Unwirklichkeit. Leise schaukelt der Wundervogel in der purpurnen Mondnacht; weit draußen verschwimmt das blaue Wasser des Golfstroms mit dem Firmament, das Dröhnen der Motoren wird allmählich zu ferner Sphärenmusik, die majestätisch den Zug durch die nächtlich-tropische Zauberwelt begleitet.

Wieder tönt das Radiotelephon.

»Hello, bist du's Dick? In einer halben Stunde bin ich in Miami. Hast du deinen Wagen draußen? Nein, ich hab' morgen dienstfrei, da gehn wir heut noch drahn, all right.« So spricht der wackere Pilot ins Radio, und dann deutet er im Gesang an, daß »love just around the corner ...« sei.

Schade, daß es schon aus ist; zehn unvergeßliche Stunden, die uns beinahe über die ganze Nordsüderstreckung des nordamerikanischen Kontinents gebracht haben. Der Pilot drosselt die schwer geprüften Motoren, die Erde kommt uns entgegen.

Feuchte Hitze umfängt einen beim Aussteigen, tropische Blumendüfte. Selbst der dünne Anzug wird zur Qual. Unwahrscheinlich große Nachtfalter und Milliarden fremdartiger Mücken umschwirren die Bogenlampen. Schlanke Kokospalmen beugen sich unter der Last ihrer Früchte, die langfransigen Wedel flüstern fremdartig im Nachtwind. Aus dunklen Sträuchern mit faustgroßen Purpurblüten singen tropische Drosseln und Nachtigallen. Wirklich, es ist keine Täuschung, von findigen Amerikanern für den Fremdenverkehr arrangiert: Weekend in Florida, für den New Yorker ist es Wirklichkeit geworden.

Welch einzigartiges Erlebnis, in wenigen Stunden aus dem Schnee des Nordens in die Purpurnacht subtropischen Klimas versetzt zu werden. Ein riesiger blauer Vollmond steht am wolkenlosen Himmel. Millionen großer Sterne des südlichen Firmaments strahlen ihr gleichmäßiges Licht.

Im Hotel Nautilus wurden wir mit gewohnter amerikanischer Höflichkeit empfangen. Über unsere Religion schien kein Zweifel zu bestehen, von weißer Hautfarbe waren wir auch, wir waren nach dem Winter in New York so weiß wie frisch ausgegrabene Engerlinge, weder Neger noch Indianer, und somit aufgenommen in den exklusiven Schoß der Nautilus-Gäste. Man händigte mir ein Ticket und einen Schlüssel ein. »Der Chauffeur weiß wo. Sie sind im Bungalow auf der nächsten Insel untergebracht.«

Die Insel war dicht bewaldet mit hohen Kokospalmen, die im Winde mit ihren riesigen Fächern dürr rasselten. Unter den Stämmen blitzte ein niederes, weißes Gebäude hervor. Eine Brücke führte über den kleinen Wasserarm, der die Insel vom Festland trennt. Ein schwer bewaffneter Polizei-Hoplite, mit mächtigem Revolver im Ledergehänge, ein Privatpolizist der Hotelgesellschaft, hütete die Brücke und nahm mit verbindlichen Worten unser Ticket in Empfang. Wir könnten lernen von der amerikanischen Polizei, die mit ein paar freundlichen Worten stets jede Begegnung zu würzen weiß. Der Chauffeur lädt das Gepäck ab und knirscht über den blendend-weißen Austernmuschelkies davon – wir sind allein.

Schade, daß ich nicht auf einer meiner Hochzeitsreisen an einen derartig poetischen Ort kommen konnte! Aber man kann nicht von allem haben. Meine letzte Hochzeitsreise führte mich statt dessen nach – Köflach, wo es keine Kokospalmen, nicht einmal kleine in Töpferln gibt, und keinen purpurblauen Tropenhimmel, sondern nichts als Kohle . . .

Ich sperre unser verwunschenes Schloß auf. Eine kleine, ebenerdige Villa mit zwei Schlaf-, einem Sitz- und einem Badezimmer. Ausladendes Sonnendach schützt gegen die südliche Hitze. Kein Mensch weit und breit. Wir könnten auf der Robinson-Insel sein. Aber da läutet das Telephon: »Doktor Lorenz, wir hoffen, es ist alles zu Ihrer Zufriedenheit.« Man fühlt sich angenehm mit der Welt verbunden, das Nautilus-Hotel-Management läßt uns nicht aus seinem väterlichen Auge. Ich werfe meinen Rock über einen Stuhl und gehe hinaus an den Strand. Silbrig dehnt sich die weite Lagune vor mir, der Mond wirft ein langes, zitterndes Band blassen Lichtes über sie hin. Leise flüstern kleine Wellen am schneeweißen Uferkies. Ich bin im Märchenland. Wenn Venus Anadyomene jetzt vor mir den Fluten entstiege, ich wäre nicht überrascht.

»Gnädige Frau«, würde ich nur sagen, »gerade Sie habe ich jetzt erwartet.«

Aber da ist auch schon ein Wunder zu sehen: Winzige weiße Spielzeugboote schaukeln sich auf den Wellen; zum Greifen nahe segeln die sonderbaren Fahrzeuge am Ufer dahin, getrieben von kleinen dreieckigen Latiner-Segeln, die in Perlmutterglanz irisieren und funkeln: Es sind die berühmten Nautilus-

Muscheln, die nächtlich an der Oberfläche des Meeres ihre spukhaften Fahrten machen. Sie sind es, die dem Nautilus-Hotel den Namen gegeben haben. Sie schauen unwirklich aus im Mondlicht. Ich will sie in der Nähe besehen, sie segeln ja so knapp am Ufer dahin. Als ich aber einer zu nahe komme, erblickt mich das unwahrscheinliche Lebewesen mit Augen, die, ich weiß nicht wo, in seiner bizarren Anatomie eingebaut sind, und mit einem »Plopp« zieht der Nautilus das Segel ein und plumpst in die Tiefe.

Der nächste Vormittag wurde prosaisch vertan mit der Anschaffung von Lorenz' Tropengarderobe, die ich, spät, aber doch, zu meinem Triumph besorgen mußte. Aber dann tauchten wir unter in die Zauberwelt der subtropischen Sumpf- und Lagunenlandschaft von Florida mit ihren weiten Kokospalmen- und Palmettowäldern, ihren Seminole-Indianern, Alligatoren, Wildkatzen und Bären und, nicht zu vergessen, ihren Milliarden bösartiger Moskitos, die einem die Freude an allem vergällen könnten. Man bewundert die Seminoles, die unbekümmert in den Gelsenwäldern wohnen. Nur als schmaler Küstensaum haftet die moderne Überkultur an der weiten Halbinsel, die von verträumten Seen und trägen Wasserläufen durchzogen ist, in denen sich uralte Bäume spiegeln, die Stämme umwunden von giftigem Efeu, dem berühmten »poison ivy«, und behangen wie Christbäume mit den langen Bärten des grün-grauen »Indian moss«.

Schwer trennten wir uns vom Süden. Wieder ging's im Flugzeug nach New York zurück, in herrlichem Blau und Sonnenschein, unter uns ein Meer watteartiger Wolken. Von Washington an hüllte sich mein Vater wieder in seinen Pelz, ich aber fror wie ein Pintsch in meiner Tropenkleidung, womit der Kranz der Erzählung sich schließt.

Spanien in New York

Die beiden Lorenze waren keine Habitués von New Yorker Nachtklubs. Dazu waren sie abends zu müde und verdienten ihr Geld zu schwer, um es auf so irrsinnige Art zu verschleudern. Wir machten nur eingeladenerweise Bekanntschaft mit solchen Lokalen und fanden meist, daß sie ihr Geld nicht wert waren.

Aber einmal bekamen wir einen offiziellen Einladungsbrief zur Eröffnungsfeier eines neuen Nachtklubs, der von der überlieferten Benennung nach Pariser Vorbild abging, sich nicht »Moulin rouge« oder »Folies Bergères« nannte, sondern originell »The crazy spider«, die närrische Spinne, hieß. Dem Management, so hieß es in der Einladung, würde es eine besondere Ehre sein, die Doktoren Adolf und Albert Lorenz am Eröffnungsabend zum supper begrüßen zu dürfen – wohlgemerkt, zum supper, nicht zu trockenen potato-chips und Sandwiches.

Ich hatte einige Bedenken. Ich fürchtete wieder den Vorwurf der »unethischen Propaganda«, denn sicher würde alles am nächsten Morgen in Bild und Schrift in den Zeitungen stehen. Mein Vater aber war gleich Feuer und Flamme, und so gingen wir erst in ein Theater und nachher zur »närrischen Spinne«. Das Lokal war nicht das übliche Ungeheuer aus rotem Samt in weiß-goldenem Rahmen mit hochbusigen Karyatiden-Damen, sondern genial-schmissig ausgemalt. Das Motiv der verrückten Spinne kehrte in komischen Variationen in den witzigen Wandmalereien immer wieder. Das Ganze sah so aus, als wäre es das Werk eines findigen Wiener Künstlers und war es wahrscheinlich auch. Essen und Trinken waren über jedes Lob erhaben.

Wir waren wieder einmal im Zentrum allgemeiner Aufmerksamkeit; erstens wegen der auffallenden Erscheinung meines Vaters und zweitens, weil an den Tischen ringsum lauter armselige potato-chips-Knabberer saßen, während uns terapin (Schildkröte), squab (junge Taube) und alligator pear salade (tropische Frucht) aufgetischt wurde, lauter erlesene Speisen, die wir mit Strömen französischen Champagners begossen.

Und das künstlerische Programm war auch mehr europäisch als amerikanisch; vor allem die gesanglichen Nummern.

Nun muß man wissen, daß gegen Ende der dreißiger Jahre das Spanische drüben in höchster Mode war. Draußen in den Vorstädten wurden lange Reihen genau gleicher Wohnhäuser im spanischen Stil errichtet, die Frauen trugen über dem Abendkleid langfransige spanische Tücher, womöglich einen spanischen Kamm im Haar und schwere Ohrringe, die schmerzhaft an den Läppchen zogen. Und auf den Kabarettbühnen wurden die in ihrem urwüchsigen Humor oft an Wiener Schlager erinnernden amerikanischen Songs durch spanische Romanzen ersetzt, die niemand verstand. Es war nicht originalspanische Kabarettliteratur, sondern lateinamerikanische, die von Zentral- und Südamerika sowie von dem westindischen Archipel herüberkam.

In der »närrischen Spinne« trat ein Gesangstrio von Spanierinnen auf, deren äußere Erscheinung ebenso vollkommen war wie ihre Darbietungen. Typische Romaninnen mit Olivenhaut und dichten Flechten blauschwarzen Haares, Wimpern, die tiefe Schatten um ihre Augen warfen, und mit Gestalten von der Geschmeidigkeit der Pumakatze ihrer heimischen Wälder in Jukatan. Die Schönste unter ihnen war die mit der Mandoline, in deren Gesangsvortrag, den ich nur sehr bruchstückweise verstand, Funken köstlichen Humors aufblitzten. Die Stimme hatte das etwas umflorte Timbre, das in seiner warmen Sinnlichkeit nicht stört, sondern nur als Unterstreichung des Vortrags harmonisch empfunden wird.

Die drei spanischen Grazien schienen nur für uns zu singen, und so bat ich sie in einer Pause höflich, an unserem Tisch Platz zu nehmen und ein Glas Champagner mit uns zu trinken. Sie benahmen sich wie vollendete Damen, verstanden in hartem Englisch amüsant zu plaudern. Die Reize der dunklen Gitarrenspielerin und meine euphorische Champagnerstimmung beflügelten mein diskretes Werben, während mein Vater in geraderer Art seine Aufmerksamkeit, gottlob, einer anderen von den dreien zuwandte. Diesen Moment erfaßten die lauernden Pressephotographen und schossen ihre Kameras mit der Zielsicherheit eines Wilhelm Tell auf unsere malerisch-schöne Gruppe ab. Den nächsten Morgen war das Bild in allen Zeitungen, zu meiner Überraschung drei Wochen später sogar in einem Wiener Blatt zu sehen. Mein Vater sieht darauf aus wie ein moderner schlanker Falstaff im Dinnerjacket und applaudiert eben begeistert. Ich lächle nur süß-sauer und paffe an meiner langen Zigarre.

Nun trieb ich in dem Völkerbabel New York einen lustigen Sport, dem man eben nur in New York huldigen kann. Er bestand darin, jedermann trotz äußerer amerikanischer Aufmachung nach kurzem Gespräch Nation und Muttersprache auf den Kopf zuzusagen. Ich hatte in unserer Praxis darin schon eine gewisse Meisterschaft entwickelt. Hier wollte ich es nun auch versuchen. So fragte ich meine Pumakatze, während wir uns zu den eintönig-aufregenden Klängen eines Tangos auf dem von unten beleuchteten Tanzboden im Kreise bewegten: »Excuse my getting personal, but may I have three guesses free as to where you hail from?« (Verzeihen Sie meine Zudringlichkeit, aber erlauben Sie mir, dreimal zu raten, woher Sie stammen?)

Der Puma schlug den schwarzen Wimpernvorhang in betörender Art in die Höhe und lächelte: »You may.«

»You are from Puerto Rico, judging from your accent?«

»No«, lächelte sie, »try another.«

»Then you are from the Spanish main, from Central America.«

»Wrong again.«

Schon zwei Fragen verpufft! In meiner leicht alkoholisierten Stimmung war ich besonders empfindlich und kam aus dem Gleichschritt des Tangos.

Da half sie mir in verblüffender Weise nach.

»Kenn sain, ich kenn Ihnen helfen, wenn ich sage, iach sprech och daitsch. Meine Eltern, sie sennen aus de Esterrach. Wir kimmen aus de Rzeszow, aus Galizien, als klane Kinder sennen wir schon in New York gewesen, aber der Tate und die Mamme sennen immer stolz gewesen, daß wir nicht vergessen haben unser Daitsch.«

Ich war also ein Landsmann der schlanken Pumakatze. Der Tangoschritt kam völlig ins Stocken. Daher also der schlagende Witz des Mädchens! Die spanisch-mexikanische und die galizische Rasse scheinen einander recht nahe zu stehen, besonders wenn es sich um schöne Frauen handelt! Aber hinsichtlich meiner Gabe, den New Yorkern auf den Kopf zuzusagen, woher sie stammen, bin ich seither etwas unsicherer geworden.

Papagallo

In der ersten Zeit unseres amerikanischen Aufenthaltes logierten wir in Untermiete bei einer Witwe aus Wien, einer gewissen Frau Franco. Ihr verstorbener Mann, ein Italiener, war irgendwie mit Caruso verbunden, und der Sänger, sparsam und kleinbürgerlich, domizilierte in New York stets bei den Francos, vermutlich auch, weil Frau Franco eine Meisterin der Wiener Küche war.

Das Andenken an den großen Caruso sowie die Pflege des Papageis, den er ihr als Vermächtnis hinterlassen hatte, war der Lebensinhalt der einsamen Witwe. Man denke nur, ein Papagei, der täglich mit dem Unvergleichlichen beisammen gewesen war! Dieser Papagei war Gegenstand ihrer pietätvollsten Verehrung, die nur pietätlos gestört wurde durch meines Vaters schallende Heiterkeitsausbrüche bei besonders gelungenen Bonmots des Vogels. Er hieß natürlich Papagallo, und es ging ihm wie so vielen seiner eingewanderten Landsleute: Er konnte das Englische nie so recht meistern und sprach es mit köstlichem italienischen Akzent. Darüber aber sich zu amüsieren erschien Frau Franco als Pietätlosigkeit am Andenken des Hochverehrten, der in ihrer Erinnerung mit dem Papagallo förmlich in eine Person verschmolz. Etwas an Papagallo war sicher von Caruso, und über seine englischen Äußerungen zu lachen schien ihr nicht ganz gehörig. Wir aber gewöhnten uns an den amüsanten Burschen, und als wir ins Croydon-Hotel umzogen, äußerte mein Vater den Wunsch, einen Papagei in der Wohnung zu haben.

Ich wanderte in einen »pet shop« (Tierhandlung) in der Bowery hinunter, wo sie am abschreckendsten und unheimlichsten ist. Dort war mir der pet shop des Herrn Langmatten empfohlen, eines biederen alten Friesen. Er und sein Laden sahen aus wie aufgestellt zu einer Filmszene nach Charles Dikkens' ›The old curiosity shop‹; beide waren auf den gleich düsteren, unheimlichen Ton gestimmt. In dem tunnelartigen dunklen Raum standen die Gerüste mit Papageien aller Farben und Größen der Reihe nach an der Wand. Die gescheiten Tiere langweilten sich tödlich, und daher war es zu begreifen, daß mein Erscheinen lebhafte Bewegung und den Austausch entsprechend temperamentvoller Bemerkungen unter ihnen hervorrief, meist auf Englisch, aber auch auf Spanisch oder Griechisch, denn ein New Yorker Papagei ist ortsnotwendig polyglott. Es tönten mir freudige wie auch beschimpfende Zurufe in allen Sprachen entgegen.

Zwei alte Damen bewunderten ein Paar prächtige bunte Aras, die hochmütig nebeneinander auf ihrem Sprießerl saßen und die Frauen kritisch-unfreundlich betrachteten. Herr Langmatten beeilte sich, in seinem Deutsch-Englisch zu erklären: »De one speaks only de Portugeese and de other interprets.« (Der eine spricht nur portugiesisch und der andere übersetzt.)

Die Höhe der Dressur!

Ich ließ meine Blicke unentschlossen über die Reihen der bunten gescheiten Vögel streifen. Da spürte ich plötzlich, wie meine Knie von hinten in einer weich-zärtlichen Umschlingung gefaßt wurden und sich ein Kopf zutraulich an meine linke Hüfte schmiegte. Mir stockte einen Augenblick der Atem, als ich, niederblickend, in die Augen eines Schimpansen sah, der vertrauensvoll zu mir aufschaute, während der Papageienchor ein unheiliges Gejohle und Gepfeife erhob. Meine ersten Angst- und Abwehrinstinkte schwanden sofort vor der hingebenden Zärtlichkeit der sanften Umschlingung. Ich kraulte die haarigen schwarzen Arme und murmelte englische Phrasen der Hochachtung und Sympathie. Das war, man muß es mir zugestehen, recht geistesgegenwärtig, denn die Situation war entschieden unerwartet.

Mr. Langmatten sprach auf Deutsch: »Desdemona, wann wirste endlich Manieren lernen, es ist doch die Höhe, einen fremden Herrn gleich zu umarmen! Sie müssen schon entschuldigen, sie fliecht auf alle Herren, die kommen. Sofort gehste zurück in dein Zimmer – sie macht mir nämlich immer die Papageien ganz rebellisch.«

Wie gerne hätte ich, trotz ihres unheilschwangeren Namens, die Desdemona statt eines Papageis nach Hause genommen, dieses sanfte, zärtliche Affenmädchen mit dem schmelzenden Blick! So aber verabschiedete ich mich mit Händedruck, Verbeugung und ein paar höflichen Worten von Desdemona, und sie wurde abgeführt.

»Eenen Papageien wollen Sie nu haben, mein Herr? Da rat' ich Ihnen zu einem ganz jungen Amazonas, der erst reden lernt. Hier im Geschäft werden sie mir alle verdorben, sie schnappen die unmöglichsten New Yorker Slang-Ausdrücke auf.«

So erwarb ich einen erst faustgroßen Amazonas, prächtig grün, gelb und zartrosa gefärbt, an dem mir nur der durchdringende, altkluge Blick unheimlich war. Der Bursche schien für seine Jugend schon recht viel zu wissen. Aber seine sprachliche Unberührtheit zählte zu seinen Gunsten. Das heißt, so gänzlich sprachunkundig war er nicht, denn als ich ihn in meinem Auto nach Hause führte, überraschte er mich durch ein leicht hingeworfenes: »Hello, old boy, how are you?«

Aber was hätte er schließlich Besseres in dieser Situation sagen können, da wir uns ja noch gar nicht kannten? Ich fand das sehr taktvoll von dem kleinen Kerl, und das Eis der ersten Verlegenheit zwischen uns war gebrochen. Er war rührend zahm und zärtlichkeitsbedürftig.

Mein Vater und unsere Christine waren begeistert, der Vogel wurde nach Francos Vorbild Papagallo getauft. Sein Gerüst stand im Eß-Sitzzimmer, und er verschlang jedes Wort, das wir oder unsere Gäste sprachen. Man soll aber kleine Kinder nicht dadurch verwirren, daß man sie zwei Sprachen auf einmal lehrt. Papagallo lernte natürlich von uns die deutsche Umgangssprache, von Gästen, Lieferanten und Hotelpersonal amerikanisch-englisch, und das ging ihm im Kopf durcheinander.

Wenn wir mittags heimkamen, so »fipperte« er schon, uns Neugelerntes mitzuteilen. Etwa: »How do you doooo?« und gleich darauf langgezogen: »Ziach o !« Das hatte ihm natürlich die lustige Christine beigebracht. Ein anderes Mal überraschte er mich durch ein klar gesprochenes: »Verflucht, verflucht, es ist unglaublich.« Das hatte er wieder dem Herrn Professor abgelauscht.

Im Frühjahr bekam er einen geräumigen, goldblitzenden Käfig für die Heimreise, trotz Christines Bitten, ihn über den Sommer bei ihr in New York zu lassen. Papagallo war stattlich gewachsen über den Winter und prangte in prachtvollem buntem Federschmuck.

Auf dem Schiff stand sein Käfig in meinem state room. Die neue Umgebung regte ihn maßlos auf, ein Gefühl, dem er eines Morgens Ausdruck gab durch ein lautes: »Jo, wo sama denn, sama im Wald?«

O diese Christine!

Ab Cherbourg wurde er ins Auto verladen, des Abends kam er ins jeweilige Hotelzimmer. Aber der Transport im Auto, das war so eine Sache: Stand der Käfig am Boden des Wagens, so war Papagallo empört über den Mangel an Aussicht und kreischte, daß man meinte, es kratze einem jemand mit einer Zahnbürste über das freiliegende Rückenmark. Da war es besser, den Käfig auf den leeren Hintersitz zu stellen, da sah er »Frankreichs blühende Gefilde« und Städte an sich vorüberflitzen, was ihn zu höchstvollendeten Pfeifkonzerten anregte, deren Melodien ihm die musikalische Christine beigebracht hatte.

Es war sehr kurzweilig auf der Heimreise. Während ich das berühmte »Tal, das die Yonne durchströmt« (›Jungfrau von Orléans‹), entlangfuhr, flötete er: »Ach, wie ist's möglich dann, daß ich dich lassen kann!« Der Anblick der alten Papststadt Avignon löste in ihm die Melodie von ›Stille Nacht, heilige Nacht‹ aus. Daß er, als wir auf der Cannebière in Marseille hielten, in die feierlich getragenen Töne unserer alten österreichischen Volkshymne ausbrach – dafür weiß ich keine Erklärung. Damals gab's noch kein Radio im Auto. Papagallo ersetzte es in reichem Maße.

In Aix-en-Provence mußte ich für Papagallo bei einer Weißnäherin einen Überzug für seinen Käfig machen lassen. Denn wenn er, im Auto angekommen, mit dem übrigen Gepäck eine Weile im Hotelfoyer abgestellt wurde, kannte sein Jubel keine Grenzen. Er sprach und pfiff sein ganzes Repertoire, die einzelnen Piecen unterbrochen von gellendem Aufkreischen, daß das ganze Hotel alarmiert wurde.

»Es ist unglaublich«, äußerte sich der Herr Professor. »Es ist unglaublich«, stimmte Papagallo zu. Da half nur die Leinwandhülle über dem Käfig, die Papagallo zu beleidigtem Schweigen brachte.

Das Hotel Cap d'Antibes gehört zu den schönsten der Côte d'Azur. Es liegt auf einer langen Halbinsel, die vom subtropischen Park des Hotels bedeckt ist, und ragt weit hinaus ins Mittelmeer, links und rechts von stillen, türkisblauen Buchten flankiert. Das Hotel ist von jener altmodischen Pracht, die das Merkmal des »Victorian age« ist. In seinen Räumen wähnt man sich überhaupt in diese Zeit zurückversetzt. Es war fast ausschließlich bevölkert von Figuren, die aus den Romanen Rudyard Kiplings oder Sir Conan Doyles zu stammen schienen: vertrockneten pensionierten Captains, Majors und Colonels, denen man ihren langen Tropendienst von der ledern-braunen Gesichtsfarbe absah, und von ebenso verhutzelten alten Engländerinnen. Die Atmosphäre im Speisesaal ist die einer Kathedrale während einer stillen Messe. Smoking ist obligat (»Verflucht, sogar *hier* muß ich mir den Smoking anziehen.«). Gesprochen wird nur im Flüsterton.

In Kathedralen nimmt man keine Papageien mit. Ich konnte nicht riskieren, daß er in der Halle, dem Vorhof der Speisesaal-Kathedrale, seine munteren Aufschreie laut werden ließ, und verbannte ihn für diese Nacht in die Hotelgarage, die in geräumiger Üppigkeit, aus lauter Boxen bestehend, im Schatten eines Palmenhaines in diskreter Entfernung vom Hotel stand. Ich hob den Käfig rasch aus dem Wagen, stellte ihn auf eine Bank in der Garage, versorgte Papagallo noch mit kaltem Trinkwasser und köstlichen Sonnenblumensamen und eilte mit verlegener, flüchtig gemurmelter Entschuldigung hastig ins Freie, die Tür hinter mir zuschlagend. Ich genierte mich ein wenig vor Papagallo, ihn so herzlos in der finsteren Garage über Nacht allein zu lassen. Seine empörten Protestschreie hallten mir nach.

Als ich am nächsten Morgen zur Garage kam, sah ich von weitem vor meiner Box eine dichte Menschenansammlung und hörte abwechselnd dröhnendes Gelächter und aufgeregtes Papageiengeschrei. Auf der Bank in meiner Garage stand neben Papagallos Käfig ganz dicht ein ähnlicher mit einem gleichen, grün-gelben Amazonenpapagei. Die Tiere glichen einander wie ein Ei dem anderen. Beide sträubten in höchster Erregung ihr Gefieder und trippelten hastig auf ihren Stangen auf und ab. Der fremde Papagei klagte herzzerreißend in der klassischen

Sprache der Troubadours: »Oh Coco, mon pauvre Coco, comment vas-tu? Quel malheur, quel malheur«, während meiner in gleicher Erregung rief: »Hello, old boy, ziach o, how do you do? Verflucht, verflucht.«

Die humorvollen französischen Chauffeure hatten einen offenen Sinn für die Komik und zugleich Tragik der Situation, daß hier zwei Tiere derselben Spezies in grotesker Nachahmung menschlicher Sprache, die ihnen unverständlich war, in verschiedenen Zungen aufeinander einredeten. Selbst die vornehmen englischen Rolls-Royce-Lenker ließen sich zu einem Lächeln herab.

Papagallo verlebte noch lange, anscheinend glückliche Jahre in Altenberg und Wien, die in Altenberg allerdings etwas durch die gleichzeitige Anwesenheit eines Kakadus namens Koka getrübt wurden. Koka war eingesessen, größer und stärker als Papagallo und deshalb natürlich überheblich und gewalttätig gegen den Kleineren, Jüngeren. Wer die Sitte der Vögel kennt, weiß, daß der kampflustige, selbstbewußte Vogel sein Gefieder aufplustert, um dadurch schreckhaft für den Gegner zu werden, und daß der in die Defensive gedrängte sein Gefieder eng an den Leib legt, den Hals lang und dünn macht, um jeden Augenblick zur Flucht bereit zu sein. So wurde Koka, sobald er seinen Vetter Papagallo im Freien traf – und das war in Altenberg allgemeiner Brauch –, gleich dick und rund wie eine Flaschenbürste, der arme Papagallo hingegen dünn wie ein Rufzeichen. Der tragische Zwist der beiden blieb unheilbar.

Papagallo vergaß leider seine englischen und hochdeutschen Sprachkenntnisse und paßte sich dem Niveau eines niederösterreichischen Landjogls an. Er lernte von Gärtnern und Altenberger Hilfsarbeitern mundfaules Tullnerfelderisch, in dem es z. B. heißt: »I-e-a.« Ins Hochdeutsche übersetzt heißt das »Ich eben auch«. Oder: »De Lata lahnt am Bam.« (Die Leiter lehnt am Baum.)

Papageien sind bekanntlich langlebig, und Papagallo hätte wahrscheinlich das Alter des Methusalem erreicht, wenn nicht der Zweite Weltkrieg gekommen wäre. Nemo ante mortem beatus. Er setzte sich von Altenberg mit einer befreundeten Gruppe von Flüchtlingen nach Westen ab, auf einem Motorlastzug mit Traktor und Anhänger. Bei einem Tieffliegerangriff auf offener Straße raffte man seinen Käfig noch hastig zusammen und floh mit ihm auf die Wiese neben der Straße. Gerade den Käfig mit dem armen Papagallo erreichte der Volltreffer des unerschrockenen Fliegers. Ein paar grüne, gelbe und rosa Federn waren alles, was von Papagallo übrigblieb.

Der Welser Orchestersturz

Es war zu Allerheiligen; Lorenz Vater und Sohn beschlossen noch eine letzte Abschiedsfahrt durch das Salzkammergut vor Einbruch des Winters und der alljährlichen Abreise nach New York. In sinkender Nacht des letzten Oktobertages trafen wir vor dem altbewährten Hotel »Greif« in Wels ein, ich etwas müde und abgespannt von vormittäglichen Operationen, Arbeit in der Praxis und der Autofahrt von Wien her, mein Vater, wie immer, jung trotz seiner 75 Jahre und frisch wie eine junge Forelle. Im Hoteleingang herrschte ungewöhnliches Gedränge. Denn im Theatersaal des Greifen gab es heute eine Vorstellung, die ›Dollarprinzessin‹.

»Da, nimm gleich Karten, das müssen wir sehen.« Ich hatte keine Lust, freute mich auf ein gemütliches Zimmer, ein heißes Bad, gutes Abendessen und ein schönes Buch im Bett.

»Das haben wir schon zweimal in Wien gesehen, Papa, mit derselben Grete Holm in der Titelrolle, ich bin heute müde.«

»Na also, du müder junger Mann, dann geh' ich halt allein.«

Ich war zwar damals kein junger Mann mehr, aber ich war unbestreitbar müde. Ich traute mich aber nicht, den alten Herrn allein zu lassen. Also trat ich vor eine große Kiste mit einem Glasfenster an einer Seite, in die ein fetter Mann mit Walroßschnurrbart so eng hineingepreßt war, daß man erwartete, er würde die Wand der Bretterbude sprengen. Das waren Kassier und Kassa.

»Zwei Sitze für die heutige Vorstellung bitte, recht weit vorn, das beste, was Sie noch haben.«

Er räusperte sich hohl und zischte höhnisch zurück: »Für die heutige Vorstellung, wo s' schon 10 Minuten spüln?«

»Das höre ich, das macht nichts, wir kennen das Stück schon, haben Sie Karten oder nicht?«

»Kart'n kennen S' schon hab'n, in der ersten Reih' Parkett, aber so mitten hinein in des Stuck, so was hab' i no net erlebt!«

Kein guter Verkäufer jedenfalls. Jene Sitte in der alten kaiserlichen Wiener Oper, für ein paar Szenen irgendeines Aktes zwanzig Minuten ins Theater zu gehen, jene Sitte kannte der fette Kassier nicht.

Ich hätte mich warnen lassen sollen von dem üblen Omen des unfreundlichen Empfanges, dann wäre all das Unheil vermieden worden, das die Lorenze in dieser Vorstellung verursachten. So aber traten wir ahnungslos ein. Es war halb dunkel, wir waren noch geblendet vom Licht draußen, ich führte meinen Vater unter einigem Gestolper über unsichtbare tückische Stufen durch den Mittelgang nach der vordersten Reihe. Eine ganze Anzahl von Zuschauern mußte sich, mehr oder weniger widerwillig, erheben, und Lorenz versäumte es nicht, einigen unter ihnen mit seinen großen Schuhbretteln, ohne Entschuldigung – denn er merkte so was gar nicht –, fest auf die Zehen zu treten.

»Setzen, niedersetzen, unerhört«, tönte es aus dem Dunkel hinter uns. Noch keine Minute im Saal, hatten wir schon, was man eine schlechte Presse nennt.

»Zur rechten Zeit ins Theater kommen! Jawohl, sehr richtig!«

Der fette Kassier hatte ganz recht. In Wels kommt man eben nicht zu spät, wenn es einmal eine Operettenvorstellung gibt. Wir waren endlich vor unseren leeren Sitzen. Aber Lorenz, noch nicht an die Dunkelheit gewöhnt, verfehlte den seinen und setzte sich mit einem erleichterten »Na also!« einer dicken Dame auf den Schoß. Wohl sprang er, fluchend, nicht sich entschuldigend, wieder auf, aber wir erregten trotz bestem Willen keine Sympathie unter den Zuhörern. Schließlich saßen wir, und die Gefahr schien überwunden.

Aber keineswegs. Ich erzählte schon von Lorenz' Bedürfnis nach Raum um seine Person, im engeren wie im weiteren Sinn. Die Welser Theatersitze waren offenbar für ein kleineres Geschlecht berechnet. Zuerst versuchte Lorenz, sich links und rechts durch kurze, scharfe Püffe mit den Ellbogen Raum zu schaffen. Ich auf seiner linken Seite bemerkte das kaum. Hatte ich doch, hinter dem Lenkrad sitzend, diese Püffe meines Vaters schon Tausende Kilometer weit über alle Straßen Europas und Amerikas ausgehalten und war daran gewöhnt. Aber die Dame rechts nebenan, noch kaum genesen von dem Schock, nahm die Ellbogenmassage krumm. Die Welle des Unwillens im Welser Auditorium gegen diese offenbar »Zuagrastn« schlug zusehends höher. Lorenz brauchte aber auch Raum für seine langen Beine, und rechtwinkelig gebeugte Kniegelenke hielt er nicht lange aus. Gab es noch Sitze vor ihm, so verschaffte er sich gewöhnlich Erleichterung, indem er dem Vornesitzenden die Knie durch die Polsterung in die Partien unter dem Rücken zu bohren versuchte. Aber hier in Wels war er in der ersten Reihe wirklich arm dran, denn knapp vor ihm verlief eine mächtige Holzwand, die den Zuschauerraum der ganzen Breite nach gegen das Orchester abgrenzte. Er begann zu wetzen und zu stöhnen, unwillig, ziemlich laut, zu murmeln, noch halbwegs übertönt vom Orchester, das so greifbar nahe vor uns war, daß ich den Herrn Dirigenten auf den Rücken klopfen oder ihn bei seinen langen Locken hätte zupfen können.

Lorenz wurde immer ungebärdiger, und in seiner feindseligen Einstellung gegen widerspenstige, tote Gegenstände begann er mit beiden Händen die hindernde Bretterwand zu schütteln. Sie war aber keine feste Balustrade wie in permanenten Theatern, gar in der Wiener Oper, sondern die Bretter, welche jene, die die Welt bedeuteten, begrenzten, waren nur lose gestellt, und ich bemerkte mit Schreck, daß sie bei meines Vaters wütenden Angriffen unter ominösen Geräuschen nach vorne und rückwärts zu schwanken begannen.

Und ehe ich noch eingreifen konnte, ereignete sich das Unglück. Die Holzwand befand sich in labilem Gleichgewicht. Schon ein geringer Anstoß konnte es empfindlich stören, und das Rütteln meines Vaters war durchaus kein geringer Anstoß. So neigte sich die ganze lange, solide Holzwand unter drohendem Stöhnen langsam nach vorne gegen das Orchester. Zuerst erwischte es den in jeder Hinsicht, auch in räumlicher, hervorragenden Kapellmeister. Es erwischte ihn voll auf dem Rücken, den Nichtsahnenden, denn er war umflutet von den süßen Melodien und hörte und fühlte nichts anderes. Das aber mußte er jetzt fühlen. Er wurde mit dem Gesicht platt auf sein Notenpult gedrückt und entschwand damit den Blicken der Zuschauer. Sein weißes Dirigentenstaberl wirbelte noch wie ein australischer Bumerang vor die Füße der Dollarprinzessin Grete Holm, die eben im Begriff war, dem Auditorium die Tatsache zu verkünden: »Ja, das sind die Dollarprinzessen, die herrlichsten Frauen der Welt ...«, die aber deshalb noch lange nicht glücklich sind, weil gerade in ihrem Falle der Mann, den sie liebt, zwar ein Graf, edel von Gemüt und schön von Gestalt ist, aber gleichzeitig das, was man unter amerikanischen Millionärsvätern einen Nebbich nennt, einen Schnorrer, kurz, einen unerwünschten Schwiegersohn. Zu diesem Herzenserguß kam es aber nicht mehr, die Musik endete mit einem kreischenden Mißton, eine Violine hielt noch ein paar Takte tragisch aus, dann war es Schluß mit der Musik und dem Spiel, die Dollarprinzessin starrte fassungslos auf das Chaos des Orchestersturzes zu ihren Füßen.

Ich machte einen vergeblichen Rettungsversuch, der mich mit ins Verderben riß. Ich wollte den oberen Rand der stürzenden Holzwand festhalten, erreichte ihn zwar mit den Händen, verlor aber das Gleichgewicht, stürzte selbst in den Strudel des Orchesters hinab und vermehrte so nur die Wucht der Pression auf den armen Dirigenten. Ich rutschte relativ sanft in die Schlangengrube des Orchesters.

Da drunten aber war's fürchterlich, die komprimierten Künstler waren mit Recht ungehalten, aber zum Glück ahnungslos über die Ursache ihres Mißgeschicks, denn sonst hätten sie mich, der ich jetzt in qualvoll fürchterlicher Enge mit ihnen vermengt war, leicht in Stücke reißen können. Es wurde hell im Theater, die Vorstellung war durch uns roh unterbrochen, Grete Holm, die Dollarprinzessin, und ihr Nebbich waren steckengeblieben. Im Publikum war die Hölle los.

Und jetzt muß ich mich zu etwas Schmählichem bekennen: Ich verriet meinen lieben alten Vater in seiner höchsten Not, wie Judas Ischariot den Herrn, aber ohne 30 Silberlinge zu bekommen; im Gegenteil: Später mußte ich noch 200 Friedensschilling zahlen für den angerichteten Schaden. Ich befreite mich aus der engen Umschlingung der Musiker, warf noch einen Abschiedsblick auf meinen hoch über mir stehenden, von erregten Theaterleuten und Behörden umgebenen Vater, der aussah wie ein Elchbulle, der von einem Pack Wölfe gestellt ist, und entfloh schmählich, aber geistesgegenwärtig durch einen der Orchesterausgänge, gewann durch ein Gewirr düsterer Gänge das Freie und stand tief aufatmend und schuldbewußt im milchigen Welser Herbstnebel. Ich schlich durch den Hoteleingang auf mein Zimmer und wartete das Ende des Spiels ab. Dann schlenderte ich möglichst harmlos in den Speisesaal hinunter, wo ich zu meiner freudigen Überraschung meinen Vater schon beim Nachtmahl sitzend antraf.

»Warum bist du denn nicht bis zum Ende geblieben, diese Holm ist ja ein entzückendes Weib, so voll und schlank zugleich, und eine Stimme wie eine Nachtigall ... wegen des kleinen Zwischenfalls? Das ist doch einfach lächerlich, das war ja kaum der Rede wert.«

Die ungewöhnliche Art meines Verschwindens aus der ersten Reihe Parkett ins Orchester hinunter schien ihm gar nicht aufgefallen zu sein.

In der Mitte des Speisesaales war eine festlich geschmückte lange Tafel gedeckt. Mir schwante sofort Böses. Und richtig: Der Oberkellner sagte zu uns mit höflicher Verbeugung: »Die Tafel ist für die Bühnenkünstler reserviert, sie werden gleich erscheinen. Sie wären sicher sehr geehrt, wenn die beiden Herren teilnehmen wollten.«

Mein Vater war begeistert, ich nicht. Ich fürchtete mich vor dem Herrn Kapellmeister und vor den Orchestermitgliedern, mit denen ich noch vor kurzem in so innigem Kontakt gewesen war. Ich verschwand und versprach, morgen beim Frühstück zu bezahlen. Mein Vater kam angeregt vom Festmahl zurück.

»Diese Holm, eine so schöne und liebenswürdige Dame! Sie war einfach reizend zu mir.«

»Nun, und der Zwischenfall, der Orchestersturz?«

»Ach Gott, das ist schon vergessen. Wir haben kaum darüber gesprochen.«

So endete der Welser Orchestersturz.

Octogenarius

Wenn ich zurückblicke, scheint mir der achtzigste Geburtstag meines Vaters kaum zehn Monate nach dem siebzigsten zu fallen. So verschwimmen die Jahrzehnte. –

Nichts änderte sich an unserer alljährlichen Pendelfahrt zwischen Wien und New York, auch äußerlich nichts an dem unverwüstlichen Alten. Der Club der Achtzigjährigen ist an und für sich schon ein recht kleiner exklusiver und wird noch kleiner, wenn man das geistige Niveau der Octogenarii in Betracht zieht. Wie wenige sind überhaupt noch klaren Geistes, wie viele nur mehr traurige Ruinen. Manche unter ihnen haben sich selbst überlebt und den Zusammenbruch alles dessen mitansehen müssen, was Sinn und Inhalt ihres Lebens war.

Nur für Lieblinge der Götter gilt das nicht. Adolf Lorenz war einer von ihnen. Das gesunde Blut seiner bäuerlichen Ahnen, ein unschätzbares Erbteil, hat ihm bis in sein neuntes Lebensjahrzehnt die meisten Abnützungserscheinungen erspart, die oft schon im vierten Jahrzehnt den Menschen befallen, auf dessen Körper das Prinzip der Auswechselbarkeit abgenützter Teile leider nicht anwendbar ist.

Um das Aufsehen zu begreifen, das Adolf Lorenz' achtzigster Geburtstag in Amerika hervorrief, muß man wissen, daß das amerikanische Leben den Mann im allgemeinen rascher zermahlt als bei uns. Man lebt schneller. Der weißhaarige Mann Mitte der Dreißig ist drüben keine Seltenheit. Als »middle-aged« wird er um vierzig herum angesprochen, und ein Achtzig- und Neunzigjähriger, wie John D. Rockefeller oder Adolf Lorenz, wird als Ausnahme bestaunt. Und da nach amerikanischem Glauben Stärke, Gesundheit, langes Leben der Erfolg der Anwendung richtiger Medizinen sind, wurde Adolf Lorenz anläßlich seines Geburtstages von der Presse mit Fragen nach dem richtigen Rezept für ein langes Leben bestürmt.

Er antwortete: »Vorsicht in der Wahl der Eltern ist das Wichtigste, ferner Mäßigkeit in allem, auch in der Arbeit.«

Nun, die Mäßigkeit in der Arbeit des Achtzigjährigen bestand in amerikanischer Hetzjagd von früh bis spät, und mit seiner Mäßigkeit in irdischen Genüssen war es auch nicht so weit her. Er war berühmt wegen seiner Kopfwehlosigkeit nach abendlichen Symposien, darin erkannte ich ihn neidlos als meinen Meister an, und im Kettenrauchen übel duftender brodelnder Pfeifen mit fragwürdigstem Tabak war er der Schrekken aller Hausfrauen.

Adolf Lorenz blieb der ewig Junge. Sein Feuergeist wurde durch die Jahre nicht gedämpft. Man wird begreifen, daß es mir, seinem ständigen Mitarbeiter, schwerfiel, diesem jugendlichen Greis die ehrfurchtsvolle Rücksicht entgegenzubringen, die man einem Methusalem schuldet. Weder das äußere Bild meines Vaters änderte sich im Laufe der letzten Jahrzehnte noch seine jugendliche Seele. Er war mit achtzig immer noch der zürnende Gottvater der Sixtinischen Kapelle, als der er mich kleinen Buben geschreckt hatte, nur daß der Schreck jetzt verblaßt war. Er stürmte und tobte im Kampf mit der Tücke der kleinen hinterlistigen toten Welt – einem widerspenstigen Kragenknöpfl oder einem abgerissenen Schuhbandl – und im Kampf mit den großen Dingen, wie Steuervorschreibungen und anderen Schicksalsschlägen. Unsere fachärztlichen Debatten über Indikationsstellung einer Operation nahmen oft erbitterten Charakter an, wir tobten gleich auf gleich wider einander; er nahm mich dabei nicht als Jüngeren, nicht als seinen Sohn, ich ihn nicht als meinen ehrfurchtgebietenden alten Vater – und so hätte ein uneingeweihter Zuschauer meinen können, einem tragischen Familienkonflikt à la Strindberg beizuwohnen.

Dieser Mangel an formeller Sohnes-Ehrfurcht wird vielleicht manchem Leser dieses Buches schon aufgefallen sein. Aber mit still-anbetender Ehrfurcht kam man auf die Dauer nicht durch bei diesem Feuerwerk von Temperament, schon gar nicht, wenn man ihm in Amerika ein hilfreicher Adjutant sein wollte. Und da ich mein Temperament von ihm geerbt hatte, so traf hier hart auf hart, und die Funken flogen.

Auch für Attacken scherzhafter Art bot mein Vater mancherlei Angriffsflächen. Aus der Schule hatte er einen Schatz fertig gestanzter Sprüche und Lebensregeln mitgebracht, die schon Generationen vor ihm plattgetreten hatten, gegen deren Gültigkeit jedoch schlechterdings nichts einzuwenden ist. Etwa: Geld allein macht nicht glücklich; oder: Ehrlich währt am längsten. Neben solchen alten Phrasen hütete er aber in seinem Schatzkästlein auch neue, von ihm selbst geprägte, auf die er besonders stolz war und die er nicht müde wurde, bei jeder Gelegenheit anzuwenden. Es war naheliegend und billig, diese Neigung unter Eingeweihten zum Gegenstand einer Wette zu machen: Wird er in einer bestimmten Situation die stereotype Phrase anwenden oder nicht? Und wenn nicht, wie kann man ihn dazu veranlassen?

»Der Apfel ist die edelste Frucht« war einer seiner Lieblingssprüche. Daher war es in Amerika eine Zeitlang mein und unserer Haushälterin Christine Abendvergnügen, ihn dazu zu bringen, beim Nachtisch diesen Satz auszusprechen. Das geschah folgendermaßen: Mein Lieblingsdessert war das köstliche Ananaskompott, wie man es in New York um sehr wenig Geld in Blechdosen erhält. Ich spießte eine der appetitlichen, saftigen, goldgelben Scheiben auf meine Gabel, besah sie wohlgefällig und sagte laut und herausfordernd: »Die Ananas ist doch die edelste Frucht!«

Christine wartete gespannt hinter dem Sessel des Herrn Hofrats, und jedesmal schnappte er prompt ein: »Nein, mein Lieber, du irrst, der *Apfel* ist die edelste Frucht!«

Solche harmlosen Scherze, »unsophisticated jokes«, waren ein angenehmer Zeitvertreib nach der anstrengenden und aufreibenden New Yorker Arbeit.

Zu seinem achtzigsten Geburtstag enthüllte der Weidenauer Gemeinderat eine Gedenktafel an Lorenz' Geburtshaus, geschmückt mit seiner lebensgroßen Hochreliefbüste. Die Ähnlichkeit kam in dem Vollbart treffend zum Ausdruck.

Zur Enthüllung reisten Lorenz Vater und Sohn wieder einmal im Auto über Land nach Weidenau. Der Gemeinderat hatte eine ganze Perlenkette von Festlichkeiten geplant.

Wieder einmal ein Bild aus meinem photographischen Erinnerungsalbum: Ein strahlender Frühlingstag. Auf dem wohlproportionierten rechteckigen Weidenauer Stadtplatz herrscht erregtes Gewimmel, erwartungsvolles Stimmengewirr. Hätten die Männer Vatermörder und Zylinder, die Frauen Krinolinen und Häubchen, der Eindruck wäre der eines Biedermeierbildes von Richter oder Schwind. Die Kugelkastanien rund um den

Platz haben als Festschmuck rote und weiße Kerzen aufgesteckt. Das alte Lorenz-Haus sieht mit seiner graziös geschwungenen Barockfassade auf diesen Platz und über den Platz hinüber zum Bächlein Weida, das mitten in der Stadt die Grenze zwischen der Tschechoslowakei – dem einstigen Österreichisch-Schlesien – und Preußen bildet. Aus einem Fenster des ersten Stocks wird Adolf Lorenz zur Festversammlung da unten auf dem Platz sprechen. Gerade unter dem Fenster ist die zu enthüllende Gedenktafel angebracht. Vor dem Tor sind die Bänke für die Ehrengäste. Links, rechts und hinter ihnen stehen, malerisch verteilt, weiß gekleidete Schulmädchen, schwarze Schulbuben, Feuerwehr und Veteranen samt Musikkapelle. Neben dem offenen Fenster ist ein Lautsprecher montiert.

Vor Beginn des Festes kam der Herr Bezirkshauptmann in Uniform freundlich verlegen auf Adolf Lorenz zu.

»Mauzda, habedieehre, Herr Hofrat, bitte schen, sans net bes, aber wanns a Ansprache haltn, bitte schen, keine politischen Anspielungen, bitt schen, hier wo mir san so nahe an der Grenze.«

Mein Vater beruhigte ihn hoheitsvoll, aber ich war schon voll böser Vorahnungen.

Die Feier begann mit einem Vortrag der Musikkapelle. Sie spielte rührende Weisen, bei denen sich das Bombardon mit skandalös-unanständigen Tönen ungebührlich hervortat. Dann kam ein Festgedicht, vorgetragen von einem weißgekleideten Schulmädchen mit eingedrehten Locken, hierauf ein reizender Chor jugendfrischer Kinderstimmen. Nun schwang der Herr Bürgermeister eine salbungsvolle, von Pathos strotzende Rede – hier fiel der Schleier von der Gedenktafel –, und dann kam mein Vater.

Das war wieder einmal eine Meisterrede. Aus einem Guß, formvollendet mit guter Intonation, bis in die fernsten Ecken des Marktplatzes dringend, sprühend witzig und wehmütig zugleich, druckreif und ohne das geringste Versprechen vorgetragen. Bevor er ans Fenster trat, hatte ich ihn zum letztenmal beschworen: »Papa, erinnere dich an den Bezirkshauptmann! Bedenke, wir sind hier im Ausland, im umstrittenen Grenzgebiet, um Gottes willen keine politische Anspielung!«

»Natürlich nicht, ich bin ja kein Trottel; aber ich habe es satt, immer von dir gehofmeistert zu werden.«

Wie oft hatte ich das schon zu hören bekommen!

Wie immer hatte sich Lorenz vorher ein Konzept zusammengestellt. Aber hingerissen von der Situation, ging ihm sein Temperament durch, und er galoppierte querfeldein, ohne jedes Konzept. Er begann witzig damit, daß er schon so alt sei, der Enthüllung noch bei Lebzeiten beizuwohnen.

»Ich selbst«, sagte er, »habe als kleiner Bub hier in Weidenau noch den Halleyschen Kometen gesehen. Ich Lebender werde ihn nicht mehr sehen. Aber der steinerne Mann da unten«, er deutete auf sein Relief, »der wird ihn nach Jahren wieder sehen, er wird, wenn ich längst nicht mehr bin, noch Generationen von kleinen Schulbuben und Schulmädchen alltäglich unter sich vorübergehen sehen, wird sie zu Männern heranwachsen sehen im deutschen (um Gottes willen!) Weidenau.«

Ich mußte mich, um nicht von unten gesehen zu werden, vorsichtig außerhalb des Fensterrahmens halten. Als ich nun merkte, daß Lorenz in gefährliches Wasser kam, kniete ich mich auf alle viere, kroch in dieser unwürdigen Stellung an Lorenz' Beine heran und zupfte ihn an der Hose: »Achtung, Papa, jetzt nur nichts Politisches!«; das in akzentuiertem Flüsterton. Er aber war unaufhaltsam im Zug. Mit einer unwillig schlenkernden Bewegung des Beines streifte er mich ab wie einen Köter, der einen in die Hose beißt, und fuhr, sich weit zum Fenster hinauslehnend, mit erhobener Stimme und ausgestrecktem Arm fort: »Und eines Tages wird der steinerne Mann da unten herabblicken auf ein freies deutsches Weidenau!«

Die Bombe war geplatzt. Was er sagen mußte, war heraus, jetzt war ihm leichter. Das Publikum wurde unruhig, wagte aber nicht, in Gegenwart des höchsten tschechischen Beamten Beifall zu äußern. Dieser brave Mann aber benahm sich großartig. Sollte er das Fest durch Arretierung der Hauptperson wegen Hochverrates stören? Er wählte einen salomonischen Ausweg: Er erhob sich rasch und verschwand in der Menge.

Mir war nicht recht geheuer, mir bangte um unsere Sicherheit, ich sah uns beide schon in politischer Untersuchungshaft. Es war noch eine Feier in der nahegelegenen Schule geplant, aber ich beschloß schleunige und heimliche Flucht, sagte jedoch meinem Vater nichts, damit er mir nicht widersprechen könne, und richtete alles zur gewaltsamen Entführung her. Ich packte schnell unsere Siebensachen ins Auto und fuhr dann mit meinem Vater los. Im Sechzigkilometertempo fegten wir am Schulhaus vorbei, vorüber an den staunenden Gesichtern, hinaus auf die freie, gerade Troppauer Straße. Der Achtzylinder-Hudson zog rasch los. Nur weg, weit weg von Weidenau und seinem Bezirkshauptmann.

Lorenz war empört über die Entführung: »Ja bist du verrückt, Albert, mitten in der Feier auf und davon zu fahren!«

Ich sagte meinem Vater im Dahinbrausen mit deutlichen Worten meine Meinung über seine politische Entgleisung. Er wurde recht kleinlaut und zwirbelte grimmig dreinblickend an seinem Schnurrbart, ein sicheres Zeichen der Verlegenheit an ihm.

»Ich bin nur neugierig«, begann er, »wo sie heute für uns das Mittagessen ...«

»Nirgends«, unterbrach ich ihn schroff. »Wir fahren so rasch als möglich an die Grenze; wahrscheinlich hat der Bezirkshauptmann unser Signalement schon an alle Grenzposten telegraphiert und sie arretieren uns in Nikolsburg statt in Weidenau.«

Lorenz zog sich brummend und schnurrbartzwirbelnd in die Wagenecke zurück. Wie im Flug stürmten wir über die langen Bodenwellen des mährischen Hügellandes dahin. In Nikolsburg, an der Grenze, saß ich wie auf Nadeln. Als der Zöllner mir wieder Pässe und Triptyk übergeben hatte, fuhr ich aus lauter Nervosität so rasch los, daß sich die Hinterräder leer drehten. Ich wußte jetzt, wie einem politischen Flüchtling zumute sein muß. Lorenz ließ sich mit einem erleichterten Seufzer in die Polsterung zurücksinken.

»Na also, da sind wir wieder glücklich in Österreich; ich habe es ja gewußt, daß du wieder einmal übertreibst mit deinen lächerlichen Befürchtungen!«

Es wurde schon erzählt, wie Lorenz seinerzeit leichtfertig vom Katholizismus zum Kalvinismus übergetreten war, nur um seinem spätgeborenen Sohn Konrad die Umständlichkeiten des sonntäglichen Gottesdienstes zu ersparen. Daß dieser Zustand kein dauernder sein konnte, lag auf der Hand. Je älter er wurde, desto lauter mahnten seine Kindheitserinnerungen aus dem Kloster St. Paul. Es war Lorenz nicht gemütlich mehr in seinem unnatürlichen kalvinistischen Bekenntnis. Unaufgefordert kam er wiederholt darauf zu sprechen.

In New York fuhren wir übers Wochenende öfter nach Glencove hinaus, einer weiten Bucht auf der Insel Long Island, zu einem Wirtshaus, das ein alter Banater Schwabe namens Karacony (auf deutsch: »Weihnachten«) innehatte. Als wir einmal in winterlicher und sonntäglicher Öde durch das Örtchen Glencove längs der Meeresküste bummelten, war Lorenz wegen »Magenstimmung« besonders deprimiert und wortkarg. Da fiel sein Auge auf eine bei hellichtem Tag mit strahlenden roten Neonröhren beleuchtete Ankündigung, die vom First eines bescheidenen kleinen Holzkirchleins uns entgegengrüßte: »Catholic service, come in, everybody welcome, central heated, friendly atmosphere.«

Echt amerikanisch! Lichtreklame für katholischen Gottesdienst, freundliche Atmosphäre, Zentralheizung ist natürlich nicht vergessen, sonst käme niemand.

»Komm, Albert, wir gehen hinein.«

»Aber Papa, du, der Kalvinist?«

»Ach was, gehen wir nur hinein.«

Wir kamen mitten in die Predigt. Unser Eintritt erregte das übliche allgemeine Aufsehen, alle Gesichter drehten sich nach uns. Ein gemütlicher runder Pfarrer mit wohlgenährtem rotem Beefsteak-Gesicht und schlohweißen Haaren predigte milde und versöhnlich, nicht unduldsam-donnernd wie seine methodistisch-kalvinistischen Kollegen. Er wirkte auf mich wie ein behaglicher niederösterreichischer Landpfarrer. Der freundliche Pfarrer hatte natürlich unsere Ankunft auch bemerkt und meinen Vater erkannt. Und – wahrscheinlich geschickter, als es einem niederösterreichischen Landpfarrer gelungen wäre – schlug er blitzschnell aus Lorenz' Anwesenheit Kapital:

»Kommet zu mir, die ihr mühselig und beladen seid, ohne Unterschied des Ranges und der Person. Gott der Herr hat es gefügt, daß heute der berühmte österreichische Ambassador of mercy, Doktor Lorense, in unserer Mitte weilt. Im Dienste der kranken Menschen stehend, ist er ein so guter Katholik, daß er seine sonntäglichen gottesdienstlichen Verpflichtungen nicht versäumt. Es ist mir eine Ehre, in ihm offensichtlich einen Vorkämpfer des Katholizismus, einen unerschrockenen Bekenner seines Glaubens zu begrüßen, mitten im Lande des Protestantismus, in dem das Häuflein der guten Katholiken so klein ist.«

Mein Vater war unbeschreiblich gerührt, seine Augen wurden tränennaß, in seiner Seele vollzog sich eine reuige Umkehr. Wir beide machten uns noch kleiner, als das kleine Häuflein der amerikanischen Katholiken ohnedies war. Wir kamen uns vor wie Verräter, die sich heimlich eingeschlichen hatten. Mein Vater hatte offensichtlich ein schlechtes Gewissen und wollte sich unauffällig drücken, aber das verhinderte erfolgreich der betriebsame Pfarrer. Nach der Messe wurden wir von ihm zum Frühstück eingeladen, und ich war in steter Furcht, mein Vater würde in seiner Zerknirschung eine reumütige Beichte ablegen und bekennen, daß er ein Wolf im Schafspelz sei. Es geschah Lorenz wie dem Saulus auf dem Ritt nach Damaskus.

»Immer wollte ich schon von diesem unmöglichen Kalvinismus los, aber jetzt verspreche ich es dir, Albert, sobald wir nach Hause kommen, mach' ich Ernst damit.«

Kaum daheim, meldete er dem Pfarrer unseres Kirchdorfes St. Andrä vor dem Hagental seinen Entschluß, in den Schoß der alleinseligmachenden Kirche zurückzukehren. Über einen reuigen Sünder ist bekanntlich mehr Freude im Himmel als über zehn Gerechte. Unter zahlreicher geistlicher Assistenz wurde in der St. Andräer Kirche sein Wiedereintritt zelebriert.

»Entsagst du dem Teufel und allen seinen schlechten Werken?«

»Ich entsage.«

Der offiziellen Entsagung des Teufels folgte eine gar nicht entsagungsvolle Jause in Altenberg, zu der der ganze Klerus eingeladen war. Und dabei entwickelte der Frischbekehrte gleich wieder höchst ketzerische Ansichten über die letzten Dinge und das ewige Leben.

Abenddämmerung

Von seinem zweiundachtzigsten Lebensjahr an stellte mein Vater auf mein dringendes Anraten die Amerikafahrten ein, ebenso seine Privatpraxis, zu der er nur mehr bei besonderen Anlässen nach Wien kam.

»Ich lebe gar nicht mehr, ich bin schon zur Legende, bin schon historisch geworden.« Und so war es tatsächlich. Von weit her nach Wien kommende Fremde waren freudigst überrascht, den berühmten Lorenz noch unter den Lebenden zu finden. Dabei war er nach wie vor himmelweit entfernt von seniler, arteriosklerotischer Erstarrung. Alle medizinischen Neuerungen verfolgte er mit jugendlichem Interesse und ereiferte sich über Dinge, die seinen Ansichten nicht entsprachen.

Um Lorenz herum war es still geworden unter den alten Weggenossen, wie es zu geschehen pflegt, wenn man über achtzig Jahre alt wird. Mein Großvater, der alte Zacharias Konrad Lecher, ruhte schon längst neben seiner Frau Luise auf dem St. Andräer Friedhof, nie mehr hörten wir seine Erzählungen über die glorreichen Achtundvierziger-Kämpfe und Geschützeroberungen in Südtirol, deren Kühnheiten ihm selbst manchmal so unheimlich vorkamen, daß er mit bitterböser Miene und blitzenden Augen herausfordernd im Kreise umhersah. Dem Herrn Hofrat war der Todesengel gütig genaht, im Schlaf hatte er ihn geholt, nach einem gemütlichen Abend, voll des goldenen Pilsner Bieres, das er zeitlebens so geliebt hatte. Abends schlief er ein, des Morgens wachte er nicht mehr auf.

In St. Paul war es auch anders geworden. Neue Äbte, neue Gesichter. Seit der Onkel Abt Gregor im Klosterfriedhof ruhte, unter den großen Fliederbüschen, war für Adolf Lorenz St. Paul nicht mehr das alte. Als wir den Ort wieder einmal nach einem eher wehmütigen Besuch verließen, sagte Lorenz, seinen berühmten Tiroler Wetterkragen wie fröstelnd um die Schultern zusammenziehend, mit düsterer Miene: »Weiß Gott, ich habe ihn nicht leiden können, diesen rohen Kerl, den Pater Katz, aber jetzt, wo auch er im Friedhof liegt, geht er mir doch ab. Es fehlt mir was; etwas, worüber ich mich ärgern konnte, wenn ich in St. Paul war.«

Lorenz' lieber Freund und indischer Reisegefährte Professor Frankl-Hochwart war verhältnismäßig jung einem tückischen Hirntumor zum Opfer gefallen, sein junger, bärenstarker Freund und Schwager Professor Rudolf Frank – man erinnert sich an den tapferen Bubi-Reiter? – wurde plötzlich und noch jung von einer Lungenentzündung dahingerafft, deren Wurzeln in einer versteckten Tuberkulose saßen. Wer hätte das bei dem athletischen Hünen vermutet! Lorenz' beide Schwäger, Ernst und Otto Lecher, starben ebenfalls verhältnismäßig früh.

Unter Lorenz' Kollegen, nicht nur den gleichaltrigen, sondern auch viel jüngeren, hielt der Tod fortwährend reiche Ernte. Die letzten alten Genossen seiner Jugend, Wagner-Jauregg und Riehl, starben ein paar Jahre vor ihm. Ernest Fuchs, der strenge Prüfer, war schon längst tot.

Und meines Vaters nimmermüde, tapfere, treue Lebensgefährtin starb zehn Jahre vor ihm. Er klagte nicht viel, er nannte selten ihren Namen, wohl weil ihm ihr Verlust zu nahe ging. Vergessen hatte er sie nicht. Aber nach Art der ganz Alten focht ihn der Tod rings um ihn nicht viel an – im Gegenteil; er ging gehoben zu den vielen Leichenbegängnissen und freute sich jedesmal, daß er noch da sei.

Draußen in Altenberg führte er ein beschauliches, gesundes Leben. Er war immer ein Sonnenanbeter gewesen. Den Winter mit seinen kurzen, düsteren Tagen haßte er temperamentvoll und begrüßte die Wintersonnenwende am 23. Dezember stets begeistert als Umkehr zum Besseren. Glücklich war er, wenn es an diesem Tag einen klaren Sonnenuntergang gab.

»Da geht sie unter, knapp neben der hohen Pappel – ob ich sie übers Jahr dort noch werde untergehen sehen?«

Jeder schwache Frühlingssonnenstrahl machte ihm Freude. Sobald es nur anging, suchte er seinen gewohnten Sonnenplatz auf, wo er sich alle Nachmittage, selbst im glühendsten Hochsommer, systematisch rösten ließ. Die modische Sonnenbrille als Augenschutz verschmähte er, er deckte die Augenhöhlen mit zwei grünen Blättern ab. Vor dem statuengeschmückten Arkadengang zu Füßen seines Hauses, in einem windgeschützten Winkel, hatte er seinen Liegestuhl postiert. Kein Wunder, daß er Sommer und Winter bronzebraun gebrannt war wie der Kapitän eines Südsee-Schoners, ein prachtvoller Kontrast zu seinem schneeweißen Kopf- und Barthaar. Nie fehlte dabei der Tiroler Wetterkragen um seine Schultern, der von den vielen Ozeanüberquerungen und Autoreisen kreuz und quer durch Europa fadenscheinig, dünn und grünlich schillernd geworden war. Im Auto aus Wien kommend, traf man knapp vor der oft erwähnten Skylla-und-Charybdis-Kurve plötzlich auf die Gestalt im Liegestuhl. Dort wurde zur feierlichen Begrüßung angehalten.

Von seines Sohnes Konrad Menageriemitgliedern wurde er in seiner Sonnenanbetung öfters gestört. Die klugen, zahmen Kolkraben saßen auf einem der Bäume ober ihm, beobachteten ihn scharf, ließen sich dann und wann zu ihm herab und versuchten zum hundertstenmal, dem Schlafenden die goldglitzernde Uhrkette zu entreißen. Erfolgreicher war der zahme Kakadu Koka. Schon lange verschmähte er es, in graziösem Flug das Haus zu umkreisen, wozu er als Papagei – neben Schwalbe, Taube und Möwe einer der elegantesten Flieger – besonders befähigt war.

Er zog es vor, mit einwärts gestellten Zehen gravitätisch watschelnd auf dem Boden herumzustolzieren, allen Gefahren dieser Fortbewegung, die von den Lorenzschen Hunden drohten, ritterlich trotzend. Auf meinen Vater hatte er es abgesehen. Immer watschelte er hinter ihm her wie ein gut dressierter Hund, wenn Lorenz, auf seinen unvermeidlichen Stock gestützt, langsam durch den Garten wandelte. Dabei schnappte er immer wieder mit seinem großen, harten Schnabel nach der glitzernden Stockspitze und riß so Lorenz den Stock unter der Hand weg. Mein Vater drehte sich dann bitterböse zu dem schneeweißen großen Vogel um und begann eine ernsthafte Strafpredigt, die Koka nur mit seinem triumphierenden, markdurchdringenden Kriegsgeschrei beantwortete und dazu seinen lächerlich gelben Kakadu-Kopfputz herausfordend aufstellte.

Einst kehrte Lorenz bei sinkender Sonne mit etwas schlotterig herabhängenden Kleidern von seinem Sonnenlager zurück und hielt seine Hose mit beiden Händen fest; zwecklos baumelten die Hosenträger, da die Knöpfe dazu fehlten.

»Was ist los, warum fehlen dir denn alle Knöpfe?«

»Ach was, es ist unglaublich, da hat mir dieses Luder, der Koka, während ich geschlafen habe, systematisch alle Knöpfe abgedreht.«

Koka stand wie ein begleitender Groom hinter ihm und schaute ihn nach Kakaduart mit schiefgestelltem Kopf und *einem* klugen schwarzen Auge herausfordernd an, als wolle er sagen: »Na und? Was ist da weiter dabei?«

Seinen heranwachsenden Enkeln war Lorenz ein gütiger und geduldiger Großvater. Er sah mit einer Art von lustiger Herablassung auf sie herunter, und alle hatten heiligen Respekt vor ihm. Wir erinnerten ihn oft an die Zeit, als er bei der Taufe seines zweitgeborenen Sohnes Konrad ihn im Steckkissen hielt und gerührt sagte: »Wenn der Bub ins Gymnasium kommt, deckt mich längst der grüne Rasen.«

Der Bub war jetzt ein bärtiger Mann, dessen Sohn Thomas, Lorenz' Enkel, schon größer als der Großvater.

So lebte er still und zufrieden in seinem Tuskulum dahin, treu gepflegt von Konrads Gattin, die witzig zu sagen pflegte: »Der Papa ist wirklich die Freude unseres Alters.«

Lorenz verließ sein Altenberg nur mehr im Auto. Da war er immer noch unternehmend und weitausgreifend. Kein Ziel war ihm zu fern, wenn nur seine Magenstimmung gebührend berücksichtigt wurde. Kleineren Bergbesteigungen in der Nähe von Altenberg war er nicht abhold, wenn er sich genügend Zeit dazu lassen konnte. Noch zu seinem 85. Geburtstag erstieg er unseren Hausberg, das »Kastl« – von mir als Bubikatzi aus rätselhaften Gründen so getauft –, und genoß die herrliche Rundsicht von dort oben.

Wer lange genug lebt, wird für seine Mitmenschen zeitlos. Er war schon immer da und wird auch immer da bleiben, so denkt man, an ihn kann der Tod nicht heran, je älter er wird, desto weniger. So war es mit Kaiser Franz Josef, der rund 60 Jahre regierte. Als ich geboren wurde, war er schon längst da, mit seinem grauen »Kaiserbart«; als ich heranwuchs, wurde ich anders, aber nicht der alte Kaiser. Als junger Mensch weiß man wohl, daß der Tod das Ende des Lebens ist, aber man denkt kaum daran, man hat ja noch soviel Zeit bis dahin. Man wird älter, ein Mann; natürlich ist der alte Kaiser mit dem weißen Backenbart noch immer da, scheinbar kaum verändert. Man bekommt die ersten grauen Haare – Franz Josef ist schon längst ergraut und bleibt immer derselbe. Österreich ist der Kaiser und der Kaiser ist Österreich, so wird es, so muß es für immer bleiben.

Für mich war in diesem Sinne mein Vater eine Parallelerscheinung zu Franz Josef. Er war da, als ich zum Bewußtsein erwachte, er begleitete mich durch mein ganzes Leben bis über das sechzigste Jahr hinaus. Kein Wunder, daß er mir unvergänglich erschien, daß ich mir ein Leben ohne ihn schwer vorstellen konnte. Daß er allmählich älter wurde, merkte ich kaum. Das übersieht man, wenn man Jahrzehnte hindurch täglich um jemanden ist.

Das Hitler-Reich brach über uns herein. Lorenz war Sudetendeutscher. Das, im Verein mit seiner Naivität, ließ ihn die Ereignisse in einem Licht sehen, das der grauenhaften Wirklichkeit aber schon gar nicht entsprach. Erzählte man ihm von Judenverfolgungen und Konzentrationslagern, so wollte er es nicht glauben, wie er überhaupt die bequeme Eigenschaft hatte, unangenehme Dinge einfach nicht zu sehen. Kriegsberichte nahm er gläubig hin, er war ein Zeitungsleser, wie ihn sich die Propaganda nur wünschen konnte. Kein Wunder, daß wir in heftige Kontroversen verstrickt wurden, sooft ich mit weniger hoffnungsvollen Nachrichten nach Hause kam.

»Du warst immer ein Nörgler, ein Schwarzseher, schon im Ersten Weltkrieg!«

»Na, habe ich nicht am Ende recht behalten?«

»Aber diesmal ist es etwas ganz anderes; du wirst schon sehen!«

Da hatte ich's dann.

Als ich die mir heute selbst unbegreifliche Unvorsichtigkeit beging, kritische Bemerkungen über den polnischen Feldzug nach Hause zu schreiben und die Briefe der Feldpost anzuvertrauen, war Lorenz nicht über meine Unvorsichtigkeit empört, sondern nur über meine Kritik.

Einen Kriegswinter verbrachte Lorenz bei meinem Bruder Konrad in Königsberg, und Altenberg stand zum ersten Male leer und verlassen. Konrad war an der Königsberger Universität, seine Menagerie hatte er in einem Spezialeisenbahnwagen in den Königsberger zoologischen Garten transferiert. Unheimlich kreischten in Altenberg die offenstehenden Zwingertürln an den Käfigen im Winterwind.

Je älter Lorenz wurde, desto eingehender dachte er nach über Sterben und Tod, desto abgeklärter und ruhiger konnte er darüber sprechen, heiter und ruhig wie Sokrates. Seine Haltung war die des antiken stoischen Philosophen, eines Seneca oder Marc Aurel: das ruhige Warten auf das Unvermeidliche, ohne Furcht vor Strafe, ohne Hoffnung auf Lohn. In seiner Loggia in der Sonne sitzend, erging er sich in Gedanken über die letzten Dinge. Er sagte: »Ich erwarte jetzt nur mehr den Tod. Er muß bald kommen.«

Neunzigster Geburtstag

Der Tod aber kam noch nicht, hingegen kam der neunzigste Geburtstag. Wer wird schon neunzig Jahre alt im Vollbesitz seiner geistigen und leiblichen Kräfte? Und gar ein bahnbrechender Wissenschaftler? Solch ein Nonagenarius mußte natürlich gebührend gefeiert werden. Wäre es nicht mitten im Krieg gewesen, so hätten die Ärzte der ganzen Welt, vor allem die Amerikas, Lorenz gehuldigt.

Das große Ereignis warf natürlich seine Schatten voraus. Zum erstenmal in meinem Leben sah ich etwas wie Lampenfieber an meinem Vater, eine jugendlich anmutende Erscheinung bei einem abgeklärten Neunzigjährigen. Man beabsichtigte, ihm aus diesem Anlaß die Goethe-Medaille des Jahres zu verleihen. Der Wiener Gemeinderat schuf zu diesem Zweck den Billroth-Preis, ein kalligraphisch ausgefertigtes Dokument mit der angenehmen Unterpolsterung von 10.000 Reichsmark, der meines Wissens seither nie mehr verliehen wurde.

»Zum letztenmal wage ich mich aus meiner Abgeschiedenheit heraus in die Öffentlichkeit«, sagte Lorenz, und so war es auch. Es war sein letztes, dafür um so glänzenderes öffentliches Auftreten, ein grandioser Ausklang seines Lebens.

Früh am Morgen des Festtages – dem 21. April 1944 – wurde er von einem Freund im Auto nach Wien gebracht, damals keine ganz einfache Angelegenheit mehr. Als Vorspiel zur Feier kam vor seiner Abfahrt von Altenberg zeitgerecht ein Telegramm seines Sohnes Konrad an, der im letzten Moment doch noch hatte einrücken müssen. »Bin als Erbbiologe stolz, einen solchen Vater zu haben.«

»Erbbiologe!« brummte Lorenz lächelnd. »Was wird der Bub je mit seiner Erbbiologie verdienen, möchte ich wissen!«

Da war nichts zu machen.

Lorenz war es gleichgültig, wer alles zu seiner Feier eingeladen werde oder nicht, mit einer Ausnahme: »Mein alter Freund, der *Seitz*, darf nicht fehlen; den vergeßt mir nicht!«

Mein Vater war in Wien in meiner Wohnung abgestiegen, die einem Blumengarten glich. Menschen standen vor dem Haus und auf der Stiege Spalier und warteten auf seine Ankunft. Auf der Straße stand der Wagen des Rundfunks, die Kabel waren wie Schlauchlinien der Feuerwehr zum Fenster des dritten Stocks hinaufgeführt. Rundfunk-Interviewer war der Rheinländer Lejeune, Professor der Geschichte der Medizin an der Wiener Universität.

Es ist üblich, Lautsprecher-Interviews von einiger Bedeutung vorher schriftlich zu konzipieren. Lejeune machte Lorenz darauf aufmerksam.

»Ha, ha«, sagte mein Vater, »schreiben Sie sich auf, Herr Kollege, was Sie wollen, ich brauche es vorher gar nicht zu wissen; ich werde Ihnen frei darauf antworten, mir wird schon das Richtige einfallen.«

Wieder tritt ein photographisches Erinnerungsbild – nahezu das letzte – vor mein geistiges Auge: der alte Mann, vorgebeugt im Lehnstuhl sitzend und angeregt in den Lautsprecher redend, seine Worte durch lebhafte Gebärden mit der Hand unterstreichend, in der er seinen großen schwarzen Hornzwicker hält.

Wie oft sind wir so, lieber Alter, vor dem Lautsprecher gestanden, für die »sound-news« – bei der Einfahrt nach New York, den Hudson hinauf, und immer hast du deine Rede mit derselben Gebärde betont, den Zwicker in der Hand. Heute wird es wohl das letztemal sein, wie weit ist New York jetzt von uns!

Nur mehr diesen einen Tag meines Adjutantendienstes hatte ich vor mir, und meine Wehmut darüber, daß es unwiderruflich der letzte sei, wurde nur übertönt durch die Aufregung: Wird der alte Herr die Anstrengung aushalten, wird ihm bei seiner Ansprache das Temperament nicht durchgehen, wird ihm nicht irgendein Lapsus unterlaufen in dieser Zeit, in der man jedes Wort auf die Waage legen muß?

Gleich einer Botschaft aus einer anderen Welt erschien eine Abteilung von Herren in langen altväterischen Bratenröcken, mit langen schwarzen Angströhren auf den Köpfen. Es war eine Abordnung aus Weidenau, der Heimatstadt meines Vaters. Sie brachten wie Gesandte einer fernen, unterworfenen Völkerschaft eine Gabe: ein geätztes Glas mit der Abbildung von Lorenz' Vaterhaus.

Jetzt war es Zeit zum Umziehen für die Festsitzung im Haus der Gesellschaft der Ärzte.

»Papa, für die Dauer des Krieges ist der Frack von allerhöchster Stelle verboten worden; ich habe dir Jackett und graue Hose vorbereitet.«

»Einfach lächerlich; zum Fest meines neunzigsten Geburtstages ziehe ich an, was *mir* paßt und als das Geeignetste erscheint, und das ist Frack und weiße Weste. Wem's nicht recht ist ...« – hier folgte ein drastischer Ausspruch.

Die Wiener merkten: Da ist was los in der Rathausstraße! Schon der Rüstwagen mit seinen geheimnisvollen, in den Himmel führenden Kabeln war eine Sensation. Es bildeten sich Gruppen, »man massierte sich«, wie in den ›Letzten Tagen der Menschheit‹. Der schöne alte Herr wurde lebhaft akklamiert.

Vor dem sonst so stillen Haus in der Frankgasse war es schwarz von Menschen, die Lorenz huldigten.

»Das ist alles meinetwegen? Es ist doch unglaublich«, sagte er. Das ganze Haus summte in erregter Erwartung. Auf dem Weg zum Festsaal standen wieder applaudierende Menschen Spalier.

Die Versammlung war glänzend, der große Saal gesteckt voll. Daß die Uniform vorherrschte, lag an der Zeit. Die ganze Generalität, alle Behörden waren zugegen. Und richtig, da erschien auch schon, mit flüsterndem Erstaunen empfangen, *Seitz,* Wiens ehemaliger sozialistischer Bürgermeister, à quatres épingles angezogen, wie immer. Hakenkreuzgeschmückte Funktionäre wichen bei seinem Nahen auseinander wie die Bugwelle vor einem Dampfer, stets hatte er leeren Raum um sich, die Leute steckten die Köpfe zusammen und tuschelten: »Der Seitz ist hier! Unglaublich! Wie kommt der hierher?«

Ingenieur Blaschke, damals oktroyierter Bürgermeister von Wien, trat in voller Uniform auf Seitz zu und reichte ihm höflich die Hand. »Guten Abend, *Herr Bürgermeister*«, sagte er. »Oh, guten Abend, *Herr Ingenieur*«, war die klassische Antwort.

Als die beiden Alten einander erblickten, eilten sie mit ausgebreiteten Armen aufeinander zu und klopften sich gegenseitig die Schultern ab. Die Hakenkreuzler umstanden sie mit einem süß-sauren Lächeln, das man sich je nach Gemütsstimmung deuten konnte.

»Herr Bürgermeister«, sagte Lorenz, »wenn Sie, das Vorbild aller Redner« – das war er wirklich –, »heute hier sind, krieg' ich Lampenfieber.«

»Hörn S' net auf, Herr Hofrat, wer kann Ihnen als Redner das Wasser reichen?«

Mein Vater war doch ein bißl nervös und blieb stets ganz nahe bei mir.

»Albert, ich lasse dich heute nicht von meiner Seite, diesen letzten Dienst mußt du mir noch tun.«

Aus seinen Worten sprach unbedingtes Vertrauen zu meinem Adjutantendienst. So huschte ich als sein Schatten neben ihm her, hielt ihn zurück, wenn er einen uniformierten Saaldiener ansprechen und ihm die Hand schütteln wollte, gab ihm einen Stupser, wenn ein General, Dekan oder Rektor zu begrüßen war. Man sollte glauben, daß ich das nachgerade gewöhnt war, nach unseren vielen Jahren in Amerika. Aber hoffentlich sah niemand, wie unsicher ich diesen altgewohnten Dienst immer noch versah, weil ich mich ja doch nie auf meine Erfahrung verlassen konnte, weil Adolf Lorenz eben unberechenbar war.

Und – je glänzender und feierlicher der Anlaß war, desto wehmütiger wurde meine Stimmung. Zum letztenmal – kein Zweifel – zum letztenmal bin ich heute Adjutant. Neunzig Jahre, bald ist es aus! Zum letztenmal in deinem Leben, lieber alter Vater, wirst du dort oben stehen auf dem Podium, auf dem du so oft gestanden, von dem aus du fast alle deine großen orthopädischen Entdeckungen verkündet hast. Des Menschen Leben währt eben nicht ewig, das deine hat schon begnadet lange gedauert, jetzt senkt sich die Abenddämmerung herab. In diesem Haus wissenschaftlichen Streites, gekleidet in die akademische Form der wissenschaftlichen Diskussion, hast du heute wohl zum erstenmal keinen Neider, nur dankbare Bewunderer. Wie lange ist es her, daß wir in Altenberg zusammen über die herbstlichen Stoppelfelder galoppierten, gemeinsam und heimlich, nur unter dem Schutz des Herrn Laber, über die Donau schwammen – im Rückschauen ist's mir wie gestern ...

Die Festreden hielten Altmeister Hohmann – einer der wenigen Zivilisten in der Versammlung –, Mau aus Hamburg und Kreuz, damals Rektor der Universität Berlin.

Der Wiener Rektor Professor Pernkopf überreichte Adolf Lorenz die Goethe-Medaille, Bürgermeister Blaschke den Billroth-Preis der Stadt Wien. Gleichzeitig teilte er mit, daß die Stadt Wien »in Würdigung des hervorragenden Wirkens von Adolf Lorenz und zum Ruhme der Wiener medizinischen Schule« die Aufnahme des von Künstlerhand zu schaffenden Bildnisses des Jubilars in der Ehrengalerie der Stadt Wien verfügt hatte.

Jetzt erstieg der neunzigjährige Jubilar das Podium, aber er bestieg es nicht, er nahm es mit dem altgewohnten beflügelten Sprung seiner langen Beine, der ihm die Sympathie des Auditoriums einbrachte, noch bevor er das erste Wort gesprochen hatte. Weg war das Lampenfieber. Er sprach wieder frei und druckreif, klar verständlich, sprühend lebendig und witzig. Er sprach mit abgeklärtem Humor, er machte sich selbst milde lustig über sein hohes Alter. Zum Schluß sagte er:

»Meine Damen und Herren! Ich bin neunzig Jahre alt. Ich hätte für dieses mein letztes Auftreten noch so viel zu sagen, aber das geht wirklich über meine Kräfte. Erlauben Sie, daß mein Sohn meine weitere Botschaft an Sie verliest.«

Wir wechselten Platz, Lorenz setzte sich mit dem Gesicht gegen das Auditorium unter die Rednertribüne, die ich jetzt betrat, und ich las:

»Meine Damen und Herren!
Nicht ohne tiefe innere Bewegung betrete ich heute diesen Raum. Hörte ich doch hier aus Billroths eigenem Munde vor nun einundfünfzig Jahren die Worte: ›Endlich im eigenen Haus!‹ Seiner, des Unvergeßlichen, wollen wir heute gedenken, denn es geschieht wohl zum erstenmal, daß in seinem Haus einem ehemaligen Mitglied der k. k. Gesellschaft der Ärzte die hohe Auszeichnung der Goethe-Medaille zuteil wird.

Die Feier ist für den Ausgezeichneten höchste Anerkennung und Bestätigung, sein Leben nicht umsonst gelebt zu haben: ›Non frustra vixisti, non omnis morieris.‹

Hier erhebt sich nun die Frage: Hast du diese Auszeichnung auch verdient? . . .

Ich werde ein strengerer Prüfer meiner selbst sein als meine wohlwollenden Freunde, bin aber ebenso weit davon entfernt, mein Licht ganz unter den Scheffel zu stellen ...

Jeder Mensch, der nicht ganz von Gott verlassen, der also nicht auf den Kopf gefallen ist – und das ist doch bei Universitätsprofessoren vollkommen ausgeschlossen –, hat in seiner Lebensarbeit einen Königsgedanken gehabt ... Von diesen Königsgedanken erwähne ich hier nur zwei, weil ich vor allem diesen beiden meine Erfolge im Leben verdanke. Beide Einfälle sind von stupender, von klassischer monumentaler Einfachheit, eigentlich sollte ich sagen, von kindlicher Einfalt.

Der eine Gedanke betrifft die sogenannte angeborene Verrenkung des Hüftgelenkes ... Dieses Problem hat mein Leben ausgefüllt und fruchtbar gemacht ...

Ein Umstand gibt der Behandlung der Hüftluxation für sich einen besonderen Reiz: Handelt es sich doch meistens um kleine Mädchen von besonderer Schönheit ... Es erfüllt mich mit Genugtuung, daß es mir vergönnt war, den Schatten, der das Leben dieser anmutigen Geschöpfe bedrohte, zerstreut zu haben. Damit habe ich den Frauen, die ich immer heiß verehrt habe, meine letzte Huldigung dargebracht.

Mein anderer Königsgedanke war ebenso leicht gefaßt, wie in die Tat übersetzt. Problem: Wie befreit man ein an tuberkulöser Spondylitis leidendes Kind oder einen Soldaten mit Rückgratschuß von den furchtbaren Schmerzen, welche durch die geringste Erschütterung entstehen? ...

Wenn es einmal zum Jüngsten Gericht kommen sollte, hoffe ich dabei zu sein, wenn meine guten gegen meine schlechten Werke abgewogen werden. Steigt die Schale der guten in die Höhe, so habe ich für diesen Fall ein schweres Gipsbett zur Hand und werfe es auf die Schale. Steigt sie dann noch immer – ja, dann ist mir eben nicht zu helfen, dann soll mich der Teufel holen, oder ich glaube nicht an ihn!«

Während ich sprach, saß mein Vater mit dem Rücken gegen mich unter mir. Sie war nicht leicht, diese Vorlesung seiner Abschiedsbotschaft an die Welt, während sein liebes weißes, noch mit dichtem Haar bedecktes Haupt zu mir heraufleuchtete. Ich hatte Mühe, durch einen Tränenschleier hindurch sein Manuskript zu lesen.

Lorenz war nach Schluß der Feier sichtlich erschöpft von Anstrengung und Erregung, sein sonnverbranntes Gesicht hatte das Aussehen feinen alten Pergaments. Mühsam war es, ihn zum Wagen hinauszubringen, jedermann im langen Spalier auf der Stiege wollte ihm die Hand drücken, empfing ein paar freundliche Worte von ihm. Neben mir im Wagen sitzend, sagte er: »Albert, das ist heute dein letzter Adjutantendienst, ein bissel mußt du noch aushalten, beim Empfang in deiner Wohnung. Übrigens: Ich habe dich in unseren amerikanischen Jahren oft derb angelassen, wenn du mich fürsorglich gewarnt hast – das ist vergessen, gelt?«

Ein sich entschuldigender Adolf Lorenz! Das war ein bedenkliches Zeichen! Aber unwillkürlich blitzte mir die Erinnerung an eine ähnliche Autofahrt vor etwa zwanzig Jahren durch den Kopf; auch damals war Lorenz ermattet und flößte mir Besorgnis ein, aber – wie man sich erinnern wird – unbegründet: Es war, als wir von einem Newarker Arbeitstag erschöpft im Taxi über die Dünen zur Eisenbahnstation zurückhumpelten und er angesichts eines Kinoprogramms mit Gloria Swanson unvermutet wieder neues Leben empfing.

»Wenn's dir zuviel ist, Papa, sage ich ganz einfach den ganzen Rummel ab, du hast heute wahrlich schon genug getan mit deinen neunzig Jahren.«

»Was fällt dir ein! Es wird ganz interessant werden; die vielen lieben Gäste! Übrigens kommen auch ein paar hübsche Frauen; da ist die Gattin von Professor Y aus X, hast du sie gesehen? Vollschlank und mit so reizenden Augen . . .«

Da hatten wir's! Immer noch der unverwüstliche Frauenverehrer Adolf Lorenz!

Nun gab's Gästeempfang in meiner Wohnung. Da begann erst der gemütliche, ungezwungene Teil der Lorenz-Huldigung.

Spätabends sank mein Vater erschöpft ins Bett. Die freudige Aufregung hatte ihn aufgepeitscht, jetzt kam die Reaktion. Er, der unbesiegliche Preisschläfer und -schnarcher, konnte keinen Schlaf finden. Im Nebenzimmer hörte ich, wie er sich unruhig herumwarf. Ich trat ein und setzte mich an sein Bett.

»Papa, willst du nicht ein Schlafpulver nehmen?«

»Hör mir auf mit den verfluchten Giftpulvern, die einem nur die Magenstimmung verpatzen, ich werde noch lange genug schlafen. Aber eines sage ich dir, Albert, wenn ich jetzt ein endgültiges Schlafpulver nehmen würde, wäre es verzeihlich. Ich habe den schönsten Tag meines langen Lebens hinter mir, ich bin neunzig Jahre alt, es wird trübe in der Welt, meine Weggenossen sind schon längst alle dahin, was will ich noch? Jetzt sterben, in diesem Moment, das wäre ein grandioser Abschluß.«

»Entschuldige, Papa, aber das stimmt nicht ganz. Du willst, ganz im geheimen, doch noch etwas; du willst, rein aus Sportgeist, hundert Jahre alt werden; gestehe, das würde deiner Eitelkeit schmeicheln!«

»Ha, ha, ja, allerdings, aber das ist ein vermessener Wunsch, von dem nur wir beide wissen. Aber etwas würde ich mir noch wünschen: Einmal noch mit dir im Frühling hinauszufahren ins Tullner Feld zu den vielen lieben Platzerln, über all die verschwiegenen kleinen Straßerln, die wir so oft zusammen gezogen sind, zu Rad, zu Pferd, im Auto, hinaus, wenn auf der Horner Reichsstraße in der langen Allee die Apfelbäume rotweiß blühen . . .«

Der Wunsch ging ihm nicht mehr in Erfüllung.

Taufe der Enkelkinder

Woher der Plural, wird man fragen, waren es denn Zwillinge? Nein, der Bub war zwei Jahre alt, das Mädchen neu geboren, aber wir Lorenze sind nun einmal in religiösen Gebräuchen etwas unkonventionell – das wird aus diesem Buch schon zur Genüge hervorgegangen sein –, und so hoben wir uns in der schwierigen Kriegszeit die Taufe des Buben bis zu einem Zeitpunkt auf, wo es leichter war, den noch schwer beweglichen alten Herrn als Taufpaten nach Wien kommen zu lassen. Dieser Augenblick war jetzt gekommen.

Unser verehrter Freund, Dompropst Wildenauer von der Votivkirche, an welcher die Familie Lorenz mit so vielen Banden der Erinnerung hängt, sollte mit feierlicher Assistenz die Taufe in dem großen Bibliotheksraum meiner Wiener Wohnung zelebrieren. Wildenauer, der Nachfolger des weltgewandten Dompropstes Marschall, späteren Weihbischofs, der mich getauft, gefirmt und getraut hatte, ist als Seelenhirte ebenso bekannt wie als kühner Ersterkletterer scheinbar unbesieglicher Felsenspitzen – eine seltene Kombination.

Ein alter Sakristeikasten in meinem Bibliothekszimmer konnte heute wieder einmal seine ursprüngliche Funktion erfüllen, die heiligen Geräte wurden über einem weißen Tuch auf ihm ausgebreitet. Es konnte losgehen.

Nun hat das Sakrament der Taufe mit dem der Letzten Ölung mancherlei Beziehungen. Zunächst die der Extreme: Die Taufe steht am Eingang, die Letzte Ölung am Ende des Erdenwandels. Und beiden Sakramenten ist gemeinsam, daß der Sakramentsempfänger dabei gewöhnlich eine höchst passive Rolle spielt. Der Täufling äußert seine Stellungnahme – häufig die lebhaften Protestes – höchstens durch Geplärr, der Kandidat der Letzten Ölung gibt meist nur unartikulierte, terminale Laute von sich, die man nach Wunsch auslegen kann.

Es ist im allgemeinen üblich, daß der Täufling im Säuglingsalter steht. Seltener ist es heute, daß ein Erwachsener zur christlichen Religion übertritt und die Taufe empfängt, so wie seinerzeit Chlodwig, der Frankenkönig. Aber übel daran ist der kindliche Täufling, in dem das Bewußtsein schon aufzudämmern beginnt, ohne daß er noch eines logischen Gedankenganges fähig wäre.

In dieser tragischen Situation befand sich mein zweijähriger Sohn Florian, als er zu seiner Taufe buchstäblich geschleppt wurde. Er war ein vorsichtiger Bursche, der gegen alles und jedes lebhaft protestierte, was ihm neu war und aus seiner täglichen Erfahrung herausfiel. Schon das himmelblaue Festkleid, das ihm angelegt wurde, die unheimlichen Vorbereitungen in der Bibliothek, die vielen Festgäste, alles das versetzte ihn in die Stimmung, auf die leiseste Veranlassung hin zu lebhaftem Protest überzugehen.

Ich, der verantwortliche Vater – schon ein recht alter Vater für einen zweijährigen Buben, dem Alter nach eher ein Großvater-, brachte nicht mehr die Schafsgeduld des Vaters in physiologisch jüngeren Jahren auf. Zu meinem Ärger konnte ich offenbar meine Nervosität nicht erfolgreich hinter japanischem Bushido verstecken – das zeigten mir die amüsierten Mienen der anwesenden Freunde und Verwandten.

Der feierliche Augenblick war da. Der Dompropst und sein Assistent hatten umständlich ihren Ornat angelegt, Wildenauer blickte mich gütig-fragend an. Also, herein mit den Täuflingen!

Mir altem Krieger fiel die im Felde oft gesehene Szene der Verladung von Pferden und Mauleseln in Waggons ein. Das Tier, scheu und widerspenstig, soll ohne Verzug in die dunkle Waggontür hinein. Dazu bedient sich der Wissende einer genial-einfachen, praktischen Vorrichtung. Ein gewöhnliches Zuggeschirr wird verkehrt angelegt: der breite Brustriemen, gegen den das Zugtier sonst seine Kraft anstemmt, wird umgekehrt um die Krupp geschlungen, an den Zugsträngen greifen links und rechts ein paar kräftige Fäuste zu, und mit einem herzhaften »Ho ruck!« ist der widerspenstige Vierbeiner drin im Wagen, er mag wollen oder nicht. An eine derartige Verladung erinnerte mich die Art, wie mein widerstrebender Sprößling das Taufzimmer betrat.

In solch schwierigem Falle lehrt die Pädagogik äußerste Ruhe und Langmut gegen das Kind. Äußerlich trug ich eine dünne Lackschichte der Milde, unter der es aber vor Nervosität kochte. Unwillkürlich mußte ich denken: Was hätte *mein* Vater in solcher Lage getan? Ha, ha! Aber ich bin anders!

»Schau, mein liebes Bubikatzi, jetzt wirst du getauft; jöh, wird das schön!«

»Ich will nicht.«

Geheul und Geplärr brachen los – da hatten wir's. Der junge Mann hatte schon das Wörtchen »Ich« in seinem Vokabularium.

»Komm«, flötete die Mama, »paß auf, wie schön das wird«, und packte ihn bei einer Hand.

»Ja, komm«, zischte ich zwischen den Zähnen, »wie wunderschön das wird«, und dabei gab ich ihm mit dem Knie einen herzhaften Renner in seine Sitzfläche.

»Albert, das ist eine schlechte Methode«, tadelte die Mama, »nur Milde hilft hier, komm, liebes Bubi.«

Das liebe Bubi glich jetzt zum Verwechseln dem zu verladenden Maultier, es stemmte Hände und Füße gegen die Tür und streckte sein Hinterteil widerspenstig heraus.

»Ich muß tschilli«, verkündete er laut.

»Tschilli, um Gottes willen, schnell! Wenn es drinnen bei der Taufe ...«

Also tschilli. Endlos lange Verzögerung. Abermaliger Versuch, ihn in Marsch zu setzen.

»Waasaa tinken, ich möcht Waasaa tinken«, verlangte er jetzt. Verflucht, also rasch ein Glas Wasser her und dann hinein mit ihm, mit roher Gewalt. Florian ließ sich à la Muli bis vor die hohen ragenden Gestalten von Adolf Lorenz und Wildenauer schleppen. Wildenauer begann mit seinen geheiligten Fragen und Exorzismen:

»Florian, entsagst du dem Teufel und allen seinen bösen Werken?«

»Nein, nein!« heulte dieser laut.

»O ja, du entsagst«, mischte sich der Großvater als verantwortlicher Taufpate in den temperamentvollen Dialog zwischen Täufer und Täufling ein. Und zu Wildenauer gewendet: »Er entsagt, Hochwürden.« Der Pate übernahm die Verantwortung.

»So frage ich weiter: Florian, willst du getauft werden?«

»Nein, nein, ich will *nicht*«, brüllte der widerspenstige Täufling mit einer für seine jungen Jahre bemerkenswert klaren Satzstellung und Diktion.

Die Schweißperlen tropften mir von der Nasenspitze.

»O ja, Florian, du willst getauft werden«, sagte jetzt der Großpapa crescendo, nahm ihn bei der Hand, beutelte ihn energisch, und so kam die Taufe endlich zustande.

Um wieviel glatter verlief die sich unmittelbar anschließende meiner kleinen Tochter Andrea, die im richtigen Taufalter von wenigen Wochen jetzt als wehrloses weißes Bündel auf den Armen ihrer Patin hereingetragen wurde! Sie beschränkte sich darauf, mit ihren langen schwarzen Wimpern zu klappern, die schon an dem Baby in lächerlich hypertrophischer Art ausgebildet waren.

Ich aber ergriff, jeder Beherrschung bar und in meinem Bushido völlig zusammengebrochen, den frisch getauften Florian beim Hinterteil seines himmelblauen Täuflingsgewandes und schleppte den laut Brüllenden hinaus, ins sogenannte »Speck-Kammerl«, ein kleines, mit allerhand Gerümpel angefülltes Zimmer. Dort wichste ich ihn durch – symbolisch, aber eindrucksvoll – zu unser beider Erleichterung. Dann drohte ich ihm mit Einsperren in das Speck-Kammerl, er aber reagierte nur mit noch lauterem Gebrüll, so daß die Strafsanktion mir unter den Händen zerbröckelte. Doch schien die Taufe nach unglaublich kurzer Inkubationszeit ihre wohltätige seelische Wirkung zu üben, denn Florian beruhigte sich rasch und beteiligte sich als gesitteter, neugetaufter Christ an der feierlichen Jause, die jetzt Täufer, Täuflinge, Paten und Festgäste vereinigte.

Unsere Gäste dankten mir beim Abschied mit Tränen in den Augen und versicherten mir, schon lange nicht so gelacht zu haben.

St. Paul 1948

Die St. Pauler hatten sich nicht gemeldet zum neunzigsten Geburtstag. Begreiflich. Zwischen 1939 und 1945 hatte das Stift zu bestehen aufgehört, das Gymnasium, diese altheilige Quelle humanistischen Wissens, war geschlossen oder beherbergte irgendeinen militärischen Kurs, die Patres waren in alle Winde zerstreut. Schonungsvoll hatte man dem Abt Strehly, der mit einem hoffnungslosen Leiden in einer Wiener Klinik lag, bis zu seinem Tode den traurigen Zustand des Stiftes verschwiegen. Aber im Frühjahr 1945 sammelten sich die Kapitularen rasch wieder und bauten ebenso rasch auf.

Ein kurzer, böser Traum war vorüber.

Zwei Jahre nach meines Vaters Tod kam ein Abgesandter aus St. Paul zu mir: Das Stift beabsichtige, zu Pfingsten eine Gedenktafel für Adolf Lorenz im Kreuzgang des Stiftes zu enthüllen, neben der eines anderen berühmten Klosterschülers, des Komponisten Hugo Wolf. Gleichzeitig sei ein Festtreffen alter St. Pauler Gymnasiasten geplant. Ob ich zur Enthüllungsfeier die Gedenkrede für meinen Vater halten wollte?

Mit Freuden willigte ich ein. Konnte ich dem Verblichenen einen schöneren Dienst tun, als ihm an der Stätte seiner Jugend öffentlich zu huldigen?

Wir kamen, meine Frau und ich, von einem Ärztekongreß in Graz. Aus dem im vollen Frühling prangenden Murtal fuhren wir den Packpaß hinauf, aus dessen Winkeln der Winter noch nicht ganz vertrieben war. Nach einer kurzen Stunde des Fröstelns ging's wieder hinab nach dem Lavanttal, in dem das Sträßlein, umrahmt von weiß-rot blühenden Apfelbäumen, sich hinschlängelte. Aus allen Büschen und Bäumen riefen aufgeregt-geschäftig die Finken: Der Frühling ist da!

Vorüber an St. Andrä mit seiner weißen, zweitürmigen Jesuitenkirche. Dort sieht man schon die liebe vertraute Silhouette von Stift und Kirche St. Paul auf dem Berg. Vor dem Ortswirtshaus war es schwarz von Menschen – die alten St. Pauler Abiturienten waren schon eingetroffen. Mit Gefühlen der

Freude und der Wehmut, voll Erinnerung an Vergangenes fuhr ich die vertrauten Kurven des Stiftsberges hinan.

Von den Wänden des offenen Kreuzganges sahen wie immer die ernsten Gesichter der alten Äbte herunter, als wir auf seine Ehrwürden, den neuen Abt, warteten. Wie viele Äbte hatten meinen Vater und mich im Laufe der Jahrzehnte schon an dieser Stelle begrüßt! Äbte und Päpste kommen nicht jung auf ihren Sitz, lange Regierungszeit ist ihnen selten vergönnt.

Mir blieben aber meine verbindlichen Begrüßungsworte fast im Halse stecken, als jetzt beschwingten Schrittes ein jugendlicher Mann auf uns zukam, kein graues Haar auf seinem dunklen Kopf. Hätte er nicht die schwere goldene Abtkette getragen, an der das mir wohlvertraute edelsteinbesetzte Abtkreuz blitzte, hätte ich nicht an seiner Hand den ehrwürdigen, rechteckig geschnittenen Smaragd des Abtringes glänzen gesehen, den schon mein Vater demütig geküßt hatte und der zum Verwechseln ähnlich sah jenem Smaragdring, den einst Frau Generalkonsul Semmler im Vorbeigehen auf der 5th Avenue gekauft hatte, ich hätte ihn für einen jungen Kapitularen gehalten. Mit den Manieren und der freundlichen Selbstverständlichkeit des vollendeten Weltmannes begrüßte er uns. Sein ebenmäßiges Gesicht, seine sprühenden Augen, seine elegante seidene Soutane, seine tiefe melodische Stimme erinnerten an den verstorbenen Dompropst Marschall von der Votivkirche in Wien: So müssen die gefürsteten Äbte aus uralten Häusern in der Barock-Rokoko-Zeit ausgesehen haben! Mir schien es, als ob die ernsten gemalten Äbte ihre morosen Gesichter noch abweisender zusammenzögen.

Auf den Wink des Abtes führte uns der Pater Hofmeister in die Ehrengastzimmer des Stiftes, die statt mit Tapeten mit riesigen Wandgemälden vom Kremser-Schmidt geschmückt sind. Für die Dauer unseres Aufenthaltes waren wir Gäste an der Abttafel, die uns zu Ehren eigens in den Gastspeisesaal, außerhalb der Klausur, verlegt wurde. Bei Tisch, der von zwei weißberockten Dienern versorgt wurde, war der Abt ein vollendeter Hausherr: abwechslungsreich und unterhaltsam plaudernd, jeden ins Gespräch ziehend. Wie anders war Onkel Gregor gewesen! Ich fühlte wieder einmal die ganze Bezauberung dieses Ortes und dieses Kreises, die Atmosphäre einer Novelle von Eichendorff oder Brentano.

Nach dem Mittagessen ging ich im stillen Kreuzgang vor der noch verhüllten Gedenktafel auf und ab, um mir da an Ort und Stelle Inspirationen für meine Gedenkrede zu holen. Ströme der Erinnerung an meinen Vater umgaben mich: hier, über diesen Kreuzgang, ist er als kleiner Bub unzählige Male gelaufen, dort hinten, aus jenem Fenster, hat er anno 66 die weißröckigen Custozza-Sieger nach Norden marschieren gesehen, die den Preußen entgegenzogen, um vielleicht noch in zwölfter Stunde die Geschichtsentscheidung von Königgrätz zu wenden. Wie oft hat er mir an dieser Stelle das alles und vieles andere selbst erzählt!

Am nächsten Morgen gab es ein eindrucksvolles Pontifikalamt. Hinter dem Abt, im vollen Ornat mit hoher Inful, Krummstab, Handschuhen und Ring darüber, schritt seine festlich geschmückte Assistenz, umwölkt von blauen Weihrauchschwaden, die in der schräg einfallenden Morgensonne wallten; dazu die brausenden Orgeltöne, die mit geschultem Kirchengesang verschmolzen – es war ein eindrucksvolles katholisches Fest. Ich träumte, aus den hellen Kinderstimmen die längst verklungene des kleinen Sängerknaben Adolfla herauszuhören, der so oft dort oben auf dem Musikerchor aus vollem Hals gesungen hatte zu Gottes höherer Ehre.

Nach dem Gottesdienst sollte die Enthüllung der Gedenktafel vorgenommen werden. Ich fühlte mich in hoher Stimmung – es ist keine Floskel: ich fühlte den Geist meines Vaters um mich. Nach meinen ersten Worten war der Kontakt da, der zwischen Redner und Hörern sein muß.

Ich sprach nach dem Herzen, ohne Konzept, so wie mir die Gedanken kamen: Ich beschwor das Bild von Adolf Lorenz herauf, wie er mit seiner wehenden, strohblonden Haarmähne und seinen blitzblauen Augen, mit seinen schweren, genagelten Schuhen auf den Fliesen klappernd, im Ministrantenhemd von und zur Kirche lief, bei der Fronleichnamsprozession vor dem Himmel her aus jener Kirchentür schritt, das Weihrauchfaß schwingend. Ich erinnerte an Lorenz' Verbundenheit mit dem Stift sein ganzes Leben lang, an seine tätige Einflußnahme auf die innere Politik des Klosters. Ich gedachte der festen und innigen Bande, die ihn zeitlebens an St. Paul knüpften. Ich bezeugte, wie die Gedanken an St. Paul immer um ihn waren und ihn begleiteten auf allen seinen weiten Fahrten in die Welt hinaus, und ich schloß:

»Wenn auch Lorenz vielleicht kein Buchstabengläubiger war, sein ganzes Leben war nichts als ununterbrochenes werktätiges Christentum: Liebet einander, tuet Gutes, auch denen, die euch hassen. Wenn er vor seinem Richter erscheint, so wird das höchste Wesen, der Allinbegriff der Weisheit und Liebe, der Güte und des Verzeihens, nicht allzu streng mit ihm ins Gericht gehen und die guten Taten zählen lassen, deren er wirklich übergenug für die Menschheit vollbracht hat!«

Ich zog an der Schnur, und die Hülle der Gedenktafel fiel. Ich hatte Mühe, meine Stimme gleichmäßig zu erhalten. Ich fuhr fort:

»In diesem feierlichen Augenblick ist um uns eine Emanation, eine geheimnisvolle, ungeahnte Form des Lebens von dir, lieber guter Alter, ich spüre es! Und ich höre dich noch mit deiner irdischen Stimme brummen: Es ist ja unglaublich, solche Geschichten mit meinem Andenken zu machen, das ist ja alles lächerlich übertrieben!«

Die weißköpfigen Patres der stark gelichteten alten Garde von St. Paul, die in der ersten Reihe saßen, hatten gegen Schluß meiner Rede verschiedenfarbige riesige Taschentücher gezogen und schneuzten sich umständlich und geräuschvoll. Ein steinalter Priester weinte ganz unverhohlen. Auch die Jungen waren ergriffen. Manche hatten feuchte Augen.

Ich aber fühlte mich frei und gehoben. Ich hatte dem Andenken meines geliebten Vaters ein feierliches Bekenntnis ablegen dürfen.

Der Tag schloß mit einem fröhlichen Kommers der anwesenden Alt-Maturanten im Speisesaal des Konvikts, der so groß ist wie eine Bahnhofhalle.

Es ist ein würdiges und frohes Fest, so ein Studententreffen alter Jahrgänge in St. Paul. Ein gehobenes Zusammengehörigkeitsgefühl beseelt alle ehemaligen Studenten, gleich zu gleich gestellte Kameradschaft verbindet sie mit ihren alten Lehrern. Der Abt nimmt teil am Kommers. Beide Arme in die seiner Nachbarn eingehakt, stimmt er mit voller Stimme in die lustigen Studentenlieder ein. Sein kostbares Abtkreuz schwingt dabei im Takt des Gesanges von links nach rechts, von rechts nach links.

Im Zwielicht

Wir zogen uns spätabends in unsere Zimmer zurück; am nächsten Morgen hieß es wieder früh heraus zur Heimfahrt nach Wien. Es war eine zauberhafte Mondnacht, eine, in der nichts wirklich erscheint und in der man über nichts erstaunt, was immer geschieht.

Ich trat noch hinaus in den Kreuzgang. Er lag einsam und verlassen da. Der stille blaue Pfingstvollmond ließ seine Strahlen durch das Laubwerk der uralten Linde im Hof rieseln, die Blätter plauderten leise und geheimnisvoll im Nachtwind. Wie durch kunstvolles Filigranspitzenwerk leuchtete der Mond durch die lichtdurchfluteten Blätter.

Ich setzte mich auf die Balustrade des Kreuzganges – den Rücken gegen einen der schönen Pfeiler gelehnt – gerade vor die neu enthüllte Gedenktafel meines Vaters. Der Mond kommt unglaublich rasch hinter der Linde hervor, als könne er es nicht erwarten, ganz in den Klosterhof hineinzuschauen. Er taucht die alten Bauformen in sein geisterhaftes Licht. Ich weiß nicht, ob der alte Kerl so ganz geheuer ist! Ein heimlich nächtlicher Schleicher, der schon vieles gesehen, schon viele Indiskretionen mit seiner Leisegeherei begangen hat, aber gottlob seinen Mund zu halten weiß. Und wenn man ihm lange genug in sein Bonvivant-Antlitz geschaut hat, fühlt man sich bald hypnotisiert, so auch jetzt – oder war es der alte Steirerwein?

Ich schließe ermüdet die Augen. Die Glocke im nahen Kirchturm fängt unter krächzenden Nebengeräuschen umständlich mit ihrem endlosen Zwölf-Uhr-Schlagen an.

Ich war nicht erschrocken, nicht einmal erstaunt, als von überall und nirgends her eine wohlbekannte Stimme ertönte: »Ahem, Albert, was ich sagen wollte.«

»Ja, Papa, ich höre.«

»Das war ja alles Geflunker und Übertreibung, was du da heute in deiner Rede über mich gesagt hast.«

»Hast du's gehört? Ich wußte es ja! Keine Spur von Übertreibung, aber du, in deiner Bescheidenheit, möchtest dich ja am liebsten verkriechen ...«

»Ich habe es nachgerade satt, besonders jetzt in meiner neuen Stellung, immer von dir gemaßregelt und bekrittelt zu ...«

»Aber Papa, über so etwas solltest du jetzt erhaben sein! Übrigens, wie bist du mit dem Buch zufrieden, das ich über dich geschrieben habe? Ist es dir recht so?«

»Wieder dasselbe wie bei deiner Rede heute vormittag, maßlos übertrieben, wie immer, und dann kommen Sachen in dem Buch vor, an die ich mich absolut nicht erinnern kann.«

»Das passiert einem leicht bei einem langen Leben, du warst schon so alt, Papa, du hast vieles vergessen.«

»Jetzt sag mir noch, daß ich ein dementer Zittergreis war ...«

»Nein, nein, Papa, durchaus nicht – aber wieso kennst du das Buch schon, bevor es gedruckt ist?«

»Druck oder nicht, das ist doch einfach lächerlich, über so was sind wir hinaus, hier herüben. Übrigens hast du einen frivolen, spöttischen Ton angeschlagen, dir ist ja nichts heilig! *Meine* Lebensbeschreibung willst du bringen und redest beinahe mehr von dir als von mir.«

»Das kommt, weil wir so viele Jahrzehnte zusammengespannt waren – was dir begegnete, betraf auch mich und umgekehrt.«

»Na ja, das ist schon wahr, aber was du da von mir und dem weiblichen Geschlecht immer wieder sagst – man könnte ja glauben, ich wäre ein Don Juan gewesen – na, ich danke!«

»Ein anderer sieht das kritischer als du, namentlich die komischen Situationen! Aber schau, ein untadeliger Mensch, der nicht seine Fehler und Schwächen hat, ist doch eine theoretische Konstruktion, ein Ungeheuer der Vollkommenheit, zu dem niemand Liebe empfinden, mit dem niemand Mitleid haben kann, weil er nicht ist, wie wir alle sind! Solche Gestalten gibt's in der Romanliteratur deiner Jugendzeit, die du übrigens nie gelesen hast, aber nicht in der Wirklichkeit; solche Menschen wären ja von einer geradezu tödlichen Fadheit. Aber du ...«

»Ich habe es nachgerade satt, immer von dir gemaßregelt zu werden, übrigens, jetzt kann ich es ja sagen, du magst recht haben. Du stehst noch im Strom der Zeit, wer weiß, wie kurz noch, für mich hat sie aufgehört, ein Begriff zu sein – leb wohl, mein lieber Sohn!«

»Trotz allem, lieber Alter, ich sage: Auf Wiedersehen!«

Die Turmuhr knarrte wieder umständlich und schlug. Ich fuhr empor. Es war finster und still. Der Mond war gegangen. Da ging auch ich.